Anemonen im Wind

© Joseph Mick, Köln

Tamara McKinley wurde in Australien geboren und verbrachte auch ihre Kindheit im Outback des fünften Kontinents. Heute lebt die Autorin an der Südküste Englands, aber die Sehnsucht treibt sie stets zurück in das weite, wilde Land, von dem sie bereits in *Matildas letzter Walzer* und *Der Duft des Jacaranda* so mitreißend zu erzählen wusste.

TAMARA

McKINLEY

ANEMONEN IM WIND

Roman

Aus dem Englischen
von Rainer Schmidt

Weltbild

Die Originalausgabe erschien unter dem Titel
Windflowers
bei Judy Piatkus (Publishers) Ltd., London.

Besuchen Sie uns im Internet:
www.weltbild.de

Genehmigte Lizenzausgabe für Verlagsgruppe Weltbild GmbH,
Steinerne Furt, 86167 Augsburg

Übersetzung: Rainer Schmidt
Umschlaggestaltung: Studio Höpfner-Thoma, München
Umschlagmotiv: Stefan Weindl
Gesamtherstellung: GGP Media GmbH,
Karl-Marx-Straße 24, 07381 Pößneck
Printed in Germany
ISBN 3-8289-7357-4

2007 2006 2005 2004
Die letzte Jahreszahl gibt die aktuelle Lizenzausgabe an.

Dieses Buch ist den Menschen gewidmet, die ich auf meinen Reisen durch Australien getroffen habe. Ohne sie hätte ich niemals die Herzlichkeit und die echten Farben des Outback erfahren:
Charlie und seiner Frau vom Blue Gum Cafe danke ich für das tolle Frühstück. Der Manager des Charleville Hotel und seine Gäste steuerten zahlreiche Anekdoten bei und erlaubten mir einen tiefen Einblick in das Leben inmitten der Wildnis. Den Besitzern der Gowrie Station Dank für ihre Gastfreundschaft, für den Tee aus dem Feldkessel und das in der Asche gebackene Brot. Dank der Jondaryan Woolshed Historical Museum and Park Association konnte ich die glorreichen Tage der Vergangenheit erleben, in der die Wolle noch eine königliche Rolle spielte. Und last, not least danke ich dem kleinen Jungen, der mich zu dieser Geschichte inspirierte. Ich kannte deinen Namen nicht, aber dein Bild lebte noch lange in mir fort, nachdem wir Abschied genommen hatten.

I dreamed that I wandered by the way,
Bare winter suddenly was changed to spring.
There grew pied wind-flowers and violets
Daisies, those pearled Arcturi of the earth,
The constellated flower that never sets.

P. B. Shelley 1792–1822

Mich träumte, dass, als ich so für mich ging,
Aus kahlem Winter plötzlich Frühling ward.
Da wuchsen bunte Anemonen, Veilchen
Und Tausendschön, die irdischen Arcturi, perlenweiß,
Ein Blumensternbild, das nie untergeht.

PROLOG
1936

Sydneys Domain mit ihrem Schmutz und Staub lag fast ein Jahr hinter ihnen, als Ellie und ihr Vater in Richtung Norden nach Gregory Downs ritten. Der Pfad schlängelte sich durch die leere Ebene wie ein blutrotes Band, das im Hitzedunst verschwand, und lockte sie immer weiter ins Unbekannte. Aber da sie nun Geld in den Taschen und Reitpferde hatten, kamen sie endlich leichter voran als in den Monaten, in denen sie zu Fuß auf den Wallaby-Pfaden gewandert waren.

Sie ritten auf der langen Strecke nach Cloncurry, als Ellie bemerkte, dass sich hinter ihnen dicke Wolken am Horizont auftürmten. »Sieht nach einem Unwetter aus«, warnte sie. »Wir sollten uns lieber eingraben, bevor es uns erreicht.«

Ihr Vater John drehte sich um und warf einen Blick auf die Wolken, die an einem seltsam gelben Himmel brodelten. »Sollten's eigentlich bis Cloncurry schaffen, ehe es losgeht.«

Ellie runzelte die Stirn. »Das schaffen wir nicht«, sagte sie mit Entschiedenheit. »Bis nach Curry sind's noch mindestens zwei Tagesritte, und so lange wird das Unwetter nicht auf sich warten lassen.«

»Wir müssen 's probieren.« John straffte die Zügel und lächelte sie mit gespielter Munterkeit an. »Wenn es so aussieht, als ob wir es nicht schaffen, müssen wir uns einen Unterschlupf suchen und das Wetter über uns wegziehen lassen.«

Ellie schaute ihrem gut aussehenden Vater ins Gesicht, und die

Verzweiflung über seinen Mangel an Vernunft lastete schwer auf ihr. Es waren nur noch wenige Wochen bis zu ihrem vierzehnten Geburtstag, und dennoch war er anscheinend entschlossen, sie wie ein Kind zu behandeln. Sie hatte von den schrecklichen Unwettern gehört, die es hier mitten in der Wildnis gab, und sie wusste, dass er ebenso viel Angst hatte wie sie. Wenn er es nur zugeben würde!, dachte sie erbost. Wenn er nur ausnahmsweise einmal auf mich hören wollte, dann könnten wir vielleicht lebendig hier rauskommen.

»Wo denn genau?«, fragte sie in scharfem Ton. »Hier draußen gibt es keinen Berg, kein Tal und keinen Felsen, und vielleicht haben wir nicht mal mehr genug Zeit, um uns hier einzugraben.« Ihr Blick wanderte über die trostlose Umgebung. Der steinige Pfad war unter der wirbelnden Staubschicht hart wie Beton, und die wenigen versengten Bäume, die schwarz in der Hitze standen, boten nur wenig Schutz. Die Berge lagen wie Murmeln als Schemen in weiter Ferne.

»Wir finden schon was«, sagte er in seiner typischen Sturheit.

Ellies braune Augen unter den zerzausten Fransen ihres flachsfarbenen Haars musterten ihn ernst. »Wir sollten sofort anfangen zu graben, wenn wir noch eine Chance haben wollen. Staubstürme sind mörderisch, und wir sollten sie ernst nehmen.«

Kalte Entschlossenheit stand in Johns Augen. »Du hast auf dem Viehtreck nach Longreach zu viele Horrorgeschichten aus dem Outback gehört«, fuhr er sie an. »Du bist vielleicht dreizehn und gehst so allmählich auf die fünfundvierzig zu, aber du weißt noch längst nicht alles.«

Ellie rutschte im Sattel hin und her und schaute sich zum düsteren Horizont um. Der Wind wechselte die Richtung, aber deshalb wurde ihr nicht wohler. Der schwarze Treiber, Snowy White, hatte sie vor den tückischen Naturgewalten gewarnt. Der Aborigine hatte nur allzu eindringlich beschrieben, wie sie ahnungslose Reisende in falscher Sicherheit wiegten, bevor sie ihre schrecklichen Kräfte entfesselten.

John Freeman zog sich den Hut tiefer über die dunklen Augen. »Wir reiten weiter«, sagte er mit einer Entschlossenheit, die keinen Widerspruch duldete. »Der Sturm ist meilenweit weg, und wie es aussieht, ändert er die Richtung.« Er lenkte den Grauschimmel auf den breiten Steinpfad, der am nördlichen Horizont verschwand, und stieß dem Pferd die Fersen in die Flanken. »Also los!«

»Gefällt mir nicht, wie das aussieht«, sagte Ellie halsstarrig und trieb Clipper zum Trab. »Wang Lee hat mir von einem Kumpel erzählt, der in so was reingeraten ist. Starb so schnell, dass ihm keiner mehr helfen konnte. Lunge voller Staub. Wang Lee sagt, der Tod kann hier draußen in Sekundenschnelle kommen.« Sie schnippte mit den Fingern. »Einfach so.«

»Hör endlich auf mit deinem Chinesen, und reite!« John klatschte mit dem Zügel und trieb sein Pferd zu einem schwerfälligen Trab, und Ellie folgte ihm widerstrebend mit einem letzten Blick zum Horizont in ihrem Rücken.

»Es wird Zeit, dass du aufhörst, auf chinesische Köche und schwarze Viehtreiber zu hören, und zur Abwechslung mal ein bisschen Vertrauen zu mir zeigst«, grollte er. »Ich bin vielleicht ein Kerl aus der Großstadt, aber ich habe uns ohne fremden Rat bis hierher gebracht und werde es auch noch zu deiner Tante Aurelia schaffen.«

Ellie schwieg, denn sie wusste, dass ihr Vater in seinem Stolz gekränkt war. Es hatte jetzt keinen Sinn, mit ihm zu diskutieren. Der lange Weg von Sydney hierher war eine Strapaze für sie beide gewesen, aber für einen Mann, der nichts über das Outback wusste und die Verantwortung für seine Tochter zu tragen hatte, war es sicher besonders hart gewesen. Sie hatten sich mühsam mit Almosen und Wohlfahrtshilfe über Wasser halten können; Arbeit war schwer zu finden gewesen, und sie wusste, dass ihr Vater kurz vor dem Zusammenbruch gestanden hatte, als die Gowrie-Farm sie endlich für den alljährlichen Viehtrieb nach Longreach angeheuert hatte. Ellie zog sich die Hutkrempe tiefer ins Gesicht, um sich vor dem grellen Sonnenlicht zu schützen, und die nächsten zwei Stunden ritten sie in bedrückendem Schweigen weiter.

Der Himmel verdunkelte sich, aber der Wind hatte nachgelassen, und eine gespenstische Stille umgab sie, eine bedrohliche Ruhe, in der man keinen Vogel singen, ja, nicht einmal Grillen zirpen oder Fliegen summen hörte. Ellie konnte ihre Befürchtungen nicht länger für sich behalten. »Das Unwetter kommt näher, Dad«, sagte sie mit einer Gefasstheit, die den Aufruhr in ihrem Innern nicht erahnen ließ. »Lass uns lieber da drüben Schutz suchen.« Sie zeigte nach Westen, wo ein Vulkanausbruch in grauer Vorzeit Felsen und Canyons geschaffen hatte. Die blauen und roten Berge waren uralte Monolithe, auf denen fast nichts wuchs, und die Erde ringsum war von tiefen Spalten und rasiermesserscharfen Hindernissen aus Stein und Geröll übersät. Ellie fröstelte trotz der erstickenden Hitze, denn sie wusste, es würde viel Mut erfordern, in diese tief verschatteten, unheimlichen Canyons einzudringen.

John schüttelte den Kopf. »Zu gefährlich«, sagte er knapp. »Die Pferde werden sich die Beine brechen. Wir reiten noch ein Stückchen weiter und sehen, ob's flacher wird. Vielleicht finden wir auf der anderen Seite Schutz.«

Unruhig beobachtete Ellie das nahende Unwetter. »Dazu bleibt keine Zeit!«, rief sie. »Lass uns lieber sofort was suchen.«

»Du tust, was ich dir sage, verdammt!«, erwiderte er schroff. »Du machst ein Drama aus allem, genau wie deine Mutter. Beweg dich!«

Ellie biss sich auf die Unterlippe, um eine zornige Erwiderung zu unterdrücken. Sie hatte überhaupt keine Ähnlichkeit mit Alicia, und es war unfair von Dad, diesen Vergleich anzustellen. Aber wenn sie hier keinen Unterschlupf fanden, würde der Sturm sie in offenem Gelände überfallen. »Ich bin kein verdammtes Kind mehr, Dad!«, schrie sie. »Warum kannst du nicht ausnahmsweise mal auf mich hören?«

John saß kerzengerade im Sattel, als er davonritt, den Blick starr auf den leeren Horizont gerichtet. Er gab keine Antwort. Ließ nicht einmal erkennen, dass er sie gehört hatte.

Die Hitze war drückend, die Stille endlos, als sie die Vulkanberge hinter sich ließen und weiter hinaus in die Ebene ritten. Ellie warf John besorgte Blicke zu. Ihre Angst wuchs. Wie konnte sie ihrem Vater beibringen, dass seine Entscheidung falsch war? Dass er auf sie hören und schon vor zwei Stunden in den Canyons hätte Schutz suchen sollen? Denn hier draußen war nichts – nicht einmal ein Schatten. Aber seine sture Entschlossenheit, die Zügel in der Hand zu behalten, war ihr in den letzten Monaten nur allzu vertraut geworden. Ellie wusste, dass sein Stolz ihm nicht erlauben würde, nun nachzugeben. Er wollte verdammt sein, wenn er sich von einer lächerlichen Kleinigkeit wie einem Staubsturm aufhalten ließe – auch wenn sie beide darin umkommen würden.

Der Vormittag ging dahin. Ellie musste ihren Hut festhalten, als der Wind zunahm. Sie vergrub das Kinn im Kragen, und ihre Augen wurden zu schmalen Schlitzen, denn der Staub wirbelte jetzt um sie herum. Der Wind blies von hinten und trieb sie immer weiter auf den öden Horizont zu. Schließlich zügelte Ellie ihr verängstigtes Pony und bot dem Schrecken, der sie verfolgte, die Stirn. Der Himmel war ockergelb von Gewitterwolken, die sich heranwälzten. Heulend wie ein Dingo, fegte der Wind über die Ebene heran und warf alles nieder, was ihm im Wege stand. Bäume wurden entwurzelt und himmelwärts geworfen wie Streichhölzer. Spinnifex-Gras wirbelte über die Ebene, und der Staub hing wie ein mächtiger Vorhang im Süden und verdeckte alles, was dahinter lag. Sie waren in großer Bedrängnis, und es gab kein Entkommen.

Ellie hatte Mühe, Clipper zu beruhigen. Die Zügel fest umklammernd, stopfte sie ihren Hut tief in die Tasche ihres Overalls und duckte sich dicht an den Hals des Pferdes, weil der Wind sie aus dem Sattel zu heben drohte.

»Runter von der Straße!«, brüllte John durch das Heulen des Windes. »Eingraben!« Er packte ihre Zügel und zerrte das störrische Pony in eine flache Mulde am Rande des holprigen Wegs. Es war nicht mehr als ein Graben, den das ablaufende Wasser während der Regenzeit im Laufe der Jahre geformt hatte, aber ein anderer Schutz fand sich nicht. Sie glitten aus dem Sattel und bemühten sich, ihre scheuenden, sich aufbäumenden Pferde zu beruhigen, während die Staubschleier heranrasten und mit dämonischem Geheul über sie herfielen.

Ellies Schrei verlor sich in dem Tosen. Es hob sie von den Füßen, entriss ihr Clippers Zügel, die ihr Rettungsanker gewesen waren, und schleuderte sie wie eine Lumpenpuppe in den Mahlstrom. Sie fühlte Johns Hand, die sich an ihren Overall krallte; verzweifelt umklammerte er ihre Taille, und der Wind zerrte von hinten an ihnen. Dann war Ellie in seinen Armen, und er presste sie fest an seine Brust, zu stolperndem Lauf getrieben. Mit knochenbrecherischer Wucht, die Ellie den Atem nahm, wurden sie zu Boden geworfen und über das Geröll geschoben. Das wütende Heulen gellte Ellie in den Ohren und betäubte ihre Sinne. Staub blendete sie und drohte sie zu ersticken; er kroch in Nase und Augen und knirschte auf der Zunge. Entsetzt klammerte Ellie sich an den Vater, der irgendeinen Halt in der Erde zu finden suchte.

Ellie hatte jedes Gefühl für Zeit und Richtung verloren, als sie von ihm auf den Boden gedrückt wurde. Mit fest geschlossenen Augen vergrub sie das Gesicht in seiner Jacke und rang nach Atem. Sie spürte das Vibrieren seiner Stimme in seinem Körper, aber der Sturm peitschte seine Worte davon, und die ganze Welt drang auf sie ein, dunkel und erfüllt von beißendem, erstickendem Staub. Felsbrocken wankten, rollten und prallten gegen Ellie, bevor sie verschwanden. Steine flogen, schnell und tödlich wie Gewehrkugeln. Sträucher verhakten sich für einen Augenblick an den beiden Reisenden und wurden dann fortgewirbelt in die Finsternis. Äste und Zweige peitschten vorüber, und Dornen zerrten an Kleidern und Haut wie die Klauen wilder Tiere. Der heulende Dämon des Sturms schien entschlossen, Ellie und John in Besitz zu nehmen. Er riss an ihren Haaren und Kleidern und stieß sie immer weiter über den rauen Boden. Zum ersten Mal in ihrem Leben fing Ellie an zu beten.

Joe und Charlie hatten sich von den Männern auf der Farm Wila Wila verabschiedet und waren jetzt auf dem Weg nach Osten, nach Richmond. Sie hatten gehört, dass ein Rinderzüchter Leute brauchte, um seine Herde an die Küste zu treiben, und die Gelegenheit, zum ersten Mal das Meer zu sehen, war eine verlockende Aussicht für die siebzehnjährigen Zwillinge. Die langen Monate der Wanderschaft, in denen sie auf hartem Boden geschlafen und von der Wohlfahrt gelebt hatten, waren vorüber. Der aufregende Wildpferdeauftrieb auf Wila Wila hatte ihnen Reittiere verschafft, und sie hatten saubere Kleider und Geld in den Taschen. Kein Wunder, dass das Adrenalin in ihren Adern rauschte.

Joe strich mit der Hand über seine Bartstoppeln. Er war dunkelhaarig, und sein Bart wuchs schneller als der von Charlie. Das Jucken war ihm unangenehm. Lächelnd schaute er hinüber zu seinem Zwillingsbruder mit den hellen Stoppeln am Kinn und dem blonden Haar, das lockig über den Kragen fiel. »Schätze, es wird Zeit, dass wir uns mal rasieren und die Haare schneiden«, sagte er. »Sehen ja aus wie zwei Landstreicher.«

Charlie lachte. »Die Zeiten sind vorbei, Alter. Ich denke, die Mädchen werden nur so anbeißen, wenn wir nach Richmond kommen.« Seine blauen Augen funkelten, und das ansteckende

Lachen offenbarte kräftige, ebenmäßige Zähne und eine Andeutung von trockenen Falten an Mund- und Augenwinkeln. »Das ist das wahre Leben, was?«

Joe grinste. »Ganz recht, Alter.« Sie hatten einen weiten Weg hinter sich, seit sie die baufällige Hütte zu Hause in Lorraine verlassen hatten. Einen weiten Weg seit jenen trostlosen Jahren der Armut und des Leids, die ihre Eltern unter die Erde und die Farm in die Hände der Bank gebracht hatten.

Satan lenkte die Aufmerksamkeit wieder auf sich, und Joe kämpfte mit den Zügeln, als der Kastanienbraune es sich in den Kopf setzte, gegen das Gebiss aufzubegehren. Auf Wila Wila hatte Joe den Hengst eingeritten, aber der Braune war noch wild genug, um unter den anderen Pferden Aufregung zu stiften. Deshalb hatte Joe sich dafür entschieden, ihn zu reiten. Die lange Reise nach Richmond würde ihnen Gelegenheit geben, einander kennen zu lernen und einen Kompromiss zu finden. Satan kaute noch immer auf dem Zaumzeug und versuchte Joe die Arme aus den Schultern zu reißen, aber Joe wusste: Dem Pferd war klar, dass es besiegt war, und das war nur eine symbolische Demonstration seines Grolls.

»Du solltest ihn mir mal überlassen«, sagte Charlie, und der abwägende Blick seiner blauen Augen wanderte über das sattbraune Fell und den stolzen Kopf des Tieres. »Ich würde ihm schon zeigen, wer der Boss ist.«

Joes Handgelenke schmerzten allmählich vom Straffen der Zügel, und seine Geduld ging zu Ende. Charlie hatte von Anfang an ein Auge auf Satan geworfen. Offensichtlich hatte er Joe noch nicht verziehen, dass der das Glück gehabt hatte, dafür belohnt zu werden, dass er den Hengst zugeritten hatte.

»Satan gehört mir«, sagte Joe mit Nachdruck. »Er wird sich bald beruhigen.«

Charlie zog sich die Hutkrempe ins Gesicht und raffte die Zügel zusammen. »Lass uns reiten. Wir haben noch einen weiten

Weg vor uns.« Er gab seinem Tier die Sporen, und der schwarze Wallach flog im Galopp über die Ebene, gefolgt von den anderen Pferden.

Satan schüttelte den Kopf, blähte die Nüstern, sträubte sich gegen das Gebiss und wollte die Verfolgung aufnehmen. Joe ließ nicht locker und straffte weiterhin die Zügel, um das Tempo gleichmäßig zu halten. Bis Richmond hatten sie noch mindestens eine Woche zu reiten, und es hatte keinen Sinn, wenn Satan sich jetzt verausgabte. Joe runzelte die Stirn, als ein heißer Wind über die Ebene strich und an seinem Hemd zerrte, bevor er mit unheilvoller Plötzlichkeit erstarb. Joe schaute sich um und sah dicke violette Gewitterwolken am sepiafarbenen Himmel; ein dunkler Vorhang, der von Süden heraufwehte, drohte die Sonne zu verdunkeln. Einsame Bäume standen wie starre Monumente vor dem seltsam gelben Licht, und die Berge brüteten in der Ferne vor dem, was da heranstürmte, dumpf vor sich hin. »Verflucht!«, murmelte Joe. »Da steht uns was Schönes bevor.«

Charlie war schon weit voraus, seine Pferdeherde wirbelte eine große rote Staubwolke auf, aber Joe wusste, dass er bald langsamer werden würde, wenn er erst gemerkt hätte, was da am Horizont heraufzog. Joe ließ seine Pferde traben, und Satan hörte auf, gegen das Gebiss zu kämpfen, als die Zügel lockerer wurden. Die anderen Tiere witterten das nahende Unwetter und griffen weiter aus. Joe sah, dass sein Bruder Halt machte, um sich umzuschauen.

»Da drüben«, schrie Joe und deutete auf eine Gruppe von Felsen. »Eingraben!« Seine Stimme wehte über die Ebene und hallte durch die sonderbare Stille, die den nahenden Sturm ankündigte, während sie hastig in Deckung gingen.

Die Felsen ragten aus der Erde empor, ein steiles, zerklüftetes Gestein von kahlem Rot und Schwarz. Büsche klammerten sich an die Hänge, und hier und da lugten Grasbüschel hervor, aber im Ganzen war das Gelände so öde wie die Ebene. Der

Schieferboden war glitschig. Düstere Felsüberhänge warfen lange Schatten.

»Hier durch!« Joe übernahm das Kommando. Er deutete auf einen tief beschatteten Canyon zwischen den Felsen. Es herrschte gespenstische Stille. Ein bedrohlicher Himmel wölbte sich über ihnen, und die Welt versank im Zwielicht.

Die Jungen stiegen ab, und die Pferde suchten sich auf dem schlüpfrigen Schiefer ihren Weg. Das Echo des Hufschlags hallte durch die Stille. Joe führte die Tiere durch die schmale Schlucht und lockte sie den Hang hinauf zu einer Höhle – wie es schien, der einzige Zufluchtsort meilenweit. Sie hatten Glück gehabt, erkannte er, denn der Höhleneingang lag auf der Seite, die dem Unwetter abgewandt war.

Der Eingang zur Höhle war gewaltig. Die Jungen führten die Pferde tiefer in die Dunkelheit. Die Spuren winziger Pfoten verriet ihnen, dass schon andere Tiere hier Unterschlupf gefunden hatten, und der Gestank von Guano und das Rascheln und Quieken über ihnen offenbarte eine Kolonie Fledermäuse. Hastig legten Joe und Charlie den Pferden Fußfesseln an, und sie schlangen die Zügel um eine dicke Felssäule inmitten der Höhle.

Charlie riss ein Streichholz an und spähte in die tanzende Dunkelheit. »Sieht so aus, als waren die schwarzen Jungs als Erste hier«, sagte er leise, als der matte Lichtschein auf alte Malereien an der Höhlenwand fiel. »Wie groß, schätzt du, ist sie wohl?«

Joe zuckte die Achseln und begann Satan abzureiben. Das mächtige Tier zitterte und bekam Schweißausbrüche, als das Rauschen des nahenden Sturms durch die Höhle hallte. »Groß genug, um uns Schutz zu bieten, aber wir sollten die Pferde lieber im Auge behalten. Sie könnten den ganzen Laden zum Einsturz bringen, wenn sie zu heftig an dem Pfeiler zerren.«

Charlie drehte eine Zigarette. »Die kommen schon klar«,

sagte er in seiner nüchternen Art. »Wildpferde sind an Stürme gewöhnt.«

»Draußen im Freien vielleicht«, antwortete Joe. »Schätze, es wird ihnen aber nicht gefallen, hier eingesperrt zu sein.« Er zog den Tieren die Satteldecken über die Augen, tätschelte sie beruhigend, überprüfte die Fußfesseln und ging dann zu Charlie, der im Höhleneingang stand.

Sie setzten sich hin, rauchten gemeinsam die Zigarette und beobachteten, wie Blitze zur Erde zuckten. »Irgendein armes Schwein kriegt's da drüben richtig ab«, sagte Joe und beobachtete den Staubvorhang, der im Süden über die Ebene wirbelte. »Verdammt, da fliegen ganze Bäume durch die Gegend. Würde ich nicht gern reingeraten.«

Charlie rauchte den Rest der Zigarette. »Tja, wir können von Glück sagen, dass wir dieses Plätzchen gefunden haben.« Grinsend schnippte er den Stummel hinaus und sah zu, wie er fortgeweht wurde. »Aber da reinzugeraten, dagegen hätte ich nichts. Kannst du dir vorstellen, wie das rauscht? Muss beinahe wie fliegen sein.«

Joe zog eine dunkle Braue hoch. »Ja, genau«, sagte er gedehnt, und seine Stimme troff von Sarkasmus. »Du hast manchmal verdammt blöde Einfälle, Charlie. Musst ja verrückt sein, wenn du glaubst, so was könnte Spaß machen.« Er betrachtete das Profil seines Bruders, die glänzenden Augen, dessen Verzückung. Es war nicht zu leugnen: Charlie hatte sein Glück immer auf die Probe gestellt. Er kannte anscheinend überhaupt keine Angst, hatte keinen echten Sinn für Gefahr. Genau genommen, dachte Joe grinsend, ist Vernunft ein Fremdwort für ihn.

Der Wind heulte wie ein Dämon durch die Tunnel der Höhle und ließ die gehobbelten Pferde nervös tänzeln. Satan verdrehte die Augen, dass man das Weiße sah, und legte die Ohren flach an den Kopf; er schnaubte mit geblähten Nüstern und scharrte mit den Hufen. Joe ging hinüber, um ihn und die anderen zu beruhigen; er strich ihnen mit den Händen sanft über den bebenden Widerrist. Auch wenn es Wildpferde waren, die Tiere hatten Angst, und er wusste, bei der kleinsten Gelegenheit wären sie auf und davon.

Der Wind nahm zu; kreischend fuhr er durch die Canyons und trieb Steine, Bäume und Gras vor sich her, während Staubfahnen wie tanzende Derwische über die Erde wirbelten und sich in einer beißenden, blendend roten Wolke herabsenkten, um das spärliche Licht vollends zu verdunkeln und jeden Spalt zu füllen. Joe ließ sich von Charlies Aufregung anstecken. Zusammen standen sie im Höhleneingang, die Arme zum brodelnden Himmel gestreckt – fast, als wollten sie den Sturm herausfordern, zu kommen und sie zu holen.

»Siehst du?«, brüllte Charlie, als sein Hut nach hinten flog und sein blondes Haar das Gesicht peitschte. »Hab dir gesagt, es ist ein Kracher!«

Joe wollte eben zustimmen, als der Sturm unvermittelt die Richtung wechselte und ihn beinahe umgeworfen und auf den Grund des Canyons geschleudert hätte. Er packte Charlie am Hemd und zog ihn in die Höhle. »Verdammt, das war knapp. Halt dich lieber zurück, bevor es dich wegbläst.«

Charlies blaue Augen leuchteten vor Aufregung. »Und wenn schon«, schrie er, riss sich los und lief zurück zum Höhleneingang. »Ich hab noch nie den Wind geritten!«

Joe packte Charlie beim Arm und riss ihn vom Rand zurück. »Sei kein verdammter Narr!«, rief er. Er zerrte ihn in den Windschatten eines Felsens und kauerte sich neben ihn.

Charlie stieß ihn mit dem Ellenbogen von sich. »Du verstehst keinen Spaß mehr«, maulte er. »Ist doch nur ein Sturm.«

Joe machte sich nicht die Mühe zu antworten. Charlie würde auf vernünftige Argumente nicht hören – nicht, wenn er so war wie jetzt.

Der Sturm rüttelte an den Außenwänden ihres Verstecks,

raste mit wütendem Geheul gegen sie an und erschütterte die Erde. Innerhalb weniger Augenblicke war es unmöglich, zu sprechen oder etwas zu sehen, denn wieder änderte der Sturm die Richtung und wirbelte Staub und Dunkelheit in ihren Unterschlupf, als sei er entschlossen, die Brüder aufzustöbern. Die beiden saßen da, das Kinn auf die Knie gestützt, die Arme fest um den Kopf geschlungen, die Nase vergraben, die Augen fest geschlossen, als sich die falsche Nacht herabsenkte. Das Schreien des Windes und der Pferde verwehte wie ein Echo, und der Staubsturm rannte gegen den Höhleneingang an, prallte von den Wänden ab und strömte mit einem dumpfen Stöhnen durch die Tunnelgänge im Innern des Berges, die er wie von Stoßwellen erzittern ließ.

Die Jungen kauerten sich Wärme suchend aneinander. Beide empfanden die gleiche Mischung aus Furcht und Erregung. Die schreckliche Faszination des Sturms ließ Joe erschaudern. Er war nicht gerade stolz auf seine Angst, aber er wusste, sie entsprang dem Bewusstsein, dass das Leben kostbar war und er dies gern überstehen wollte, um die Zukunft zu erleben, die sie geplant hatten. Zugleich wusste er, dass Charlie das Schicksal herausfordern und der Gefahr trotzig entgegentreten würde, wenn er Gelegenheit dazu bekäme. Sie mochten Zwillinge sein, aber sie waren sehr verschieden, und manchmal fürchtete Joe die beinahe gleichgültige Einstellung seines Bruders zum Leben weit mehr als jeden Sturm. Charlie würde immer am Rande des Abgrunds leben – dem Augenblick hingegeben, ohne sich um die Konsequenzen zu kümmern.

Vielleicht hat Charlie ja Recht, dachte Joe. Vielleicht verstehe ich wirklich keinen Spaß mehr. Aber wir sind keine Kinder mehr. Wir sind siebzehn, werden bald achtzehn. Mit dem Alter kommt doch sicher auch die Reife – der Augenblick, da wir für unsere Handlungen die Verantwortung tragen müssen? Joe vergrub das Gesicht in den Armen, und seine Gedanken wanderten zu dem

Anwesen, das ihm eines Tages gehören würde, zu den Rindern und Pferden, die er über grüne Weiden treiben würde; zu der Farm, auf die er jeden Abend zurückkehren würde. Es brauchte nichts Großartiges zu sein, diese Farm, von der er träumte – nur ein Ort, den er Zuhause nennen könnte.

Charlie fröstelte im kalten Wind, der zur Höhle hereinfuhr. Das war das Leben. Das war Lebendigkeit. Das war die Aufregung, nach der er sich in den öden, endlosen Tagen seiner Jugend gesehnt hatte, als es nichts als Armut und harte Arbeit gegeben hatte. Er grinste und bereute es augenblicklich, als Staub ihm in den Mund drang und zwischen den Zähnen knirschte. Er spuckte aus, vergrub den Kopf tiefer in den Armen und malte sich die Zukunft aus. Eine Zukunft, in der er mit wilden Pferden über die Ebenen zog. In der er gewaltige Reisen unternahm, zu neuen Abenteuern, neuen Menschen, neuen Orten. Dieses Land war für Männer wie ihn geschaffen. Männer, die keinen Ort ihr Zuhause nannten, die neue Wege bahnten, auf denen andere ihnen folgen konnten. Männer aus dem Holz, aus dem man Legenden schnitzte.

Die Ungeduld saß Charlie im Nacken, als der Wind an seinen Kleidern zerrte, und er sehnte sich danach, die wilde Freiheit dieses Windes zu spüren und sich seinem wahnwitzigen Rasen anzuschließen. Aber er wusste, dass dies noch nicht der richtige Augenblick war. Er hatte noch eine Menge im Leben zu erledigen, und einstweilen würde er sich damit begnügen müssen, den gemesseneren Schritten seines Bruders zu folgen.

Die Brüder hatten keine Ahnung, wie lange sie so im Dunkeln an der kalten Felswand kauerten, aber irgendwann ließ das Heulen des Windes nach, und der Sandsturm verebbte. Sie hoben die Köpfe und lauschten. Der Sturm wanderte nordwärts; immer noch heftig, immer noch heulend und klagend, zog er einen Pfad der Zerstörung über das Flachland, aber für sie war die Gefahr vorüber. Sie krochen aus ihrem Versteck, spuckten Staub aus und rieben ihn aus den Augen. Sie waren glücklich davongekommen.

Die Pferde bäumten sich auf, als sie ihnen die Decken von den Köpfen nahmen und sie untersuchten. Eine braune Stute hatte einen Schnitt am Bein; offenbar hatte sie gegen die Felssäule ausgeschlagen. Aber er war nicht allzu tief, und Joe wusste, dass er bald verheilt sein würde. Satan rollte mit den Augen, und das Weiße schimmerte im Dunkeln. Er zog die Oberlippe hoch und schnappte nach Joes Hand, als der das Zaumzeug zurechtzog.

Charlie lachte. Noch immer strömte Adrenalin in seinen Adern. »Du wirst diesen Bastard niemals zähmen«, sagte er. »Solltest ihn mir überlassen. Ich würd's ihm bald zeigen.«

Joe streichelte die lange, kastanienbraune Nase und fuhr mit der Fingerspitze um die weiße Blesse auf der stolzen Stirn. »Manieren kann man einem Pferd nicht einprügeln«, sagte er gedehnt. »Er schnappt, weil er Angst hat. Er wird's noch lernen, wenn er so weit ist. Ich will ihm das Feuer nicht vollständig austreiben.«

Charlie schnaubte und trank in tiefen Zügen aus seinem Wasserschlauch. »Ich wette einen Dollar, dass ich ihn in einem Tag auf Vordermann bringe. Wie wär's?« Seine blauen Augen glitzerten, und sein breites Grinsen wirkte gezwungen.

Joe sah, dass es Charlie danach drängte zu beweisen, dass er der bessere Mann war, stärker und abenteuerlustiger als sein Bruder, und dass er das Erstgeburtsrecht besaß, nur weil er eine Stunde älter und einen Zoll größer war. Es war eine vertraute Szene, die immer wieder aufgeführt wurde, so lange Joe zurückdenken konnte. Nur, dass der Einsatz diesmal zu hoch war und er nicht nachgeben würde. Er schüttelte den Kopf. »Satan gehört mir, und das bleibt auch so. Um ihn wird nicht gewettet.«

Charlie band die Zügel von dem Steinpfeiler los und führte

seine Pferde zum Höhleneingang. Werden wir ja sehen!, sagte er bei sich.

Ellie öffnete die Augen. Sie war fast begraben unter dem Mantel ihres Vaters, und sein Gewicht lastete auf ihr und machte das Atmen schwer. »Dad?« Sie stemmte sich gegen ihn und versuchte, unter ihm hervorzukriechen, aber es gelang ihr nicht. Sie rang nach Luft, und Panik stieg in ihr auf, weil ihr Vater nicht reagierte. »Dad!«, sagte sie entschlossener und stieß ihn hart in den Bauch. »Geh runter! Du zerquetschst mich noch.«

John lag reglos und schwer auf ihr; seine Mantelschöße flatterten in dem nachlassenden Wind, der über die Ebene fegte. Ellie wand sich und versuchte ihn wegzuschieben. Als ihr klar wurde, dass sie ihn nicht atmen hörte, begann ihr Herz heftig zu schlagen. »Dad?«, schrie sie. »Dad, wach auf!« Das Entsetzen verlieh ihr die Kraft, sich noch härter gegen ihn zu stemmen.

John rollte zur Seite und lag ruhig im Staub. Sein aschgraues Gesicht war von getrocknetem, staubverkrustetem Blut verschmiert. Sein Mund war zu einem lautlosen Schrei geöffnet, und seine Augen starrten leer und von Staub verklebt in den Himmel.

»Dad?«, flüsterte sie und drückte die zitternden Finger an den Mund. Sie sah nicht, dass ihre Tränen dunkle Flecken in der Staubschicht auf ihren Händen hinterließen, als sie niederkniete und sein kaltes Gesicht berührte. Sein Kopf rollte zur Seite, und sie fuhr zusammen, als sie das klaffende Loch an seiner Schläfe sah. »Nein!«, schrie sie. »Du kannst mich hier nicht allein lassen. Das erlaube ich nicht. Wach auf! Wach auf!« Sie schüttelte ihn, stieß ihn, schlug ihm ins Gesicht und weinte, weil sie wusste, dass es nicht helfen würde.

John lag da, reglos und still wie die Umgebung. Eine Hand lag an seiner Seite, zum Himmel hin geöffnet, die Finger gekrümmt, als winke er Ellie zu sich. Sie warf sich über seine Brust, und die Tränen zogen winzige Pfade durch den Staub auf seinen Kleidern. »Du darfst nicht sterben«, schluchzte sie. »Ich lass dich nicht.« Sie legte die Wange auf seine Brust und schlug in einem letzten Versuch, ihn ins Leben zurückzuholen, mit beiden Fäusten auf ihn ein.

Aber er zeigte keine Regung; die hagere Brust hob und senkte sich nicht, und kein Atemzug kam aus seinem offenen Mund. Aller Kräfte beraubt, sackte sie auf ihm zusammen und überließ sich der Verzweiflung. Er war alles, was sie hatte. Und jetzt war er fort.

Die Sonne stand fast im Zenit, als Ellie schließlich den Kopf hob und der Wirklichkeit ins Auge blickte. Sie schaute ihren Vater an, dem der Tod den Ausdruck und die Gesichtsfarbe geraubt hatte. Er war ihr fern wie ein Fremder. Sie küsste sanft seine Wange. »Ich liebe dich«, flüsterte sie. »Ich weiß, du wolltest mich nicht verlassen.« Sie rieb sich die Tränen aus den Augen. »Aber ich habe Angst, Dad. Ich weiß nicht, was ich tun soll.«

Sie kniete neben ihm und schaute hinaus in die endlose Leere. Der Sturm hatte den Weg, dem sie gefolgt waren, spurlos beseitigt, und die wenigen Bäume, die das Unheil überlebt hatten, waren kahl. Die Pferde waren verschwunden. Kein Laut war zu hören, und nirgends sah man die willkommene Staubwolke, die einen anderen Reisenden ankündigte. Sogar die Vögel schienen sie verlassen zu haben.

Ellie fror trotz des warmen Windes. Noch nie hatte sie sich so allein gefühlt, so klein und unbedeutend. Sie kroch dichter an die Seite ihres Vaters. Ihr Blick wanderte über den scheinbar endlosen Horizont und suchte nach irgendeiner vertrauten Wegmarke, während die Sonne auf ihren entblößten Kopf brannte, und schließlich entdeckte sie in weiter Ferne violette Schemen, die vermutlich die Berge von Cloncurry waren.

Schließlich raffte sie sich auf und schaute ihren Vater an, und sie schauderte. Schon schwärmten Fliegen um seinen Kopf, wimmelten um die Wunde und krochen um seine Augen und seinen Mund. Sie erkannte, dass sie den Mut finden musste, ihn zu begraben. Denn der Tod lockte die Aasfresser an; das hatte sie auf den Landstraßen gesehen, auch wenn ihr Vater sich bemüht hatte, sie vor dem Grauen zu bewahren. Sie dachte an diese Lumpenbündel, die einmal Männer gewesen waren, deren Suche nach etwas Besserem zu einem unheilvollen Ende geführt hatte. Sauber abgenagt von Krähen und Dingos, vergessen und unbetrauert lagen sie da. Das hatte Dad nicht verdient.

Ellie schloss die Augen. »Leb wohl, Dad«, wisperte sie. Sie erhob sich, zog den Hut hervor, den sie in die Tasche ihres Overalls gestopft hatte, und holte tief Luft. Selbstmitleid würde nicht helfen. Sie musste sich ihren Verstand bewahren, wenn sie überleben wollte.

Schatten glitten über die Erde, und sie schaute hoch. Oben kreiste ein Schwarm Krähen dunkel vor dem Mittagshimmel. »Verschwindet!«, schrie sie und wedelte mit dem Hut. »Weg, ihr Mistviecher! Ihr kriegt ihn nicht.«

Sie sah sich um. Panische Hilflosigkeit machte sich in ihr breit. Die Pferde waren weg und mit ihnen das Gepäck mit der Ausrüstung. Sie hatte nichts, womit sie graben, und nichts, womit sie die Vögel verscheuchen konnte. In jähem Zorn stieß sie sämtliche Schimpfwörter hervor, die sie je gehört hatte, und dann packte sie einen scharfkantigen Stein und fing an, die Erde rund um ihren toten Vater aufzuscharren. Es war harte Arbeit, und sie verfluchte alles um sich herum. Die Sonne brannte vom Himmel, die Krähen versammelten sich, und das Loch wurde und wurde nicht größer.

Die Hitze war unerbittlich; der Schweiß verdunstete auf Ellies Haut, und ihr Durst wurde immer schlimmer, während sie an der letzten Ruhestätte ihres Vaters arbeitete. Sie erinnerte sich an den Rat des schwarzen Viehtreibers und hob einen kleinen, glatten Kieselstein auf, den sie sich unter die Zunge legte. Sie wusste nicht, ob das schreckliche Verlangen nach einem Schluck Wasser dadurch nachlassen würde, aber sie hatte keine andere Wahl, bis sie einen Bach oder einen Billabong finden würde. Dad musste begraben sein, bevor es Nacht wurde. Die Sonne stand jetzt weiter im Westen und bereitete sich auf ihre letzte Strahlenpracht vor, ehe sie hinter dem Horizont verschwand. Bis zur Dunkelheit blieben Ellie nur noch zwei Stunden.

Schließlich machte sie eine Atempause. Die Grube war jetzt tief genug, aber Ellies Fingernägel waren abgebrochen, und hinter den Augen plagte sie ein pochender Schmerz. Sie kniete ein letztes Mal neben ihrem Vater nieder und faltete seine Hände auf der Brust. Mit traurigem Seufzen durchsuchte sie seine Taschen. Viel war nicht da; seine Uhr und seine Brieftasche aus Schlangenleder hatte er vor ein paar Monaten verkauft, damit sie etwas zu essen kaufen konnten. Aber der Rest ihres Lohns und zwei Fotos waren ihr geblieben.

Ellie hockte sich auf die Fersen und betrachtete die zerknitterten und ziemlich verblichenen Aufnahmen von ihrer Mutter Alicia. Es überraschte sie, dass er sich die Mühe gemacht hatte, sie zu behalten, nachdem sie mit ihrem texanischen Ölmann durchgebrannt war und Mann und Tochter sich selbst überlassen hatte. Jetzt erkannte sie, dass Dad nie aufgehört hatte, Alicia zu lieben, und immer geglaubt hatte, sie liebte ihn und Ellie noch genug, um zu ihnen zurückzukehren.

»O Dad«, seufzte sie. »Sie wäre nie zurückgekommen.« Sie steckte Fotos und Geld in die Tasche und unterdrückte die Tränen. Dad hatte es nie geschafft, in Mum das selbstsüchtige Biest zu sehen, das sie war. Aber ihr, Ellie, kam es nicht zu, über ihn zu urteilen, denn trotz der Reife, die sie auf den Straßen der Domain gewonnen hatte, war die Welt der Erwachsenen immer noch viel zu kompliziert für sie, um vollständig zu begreifen, was sich zwischen Männern und Frauen abspielte.

Ellie begann die Erde zurück in die Grube zu schieben. Zuerst bedeckte sie seine Füße und dann – das war der schwerste Teil – sein Gesicht. Als ihr Vater vollständig unter der zimtbraunen Erde verschwunden war, erkannte sie, dass der flache Hügel leicht von Dingos aufgewühlt werden konnte. Nach dem Sturm war der Boden von Geröll und Schieferbrocken übersät, und bald hatte sie genug Steine zusammengetragen, um das behelfsmäßige Grab mit einer dicken Schicht zu bedecken. Einen Grabstein kann es nicht geben, nicht einmal ein rohes Holzkreuz, um die Stelle zu markieren, dachte sie betrübt. Es gab nichts, was sich dazu geeignet hätte.

»Und jetzt?«, murmelte sie und kniete nieder. Sie war noch nie bei einer Beerdigung gewesen, aber sie wollte ihr Bestes tun für diesen wunderbaren Mann, der so gut für sie gesorgt und sie in ihrem kurzen Leben wohlbehalten durch schlimme Zeiten geführt hatte. Zögernd begann sie das Vaterunser aufzusagen. Es war das einzige Gebet, das sie kannte, aber die Worte schienen zu dem Anlass zu passen, und Gott würde sicher nichts dagegen haben, wenn sie nicht alles genau richtig machte.

Schließlich stand sie auf. »Amen«, sagte sie leise. Das Grab sah so klein aus, so einsam in der leeren Weite des Outback, dass sie sich fragte, ob sie es je wiederfinden würde. Sie schaute zu den Bergen von Cloncurry hinüber, die im Sonnenuntergang orangegelb leuchteten, und tat einen Schritt auf sie zu.

Ein leises Grollen ließ sie erstarren. Mit geweiteten Augen schaute sie sich um.

Die Dingo-Hündin war mager, ihr Fell ockerfarben wie die Erde, und die Schwanzspitze mit dem weißen Tupfen zuckte erwartungsvoll. Sie war nicht allein. Wachsam und reglos stand sie da, ihre Welpen dicht neben sich.

Ellie schaute in die kalten Augen, die sie unverwandt anstarrten, und sie wusste, was die Hündin wollte. Das Tier zog die Lefzen zurück, und Ellie sah die Zähne und den Sabber, der an der Schnauze glitzerte. Sie hob ein paar kleine Steine auf und fing an, damit zu werfen, und dabei schrie sie, so laut sie konnte, um das Tier zu verscheuchen.

Die Hündin zog sich ein kleines Stück zurück und setzte sich. Bald würde es dunkel sein. Sie konnte warten.

Die Pferde waren offensichtlich immer noch nervös nach dem Sturm, und Satan ließ sich nur mit Mühe bändigen, als die Zwillingsbrüder aus den Canyons heraus und auf die Ebene ritten. »Müssen uns beeilen, Joe«, sagte Charlie und kam an seine Seite. »Der verdammte Sturm hat uns fast einen halben Tag gekostet, und der Job wird nicht auf uns warten.«

Satan ist nicht der Einzige, bei dem der Sturm Folgen hinterlassen hat, dachte Joe. Charlie war offensichtlich immer noch berauscht. »Die Pferde sollen sich erst beruhigen. Wenn ich Satan die Zügel schießen lasse, wird er davonsausen wie ein Bumerang, und die anderen werden nicht mitkommen.« Er behielt einen gleichmäßigen Trab bei, die Zügel straff gespannt, die Knie fest an Satans Flanken gepresst.

Charlie zog sich den Hut über die blauen Augen und spähte über die meilenweite Ebene vor ihnen. »Mach nur so weiter«, sagte er, »und wir sind den verdammten Job los.«

»Hör auf mit dem Gemecker«, erwiderte Joe. »Reiten wir zu schnell, sind sie bald erschöpft. Und dann kommen wir nirgends hin. Wir sind schnell genug.«

Charlie schwieg, aber Joe merkte, dass die Ungeduld seines Bruders wuchs. Er sah es daran, wie der die Schultern straffte, wie seine Fingerknöchel weiß wurden, als er die Hände um die Zügel zu Fäusten ballte, und wie es unter den stoppelbärtigen Kieferknochen sanft pulsierte. Pech!, dachte Joe. Kein Job ist es wert, dass man sich dafür den verdammten Hals bricht; und wenn sich Satans nervöse Energie entladen würde, müsste er damit rechnen.

Die Sonne stand hoch am Himmel, als Joe seinen Hengst

endlich in den Galopp fallen ließ. Das Pferd schwitzte, aber wenn er es eine kurze Strecke in diesem Tempo laufen ließ, zerrte es nicht länger nervös am Zaumzeug, und die anderen Pferde schienen nicht viel dagegen zu haben und hielten Schritt.

»Hast du das gehört?«, fragte Charlie, als sie die Tiere nach einer Weile wieder zügelten.

Joe nickte, und sein Blick wanderte über die Landschaft. »Ja«, sagte er leise. »Wahrscheinlich nur ein Dingo.«

Charlie schüttelte den Kopf. »Hab noch nie gehört, dass ein Dingo solchen Radau macht. Hört sich eher nach einer Frau an.«

Joe lachte. »Du hast nur Weiber im Kopf, Junge! Hast so lange keine Frau mehr gesehen, dass du anfängst zu fantasieren.« Aber als der Ton erneut zu hören war und in der Stille verhallte, runzelte er doch die Stirn. »Schätze, wir sollten uns trotzdem drum kümmern. Wenn's eine Frau ist, ist sie in Schwierigkeiten.«

Charlie fuhr sich mit den Fingern durchs Haar und rückte seinen Hut zurecht. »Wenn ich doch bloß Zeit hätte, mich zu rasieren und zu waschen«, sagte er mit einer betrübten Grimasse. »Ich muss ja stinken wie ein Dingo.«

»Schätze, das wird sie nicht weiter stören«, meinte Joe. »Ist ja nicht so, als ob du mit ihr tanzen gingst.«

Sie grinsten einander zu und ritten dann südwärts in die Richtung, aus der das Geräusch gekommen war. Der Job in Richmond würde auch morgen noch da sein.

Ellies Entsetzen war einem kalten Überlebenswillen gewichen. Steine und Geschrei hatten wenig Wirkung auf den Dingo, und Ellies Kräfte waren erschöpft. Der heftige Durst erschwerte das Denken. Keuchend stand sie da und beobachtete ihre stumme, abwartende Feindin.

Die Dingo-Hündin lag auf dem Bauch. Ihre Schnauze ruhte auf den Vorderpfoten; ihre Ohren waren aufgestellt, und die gelben Augen beobachteten wachsam, wie die Welpen um sie herumtollten.

Ellie war sich nur allzu bewusst, dass die Sonne westwärts wanderte und dass die Schatten, die sie auf den Boden warf, immer länger wurden. Sie würde etwas tun müssen, bevor es zu spät war. Denn der Dingo jagte nachts. Seine Augen konnten im Dunkeln sehen, und seine Nase witterte jede Beute. Sie würde sich nicht verstecken können.

Die Dingo-Hündin schnappte nach den spielenden Welpen und legte sich auf die Seite, um sie zu säugen. Sie fürchtete sich nicht vor der Dunkelheit. Sie hatte noch Zeit genug, um ihre Jungen trinken zu lassen, bevor die Jagd begann – und sie würde leichte Beute haben.

Ellie trat einen Schritt zurück. Dann noch einen und noch einen. Ihr Puls raste, und sie murmelte vor sich hin, während sie die Angst niederkämpfte und sich zwang, nicht loszurennen. »Wenn ich renne, wird sie mich verfolgen, wenn ich renne, wird sie mich verfolgen«, murmelte sie mit klappernden Zähnen. Es war ein Mantra. Es hielt sie aufrecht. Auf einen Schritt rückwärts folgte noch einer und noch einer, und dann zwei weitere.

Die Hündin richtete sich auf, und die Welpen krochen hastig unter sie. Sie beobachtete Ellie. Ihre gelben Augen ließen die zurückweichende Gestalt nicht los.

Ellie entfernte sich langsam immer weiter und konzentrierte sich dabei fest auf diese Augen. Wenn es nur eine Möglichkeit gäbe, sie abzulenken, dachte sie verzweifelt. Wenn doch nur etwas anderes auftauchen würde, was sie jagen könnte. Wo zum Teufel sind all die verdammten Kaninchen, wenn man sie mal braucht? Staub wirbelte unter Ellies Stiefeln auf, als sie zurückwich. Die Sonne brannte in ihrem Rücken, und noch immer beobachtete der Dingo Ellie wachsam.

Sie schob den Fuß zurück, glitt mit dem Spann über einen großen Stein und verlor das Gleichgewicht. Sie ruderte mit den

Armen, verrenkte sich schmerzhaft den Knöchel und fiel in den Staub. Ihr Atem entwich laut, als sie hart auf einem Gegenstand in ihrer Tasche landete. Ohne auf den Schmerz zu achten, rappelte sie sich wieder auf und richtete ihre ganze Aufmerksamkeit sofort wieder auf den Dingo.

Die Hündin fixierte sie, schüttelte die Welpen ab und erhob sich. Ihr Schwanz war gesenkt, die Schultern angespannt. Sie war bereit zum Sprung.

Ellie wühlte in ihrer Tasche und fischte Wang Lees Abschiedsgeschenk hervor. Dies war ihre einzige Chance – eine, an die sie nicht gedacht hatte, bis sie gestürzt war. Sie warf Schachtel und Seidenpapier beiseite und atmete auf, als sie sah, dass nichts zerbrochen war. Sie hielt den kleinen, verzierten Spiegel in die Sonne und richtete den gleißenden Lichtstrahl geradewegs auf die Augen der Dingo-Hündin.

Das Tier schüttelte den Kopf und wich dem blendenden Licht seitwärts aus.

Ellie drehte den Spiegel und betete, dass die Sonne länger anhalten möge als die Entschlossenheit des Dingo. Sie bewegte das strahlende Glas so, dass das helle Sonnenlicht gebündelt in die gelben Augen stach.

Der Dingo wich zurück, die Ohren gesenkt, den Schwanz eingeklemmt. Geduckt wandte er sich ab und schlich davon.

Ellie zitterte so sehr, dass sie kaum noch stehen konnte. Aber sie hielt sich aufrecht und wartete, während die Hündin mit ihren Welpen über die Ebene davonschnürte, und erst als die Tiere nur noch Pünktchen in der weiten Landschaft waren, wagte sie zu glauben, dass sie in Sicherheit war.

Joe hatte in der Ferne etwas kurz aufblitzen sehen, aber es war schwer zu sagen, wo es gewesen war, und jetzt, da das Schreien aufgehört hatte, gab es keinen Anhaltspunkt mehr. Er zügelte Satan. Der Hengst atmete schwer, und nach dem hektischen Ritt über die Ebene glänzte der Schweiß auf Hals und Flanken. Joe nahm den Hut ab und wischte sich mit dem Ärmel übers Gesicht. »Kannst du was sehen?«, keuchte er.

Charlie kniff die Augen zusammen und suchte den Horizont ab. »Nicht die Bohne«, knurrte er. »Und dabei war ich schon fest entschlossen, eine Jungfer in Not zu retten.«

Joe beobachtete nachdenklich die Umgebung; er lockerte seinen Hemdkragen und versuchte, dem Wind, der mit dem Sonnenuntergang eingesetzt hatte, ein wenig Kühlung zu entlocken. Irgendjemand war da draußen, aber sie könnten hier einen ganzen Tag lang reiten und die Leute trotzdem um eine Meile verfehlen. Die Ebenen des Outback waren einfach zu riesig, und in der bevorstehenden Nacht konnte ein einzelner Reisender mir nichts dir nichts verschwinden.

Sie stiegen von den erschöpften Pferden und führten sie in ruhigem Schritt. »War wahrscheinlich nur ein Tramp, der Dampf abgelassen hat«, brummte Charlie. »Das Blinken, das wir gesehen haben, kam bestimmt von seiner Grogflasche, und jetzt schläft er seinen Rausch aus.«

»Ist nicht lange her, dass wir auf den Wallaby-Pfaden gewandert sind, Alter. Wir hatten vielleicht nicht die nötigen Pennys für Grog, aber erinnerst du dich, wie einsam es war? Wie ungeheuer diese leere Weite? Schätze, wir sollten ihn suchen gehen. Nur um sicher zu sein, dass ihm nichts passiert ist.«

Grüne Augen blickten in blaue, und sie dachten an die Nächte, in denen sie sich unter eine Plane gekauert hatten, die den Regen jedoch nie hatte abhalten können. An die meilenweiten Wanderungen durch drückende Hitze zur nächsten Polizeistation, wo sie ihre kargen Wohlfahrtsrationen abgeholt hatten. So etwas wie Brüderlichkeit hatte es unter den Tramps, die sie getroffen hatten, nicht gegeben. Durch ihre Entschlossenheit, Arbeit zu finden, und durch ihre Jugend hatten sie sich von den anderen abgehoben. Sie hatten Nächte in einer Zelle auf der Polizeistation verbracht, nachdem man sie ohne Fahrkarte im Zug erwischt hatte. Nach einer Tracht Prügel war Charlie einmal fast vierundzwanzig Stunden lang bewusstlos gewesen, und es hatte endlos lange Tage gegeben, an denen sie nichts zu essen, keine Unterkunft und keine Arbeit gehabt hatten.

»Wir hatten aber auch gute Zeiten, oder?« Joe starrte in die Ferne, wo eine Staubwolke in den Himmel stieg. »Der Viehtrieb rauf nach Curry oder der Wildpferdefang. Haben ein paar gute Kumpel gefunden.« Sein Blick verharrte am Horizont. »Da drüben.« Er streckte den Zeigefinger aus. »Da wirbelt jemand Staub auf.«

Ellies Stiefel schlurften durch den Staub, als sie in die Richtung stapfte, in der hoffentlich Cloncurry lag. Sie hatte keine Ahnung, wie weit es bis dorthin war, aber das machte ihr keine Angst, denn sie war im Laufe des Jahres schon viele Meilen zu Fuß gegangen und war daran gewöhnt. Aber die Einsamkeit schien sie immer enger zu umfangen, je näher die Dunkelheit kam, und zum ersten Mal im Leben fühlte sie sich wirklich allein. Immer war Dad da gewesen; sie hatte mit ihm reden und mit ihm gehen können, und sie hatte die Leiden und Strapazen des Wanderlebens mit ihm geteilt. Jetzt war niemand mehr da.

Der Durst war ihr größter Feind. Sie hatte fast den ganzen Tag nichts getrunken. Ihre Zunge fühlte sich geschwollen an, und sie konnte nicht mehr genug Speichel aufbringen, um den Staub auszuspucken, der immer noch in ihrem Mund knirschte. Sie strich mit der Zunge über die trockenen Lippen und suchte nach irgendeinem Anzeichen für einen unterirdischen Wasserlauf, nach einem Bohrloch oder einer Wasserstelle. Ihr Mut sank. Hier gab es nichts als ein paar verkrüppelte Bäume, und gelegentlich kam die staubige Straße zum Vorschein, beschienen vom ersterbenden Glanz der roten Sonne.

Noch immer flirrte die Hitze am fernen Horizont. Papierdürres Gras raschelte, und Eukalyptusbäume welkten. Ihre Schritte waren ein einsames Geräusch in dieser endlosen Wildnis, begleitet vom aufreizenden Gebrumm der Fliegen und dem gelegentlichen Krächzen eines Raben. Dann aber wurde die Stille von einem Laut durchbrochen, und Ellie blieb wie angewurzelt stehen. Sie beschirmte ihre Augen vor dem grellen Licht und sah plötzlich, wie sich die Silhouetten zweier Reiter schwarz gegen den Sonnenuntergang abhoben.

Die Begeisterung darüber, dass jemand sie gefunden hatte, wurde durch Vorsicht gedämpft. Sie hatte zu viele Monate in der Domain verbracht, um irgendjemandem unbesehen zu vertrauen, erst recht, wenn es ein Fremder war. Sie bückte sich nach einem schweren Stein. Sie konnte nicht weglaufen oder sich irgendwo verstecken, und wenn die beiden wirklich Böses im Schilde führten, würde sie mit fliegenden Fahnen untergehen.

Sie beobachtete, wie die beiden abstiegen, und erkannte, dass sie nicht viel älter waren als sie selbst. Der eine war dunkelhaarig, der andere blond. Gut aussehende Jungen, drahtig, offensichtlich an das Leben im Outback gewöhnt. Trotzdem war es besser, sie nicht gleich wissen zu lassen, dass sie ein Mädchen war. Es wäre nicht das erste Mal, dass sie dieses Theater spielen musste, und nach dem Treck hinauf nach Longreach hatte sie jede Menge Übung darin. Sie drückte den Hut fest auf ihr struppiges Haar, reckte die Schultern und schaute den beiden entgegen. »Ich heiße Ed. Und wer seid ihr?«

Zwei Augenpaare weiteten sich erstaunt. Das blaue erinnerte sie an das Meer, und das andere war grün wie Wintergras. »Da soll mich doch …«, flüsterte der Hellhaarige. »Was macht denn ein kleines Kerlchen wie du so allein hier draußen?«

»Ich kümmer mich um meinen eigenen Kram«, schoss sie zurück und reckte sich zu ihrer vollen Größe von anderthalb Metern auf. »Und klein bin ich auch nicht. Ich bin fast vierzehn.« Sie sah den ungläubigen Blick, der zwischen den beiden hin und her ging, und wünschte sich zum hundertsten Mal, sie wäre größer. Es war peinlich, so ein Knirps zu sein. Niemand nahm einen ernst. Sie hob das Kinn. »Wer seid ihr?«, wiederholte sie.

»Ich bin Joe, und das ist mein Bruder Charlie. Dachten uns, du brauchst vielleicht Hilfe – aber wenn du schon so erwachsen bist, sollten wir vielleicht wieder verschwinden?«

Ellie sah das spöttische Blitzen in den smaragdgrünen Augen und musste das betörende Lächeln unwillkürlich erwidern. Zugleich wurde sie das Gefühl nicht los, dass diese Begegnung ihrer aller Leben auf irgendeine Weise verändern würde. Es war eine Vorahnung ferner Schatten.

EINS:
VIERUNDDREISSIG JAHRE SPÄTER

Claire kämpfte mit dem Ersatzreifen. Als das verdammte Ding endlich an seinem Platz war, streckte sie ihren Rücken und schaute wütend hinaus auf den verlassenen Highway. Die endlosen Meilen des Outback von Queensland lagen vor ihr, und die Hitze tanzte in Wellen über den Horizont. Sie hatte seit Stunden kein anderes Auto gesehen, und auch wenn sie durchaus in der Lage war, ein Rad zu wechseln, wäre es doch nett gewesen, ein bisschen Hilfe zu haben. Deshalb konnte sie das Outback nicht leiden: Es war zu leer, zu einsam, und nach ihren vier Jahren in Sydney war sie gewöhnt an Menschen und Lärm und das Treiben der Großstadt.

Voller düsterer Gedanken wischte sie sich den Schweiß vom Gesicht. Das lange blonde Haar klebte ihr am Hals, und der Minirock aus Baumwolle, der am Morgen noch frisch gewesen war, sah jetzt schlaff und verknautscht aus. Das war nicht die richtige Art, ihr Examen als Tiermedizinerin zu feiern; wenn es nach ihr ginge, wäre sie jetzt mit ihren Freunden am Strand, statt hier draußen mitten im Nirgendwo zu sitzen. Aber den Ruf nach Hause, nach Warratah, konnte sie nicht ignorieren. Ihre Großtante Aurelia hatte ihr unmissverständlich zu verstehen gegeben, dass es an der Zeit sei, die Atmosphäre zu bereinigen und der Entfremdung von ihrer Familie ein Ende zu machen. Und Aurelia widersprach man nicht. Nicht, wenn einem sein ruhiges Leben am Herzen lag.

Claire schlang ihr Haar zu einem groben Knoten und sicherte es mit einem Clip, und dann trank sie in tiefen Zügen. Die Flasche hatte auf dem Beifahrersitz gelegen, und das Wasser war unangenehm warm. Aber es wirkte, und bald konnte sie die letzte Radmutter anziehen und den Wagenheber herunterlassen. Sie warf das Werkzeug hinten in den Bus, stieg ein und startete den Motor.

Der Bus war ein alter grüner Holden, den ihr Dad bei einer Auktion in Burketown ergattert hatte. Der Wagen sah aus wie ein Wrack, aber der Autoschlosser von Warratah hatte den Motor überholt, und jetzt schnurrte er so gut wie neu, auch wenn der Rost durch den abgeblätterten Lack schimmerte und die Hecktüren an den Griffen zusammengebunden werden mussten, damit sie sich nicht öffneten. Oft genug hatte man ihr angeboten, den Wagen mit Flower-Power-Blümchen und Make-Love-Not-War-Emblemen zu schmücken, aber sie hatte immer widerstanden. Es war schlimm genug, das Ding durch den Verkehr von Sydney zu steuern, ohne dass es aussah, als gehöre es zu einem Zirkus.

Claire ließ den Motor im Leerlauf brummen und zündete sich eine Zigarette an. Der Gedanke an zu Hause und an ihre Familie trat wieder in den Vordergrund, und jetzt, da sie nur noch wenige Tagereisen von Warratah entfernt war, empfand sie gemischte Gefühle. Es würde gut sein, das alte Anwesen wiederzusehen. Den Duft der zitronengelben Akazienblüten einzuatmen, der wuchernden Rosen, die das alte Farmhaus bedeckten. Ihre Mutter Ellie hatte eine leidenschaftliche Vorliebe für Rosen, und in den milden Nächten des Outback erfüllte deren Moschusduft das ganze Haus. Aber sie erinnerte sich an die Anspannung, die an jenem letzten Tag vor fünf Jahren zwischen ihnen allen geherrscht hatte, und sie wusste, dass dieser Ruf nach Hause Tante Aurelias Versuch war, die Sache wieder in Ordnung zu bringen. Und das bereitete Claire Unbehagen. Denn die Fragen, die sie verfolgten, würden nun endlich beantwortet werden – und sie wusste nicht, ob sie schon darauf gefasst war. Sie hatte sich in Sydney eingerichtet. Sie hatte Freunde dort, und nach Weihnachten würde sie ihre Stelle in einer angesehenen Tierarztpraxis antreten. Die Schatten, die sie einmal verfolgt hatten, waren so gut wie gebannt, und der Gedanke, dass sie noch einmal zurückkehren sollten, missfiel ihr.

Claire drückte ihre Zigarette aus, legte den ersten Gang ein und fuhr zurück auf den Highway. Sie war nicht mehr das naive Mädchen vom Land, das Warratah vor all den Jahren verlassen hatte. Auch wenn ihre Tante einen Ölzweig geschwenkt hatte, wusste Claire, dass diese Heimkehr nicht einfach werden würde. Aber sie war auch klug genug, um zu wissen, dass sie nicht in alle Ewigkeit weglaufen konnte. Es war Zeit, der Wahrheit ins Auge zu blicken, so hart sie auch sein mochte.

Ellie hatte eine ruhelose Nacht hinter sich gebracht. Sie schlief nicht gern allein, aber ihr Mann war beim alljährlichen Viehauftrieb, und das Haus schien voller Echos zu sein, seit Leanne und Claire es verlassen hatten. Ellie hatte im Dunkeln gelegen, auf das Knarren und Seufzen der alten Balken gelauscht und sich gefragt, wo die Jahre hingegangen waren. Es war, als sei sie erst vor kurzer Zeit nach Warratah gekommen – ein schmächtiges Gör, das nichts besaß als ein paar zerlumpte Kleider und ein altes Pony –, aber jetzt nahte ihr achtundvierzigster Geburtstag mit Riesenschritten, und sie war Herrin über eine der größten Rinderfarmen in Northern Queensland.

Die Geister der Vergangenheit krochen heran, und sie gab den Gedanken an Schlaf vollends auf. Sie warf die Decke zurück, stieg aus dem großen Messingbett und tappte barfuß in die Küche. Hier war der Mittelpunkt des Hauses – der Ort, an dem die Kinder gespielt und Hausaufgaben gemacht und die Männer über das Vieh, das Wetter und die Rindfleischpreise diskutiert hatten. Es sah jetzt alles so ordentlich aus, erkannte sie, während sie darauf wartete, dass das Wasser kochte – so aufgeräumt. Früher hatte ein wirrer Haufen von Reitstiefeln in der Ecke gelegen und die schmutzige Wäsche sich in einem Korb neben dem Wasserboiler getürmt, und alles war von Spielsachen und Büchern übersät gewesen, die man hatte liegen lassen, wo sie hingefallen waren. Glückliche Zeiten!, dachte sie wehmütig.

»Es zeigt, dass du alt wirst, wenn du dich darüber beschwerst, wie ordentlich alles ist«, brummte sie schlecht gelaunt, während sie Tee aufgoss und zwei Löffel Zucker dazugab. Sie nahm einen kleinen Schluck und verzog das Gesicht. Selbstgespräche waren ein weiteres Anzeichen für das Alter, und sie merkte, dass sie in letzter Zeit öfter welche führte. Die Wahrheit war, dass die Mädchen ihr fehlten. Ihr munteres Geschnatter und ihre Energie – sogar ihre heftigen Streitereien. Es war einfach zu still hier, verdammt.

Sie schaute sich in der Küche um und sah sie zum ersten Mal richtig, obwohl sie so viele Stunden hier verbracht hatte. Die Holzbalken der Wände und der Decke waren schwarz vom Rauch des antiken Herds, den sie vor fünf Jahren durch einen neuen ersetzt hatte, und das primelgelbe Linoleum war rissig und zu einem Cremeweiß verblichen. Der solide Küchentisch und die Stühle waren in der Tischlerei gemacht worden und trugen die Narben jahrelanger Misshandlung durch Kinder und Viehtreiber. Die Schränke passten nicht zusammen und hatten einen neuen Anstrich nötig. Das Spülbecken war alt, der Gaskühlschrank unzuverlässig, die Fenstervorhänge verschossen. Doch obwohl die Reklame in den Illustrierten dazu verlockte, sich eine dieser neuen, modernen Küchen anzuschaffen, war es ihr so lieber. Dies war ihr Zuhause, und hier fühlte sie sich wohl.

Ohne wirklich zu wissen, warum, wanderte sie aus der Küche in die quadratische Diele an der Vorderseite des Hauses und öffnete die Türen der Schlafzimmer an jeder Seite. Es waren insgesamt vier, angebaut im Laufe der Jahre, als die Kinder kamen. Aus ihrem eigenen Zimmer schaute man hinaus auf die Eukalyptusbäume und den Billabong. Musselingardinen wehten vor den Fliegengittern und machten das helle Licht weicher, das nachmittags hereinstrahlte. Das Messingbett füllte das Zimmer fast ganz aus, und das Moskitonetz aus Spitzengewebe verlieh ihm einen Hauch von Exotik. Reihen von Fotos standen auf der ramponierten Kommode, Pferdebilder zierten die Holzwände, und der gebohnerte Fußboden schimmerte zwischen den im Raum verstreuten Schaffellteppichen hervor.

Ellie lächelte, als sie die Tür leise wieder schloss. Dies war ihr Zufluchtsort, der einzige Platz in all dem Irrsinn, der mit der Leitung einer solchen Farm einherging, an den sie sich flüchten und einander wiederfinden konnten.

Die Zimmer der Mädchen waren von fast allem befreit, was darauf hingedeutet hätte, dass sie einmal hier gewohnt hatten. Abgesehen von ein paar Spielsachen und Büchern, aus denen sie herausgewachsen waren, gab es hier kaum noch Spuren ihrer über zwanzigjährigen Anwesenheit. Ellie zwickte in die Patchwork-Steppdecken, schüttelte Kissen auf und berührte Bücher und Reitpokale. Leanne war jetzt verheiratet und hatte ein eigenes Zuhause, und Claire ... Claire hatte jetzt ihr Examen in der Tasche, eine strahlende Zukunft in der Stadt vor sich und pflegte einen Lebensstil, von dem Ellie nur unbestimmte Vorstellungen hatte. In den letzten vier Jahren hatten sie wenig Verbindung gehabt, und betrübt erkannte sie, dass ihre älteste Tochter ihr fremd geworden war.

Ungehalten über ihre düsteren Gedanken, schloss Ellie die Türen hinter sich, raffte einen Pullover vom Haken neben der Fliegentür und ging hinaus auf die Veranda. Es war noch dunkel; der Mond stand hoch am Himmel, und die Sterne leuchteten so klar und hell, dass es fast war, als könne man die Hand ausstrecken und sie berühren. Ellie atmete den Duft von Akazienblüten und Rosen ein, der sich mit dem herberen Geruch von Pferden, Rindern und gutem, fettem Boden mischte. Das Leben auf Warratah war alles, was sie brauchte. Eine Jahreszeit folgte hier mühelos auf die andere. Kälber wurden geboren, gebrannt und auf die Weide gebracht, bevor sie zusammengetrieben und für die Zucht oder den Schlachthof bestimmt wurden.

Seufzend schaute sie hinaus in die Dunkelheit zu den Weiden, die sich weiter erstreckten, als das Auge reichte. Nie würde sie diesen Ort verlassen, diesen geliebten Winkel von Queensland; er war ihr den größten Teil ihres Lebens hindurch Mutter und Vater gewesen. Die, die ihr am nächsten standen, hatten dieses Land mit Schweiß und Blut genährt. Es hatte mehr Kraft und Mut von ihr gefordert, als es je ein Mensch getan hatte.

Der Schaukelstuhl war alt; seine Kufen knarrten unter der leichten Last, als sie sich mit ihrem abkühlenden Tee hineinsetzte und zuschaute, wie die Morgendämmerung Farbe und Wärme brachte. Gespenstisch weißes Mitchell-Gras wurde silbrig, Tau glitzerte wie Millionen von Diamanten im neuen Licht. Eukalyptusbäume warfen tiefe Schatten über die gestampfte rote Erde der Rinderpferche und Corrals, und das Wasser des Billabong schimmerte wie Zinn zwischen Uferböschungen mit Trauerweiden und Spinnifex-Gras. Zufriedenheit und Trauer lagen in Ellies Lächeln, als ihr klar wurde, wie lange es her war, dass sie Warratah zum ersten Mal zu Gesicht bekommen hatte. Als sie so im wachsenden Licht dasaß, spürte sie, dass die Geister der Vergangenheit wieder zurückkehrten – und sie konnte sie nicht länger bannen.

Die Jungen gaben Ellie Wasser und machten sich daran, ein Lagerfeuer anzuzünden. »Wen haben wir denn da?«, brummte Joe plötzlich und spähte in die Dunkelheit.

Ellie drehte sich um und quiekte vor Freude. »Clipper! Dir

ist nichts passiert.« Sie stürzte dem Pony entgegen, als es auf sie zugetrabt kam, dicht gefolgt von dem Grauschimmel, und sie warf ihm die Arme um den Hals. »Oh, Clipper«, hauchte sie in das staubige Fell. »Ich dachte, ich hätte dich auch verloren.«

»Langsam, Kumpel! Ist doch bloß 'n schäbiges altes Pony.«

Ellie fuhr herum und schrie Charlie an: »Ist vielleicht schäbig für dich, aber er ist alles, was ich noch hab.«

»'tschuldige, dass ich was gesagt hab.« Charlie wich zurück und ging zu seinem Bruder, um ihm beim Feuermachen zu helfen.

Ellie hörte die beiden lachen und merkte, dass sie zu heftig reagiert und sich mit ihrem Geflenne wegen Clipper wahrscheinlich enttarnt hatte. Aber als sie den beiden Pferden die Sättel abnahm und sie abrieb, entspannte sie sich wieder. Sie hätten inzwischen etwas gesagt, wenn sie Verdacht geschöpft hätten.

Nach einem Abendessen aus rauchigem Tee aus der Blechkanne und sirupgetränktem Brot fing Ellie an, die Gesellschaft der beiden zu genießen. Die Zwillinge schienen ganz ehrlich zu sein – zwei gewöhnliche Jungen vom Lande. Sie sahen gut aus und einander seltsam ähnlich, obwohl der eine blond, der andere dunkel war, und es gefiel ihr, dass kleine Fältchen an ihren Augenwinkeln erschienen, wenn sie lachten. Und sie lachten oft. »Woher kommt ihr?«, fragte sie in einem ruhigen Augenblick.

»Aus 'ner Kleinstadt südöstlich von Brisbane. Lorraine. Wahrscheinlich hast du nie davon gehört«, sagte Joe und blies über seinen Tee. »Haben gerade drüben im Territory Wildpferde zusammengetrieben.«

»Hört sich aufregend an«, sagte Ellie und warf einen Blick hinüber zu dem prächtigen braunen Hengst, der unter den Bäumen gehobbelt war. »Stammt er daher?«

Joe nickte. »Hab ihn selbst eingeritten. Satan ist ein Teufel von einem Pferd, aber es gibt kein besseres.«

Ellie lächelte, aber sie schwieg. Über Clipper dachte sie genauso, auch wenn er die besten Jahre seines Lebens schon hinter sich hatte und die meisten Leute in ihm nicht mehr sahen als ein gewöhnliches altes Hütepony. Sie fuhr aus ihren Gedanken auf, als sie merkte, dass Joe sie beobachtete. Sein prüfender Blick bereitete ihr Unbehagen, denn es sah aus, als habe er den Verdacht, sie sei keineswegs das, was sie zu sein schien. »Stört dich was, Kumpel?«, fragte sie.

»Ich hab mich grad gefragt, was du so allein hier draußen treibst«, sagte Joe, und das dunkle Haar fiel ihm über die Augen. »Was ist mit deinen Eltern?«

Es war offensichtlich, dass er nicht vorhatte, die Sache auf sich beruhen zu lassen. Deshalb beschloss sie, ihm die Wahrheit zu sagen – oder zumindest einen Teil davon. »Ich und Dad, wir hatten nach dem Viehtreck rauf nach Longreach ausgemustert und waren auf dem Weg nach Curry, als der Sturm losbrach.« Sie schluckte angestrengt. »Dad ist umgekommen«, sagte sie knapp. Tränen blendeten sie, und wütend wischte sie sie weg. »Ich hab ihn da hinten irgendwo begraben.« Sie deutete mit ausgestrecktem Arm in die Dunkelheit.

Charlie drückte ihr sanft die Schulter. »Kopf hoch, Kumpel«, sagte er. »Muss wirklich hart gewesen sein.«

Joe strich sich das dunkle Haar aus der Stirn und kratzte sich am Kinn. In seinen grünen Augen schimmerte Humor, als er Ellie genauer betrachtete. »Du sagst uns doch die Wahrheit, Kleiner? Du bist doch nicht irgendwo ausgerissen, oder?«

Ellie stand auf und bohrte die Hände in die Hosentaschen. »Ich bin kein Lügner«, fuhr sie ihn an. »Dad ist tot. Mum ist schon vor Jahren weggelaufen, und ich bin auf dem Weg nach Gregory Downs. Scheiß auf den Rest!«

Joe lehnte sich zurück, hob ergeben die Hände und brüllte vor Lachen. »Langsam, Kumpel. Ich wollte dich nicht ärgern.« Er schaute seinen Bruder an, der ebenfalls lachte. »Junge, der ist ganz schön feurig für so einen kleinen Knirps. Schlimmer als du,

Charlie.« Schließlich hörte er auf zu lachen, und sein Gesicht wurde wieder ernst. »Wie willst du denn nach Gregory Downs kommen?«, fragte er. »Das ist ein verflucht weiter Weg. Was hast du denn da vor?«

»Ich hab 'ne Tante auf der Farm Warratah«, sagte sie entschlossen. »Und so weit ist es auch wieder nicht. Ich bin schon weiter gelaufen.«

Sie sah, wie in ihrem Blick Interesse aufleuchtete. »Gelaufen?«, fragte Charlie, und Joe stieß einen Pfiff aus. »Anscheinend haben wir hier den jüngsten Tramp der Stadt getroffen«, brummte er. »Woher stammst du denn, Kleiner?«

Ellie ließ sich auf ihre zusammengerollte Schlafdecke sinken. Die Erinnerungen überwältigten sie wieder. »Aus Sydney«, sagte sie leise. »Zwei Jahre nach dem Börsenkrach von neunundzwanzig hat Dad seinen Job und das Haus verloren. Wir haben dann zwei Jahre in der Domain gewohnt und waren fast neun Monate auf Wanderschaft.«

Die Jungen nickten, als verständen sie, wovon sie redete – als hätten sie ganz ähnliche Erfahrungen. Ermutigt redete Ellie weiter. »Dad war Buchhalter. Hatte keine Ahnung, was es bedeutet, hier draußen im Outback zu leben, aber er hat's ziemlich schnell gelernt. Wir beide.« Sie starrte in die Flammen und dachte an den langen Treck nach Norden. »Es war nicht leicht, Arbeit zu finden, zumal mit einem Kind im Schlepptau«, sagte sie verbittert und verstummte dann.

»Und was ist passiert?«, drängte Joe.

Ellie starrte ins Feuer. Als sie in Charleville angekommen waren, hatte sie erkannt, dass sie etwas tun musste, um zu helfen. Wenn sie ein Junge gewesen wäre, hätte man sie auf den Schaf- und Rinderfarmen vielleicht bereitwilliger aufgenommen. Also hatte sie sich das Haar kurz geschnitten und die Haltung und den Gang der Jungen aus der Domain angenommen, und dann hatte sie Dad nur noch überreden müssen, sie als Ed zu akzeptieren. Damit hatten bessere Zeiten angefangen. »Ich und Dad haben einen Job auf der Farm Gowrie gekriegt. Ich habe beim Koch gearbeitet; Wang Lee hieß er. Und Dad war bei den Pferden.«

»Wir kennen die Farm«, sagte Charlie eifrig. »Der Vormann der Viehtreiber ist ein Kumpel von uns. Snowy White. Netter Kerl für einen Aborigine. Erzählt tolle Geschichten.«

Ellie grinste. »Bessere gibt's nicht«, sagte sie zustimmend. »Wang Lee war in Ordnung, wenn man sich erst mal mit seiner schlechten Laune abgefunden hatte. Auch ein guter Kerl.« Sie wühlte in ihrer Tasche nach dem zierlichen kleinen Spiegel. »Am Ende des Trecks hat er mir den geschenkt. Hat mir das Leben gerettet.«

»Komisches Geschenk für 'n Kerl«, knurrte Charlie, als er den vergoldeten, mit leuchtend bunten Steinen gefassten Spiegel betrachtete.

Ellie steckte den Spiegel wieder ein. Es war ein Fehler gewesen, ihnen dieses Mädchengeschenk zu zeigen. Hastig erzählte sie, wie dieser Spiegel sie vor dem sicheren Tod bewahrt hatte; sie schmückte die Geschichte aus, zog sie in die Länge, ließ sie immer tollkühner und spannender werden – ganz so, wie die Männer es abends am Lagerfeuer zu tun pflegten. »Wang Lee hat mir dauernd Sachen geschenkt«, fuhr sie dann fort. »Bin auf dem Treck mal gestürzt und hab mir den Fuß verletzt; da hat er mir diesen Stock gemacht, damit ich besser laufen kann.« Sie zog das Geschenk aus der Satteltasche, und die kunstvollen Schnitzereien, die Hunde und Büffel darstellten, wurden pflichtschuldig bewundert.

»Schätze, es wird Zeit, ein bisschen zu schlafen, Kumpel. Morgen geht's früh los.« Charlie rollte seine Decke auseinander, rückte seinen Sattel bequemer zurecht und ließ sich nieder. Wenige Augenblicke später schnarchte er.

Ellie schaute Joe an und lächelte. Er hatte etwas Stilles an sich, das sie von sich selbst auch kannte – als fühle er sich wohl in seiner Umgebung und in dem Leben, das er führte. »Hab ihn wohl müde geredet«, sagte sie leise. »Auf dem Treck haben die Jungs immer gesagt, ich soll mal den Mund halten, aber das kann ich ja nicht, wenn ich alles lernen will.«

Joe lächelte, und seine Augen leuchteten wie dunkle Smaragde im Licht der ersterbenden Flammen. »*Alles* ist aber eine Menge, wenn du es in ein paar Monaten lernen willst«, sagte er. »Schätze, das schaffst du noch früh genug.«

Der Morgen dämmerte, als sie aufwachten. Die Asche war kalt, und die Kälte des Outback-Winters lag noch immer wie glitzernder Reif auf der roten Erde. Joe drehte sich unter der Decke um und genoss den letzten Rest Wärme, bevor er dem Tag ins Auge blicken musste. Er schaute zu, wie Ed das Feuer wieder in Gang brachte, den Blechkessel aufsetzte und sich um sein Pferd und sein Pony kümmerte. Der Kleine kannte sich im Camp offensichtlich aus. Trotzdem nagte ein bohrender Zweifel an Joe, und er runzelte die Stirn. Der Junge war blitzgescheit, das sah man an der Art, wie er überlebt hatte. Aber er sagte ihnen nicht die Wahrheit. Das stand fest. Und da war noch etwas anderes. Etwas weniger Greifbares, das Joe Unbehagen bereitete. Er fühlte sich zu dem Kleinen hingezogen, und es war ihm plötzlich wichtig geworden, ihn zu beschützen.

Diese Gedanken machten ihn unruhig. Er warf die Wolldecke zurück und ging zu seinen Pferden. Wahrscheinlich erinnerten Eds Erfahrungen ihn an die eigene Kindheit. An den Verlust seiner Eltern und an den Schmerz, den es ihm bereitet hatte, als ihm das einzige Zuhause, das er je gekannt hatte, genommen wurde. Er umrundete seine kleine Pferdeherde, rieb die Tiere ab, band ihnen die Fußfesseln los und zäumte sie auf – aber in Gedanken war er meilenweit entfernt.

Dad hatte das Haus gebaut, als er und Mum frisch verheiratet nach Lorraine gezogen waren. Die Veranda war schattig, wenn auch ein bisschen schief gewesen. Das Wellblechdach hatte im Laufe der Jahre oft geflickt werden müssen, und Termiten hatten ihr Bestes getan, um die Holzwände und Balken zum Einsturz zu bringen. Beim Abschied hatte er den Fehler begangen, zurückzublicken. Da hatte die Dreizimmerhütte schon verlassen ausgesehen. Die Wände wirkten noch ein bisschen schiefer, wo Unkraut durch die Holzschindeln wucherte. Das Dach war tiefer auf die verrotteten Balken gesackt und ließ die Veranda so krumm aussehen wie nie zuvor.

Seufzend kratzte Joe sich am Kinn und kehrte zurück zu ihrem einfachen Lagerplatz. Zurückzublicken war niemals gut, denn man konnte die Vergangenheit nicht ändern. Das war eine harte Lektion – eine, die Ed allein lernen musste.

Das Frühstück bestand aus kaltem Fladenbrot mit einem Brocken Cornedbeef und einem Becher dampfendem Tee. Sie aßen schnell und beinahe schweigend. Sie mussten unterwegs sein, ehe die Sonne allzu hoch am Himmel stände und die Hitze und die Fliegen unerträglich würden.

Charlie kippte den Rest seines Tees ins Feuer und scharrte mit dem Fuß Sand über die Asche, um die Glut zu löschen. »Also los!« Er hob Sattel und Decke auf und schaute Joe an. »Wir bringen den Kleinen zum Farmhaus, wenn wir da sind. Die werden schon wissen, was sie mit ihm anfangen sollen.«

»Zu welchem Farmhaus?« Eds braune Augen unter dem struppigen Haar musterten die beiden ernst.

»Wilga. In Richmond.« Charlie sattelte sein Pferd. »Haben da einen Job, wenn wir rechtzeitig ankommen.« Er schaute vielsagend zur Sonne. »Die werden sich um dich kümmern.«

»Ich gehe aber nicht in diese Richtung«, war die entschiedene Antwort. »»Warratah liegt im Nordwesten.«

»Verdammt, das ist zu weit weg!« Ungeduldig zog Charlie die Gurte stramm und ordnete die Steigbügel. »Du bleibst bis Wilga bei uns, und von da aus wird sich finden, wie es weitergeht.«

Joe grinste, als er das trotzig gereckte Kinn und den feurigen Glanz in den Augen des Kleinen sah. Er hatte das Gefühl, dass Charlie hier einen ebenbürtigen Gegner gefunden hatte, und jetzt war er neugierig, wie weit der Kleine kommen würde, ehe das Feuerwerk losginge.

»Ich gehe auf keine Farm in Richmond. Ich gehe nach Norden.« Der Kleine stopfte die Hände in die Tasche, schob das Kinn vor, reckte die Schultern und funkelte Charlie an.

»Na, da bringen wir dich aber nicht hin. Also hör auf zu meckern.« Charlie warf Joe einen Hilfe suchenden Blick zu. Als er merkte, dass er von Joe nichts zu erwarten hatte, wandte er sich seufzend wieder dem Kleinen zu, der da so trotzig vor ihm stand. »Du wirst schon mit uns kommen müssen, Kumpel.«

»Muss ich nicht.« Der Kleine stieg in den Sattel und raffte die Zügel zusammen. »Ich reite allein nach Warratah.«

Charlie drückte sich den Hut auf den Kopf. »Verdammte Gören«, seufzte er. »Nie tun sie, was man ihnen sagt, verdammt.« Er trat an das Pony heran und erschreckte es, als er nach den Zügeln greifen wollte. »Entweder tust du jetzt, was ich dir sage, oder du kriegst meinen Gürtel zu spüren.«

»Wenn du das versuchst, schlag ich dir deinen verdammten Schädel ein.« Der schwere Wanderstock wurde aus der Satteltasche gezogen und hoch in die Luft erhoben.

Joe hatte genug gesehen. »Das reicht!«, sagte er in scharfem Ton. »Schluss jetzt, ihr beiden.« Er trat zwischen seinen Bruder und den Jungen. »Wir bringen dich nach Gregory. Wenn deine Tante dankbar genug ist, gibt sie uns vielleicht einen Job zum Ausgleich für den, der uns jetzt durch die Lappen geht, ja?«

Der Bengel grinste breit, und die Sommersprossen auf der Stupsnase tanzten. »Darauf kannst du dich verlassen.« Wieder raffte er die Zügel zusammen. »Dann sollten wir jetzt mal losreiten.«

»Sollen wir uns von diesem Wadenbeißer vorschreiben lassen,

was wir tun?« Charlie schnappte staunend nach Luft. »Woher wissen wir denn, dass seine Tante uns Arbeit gibt? In Gregory ist es so trocken wie im Arsch einer Schlange, und nach allem, was ich gehört habe, ist das meiste Vieh da oben längst weg.«

»Wir können ihn nicht allein losziehen lassen«, entgegnete Joe. »Er ist noch ein Kind, und er ist zu klein, um sich auf eigene Faust durchzuschlagen.« Er beugte sich näher zu seinem Bruder. »Lass es gut sein, Charlie«, warnte er leise.

Mit finsterer Miene wandte Charlie sich ab und stieg auf sein Pferd. Er zog sich den Hut in die Stirn und funkelte die beiden anderen an. »Ich hoffe, am Ende dieses Weges wartet ein Job, Freundchen«, sagte er warnend zu Ellie. »Sonst gibt's Ärger.«

Sie waren tagelang unterwegs gewesen und der Bahn der Verwüstung gefolgt, die der Sturm auf seinem Weg über die Ebene angerichtet hatte. Curry hatte es schlimm getroffen; Dächer waren abgerissen, und das Wüten der Unwetter hatte Vieh meilenweit über das Land geschleudert und tot zurückgelassen. Die lange Straße, die von Curry aus weiterführte, war nicht mehr zu sehen. Als sie bei Threeways abbogen und sich auf Gregory Downs zubewegten, sahen sie auch hier entwurzelte Bäume und durchhängende Zäune in Dünen aus rotem Sand.

Ellie schaute sich um, während sie an der Seite der beiden Brüder ritt. Es war eine trostlose Gegend, dieses Land, in dem ihre Tante wohnte, und sie fragte sich, wie jemand hier draußen überhaupt existieren konnte. Alles war staubig, das Gras silbrig und karg, meilenweit nichts als Leere. Der große Fluss war nur ein Rinnsal auf seinem Weg zur Nordküste, und die Billabongs, in denen zur Regenzeit das Wasser stand, lagen wie tönerne Pfannen unter Trauerweiden und Eichen.

Aber je weiter sie nach Westen kamen, desto besser konnte Ellie verstehen, weshalb ihre Tante sich hier draußen angesiedelt hatte. Ellie konnte sich vorstellen, wie es aussehen musste, wenn die Regenfälle einsetzten. Denn als sie durch die Schlucht ritten, die sie zum fernen Südwestrand von Warratah bringen würde, gelangten sie nach der versengten Ebene in eine andere Welt: eine unglaublich grüne Welt mit hohen Kiefern, Feigenbäumen und Palmen. In einem tiefen, geheimnisvollen Bachlauf spielten Schildkröten und lauerten Süßwasserkrokodile, und der Busch ringsum war erfüllt vom Geschrei der Jabirus und Kakadus. Leuchtend rot, blau und zitronengelb blitzte es pfeilschnell zwischen den Zweigen, als Myriaden von Vögeln erschrocken aufflatterten, und die sanften grauen Wallabys richteten sich auf und beobachteten angespannt und fluchtbereit, wie die Eindringlinge ihr Lager aufschlugen.

Joe hatte eines Tages ein Murmeltier gefangen und ein paar Yabbies ausgegraben, winzige Krebse, die sie über dem Feuer gekocht hatten und deren zartes weißes Fleisch so köstlich schmeckte, dass Ellie sich noch lange nach dem Essen die Finger geleckt hatte. An einem anderen Tag hatte Charlie das Gewehr hervorgeholt und zwei Enten geschossen, und Ellie hatte geholfen, sie zu rupfen, bevor sie die Vögel auf Äste gespießt und über dem Feuer gebraten hatten.

Im Laufe der Tage fühlte Ellie sich zu den Jungen hingezogen. Es war nicht schwer, mit ihnen zu plaudern und sich ihnen anzuvertrauen. Sie teilten die Erfahrungen, die sie in ihrem Leben auf den Wallaby-Pfaden gemacht hatten, und fühlten sich dadurch einander verbunden. Im Laufe der Zeit wurde ihr klar, dass der Abschied von den beiden Jungen schmerzhaft sein würde.

Doch Ellies Betrug lag wie ein Makel auf dieser neuen Freundschaft. Sie biss sich auf die Lippe, als sie sich den ersten Zäunen näherten, die den riesigen Besitz ihrer Tante umgaben. Jetzt, mitten in der Trockenzeit, gab es keine Garantie dafür, dass sie ihr Versprechen halten und den Jungen Arbeit verschaffen könnte. Ihre Lügen bereiteten ihr Gewissensbisse. Als »Ed« hatten sie

sie als einen der ihren akzeptiert, als einen Kumpel, dem sie weiterhalfen und der ihnen am Ende der Reise einen Job versprochen hatte. Sie aber hatte ihre wahre Identität weiterhin verschwiegen; es machte zwar Spaß, mit den beiden zusammen zu sein, aber Charlie hatte doch ein ziemlich unberechenbares Temperament erkennen lassen. Er war schon wütend genug darüber, dass er sie auf diesem weiten Weg begleiten musste. Da wusste der Himmel, was er tun würde, wenn er erfuhr, dass sie gelogen hatte und dass am Ende der Reise keineswegs ein Job auf die Brüder wartete.

Sie ritten noch anderthalb Tage so weiter. Von der Farm selbst war noch nichts zu sehen, und allmählich fragte Ellie sich, ob sie sie jemals finden würden inmitten dieser niedrigen Hügel, die von verkrüppelten Gummibäumen übersät waren. Aber sie hatte Freude an dieser grünen Landschaft voller Giddea, Eukalyptus- und Terpentinbäumen und Akazien, und sie stellte fest, dass das Reiten im Spinnifex-Gras ihr mehr Spaß machte als auf nackter roter Erde. Auch die Wasserlöcher im Schatten von Kalksteinhöhlen und blühendem Blutholz-Eukalyptus gefielen ihr gut.

Entspannt saß sie auf Clippers Rücken. Der Schecke hatte ein bisschen zugenommen, nachdem er ein paar Tage lang gutes Gras und frisches Wasser bekommen hatte, und sein Fell glänzte wieder. Sogar der Grauschimmel sah gesünder aus, aber sie merkte doch, dass das Tier müde war; hoffentlich würde er lange genug durchhalten, um auf der Rinderfarm seine wohlverdiente Ruhe zu finden. Der Grauschimmel war das einzige Andenken an ihren Vater, das sie hatte.

Endlich gelangten sie über eine flache Anhöhe, und unten im Tal vor ihnen erschien Warratah. Von goldenem Sonnenlicht überflutet, lag die Farm inmitten eines blutroten Geländes. Das rostige Wellblechdach verschwand fast völlig unter der schneeweißen Blütenpracht eines Jarrahbaums. Violette Bougainvilleen und rote Rosen rankten sich am Wasserturm hinauf, und ein limonengrüner Pfefferbaum spendete Schatten für Viehpferche und Gehege. Eine Gruppe von zitronengelb blühenden Akazien sprenkelte die Pferdekoppel, und die Sonne funkelte auf dem Wasser, das der Billabong noch enthielt. Im Norden des Farmgeländes erstreckte sich eine Rollbahn aus Lehm. Das zweimotorige Propellerflugzeug war nur ein weißer Punkt auf der roten Erde.

Joe stieß einen leisen Pfiff aus. »Junge, das ist aber eine tolle Farm, die deine Tante da hat!«

Ellie merkte, dass sie wieder Mut schöpfte. Warratah war schöner, als sie es sich je hatte träumen lassen. Als sie so auf die weitläufigen Nebengebäude und Stallungen hinunterblickte und die gepflegten Rinder auf den Weiden sah, da wusste sie, dass sie nie wieder von hier fortgehen würde, wenn es nicht sein müsste. Erwartungsvoll ließ sie Clipper den flachen Abhang hinuntertraben.

Beim Überqueren der Koppel hörte sie Hammerschläge auf Metall, und sie entdeckte die Schmiede. Auf dem Hof liefen Männer geschäftig hin und her; sie schleppten Futtersäcke und Sättel und riefen einander unter dem Muhen der Kühe dies und jenes zu. Zahlreiche Holzhütten umstanden den Farmhof. Ellie konnte nur vermuten, wozu sie dienten. Es waren vor allem die prächtigen Pferde auf der Koppel, die ihre Aufmerksamkeit erregten, und das schrille Gekläff der Hunde in dem riesenhaften Zwinger entlockte ihr ein Lächeln.

Der Duft der Rosen und Akazienblüten stieg ihr zu Kopf und lag noch in dieser Entfernung schwer in der Luft. Ellie verspürte das erste Beben des Zweifels. Dad hatte ihr eigentlich nicht viel von dieser Farm erzählt, und nie hatte er erwähnt, dass ihre Tante reich sei. Aber als sie sich dem letzten Tor näherten, durch das sie auf den Hof gelangen würden, sah sie, dass die Veranda auf der einen Seite abgesackt war. Die Fliegengitter mussten geflickt werden, und das Dach unter der Flut weißer Blüten war unfachmännisch repariert worden. Die Farbe am Haus blätterte ab, die Stufen zur Veranda waren von Termiten zerfressen, und das weiße Ziergitter, das sich wie Spitze am Verandadach entlangzog, hatte auf jeden Fall bessere Zeiten gesehen.

»Sieht aus, als gäb's ein Begrüßungskomitee«, brummte Joe, denn überall hielt man in der Arbeit inne. Mindestens fünfzig Augenpaare beäugten sie misstrauisch, als sie näher kamen. »Bist du sicher, dass wir hier richtig sind?«

Ellie nickte. Ein Gelbwangenkakadu beschimpfte sie kreischend von seiner Stange auf der Veranda. Sie hatte einen trockenen Mund und Herzklopfen, denn sie hatte die elegante blonde Frau erkannt, die ans Verandageländer getreten war. Ellie wusste, das konnte nur Ärger bedeuten.

»Du liebe Güte!« Charlie schnappte nach Luft. »Ist der alte Drachen etwa deine Tante? Der möchte ich aber nicht im Dunkeln übern Weg laufen.«

»Haut ab«, krähte der Kakadu. »Kein Logis hier!«

Ellie unterdrückte ein nervöses Kichern. Es war eine außergewöhnliche Frau, die sie da auf der obersten Stufe erwartete. Sie trug eine Männerjacke, und die ausgebeulte Hose war in dicke Wollsocken gestopft; so stand sie in kräftigen Halbschuhen breitbeinig auf der Veranda. Ihr Monokel blitzte im Sonnenschein. Pfeifenrauch wehte vor ihrem Gesicht und hinterließ eine ingwerfarbene Welle vorn in ihrem dichten, silbrigen Haar. Tante Aurelia sah wirklich nicht so aus, wie Ellie es erwartet hatte, ja, sie stand in krassem Gegensatz zu der zarten weiblichen Gestalt in Weiß, die sich an das Verandageländer drapiert hatte.

»Dad hat gesagt, Tante Aurelia ist in Ordnung«, flüsterte sie, aber so optimistisch, wie es sich anhörte, war ihr nicht zumute. »Sie mag Furcht erregend aussehen, aber Dad sagt, sie ist 'ne prima Lady mit gutem Herzen.« Sie atmete tief durch, um ihren jagenden Puls zur Ruhe zu bringen. »Nicht vor *ihr* müsst ihr euch hüten«, fügte sie erbittert hinzu.

Sie ließen die Pferde Schulter an Schulter auf die Veranda zugehen. »Wer ist der Kerl, der da neben deiner Tante steht?«, fragte Joe leise.

Ellie zuckte die Achseln. »Keine Ahnung. Sie ist Witwe.« Sie beobachtete, wie ihre Tante das Monokel fester an seinen Platz drückte, um die Besucher besser sehen zu können, und merkte, dass sie Joes Pferd mit tiefem Argwohn betrachtete. Plötzlich wurde Ellie bewusst, welchen Eindruck sie auf die Leute auf der Veranda machen mussten. Die zähen kleinen Hüteponys wirkten wie arme Verwandte des tänzelnden braunen Hengstes, und sie selbst waren nach den Strapazen des Outback schmutzig und zerlumpt. Aber daran war nichts zu ändern, und wenn sie ihnen erst gesagt hätte, wer sie war, würde es darauf auch nicht mehr ankommen.

»Deine Tante gefällt mir nicht so gut, Ed, aber die andere sieht umwerfend aus. Wer ist sie?«, fragte Charlie. Die Vision in Weiß hob eine elegante Hand, um ihre Augen vor dem grellen Licht zu beschirmen. Charlie strich sich das blonde Haar zurück und rückte den Hut zurecht. »Sieht aus, als hätte dieser Ritt sich am Ende doch noch gelohnt.«

Ellies Antwort blieb ihr im Halse stecken, als die Stimme der Frau nur allzu deutlich über den Hof wehte.

»Ich an deiner Stelle würde sie gleich weiterschicken«, sagte sie entschlossen und mit vornehmem englischen Akzent. »Eine ungehobelte Bande, auch wenn sie noch jung sind.«

»Sehen nicht anders aus als tausend andere Kids im Outback. Und niemand wird hier einfach weggejagt«, sagte der Mann im Schatten. »Es ist ungeschriebenes Gesetz hier draußen, dass man Fremden Essen und Unterkunft gibt, ganz gleich, wie sie aussehen.«

Ellie fragte sich, in welcher Beziehung er zu den beiden Frauen stand. Immerhin machte er einen vernünftigen Eindruck, und schon deshalb war er ihr sympathisch.

Die Frau rümpfte die Nase. »Nun, dann lass sie wenigstens nicht ins Haus, Aurelia. Wahrscheinlich stinken sie zum Himmel, und außerdem werden sie dich am Ende ausplündern.«

Der ganze alte Zorn stieg in Ellie wieder empor, als sie jetzt vor der Veranda stehen blieb. Kampfbereit rutschte sie aus dem Sattel, aber die dunkle Altstimme ihrer Tante ließ sie innehalten.

»Bleib da!«, befahl sie. »Wenn es Arbeit ist, was ihr hier sucht, tut es mir Leid.« Sie hob die Hand und erstickte Ellies Widerspruch im Keim. »Aber ich gebe euch gern etwas zu essen und ein Bett für die Nacht.«

»Ich hab gleich gesagt, wir hätten uns die verdammte weite Reise sparen sollen«, zischte Charlie, und noch ehe Ellie ein Wort hervorbringen konnte, wandte er sich an Tante Aurelia. »Wir sind seinetwegen hier«, sagte er wütend und deutete auf Ellie. »Jetzt ist uns ein guter Job in Richmond durch die Lappen gegangen, und wir kriegen nichts dafür.«

Stirnrunzelnd rückte Aurelia ihr Monokel zurecht und schaute auf Ellie herab. »Kenne ich dich, mein Sohn?«, fragte sie freundlich.

Ellie wollte antworten, aber schon wieder fiel eine ungeduldige Stimme ihr ins Wort. »Um Himmels willen, Aurelia, natürlich nicht!« Die stark geschminkten Augen musterten Ellie mit verachtungsvollem Blitzen. »Das ist eine schmutzige kleine Rotznase, die darauf spekuliert, dass sie dir was abluchsen kann.« Mit herrischem Ton wandte sie sich an Ellie und die beiden Jungen. »Verschwindet! Lasst euch im Kochhaus etwas zu essen geben, und dann reitet weiter. Hier gibt's nichts für euch.«

Jetzt hatte Ellie genug. All die Jahre voller Kränkung und Groll brachen in einem Sturzbach der Wut aus ihr hervor. »Du selbstsüchtiges Biest!«, fauchte sie. »Du hast dich kein bisschen geändert, was? Kommandierst immer noch die Leute herum und hältst dich für was Besseres, aber dabei bist du bloß eine niederträchtige, bösartige Kuh.« Sie war rot angelaufen und keuchte, und alles schwieg wie vom Donner gerührt.

»Lass es gut sein, Ed! Treib's nicht zu toll, Kumpel.« Joe legte ihr besänftigend eine Hand auf die Schulter.

»Kein Logis«, kreischte der Kakadu, der jetzt vollends aus dem Häuschen geriet. »Scheiße!«

Ellie schüttelte Joes Hand von sich ab. »Dich haben sie nicht in der Domain abgeladen, bloß weil sie sich mit ihrem neuesten Boyfriend amüsieren wollte«, zischte sie ihn an. »Du hast nicht mit fünf Jahren plötzlich dagestanden und dich gefragt, was du so Böses getan hast, wenn deine Mutter dich so sehr hasst, dass sie dich allein lässt.«

Aurelia schnappte nach Luft, und Ellie sah, dass sie zwischen Entsetzen und Freude hin und her gerissen war, als sie jetzt von der Veranda kam und den Hof überquerte. »Elspeth?«, fragte sie mit dröhnender Stimme. »Bist du das unter all dem Schmutz?«

Ellie reckte das Kinn vor und zog mit trotzigem Blick ihren verbeulten Buschhut vom Kopf, sodass man die struppig kurz geschnittenen blonden Haare sah. Endlich hatte jemand sie erkannt, aber das Warten war eine Qual gewesen. »Du musst Tante Aurelia sein«, sagte sie schlicht. »Das ist Joe, und das ist Charlie.«

Sie fuhr zusammen, als der schrille Schrei ihrer Mutter die Stille zerriss. »Elspeth? Elspeth, was ist mit deinen Haaren passiert? Und wieso bist du so angezogen?«

»Halt den Mund, Alicia«, sagte Aurelia leise. »Das arme Kind hat offensichtlich schon genug durchgemacht, ohne dass du jetzt auf Dingen herumreitest, die völlig unwichtig sind.« Sie nahm Ellies Hände. »Ich bin froh, dass du wohlauf bist, mein liebes Kind«, sagte sie. »Wir haben uns solche Sorgen gemacht.«

Ellie schaute in die ruhigen grauen Augen und wusste, dass sie eine Verbündete hatte. Und bevor sie etwas sagen konnte, umschlangen sie großzügige Arme so fest, dass sie an dem üppigen Busen beinahe erstickt wäre. Ellie klammerte sich an ihre Tante wie an einen Anker, der ihr freundlich und bereitwillig Halt gab. Tante Aurelia sah vielleicht Furcht einflößend aus, aber sie hatte offensichtlich ein gutes Herz, und im Gegensatz zu ihrer Mutter hatte ihr Ellies Schicksal wirklich Sorgen bereitet. Tränen brannten in ihren Augen, als die Erinnerung an die Strapazen der weiten Reise und an den Verlust ihres Vaters sie übermannte, und erst als Joe in lautes Lachen ausbrach, löste sie sich aus der Umarmung.

»Verflucht noch mal! Soll das heißen, wir haben uns von einer verdammten Göre fast bis zum Nordpol locken lassen?«, prustete er. »Na, wenn das nicht dem Fass die Krone ausschlägt, dann weiß ich's nicht!«

»Fass die Krone!«, schrie der Vogel und tanzte seitwärts auf dem Geländer.

»Lass es gut sein, Joe«, sagte Charlie, der selbst lachen musste. »Sie hat sich nie was anmerken lassen und hat uns beiden was vorgemacht. Zwei Gimpel sind wir gewesen – und was für welche.« Er stieg vom Pferd und schüttelte Aurelia die Hand. »Nett, Sie endlich kennen zu lernen, Missus«, sagte er, und noch immer zuckten seine Mundwinkel. »Entschuldigen Sie meinen Bruder. Er meint's nicht respektlos.«

Ein Wirbelsturm namens Alicia hätte ihn fast zu Boden geworfen. Sie stieß ihn beiseite und riss Elspeth aus Aurelias Armen. »Mein Baby«, weinte sie und vermied dabei sorgfältig jede Berührung mit dem schmutzigen Overall und der Jacke. »Gott sei Dank, dass es dir gut geht. Wir dachten schon, du bist tot. Was um alles in der Welt hat dein Vater sich dabei gedacht, als er dich den weiten Weg hierher hat machen lassen?«

Angesichts dieser Heuchelei kam Ellie die Galle hoch. Sie stieß ihre Mutter von sich. Das Letzte, was sie jetzt gebrauchen konnte, war einer von Mums dramatischen Auftritten.

Aber Alicia schien gar nichts zu merken. Sie schaute über die Koppel hinaus. »Wo ist er überhaupt? Wird Zeit, dass ich ihm mal die Meinung sage.«

Ellie wischte sich die Nase mit dem Ärmel ab. Sie hatte ein Taschentuch, aber sie wusste, dass sie ihre Mutter damit besser ärgern konnte als mit allem anderen, und der Ausdruck des Abscheus in Alicias Gesicht verschaffte ihr tatsächlich ein wenig Genugtuung. »Er ist tot«, sagte sie ausdruckslos.

»Tot?«, schrie Alicia auf. »Er hat nicht tot zu sein. Wie kann er das wagen und mein kostbares Baby mitten in der Wüste ganz allein lassen?« Sie stürzte sich auf Ellie und unternahm einen neuerlichen Versuch, sie zu umarmen.

Ellie wich den krallenden Fingern seitwärts aus und blieb im Windschatten von Aurelias kräftiger Gestalt. »Er hat's nicht absichtlich getan«, fauchte sie. »Tatsächlich hat er sogar versucht, mich vor dem Unwetter zu schützen. Schätze, er hat mir das Leben gerettet.«

Aurelias Monokelblick funkelte. »Um Himmels willen, nimm dich zusammen, Alicia, und hör auf mit diesem schrecklichen Getue! Du regst Elspeth auf, und der arme alte Kelly ist schon ganz außer sich.« Sie legte Ellie einen festen Arm um die Schultern und führte sie die Treppe hinauf. »Komm«, sagte sie herrisch. »Wird Zeit, dass du Kelly kennen lernst. Ihr beide auch«, sagte sie über die Schulter zu Joe und Charlie. »Ich habe eine Überraschung für euch zwei.«

»Schätze, wir haben für einen Tag genug Überraschungen erlebt, Missus«, gluckste Joe.

»Die hier wird euch gefallen«, sagte Aurelia entschlossen.

»Du kannst doch nicht ...« Alicia wollte protestieren.

»Ich tue, was ich will und wann ich es will«, sagte Aurelia. »Das hat mit dir überhaupt nichts zu tun, Alicia.«

Sie machte Ellie und die Jungen mit Kelly bekannt. »Mein verstorbener Ehemann hat ihn beim Kartenspiel in Sydney gewonnen«, erklärte sie. »Leider gehörte er einem Matrosen mit einem eher fragwürdigen Wortschatz. Ich habe versucht, ihm Manieren beizubringen, aber ich habe das Gefühl, es macht ihm Spaß, die Leute zu schockieren.«

Ellie streckte vorsichtig einen Finger aus und strich über die schneeweißen Federn des Kakadus. Noch nie war sie einem solchen Vogel so nah gekommen, und sie hatte Angst, er könnte beißen.

»Örrgh?«, machte Kelly, legte den Kopf schräg und spreizte seine gelbe Haube.

»Er will einen Keks«, sagte Aurelia. »Es ist Teezeit, aber erst will ich dich noch mit Jack Withers bekannt machen. Er bringt die Post.«

Ellie sah wohl, dass ihre Tante errötete. Da ihre Finger in der großen Hand verschwunden waren, konnte sie nur zu Jack Withers aufschauen und in seine freundlichen Augen und sein sonnengegerbtes Gesicht lächeln. Wenn ihre Mutter nicht da gewesen wäre, hätte Ellie diese Heimkehr wirklich Freude gemacht.

Aurelia befahl Sally, dem schwarzen Hausmädchen, eine Kanne Tee aufzubrühen. Nachdem alle miteinander bekannt waren und es sich gemütlich gemacht hatten, brachte sie Ellie dazu, die Geschichte ihres langen Trecks zu erzählen. Als Ellie mit ihrer Schreckensgeschichte fertig war, blieb es geraume Zeit still. Tante Aurelia verschränkte die Arme unter dem Vorgebirge ihres Busens und lächelte die beiden Jungen an. »Ich habe für Ellies sichere Heimkehr eine Belohnung ausgesetzt«, begann sie.

»Tu das nicht, Aurelia«, warnte Alicia. »Siehst du nicht, dass das alles inszeniert ist?«

Joe stellte seine Tasse auf den Tisch. »Mir gefällt nicht, was Sie da andeuten, Missus«, sagte er, und der Zorn in seinen Augen strafte seinen milden Ton Lügen. »Sehen Sie, mir und meinem Bruder gefällt es nicht, wenn man uns unehrlich nennt, und was wir für Ed – ich meine, für Elspeth getan haben … na, das hätten wir für jeden getan. Deshalb, schätze ich, sollten Sie Ihre Ansichten für sich behalten.«

»Genau«, knurrten Charlie und Ellie einstimmig.

Alicia wurde bleich, und ihre langen roten Fingernägel krallten sich um die Perlenkette an ihrem Hals. »Also wirklich«, stammelte sie.

Aurelia ignorierte sie. »Wie gesagt«, erklärte sie mit fester Stimme, »es gibt da eine Belohnung von einhundert Pfund, und ich möchte, dass ihr beiden Jungs sie euch teilt.« Sie schaute zu Ellie hinüber und lächelte. »Ihr habt unser Mädchen sicher hergebracht, und ich wünschte nur, ich könnte mich auch bei Ellies Vater bedanken.« Das Monokel plumpste auf ihren Busen, und sie seufzte. »Wie es aussieht, haben wir ihn alle schrecklich falsch beurteilt, und das tut mir Leid.«

»Hundert Pfund?«, hauchte Joe. »Verdammt!« Der strenge Blick der älteren Frau ließ ihn erröten. »Sorry, Missus.« Sein breites Grinsen ließ die frühen Fältchen an seinen Augenwinkeln zutage treten, was ihn sehr gut aussehen ließ. »Es ist bloß, dass wir noch nie so viel Geld gehabt haben.«

»Trotzdem«, sagte sie streng. »Ich hoffe, ihr legt es vernünftig an.«

Ellie kehrte aus der Vergangenheit zurück. Es fröstelte sie trotz der Wärme der ersten Sonnenstrahlen. Denn die dunklen Schatten jener Zeit waren immer noch lang genug, um die nächste Generation zu berühren.

ZWEI

Leanne hob Sattel und Zaumzeug auf, nahm beides auf die Hüfte und lief quer über den Hof zu den Stallungen. Ihr Ehemann Angel, mit dem sie seit acht Monaten verheiratet war, hielt sich im Osten auf; er untersuchte dort Vieh in seiner Eigenschaft als Amtstierarzt, und auf Jarrah war es zur Abwechslung einmal still, weil die meisten Männer wie jedes Jahr draußen beim gemeinsamen Viehauftrieb mit Warratah waren. Leanne wäre mitgegangen, aber ihre Lieblingsstute war trächtig, und sie konnte nicht riskieren, sie allein zu lassen.

Sie brachte den Sattel in die Sattelkammer, holte eine Möhre aus dem Futterlager und ging zum Stall. Bonny war von der Koppel hereingebracht worden und stand in der größten Box; sie fraß ohne Unterlass und wurde jeden Tag dicker. »Wie geht's meinem Mädchen denn heute?« Sie zog die Handschuhe aus und streichelte den staubigen Hals.

Bonny kräuselte die Oberlippe und prustete, bevor sie den Kopf senkte und nach der Leckerei suchte, die Leanne immer in der Tasche hatte.

Leanne schüttelte die dunklen Locken zurück und hielt dem Pferd lachend die Karotte entgegen. »Ich weiß, was du meinst. Das Leben ist niederträchtig, nicht wahr? Aber mach dir nichts draus, Mädchen. Du hast deine Figur bald wieder.« Sie schob die Stute beiseite, sah nach Wassereimer und Futtersack und ließ das Tier dann allein. Bis das Fohlen kam, war nicht viel zu tun, und sie wollte die Buchführung abschließen, ehe Dad und die anderen zurückkämen.

Die Sonne stand hoch am Himmel, und die Gallahs zankten in den Gummibäumen, als sie den Hof überquerte und die Stufen zur Veranda hinaufstieg. Es war still, wenn die Männer nicht da waren, aber sie hörte immer noch den Schlag einer Axt und den Klang eines Hammers in der Schmiede. Das Kochhaus lag verlassen da, die Schlafbaracke ebenfalls, doch in den Hütten der Aborigines am Westrand der Weide brummte immer noch das Leben. Kinder spielten dort Fußball, Hunde bellten, und wie immer stieg der Rauch ihres Feuers in den Himmel.

Die Farm von Jarrah war prächtiger als die, die Dad in Waratah angelegt hatte. Die ursprünglichen Besitzer hatten keine Kosten gescheut, als sie blaue Steine aus dem fernen Sydney heraufftransportiert hatten, um sie zu errichten. Durch das pfannengedeckte Dach und die Fliegengitter an der Veranda war es im Sommer kühl und in der nassen Jahreszeit regensicher, und an kalten Winterabenden konnte sie sich behaglich mit Angel vor dem Feuer zusammenkuscheln, das im Wohnzimmer in dem riesigen Steinkamin prasselte.

Leanne zog das verschwitzte Hemd aus dem Hosenbund ihrer Jeans, als sie in das kühle Zwielicht des Wohnzimmers trat, und seufzte zufrieden. Sie liebte diesen Raum mit seinen Regalen voller Bücher und Trophäen. Die Deckenbalken waren dunkel vom Rauch des Kamins, der Boden blank gebohnert. In den dicken Sesseln versank man: Sie waren gerade richtig, wenn man sich nach des Tages harter Arbeit einfach fallen lassen wollte. Durch die vorderen Fenster blickte man hinaus auf den Farmhof, hinter dem sich meilenweit grüne Wiesen und kieferbestandene Hügel erstreckten. Das Haus hatte einen Generator zur Stromerzeugung, aber lieber zündeten sie abends die Öllampen an; ihr Licht war weicher und romantischer als die helle Deckenbeleuchtung.

Leanne fuhr sich mit den Fingern durch die kurzen dunklen Locken und dachte an die Pläne, die sie für Jarrah hatte. Denn eines Tages würde das Anwesen ihr gehören, dessen war sie sicher. Warum sonst hätten Mum und Dad ihr erlauben sollen, diesen Betrieb unter Aufsicht zu leiten? Lächelnd streifte sie die staubigen Stiefel ab und warf sie in die Ecke. Sie war vielleicht keine Akademikerin wie Claire und auch nicht so attraktiv, aber ihr Ehrgeiz reichte für sie beide, und die Pläne, die sie hatte, würden ein für alle Mal beweisen, dass man kein abgehobenes Examen brauchte, um etwas zu erreichen.

Die alte Eifersucht stieg Leanne bitter in die Kehle. Groß und schlank, mit der Figur eines Models, gelang es Claire, auf allen Gebieten gut auszusehen. Sie war durch die Prüfungen in Mathematik und Naturwissenschaften geschwebt, als wäre das alles ein Kinderspiel. Aber auch wenn Leanne den Verdacht hegte, dass Claire trotz der jüngsten Verstimmungen Mums und Dads Liebling war, hatte sie sich damit abgefunden, und sie wusste, dass ihre, Leannes, Zukunft hier in dieser roten Erde und in ihren Plänen mit Angel lag.

Leanne tappte in die Küche, wusch sich Gesicht und Hände und machte sich ein Sandwich mit Hammelfleisch und eine Tasse Tee, bevor sie damit in ihr Zimmer ging. Das Haus war gebaut wie das von Warratah; es hatte eine quadratische Diele, an die alle anderen Zimmer grenzten. Ihr Zimmer lag an der Nordseite, sodass es im Sommer kühl war. Die Musselingardinen blähten sich sanft im Wind, der von den wenige Meilen entfernten Hügeln herab wehte.

Leanne hatte Bilder ihrer Lieblingspferde und die Urkunden, die sie auf Pferdeschauen und bei Reiterspielen gewonnen hatte, neben Angels Postern von der argentinischen Pampa an die Wände gehängt. Eine Postkarte von Claire aus Sydney und das übliche Sammelsurium von Familienfotos, alten Briefen und Büchern bedeckten die Kommode.

Sie biss in ihr Sandwich, legte es neben die Teetasse auf den Frisiertisch und zog ein frisches Hemd an. Dann bürstete sie ihr kurzes dunkles Haar und betrachtete sich dabei im Spiegel. Wenn ich doch nur die Wangenknochen meiner Schwester hätte, dachte sie sehnsuchtsvoll, während sie die Lippen spitzte und die Wangen zwischen die Zähne sog. Als sie merkte, wie albern sie sich aufführte, kicherte sie. Eins stand fest: Sie würde niemals auf das Titelblatt der »Vogue« kommen, auch wenn Angel sie hinreißend fand.

Ihr Blick fiel auf ein Foto, das ihre Großtante Aurelia vor vier Jahre aufgenommen hatte. Es war ein gutes Familienfoto, und weil es so wenige davon gab, hatte Leanne es aufgehoben. Es stammte von dem Tag, als Claire nach Sydney abgereist war, um ihr erstes Semester an der Universität anzutreten. Claire sah cool und *sophisticated* aus in ihrem zarten Minikleid und den Schnallenschuhen – beinahe exotisch neben den tristen Uniformen aus Jeans und Hemden, die der Rest der Familie trug. Mum lächelte; das hellbraune Haar fiel ihr in die Augen wie immer, und Dad blickte mit sichtlichem Unbehagen in die Kamera, wenngleich er gut aussah.

Nachdenklich nahm Leanne das Bild in die Hand und betrachtete es genauer. Vielleicht war es doch kein so gutes Foto. Mums Lächeln wirkte gezwungen, Dad blickte regelrecht unruhig drein, und Claire … Claire sah aus, als ob sie geweint hätte. Damals hatte Leanne es dem Umstand zugeschrieben, dass sie von zu Hause weggehen musste – aber im Rückblick fragte sie sich jetzt doch, ob nicht mehr dahinter gesteckt hatte.

Sie stellte das Foto wieder auf die Kommode und aß ihr Sandwich auf. Claire war an jenem Tag in einer seltsamen Stimmung gewesen. Es hatte am Abend zuvor angefangen, als sie von Jarrah zurückgekommen war und sich nach dem Grabstein erkundigt hatte. Mum hatte irgendeine vage Erklärung abgegeben, Dad hatte ungewöhnlich scharf reagiert, und nach einem hitzigen

Wortwechsel hatte man das Thema fallen lassen. Aber die Anspannung, die das Haus erfüllt hatte, war auch am nächsten Tag noch nicht verflogen gewesen. Tatsächlich hatte die Verstimmung an diesem Tag begonnen, und sie hatte fünf Jahre angehalten. Jetzt kam Claire wieder nach Hause, und Leanne hatte das unangenehme Gefühl, dass sich etwas ändern würde.

Sie starrte aus dem Fenster, aber sie sah weder das wogende Gras, noch hörte sie das Gackern der Kookaburras – sie sah nur den Grabstein, der abseits der anderen stand. Schon seine gesonderte Lage machte ihn geheimnisvoll, aber die Tatsache, dass er den Familiennamen trug und auf Jarrah stand, war nie restlos erklärt worden, und auch sie war neugierig zu erfahren, warum. Doch die Entfremdung, die er zwischen ihrer Schwester und ihren Eltern erzeugt hatte, genügte Leanne als Warnung, um dieses Thema nicht zur Sprache zu bringen. Neugier war gut und schön, aber einen Zwist war sie nicht wert, und sie hatte zu viel zu verlieren.

Leanne fuhr aus ihren Gedanken hoch und erkannte, dass sie schon zu viel Zeit auf Claire verschwendet hatte; ihre Schwester war durchaus in der Lage, selbst ihren Mann zu stehen. Diese erzwungene Heimkehr würde die Atmosphäre vielleicht ein wenig bereinigen können. Doch da Leanne sich daran gewöhnt hatte, die ungeteilte Aufmerksamkeit ihrer Eltern zu genießen, hoffte sie, dass Claires Besuch kurz sein würde.

Sie zog die unterste Kommodenschublade auf, nahm die Rolle Zeichnungen heraus und ging damit zurück in die Küche. Sie breitete sie auf dem Tisch aus und stellte ein paar Töpfe auf die Ecken, damit die Blätter sich nicht wieder zusammenrollten. Dann stützte sie sich auf die Ellenbogen und betrachtete ihre Zukunft – eine Zukunft, die sie ihren Eltern und Angel nicht zu offenbaren wagte, bevor Jarrah nicht wirklich ihr gehörte. Es war ein Traum, den sie hegte, seit sie erkannt hatte, dass sie und Angel für einander geschaffen waren.

Das schrille Klingeln des Telefons riss sie aus ihrer Konzentration. Sie griff nach dem Hörer. »Jarrah Downs«, sagte sie scharf.

»Hier ist Angel.« Er sprach den Namen spanisch aus, mit weichem G – obwohl er Argentino-Australier in zweiter Generation war.

Leanne spürte, wie ihre Knie weich wurden, als die warme, honigsüße Stimme in ihr Ohr drang. »Tag, Angel.« Ihre Stimme wurde rau vor Sehnsucht. »Was kann ich für dich tun?«

»Vieles«, schnurrte es durch die Leitung. »Zum Beispiel mit mir ins Bett gehen. Aber leider muss ich jetzt praktisch denken.« Sein Ton wurde geschäftsmäßig. »Ist der Auftrieb schon beendet, Leanne? Ich muss mir die Tiere ansehen, bevor sie nach Brisbane verladen werden, und mein Terminkalender wird immer voller.«

»Die glücklichen Tiere«, sagte sie verträumt. Sie schloss die Augen und wünschte sich, er hätte Zeit, sie ebenfalls in seinen Terminkalender aufzunehmen. Er war jetzt seit fast zwei Wochen weg, und sie hatte das dringende Verlangen, dass er sie auch einmal wieder ansehen könnte. »Sie sind noch nicht zurück, aber ich rechne jeden Tag mit ihnen. Mum hat schon dafür gesorgt, dass die Lastwagen Ende nächster Woche bereitstehen.«

»Dann plane ich euch für nächsten Mittwoch ein.«

Seine Stimme klang hypnotisierend; was unausgesprochen hinter seinen Worten stand, war nur allzu klar, und Leanne seufzte erbebend. »Schaffst du es nicht früher?«, fragte sie leise.

Ein leises Stöhnen drang aus dem Hörer. »Das würde ich gern, Liebste, aber du weißt doch, wie es um diese Jahreszeit ist. Alle wollen ihr Vieh auf den Markt bringen.«

»Wie geht's drüben in Cloncurry?« Es interessierte sie eigentlich nicht, aber sie wollte ihn am Reden halten, damit sie seine Stimme hören konnte. Es war einsam ohne ihn.

»Gut«, sagte er ein wenig abgelenkt, weil ein Kollege ihn gestört hatte. »Muss Schluss machen. Hab noch tausend Dinge zu erledigen. Bis später.«

Es klickte, und Leanne legte langsam den Hörer auf die Gabel. Angel Carrera hatte olivfarbene Haut und tiefschwarze Augen, deren Blick sich geradewegs durch sie hindurch zu brennen schien. Er war dreißig – aber was machte ein Altersunterschied von sieben Jahren schon aus, wenn er der perfekte Mann für sie war? Gleich bei ihrer ersten Begegnung hatte das Feuerwerk begonnen. Leidenschaftlich und eigensinnig, wie sie waren, gerieten sie bei jeder Gelegenheit aneinander, aber ihre feurige Beziehung glühte so heiß, dass sie es nicht ertrugen, voneinander getrennt zu sein.

Leanne rollte ihre Pläne seufzend zusammen und legte sie wieder in ihr Versteck. Er mochte der perfekte Mann sein, aber wegen seiner Arbeit war er oft lange von ihr getrennt, und auch wenn sie ihm vertraute, fragte sie sich, wie viele andere Frauen ihn wohl unwiderstehlich finden mochten. Und sie fragte sich, ob Frauen, die hübscher waren als sie, ihn nicht auch in Versuchung führten.

Ihre Gedanken waren in Aufruhr, sodass sie beschloss, die Buchhaltung bis zum Abend liegen zu lassen. Was sie jetzt brauchte, war ein ausgedehnter Ausritt, der ihre überschüssige Energie verzehren würde. Es war Sonntag. Sie hatte zwei Tage und drei Nächte Zeit, sich auf seine Heimkehr vorzubereiten. Denn genau wie Jarrah Downs gehörte ihr auch Angel Carrera, und sie hatte nicht die Absicht, ihn zu verlieren.

Ellie hatte genug von der eigenen Gesellschaft. Jetzt war es fast zwei Wochen her, dass die Männer zum alljährlichen Auftrieb verschwunden waren, und sie wurde allmählich verrückt. Das Haus war sauber wie nie: Die Fenster waren blank geputzt, die Fliegengitter geflickt, sogar das Verandageländer hatte sie repariert, eine Arbeit, die sie sich schon vor Ewigkeiten vorgenommen hatte; jetzt war sie zu dem Schluss gekommen, dass es keinen Sinn hatte, noch länger zu warten. Nachdem sie ihre üblichen Pflichten erledigt und Ställe ausgemistet, Hühner und Schweine gefüttert und nach dem frischen Wurf Welpen im Zwinger gesehen hatte, hatte sie den Vortag damit verbracht, Sättel und Zaumzeuge in der Sattelkammer einzuölen und das Messinggeschirr zu polieren, das sie auf den Pferdeschauen für das Gespann benutzten. Ihr Unbehagen war dennoch nicht vergangen, und ihre Gedanken kehrten immer wieder zu Claires bevorstehender Heimkehr zurück. Welche Auswirkungen würde sie für sie alle haben?

Als die morgendlichen Pflichten erledigt waren, stieg Ellie die Treppe hinauf und stieß die Fliegentür auf. Der neueste von Claires seltenen Briefen lag auf dem Küchentisch. Sie wusste, was darin stand, denn sie hatte ihn ein Dutzend Mal gelesen. Unruhe bereitete ihr, was Claire *nicht* geschrieben hatte. Der Brief war in höflich-distanziertem Ton gehalten, und ihre Einstellung zu der erzwungenen Heimkehr wirkte reif und geradlinig – auf eine Weise, die ahnen ließ, dass ihnen allen Ärger bevorstand.

Ellie setzte sich auf den alten Küchenstuhl und starrte den geschwärzten Balken über dem neuen Herd an. »Was zum Teufel soll ich nur tun?«, murmelte sie. Sie wusste nicht, wie lange sie so dagesessen hatte, aber als das milde Läuten der Standuhr in der Diele sie in die Gegenwart zurückrief, wusste sie, dass sie allein nicht damit fertig werden würde. Sie musste zum Haupthaus gehen und mit Aurelia sprechen.

Nachdem Ellie geduscht und ein Baumwollkleid angezogen hatte, bürstete sie sich das dichte braune Haar und ließ es lose auf die Schultern fallen. Bald werde ich anfangen müssen, es zu färben, dachte sie, als sie schon wieder ein graues Haar entdeckte. Aber zum Teufel damit! Es gab weit wichtigere Dinge zu bedenken als ein graues Haar und den nächsten Geburtstag. Trotzig legte sie ein bisschen roten Lippenstift auf, betupfte sich mit einem Hauch von Parfüm, nahm ihre Tasche und schlüpfte in ihre Sandalen. Dann setzte sie ihre Sonnenbrille und einen Hut mit weicher Krempe auf und lief die Stufen hinunter auf den Hof.

Sie sagte dem Schlosser, was sie vorhatte, fuhr den Allradwagen hinter dem Werkzeugschuppen hervor und vergewisserte sich, dass genug Benzin im Tank war. Dann rollte sie auf das erste der fünf Tore zu, die zwischen den Farmhäusern von Jarrah und Warratah lagen. Aurelia hatte diese Heimkehr angestiftet, und da war es nur fair, dass sie auch einen Teil der Last übernahm. Und es wäre nicht das erste Mal, dass sie Ellie aus der Klemme half.

Die kleine Ellie fand sich im Leben auf Warratah nicht zurecht, denn trotz des warmherzigen Empfangs, den Aurelia ihr bereitet hatte, und trotz der aufblühenden Freundschaft mit den beiden Jungen fühlte sie sich in der Gesellschaft ihrer Mutter nach wie vor unbehaglich. Aurelia war von überwältigender Herzlichkeit und die Güte selbst gewesen, trotz ihrer barschen Art. Im Handumdrehen hatte sie ihre jüngere Schwester aus dem einzigen freien Zimmer geworfen und es für Ellie anheimelnd hergerichtet. Es gab für Ellie nur zwei Möglichkeiten, ihrer Mutter aus dem Weg zu gehen: Sie konnte sich in diesem Zimmer verkriechen oder ihre Zeit mit Charlie und Joe draußen auf den Weiden verbringen, wo sie Zäune flickten oder Tierkadaver aus den Billabongs fischten. Meistens entschied sie sich für die zweite. Aber in der Trockenzeit waren viele von Aurelias Rindern umgekommen, und der Anblick der Krähen, die flatternd an den Kadavern herumhackten, bereitete ihr Übelkeit. Allzu oft hatte sie Albträume deshalb, denn die Erinnerung an die Krähen, die über ihrem Vater gekreist waren, war immer noch frisch.

Am Abend zuvor war Ellie von ihrem letzten Ausflug mit den Jungen zurückgekommen, und jetzt saß sie auf ihrer Patchwork-

Steppdecke, lehnte am Kopfende des Bettes und betrachtete die Messingstangen. Es ist einfach zu viel, womit ich mich abplagen muss, dachte sie müde. Sie hatte alle Fragen beantwortet, mit denen Alicia sie bombardiert hatte, sie hatte ihr ganzes theatralisches Gehabe ertragen und war für ihren Dad eingetreten, als die Nörgeleien zu viel wurden. Nach den Albträumen, die sie nach den langen Tagen im Sattel plagten, und den endlosen Streitereien war sie jetzt erschöpft.

Sie hatte wenig Zeit gehabt, Dad zu betrauern, und noch weniger, um alles zu registrieren, was geschehen war, nachdem Alicia sie damals in Sydney im Stich gelassen hatte. Es war, als habe die Zeit alle Bedeutung verloren, als seien die letzten paar Jahre nur Augenblicke gewesen, die sie geträumt hatte, verloren in der endlosen Leere zermürbender Armut und in den ungezählten Meilen, die sie zurückgelegt hatte, um zu diesem Ort zu gelangen.

Sie trat an das Fenster und kletterte auf das breite Sims, das Aurelia mit dicken, weichen Kissen bedeckt hatte. Von dort hatte sie einen vorzüglichen Blick auf den Hof, und sie sah, wie die Jungen aus der Schlafbaracke kamen und mit anderen Männern plaudernd zum Kochhaus spazierten. Rauch stieg aus dem Kamin, und sie wusste, dass bald der Lärm von Stiefelabsätzen, klapperndem Geschirr und Männerstimmen von den Deckenbalken widerhallen würde. Der erdige Geruch von Pferden und Rindern würde sich mit dem Schwindel erregenden Duft brutzelnder Steaks und Eier mischen. Und die Fenster würden durch die Wärme beschlagen.

Ellies Blick wanderte über den Hof und die Rinderpferche, vorbei an der Sattelkammer, der Schmiede und dem Werkzeugschuppen bis zum Kornspeicher. Ein Schwarm Gallahs mit rosaroter Brust erhob sich von den Zweigen der Pfefferbäume und kreiste als prachtvolle Wolke über der Koppel, wo die Hütepferde unter den welkenden Gummibäumen grasten. Kookaburras gackerten, und die schrillen Rufe der Elstern unten am Bach waren die süßesten Klänge, die sie je gehört hatte.

Ellie wandte sich vom Fenster ab und seufzte. Dieses Zuhause stand in solchem Kontrast zu denen, die sie in den letzten fünf Jahren gehabt hatte, dass sie sich fehl am Platze fühlte. Obwohl ihre Tante so freundlich und alles so wunderbar war, kam sie sich verloren vor.

Nach dem hübschen Haus in Surrey Hills mit seinem kleinen Garten und der adretten Fassade war die Domain ein Schock gewesen. Die behelfsmäßigen Zelte und Hütten dort wimmelten von Ratten, und zu dem Mangel an Essen und anständiger Kleidung hatten sich der Gestank und der Schmutz der Armut gesellt. Dad hatte sein Bestes getan, aber sie hatte gewusst, dass er sich keinen Rat mehr wusste und am Rande der Verzweiflung stand. Ellie hatte im Slum rasch Erfahrung gewonnen. Sie hatte gelernt, unachtsame Ladenbesitzer zu bestehlen und die Mülltonnen hinter den schicken Restaurants zu durchwühlen, die es in der Stadtmitte immer noch gab. Ernährt hatten sie sich von Almosen und dem, was es in den Suppenküchen gab. Sie hatten sich die verlausten Wolldecken in den Obdachlosenheimen der Heilsarmee geteilt, gewärmt von den Hunderten von Körpern, die sich dicht auf den blanken Bodendielen aneinander gedrängt hatten, als der Winter einsetzte.

Danach war das Leben auf der Straße sehr viel angenehmer gewesen als der beständige Hunger. Sie hatten zwar oft in Gräben oder in hohlen Bäumen schlafen müssen, aber sie hatten doch das Gefühl gehabt, ihr Schicksal wieder selbst in der Hand zu halten, als sie sich auf den Weg nach Warratah gemacht hatten. Das Leben war hart gewesen, die Umgebung unwirtlich, aber sie waren einander näher gekommen, als sie es je zuvor gewesen waren. Sie waren aufeinander angewiesen gewesen, und das hatte eine feste Verbindung zwischen ihnen geschmiedet.

Ellie wischte sich die Tränen ab und legte die Wange an die

kühle Fensterscheibe. Dad hatte seinen Stolz wiedergefunden; er hatte gelernt, zu reiten und mit den harten Männern zusammenzuarbeiten, die hier draußen lebten. Er hatte sich damit abgefunden, dass er alles verloren hatte, und sich allmählich darauf gefreut, hierher zu kommen und einen neuen Anfang zu machen. Aber das Schicksal hatte sich als grausam erwiesen.

Sie schniefte und schaute wieder aus dem Fenster. Clipper wurde rund, sein Fell glänzend, und der alte Grauschimmel schien auch wieder aufzuleben, nachdem er nicht mehr zu arbeiten brauchte. Wenn ich doch nur auch so zufrieden sein könnte!, dachte Ellie betrübt. Wenn ich mich doch zwischen Tante Aurelia und Mum nicht so in der Klemme fühlen müsste – und wenn Dad mir nicht so sehr fehlen würde!

Es klopfte kurz an ihrer Tür, und im nächsten Moment stand Alicia im Zimmer. »Hier versteckst du dich also«, sagte sie munter. »Ich finde, es wird Zeit, dass du aus diesem grässlichen alten Overall herauskommst und versuchst, wieder Mummys kleines Mädchen zu werden.« Sie deponierte einen Stapel zarter Kleider auf dem Bett. »Ich wusste nicht so genau, welche Größe du hast; deshalb habe ich eine Auswahl aus New York mitgebracht.«

Uninteressiert beäugte Ellie Volants und Schleifen, weiße Kragen und Gänseblümchenmuster. »Ich bin fast vierzehn«, sagte sie eisig. »Die hier sind für Kinder.«

Alicia ließ das Bett wippen, als sie sich auf der Decke niederließ und eine Zigarette anzündete. »Du kannst dich nicht bis in alle Ewigkeit so anziehen«, sagte sie entschlossen. »Es wird Zeit, dass du dein Leben auf der Straße vergisst und in die Zukunft blickst.« Sie blies den Rauch zur Decke und betastete mit flacher Hand ihr blond gebleichtes Haar. »In eine Zukunft, in der du Kleider tragen und auf Partys gehen wirst, statt mit ungebildeten Eingeborenen die Ställe auszumisten und mit wandernden Viehtreibern draußen auf den Weiden zu übernachten.«

Ellie betrachtete die scharf geschnittenen Gesichtszüge und erkannte erstaunt, dass sie nichts für diese Frau empfand. Es hatte eine Zeit gegeben, da hatte sie sich vor lauter Sehnsucht nach ihrer Mutter in den Schlaf geweint, so sehr hatte sie sie gebraucht in den langen, einsamen Nächten nach ihrem Fortgang. Aber Alicia war nie wieder aufgetaucht, und als aus Monaten Jahre geworden waren, war die Erinnerung an sie verblasst. Inzwischen war sie eine Fremde. »Kaum wahrscheinlich, dass es hier draußen Partys gibt«, antwortete Ellie mit Bestimmtheit. »Das Zeug hier wäre reine Verschwendung.«

»Darüber wollte ich gerade mit dir reden«, sagte Alicia, die sich durch Ellies schroffe Art nicht aus der Fassung bringen ließ. »Wir bleiben nicht hier. Ich habe mit Jack Withers verabredet, dass er uns mit seinem Postflugzeug nach Darwin mitnimmt.«

»Nach Darwin?« Ellie bekam Herzklopfen, und Angst stieg in ihr auf. »Was gibt es in Darwin?«

»Einen Ausweg aus dieser gottverlassenen Gegend«, sagte Alicia inbrünstig. »Ich habe uns eine Schiffspassage nach England gebucht.«

Ellie rutschte von der Fensterbank herunter und blieb vor ihrer Mutter stehen. »Ich will nicht nach England«, sagte sie entschlossen. »Ich gehöre hierher.«

Es war, als habe Alicia sie nicht gehört. »Wir werden eine Zeit lang bei deinen Großeltern wohnen, und es gibt eine sehr gute Schule unten in Sussex, wo sie dir dieses entsetzliche Kolonialgenäsel abgewöhnen werden.« Sie hatte ihre Zigarette aufgeraucht und drückte sie mit unverhohlener Geringschätzung für die Geranien im Blumentopf aus. »Du wirst all diesen Unfug bald vergessen haben und dich fragen, weshalb du je hier leben wolltest. Und wenn du ein braves Mädchen bist, kaufe ich dir sogar ein Pony.«

Ellie ballte die Fäuste. Die Versuchung, in dieses kalte, viel zu stark geschminkte Gesicht zu schlagen, war so groß, dass sie fast zitterte. »Ich fahre nicht nach England. Ich gehe nicht auf so eine feine Schule. Und ich werde an meiner Aussprache *nichts* ändern«, sagte sie mit zusammengebissenen Zähnen. »Und was deine Bestechungsversuche angeht, so kannst du dir dein Geld sparen. Ich habe schon ein Pony.«

Alicias perlendes Lachen ließ Ellie erschaudern. »Diesen Knochensack würde ich kaum als Pony bezeichnen, Darling«, sagte sie hochnäsig. »Das eignet sich wohl eher für die Leimfabrik. Warte, bis du die Araber siehst, die mein Vater in seiner Zucht hat – da wirst du es dir bald anders überlegen.«

Wut durchströmte Ellie wie Elektrizität. Wie angewurzelt stand sie da und fand keine Worte, um ihren Abscheu und ihre Angst zum Ausdruck zu bringen. Und Angst hatte sie, denn ihre Mutter schien fest entschlossen zu sein, sich durchzusetzen. Vor dem Gesetz war Ellie immer noch ein Kind, auch wenn sie bald vierzehn wurde. Ein Kind ohne Stimme. Ein Kind, dessen Zukunft in der Hand der Erwachsenen lag. »Ich gehe nicht«, sagte sie mit eisiger Bestimmtheit. »Du kannst mich nicht zwingen.«

Alicia stand auf und strich ihren Rock glatt. »Doch, das kann und das werde ich«, entgegnete sie ruhig. »Es wird Zeit, dass du eine anständige Erziehung bekommst und Manieren lernst. Dein Vater hat es gut gemeint, aber er hatte keine Ahnung, wie man eine Tochter großzieht, und es ist meine Pflicht, alles wieder in Ordnung zu bringen.«

»Wag es nicht, Dad die Schuld zu geben!«, fauchte Ellie. »Er hat getan, was er für das Beste hielt, und ich wette, er hat es nie als *Pflicht* empfunden.« Sie holte bebend Luft. »Du kannst dir deine feine Schule und deine Pferde sonst wohin schieben. Ich gehe nicht.«

»Das reicht jetzt«, sagte Alicia kühl. »Diesen ungezogenen Ton dulde ich nicht.«

Ellie stemmte die Hände in die Hüften. »Ich rede mit dir, wie es mir passt«, gab sie zurück. »Du bist weggelaufen und hast mich und Dad allein gelassen, damit du deinen Texaner heiraten konntest. Dich hat es nie gekümmert, was mit uns beiden passiert. Weshalb sollte ich also jetzt tun, was du willst, nur weil du geschieden bist und auf der Suche nach einem neuen Dummkopf? Ich gehe nicht weg von hier. Ich will nichts mit dir zu tun haben. Ich liebe dich nicht. Und du bist der letzte Mensch auf Erden, der mir sagen kann, was ich tun soll.«

Zitternd raffte sie die Kleider vom Bett und warf sie auf den Boden. »Und die kannst du mitnehmen und sie jemand anderem geben.«

»Du undankbare Gossengöre!«, zischte Alicia. »Wie kannst du es wagen.« Der Schlag kam aus dem Nichts, traf klatschend ihre Wange und lähmte Ellie. »Du kommst mit nach England, und damit basta! Im Internat werden sie dir hoffentlich Manieren beibringen, und wenn das nicht funktioniert, wird es dir vielleicht nicht schaden, wenn du einmal die Reitgerte zu spüren bekommst.« Alicias Ton war so eiskalt wie ihre blauen Augen.

»Ich kann euch draußen auf dem Hof hören«, sagte eine ruhige Stimme an der Tür. »Drangsalierst du schon wieder das Kind, Alicia?«

»Geh weg, Aurelia! Das hier geht dich nichts an«, fauchte Alicia.

Aurelia trat ins Zimmer und erfasste die Situation. »Ich glaube doch«, sagte sie gelassen. »Du beunruhigst meine Nichte, und ich bin nicht damit einverstanden, dass du sie schlägst, nur weil sie die Dinge anders sieht als du. Dies ist ein friedliches Haus, und ich gedenke dafür zu sorgen, dass es so bleibt. Deshalb schlage ich vor, dass du verschwindest und dich beruhigst.«

Ellie zitterte vor Wut. Alicias Ohrfeige brannte noch immer auf ihrer Wange, aber damit sah sie nur ihre Abneigung gegen die Frau bestätigt, die darauf beharrte, sich »Mutter« zu nennen.

»Kümmere dich um deinen eigenen verdammten Kram, Aurelia!« Alicia raffte die Kleider vom Boden auf. »Sie ist meine Tochter, und ich werde mit ihr umgehen, wie ich will.«

»Nicht in meinem Haus«, gab Aurelia zurück.

Alicias Haltung war wieder beherrscht, ihr Gesicht eine Maske unter dem Make-up. »Wir werden dich nicht mehr sehr lange behelligen«, sagte sie kühl. »Jack fliegt uns übermorgen nach Darwin. Nächste Woche geht das Schiff nach England.«

»Du bist noch dümmer, als ich dachte«, fuhr Aurelia sie an. »Hast du die Zeitung nicht gelesen? Die Sendungen des Home Service nicht gehört? In Europa herrscht Bürgerkrieg.«

»Unsinn!« Alicia faltete die Kleider zusammen. »In Spanien herrscht Aufruhr, nicht in Berkshire.«

»Spanien wird nicht das Ende sein«, warnte Aurelia. »Hör mir gut zu, Alicia! Wenn du darauf bestehst, Ellies Wünsche zu missachten, werde ich dich durch einen Gerichtsbeschluss daran hindern.«

»Das möchte ich sehen«, höhnte Alicia. »Wo willst du hier draußen einen Anwalt finden?«

»Am Ende einer Telefonleitung.« Aurelia verschränkte die Arme und erwiderte den funkelnden Blick.

»Kein Anwalt, der auch nur einen Pfifferling wert ist, würde dir an meiner Stelle das Sorgerecht verschaffen. Ich bin ihre Mutter.«

»Das Recht, dich so zu nennen, hast du vor langer Zeit verloren«, sagte Aurelia entschlossen. »Überlegst du gar nicht mehr, was Ellie gern möchte? Oder ist dein Ego so ungeheuerlich, dass du gar nicht auf den Gedanken kommst, dass sie ohne dich glücklicher sein könnte?«

Ellie beobachtete die beiden Gestalten, die sie überragten, tief versunken in ihren eigenen Konflikt. Und sie spürte neuen Mut, weil Aurelia auf ihrer Seite kämpfte. Jetzt hatte sie endlich doch eine Stimme.

Ellies Gedanken kehrten in die Gegenwart zurück, als sie den Allradwagen zum Stehen brachte und ausstieg, um das letzte Tor zu schließen. Das alte Farmhaus, das seit fast einem Jahrhundert auf dem Anwesen von Warratah stand, war jetzt in Sicht. Sie stand in der flirrenden Hitze und betrachtete das eingesunkene Dach und die Kaskaden weißer Jarrahblüten, die es zu ersticken drohten. Sie war jetzt fast so alt, wie Aurelia bei ihrer ersten Begegnung gewesen war. Aber diese längst vergangenen Tage waren plötzlich gar nicht mehr so weit entfernt, und es war, als erlebe sie die Szenen aus ihrer Kindheit jetzt noch einmal – Szenen, die ihr Leben für immer verändern sollten.

Am Tag des geplanten Fluges nach Darwin war sie nicht auf der Farm gewesen. Sie hatte in aller Herrgottsfrühe die Flucht ergriffen und war mit Joe und Charlie zum Six Mile Creek hinausgeritten. Aurelia hatte ihr später erzählt, was geschehen war.

Die Schwestern standen einander gegenüber. Alicias blaue Augen blickten wütend, und ihr Gesichtsausdruck war grimmig. »Sag mir, wo sie ist«, verlangte sie.

»Das kann ich nicht«, sagte Aurelia ungerührt. »Elspeth hat keine Lust, mit dir zu gehen, und nach allem, was ich erlebt habe, kann ich es ihr nicht verdenken.«

Alicia zündete sich eine Zigarette an und ließ das goldene Feuerzeug zuschnappen. »Elspeth ist meine Tochter, und wenn ich sie nach England mitnehmen will, kannst du mich nicht daran hindern.«

»Doch«, antwortete Aurelia. »Ich habe meinen Anwalt angerufen, gleich an dem Abend, als wir die gleiche Diskussion geführt hatten, und Jack bringt die Papiere mit. Das Gericht hat mir das volle Sorgerecht für sie zugesprochen, bis sie einundzwanzig ist.«

Alicia erbleichte unter der Puderschicht, wodurch ihr Lippenstift grell und das Rouge auf ihren blassen Wangen wie ein Wutfleck wirkte. »Du hast *was* getan?«, flüsterte sie. Dann schüttelte sie den Kopf. »Du bluffst. Die Gerichte brauchen Monate, um irgendetwas zu entscheiden.«

»Nicht, wenn ein Kind bedroht ist«, sagte Aurelia. »Elspeth ist Australierin. Das Gericht wird nicht mit ansehen, wie sie gezwungen wird, mit einer Mutter nach England zu gehen, die sie schon einmal verlassen hat. Deine Ehescheidung und dein unberechenbares Verhalten in der Vergangenheit hat es in seiner Ansicht nur bestätigt, dass du als Mutter ungeeignet bist.« Aurelia seufzte. »Ich verstehe, was die Richter meinen, Alicia, und wenn du einmal nachdenken wolltest, würdest du einsehen, dass ich richtig gehandelt habe.«

»Niemals!« Alicia rauchte ihre Zigarette mit wilder Verbissenheit.

»Sei ausnahmsweise einmal ehrlich. Du willst Elspeth doch in Wirklichkeit gar nicht. Dir gefällt nur der Gedanke, die glamouröse Mutter eines tragischen Waisenkindes zu sein.«

»Das ist eine unfaire Bemerkung. Ich verlange, dass du sie zurücknimmst.«

Aurelia redete weiter, als habe sie gar nichts gehört. »Ellie ist keine Marionette, die du in Spitze und Volants hüllen kannst und die sich von dir an Schnüren führen lässt. Sie wird nicht zulassen, dass du sie ignorierst oder beiseite schiebst, wenn dir die Geduld ausgeht. Dafür hat sie einen zu starken Charakter, und sie ist zu viele Jahre ohne dich aufgewachsen, als dass du jetzt noch Einfluss auf sie nehmen könntest.«

»Ich glaube, ich kenne wohl meine eigene Tochter«, sagte Alicia.

»Nein, das tust du nicht«, fiel Aurelia ihr ins Wort. »Du wirst feststellen, dass sie eine Belastung ist, dass sie dir in den Schulferien auf die Nerven geht, wenn du lieber deinem gesellschaftlichen Leben nachgehen möchtest. Was du ihr bietest, ist kein richtiges Zuhause, wo sie aufblühen und zu der Frau werden kann, die sie sein soll, sondern das Leben in einem öden Internat und Ferien in der Gesellschaft alter Großeltern.«

Alicia schaute sie an, und ein Schimmer von Einsicht milderte ihre Miene.

Aurelia ließ nicht locker. »Weißt du nicht mehr, wie sehr wir das Internat gehasst haben? Wie, glaubst du, wird es Elspeth in einer so fremdartigen Welt ergehen? Sie ist Australierin, und ihr australischer Stolz wird sie sehr viel mehr von den anderen unterscheiden als ihr Akzent. Sie wird keine Kontakte haben, keine Freundinnen, niemanden, an den sie sich wenden kann, wenn das Heimweh sie überwältigt. Sie ist die Freiheit gewohnt, ein Leben in Bewegung – und wenn du sie in diese Schule sperrst, tötest du ihre Lebensgeister.«

»Es könnte eine Dame aus ihr werden«, antwortete Alicia.

»Könnte, ja«, räumte Aurelia ein. »Aber sie wäre glücklicher, wenn sie ihren Weg hier finden könnte, wo sie hingehört.« Mit einer Handbewegung beschrieb sie das Land, das sich in alle Himmelsrichtungen erstreckte, so weit das Auge reichte. »Sie ist ein Teil von all dem hier, Alicia. Der lange Weg von Sydney herauf hat dazu nur noch beigetragen und ihre Bindung an das Land vielleicht noch stärker gemacht, als sie selbst ahnt.«

»Aber sie braucht mich«, beharrte Alicia und drückte die halb gerauchte Zigarette aus.

Aurelia schüttelte den Kopf. Sie hatte Mitleid mit dieser verwöhnten, selbstsüchtigen Frau, die nie etwas anderes als die eigenen Bedürfnisse sehen würde. »Du warst zu lange weg, Alicia«, sagte sie leise. »Sie ist ohne dich groß geworden.« Sie schlang einen kräftigen Arm um die schlanken Schultern und spürte, wie sie zitterten. Alicia kümmerte es doch, was aus Elspeth wurde, erkannte sie. Sie war nur nicht in der Lage, ihr Leben für sie zu opfern. »Bevor du gehst, möchte ich, dass du Elspeth eines gewährst«, sagte sie mit einer Sanftmut, die ihre stählerne Entschlossenheit nicht hätte vermuten lassen.

»Was denn?« Das Gesicht unter dem Make-up war immer noch bleich, das Lächeln immer noch unsicher.

»Die Freiheit, sich zu entscheiden. Das ist ein seltenes Geschenk, Alicia. Und nur du kannst es ihr machen.«

Die Augen glänzten hell unter den falschen Wimpern, und perlweiße Zähne bohrten sich in die scharlachrote Unterlippe, während Alicia um Beherrschung rang. Sie wandte sich ab und umklammerte mit beiden Händen das Verandageländer, als das kleine Flugzeug auf der Lehmpiste landete.

Aurelia spürte die vertraute Wärme, als Jack Withers aus der Maschine stieg und über den Hof kam. Er war ein gut aussehender Mann, wie sie nicht zum ersten Mal feststellte. Nicht im klassischen Sinne – manche hätten ihn sogar hässlich gefunden mit seinen unregelmäßigen Zügen. Aber die schlanke Gestalt und das intelligente Gesicht zeugten von Vitalität, und die humorvollen Augen und der sinnliche Mund besaßen eine gefährliche Anziehungskraft. Er schaute sie an, als er näher kam, und das Funkeln in seinem Blick schuf ein verschwörerisches Einverständnis zwischen ihnen.

Sie nahm sich zusammen und ließ sich die Papiere geben, die er mitgebracht hatte. Zwischen ihnen konnte es niemals etwas geben, und sie hatte nicht die Absicht, dem Tratsch, der im Funk unablässig hin und her ging, noch Nahrung zu geben. Mit fünfzig war sie viel zu alt und in ihren Gewohnheiten viel zu eingefahren, als dass sie sich von einem Gauner mit lachenden Augen den Kopf verdrehen lassen konnte.

Nachdem sie die Unterlagen überflogen hatte, reichte sie sie ihrer Schwester. Alicia las die engzeilig beschriebenen Bogen mit der Genauigkeit einer Kurzsichtigen. Die Eitelkeit verbot ihr zuzugeben, dass sie eine Brille brauchte. »Muss ich irgendwo unterschreiben?«, fragte sie ganz ohne den gewohnten Elan.

Aurelia deutete auf die entsprechende Stelle, und Alicia unterschrieb mit einem Schnörkel. »So«, sagte sie, und eine einzelne

Träne glitzerte an ihren langen Wimpern. »Jetzt ist Elspeth in deinen Händen. Gib acht auf sie, und sag ihr, ich werde immer an sie denken.«

Aurelia nickte. Es war eine ziemlich gute Vorstellung. Trotz ihres feinen Urteils war sie nicht sicher, ob es Schauspielerei oder Wirklichkeit war. Aber sie musste ihrer Schwester zugute halten, dass sie anscheinend wirklich selbst glaubte, dass sie immer an ihre Tochter denken würde. »Sie hat hier ein Zuhause, solange sie es will«, sagte sie mit zugeschnürter Kehle.

Dann drehten sich die Propeller, und als das kleine Flugzeug die Rollbahn entlangholperte, wusste Aurelia, dass es um Ellies willen richtig war, wenn Alicia fortging. Vielleicht würde Alicia eines Tages begreifen, was sie verloren hatte.

Trotz der Reifenpanne war Claire gut vorangekommen, nachdem sie Sydney fünf Tage zuvor verlassen hatte. Klappernd und maulend trug ihr Bus sie nach Norden, während ihre Gedanken durch die letzten fünf Jahre und zu dem Mann wanderten, den sie zu lieben geglaubt hatte. Er hatte bekommen, was er wollte, und dann hatte er sie wegen einer anderen abgelegt. In gewisser Weise, das musste sie zugeben, hatte er ihr einen Gefallen getan, denn danach hatte Claire sich intensiver auf ihre Arbeit konzentriert, und die Ergebnisse waren besser, als sie es sich selbst je hätte vorstellen können.

Sie lächelte bei dem Gedanken an Tante Aurelias bärbeißige Weisheit. »Männer sind ganz in Ordnung, da, wo sie hingehören, Schätzchen«, hatte sie gesagt. »Solange man ihnen nur zeigt, wo sie hingehören. Du hast nur ein Leben. Lebe es für dich und nicht durch einen Mann.« Aurelia war eine Frau mit Ideen, die ihrer Zeit weit voraus waren, und wenn Claire auch nicht wusste, ob sie ihr von ganzem Herzen zustimmen sollte, bewunderte sie das alte Mädchen und hätte ihr im Traum nicht widersprochen. Aber trotz ihrer Sehnsucht nach Gleichberechtigung und Karriere wusste Claire tief in ihrem Innern, dass sie eines Tages einen Ehemann und Kinder haben wollte und eine Ehe, die so stark und liebevoll war wie die ihrer Eltern.

Das staubige Teerband schlängelte sich endlos durch das Herz des Outback von Queensland. Im Rückspiegel bot sich das gleiche Bild wie durch die Frontscheibe. Gelbes Gras kräuselte sich im heißen Wind unter einem endlosen blauen Himmel. Dunkelrote Einschnitte zeigten sich am Straßenrand, wo der Teer an die Erde stieß. Einsame Bäume standen Wache auf einer verlassenen Ebene. Die Hitze flimmerte am Horizont, und ein Keilschwanzadler schwebte in der Thermik über riesigen Termitenhaufen und Büscheln von silbernem Spinnifex. Verglichen mit den Blue Mountains war es hier kahl und trocken, und dennoch musste Claire zugeben, dass das Land eine eigene Erhabenheit hatte, eine eigene, zeitlose Schönheit.

Claires Gedanken wanderten zu ihrer Mutter. Sie hatte die Geschichte schon oft gehört, aber erst jetzt, da sie bequem auf derselben Straße dahinfuhr, erkannte sie das ganze Ausmaß der Leistung, die ihre Mutter tapfer erbracht hatte. Sie versuchte sich vorzustellen, wie ein Kind sich gefühlt haben mochte, allein und voller Angst, das einsame Grab des Vaters weit hinter sich, eine Wanderschaft von endlosen Meilen vor sich. Fast konnte sie Ellie im Hitzedunst vor sich sehen, ein kleines Mädchen in einem zu großen Overall, der über die Spitzen der Stiefel fiel, mit einem verbeulten Buschhut auf dem struppigen Haar, ein kleines Mädchen, das blinzelnd in die Sonne spähte und sich fragte, ob es je an sein Ziel gelangen würde.

Claire zündete sich eine Zigarette an und legte den Ellenbogen auf die Fensterkante. Musik der Beach Boys dröhnte durch das Rauschen des Radios. Hier draußen gibt's nicht viel zu surfen, dachte sie sarkastisch. Sogar der Wind war heiß; die Sonne versengte ihr die Haut, und ihr verschwitztes Hemd klebte an der ledernen Sitzlehne. Schließlich hielt Claire am

Straßenrand an. Es war Zeit, etwas zu trinken und sich die Beine zu vertreten.

Als der Motor verstummt war, rückte die Stille heran. Das zischelnde Raunen von Myriaden Insekten unterstrich diese Stille noch, und als Claire aus dem Wagen stieg, prallte ihr die Großartigkeit des Outback mit voller Wucht entgegen. Es gab keine Häuser, keine Scheunen, nicht einmal Zaunpfähle oder einen Telegrafenmasten. Das Geräusch ihrer Sandalen im knirschenden Sand wirkte laut, und das Klopfen des abkühlenden Motors klang fast wie eine Uhr beim Countdown.

Claire fröstelte es trotz der Gluthitze des Windes. In ein paar Stunden würden die ersten der vierzigtausend Hektar von Warratah in Sicht kommen. In weniger als einem Tag würde sie mit ihrer Suche nach der Wahrheit beginnen – und in plötzlich aufblitzender Einsicht erkannte sie, dass diese Suche am Ende alles zerstören konnte, was sie je gekannt hatte.

Aurelia rückte ihr Monokel zurecht und bemühte sich mit ungeduldigem Schnauben, den betagten Herd zum Leben zu erwecken. Das alte Ding machte wieder Zicken, und in der Küche war es eiskalt. Das ist das Problem mit dem Alter, dachte sie. Missgelaunt warf sie den Schürhaken in die Ecke und raffte eine unansehnliche alte Jacke an sich. In achtzig Jahre alte Knochen konnte die feuchte Kälte leichter eindringen, und Dinge wie ein widerspenstiger Herd erinnerten sie nur daran, wie viele Jahre vergangen waren und wie rasch sie sich der Gebrechlichkeit näherte.

Mit scheelem Blick sah sie sich in der Küche um. Genau wie in Ellies neuerem Farmhaus erstreckte sie sich über die Rückseite des Hauses, an der Nordseite, damit es im Sommer kühl war. Seit Jahren war hier nicht mehr viel getan worden. Die Borde an der Wand bogen sich unter der Last unzähliger Gläser und Büchsen. Töpfe und Pfannen hingen an den Haken im geschwärzten

Balken über dem Herd, Fliegenpapier schlängelte sich dunkel von der Decke herab, und Stühle und Tisch waren übersät von alten Zeitungen, Landwirtschaftskatalogen und den Überresten ihrer letzten Mahlzeit.

Aurelia schob einen Stiefel von einem Stuhl und setzte sich. Für jeden anderen wäre dies ein chaotisches Durcheinander gewesen, aber sie wusste immer, wo alles war, und erlaubte den schwarzen Hausmädchen niemals, hier aufzuräumen. Es war der einzige Raum im Haus, in dem sie sich wohler fühlte, wenn er unaufgeräumt war, denn irgendwie dämpfte dies die Stimmen der Vergangenheit und verlieh allem einen Hauch des Lebens, wie es einmal gewesen war. »Jessie!«, rief sie. »Wo steckst du?«

Sie hörte das weiche Tappen nackter Füße in der Diele, und dann spähte ein dunkles Gesicht zur Küchentür herein. »Mich rufen, Missus?«

Aurelia musterte Jacky Jacks Enkelin und musste lächeln. Das Mädchen war etwa sechzehn und noch nicht dick geworden wie ihre Mutter. Es hatte eine gewisse Eleganz, wie Jessie sich lautlos durch das Haus bewegte, und die Haltung ihres Kinns war nicht ohne Stolz. Wenn es jedoch ums Arbeiten ging, war Jessie nicht anders als der Rest ihres Stammes. »Ich dachte, ich hätte dich gebeten, heute Morgen Feuer im Herd zu machen?«

»Ich Hühner füttern, Missus. Mach später.«

»Du machst es jetzt gleich!«, befahl Aurelia unnachsichtig. »Und wenn du damit fertig bist, kannst du mit der Wäsche anfangen.« Aurelia entging der gesenkte Blick nicht und auch nicht die Strohhalme im Gewirr der ockerfarbenen Locken. Jessie hatte es wieder mit dem jungen Jackaroo, dem Hilfsknecht, getrieben; Aurelia wusste die Zeichen zu deuten und hoffte nur, dass das Mädchen nicht schwanger wurde. Es gab so schon zu viele Kinder in den Hütten der Aborigines. Ein paar von ihnen hatten eine zweifelhaft helle Hautfarbe, obwohl sie das Fraternisieren mit Viehtreibern und Knechten verboten hatte. Aber Männer blieben Männer, und manche Mädchen würden sich immer willig zeigen.

Aurelia sah zu, wie Jessie mit dem Herd kämpfte. Dann ließ sie sie allein und spazierte in die Diele. Sie war lang und schmal und reichte mitten durch das Haus von der Küche bis zur Haustür und zur Veranda. Auf der rechten Seite führten zwei Türen in Schlafzimmer, und auf der linken lag ein Wohnzimmer, das sich ebenfalls von der Vorder- bis zur Rückseite des Hauses erstreckte. Das Farmhaus war kleiner als das von Ellie, denn es hatte keine Kinder beherbergt, bis sie gekommen war.

Aurelia ging ins Wohnzimmer. Es war ein gutes Zimmer, stets anheimelnd, denn die gleißende Sonne wurde hier durch das Laub der Pfefferbäume vor den Fenstern gedämpft. Antikes Silber glänzte warm auf glänzenden dunklen Eichenholzmöbeln. An den Holzwänden hingen wertvolle Ölgemälde; in einer viktorianischen Vitrine standen zierliche Figurinen, und funkelnde Kristallvasen und Karaffen warfen bunte Regenbogen an die weiß gestrichene Decke. Auf dem massiven Sims über dem Backsteinkamin stand eine vergoldete antike Uhr, die, eingefasst von zwei ziemlich selbstzufriedenen Cherubim, feierlich tickte. Und aus einem Wust von Rechnungen, Postkarten und Briefen ragte eine Anzahl goldener Kerzenleuchter mit uralten Kerzenstummeln, auf denen sich Staub und Spinnweben gesammelt hatten.

Ungeduldig schnalzend wischte sie Aurelia mit einem Taschentuch sauber. Sosehr sie dieses prachtvolle Land liebte, die Australier waren ein Volk, das sie zur Raserei treiben konnte wie kein anderes, mit dem sie je zu tun gehabt hatte. Ihre übermäßige Vertraulichkeit und ihr unbekümmertes Verhalten konnten die Geduld einer Heiligen auf die Probe stellen – und wenngleich sie bereitwillig eingeräumt hätte, dass Heiligmäßigkeit nicht zu ihren starken Seiten gehörte, wünschte sie doch, die Australier würden sich ein bisschen mehr zusammennehmen. Eine Zeit im

Internat und ein paar Winter in einem zugigen englischen Landhaus, das würde sie schon auf Vordermann bringen – so war es ihr ja selbst ergangen.

Aurelia schüttelte den Staub aus ihrem Taschentuch und stopfte es wieder in die Tasche, während sie das Foto von Claire betrachtete. Sie hatte nie dazu geneigt, einer Verantwortung aus dem Weg zu gehen, und sie fragte sich jetzt, ob es vielleicht ein Fehler gewesen war, das Mädchen zur Heimkehr zu zwingen. Aber es gab Dinge, die in Ordnung gebracht werden mussten, ehe es zu spät war, und jemand musste den ersten Schritt tun. Nicht, dass irgendjemand viel tun könnte, dachte sie. Sie ließ sich in ihren Sessel sinken und griff nach ihrer Pfeife. Die Saat der bevorstehenden Katastrophe war vor vielen Jahren ausgebracht worden, und nun müsste die nächste Generation diese besonders bittere Ernte einfahren.

Die Pfeife half Aurelia, die Dinge in die richtige Perspektive zu rücken, und deshalb weigerte sie sich gegen den Rat ihres Arztes, das Rauchen aufzugeben. Sie stopfte sie mit ihrem Lieblingstabak und nahm sich Zeit mit dem Anzünden. Dann genoss sie den schweren Duft, der sie noch nach all den Jahren an die schottischen Highlands mit ihrer Heide erinnerte, wo ihr Vater sie und Alicia als Kinder auf die Moorhuhnjagd mitgenommen hatte. Vor ihrem geistigen Auge sah sie noch immer die grünen Hügel, das weiche Heidekraut und die hübschen Steinmauern der Kleinbauernkaten.

Der Pfeifenrauch wehte zur Decke. Aurelia lehnte sich zurück und schloss die Augen. Es war eine Überraschung gewesen, als ihr vor Jahren bewusst geworden war, wie sehr sie dieses Land hier liebte und wie sehr sie Warratah vermissen würde, wenn man es ihr nehmen würde. Es hatte auch eine Zeit gegeben, da hatte sie mit dem Schicksal gehadert, das sie zur kinderlosen Witwe gemacht hatte und sie allein gegen die Elemente und die seltsamen Gebräuche dieses kolonialen Vorpostens hatte kämpfen lassen. Dann war Ellie in ihr Leben getreten, und sie, Aurelia, hatte eine zweite Chance gehabt, ihre Verpflichtung gegenüber Warratah zu bestätigen, eine Verpflichtung, die sie nie bereut hatte, eine Verpflichtung, die Ellie gern übernommen hatte.

»Eines Tages zündest du dich noch selbst an«, sagte eine Stimme in der Tür.

Aurelias Augen klappten auf, und hastig strich sie sich glühende Tabakasche vom Revers. »Ellie«, sagte sie. »Ich habe gerade an dich gedacht.«

Sie küssten einander, und Ellie ließ sich in den anderen Sessel fallen. »Hast wohl eher deine Augenlider von innen beguckt«, neckte sie.

Aurelia klopfte ihre Pfeife im Kamin aus und steckte sie in die Tasche. »Ich hab nicht geschlafen«, leugnete sie energisch. »Nur meine Augen ausgeruht. Ich sage Jessie, sie soll uns ein Tässchen Tee machen.«

»Da hättest du aber Glück«, sagte Ellie lachend. »Sie ist drüben bei der Scheune und macht dem neuen Jackaroo schöne Augen.«

Aurelia grunzte angewidert, stemmte sich aus dem Sessel und trat an den Kamin. Es hatte keinen Sinn, um den heißen Brei zu reden; sie wusste, warum Ellie gekommen war. »Es wundert mich, dass du so lange gewartet hast. Ich habe dich schon vor zwei Tagen erwartet«, sagte sie unverblümt.

»Dann hast du also auch einen Brief bekommen«, sagte Ellie leise und strich sich das Haar hinter die Ohren. »Was stand drin?«

Aurelia betrachtete die ausdrucksvollen braunen Augen und die Sommersprossen auf Ellies Stupsnase. Sie war zu einer ansehnlichen Frau herangewachsen, aber Aurelia erinnerte sich immer noch an die zerlumpte Göre, die sie einmal gewesen war. Sie war immer noch da – in dem schmalen Kinn und in der schlanken Gestalt, und auch in der Erfahrung, die in diesen Augen wohnte. Arme Ellie!, dachte sie betrübt. Sie hat so viel durchgemacht – es ist nicht fair, dass sie es noch einmal durchmachen soll. Aber es musste sein. Sie würden es beide tun müssen, wenn die Dinge in dieser Familie je wieder in Ordnung kommen sollten. »Sie will Antworten«, sagte sie schließlich.

Ellies Augen waren dunkel vor Schmerz. »Ich hätte von Anfang an die Wahrheit sagen sollen«, murmelte sie. »Aber ich dachte, es ist richtig, wenn ich schweige. Ich hätte mir nicht träumen lassen, dass es so enden könnte.«

»Die Wahrheit hat die unangenehme Angewohnheit, mit aller Gewalt ans Licht zu wollen«, sagte Aurelia schroff. »Claire ist ein intelligentes Mädchen. Es war unausweichlich, dass sie die Dinge früher oder später hinterfragen würde.«

»Das wird Leanne auch tun, wenn sie erst begriffen hat, warum Claire nach Hause kommt«, seufzte Ellie. Sie holt eine Packung Zigaretten aus der Tasche. Aurelia sah, dass ihre Hände zitterten, als sie versuchte, eine anzuzünden. Es gelang ihr erst nach mehreren Versuchen, und als sie den Rauch tief in die Lunge gesogen hatte, stand sie aus dem Sessel auf und fing an, auf und ab zu gehen.

»Vielleicht solltest du ein Wort mit Leanne reden?«, schlug Aurelia leise vor. »Ich muss offen zu dir sein, Liebes. Mir hat diese ganze Geheimniskrämerei noch nie gefallen, und jetzt, da Weihnachten bevorsteht …« Sie ließ den Satz unvollendet. Ellie brauchte wirklich nicht daran erinnert zu werden, was dann passieren würde.

»Ich habe versucht, meine Töchter zu beschützen.« Ellie wandte Aurelia den Rücken zu und starrte aus dem Fenster. »Aber ich habe alles nur noch schlimmer gemacht.« Sie schlang die Arme um sich selbst und brach in Tränen aus.

Aurelia legte ihr einen Arm um die Schultern. Sie wusste, dass sie sich kaum vorstellen konnte, welches Leid Ellie erfahren musste, und dass sie ihr nichts als ein bisschen Trost anzubieten hatte. Denn Claires bevorstehende Rückkehr hatte die Büchse der Pandora bereits geöffnet und die Erinnerungen herausfluten lassen – Erinnerungen, die jahrelang geschlummert hatten, machtvolle Erinnerungen, die diese Familie zerreißen konnten.

DREI

Claires Puls raste, als sie vom Highway in die lange Zufahrt nach Gregory Downs abbog, die sie nach Warratah bringen würde. Hier war die Straße noch gut, aber ein paar Meilen weiter würde sie steinig werden, und Schlaglöcher und Wasserrinnen würden ihre Geschwindigkeit drosseln. Der Wagen protestierte schon, die Kühlwassertemperatur blieb anhaltend hoch. Die Angst vor dem, was kommen würde, bereitete Claire Kopfschmerzen. Sie brauchten beide eine Atempause, der Wagen und sie.

Der weite Kiesplatz vor dem Hotel Gregory Downs war verlockend. Da sich hier die letzte Gelegenheit bot, etwas zu essen und zu tanken, bevor sie die letzte Etappe ihrer Reise antrat, bog Claire darauf ein und parkte neben einem ramponierten Kombi. Sie stellte den Motor ab und lehnte sich zurück. Auf den letzten paar hundert Meilen waren ihre Bedenken gewachsen. Sie hatte einen trockenen Mund und hämmernde Kopfschmerzen. Sie wühlte ein Aspirin aus der Tasche und schluckte es mit einem Mund voll lauwarmer Limonade.

Mit einer Grimasse beäugte sie ihr schweißfleckiges Hemd und die schmutzigen Shorts. Am Morgen waren sie noch sauber gewesen, aber bei der Hitze und dem Staub, der durch das offene Wagenfenster hereinwehte, hatten sie keine Chance gehabt. Sie durchsuchte die Taschen hinter ihrem Sitz und zog einen langen indischen Baumwollrock hervor, eine violette und lavendelblaue

Batik, die besser wirkte, wenn sie knautschig war. Dank des elastischen Bunds konnte sie ihn mühelos überziehen und dann die Shorts abstreifen, ohne im Schlüpfer dazustehen. Sie warf einen Blick hinüber zu dem langen, flachen Gebäude und sah, dass jemand zu einem Fenster herausspähte. Das Hemd würde genügen müssen. Sie hatte nicht vor, der ganzen Welt zu zeigen, was sie hatte, auch wenn es nicht viel war.

Das Hotel Gregory Downs hockte gedrungen auf roter Erde unter einem Baldachin von schattigen Bäumen. Das Dach war rostrot, das Holzwerk dunkel von Alter und Verwitterung. Eine Veranda zog sich an der Vorderseite entlang, wie üblich von einer schrägen Verlängerung des Daches überschattet. Das Gebäude hatte sich wahrscheinlich seit dem neunzehnten Jahrhundert, als es eine Relaisstation für Cobb & Co. gewesen war, nicht nennenswert verändert. Sie dürften hier daran gewöhnt sein, dass man mitgenommen aussieht, dachte Claire. Dies war kein elegantes Großstadthotel, in dem man aufgetakelt erscheinen musste, wenn man eingelassen werden wollte.

Sie nahm ihre Tasche, stieg aus dem Wagen und schlug die Tür zu. Selbst im getüpfelten Schatten der blühenden Rotgummibäume war es glutheiß, und das Schwatzen der Gallahs klang gedämpft, als ob auch sie allmählich ermatteten. Die Sonne blitzte im Seitenspiegel des Geländewagens, und sie sah die dicke rote Lehmkruste an den Reifen und den Werkzeugtaschen auf der Ladefläche. Offenbar ein Einheimischer, dachte sie beiläufig.

Sie warf sich die Tasche über die Schulter und flocht sich rasch das Haar, sodass es ihr in einem einzelnen Strang über die Schulter bis auf die Taille fiel. Es war kühler, wenn es nicht mehr auf ihrem Nacken lastete, und nachdem sie es noch mit einem Band zusammengebunden hatte, fühlte sie sich halbwegs präsentabel. Sie überquerte den Parkplatz, stieg die Stufen zur Veranda hinauf und stieß die Fliegentür auf.

Der Duft von frischem Kaffee schlug ihr entgegen, als sie den

Kaufladen betrat, der den größten Teil des Empfangsbereichs in Anspruch nahm. Das Frühstück im Hotel in Cloncurry hatte sie an diesem Morgen ausgelassen, und plötzlich verspürte sie großen Hunger.

Die dicke Frau hinter der Theke war im mittleren Alter. Ihre großzügigen Rundungen waren in ein gemustertes Baumwollkleid gesperrt, dessen Knöpfe an der Vorderseite kurz davor waren, den Kampf um die Schicklichkeit zu verlieren. »Tag, Schätzchen«, sagte sie fröhlich, und braune Augen fixierten Claire mit freundlicher Neugier. »Von weit her?«

»Aus Sydney«, sagte Claire, ohne nachzudenken.

»Du liebe Güte, das ist ein weiter Weg!« Sie betrachtete das lange Kleid, den Zopf und die goldenen Ohrringe. »Eins von diesen Hippie-Mädchen, ja? Wenn du nach Woodstock willst, hast du dich aber verfahren.« Ihr Blick war freundlich, aber unverhohlen neugierig. Sie verschränkte die molligen Arme unter dem ausladenden Busen und schickte sich an, ein langes Schwätzchen zu halten.

Claire wusste, dass sie einen Fehler gemacht hatte, als sie so herausgeplatzt war, aber sie war zu lange weg gewesen und hatte vergessen, wie es hier draußen zuging. Jetzt würde man sie in eine endlose Befragung verwickeln, denn Besucher kamen sicher nur selten hierher. Die Leute im Outback liebten nichts so sehr wie einen ordentlichen Tratsch. »Der Kaffee riecht gut«, sagte sie hastig. »Gibt's vielleicht Frühstück?«

Der Gesichtsausdruck wechselte zu überraschtem Entzücken. »Ich weiß, wer du bist.« Die Frau schnippte mit den Fingern. »Du bist Ellies Tochter – die zur Universität gegangen ist.« Die Knöpfe wurden weiterer Spannung ausgesetzt, als sie sich hinter der Theke hervor zwängte. »Heiße übrigens Lila. Nett, dich kennen zu lernen.«

Claire gab die Hoffnung auf ein Frühstück in der nächsten halben Stunde vollends auf. So dicht vor zu Hause hatte sie damit rechnen müssen, aber jetzt wollte sie eigentlich nur etwas in den Magen bekommen und sich auf die Heimkehr vorbereiten. Sie musste sich wohl wieder daran gewöhnen, wie es hier zuging. Musste daran denken, dass das Tempo hier langsamer war als in Sydney und dass die Leute sich Zeit nahmen für belanglose Plaudereien. »Claire«, sagte sie lächelnd. »Und mit der Universität bin ich fertig.«

Lila strahlte. »Mum und Dad müssen stolz auf dich sein. Muss man sich mal vorstellen – noch ein Tierarzt in der Familie!« Sie lachte herzlich. »Vermute, damit spart ihr ein paar Pennys. Nicht, dass es drauf ankäme bei all den Kastanien, die deine Eltern so im Feuer haben.«

»Frühstück …?«, fragte Claire hoffnungsvoll. Sie redete nicht gern über den Reichtum der Familie und vermied es deshalb nach Möglichkeit. Angeberei weckte Stirnrunzeln, hier wie in der Großstadt, das entsprach der australischen Lebensart. Man konnte so erfolgreich sein, wie man wollte, aber man sprach nicht darüber.

»Aber sicher. Und ich hab 'ne Überraschung für dich. Komm mit nach hinten.«

Rundliche Finger umfassten Claires Arm und schleiften sie beinahe in den Speiseraum. Er war kühl und durch das Licht, das, gefiltert durch die Kiefern an der Rückseite des Hauses, hineinflutete, in ein grünes Halbdunkel getaucht. Es gab mehrere Tische mit karierten Tischtüchern, die zu den Vorhängen passten. Vasen mit Kunststoffblumen standen darauf, neben Gewürzgläschen und Flaschen mit roter Sauce. An den Wänden hingen bunte Poster mit Motiven von tropischen Stränden. Nur an einem Tisch saß jemand und aß.

»Matt«, rief die Frau, »hier kommt jemand, den musst du unbedingt kennen lernen.«

Claire rückte ihre Schultertasche zurecht. Sie hatte gehofft, hier in Frieden essen zu können, um sich auf die Ankunft in

Warratah vorzubereiten, aber das interessierte Lila offensichtlich nicht.

»Matt Derwent. Claire Pearson.« Lila trat einen Schritt zurück, nachdem sie die beiden miteinander bekannt gemacht hatte. Sie verschränkte die Hände vor dem Bauch, und ihre Augen funkelten.

Matt Derwent war groß. Drahtig wie ein Windhund, hätte ihr Vater vielleicht gesagt. Er schien die Farben des Outback angenommen und mit ihnen eins geworden zu sein. Von seinem strohblonden Haarschopf und dem rotbraunen Gesicht bis hinunter zu den mit ockerfarbener Erde bespritzten Stiefeln und Moleskin-Hosen war er offensichtlich ein Mann, der im Freien zu Hause war. Seine große Pranke verschlang ihre Hand, und sie stellte fest, dass sie aufblicken musste, um in seine nussbraunen Augen zu schauen. Das war ungewöhnlich, und Claire merkte, dass es ihr gefiel, sich ausnahmsweise klein zu fühlen.

»Tag«, sagte er gedehnt. »Hab gehört, dass Sie zurückkommen.« Er lächelte und zeigte dabei ebenmäßige weiße Zähne und spinnwebzarte Fältchen an den Augenwinkeln.

»Matt ist auch Tierarzt«, sagte Lila im Verschwörerton.

Claire hatte Mühe, das Kichern zu unterdrücken, als sie und Matt einen Blick wechselten. »Sie müssen neu hier sein«, brachte sie hervor. »Ich kann mich nicht erinnern, Sie auf Warratah schon gesehen zu haben.«

»Hab letztes Jahr angefangen«, sagte er, bevor er sich wieder ihrem Ein-Personen-Publikum zuwandte. »Schätze, wir könnten beide einen Kaffee vertragen, Lila.«

»Bin schon dabei«, sagte Lila fröhlich. Geschäftig räumte sie Matts schmutziges Geschirr ab und deckte einen zweiten Platz ein. »Ihr zwei jungen Dinger habt euch sicher jede Menge zu erzählen. Also lasse ich euch jetzt mal allein. Frühstück kommt gleich, Claire.« Sie huschte davon und stieß die Schwingtür zur Küche auf.

Matt zog eine braune Braue hoch. »Junge Dinger?«, wiederholte er mit humorvollem Zwinkern.

Claire setzte sich kichernd. »Ich glaube, Lila betätigt sich gern als Heiratsvermittlerin«, tuschelte sie. Sie holte ihre Zigaretten aus der Tasche und bot ihm eine an. »Machen Sie sich nichts draus.«

Er blies den Rauch von sich und lachte. »Macht mir nichts«, sagte er. »Im Gegenteil.«

Sie musterte ihn durch den Rauch und erwiderte sein Lächeln. »Ich nehme an, dies ist der Moment, in dem ich sagen sollte, Sie sehen keinen Tag älter aus als fünfundzwanzig?«

Er nahm einen Schluck Kaffee. »Schon möglich, aber das wäre gelogen«, antwortete er. »Ich werde achtunddreißig, und allmählich spüre ich es auch, wenn man mich nachts rausruft.« Mit wehmütigem Grinsen streckte er ein langes Bein in den Gang zwischen den Tischen. »Die Knie sind kaputt vom Rugby an der Uni, und wenn es kalt ist, knarren sie wie rostige Türangeln.«

Lila erschien durch die Schwingtür und schenkte fröhlich Kaffee nach, während die beiden über ihren Beruf schwatzten. »Ich wusste, dass ihr beide viel gemeinsam habt«, erklärte sie begeistert. »Schön zu sehen, dass ihr euch gut versteht.«

Claire biss sich auf die Lippe, um nicht zu lachen, und als sie das boshafte Funkeln in Matts Augen sah, musste sie wegschauen. Matt Derwent hatte eine merkwürdige Wirkung auf sie; sie fühlte sich zu ihm hingezogen, obwohl sie ihn doch gerade erst kennen gelernt hatte.

Das Frühstück kam, und Claire machte sich mit Genuss über Eier mit Speck her, während Matt seinen Kaffee trank und ihr von seiner weitläufigen Praxis erzählte. Der Speck war knusprig, und die Eier waren genauso gebraten, wie sie es gern hatte: ganz weich in der Mitte, sodass sie ihren Toast hineintunken konnte. Nicht das gesündeste aller Frühstücke, wie sie zugeben musste, als sie schließlich Messer und Gabel nebeneinander auf den Teller legte – aber es füllte den Magen und vertrieb die Kopfschmerzen.

Sie merkte, dass er sie beobachtete, und wurde rot. »Ich esse normalerweise nicht so hastig«, erklärte sie. »Aber ich hatte Hunger.«

Er zuckte die Achseln. »Ich frage mich, wo Sie das alles untergebracht haben«, sagte er und musterte sie mit seinen nussbraunen Augen. »So schmal wie Sie sind.«

»Hab hohle Beine«, erklärte sie bestimmt. Er lächelte verhalten, und sie spürte, dass ihr Inneres einen Salto machte. Sie hätte das zweite Spiegelei eigentlich nicht mehr essen sollen. »Und«, fragte sie, ehe sich das Schweigen allzu sehr in die Länge ziehen konnte. »Was ist Ihr Spezialgebiet?«

Er sah sie an, und seine Mundwinkel zuckten amüsiert. »Sie meinen, abgesehen davon, dass ich mich jung nennen lasse und mit einer hinreißenden Blondine frühstücke?«, fragte er scherzhaft.

Claire wurde rot und war wütend über sich selbst. Matt flirtete mit ihr, und sie war plötzlich ungeschickt und beinahe schüchtern. Er war kein College Boy und kein grüner Junge, sondern ein Mann, der offenbar sehr viel welterfahrener war als sie und zudem höchstwahrscheinlich irgendwo eine Ehefrau versteckt hatte. »Ich meine, beruflich.« Ihr Ton war schärfer als beabsichtigt.

»Ach so«, sagte er obenhin und trank seinen Kaffee aus. »Farmvieh hauptsächlich. Aber mein Hauptinteresse sind Pferde. Tatsächlich fahre ich demnächst nach Jarrah hinauf. Bonny wird bald fohlen.«

Claire sah eine Gelegenheit, dem Gespräch eine neue Wendung zu geben. »Wie geht's Lee denn?« Sie verfiel wieder in die Gewohnheit ihrer Familie, Leannes Namen abzukürzen. In den letzten fünf Jahren waren nur wenige Briefe zwischen ihnen hin und her gegangen, und Claire war neugierig. Vielleicht würden sie sich jetzt, da sie reifer waren, besser verstehen.

»Ihr geht's gut. Sie hat den Bogen schnell heraus. Leanne ist für diese Arbeit geboren, und sie wird nicht allzu viele Probleme haben, wenn sie sich nicht zu viele Dinge gleichzeitig vornimmt.« Er schwieg einen Augenblick. »Ihr Dad hat es ganz richtig gemacht, als er ihr diese Gelegenheit zum Lernen gegeben hat. So hatte sie die Freiheit, erwachsen zu werden und zu beweisen, dass sie fähig ist, einen großen Betrieb wie Jarrah zu führen.«

Claire griff nach ihren Zigaretten und warf sich die Tasche über die Schulter. Nachdem Matt sie nun gründlich durcheinander gebracht hatte, brannte sie darauf, weiterzufahren. »Ich muss los«, sagte sie leichthin. »Sie erwarten mich heute zu Hause, und ich möchte von der Straße runter sein, bevor es dunkel wird. Ich bin schon mal in eine Meute Kängurus geraten und hätte meinen Wagen beinahe abschreiben müssen; das Letzte, was ich im Augenblick gebrauchen kann, wären neue Werkstattrechnungen.« Sie plapperte und wusste es. Matt wusste es auch, wenn sie den Ausdruck in seinen Augen richtig deutete.

Sie standen auf und gaben einander die Hand. »Wir sehen uns noch«, sagte er leise.

Claire spürte eine warme Kraft in seinen Fingern, als er ihre Hand einen winzigen Augenblick länger als nötig festhielt, und sie wusste, dass sie einander wiedersehen würden. Matt war ein Mann, der sie wiederfinden würde, und sie wusste nicht genau, wie ihr das gefiel. Denn er bedeutete Gefahr – eine Komplikation, die sie just in diesem Augenblick nicht gebrauchen konnte.

Es würde eine lange Nacht werden. Schon vor zwei Wochen hatte bei Bonny die Laktation eingesetzt, und jetzt tropfte die Milch aus ihren Zitzen. Die elfmonatige Tragezeit war vorüber. Sie hatte ihr Lager aufgescharrt und am Nachmittag angefangen zu schwitzen; bei einer kurzen Untersuchung hatte Leanne festgestellt, dass die Muskeln zu beiden Seiten des Schweifes sich in Erwartung der Geburt bereits entspannt hatten. Man konnte nicht wissen, wie lange es noch dauern würde, aber Leanne vermutete, dass es irgendwann im Laufe der Nacht so weit sein würde, und hatte den Tierarzt angerufen. Sie war durchaus in der Lage, das Fohlen selbst zu holen, aber aus bitterer Erfahrung wusste sie, dass es besser war, für den Notfall professionelle Hilfe in Reichweite zu haben. Der Weg, den der Arzt zurückzulegen hatte, war zu weit, als dass er erst bei Bedarf schnell hätte da sein können.

Sie ließ die unruhige Stute in der Obhut eines der eingeborenen Jackaroos, der im Umgang mit Pferden von Natur aus ein Zauberer war. Nachdem Leanne ein Weilchen mit zwei Männern geplaudert hatte, die in der warmen Abendsonne saßen, ihre Zigaretten rauchten und Bier tranken, ging sie ins Haus und schaltete die Lichter ein. Sie hatte zwei Stunden Zeit, ehe sie wieder nach Bonny sehen musste – genau die richtige Gelegenheit, um ihre Kleider durchzusehen und zu entscheiden, was sie anziehen wollte, wenn Angel nächste Woche zurückkommen würde.

Ihre spärliche Garderobe bestand hauptsächlich aus Arbeitszeug und nur einem oder zwei Kleidern. Eine Reihe von Stiefeln stand auf dem Boden, neben denen das einsame Paar hochhackiger Riemchensandalen unglaublich zierlich wirkte. Als Leanne alles anprobiert hatte, kam sie zu dem Schluss, dass sie in einer Moleskin-Hose und dem smaragdgrünen Hemd, das die Farbe ihrer Augen betonte, am besten aussah. Ein Kleid wäre übertrieben, die alten Jeans allzu lässig und wenig schmeichelhaft.

Sie wusch sich die Haare und bürstete sie, bis sie im elektrischen Licht blauschwarz glänzten, und versah Augen und Mund mit einem Hauch von Make-up. Winzige Goldstecker funkelten an ihren Ohrläppchen, und eine dünne goldene Kette glitzerte an ihrem sonnenbraunen Hals. An meinen Händen kann ich nichts ändern, dachte sie betrübt und betrachtete die kurzen Fingernägel, unter denen wie immer der unentrinnbare Schmutz der Ställe saß. Die Handrücken waren von der Sonne dunkel gebräunt, die Handflächen rau vom Reiten ohne Handschuhe und von der Arbeit im Gemüsegarten. Mit kritischem Blick betrachtete sie sich im Spiegel. Abgesehen von den Händen machte sie sich eigentlich ganz gut. »Angel Carrera, sieh dich nur vor«, sagte sie leise. »Du wirst mindestens eine Woche lang keine Chance haben zu schlafen.«

»Klingt ja bedrohlich.«

Leanne fuhr herum. Sie war so sehr in ihre Träume vertieft gewesen, dass sie niemanden hatte kommen hören. »Claire!« Sie schnappte nach Luft. »Was machst du denn hier?«

Eine ganze Weile standen sie stumm und verlegen da, bevor sie sich schließlich zögernd umarmten.

Claire lächelte unsicher, als sie einen Schritt zurücktrat. »Ich dachte, ich werde erwartet?«

»Das wirst du auch. Das wurdest du.« Stotternd versuchte Leanne ihre Gedanken zu ordnen. Zum Teufel mit Claire – einfach so aufzutauchen! »Aber wir dachten, du fährst nach Warratah.«

»Hab's nicht fertig gebracht.« Claire ließ sich auf das Bett fallen, sank rückwärts in die Kissen und beschirmte mit einem schlanken Arm ihre Augen vor dem grellen Licht der Glühbirne. »Die Fahrt war höllisch, und ich bin zu kaputt, um heute Abend in Familie zu machen.« Sie beobachtete ihre Schwester. »Du hast doch nichts dagegen, Lee? Ich störe dich doch nicht etwa?«

»Selbstverständlich nicht.« Hastig schlüpfte Leanne wieder in ihre alten Jeans und ein Sweatshirt. »Angel ist dienstlich unterwegs, und ich muss vielleicht den größten Teil der Nacht bei Bonny sitzen. Schätze, sie kann jeden Augenblick fohlen.«

»Ich wusste nicht, dass man dabei Ohrclips und Make-up trägt«, neckte ihre Schwester.

Leanne zuckte die Achseln. Es machte sie verlegen, dass man

sie so ertappt hatte, und die elegante Schönheit, die auf ihrem Bett lag, als ob es ihr gehörte, ärgerte sie. »Ich wollte nur wissen, wie ich aussehe, wenn ich was anderes anhabe als dieses Zeug hier«, sagte sie unbestimmt und strich mit ihren tüchtigen Händen über den Jeansstoff.

Claire lachte, stand auf und begutachtete das Durcheinander auf Leannes Frisierkommode. Sie nahm einen Lippenstift, probierte ihn, verzog das Gesicht und wischte ihn wieder ab. »Mir machst du nichts vor, Schwesterchen«, sagte sie liebevoll und prüfte einen Hauch von Parfüm an ihrem Handgelenk. »Offensichtlich kommt Angel nach Hause – oder du hast einen heimlichen Lover.«

Leanne errötete heftig. »Wir sind erst seit ein paar Monaten verheiratet«, fauchte sie. »Mag sein, dass wir Bauern sind, aber Moral kennen wir hier draußen schon.« Sie riss ihrer Schwester das teure Parfüm aus der Hand und legte es in eine Schublade. Es war ihr ein Gräuel, wenn Claire in ihren Sachen wühlte.

Claire zog eine Braue hoch. »Empfindlich«, sagte sie. »Wie ich sehe, hat sich hier nicht viel verändert.«

Dieser Anfang ließ nicht viel Gutes ahnen. Leanne beschloss, ihre Taktik zu ändern. »Hast du schon gegessen? Hab noch Hammelragout. Nichts Besonderes, aber auch nicht übel.«

Claire beäugte ihre jüngere Schwester. »Hast du es gekocht?«

»Ja«, antwortete Leanne und war gleich in der Defensive. »Ich koche schon viel besser, seit du zuletzt hier warst.« Sie ging voraus in die Küche, löffelte eine Portion Ragout auf den Teller und schnitt das frisch gebackene Brot auf. »Ich mache sogar Brot«, erklärte sie streng.

Claire warf ihren langen Zopf über die Schulter nach hinten und setzte sich an den Küchentisch. »Bravo«, sagte sie, nachdem sie von dem Ragout gekostet und mit Salz und Pfeffer nachgewürzt hatte. »Nicht schlecht«, murmelte sie überrascht.

Leanne spürte, wie ihr die Wärme in die Wangen stieg. Sie

senkte den Kopf und konzentrierte sich auf ihr Essen. »Rede nicht so herablassend mit mir, Claire«, warnte sie in ruhigem Ton.

Claire legte Messer und Gabel aus der Hand. »Jetzt mal langsam, Lee. Was für eine Laus ist dir über die Leber gelaufen? Seit ich hier bin, hast du kein vernünftiges Wort mit mir gesprochen.«

Leanne verschränkte die Arme. Das Essen war vergessen. »Wieso kommst du zurück?«, wollte sie wissen. »Hier gibt's nichts für dich.«

Das Schweigen zog sich in die Länge. Die beiden Schwestern musterten einander. »Tante Aurelia hat mir keine Wahl gelassen«, sagte Claire schließlich. »Mach dir keine Sorgen, Lee. Ich werde mich nicht weiter als unbedingt nötig in dein Leben einmischen.«

Leanne empfand bohrendes Unbehagen. Vielleicht war sie ein wenig grob gewesen, aber sie sah sich nicht gern in der Defensive, und sie wusste nicht, warum sie irgendwelche Erklärungen abgeben sollte, über sich selbst oder ihre beinahe manische Angst davor, dass Claires Rückkehr alles, was ihr lieb und teuer war, in Gefahr bringen könnte. »Sorry«, sagte sie widerstrebend. »Es war ein langer Tag, und weil Bonny bald fohlt, wird es wohl auch eine lange Nacht werden. Du hast mich auf dem falschen Fuß erwischt.«

Claire lächelte und schien die Entschuldigung zu akzeptieren. »Kommt Matt Derwent heute Abend, um nach Bonny zu sehen?«, fragte sie fröhlich.

Leanne nickte. »Woher kennst du Matt?«

Claire stellte die Teller zusammen und schob sie beiseite. »Ich hab ihn heute Morgen kennen gelernt«, erklärte sie beiläufig. »Finde ihn ziemlich nett.«

»Er ist gut zehn Jahre älter als du, schätze ich«, gab Leanne zurück. »Ich gebe zu, er versteht was von Pferden, aber dein Typ ist er nicht.«

Claires blaue Augen blickten unbeeindruckt, aber um ihre Mundwinkel zuckte ein Lächeln. »Und was genau ist mein Typ?«

»Der City-Typ«, sagte Leanne. »Wohlhabend, schick, mit eigener Praxis und einem großen Haus mit Blick auf den Hafen, in dem sein Speedboot liegt.«

In Claires Lachen lag ein Hauch von Bitterkeit. »Wir sind zu lange getrennt gewesen, wenn du das glaubst«, sagte sie. »Geld ist nicht alles, Lee, und wir haben alle beide zu viele Jahre mit Männern verbracht, um nicht zu wissen, dass der Inhalt nicht immer der Verpackung entspricht.« Sie lächelte. »Ich weiß nicht, wie wir überhaupt darauf kommen. Ich habe den Mann heute Morgen erst kennen gelernt. Es ist ja nicht so, dass ich vorhätte, ihn zu heiraten.«

Leanne rauchte ihre Zigarette zu Ende und kaute nachdenklich auf der letzten Brotkruste. Dabei schaute sie ihre Schwester zum ersten Mal richtig an. Claire sah müde aus, aber wer täte das nicht, nachdem er in einer Woche mehrere tausend Meilen weit gefahren wäre? Dennoch war ihre sonst so blasse Haut leicht gebräunt, und sie sah wunderbar schick aus in dem bunten Minikleid, das ihre verdammten, endlos langen Beine vorteilhaft zur Geltung brachte. Leanne war froh, dass Angel noch nicht nach Hause kam. Als heißblütiger lateinamerikanischer Macho wusste er schöne Frauen vorbehaltlos zu schätzen, und sie hatte keine Lust, wieder in Claires Schatten zu stehen. Unter dieser Schmach hatte sie schon ihr ganzes Teenagerleben lang gelitten.

Erst, als Claire vom Tisch aufschaute, erkannte Leanne mit jähem Unbehagen, dass ihre Schwester nicht nur müde war. Ihr Blick wirkte beinahe wie gehetzt.

Matt Derwent flog durch die Dunkelheit nach Jarrah Downs. Nachts zu fliegen machte ihm nichts aus – im Gegenteil, er tat es gern. Oben zwischen den Sternen verspürte er ein Gefühl von Frieden, eine Ruhe, die er auf festem Boden nur selten fand – außer auf Buschwanderungen oder langen Ausritten. Sein Leben war hektisch, aber auch das störte ihn nicht, denn es hatte ihm geholfen, über Lauras Tod hinwegzukommen; es hatte ihm Halt gegeben, wenn die Erinnerungen ihn quälten.

Er trimmte das Höhenruder. Das kleine Flugzeug flog sich beinahe von selbst – ein Wunder der modernen Technik; er brauchte es nur in die richtige Richtung zu lenken und nach den Leuchtfeuern Ausschau zu halten, die dort unten die Landebahn markierten. Er blickte hinaus in die Galaxie der Sterne und dachte an den Glauben der Aborigines: Alle toten Seelen mussten ihren Weg durch den Rachen der großen Schlange Bigaroo ins Land der Vollkommenheit finden. Dort eröffnete sich ihnen ein Blick auf die Welt, wie sie einst war und wie sie sein würde, ehe sie dann in ein wunderbares Königreich im Himmel eingingen. Jede Seele wurde zu einem Stern und funkelte in der weiten Bahn, die der weiße Mann Milchstraße nennt.

Trauer färbte sein Lächeln. Es war eine gute Geschichte; ein alter Aborigine hatte sie ihm erzählt, kurz bevor Laura an Krebs gestorben war. Sie hatte ihm ein wenig Trost gespendet in den ersten Tagen, als er in ihrem weitläufigen Haus allein gewesen war, verfolgt von den Erinnerungen an die kurze Zeit, die er mit seiner Frau verbracht hatte. Durch diese Vorstellung, dass sie über ihn wachte und dass er hochschauen und sie als Stern am Firmament funkeln sehen konnte, erschien sie ihm weniger entrückt.

Matt fuhr sich mit den Händen durchs Haar und rieb sich das Gesicht. Das Ganze war nur ein Märchen, das man Kindern erzählte, um ihnen in der Nacht die Angst zu nehmen – eine behutsame und liebevolle Art, ihnen zu erklären, was passierte, wenn jemand, den man liebte, in die Erde gelegt wurde. Aber es lag doch viel Weisheit in diesen alten Legenden, und er stellte sich gern vor, dass die Aborigines vielleicht doch Recht hatten und Laura einer dieser funkelnden Sterne war. Diamanten hatte sie immer geliebt.

Der ferne Schein der Doppelreihe brennender Öltöpfe ließ seine Gedanken jäh zu seiner augenblicklichen Aufgabe zurückkehren. Jarrah lag vor ihm, und er hatte ein Flugzeug zu landen.

Als die kleine Maschine am Boden war und über die Lehmpiste holperte, fragte er sich beiläufig, was Claire wohl vorhatte und ob er sie an diesem Abend noch sehen würde. Dann fiel ihm ein, dass sie gesagt hatte, sie wolle nach Warratah. Mit Überraschung registrierte er, wie enttäuscht er darüber war. Claire war ein unprätentiöses Mädchen, trotz des Reichtums, in dem sie aufgewachsen war. Außerdem besaß sie viel Humor, und das gemeinsame Frühstück mit ihr hatte ihm Spaß gemacht. Ob ihr wohl klar war, wie schön sie an diesem Morgen ausgesehen hatte mit ihrem Hippie-Kleid, dem Zigeunerzopf und den Ohrringen?

In seinem Lächeln lag leise Trauer, als er die Landebahn entlangrollte und vor dem Zaun anhielt, der die Koppel und die Stallungen umgab. Er musste die Trauer um Laura endlich beenden; bis jetzt hatte er keine andere Frau angeschaut oder auch nur daran gedacht, etwas Neues anzufangen.

»Typisch, dass ich mich für die einzige Frau interessieren muss, die weit außerhalb meiner Klasse liegt«, knurrte er und hob seine Instrumententasche aus dem Flugzeug. »Sie ist zu jung, zu schön und viel zu reich für dich, du alter Knacker. Also schlag's dir aus dem Kopf und konzentrier dich auf deine verdammte Arbeit!«

»Selbstgespräche?« Leanne erschien aus der Dunkelheit, die Hände in den Taschen ihrer Jeans. Ein dicker Pullover reichte ihr fast bis an die Knie.

»Kommt bei uns alten Kerlen manchmal vor«, antwortete er. Er sah, dass sie Lippenstift trug und ihr frisch gewaschenes Haar im Licht der Hofbeleuchtung glänzte. Leanne war schön, aber sie konnte ihrer Schwester nicht das Wasser reichen. Langsam machten seine Gedanken ihn ungehalten. Was war nur los mit ihm? Beide Schwestern sind jung genug, um meine Töchter zu sein, dachte er wütend. »Was macht Bonny?« Sein Ton war schroff.

»Arbeitet. Die Fruchtblase ist schon zu sehen. Es wird jeden Augenblick losgehen. Ich habe Claire bei ihr gelassen.«

Matt spürte, dass sein Puls schneller schlug und das Blut ihm in Hals und Gesicht stieg. Zum Glück war Leanne so beschäftigt, dass sie es nicht bemerkte. »Dann wollen wir mal«, sagte er munter.

Der Stall war von Petroleumlampen erleuchtet, die lange Schatten bis in die Ecken warfen. Neugierige Köpfe erschienen über den Gattern der umliegenden Boxen, und im Vorbeigehen streichelte Matt samtige Nasen. Der Geruch von Mist und Stroh, in den sich der Duft des ledernen Zaumzeugs an einem Nagel an der Wand mischte, war vertraut und anheimelnd, und die Wärme war wohltuend nach dem scharfen Wind, der von den Hügel herabwehte.

Matt sah sich um. Von Claire war nichts zu sehen, aber er hörte ihre leise Stimme, als sie in der seltsamen Stille, die den Augenblick des Fohlens immer erfüllte, mit der Stute sprach. Anders als Menschen nahmen Stuten die Entbindung stoisch hin und zeigten sich selten unruhig.

Er zog die Jacke aus, krempelte die Ärmel hoch und wusch Hände und Arme in der heißen Seifenlauge, die Leanne für ihn bereitgestellt hatte.

Er sah sie erst, als er die Box betrat. Die Stute lag mit angezogenen Beinen am Boden, und Claire schob behutsam die Hand in den Geburtskanal, um sich zu vergewissern, dass die Nase des Fohlens in einer Linie mit den zarten, weichen Hufen lag. Dann rollte die Stute sich auf die Seite, streckte die Beine aus und begann zu pressen.

»Tag«, sagte Claire und schaute sich nach ihm um. »Wollen Sie übernehmen?«

Matt schüttelte den Kopf und verschränkte die Arme. »Sie scheinen zu wissen, was Sie tun.«

Mit ruhiger Autorität packte Claire die Hufe und begann sanft abwärts zu ziehen. Es war wichtig, die Brust des Fohlens über die Beckenkante zu bringen, weil sonst die Nabelschnur gequetscht wurde. Das Fohlen tat seinen ersten Atemzug und bewegte die Vorderbeine, aber das Hinterteil steckte noch im Geburtskanal, was die Stute auf der Seite hielt. Ein Tritt der winzigen Hufe konnte die Nabelschnur durchtrennen, und es würde bluten. Claire band die Nabelschnur ab und betupfte sie mit einem Antiseptikum. Das Fohlen glitt ins frische Stroh. »Du hast einen kleinen Hengst«, sagte sie.

Matt kam sich vor wie ein Ersatzrad in einer Reifenfabrik, aber das machte ihm nichts aus. Es war interessant, Claire bei der Arbeit zu beobachten, und er war fasziniert von ihren verschiedenen Facetten – eben noch die kichernde Verschwörerin und im nächsten Augenblick eine tüchtige Tierärztin.

Die Stute begann das Fohlen zu lecken und zu säubern und stupste es an, um es auf die Beine zu treiben. Sie stand auf; die Fruchtblase baumelte noch an ihr. Sie liebkoste das Fohlen mit dem Maul, aber dann kam sie zu dem Schluss, dass sie nach all der harten Arbeit ein Frühstück verdient hatte, und fing an, auf dem frischen Stroh zu kauen, das Leanne für sie bereitgelegt hatte.

Claire trat zurück und wusch sich die Hände. Matt band die Fruchtblase mit einer Schnur hoch, damit die Stute nicht darauf treten konnte – durch ihr Eigengewicht würde sie irgendwann ganz austreten. Sollte das allerdings mehr als zwanzig Minuten dauerte, konnte das Ärger bedeuten. Dann bestand die Gefahr einer Sepsis. Er wandte sich dem Fohlen zu, das immer noch Mühe hatte, zu begreifen, wozu seine langen Beine gut waren, und spritzte ihm eine Dosis Penicillin, damit die Nabelschnur sich nicht entzündete.

Matt trat zurück und ließ der Natur ihren Lauf. Er warf einen Blick zu Claire hinüber und sah, wie verzaubert sie war. Er verstand ihre Gefühle; die Geburt neuen Lebens war ein wunderbarer Augenblick, der auch ihn immer wieder rührte.

Alle drei schauten zu, wie das winzige Geschöpf sich auf den beiden Vorderbeinen hochstemmte, aber nicht recht wusste, wie es jetzt das Hinterteil aus dem Stroh heben sollte, sodass es gleich wieder zur Seite kippte. Dann versuchte es, das Hinterteil zuerst hochzubekommen, aber dabei wollten die Vorderbeine nicht gehorchen. Mit der Nase voran purzelte es gegen die hölzerne Boxenwand. Beim dritten Versuch verhedderten sich alle vier Beine, und das Kleine plumpste wieder ins Stroh, worauf es von der Mutter gleich wieder ermutigt wurde. Und endlich fand es sich auf seinen Füßen zurecht und stakste dorthin, wo es die Milch witterte. Sofort begann es hungrig zu saugen.

Matt schaute lächelnd zu Claire hinüber, um diesen magischen Moment mit ihr gemeinsam zu erleben. Es war, als sei die Welt verblasst und nur sie beide ständen im Lichtkreis der Lampe. Alles verlangsamte sich und wurde klarer sichtbar. Claire stieß einen leisen Freudenschrei aus, und er entdeckte eine einzelne Träne an ihren Wimpern, sah, wie sie funkelte und zitterte, ehe sie herabfiel. Blinzelnd schaute er weg. Dieses Mädchen gefiel ihm immer besser – und wenn er nicht aufpasste, würde er sich komplett zum Narren machen.

VIER

Ich weiß nicht, wozu du ihn gestern abend hier gebraucht hast.« Claire goss sich noch eine Tasse Tee ein. »Ich bin ausgebildete Tierärztin und durchaus in der Lage, ein Fohlen zu holen.«

»Woher sollte ich denn wissen, dass du da sein würdest?« Leanne strich Butter auf ihren Toast, räumte kauend die Überreste ihres Abendessens weg und bereitete sich auf den Tag vor. »Du hast mir nicht gesagt, dass du kommst, und hellsehen kann ich noch nicht.«

Claire machte sich an den Abwasch. »Du hättest ihn anrufen können«, beharrte sie. »Er hätte den weiten Weg nicht machen müssen, als ich mal hier war.«

»Ich hab nicht dran gedacht«, sagte Leanne gereizt. Sie stellte die Töpfe krachend auf die marmorne Arbeitsplatte, stemmte die Hände in die Hüften und funkelte ihre Schwester an. »Was geht das dich überhaupt an? Er ist der zuständige Tierarzt in dieser Gegend, wir gehören zu seinem Bezirk. Weshalb regst du dich nur so auf?«

Claire merkte, dass sie viel Wind um nichts machte. Zu dieser frühen Stunde mit Lee über irgendetwas reden zu wollen war ohnehin riskant – erst recht, nachdem sie in der Nacht so wenig geschlafen hatte. »Tu ich ja gar nicht«, sagte sie. »Er bringt mich bloß durcheinander, das ist alles.«

Leannes grüne Augen weiteten sich. »Matt Derwent?«, spottete sie. Sie schob die Hände in die Taschen und betrachtete ihre Schwester nachdenklich. »Gab's bei eurer Begegnung gestern etwas, was du vergessen hast zu erzählen? Ich hab wohl bemerkt, wie er dich gestern Abend angesehen hat, und mich schon gefragt, ob da irgendetwas im Gange ist.«

Claire schüttelte den Kopf. »Langsam, Lee«, rief sie. »Wir haben uns zufällig getroffen, wir haben uns unterhalten, ich fand ihn sympathisch. Ende der Geschichte«, sagte sie mit Nachdruck.

Stirnrunzelnd griff Leanne nach Hut und Stiefeln. »Er ist offensichtlich verknallt«, brummte sie. »Und du bist ganz aus dem Häuschen. Ich denke, die Sache ist nicht so klar, wie du sagst.«

Claire merkte, dass dieses Gespräch außer Kontrolle geriet, und wechselte das Thema. Sie trocknete sich die Hände ab und drehte sich zu Leanne um. »Ist es in Ordnung, wenn mein Wagen draußen vor dem Haus steht?«

Leanne schob die Füße in die Stiefel und drückte sich den Hut aufs Haar. »Sieht zwar aus, als ob hier Zigeuner eingezogen wären, aber im Weg ist er nicht. Ich muss jetzt nach der Stute und dem Fohlen sehen und dann mit den Leuten über die Vorbereitungen für die Ankunft der Herde reden. Ein paar Corrals sind noch reparaturbedürftig, und die Termiten haben bei einer Scheune eine Ecke angefressen. Bist du noch hier, wenn ich zurückkomme?«

»Wahrscheinlich nicht. Es wird Zeit, dass ich nach Hause fahre. Lange kann ich es nicht mehr rausschieben.«

Leanne holte tief Luft und verschränkte die Arme. Ihre grünen Augen fixierten Claire. »Du hast mir nie gesagt, was du all die Jahre hindurch auf dem Herzen hattest, Claire. Warum sprichst du nicht mit mir?«

»Damit du mir den Kopf abreißt?« Claire seufzte. »Wir haben nie ein besonders enges Verhältnis gehabt, Lee«, sagte sie leise. »Und wie es jetzt zwischen uns läuft, scheint sich daran auch nicht viel geändert zu haben.«

»Versuch's doch«, sagte Leanne.

Claire warf einen Blick aus dem Küchenfenster auf den Friedhof von Jarrah. »Du weißt die Antworten auch nicht«, murmelte sie. »Es hätte keinen Sinn.«

»Woher weißt du das, wenn du nicht mit mir drüber reden willst?«

Claire schaute weg. »Weil du es mir längst erzählt hättest, wenn du etwas wüsstest«, sagte sie nüchtern. »Von A bis Z.«

Leanne hatte den Anstand, rot zu werden. »Ein solches Biest bin ich nun auch wieder nicht«, sagte sie leise. »Ich bin zu diesem Familienpalaver nicht eingeladen«, fuhr sie verbittert fort. »Findest du nicht, dass ich ein Recht darauf habe, zu wissen, um was es geht?«

»Doch, wahrscheinlich.« Claire legte ihrer Schwester eine Hand auf die Schulter. »Ich habe keine Geheimnisse vor dir, Lee. Ich versuche nur, meinen Argwohn und meine Zweifel zu kapieren.« Sie lächelte zaghaft. »Es gibt eigentlich nichts Greifbares, auf das ich den Finger legen könnte. Vielleicht wird diese Familienkonferenz die Sache klarer machen. Lass mir ein bisschen Zeit, Leanne. Bitte!«

Leanne nickte, ehe sie sich abwandte. »Ich glaube, du machst ein Drama aus Nichtigkeiten. Was immer es ist – so schlimm kann's ja nicht sein.«

Claire sah ihr nach und hörte, wie die Fliegentür zuschlug. »Das hoffe ich auch, Lee«, sagte sie leise. »Aber wenn du dich irrst?«

Ellie hatte im Dunkeln wach gelegen, und immer wieder war ihr durch den Kopf gegangen, was sie ihrer Tochter zu sagen hatte, wenn sie nach Hause käme. Sie wusste, dass Claire bei Lee drüben auf Jarrah war; sie hatte am Abend dort angerufen, und einer der Männer hatte es ihr gesagt. Obwohl sie dem Mädchen nachfühlen konnte, dass es die Heimkehr hinauszögerte, wünschte sie doch, Claire wäre geradewegs hergekommen. Je eher das Warten vorbei wäre, desto besser. Es war wie beim russischen Roulette.

Die ersten Sonnenstrahlen drangen kaum über den Horizont, als Ellie ihr Lieblingspferd sattelte und die Hunde aus dem Zwinger ließ. Dann ritt sie über die Wiesen der aufgehenden Sonne entgegen. Tau funkelte auf dem Gras, und die Vögel begannen ihr morgendliches Gezeter. Die Hunde, entzückt über ihre Freiheit, rannten vor ihr her, die Schwänze erhoben, die Ohren aufgestellt, und stöberten Kaninchen und kleines Viehzeug auf. Ihr Fell schimmerte bläulich im Licht der Morgendämmerung.

Ellie versuchte sich zu entspannen, aber Gedanken und Erinnerungen ließen es nicht zu. Nach zwei Stunden kehrte sie wieder nach Hause zurück. Sie war auf der Koppel und rieb ihr Pferd ab, als der uralte Allradwagen donnernd auf den Hof gefahren kam und in einer Staubwolke kreischend bremste. Lächelnd ging sie dem Wagen entgegen. Es gab nur einen Menschen, der so fuhr.

»Du kannst einer alten Frau ruhig sagen, sie soll sich um ihren eigenen Kram kümmern«, grunzte Aurelia. Mühsam kletterte sie aus dem Geländewagen und stellte die robusten Schuhe in den Staub. »Aber ich dachte mir, du kannst eine kleine Stütze gebrauchen.« Sie zog ihre alte Jacke glatt und rückte das Monokel zurecht. Ihre Augen funkelten trotzig.

»Immer«, sagte Ellie. »Aber …«

Aurelia kramte ihre Tasche aus dem Wagen und klemmte sie unter den Arm. »Kein Aber, Ellie«, sagte sie mit Bestimmtheit. »Ich habe die Sache angezettelt. Jetzt müssen wir zusammenstehen.«

Ellie nahm Aurelias Arm, um ihr die Stufen zur Veranda hinaufzuhelfen, und wurde mit ungeduldigem Grunzen beiseite geschoben. Aurelia mochte achtzig sein, aber sie war ein zäher alter Vogel, und ihre bloße Gegenwart verlieh Ellie Kraft für das, was vor ihr lag.

Claire stieß das Tor auf. Der Lattenzaun war kürzlich frisch gestrichen worden, und das Gras hatte man so gemäht, dass ein Pfad über den kleinen Friedhof führte, der abseits des Hofes am Rande der Hauskoppel lag. Leuchtend rote Flaschenbürsten wetteiferten mit dem cremigen Leuchten der Lorbeerblüte, dem Weiß der Warratah und dem Gelb der Banksien in der Hecke, die den Friedhof umsäumte. Die roten und grünen Blüten der zarten Kängurupfote tanzten im hohen Gras, wo die rosaroten Köpfchen der Paraquilegia und gelbe Gänseblümchen in der Sonne leuchteten. An einem Jacarandabaum tropften purpurne Blüten aus dem farnartigen Laub, und der goldene Regen der Akazie spendete duftenden Schatten für die verwitterte Holzbank in einer Ecke.

Claire blieb einen Augenblick stehen und sog die Atmosphäre in sich auf. Sie hörte die gedämpften Geräusche des Lebens, das auf Jarrah seinen Gang ging, und den seelenvollen Schrei einer Krähe, die aus einem Baumwipfel aufflatterte und davonflog. Der geisterhafte Ruf eines Glockenvogels erhob sich über das Rasseln der Insekten, und ein Kookaburra gluckste, als habe er ein Geheimnis, das er niemandem anvertrauen würde.

Langsam spazierte sie zwischen den Gräbern umher. Ein oder zwei viktorianische Steinsarkophage waren von rostigen Eisengittern umgeben – ein postumes Zeichen des Wohlstands jener irischen Pioniere, die dieses Land vor zwei Jahrhunderten gerodet hatten und ihm seinen Namen gegeben hatten. Etliche Steine waren so stark verwittert, dass man die Inschriften unter dem Flechtenbewuchs nicht mehr entziffern konnte. Winzige Granitkreuze waren das einzige Andenken an tot geborene Babys und Kinder, die an Fieber oder Schlangenbiss gestorben waren, und Claire empfand Trauer bei dem Gedanken an die

Mütter, die sie hier begraben hatten. Es musste schweres Leid bedeuten, ein Kind zu beerdigen. Es entsprach nicht der richtigen Ordnung der Dinge.

Sie ging weiter und gelangte zu denen, die in jüngerer Zeit hier bestattet worden waren. Ihre Grabsteine waren aus Marmor, von Steinmetzen kunstvoll behauen, die Inschriften deutlich lesbar. Das letzte Mitglied der Familie Maughan war 1946 hier beerdigt worden – in dem Jahr, als sie zur Welt gekommen war. Eine Zeit lang blieb sie dort stehen, und dann verließ sie zögernd den Pfad und watete durch das hohe Gras bis zur hinteren Ecke.

Der Stein war schief und verschwand beinahe unter dem wuchernden Pflanzengewirr, aber als sie die üppigen Wedel der wilden Bougainvilleen beiseite gezogen hatte, konnte sie die rätselhafte Grabinschrift lesen. Claire kniete in der dumpfen Hitze dieses winzigen Outback-Friedhofs und spürte den Geist, der immer noch hier weilte, und sie erkannte die Rastlosigkeit, die sie seit Jahren begleitete. Es war Zeit, nach Hause zu gehen. Zeit, sich Antworten zu holen.

Der Wagen ächzte und stöhnte, und die Kühlwassertemperatur stieg immer höher, als Claire die zweihundert Meilen zwischen den beiden Farmen hinter sich brachte. Die Sonne stand hoch am Himmel, als sie die letzte Anhöhe erklommen hatte und auf Warratah hinunterschauen konnte. Sie zog die Handbremse und stellte den Motor ab. Sie stieg aus, beschirmte ihre Augen vor dem grellen Sonnenlicht und betrachtete das einzige Zuhause, das sie je gehabt hatte.

Das alte Farmhaus war von Jarrahblüten überwuchert und erschien beinahe winzig neben den Wassertürmen, die von Kletterrosen und purpurnen Bougainvilleen bedeckt waren. Die ursprünglichen Nebengebäude standen baufällig im Schatten der Eukalyptusbäume, aber sie erfüllten noch immer ihren Zweck, und Pferche und Koppeln waren sauber eingefriedet. Pferde weideten im grünen Gras unten am Wasserloch, und der Bach, der aus dem Billabong entsprang, glänzte wie Zinn, während er sich über das Anwesen schlängelte und zwischen den fernen Hügeln verschwand. Sie sah die Dächer und Schornsteine der neueren Farmgebäude am Horizont und die Serie der Tore, durch die sie fahren musste, um dorthin zu gelangen. Das Gefühl, hierher zu gehören, durchdrang sie. Hier war ihr Zuhause, und sie war zu lange fort gewesen.

Sie setzte die Fahrt fort, und als sie das letzte Tor vor ihrem Elternhaus erreicht hatte, fuhr sie sich mit der Zunge über die ausgetrockneten Lippen. Mit feuchten Händen umklammerte sie das Steuer. Ihr Puls raste. Es gab kein Zurück.

Ellie stand auf der Veranda, als sie die Staubwolke in der Ferne entdeckte. Sie trank ihren Gin Tonic aus und stellte das Glas auf den Tisch, bevor sie sich mit gefühllosen Fingern durchs Haar fuhr. Ich werde einen Weg finden, diese Sache zu überstehen, nahm sie sich vor.

Der Bus kam in einer roten Staubwolke knirschend zum Stehen, die Tür schwang auf – und da war sie. Ellie vergaß die Jahre des Schweigens zwischen ihnen, die Kränkung darüber, dass sie nicht zur Examensfeier eingeladen worden war, den Streit, den sie gehabt hatten, bevor ihre Tochter nach Sydney gegangen war. Dies war ihre geliebte Tochter, und sie war endlich nach Hause gekommen. Ellie sprang die Stufen hinunter, um Claire zu umarmen. Sie drückte sie fest an sich, atmete ihren Duft ein und genoss das Gefühl, sie wieder in den Armen zu halten. »Ich könnte schwören, dass du gewachsen bist«, sagte sie mit zittrigem Lächeln und schaute Claire ins Gesicht.

»Langsam, Mum«, sagte Claire scherzhaft. »Ich war mit dem Wachsen fertig, als ich dreizehn war.«

Ellie blickte strahlend zu ihr auf und betrachtete die schönen

Augen, den sinnlichen Mund und die schlanke Gestalt. Ihr kleines Mädchen war zur Frau geworden in den fünf Jahren seit der Trennung. Eine Frau mit einem eigenen Leben und einer strahlenden Zukunft – wenn sie nur die nächsten paar Tage unbeschadet überstehen würden. »Gut, dass du wieder zu Hause bist«, flüsterte sie. »Du hast mir gefehlt. Du hast uns allen gefehlt.«

»Lass den Hund das Kaninchen anschauen«, sagte Tante Aurelia herrisch. Sie kam die Stufen herunter und stieß Ellie regelrecht beiseite. »Wie geht's meinem Mädchen?«, dröhnte sie, schlang einen Arm um Claires schlanke Taille und drückte einen schnurrbärtigen Kuss auf die ihr dargebotene Wange.

»Gut«, sagte Claire und umarmte ihre Tante zärtlich.

Trotz der fröhlichen Fassade bemerkte Ellie die Anspannung in Claires Schultern, und der spröde Ton ihres Lachens entging ihr ebenfalls nicht. Die offenkundige Freude ihrer Tochter über die Heimkehr nach Warratah war getrübt, das sah man auch an den Schatten in ihrem Blick – Schatten der Angst und des Misstrauens.

»Lasst uns aus der Sonne gehen und Tee trinken«, schlug sie mit gezwungener Munterkeit vor. »Dieses Ding kannst du nachher entladen.«

Claire langte in den Bus, zerrte ihre sperrige Reisetasche heraus und ließ sie auf die Veranda fallen. »Ich hab allen Geschenke mitgebracht«, sagte sie, und dann ließ sie sich auf einen Stuhl fallen und fächelte sich mit ihrem Hut Kühlung zu. »Aber die sind irgendwo hinten im Bus vergraben.«

Ellie, die lieber ohne Hausmädchen auskommen wollte, lief selbst in die Küche und brühte eine Kanne Tee auf. Der Kessel stand immer auf dem Herd, und so dauerte es nicht lange. Sie stellte die Teekanne auf das Tablett, das sie schon vorbereitet hatte. Mit einer plötzlichen Ruhe, von der sie nicht vermutet hatte, dass sie sie besaß, trug sie alles hinaus auf die Veranda.

Aurelia feuerte wie ein Maschinengewehr unablässig Fragen

auf Claire ab: nach ihrem Examen, ihren Diplomen, ihrem Liebesleben. Der Pfeifenrauch wallte, in ihren grauen Augen leuchteten neu erwachte Lebensgeister, und die tiefen Furchen, die sich in den letzten Tagen in ihre Stirn gegraben hatten, waren beinahe verschwunden.

»Lass das arme Mädchen doch erst mal zu Atem kommen und seinen Tee trinken«, sagte Ellie. »Wir werden das alles noch früh genug erfahren.« Sie verteilte die Tassen und bot Sandwiches und Kuchen an. »Ich höre, du hast Matt Derwent schon kennen gelernt«, sagte sie und nippte an ihrem heißen, süßen Tee.

Claire lächelte. »Ich bin immer wieder erstaunt, wie schnell die Neuigkeiten sich hier verbreiten. Der Buschfunk ist offensichtlich noch in bester Ordnung.«

»Viel entgeht uns nicht«, sagte Ellie. »Du musst bedenken, dass wir trotz der großen Entfernungen hier draußen eigentlich in einem Dorf wohnen. Die Bevölkerung ist geringer als in einem Vorort von Sydney und wird von Jahr zu Jahr kleiner. Die jungen Leute wandern ab; sie empfinden nicht mehr das Gleiche für das Land wie unsere Generation.«

»Und was erzählt der Dorfklatsch so über mich und Mr. Derwent?«, fragte Claire mit trockenem Humor.

Ellie lächelte über den Rand ihrer Teetasse. »Nicht viel, aber Lila Smith unten im Hotel Gregory findet, dass ihr beide für einander geschaffen seid.« Sie setzte die Tasse ab und griff nach ihren Zigaretten. »Arme Lila! Liest zu viele Liebesromane.«

So plauderten sie über nichtige Dinge, bis ein verlegenes Schweigen eintrat. Die Anspannung wuchs. Sogar Aurelia spürte sie, denn die alte Dame fummelte mit ihrer Pfeife herum und ließ Streichhölzer fallen.

»Also – warum dieser Ruf nach Hause?«

Claire wirkte entspannt, als sie sich auf ihrem Stuhl zurücklehnte, aber Ellie sah die wachsame Starre. Sie zog noch einmal an ihrer Zigarette und drückte sie dann aus. Ihr Puls raste. Der Augenblick war gekommen. Gleichwohl verließ diese seltsame Ruhe sie nicht, und sie konnte klar denken. Sie beantwortete die Frage ihrer Tochter mit einer eigenen. »Ich höre, du hast bereits den Friedhof besucht?«, sagte sie leise in die spröde Stille hinein. »Ich frage mich, warum.« Sie hob den Blick und schaute ihrer Tochter ins Gesicht, voller Angst vor dem, was sie dort sehen würde.

Claire schaute mit festem Blick zurück. Ihr Gesicht war vielleicht ein bisschen blasser als vorher. »Ich möchte wissen, was es damit auf sich hat – zumal es doch offensichtlich mit der Familie in Verbindung steht. Und warum niemand mir eine vernünftige Erklärung dafür gibt. Ich hatte gehofft, dieser Ruf nach Hause würde mir eine Antwort darauf geben.«

Ellie entging Aurelias sorgenvoller Ausdruck nicht. Sie spürte, wie die Vergangenheit heranrückte, sie umfing, sie zurückholte. »Wenn du die Geschichte dieses Grabes und den Grund für seine Isolation erfahren willst, fange ich wohl am besten mit dem Anfang an«, sagte sie leise. »Du kennst die Geschichte, wie ich Joe und Charlie auf der Wanderschaft kennen gelernt habe. Die Geschichte dieses Grabsteins auf Jarrah begann vermutlich ein paar Wochen später.«

Sie starrte über den Hof hinaus zum fernen Horizont. Das erwartungsvolle Schweigen ihrer Tochter war ihr wohlbewusst. Sie holte tief Luft und begann zu erzählen.

»Im Laufe der Wochen wurde Charlie immer rastloser. Die Trockenheit hielt Warratah in ihrem Würgegriff gefangen, und es gab nicht genug Arbeit. Ich glaube, er hatte es satt, dass ich ständig hinter ihm und seinem Bruder hertrottete – und er hatte es wohl auch satt, sich von einem alten Schlachtross mit einer ohrenbetäubenden Stimme herumkommandieren zu lassen.«

Ellie warf einen Blick zu Aurelia hinüber. Beide wussten, wie Aurelia vor all den Jahren wahrgenommen worden war, und

Ellie wusste, dass das alte Mädchen ziemlich stolz darauf war. »Der entscheidende Augenblick kam, als ein durchreisender Treiber Charlie von einem Pferdeauftrieb drüben im Territory erzählte.«

»Ich muss los«, sagte Charlie aufgeregt. »Der Auftrieb fängt in zwei Wochen an, und so lange werde ich brauchen, um hinzukommen.«

»Hier gibt es auch Arbeit, brauchst dich nur danach umzuschauen«, sagte Joe, während er Heu aus dem Lagerschuppen auf die Ladefläche des Lasters warf. »Wieso willst du gleich wieder abschwirren, wo wir hier doch zu essen und ein Dach überm Kopf haben? Das alte Mädchen ist vielleicht ein bisschen wild, aber sie ist doch ganz in Ordnung.«

»Ein altes Schlachtross, das ist sie«, gab Charlie zurück. »Verdient verdammt nicht schlecht dran, dass sie uns für Kost und Logis schuften lässt.«

»Langsam, langsam, Alter!« Seufzend lehnte Joe sich auf die Forke. »Sie hat uns hundert Pfund gegeben, weil wir Ellie hergebracht haben. Was willst du mehr?«

»Arbeit. Aufregung. Ich weiß auch nicht.« Genervt schwenkte Charlie den Arm in die Luft. »Ich muss hier raus. Mir wird's hier zu eng.«

»Und ich? Spiele ich in deinen Plänen irgendeine Rolle?«, fragte Joe ruhig.

Charlie zuckte die Achseln. »Du kannst mitkommen, wenn du willst.« Seine brummige Gleichgültigkeit verbarg die Hoffnung darauf, dass Joe genau dies tun würde. Denn auch wenn er sich danach sehnte, wieder frei durch das Land zu streifen, war der Gedanke, allein aufzubrechen, eher einschüchternd.

Joe fuhr mit dem Beladen fort. Sein Gesichtsausdruck war undurchschaubar, und sein Schweigen machte Charlie nervös. »Na?«, fragte er schließlich. »Kommst du mit oder nicht?«

»Wohl nicht, Alter«, antwortete Joe schließlich. »Es ist Zeit, dass ich mich mal für 'ne Weile irgendwo niederlasse und feststelle, ob mir das Leben hier draußen gefällt. Ich hab jetzt Geld in der Tasche, und bis zur Regenzeit sehe ich keinen Grund, weiterzuziehen und für meinen Lebensunterhalt zu rackern.«

Charlie seufzte. »Du hast keinen Sinn für Abenteuer, Joe. Wieso hier festsitzen und fürs Essen zu arbeiten, wenn du draußen mit den Wildpferden reiten kannst?« Er redete sich allmählich warm, und seine blauen Augen leuchteten vor Aufregung. »Erinnere dich doch mal, was für ein Gefühl es war, Joe. Denk an den Rausch, den man dabei bekommt.« Er legte seinem Bruder die Hand auf die Schulter, um ihn zu einem Sinneswandel zu bewegen. »Komm schon, Alter. Komm mit.«

»Diesmal nicht, Charlie«, sagte Joe. »Ich bin genug umherzigeunert, um meine Abenteuerlust zu befriedigen.« Er warf die Forke auf die Ladefläche des Allradwagens und blieb dann vor seinem Bruder stehen, die Hände tief in den Taschen. »Ich brauche Zeit«, sagte er fest. »Zeit zum Luftholen, Zeit, mir darüber klar zu werden, was ich wirklich will. Das Geld von Aurelia gibt mir Gelegenheit dazu, und ich will jetzt keine falsche Entscheidung treffen, nur weil dich wieder der Hafer sticht.«

»Aber hier gibt's doch nichts außer ein paar verdammten Weibern, die dich herumkommandieren«, sagte Charlie genervt. Er hatte plötzlich Angst. Angst, den einzigen Menschen zu verlieren, der ihm wirklich etwas bedeutete.

»Langsam«, sagte sein Bruder mild. »Hier gibt es genug für mich zu tun, und wenn der Regen kommt, wird Aurelia Hilfe beim Viehauftrieb brauchen.«

Charlies jungenhaftes Grinsen verging. »Und wenn der Regen nicht kommt? Was ist dann?«

Joe sah ihn fest an. »Das riskiere ich. Diese Farm ist fast wie ein Zuhause, und ich gehe hier nicht einfach weg – nicht mal deinetwegen, Charlie.«

Diese Wendung hatte Charlie nicht gewollt. Aber er brauchte seine Freiheit. Er scharrte mit der Stiefelspitze im Staub. »Dann war's das also?«, fragte er leise.

Joe berührte seinen Arm. »Wir haben gewusst, dass es eines Tages passieren würde, Alter«, sagte er. »Du und ich, wir haben unterschiedliche Wünsche. Ich hab genug vom Leben auf der Straße. Ich brauche nicht mehr umherzuwandern.«

Charlie schüttelte die Hand ab, und sein beschwörendes Lächeln war vergangen. Joes ruhige Entschlossenheit zeigte, dass er wirklich meinte, was er sagte. Charlie folgte dem Blick seines Bruders zur Koppel, wo Satan im silbrigen Gras weidete, und wusste, dass dies der Augenblick des Abschieds war. Aber jetzt, da er gekommen war, zögerte er mit dem nächsten Schritt. »Das alles wird noch hier sein, wenn der Pferdeauftrieb vorüber ist«, sagte er hastig. »Komm jetzt mit, Joe, und wenn es nichts wird, kannst du immer noch zurückkehren.«

Joe schüttelte den dunkelhaarigen Kopf. »Ich gehe nicht mehr weg, Charlie. Tut mir Leid.«

Lange Zeit standen die Zwillinge einander schweigend gegenüber, jeder in eigenen Gedanken versunken. Sie hatten beide noch Zeit, sich die Sache anders zu überlegen. Aber sie hatten erkannt, dass jeder seiner eigenen Bestimmung folgen musste, und keiner von ihnen fand die richtigen Worte, um auszudrücken, wie schmerzhaft diese Einsicht war.

Charlie strich sich das Haar zurück. Es war wieder lang gewachsen und glänzte in der Sonne. »Ich breche morgen vor Sonnenaufgang auf«, sagte er schließlich. »Wenn du's dir noch anders überlegen solltest …« Hoffnungsvoll schaute er seinen Zwillingsbruder an; vielleicht würde der ja die bange Erwartung in seinem Blick lesen.

Joe nahm Charlie in die Arme, und die widerstreitenden Empfindungen in Charlies Brust machte ihm das Sprechen schwer. Er schlug seinem Bruder auf den breiten, muskulösen

Rücken und drückte ihn an sich. Er dachte an die gemeinsame Kindheit und den langen Treck, der sie so weit gebracht hatte.

»Gib nur Acht auf dich da draußen.« Joes Stimme klang schroff, und unbeholfen lösten sie sich voneinander. »Und lass von dir hören. Du bist immer noch mein Bruder, und ich will dich nicht verlieren.«

Charlie wandte sich ab und ging auf die Schlafbaracke zu. Ihr gemeinsames Leben war vorüber, und auch wenn die Abenteuerlust tief saß, sehnte sich ein Teil seiner selbst doch danach, so zu sein wie sein Bruder. Sehnte sich nach der Zufriedenheit und inneren Ruhe, die Joe in sich zu tragen schien. Aber Charlie sah auch ein, dass sie sich trennen mussten, denn wenn sie etwas aus sich machen wollten, konnte das nur jeder für sich.

Joe hatte sich vorgenommen, am nächsten Morgen früh aufzustehen, um sich von Charlie zu verabschieden, aber nachdem er den ganzen Tag über Futter verladen und Zaunpfähle eingegraben hatte, war er ins Bett gegangen und hatte mehr als neun Stunden lang tief und fest geschlafen. Jetzt strahlte die Sonne durch eine leere Schlafbaracke, und die Wanduhr zeigte, dass es schon weit nach sieben war. Er sprang aus der Koje, zog sich Hose und Stiefel an und kämpfte mit den Hemdknöpfen. Waschen würde er sich später. Charlies Bett war leer, und sein Bündel hing nicht mehr am Bettpfosten – aber vielleicht war noch Zeit, ihn einzuholen. Vielleicht war es noch möglich, dass er es sich anders überlegte.

Joe stieß polternd die Tür der Schlafbaracke auf und stürzte in den Hof. Charlies Pferde waren nicht mehr auf der Koppel. Er kam zu spät. Es war, als wolle die helle Morgensonne ihn verspotten. Niedergeschlagen schlenderte er über den Hof zum Kochhaus.

Die Aborigines saßen wie immer um ihr Feuer; ihre dunkle Haut schluckte die Sonne, und sie wirkten wie Negativbilder vor dem roten Hintergrund des Hofes. Ihre Blicke folgten ihm; ein paar ihrer Kinder spielten mit den struppigen Camp-Hunden im Staub, und ihre schrillen Schreie und ihr Lachen wehten im Wind herüber. Aber Joe nahm ihre fröhliche Begrüßung kaum zur Kenntnis. Es war, als habe der Abschied seines Zwillingsbruders ihm einen Teil seiner selbst geraubt, und die große Lücke, die er hinterlassen hatte, würde sich niemals schließen lassen.

Die Hütepferde und der Allradwagen waren nicht mehr da, und Joe sah, dass die Männer der Rumpfmannschaft, die auf Warratah geblieben war, schon draußen auf den Weiden waren und die Arbeit an den Zäunen vollendeten, die sie am Tag zuvor begonnen hatten. Rauch kräuselte sich träge aus dem Kamin des Farmhauses, und ein barfüßiges schwarzes Hausmädchen hängte draußen Wäsche auf. Aurelia und Ellie frühstückten auf der Veranda. Kellys weißes Gefieder leuchtete im Schatten, während der Vogel sich putzte. Aber das nachhaltige Gefühl, dass etwas nicht stimmte, ließ Joe stocken und stehen bleiben. Alles sah aus wie immer, und doch ... Er drehte sich langsam um und betrachtete die inzwischen schon vertraute Umgebung, um sie mit seiner Erinnerung zu vergleichen. Dann fiel sein Blick auf die hintere Koppel, und er begriff.

»Nein!«, keuchte er. Seine Füße trommelten auf dem staubigen Boden, als er im Laufschritt den Hof überquerte und in Richtung Koppel rannte. »Nein!«, schrie er wütend und kletterte über den Zaun, um Ausschau nach seinem geliebten Satan zu halten. »Komm zurück, Charlie!«, brüllte er in die stille Weite hinaus. »Komm zurück, du Bastard!«

»Was ist passiert?«

Die helle Stimme ließ ihn zusammenschrecken. Beinahe übermannt von hilfloser Wut purzelte er vom Zaun herunter. Es war, als wäre er wieder zum Kind geworden. Ein Kind, dem man sein Lieblingsspielzeug gestohlen hatte. Wenn Charlie den Spaß daran verloren hätte, würde er es kaputt zurückbekommen. Ein Kind, das in unerträglicher Weise verraten und betrogen worden war. »Mein Bruder, dieser Mistkerl, hat mir mein Pferd geklaut«, keuchte er. »Er hat Satan geklaut.« Er klapperte heftig mit den Lidern; er hatte keine Lust, vor Publikum die Beherrschung zu verlieren. In diesem Augenblick hätte er auf Ellie verzichten können.

»Tante Aurelia hat ihn in aller Herrgottsfrühe gesehen, als er kam, um seine fünfzig Pfund abzuholen«, sagte Ellie leise. »Sie hat schon gesagt, dass sie es merkwürdig findet, dass du ihm dein Pferd gegeben hast.«

Joe ballte die Fäuste, und seine Wut war kalt und unerbittlich. »Ich würde ihm Satan niemals geben«, sagte er mit zusammengebissenen Zähnen. »Und das wusste er verdammt genau: Ich würde ihm Satan niemals geben. Deshalb hat der Bastard ihn sich genommen, als ich schlief.« Er blickte starr in die Ferne. »Ich bringe ihn um«, murmelte er. »Verflucht, ich bring ihn um, wenn er es wagen sollte, noch mal zurückzukommen.«

Ellie nahm seine Hand, und lange Zeit standen sie da und starrten in die Ferne. Das Schweigen zwischen ihnen war nicht beklommen; es war, als wären ihre Gedanken plötzlich eins miteinander. Joe schaute das Mädchen an seiner Seite an und wusste, Ellie verstand, dass sie wie Blumen waren, die im Wind über dieses weite, leere Land wehten. Geiseln des Schicksals, von deren Leben nur die Fußspuren blieben, die sie im Staub hinterließen.

»Es war doch nur ein Pferd«, hauchte Claire.

Ellie schüttelte den Kopf. »Satan war für Joe mehr als nur ein gewöhnliches Pferd«, sagte sie leise. »Du darfst nicht vergessen, dass die Welt nach dem Crash an der Wall Street immer noch wankte. Die Jungen hatten am Anfang nichts als ihre Bündel auf dem Rücken und die Kleider am Leibe. Joe hatte Satan gefangen und gezähmt, und der Hengst symbolisierte, wie weit er gekommen war – all das, was er geschafft hatte. In praktischer Hinsicht war ein Pferd damals ein Transportmittel und ein Werkzeug für die Arbeit. Ohne sein Pferd besaß ein Mann gar nichts.«

Verständnis keimte in Claire auf, als sie sich daran erinnerte, wie niedergeschmettert sie gewesen war, als ihr erstes Pony in ein Kaninchenloch getreten war und sich ein Bein gebrochen hatte und erschossen werden musste. Da war sie zehn gewesen, aber sie hatte immer noch ein Foto von ihm in der Brieftasche. Sie sah die Schatten, die über das Gesicht ihrer Mutter huschten, und wusste, dass es ihr Schmerzen bereitete, die Vergangenheit aufzuwühlen. Aber Claire spürte auch, dass es Ellie Erleichterung verschaffte, die Geschichte noch einmal zu erzählen – denn Geheimnisse konnten einem das Leben versauern – und sie in bunten Farben zu schildern. »Und wie ging's weiter?«

Die Augen ihrer Mutter waren dunkel wie geschmolzene Schokolade und ihre Sommersprossen verschwanden nicht ganz unter dem Puder, als sie das Gesicht jetzt der Sonne zuwandte. »Charlie bekam Gewissensbisse. Aber das beeinträchtigte seine Freude an Satan nicht, denn das Pferd lief wie der Wind. Er sagte sich immer wieder: Joe wird schon über den Verlust des Hengstes hinwegkommen. Er wird ein neues Pferd finden und Satan schließlich vergessen.«

Ellie strich den Rock ihres Baumwollkleides glatt, stützte dann die Ellenbogen auf die Knie und legte das Kinn in die Hände. »Aber nachts, wenn er am Lagerfeuer lag und zu den Sternen hinaufschaute, wurde ihm bewusst, was er da wirklich getan hatte, und das bereitete ihm Unbehagen. Sie waren keine Kinder mehr. Der Verlust des Pferdes würde für Joe sehr viel mehr bedeuten als der irgendeines Spielzeugs, das Charlie ihm in früheren Zeiten stibitzt hatte. Er wusste, dass es niederträchtig gewesen war, seinem Bruder, der immer zu ihm gestanden hatte, dieses Pferd zu stehlen.«

Claire sah die Trauer in diesen dunklen Augen, und fast

wünschte sie sich, sie könnte die Uhr zurückdrehen und die Vergangenheit da lassen, wo sie hingehörte. Aber jetzt waren die Schleusen geöffnet, und sie war begierig, mehr darüber zu hören, auch wenn sie zugleich Angst vor den Folgen hatte.

Ellie erzählte mit leiser Stimme weiter. Der Abend senkte sich herab, und Stille legte sich über Warratah.

»Die langen, einsamen Stunden im Sattel und auf den Wallaby-Pfaden hatten das Band zwischen den Zwillingen noch gestärkt, und Charlie merkte, wie viel Joe ihm bedeutete. Aber es lag nicht in Charlies Natur, einen Fehler einzugestehen, und auch nicht, umzukehren und um Verzeihung zu bitten.« Sie senkte den Blick und nagte an der Unterlippe. »Das Leben damals war härter als heute, und die beiden Jungen hatten schon früh gelernt, dass nur der Starke überlebt. Charlie hatte das Gefühl, dass er und Satan aus gleichem Holz geschnitzt waren: Sie waren freiheitsdurstig und nur dann glücklich, wenn sie draußen in der endlos leeren Weite sein konnten, wo ihnen nur Sonne und Wind Gesellschaft leisteten. Wenn er und Satan auf Warratah hätten bleiben müssen, wären ihre Lebensgeister bald verkümmert. Er glaubte, dass dieses Land für Männer wie ihn geschaffen sei. Männer, die keine Angst hatten, ein Risiko einzugehen. Männer, die dazu fähig waren, denen, die sie liebten, den Rücken zuzukehren und sich eine Zukunft unter ihresgleichen aufzubauen.«

Seufzend stand Ellie auf und trat an das Verandageländer. Sie schaute zu dem mattgelben Licht hinüber, das aus dem Fenster der Schlafbaracke fiel, und lehnte sich das Geländer. »Aber das Schicksal spielt uns Streiche«, fuhr sie schließlich fort. »Zwei Jahre später sollte Charlie eine sehr harte Lektion bevorstehen.«

Aurelia zog sich die Jacke fester um den Busen. Es wurde kalt – ein untrügliches Zeichen dafür, dass es irgendwann in der Nacht regnen würde. Aber es wäre eine Schande, die Stimmung jetzt dadurch zu verderben, dass sie ins Haus gehen wollte, noch dazu da dieser Teil der Geschichte fast zu Ende war. Sie sah Ellie an, und ihre Blicke trafen sich in wortloser Übereinkunft: Die Geschichte von Warratah noch einmal zu erzählen war schmerzhaft, aber es geschah besser hier draußen im Freien.

»Es war einen Monat vor dem Weihnachtsfest 1938«, begann sie. »Ellie war sechzehn. Die Dürre währte nun schon sechs Jahre. Ellie hatte von ihrer Mutter das übliche, grässliche weiße Chiffonkleidchen bekommen und es geradewegs dem Hausmädchen für eins ihrer Kinder geschenkt. Wir saßen in der Küche und diskutierten über Australiens Verpflichtungen gegenüber dem Commonwealth und über die Rolle, die unsere Männer würden spielen müssen, falls es zum Krieg kommen sollte.«

Aurelia schaute wieder zu Ellie hinüber und wusste, dass sie sich an bestimmte Passagen dieses Gesprächs nur allzu gut erinnerte. Sie spürte, wie es ihr heiß ins Gesicht stieg, und wandte sich ab. Claire brauchte über sie und Jack nichts zu wissen – noch nicht. »Ich betrachtete Ellie inzwischen als meine eigene Tochter«, fuhr sie hastig fort. »Sie war immer noch klein und viel zu dünn, aber das glich sie mit einer Persönlichkeit aus, die man nicht übersehen konnte. Sie hatte einen starken Willen und ein wildes Temperament.« Sie und Ellie wechselten einen Blick und lächelten bei der Erinnerung an die Streitereien, die sie in diesen schwierigen Jahren des Heranwachsens überstanden hatten.

»Zu meiner Überraschung blieb Joe nach der Enttäuschung über seinen Bruder bei uns. Er besaß ein natürliches Talent für den Umgang mit Pferden, das ich bewunderte. Er war schüchtern und sanftmütig, und sein Lächeln war herzerwärmend. Für einen Jungen vom Lande war er intelligent und erstaunlich belesen, und ich mochte ihn bald sehr gern. Seamus Maughan hingegen war ein Schurke«, sagte sie liebevoll. »Ein dunkelhaariger irischer Bengel mit lachenden blauen Augen und einem rastlosen

Herzen, das ihn oft in alle möglichen Kalamitäten brachte. Ich war sehr für ihn eingenommen, und da er Mickeys Sohn und der Erbe von Jarrah war, hatte ich die Hoffnung, dass aus ihm und Ellie was werden könnte.«

Aurelia schwieg, als sie daran dachte, wie gern die drei jungen Leute einander gemocht hatten. »Meine drei Musketiere«, so hatte sie sie genannt. Wenn die Arbeit es erlaubte, waren sie immer zusammen. Zwischen Seamus und Joe war nach Charlies Abschied ein festes Band entstanden, und sie hatten offenbar nichts dagegen, dass Ellie mitkam, wenn sie in die Ebene hinausritten. Sie waren beide ein paar Jahre älter als Ellie, aber ihr war nicht entgangen, dass die Augen des Mädchens leuchteten, wenn sie Seite an Seite mit Joe in den Stallungen arbeitete, und dass Seamus sie mit seinen Schmeicheleien betörte. Mickey Maughan und sein Sohn waren regelmäßige Gäste auf Warratah gewesen, und Aurelia hatte sich bemüht, niemals zu kommentieren, dass Ellie stets darauf aus war, bei Tisch neben Seamus zu sitzen. Sie hatte gewusst, dass Ellie von einer Art Heldenverehrung gepackt war, und gehofft, dass daraus eines Tages vielleicht etwas Handfesteres werden könnte.

Sie seufzte. Es waren glückliche Zeiten gewesen, trotz Dürre und Kriegsgefahr, denn die Welt war noch unschuldig gewesen. »An jenem Tag ging die Trockenheit zu Ende. Es begann mit einem Donnerschlag. Der Himmel verdunkelte sich, und ehe wir uns versahen, tanzten wir alle zusammen im Schlamm, nass bis auf die Haut und sturztrunken vor Erleichterung.« Sie machte eine Pause. Nur zu gut erinnerte sie sich an diesen Tag, denn es war der Tag, an dem sie zusammengebrochen war und zum zweiten Mal in ihrem Leben geweint hatte. »Wir waren gerettet«, flüsterte sie schließlich. »Warratah würde überleben.«

»Aber was hat das mit Charlie zu tun?«, fragte Claire stirnrunzelnd. »Hast du nicht gesagt, mit ihm sei etwas passiert?«

Aurelia lächelte. Claire besaß den gleichen bohrenden Verstand wie ihre Mutter, den gleichen hartnäckigen Drang, immer alles genau zu erfahren. »Es sieht jetzt vielleicht noch nicht danach aus«, sagte sie leise. »Aber du musst verstehen, wie es damals auf Warratah zuging und wie sich Beziehungen entwickelten, die später von Bedeutung sein sollten.«

Fröstelnd zog Claire eine Strickjacke aus ihrer Tasche. »Und wie ging's mit Charlie und Satan weiter?«

Aurelia schaute zu Ellie hinüber. »Diesen Teil kennst du besser als ich«, sagte sie. »Vielleicht solltest du es ihr erzählen.«

Borroloola, ein Landstädtchen mitten in der Wildnis, hatte sich für den alljährlichen Trubel herausgeputzt, der ein ganzes Wochenende dauern würde. In dem verschlafenen Städtchen im Outback des Northern Territory geschah wenig, abgesehen von dem alljährlichen Pferderennen an diesem Wochenende, und es machte mitsamt der Girlanden und Fahnen einen beinahe verdutzten Eindruck, als Charlie an jenem Freitagmorgen auf Satan die Hauptstraße entlangritt.

Steif und unbeholfen bewegten sich die Einheimischen in ihren Anzügen, Kleidern und Hüten aus dem Versandkatalog; sie paradierten in ihrem Sonntagsstaat auf und ab und erneuerten die Bekanntschaft mit Nachbarn, die sie nur selten zu sehen bekamen. Besucher aus der Großstadt stolzierten befangen über die Main Street; sie wirkten fehl am Platz in ihren blank geputzten Stiefeln und mit den modischen Buschhüten, und die Kinder kicherten auf den Bohlensteigen am Straßenrand. Es herrschte eine Atmosphäre der Aufgeregtheit, ein herzerwärmendes Gefühl selbst für die Kleinstädter – denn Borroloola war für einen Augenblick wieder zum Leben erwacht.

Charlie beäugte die Pubs, in denen es bereits hoch herging, und dachte an das kalte Bier, das er nach dem weiten Ritt von Alice hierher gut gebrauchen könnte. Aber das würde noch warten müssen. Satan musste für das Rennen angemeldet werden, und er hatte keine Lust, ihn angebunden vor dem Pub stehen zu lassen, wo er gestohlen werden konnte.

Sein Hütepferd scheute tänzelnd zurück, als drei Männer gewaltsam aus einem Hotel hinausbefördert wurden, damit sie ihre Prügelei auf der Straße fortsetzen konnten. Sie waren sternhagelvoll, und Charlie, dem die Wirkung des Alkohols nicht völlig fremd war, fragte sich grinsend, ob die drei wenigstens noch wussten, welcher Wochentag heute war. Wenige Augenblicke später waren sie wieder die besten Freunde und torkelten Arm in Arm zurück ins Hotel, um das zu begießen.

Charlie ritt weiter auf die Rennbahn zu, die inmitten der ockerfarbenen Umgebung einen bunten Farbfleck bildete. Obwohl es noch früh war, herrschte hier schon ein reges Treiben. Charlie führte Satan zu den Ställen hinter der frisch gestrichenen Tribüne. Sulkys und Wagen standen aufgereiht an der Außenseite der Rennstrecke, auf der bereits ein rundes Dutzend Pferde bewegt wurde. Die Fahne flatterte lethargisch über den Rängen, und der schmale weiße Zaun, der die Rennbahn umgab, hob sich grell von den bewaldeten Höhen auf der anderen Seite ab. Eine Blaskapelle spielte sich warm, und die Buchmacher ölten sich im Bierzelt die Kehlen, ehe der Ansturm losging.

Mit kribbelnder Aufgeregtheit sah Charlie, wie die Pferde auf der schnellen, festen Bahn bewegt wurden. Keines von ihnen hatte Satans Klasse, keines war so schnell wie er, Charlie bemerkte es mit Zufriedenheit. Das dürfte ein leichtes Rennen werden.

Dies war nicht sein erstes Rennen, seit er seinem Bruder das Pferd gestohlen hatte, und es würde nicht sein letztes sein. Der verdammte Hengst war ein Wundertier, nachdem er begriffen hatte, woher der Wind wehte, und sich beruhigt hatte. Charlie hatte gutes Geld mit ihm verdient.

Jetzt führte er den Braunen zum Stallhof, gab ihm zu saufen und rieb ihn ab. Die lange Reise hatte dem Tier offensichtlich nichts ausgemacht; Satan schien es kaum erwarten zu können, wieder zu laufen.

»Sieht gut aus, das Pferd«, sagte eine vertraute Stimme.

Charlie fuhr herum. »Snowy White!«, rief er. »Was zum Teufel machst du denn hier?« Verblüfft musterte er die schlanke Gestalt und die kraftvollen dunklen Züge des Aborigine. Mindestens fünf Jahre waren vergangen, seit er den Viehtreiber auf der Farm von Gowrie gesehen hatte, und auch wenn sich silbrige Fäden durch das krause, rotbraune Haar zogen, wirkte Snowy eigentlich nicht älter als damals.

»Gönne mir 'n kleinen Feiertag«, sagte Snowy mit gewohnter Fröhlichkeit. Sie schüttelten einander die Hand. »Höre, dein Bruder ist noch auf Warratah. 'ne Schande, dass ihr euch streiten musstet.« Er betrachtete das Pferd eine ganze Weile und richtete dann einen vorwurfsvollen Blick auf Charlie. »Ist nicht in Ordnung, Charlie. Nicht das Pferd eines andern.«

Charlie war wie vom Donner gerührt, als er begriff, dass die Kunde von seinem Diebstahl sich herumgesprochen hatte. »Ich hab keine Ahnung, was du gehört hast, Kumpel, aber mein Bruder hat mir Satan geschenkt. Er gehört mir.« Er reckte die breiten Schultern und starrte Snowy herausfordernd an. Wenn es zum Kampf kommt, dachte er hitzig, werde ich Hackfleisch aus Snowy machen, auch wenn der Mann größer ist als ich.

Snowy betrachtete ihn nachdenklich. Er wirkte nicht überzeugt. »Hab was anderes gehört, Kumpel.« Er hatte wohl die Kampflust in Charlies Augen funkeln sehen, denn er zuckte die Achseln und kaute auf einem Streichholz. »Geht mich ja nichts an«, knurrte er.

Sie schwiegen beide, und Snowy streichelte Satans Hals. Er schien es nicht eilig zu haben, wieder zu gehen. »Wie stehen seine Chancen, was glaubst du?«

Charlie war erleichtert, dass er das Thema wechseln konnte, aber er hatte in seiner unregelmäßigen Laufbahn als Galoppreiter schon früh gelernt, dass er wachsam wie ein Luchs sein musste, und er wusste nicht, wie es mit Snowys Loyalität hinsichtlich seines Bruders und seines Pferdes bestellt war. »Bei dieser Art Rennen weiß man das nie«, erklärte er vorsichtig. »Wir könnten noch ein paar gute Tiere übersehen haben – einheimische Pferde oder so.«

»Ist er schon mal gelaufen?«, fragte Snowy – allzu gleichgültig für Charlies Geschmack.

»Er ist ganz in Ordnung. Hat ziemliches Tempo, hält's aber nicht länger durch als eine Meile.« Er machte bei dieser Lüge absichtlich ein nichts sagendes Gesicht. Satan hatte sich schon etliche Male auch auf längeren Distanzen bewährt, aber es würde Charlies Börse nicht schwerer machen, wenn die Quote sich verschlechterte, weil es sich herumsprach.

Snowy strich mit fachmännischer Hand über Satans Fell. »Er sieht aber besser aus, Kumpel«, sagte er leise. »Ich erkenne erstklassiges Pferdefleisch.« Seine Miene war kühl, der feste Blick seiner bernsteinfarbenen Augen enervierend. »Schätze, du hast da 'ne Schönheit.«

»Und was hast du so getrieben, seit wir von Gowrie weg sind?«, fragte Charlie in einem verzweifelten Versuch, Snowy von Satan abzulenken.

Snowy kaute auf seinem Streichholz. Der Schatten seiner Hutkrempe verdunkelte seine breiten Gesichtszüge. »So dies und das«, sagte er gedehnt. »Hab Gowrie vor ungefähr einem Jahr verlassen. Paar Zäune gebaut, Vieh getrieben, Pferde zugeritten. Mach ich jetzt auch. Reite für Vestey zu, drüben auf Wave Hill.«

Charlie vermutete, dass Snowy es ganz gut getroffen hatte, wenn er für Lord Vestey arbeitete. Der Familie gehörten mindestens siebzehn Rinderfarmen, die sich in einer fast ununterbrochenen Linie von Westaustralien bis zur Overland Telegraph Line erstreckten und insgesamt mehr als vierzigtausend Quadratmeilen umfassten. »Schön für dich, Kumpel. Aber du bist weit weg von Wave Hill. Was führt dich nach Borroloola?«

»Ich bin auf dem Weg zu einer seiner anderen Farmen. Sie haben Probleme da, und ich soll sie lösen.«

Charlie merkte, dass Snowy ebenso verschlossen war wie er selbst, aber er ließ es hingehen. »Weißt nicht zufällig, ob's da einen Job für mich gibt, was?«, fragte er hoffnungsvoll. »Ich hab unten in Alice Pferde gefangen, aber jetzt liegt nichts mehr an.«

»Gute Pferdeleute suchen wir immer«, sagte Snowy und fixierte noch immer den Hengst. »Können uns ja nach dem Rennen mal unterhalten.«

»Danke, Kumpel. Bin dir was schuldig.«

»Nicht, wenn dieser Prachtkerl für mich läuft.« Snowys Gesicht erstrahlte in einem Lächeln. »Schätze, ich werde ein, zwei Shilling auf ihn setzen, nur um zu sehen, was er so bringt. Bis später.«

Charlie sah Snowy nach, als er im Gewimmel verschwand. Seltsam, dachte er. Ich sehe dieselben Gesichter und höre die gleichen Geschichten, wohin ich auch komme. Die Entfernungen mochten endlos sein, aber jeder kannte hier jeden – und wusste über den anderen Bescheid. Es war genauso schlimm wie früher in Lorraine. Sein Blick ging in die Ferne, aber er sah nichts, denn seine Gedanken wirbelten durcheinander. Es war Besorgnis erregend, wie weit sich die Geschichte mit Satan herumgesprochen hatte. Vielleicht sollte er den Namen ändern und so tun, als sei es ein ganz anderes Pferd?

Charlie nagte an der Lippe, während er über das Problem nachdachte. Er konnte sich nicht leisten, die Gelegenheit zu verlieren, mit Satan Geld zu verdienen, solange das Pferd so gut lief, aber er konnte sich auch nicht erlauben, dass man Nachforschungen über sein Besitzrecht anstellte. Er tätschelte den schlanken Hals und schaute in die intelligenten Augen. Die einzige Möglichkeit, sein Gewissen zum Schweigen zu bringen, bestand darin, dass er Joe etwas von seinem Preisgeld abgab – aber das würde bedeuten, dass er seinem Bruder wieder ins Gesicht schauen und zugeben musste, dass er Unrecht getan hatte.

Von Ungeduld und Unbehagen erfüllt, blies er die Wangen auf und schob die Hände in die Taschen. Was soll man nur tun, fragte er sich hitzig, wenn sämtliche Möglichkeiten Ärger einbringen? Wenn ich nur einmal nachdenken würde, bevor ich etwas tue. Wenn ich nur dieser Begehrlichkeit nach Dingen widerstehen könnte, die mir nicht gehören. Aber dann wäre das Leben nur halb so interessant.

Er vertrieb die Sorgen gewaltsam aus seinen Gedanken und zog die weiße Reithose mit dem grünen Trikot an, die er sich für die Pferderennen gekauft hatte. Als er fertig angekleidet war, setzte er die grün-gelbe Kappe auf, spazierte aus dem Schatten der Ställe hinaus und drängte sich durch die aufgeregte, bierselige Menge, um Satan für das fünfte Rennen anzumelden und seine Wette zu platzieren. Und nach diesem Rennen, beschloss er, würde Satan einen neuen Namen bekommen.

Das Borroloola-Derby war ein Rennen über anderthalb Meilen, das die Pferde zweimal an der Tribüne vorbeiführen würde, bevor sie die Ziellinie überschritten. Dem Sieger des Derbys würde am Sonntag der Borroloola Cup verliehen, und Charlie machte bereits Pläne, wie er seinen Gewinn ausgeben würde, während er mit Satan auf die Bahn hinaus trabte.

Keck wie ein Hahn im Hühnerhaus saß er auf seinem Hengst und wartete darauf, dass der Starter sie an die Linie rief. Er hatte die Nummer fünf gezogen, und nur das langbeinige schwarze Pferd mit dem edlen Kopf und den kraftvollen Konturen, das auf Platz zwei neben dem Geländer stand, schien ein ernsthafter Konkurrent und der Favorit der Einheimischen zu sein.

Als der Aufruf erfolgte, senkte sich Schweigen herab. Satan war bereit; seine Ohren waren aufgestellt, seine Nüstern geweitet, und er schäumte bereits, während er ungeduldig tänzelte.

Charlie merkte plötzlich, wie heiß die glühende Sonne vom Himmel brannte. Es roch nach Leder und Pferdeschweiß, und sein Puls schlug schnell und heftig. Er hörte nur noch das nervöse Scharren der Hufe im Staub und die Flüche der Jockeys ringsum. Er zog die Zügel straffer und stemmte die Füße fester in die Steigbügel. Die Bahn schlängelte sich vor ihm in die Ferne. Er zog den Mützenschirm herunter, spähte ins grelle Licht und plante sein Rennen.

»Los!«, schrie der Starter und schwenkte seine Flagge.

Charlie brachte Satan schnell von der Startlinie weg und entkam dem ersten turbulenten Gedränge. Er befand sich dicht am Geländer, im Windschatten des Rappen und eines zweiten Braunen, als das Rennen in vollem Gang war. In mühelosem Lauf führten sie das Feld um die erste lang gezogene Kurve an, und jeder der drei Jockeys behielt die beiden anderen wachsam im Auge.

Das restliche Feld begann zurückzufallen, als sie das erste Mal an der Tribüne vorbeikamen. Die Zuschauer brüllten bereits, und Charlie ließ Satan die Zügel ein wenig lockerer, aber nur so viel, dass er nicht allzu früh erschöpft sein würde.

Der Braune, der in Führung lag, wurde langsamer; sein Jockey trieb ihn mit Sporen und Peitsche voran. Satan griff weiter aus und holte an der Außenseite des Rappen auf, bis sie Kopf an Kopf lagen. Charlie konzentrierte seinen Blick auf den anderen Braunen. Donnernd nahmen sie die letzte Kurve. Die Ziellinie war in Sicht.

Der tapfere kleine Braune versuchte weiter mitzuhalten, aber er hatte nicht mehr den Atem dazu. Als sie zum zweiten Mal an der Tribüne vorbeikamen, war er ins Feld zurückgefallen. Satan und der Rappe liefen noch immer Kopf an Kopf.

Charlie ließ Satan nun freien Lauf. Er erhob sich in den Steigbügeln, beugte sich tief über den gestreckten Hals und feuerte ihn an. Der Rappe war immer noch neben ihm. Die Ziellinie war keine zwanzig Yard mehr entfernt.

Da traf die Peitsche des anderen Jockeys klatschend auf Charlies Wange. Charlie zuckte zusammen. Konzentration und Gleichgewicht waren dahin. Ein Stiefel traf sein Bein und stieß seinen Fuß aus dem Steigbügel. Der Rappe zog davon.

Satan legte die Ohren zurück, als Charlie ganz unerwartet an dem Zügel riss, verzweifelt bemüht, nicht aus dem Sattel zu fallen. Der Rappe lag jetzt um eine Nasenlänge in Führung; er griff weiter aus und entfernte sich immer mehr. Verwirrt und erschrocken über das, was da mit dem Mann auf seinem Rücken geschah, tat Satan einen Fehltritt. Er stolperte; ein Vorderhuf bohrte sich in die hart gestampfte Erde, und grausam verrenkte sich das schlanke Bein.

Unter dem Gebrüll der entzückten Menge schoss der Rappe über die Ziellinie. Der einheimische Jockey richtete sich in den Steigbügeln auf und nahm den Jubel mit ausgebreiteten Armen entgegen.

Vor Angst und Schmerz wiehernd, stürzte Satan zu Boden. Schwarze Punkte tanzten vor Charlies Augen, als er aufschlug und das Tier über ihn hinwegrollte. Atemlos lag er da; er hörte nur die Stille, die auf die anderen Pferde folgte, als sie vorübergedonnert waren, und spürte das Gewicht Satans auf sich, der sich unter Qualen wand.

Raue Hände zogen Charlie auf die Beine, und der Tierarzt untersuchte Satan rasch. Charlie war verwirrt und benommen. Allmählich kam er wieder zu sich. Er hörte laute streitende Stimmen und erblickte das zufriedene Grinsen des Jockeys, der gesiegt hatte, in der Menge.

»Du mieser Hund!«, schrie Charlie und riss sich los von denen, die ihn zurückhalten wollten. Er versuchte, durch das Gedränge zu dem wieselgesichtigen kleinen Kerl zu gelangen. »Ich schlag dir den verdammten Schädel ein, du Dreckschwein!«

Das grinsende Gesicht tauchte in der Menge unter, und Charlie hörte plötzlich nur noch eine Stimme, die sich aus dem Gewirr erhob. Es war eine ruhige Stimme voller Erfahrung und Trauer. »Das Pferd muss erschossen werden.«

Charlie kämpfte sich zu Satan zurück. Der Kupfergeschmack der Angst erfüllte seinen Mund, und der Schweiß auf seiner Haut war kalt trotz der Hitze.

Satan lag auf der Seite. Die breite Brust hob und senkte sich, während er nach Atem rang. Der wunderschöne Glanz seines Fells war schon dahin, und vorwurfsvolle, schmerzerfüllte Augen verdrehten sich, sodass nur noch das Weiße der Augäpfel zu sehen war. Der edle Hals bog sich nach hinten, und gebleckte Zähne richteten sich zum Himmel.

»Satan?«, flüsterte Charlie und fiel neben dem Tier auf die Knie. »Oh, Satan! Was hab ich nur getan?« In diesem Augenblick hätte er dem Pferd die Qualen gern abgenommen. Hätte gern alle Preisgelder geopfert, die er je noch hätte gewinnen können, wenn nur Satan wieder gesund werden könnte.

»Tut mir Leid, mein Freund. Hat sich das Bein gebrochen. Ich kann nichts für ihn tun.«

Charlie hob den Kopf, als er das Klicken der Patrone in der Kammer hörte. »Nicht. Bitte nicht«, flehte er. »Es muss doch eine Möglichkeit geben.«

Ein ernstes Gesicht mit freundlichen Augen schaute auf ihn herab. »Es gibt keine andere Möglichkeit, mein Sohn«, sagte der Tierarzt leise. »Der Arme leidet Höllenqualen. Das können wir nicht zulassen.«

Charlie unterdrückte die Tränen. Er streichelte den eleganten Hals und fuhr mit den Fingern durch die lange Mähne. Satan schien Notiz von ihm zu nehmen, und sein leises Wiehern brach Charlie das Herz. »Dann machen Sie 's schnell«, sagte er unvermittelt, stand auf und wandte sich ab.

Er drängte sich durch das Gewimmel der Menge, ohne zu beachten, wohin, taub für alles um sich herum. Erst der dröhnende

Gewehrschuss ließ ihn erstarren. Er schwankte; das Echo des Schusses hallte durch seinen Kopf, und glühende Wut schäumte in ihm auf, bis er sich nicht länger unterdrücken konnte. Die Menge teilte sich vor ihm, als er auf die Wiegekammer zustürmte. Der andere Jockey war bereits ein toter Mann.

Charlie stürzte in die Kammer und schlug die Fliegentür so heftig hinter sich zu, dass sie fast aus den Angeln flog. »Wo steckst du, du Schwein?«, brüllte er in das erschrockene Schweigen. »Komm raus und zeig deine Visage, du feiger Dingo!«

Das dürre Männchen kam von hinten heran, umringt von sechs anderen, die genug Muskeln hatten, um für ihn zu kämpfen. »Suchst du mich?«, fragte er grinsend.

»Ganz recht, ich suche dich«, fauchte Charlie und ging dem anderen an die Kehle.

Starke Hände hielten ihn zurück. Die Freunde des Jockeys bildeten einen undurchdringlichen Ring um den Mann. »Solltest nicht mit den Erwachsenen spielen, wenn du nicht verlieren kannst«, sagte der kleine Mann.

»Du bist ein dreckiger, stinkender Köter«, schrie Charlie und versuchte verzweifelt, sich von den starken Händen zu befreien, die ihn festhielten. »Du hast mich mit der Peitsche geschlagen. Mir gegen den Steigbügel getreten. Du bist nichts als ein gottverdammter Betrüger.«

»Ich wäre mit solchen Worten vorsichtig, Söhnchen«, sagte der kleine Mann kalt. »*Dir* steht es jedenfalls nicht zu, einen anderen Betrüger zu nennen.«

Charlie starrte mit wildem Blick in die Runde. Nirgends sah er ein freundliches Gesicht. Das Schweigen war von elektrischer Spannung erfüllt. »Du *bist* ein Betrüger«, schrie er. »Wenn du nicht getan hättest, was du getan hast, hätte mein verdammtes Pferd gewonnen.«

Die Männer rückten näher heran, bis Charlie Bier und Tabak in ihrem Atem riechen konnte. Er las die Verachtung in ihrem

Blick, und ihr Blutdurst war beinahe spürbar. Zum ersten Mal im Leben bekam er Angst.

»Betrüger ist ein hässliches Wort«, zischte der kleine Mann. »Ein hässliches Wort, das zu Schweinen wie dir passt, die einem anderen das Pferd stehlen.« Er blickte in die Runde, und die anderen nickten zustimmend. Er wandte sich wieder Charlie zu. »Weißt du, wir mögen keine Schleicher hier in der Stadt. Großmäuler, die herkommen und stehlen, was ihnen nicht gehört. Wir haben unsere eigene Art, mit ihnen fertig zu werden.«

Charlie versuchte sich loszureißen, aber die Männer hielten seine Arme unerbittlich im Klammergriff. Er war gefangen. »Aber du hast betrogen«, schrie er trotzig. »Du hast mich behindert.«

»Ich hab davon nichts gesehen«, sagte der Rennbahnleiter und sah die anderen an. »Hat einer von euch so was mitgekriegt?«

Alle schüttelten einhellig die Köpfe.

Der Jockey trat einen Schritt näher. Sein Scheitel reichte Charlie knapp bis an die Brust. »Dass mein Pferd gewinnt, stand in dem Augenblick fest, als wir rausgefunden hatten, wer du bist und was du vorhast«, schnarrte er. »Um Joes Pferd tut's mir Leid. War 'ne Schönheit. Aber einen miesen Schleicher wie dich hatte es auf seinem Rücken nicht verdient.«

Charlie schwitzte. Ein harter, kurzer Hieb in den Magen ließ ihn nach Luft schnappen, und fast hätten seine Knie unter ihm nachgegeben. Hände stießen ihn zur Tür hinaus, und er fiel der Länge nach in den Staub. Er rang nach Atem, und neugierige Zuschauer umringten ihn glotzend. Seine Demütigung war vollkommen.

»Verschwinde hier!«, schrie der Vorsitzende des Rennausschusses. »Ich werde dafür sorgen, dass du nie wieder in einem Rennen mitreitest – jedenfalls nicht in diesem Land.«

Missbilligendes Gemurmel folgte Charlie, und ein Meer von Menschen wogte vor ihm auseinander. Er drückte sich den

Hut in die Stirn. Den Blick starr zu Boden gerichtet, ging er zu der Koppel, auf der er seine Hütepferde abgestellt hatte. Wenn Snowy in der schweigenden Menge war, ließ er sich nicht sehen, und Charlie hatte das unangenehme Gefühl, dass er wusste, wer ihn verraten hatte.

FÜNF

Ellie nahm Pfeife und Streichhölzer vom Nachttisch und schaltete die Deckenlampe aus. »Das Rauchen im Bett ist eine gefährliche Angewohnheit«, sagte sie sanft, als ihre Tante protestierte. »Du setzt eines Tages noch das Haus in Brand.«

Aurelia zog eine Grimasse und setzte sich kerzengerade in die Kissen. »Ist ja weit gekommen, wenn eine Frau in meinem Alter und in meiner Position im eigenen Haus herumkommandiert wird.« Sie verschränkte die Arme vor dem dicken Baumwollnachthemd und spähte wütend durch ihr Monokel.

Ellie lächelte. »Dies ist mein Haus«, sagte sie. »Deins ist fast eine Stunde weit von hier entfernt.« Sie steckte die Gegenstände des Anstoßes in die Tasche. »Beim Frühstück gebe ich dir alles zurück. Jetzt musst du ein bisschen schlafen. Wir sehen uns morgen Früh.«

Aurelia rutschte in die Kissen. Das weiße Haar umrahmte ihr Gesicht wie ein Heiligenschein, und im weichen Lichtschein der Nachttischlampe sah sie sanfter, jünger aus. »Ich finde, es ist ganz gut gegangen – meinst du nicht auch?« Sie wechselte das Thema, wie sie es immer zu tun pflegte, wenn sie in einer Auseinandersetzung den Kürzeren gezogen hatte.

Ellie nickte nachdenklich. »Ich glaube es auch«, sagte sie schließlich. »Doch dies war der einfache Part. Die Sache wird bald viel komplizierter, und darauf freue ich mich nicht gerade.«

»Ich weiß, was du meinst«, brummte Aurelia. Sie hatte Mühe, die Augen offen zu halten. »In die Vergangenheit zurückzukehren ist nie einfach. Aber ich stelle fest, dass ich es in letzter Zeit immer öfter tue.«

Das Monokel fiel ihr auf die Brust, und Ellie lächelte, als sie den ersten sanften Schnarcher vernahm. Aurelia würde heute Nacht gut schlafen. Ellie schloss die Tür und tappte durch die Diele, um nachzusehen, ob Claire noch etwas brauchte. Es war schön, wieder Leben im Haus zu haben.

Claire lag im Bett und las ein Buch mit einem grellen Umschlag. Ihr Haar schimmerte wie Spinnweben auf dem Kopfkissen, und der cremefarbene Satin ihres Nachthemds bildete einen leuchtenden Kontrast zu ihrer gebräunten Haut. In diesem Augenblick erkannte Ellie erschrocken, wie sehr Claire sie an Alicia erinnerte. Aber Alicias Charakter hatte Claire nicht geerbt, Gott sei Dank. »Was liest du denn da?«, fragte sie und setzte sich ans Fußende.

Gähnend legte Claire das Buch zur Seite. »›Das Tal der Puppen‹«, sagte sie. »Hab's schon seit einer Ewigkeit lesen wollen, aber nie Zeit gehabt.« Lächelnd sah sie Ellie an. »Ist ein bisschen pikant – ganz und gar nicht das, was eine gewissenhaft erzogene junge Dame wie ich lesen sollte.«

»Wenn das so ist, solltest du's mir geben, wenn du damit fertig bist«, sagte Ellie mit einigem Eifer. Sie beugte sich vor und küsste ihre Tochter auf die Wange. Die weiche, warme Haut duftete nach Seife und Zahnpasta. »Es ist schön, dich wieder zu Hause zu haben, Darling«, sagte sie zum zweiten Mal an diesem Tag. »Ich wünschte nur, wir hätten die Atmosphäre schon vor fünf Jahren bereinigt. Du hast mir gefehlt, und ich finde es schade, dass wir deine Heimkehr verderben müssen, indem wir alte Geschichten aufleben lassen.«

Claires Augen waren sehr blau, als sie ihre Mutter anschaute. »Bis jetzt hast du nichts gesagt, was sie mir verdorben hätte,

Mum. Aber ich habe das Gefühl, da stehen noch ernstere Dinge bevor.«

Ellie schaute weg. Sie hatte Angst, Claire könnte ihre Gedanken lesen.

»Keine Sorge, Mum!« Claire berührte ihren Arm. »Was immer es ist, wir werden schon irgendwie durchkommen. Wir sind eine zähe Bande, wir Frauen von Warratah.«

Ellie lächelte. Sie merkte, dass sie neuen Mut fasste. Claire hatte Recht. Sie waren zäh. Sie würden die Sache bis zum Ende durchstehen – aber ihr graute dennoch vor der Straße, auf der sie dieses Ziel erreichen würden. Sie gab Claire noch einen Kuss und ging hinaus.

Das leere Doppelbett erschien ihr nicht sehr verlockend. Deshalb brühte sie sich in der Küche noch einen Tee auf. Dann schob sie einen Stuhl vor den neuen Herd, öffnete die Klappe und setzte sich davor, beide Hände um die Teetasse gewölbt. Es wurde spürbar kälter, und ihr war, als höre sie die ersten Regentropfen auf dem Wellblechdach. Die Regenzeit setzte dieses Jahr früh ein.

So saß Ellie im Feuerschein, und ihre Gedanken wanderten zurück zu ihrem sechzehnten Geburtstag und dem Regen, mit dem an jenem Tag die lange Trockenheit zu Ende gegangen war. Das war das Problem dabei, wenn man die Vergangenheit aufwühlte: War sie einmal heraufbeschworen, weigerte sie sich, im Schatten zu bleiben. Aber nicht alle Erinnerungen waren schlecht. Lächelnd genoss Ellie die Wärme des Herdes.

Das Ende der Dürre an ihrem sechzehnten Geburtstag hatte neues Leben nach Warratah gebracht, und während sie den ersten Auftrieb seit Beginn der Regenfälle vorbereiteten, hatte sie sich gewaltsam an ihren ersten Viehtreck mit Dad und Snowy und Wang Lee erinnert gefühlt. Joe und Seamus hatten ihre ungewöhnliche Schweigsamkeit bemerkt und versucht, sie aufzumuntern, indem sie sie aufzogen. Aber als die Männer und die Pferde sich im Hof versammelten, vermisste sie ihren Vater unwillkürlich, und sie fragte sich, was wohl aus Wang Lee und Snowy geworden war.

Das Haus ächzte und knarrte, als der Wind zunahm und der Regen gegen die Fenster und auf die Veranda klatschte. Eingehüllt in die Wärme des Herdes, konnte Ellie beinahe wieder Joes Stimme hören. »Schätze, du wirst ihnen irgendwann über den Weg laufen«, hatte er gesagt. »Das Outback ist eine kleine Welt, trotz der Entfernungen zwischen uns allen.«

Lächelnd dachte Ellie daran, wie Clipper ihm ins Ohr geschnaubt hatte und wie Joe die Mähne des alten Ponys gezaust und sich ihm zugewandt hatte, statt ihr in die Augen zu schauen. Der arme Joe. Mit Tieren zu kommunizieren war ihm immer leichter gefallen als mit Mädchen. Dennoch war ihr nicht entgangen, wie er sie angesehen hatte, wenn er glaubte, sie merke es nicht. Ihr war nicht entgangen, dass er wortkarg und verlegen geworden war und dass er mit rotem Gesicht davonstapfte und sich in irgendwelche körperlichen Tätigkeiten stürzte, um nicht mit ihr allein zu sein.

Ellie lehnte sich zurück und zog die Strickjacke über der Brust zusammen. Seamus dagegen war nie schüchtern gewesen und hatte aus seiner wachsenden Bewunderung für sie auch nie einen Hehl gemacht. Sie wusste, dass seine Blicke sie verfolgten, wenn sie in ihren engen Moleskin-Hosen über den Hof ging. Und sie wusste, dass er sich herumtrieb und darauf wartete, dass sie mit ihrer Arbeit fertig war, damit sie zusammen Abendbrot essen könnten.

Die Rivalität zwischen den beiden Jungen blieb stets unausgesprochen, aber Joe war sich im Klaren darüber gewesen, dass Seamus im Vorteil war. Er war der Sohn eines reichen Viehzüchters und der Erbe von Jarrah. Er war Gast auf Warratah, kein Knecht.

Leise lachend kuschelte Ellie sich in ihre Strickjacke. Sie war damals sechzehn gewesen – nicht mehr die schwatzhafte kleine Nervensäge, die den Jungen auf Schritt und Tritt folgte und ihnen in die Quere kam, sondern eine Kindfrau, die allmählich begriff, welche Macht sie besaß, und sie beim Flirten schamlos einsetzte. Wie hatte sie die Jungen um den Finger gewickelt!

Das Schnarchen, das aus dem Gästezimmer kam, wurde zusehends lauter. Es war nicht verwunderlich, dass Tante Aurelia von ihrem Benehmen damals nicht beeindruckt gewesen war. Sie hatte beobachtet, wie Ellie auf dem Sattelknauf lehnte, während sie auf Clipper saß und den Jungen bei den Vorbereitungen für den langen Treck zu den Schlachthöfen zuschaute. Beide Jungen hatten sich umgedreht und gewinkt, und ihr war nicht entgangen, wie rot Joe unter seiner Sonnenbräune geworden war, als sie lachend zurückgewinkt hatte.

»Du kannst diesen albernen Ausdruck wieder ablegen«, hatte Aurelia schroff gesagt, als sie ihr Pferd neben Ellie gezügelt hatte. »Mir ist klar, dass die Hormone zurzeit Purzelbäume schlagen müssen, aber das ist keine Entschuldigung. Die Männer haben ihren Platz auf dieser Erde, aber es bringt nichts ein, irgendwelchen Tagträumen über sie nachzuhängen. Wir haben zu arbeiten.«

Ellie schlug die Ofentür zu und schaltete das Licht aus, ehe sie durch die Diele in ihr Zimmer ging. Es war ein prachtvoller Morgen gewesen an jenem ersten Tag des langen Trecks, aber es sollte sich vieles ändern. Keiner von ihnen ahnte, dass dies das letzte Mal sein würde, dass die »Drei Musketiere« zusammen ritten.

Leanne trat aus dem Haus auf die Veranda. Es wurde gerade erst hell, aber der Tag begann verheißungsvoll. Sie atmete den Duft von Blumen und goldenen Akazienblüten ein, den Geruch von feuchter Erde und nassem Gras. Sie überquerte den Hof und ging zu dem Zaun, der die Koppel umgab.

Ihre Sinne schärften sich, und sie spürte, dass sie ebenso erwachte wie das Outback. Die staubig trockene, ockerfarbene Ebene kam ihr nach dem Regen der vergangenen Nacht verändert vor. Es war eine frische, saubere, farbenfrohe Umgebung, die ihr das Herz leicht machte, und sie wünschte, sie wäre musikalisch genug, um zu singen. Das klare Licht schärfte die Umrisse der fernen Berge, sodass sie vor dem gewaltigen Himmel beinahe dreidimensional wirkten. Bäche und Wasserlöcher waren randvoll mit süßem, klarem Wasser, und das Gras kräuselte sich in der warmen Brise wie ein weites, silbrig grünes Meer. Wildenten schwammen schnatternd im Billabong und fischten. Buschtruthähne stolzierten über die blumenübersäte Ebene und mästeten sich an den Schwärmen von Insekten, die mit dem Regen gekommen waren, und die Luft war erfüllt von den Rufen und Farben von tausend verschiedenen Vögeln.

Leanne lehnte am Zaun und nahm dieses Bild in sich auf. Nach dem Regen war Jarrah am schönsten, und es war ein Privileg, dass sie ein Teil davon sein durfte. Widerstrebend riss sie sich los und ging zur Futterkammer. Der Hahn krähte durchdringend, als sie die verschiedenen Eimer füllte und sie zu den Ställen und zum Zwinger trug.

Als sie das Kleinvieh gefüttert hatte, stellte sie die Eimer ab und trat in die Scheune. Zwei Farmkatzen balgten sich dort; sie knurrten wie Hunde, und umtanzten einander zähnefletschend und mit gespreizten Krallen. Sie jagten sich heulend gegenseitig durch die Heuballen, bevor sie durch das Tor entwischten. Diese Katzen hatten keinerlei Ähnlichkeit mit den flauschigen, niedlichen Haustieren, die man in der Großstadt fand. Sie waren mager und wild, und wie alles auf Jarrah dienten sie einem Zweck. Ratten und Mäuse mussten bekämpft werden, und darauf verstanden diese beiden sich besonders gut.

Leanne nahm einen Heuballen auf die Gabel und schleppte ihn in den Stall. Sie würde Bonny und das Fohlen auf die Koppel lassen, da es ein so trockener, warmer Tag war. Dann könnte sie den Stall ausmisten und Bonnys Raufe füllen.

Bonny trabte glücklich hinaus auf die Koppel, und das Fohlen folgte ihr mit knotigen Knien und wackligen Beinen. Seine Fesseln waren ein wenig zu lang, als dass Leanne in Betracht gezogen hätte, es als Rennpferd auszubilden, aber sie würden bald fest werden, und der kleine würde ein gutes Hütepferd abgeben. Sie beobachtete die beiden eine Zeit lang und sah, wie stolz Bonny auf das Fohlen war; sie ließ keines der anderen Pferde in seine Nähe kommen. Lächelnd sah sie, wie der kleine Kerl seine Umgebung beschnupperte und herumzutollen versuchte. Sein Gleichgewichtssinn ließ noch zu wünschen übrig, aber er war ja auch erst vierundzwanzig Stunden alt.

Fohlen sind schrecklich zeitraubend, dachte Leanne, als sie sich abwandte und zu den Ställen zurückkehrte. Sie hatte sicher eine gute halbe Stunde damit verschwendet, das Kleine schwärmerisch zu betrachten.

Ein junger Aborigine hatte schon mit dem Ausmisten angefangen, und sie krempelte die Ärmel hoch und stürzte sich ebenfalls in die Arbeit.

Sie war verschwitzt und schmutzig, das Hemd klebte ihr am Rücken, sie war rot im Gesicht und das Haar fiel ihr in die Augen, als sie das unverwechselbare Geräusch eines kleinen Flugzeugs bei der Landung hörte. »Scheiße«, flüsterte sie und wischte sich mit einer schmutzigen Hand über die schweißnasse Stirn. »Scheiße, Scheiße, dreimal Scheiße!« Hastig schrubbte sie Gesicht und Hände unter dem Kaltwasserhahn im Stallhof und überlegte fieberhaft, ob sie noch Zeit hatte, ins Haus zu laufen und sich umzuziehen.

»Tag«, hörte sie Angel Carreras fröhliche Stimme, als er um die Ecke bog. »Wie ich sehe, werde ich erwartet.«

Leanne war wütend, weil sie nicht daran gedacht hatte, dass so etwas passieren könnte; nach all ihren sorgfältigen Plänen hatte er sie nun doch unvorbereitet erwischt. Sie wusste, dass sie schrecklich aussehen musste, aber jetzt war es zu spät.

Angel Carrera war nicht zu groß und nicht zu schlank, sondern genau richtig. Sein Gang war langsam, beinahe träge, und er sah hinreißend aus in seinen weißen Moleskins, den blank polierten Stiefeln und dem karierten Hemd.

Lächelnd schaute sie in die glutvollen schwarzen Augen, die ihre Knie weich werden ließen. »Mistkerl!«, sagte sie mit heiserer Stimme. »Du hast genau gewusst, dass du mich überraschen würdest.«

Er nahm sie auf den Arm und küsste sie. Ohne ein Wort trug er sie zum Farmhaus und durch die Fliegentür. Dort stellte er sie wieder auf die Füße, und seine dunklen Augen betrachteten das verblichene Hemd, die schmutzigen alten Jeans und die verschrammten Stiefel. Er lächelt auf sie herab. »Komm her, Mrs. Carrera«, sagte er leise.

Sie rissen einander die Kleider vom Leib und kämpften mit ihren Stiefeln. Dann berührten sie einander, Haut an Haut, und der Funke, der zwischen ihnen übersprang, verschlug ihnen den Atem. Die Zeit der Trennung hatte das Feuer nur noch mehr entfacht, und nun überwältigte es sie.

Viel später lagen sie zufrieden in ihrem großen Doppelbett. »Ich habe dich hoffentlich nicht im falschen Augenblick überrascht?« Angels Haar glänzte rabenschwarz in dem Sonnenstrahl, der durch die Vorhänge ins Zimmer fiel. Seine Finger strichen über ihre nackte Haut.

»Ganz und gar nicht.« Sie war atemlos, denn seine Finger spielten auf ihrem Körper wie ein Virtuose seine Violine. »Nur eher als erwartet.« Sie hatte Mühe, sich zu konzentrieren, denn das Verlangen nach ihm brandete schon wieder in ihr auf. »Hast du meine Nachricht nicht erhalten?«

»Was für eine Nachricht?« Er stützte sich auf einen Ellenbogen und runzelte die dunklen Brauen.

»Ich habe in deinem Büro angerufen und jemandem gesagt, dass sie durch den Regen aufgehalten wurden. Einer der Viehtreiber ist hergeritten und hat mir die Nachricht gebracht, dass sie draußen am Ten Mile Creek Schwierigkeiten gehabt hätten.«

»Nichts Ernstes hoffentlich?«

»Nein, sie werden schon kommen. Sie haben den größten Teil des Weidegeländes abgearbeitet und auf jeder der zwanzig Koppeln ungefähr tausend Stück zusammengetrieben.«

»Ich hab nur eine Woche Zeit«, sagte er nachdenklich. »Glaubst du, er bringt sie rechtzeitig her?«

Sie nickte. »Dad weiß, dass er sie auf den Markt bringen muss.«

Er lächelte, und die Art, wie der Blick seiner dunklen Augen über sie hinwegtanzte, ließ ihren Puls rasen und ihr Herz Purzelbäume schlagen. »Ich dachte, ich komme frühzeitig, damit für ihre Ankunft alles vorbereitet ist«, sagte er leise. »Hättest du eine Idee, wie wir uns bis dahin die Zeit vertreiben können?«

Sein boshaftes Lächeln ließ sie zerschmelzen, und sie strich mit den Fingern über seinen flachen Bauch. Seine Haut war kühl, der Haarstrich unter seinem Bauchnabel verlockend. »Oh, ich denke schon«, murmelte sie.

Claire erwachte aus ihrem Traum. Eine Zeit lang lag sie da und fragte sich, was er wohl bedeuten mochte. Sie drehte sich auf die Seite, zog die Knie fest an die Brust und schloss die Augen. Gern hätte sie diesen Traum festgehalten, denn er hatte ihr eine tiefe Ruhe gebracht, eine Stille, die sie seit langem nicht erlebt hatte. Sonnenstrahlen wanderten durch das Fenster herein und wärmten ihre Schultern, und sie ließ ihre Gedanken zu dem Traumbild zurückkehren, das so real, so hell und farbig gewesen war.

Von Stille umgeben, war sie in einem ruhigen, unglaublich

blauen Meer geschwommen, und die Sonne hatte warm von einem Himmel geschienen, der sich ins Unendliche zu erstrecken schien. Trotz ihrer gewohnten Angst vor dem Ozean und des Umstandes, dass sie in keiner Richtung Land sehen konnte, hatte sie sich nicht gefürchtet. Wassertretend hatte sie nach unten geschaut und tief, tief unter sich eine uralte Ruinenstadt erblickt. Weiße Kolonnaden, gut erhalten, säumten noch immer die breiten Pflasterstraßen, die im Sonnenlicht, vom Wasser gefiltert, schimmerten. Als sie so hoch über dieser wundervollen Stadt schwebte, hatte sie sich gefragt, ob sie das versunkene Atlantis sein könnte. Aber es schien nicht wichtig zu sein. Nichts war wichtig.

Und während Claire noch die stillen Straßen und anmutigen Säulenreihen betrachtete, merkte sie, dass diese zu ihr heraufgestiegen kamen. Sie spürte, wie der weiße Querstein zwischen zwei tragenden Säulen ihre Füße berührte, spürte, wie er weiter emporstieg und sie mitnahm. Fest stand sie auf dem kühlen Marmor, der sie hoch über das Wasser erhob, und dort, fern am Horizont, lag eine Insel, die sie zu rufen schien. Sie begann zu schwimmen, unermüdlich und ohne Angst, dass sie sie vielleicht nicht erreichen könnte – denn dies war der Ort, den sie seit Jahren gesucht hatte.

Weiße Wellen, zart wie Spitze, plätscherten träge auf den weißen halbmondförmigen Sandstrand, als sie aus dem Wasser stieg. Sie schaute sich um, aber sie sah nur ein Gestrüpp von Dornen und stachligen Büschen, die ihr den Weg auf die Insel versperrten. Sie bemerkte diese Grenze und erkannte, dass sie einen Weg durch dieses Hindernis finden musste. Die Aussicht auf den vor ihr liegenden Kampf schreckte sie nicht, denn sie wusste, wenn sie erst auf der anderen Seite angekommen wäre, würde sie einen Frieden finden, der alles andere hinter sich ließe.

Schließlich öffnete Claire die Augen. Der Traum war noch

lebendig, und die stille Ergebenheit wich auch im Licht des Tages nicht. Vielleicht ist es ein Omen, dachte sie, als sie aufstand und ins Bad ging – ein Hinweis auf einen bevorstehenden langen Kampf, in dem ich mehr Mut werde aufbringen müssen, als ich je vermutet hätte.

SECHS

Matt Derwent verbrachte eine schlaflose Nacht. Schließlich verlor er die Geduld und stand auf. Draußen kreischten die Elstern, und die Papageien zankten in den Gummibäumen. Er pfiff seine drei Hunde heran und tappte barfuß hinaus auf die Veranda. Die Luft war frisch nach dem Regen; die Erde war noch feucht, und das Gras entfaltete eine süßliche Note in dem vorherrschenden Duft von Akazien und Kiefern. Die Hunde, ein alter Blue Heeler, ein Collie und ein Mischling, stürmten an ihm vorbei und verschwanden hinter dem Haus. Es war gut, dass man sie frei laufen lassen konnte, ohne zu befürchten, dass auf der staubigen Straße Autos fuhren.

Er atmete die Düfte des neuen Tages ein und genoss die Kühle, ehe die Sonne ganz aufgegangen war und die Erde versengte. Er war froh, dass er hierher gezogen war, denn hier gemahnte ihn nichts an Laura und das Leben mit ihr. Es gab keine schmerzhaften Erinnerungen an das, was gewesen war und was noch hätte sein können, wenn sie ihm nicht so plötzlich genommen worden wäre.

Das kleine Holzhaus in Threeways war etwas ganz anderes als das geräumige Queenslander-Haus, das er verkauft hatte. Doch die vier Zimmer und der winzige Vorgarten genügten ihm, denn er war jetzt allein. Hinter dem Haus lagen an die vierhundert Hektar gutes Weideland, und dann begannen Tausende Meilen Wildnis, die man erkunden konnte. Das Queenslander-Haus hatte an der Küste zwischen Brisbane und Coolangatta gestanden. Von der Veranda aus hatte man auf eine tosende Brandung und endlose Strände mit goldenem Sand geblickt; der Garten hatte jäh am Rand der Dünen geendet. Das Städtchen hatte ausgesehen wie die meisten entlegenen Ortschaften Australiens; die Bewohner waren über mehrere Meilen verstreut und lebten hauptsächlich auf vereinzelten Farmen. Es gab Geschäfte, einen RSL-Club und ein winziges Kino, einen Surf- und Segelclub sowie ein Hotel. Laura und er hatten ein angenehmes Gesellschaftsleben geführt. In seiner kleinen Praxis hatte er mit Haustieren, Gestüten und den Farmen, die zum Nebenerwerb im bergigen Hinterland der Küste bewirtschaftet wurden, genug zu tun gehabt. Und in dem Jahr, bevor alles zu Ende gewesen war, hatte er an der Gründung eines Rettungszentrums für verletzte und verwaiste Koalas mitgearbeitet.

Hier war es anders. Es gab keine Clubs, keine Shops, nur das Hotel in Threeways, das sein nächster Nachbar und fast fünfzig Meilen entfernt war. Aber fünfzig Meilen weit westlich von ihm erstreckte sich die weite Wildnis des Lawns National Park, und in der Nähe schlängelte sich der Gregory River friedlich durch grünes Buschland. An seinen Ufern hatte er schon manche Stunde mit Angeln verbracht, und er war mit dem Kanu zum Crimson Finch Waterhole gefahren, wo Wallabys und Opossums sich zum Trinken versammelten und bei Sonnenuntergang Myriaden von Vögeln schwärmten. Es war ein magischer Ort.

Matt betrachtete seinen Vorgarten und sah, dass er den Rasen mähen musste. Auf dem Schotterweg wuchs Unkraut, und der Briefkasten am Tor drohte von seinem Pfosten zu fallen. Der Lattenzaun brauchte einen neuen Anstrich, das Tor neue Angeln, aber heute hatte er keine Lust, etwas daran zu tun, denn er war mit seinen Gedanken woanders.

Er lehnte sich an einen Verandapfosten und zündete sich die erste Zigarette des Tages an. Die Sonne ging auf. Kookaburras markierten mit Geschrei ihr Territorium im Busch hinter ihm, und der Nebel hing wie Zuckerwatte in den Wipfeln der hohen Bäume. Er versuchte sich vorzustellen, wie Claire den Weg heraufkam. Sie lächelte, weil sie sich freute, ihn zu sehen, und ihre Schritte waren leicht. Was würde sie nach der ganzen Pracht auf Warratah von diesem Haus hier halten? Und von ihm selbst?

Matt zog seinen Hosenbund zurecht und strich mit wehmütigem Lächeln mit der flachen Hand über seinen nackten Oberkörper. Sein Bauch war immer noch flach, und Brust und Arme waren ziemlich muskulös durch die harte Arbeit mit den großen Tieren, die er behandelte. Aber ihm war klar, dass er vom australischen Ideal des blonden Surfers mit Waschbrettbauch und schwellenden Muskeln himmelweit entfernt war. Er war ein alter Knabe, der auf die vierzig zuging; er hatte ein kaputtes Knie, und sein Haar weigerte sich, zu tun, was er wollte, ganz gleich, wie viel Geld er für den Frisör ausgab. Ein Mädchen wie Claire würde ihn nicht zweimal anschauen.

Diese Gedanken irritierten ihn, und er drückte seine Zigarette aus. Er stieg in die Stiefel, raffte ein altes Hemd von einem Verandastuhl und ging von der Veranda hinunter und über den knirschenden Kies um das Haus herum zu den Stallungen. Verglichen mit dem Rest des Anwesens waren sie in gutem Zustand, und der zementierte Hof war sauber geschrubbt. Die Heuscheune stand nebenan, die Futterkammer dicht daneben auf ihren Ziegelsteinstelzen, die Termiten und Ungeziefer abhalten sollten. Sein Allrad-Truck parkte unter einem Schutzdach an der Seite der Stallungen, und sein Flugzeug stand festgezurrt am Ende der behelfsmäßigen Startbahn, die er an der Westseite der Koppel angelegt hatte.

Die Hunde umsprangen ihn bellend, und er tätschelte ihre seidigen Köpfe auf seinem Weg über den Hof. Seine sechs Pferde guckten aus ihren Boxen, und er öffnete die Türen und führte sie hinaus auf die Weide. Nachts war es noch zu kalt, um sie draußen zu lassen, aber tagsüber war es warm genug, und unter den Bäumen hatten sie genug Schutz vor der Sonne.

Er lehnte sich an den Zaun und sah zu, wie sie im hohen grünen Gras weideten. Sie wedelten mit den Schwänzen, und ihr Fell glänzte. Die Hunde stöberten im Gras nach Kaninchen, die Nasen gesenkt, die Schwänze aufgerichtet, die Ohren gespitzt. Er fuhr sich mit den Fingern durchs Haar und lächelte vor Freude über diesen neuen Tag. Einen Tag, an dem die Traurigkeit gebannt sein würde. Die Erinnerungen würden bleiben, aber in der Ferne, und sie würden nicht wehtun. Er wusste, dass er Glück hatte. Und solange er in so guter Stimmung war, würde er etwas wegen Claire unternehmen müssen. Denn sie würde ihm nicht aus dem Kopf gehen, und er wusste, dass er erst zufrieden wäre, wenn er sie wiedersähe.

Claire trank ihre gewohnte Tasse Tee zum Frühstück und bewahrte ein stoisches Schweigen, während Tante Aurelia ihr einen Vortrag über die Bedeutung eines anständigen Essens hielt. Sie aßen in der Küche, und der Duft von gebratenem Speck mischte sich mit Tabakdunst. Trotz ihres Alters hatte Aurelia einen großen Teller mit Eiern, Speck, Würstchen und geröstetem Brot vertilgt, bevor sie sich ihre Pfeife angezündet hatte. »Hast du heute etwas Besonderes vor, Mum?«, fragte Claire, während sie das Geschirr abwuschen.

Ellie sah sie an und tauchte die Hände tief ins Seifenwasser. »Eigentlich nicht. Die täglichen Arbeiten sind erledigt worden, als du noch geschnarcht hast«, neckte sie. »Das kommt von deinem Großstadtleben, Claire – es bringt dir schlechte Manieren bei.«

»Nun mach mal halblang, Mum«, protestierte Claire. »Ich war gestern eine Ewigkeit auf, und jetzt ist es erst acht.«

»Eben«, knurrte Aurelia von ihrem Platz am Tisch. »Der Tag ist halb um.«

Claire lächelte und entschied, dass es klüger war, den Mund zu halten. »Ich dachte, wir könnten einen Ausritt machen«, sagte sie zu ihrer Mutter. »Ich war so lange weg, und ich möchte Waratah wiedersehen.«

»Gute Idee.« Ellie war mit dem letzten Teller fertig und trocknete sich die Hände ab. »Lass alles stehen. Das trocknet von allein.« Sie wandte sich an Aurelia. »Es macht dir doch nichts aus, ein Weilchen allein zu bleiben, oder?«

Aurelia zog eine Grimasse. »Hab ja heutzutage kaum eine andere Wahl. Reiten kann ich nicht mehr, und in der Sonne ist es mir zu heiß.« Sie schob ihren Stuhl zurück und stand auf. Das Monokel blitzte. »Tauge nicht mehr viel«, knurrte sie. »Ich weiß noch, wie ich den ganzen Tag reiten und nachts auf der nackten Erde schlafen konnte, und das tagelang. Es ist abscheulich, so alt und nutzlos zu sein, aber ich nehme an, am Ende blüht es uns allen.«

»Die Alternative ist aber auch nicht gerade prickelnd«, sagte Claire. »Wir könnten doch sicher die alte Kutsche aus der Scheune holen und Smokey einspannen.«

Aurelia funkelte sie an. »Nicht mal tot würde ich mich in dem Ding sehen lassen. Ich würde ja aussehen wie Queen Victoria.«

Claire und ihre Mutter wechselten einen Blick.

»Das hab ich gesehen«, blaffte Aurelia. »Verschwindet und überlasst eine alte Frau ihren Gedanken. All das Aufrühren der Vergangenheit hat Erinnerungen in mir geweckt, und ich brauche Zeit und Ruhe, um ihnen meine volle Aufmerksamkeit zu widmen.«

Claire sah das Zwinkern in ihrem Blick, als sie einander umarmten, und sie wusste, dass die alte Dame nicht wirklich eingeschnappt war. Sicher ist es schrecklich, alt zu sein, dachte sie und holte Hut und Stiefel – und äußerst frustrierend, besonders für eine Frau, die so aktiv und voller Tatkraft gewesen ist.

Auf dem Hof herrschte ein reges Treiben von Männern, die

ihre Ausrüstung zusammentrugen und den Truck beluden. Türen knallten, Sporen klirrten, Stimmen ertönten. Die Atmosphäre war entspannt und erfüllt von einer Energie, die sie fast vergessen hatte. An einige der Gesichter konnte sie sich erinnern; andere waren neu, aber alle begrüßten sie mit einem Lächeln und einem »Tag!«

»Sie werden drüben auf Jarrah bei der Herde helfen«, erklärte Ellie, während sie die Pferde sattelten. »Sie wollten schon gestern hin, aber Lee hat gesagt, es hat eine Verzögerung gegeben, und deshalb fangen wir später als erwartet an.« Sie schob den Fuß in den Steigbügel und schwang sich in den Sattel. »Leanne ist ganz glücklich über diese Verzögerung. Angel ist zu Hause.«

Claire raffte die Zügel zusammen. Der Wallach war ein bisschen nervös, aber beherrschbar. »Wie ist ihr Mann denn so?«, fragte sie. Sie hatte nur Hochzeitsfotos von ihm gesehen.

Ellie lenkte ihre Stute auf das erste Tor auf dem Weg nach Gregory Downs zu. »Er ist aus Argentinien – das heißt, seine Großeltern waren es. Er ist Amtstierarzt und Viehinspektor für diesen Bezirk.« Lächelnd zog sie sich den Hut in die Stirn. »Er sieht sehr gut aus und hat vorzügliche Manieren, aber ich würde ihm keine Minute trauen. Ich glaube, Leanne wird noch ganz schön mit ihm zu tun kriegen.«

Claires Neugier war geweckt. »Wieso? Du glaubst doch nicht etwa, er ist ihr untreu, oder?«

»Noch nicht«, sagte Ellie. Sie lehnte sich aus dem Sattel und öffnete das Tor. »Sie sind noch in den Flitterwochen. Aber Angel sieht einfach besser aus, als gut für ihn ist, und angesichts der vielen Zeit, die er fern von Jarrah verbringt, ist die Versuchung natürlich groß.«

Claire dachte an ihre ernsthafte Schwester. »Leanne ist vielleicht genau die Richtige, um ihm die Flügel zu stutzen«, meinte sie, als sie durch das hohe Gras trabten. »Jetzt, da sie ihn einmal hat, kann ich mir nicht vorstellen, dass sie ihn streunen lässt.«

Ellie spähte blinzelnd in die Sonne. »Wollen wir uns über deine Schwester unterhalten oder reiten?«

»Mal sehen, wer zuerst am Wasserloch ist.« Claire trieb ihren Wallach an und beugte sich im Sattel nach vorn. Ellie blieb nach kurzer Zeit zurück, und Claire spürte das belebende Gefühl des warmen Windes im Gesicht. Ihr Haar wehte hinter ihr. Das Outback erstreckte sich in alle Himmelsrichtungen; das Gras war grün, und Vögel flatterten vor ihnen auf, als sie über die Ebene galoppierten. Das war die Freiheit! Das war das Leben! Sie hatte vergessen, wie eng es in der Stadt werden konnte. Vergessen, wie sehr sie diesen magischen Teil der Welt einmal geliebt hatte.

Ellie kam an ihre Seite galoppiert. Ihre Stute griff jetzt weiter aus; sie streckte den Hals, und ihre Hufe donnerten durch das üppige, hohe Gras. Claire lachte, als der Wallach dennoch um eine Nasenlänge in Führung blieb.

»Du hast gemogelt«, keuchte Ellie, als sie aus dem Sattel glitt und sich an die schwer atmende Stute lehnte.

»Ich weiß«, sagte Claire. Lachend stieg sie ab und klopfte dem Wallach den Hals. »Anders kann ich gegen dich nicht gewinnen.«

Sie führten die Pferde in den kühlen grünen Schatten der Bäume. In der Nähe plätscherte Wasser; Vögel zwitscherten, und der warme Wind seufzte in den Wipfeln der Kiefern. Sie schlängelten sich durch den Busch und kamen zum Rand eines natürlichen Wasserlochs, das beinahe kreisrund am Fuße einer steil aufragenden dunklen Felswand lag. Ein Wasserfall rieselte mit beruhigendem Rauschen in das klare, kalte Wasser des Beckens. Baumfarne überschatteten wie Schirme die flachen Felsen und rauen Kiesel, die einen natürlichen Strand bildeten.

Ellie zog zwei Blechtassen aus der Satteltasche, und sie traten zu den Pferden ans Wasser und tranken ebenfalls. Das Wasser war so kalt, dass es Claire die Kehle zusammenzog. Aber nichts, was aus einer Leitung kam, hatte je so süß geschmeckt. Als sie sich erfrischt hatten, setzten sie sich auf die flachen Felsen, ließen sich zurücksinken und stützten sich auf die Ellenbogen. Sie genossen es, zusammen zu sein, nachdem sie jahrelang getrennt gewesen waren; sie knüpften alte Bande neu und erzählten einander von neuen Freunden und tauschten Klatsch aus.

Schließlich legte Claire sich auf den Rücken und schaute durch die Farnwedel. Der Himmel war blau bis auf einen einzigen zarten Wolkenschleier. Heute würde es nicht mehr regnen. Claire dachte an ihren Traum, drehte sich auf die Seite und schaute Ellie an. »Ich bin jetzt bereit, ein bisschen mehr von der Geschichte zu hören, Mum«, sagte sie leise.

Seufzend legte Ellie die Arme um die Knie. Sie hob das Gesicht ins funkelnde Sonnenlicht und schloss die Augen. »Bist du sicher?«

Sie flüsterte fast, und Claire spürte, wie das Unbehagen erneut in ihr aufstieg. Aber sie fühlte noch immer die seltsame, stille Ergebenheit ihres Traumes und wusste: Wie schlimm es auch werden würde, die Liebe ihrer Eltern würde sie nie verlieren. »Deshalb bin ich doch nach Hause gekommen. Es ist besser, keine Geheimnisse mehr zu haben«, antwortete sie. »Wie Aurelia gesagt hat: Ich bin alt genug, um alles zu verstehen.«

Ellies scharfer Blick war rätselhaft. »Hoffentlich«, sagte sie leise. Nach einer Pause seufzte sie, und dann begann sie.

»Charlie fand schließlich Arbeit auf einer der riesigen Farmen am Halls Creek in Westaustralien. Trotz der gewaltigen Entfernungen hier draußen hatte sich die Geschichte von Satans Diebstahl und Tod wie ein Buschfeuer verbreitet, sodass Charlie höllische Mühe hatte, einen Job zu finden. Die fünfzig Pfund von Aurelia waren längst aufgebraucht und seine Preisgelder ebenfalls. Zwei von seinen drei Pferden hatte er verkauft. Er war fast wieder da, wo er angefangen hatte.«

»Warum ist er nicht nach Hause zurückgekehrt?«, fragte

Claire leise. »Er musste doch wissen, dass man ihm verzeihen würde.«

Mit traurigem Lächeln schaute Ellie in die kühlen, klaren Tiefen des Wassers. »Es gab Zeiten, da sehnte er sich danach. Joe fehlte ihm mehr, als er es je für möglich gehalten hatte. Ihm fehlten seine stille Klugheit, sein sanfter Umgang mit Problemen und seine Loyalität. Es war gut und schön, auf der Suche nach dem Abenteuer durch das rote Herz des Northern Territory zu reiten, aber wie viel besser wäre es doch gewesen, wenn er die Uhr hätte zurückdrehen und seinen Zwillingsbruder wieder an seiner Seite hätte haben können.«

Claire sah das Wechselspiel der Mienen im Gesicht ihrer Mutter, und sie wusste, dass sie Ereignisse der Vergangenheit sah, Ereignisse, die bereits lange Schatten warfen. Trotz des warmen Sonnenscheins, der durch das Laub sickerte, fröstelte es sie. Wo würde das alles hinführen?

»Charlie fehlte der Mut, seinem Bruder ins Gesicht zu sehen«, sagte Ellie kalt. »Zwei Jahre waren vergangen. Satan war tot, und sein Ruf als Pferdedieb stand zwischen ihm und den Männern, mit denen er arbeiten musste. Wie konnte er erwarten, dass sein Bruder ihm verzeihen würde?«

»Und was hat er getan?«, drängte Claire, als Ellie in ein ausgedehntes Schweigen verfiel.

»Man redete damals überall vom Krieg«, sagte Ellie schließlich. »Du weißt, wie die australischen Männer sind. Sie haben Spaß an einem ordentlichen Kampf und halten sich für hart und unbesiegbar. Kameradschaft gilt als größte Ehre, die ein Mann einem andern erweisen kann. Als es so aussah, als würden wir in den Krieg in Europa hineingezogen werden, da konnten sie es verdammt noch mal nicht abwarten, sich ebenfalls die Hände schmutzig zu machen.«

Claire war erschrocken über den wütenden Ton ihrer Mutter. Noch nie hatte sie sie so reden hören, noch nie so kalt erlebt.

»Und Charlie war da keine Ausnahme«, fuhr sie verbittert fort. »Am Lagerfeuer beim Auftrieb hörte er die Geschichten, und er sah einen Weg, sich von seiner Schuld reinzuwaschen. Denn die Männer, die dem Ruf in die Schlacht folgten, waren die Helden von morgen. Helden, die auf Farmen wie Warratah willkommen sein würden. Helden, denen alte Sünden verziehen und die wieder in den Schoß ihrer Familien aufgenommen würden.«

Claire hatte viele Fragen, aber sie schwieg, als ihre Mutter in die Vergangenheit schaute und den Dingen ins Gesicht sah, die sie verfolgten.

»Er war nicht der Einzige, der sich gleich am ersten Tag freiwillig meldete«, sagte Ellie. »Seamus fand, er wollte auch ein Held sein.«

Claire sah die Tränen, die in den Augen ihrer Mutter glänzten. »Hast du Seamus geliebt?«, fragte sie sanft.

»Ich glaubte es zumindest. Aber mit sechzehn sind alle deine Gefühle intensiv. Sein Abschied hat mir fast das Herz gebrochen.«

Claire starrte in den Wasserfall und versuchte sich vorzustellen, wie es vor all den Jahren für ihre Mutter gewesen war. Es gab wenig, womit sie es vergleichen konnte. Der Vietnamkrieg beherrschte zurzeit die Nachrichten, aber er war zu weit weg, um echte Auswirkungen auf ihr Leben zu haben. Auf dem Universitätscampus war er zwar der Anlass für etliche wütende Demonstrationen gewesen, aber sie kannte niemanden, der sich freiwillig gemeldet hatte, um an der Seite der Amerikaner zu kämpfen.

Es fröstelte sie, als sie an die Nachrichtensendungen dachte – schreckliche Bilder von verbrannten Kindern und Menschen, die hingerichtet wurden; Düsenflugzeuge bei Bombenangriffen; Dorfhütten, lodernd vor dem nächtlichen Himmel. Ihr wurde bewusst, dass sie Krieg nur aus den Medien kannte, er hatte weder nach ihrer Familie gegriffen noch alles bedroht, was sie kannte. Er war für sie nie eine persönliche Sache geworden wie für ihre Mutter.

Seamus hatte es geheim gehalten, dass er sich zum Militär gemeldet hatte. Eines Tages war er in einer schicken neuen Uniform nach Warratah gekommen, begleitet von seinem Vater. So hübsch war er gewesen, so jung, so aufgeregt, weil er das Outback zum ersten Mal verlassen und neue Abenteuer erleben würde. Er hatte Ellie nicht lange überreden müssen, einen Spaziergang mit ihm zu machen. Sie hatten sich aus dem Haus geschlichen und waren über das trockene Feld zu den Bäumen am Ende der Weide gelaufen.

Lächelnd erinnerte Ellie sich an seinen Kuss. Es war ihr erster gewesen, und sie würde ihn niemals vergessen. Sein Mund war warm gewesen, und nach anfänglichem Zögern war er sanft und fordernd geworden. Er hatte sie fest in den Armen gehalten, und mit ungewöhnlich ernster Miene hatte er ihr gesagt, er werde zurückkehren, ehe sie sich versähe. Der Krieg werde bald vorbei sein, und er wolle nicht riskieren, ihn zu verpassen.

Tage der Unschuld, dachte sie betrübt. Keiner von uns hat etwas von der Welt gewusst oder wirklich verstanden, was der Krieg bedeutet, der da in Europa geführt wurde. Ebenso wenig hatte sie die Erfahrung oder das Wissen besessen, das nötig gewesen wäre, um ihre Gefühle angesichts seines Fortgehens zum Ausdruck zu bringen; ein paar ungeschickte Küsse hatten genügen müssen. Es hatte sie traurig gestimmt, dass sie ihn lange Zeit nicht sehen sollte. Und es hatte sie erregt, dass dieser gut aussehende junge Mann sie küsste und sie bat, ihm zu schreiben.

Aber irgendetwas in ihr hatte sich an jenem Tag verändert, und die anbetungsvolle Heldenverehrung, die sie ihm früher entgegengebracht hatte, war verschwunden. An ihre Stelle war eine innige Freundschaft getreten, eine Verbundenheit, die sie für den Rest ihres Lebens verbinden sollte, und eine unerträgliche Trauer über seinen Abschied. Aber sie hatte plötzlich erkannt, dass sie nicht verliebt in ihn war. Sie konnte ihm nicht versprechen, auf ihn zu warten.

Seamus hatte es auch gespürt; nach den ersten unbeholfenen Küssen hatten sie sich voneinander gelöst und Hand in Hand dagestanden und auf Warratah geblickt. Sie hatten in den Augen des anderen das Eingeständnis gelesen, dass jeder von ihnen dazu bestimmt war, im Leben einen eigenen Weg zu gehen, und obwohl diese Einsicht von Trauer gefärbt gewesen war, hatte sie doch auch wie eine Befreiung gewirkt. Fortan konnte jeder dem eigenen Geschick folgen.

Seamus war am nächsten Tag nach Cloncurry abgereist, und Ellie hatte Tränen ins Kopfkissen geweint und um seine heile Rückkehr gebetet.

Sie erwachte aus ihrer Nachdenklichkeit und betrachtete ihre Tochter. »Du musst dir vorstellen, wie es damals war«, begann sie. »Es drohte Krieg, die jungen Männer gingen fort, und alles, was wir kannten, veränderte sich. Der ›unechte Krieg‹, wie die Yankees ihn nannten, war nur der Anfang wirklicher Feindseligkeiten, und auch wenn wir weit weg von Europa waren, sollte unser Leben sich für immer ändern.«

Sie seufzte. »Seamus war schon fort, und wir hörten später, dass er im selben Ausbildungslager wie Charlie war und die beiden gute Freunde geworden waren. Tante Aurelia und ich standen am Rande der Verzweiflung, denn die Dürre war zurückgekehrt, und von Joe abgesehen hatten wir nur noch alte Männer, Jungen, die für den Militärdienst zu jung waren, und unsere Aborigines, um den Betrieb auf Warratah aufrechtzuerhalten.« Ihre Stimme wurde zu einem Murmeln, als sie in die Vergangenheit zurückkehrte. »Ich war damals siebzehn.«

Aurelia war nun die stolze Besitzerin eines Radios, und jeden Abend saßen Ellie und sie in der Küche und hörten die BBC-Nachrichten. »Was geschieht jetzt?«, fragte Ellie und schaltete das Radio aus. »Niemand scheint irgendwas zu tun. Vielleicht haben die Yankees ja Recht, wenn sie behaupten, dass es kein echter Krieg ist, und Seamus kann nach Hause kommen.«

Aurelia konzentrierte sich darauf, ihre Pfeife zu stopfen. »Sei nicht naiv, Darling!«, brummte sie, das Mundstück zwischen den Zähnen, und hielt ein brennendes Streichholz über den Tabak. »Hitler hört erst auf, wenn er alles hat.« Sie paffte. »Mit Russland an seiner Seite wird er geradewegs durch Europa marschieren. Ich hoffe bloß, die Briten haben aus dem letzten Krieg was gelernt und sind diesmal vorbereitet. Aber ich habe das unangenehme Gefühl, dass es nicht so ist.«

Ellie dachte an ihre alten Großeltern. Sie war ihnen nie begegnet, aber sie hatte das Gefühl, sie trotzdem zu kennen – aus ihren Briefen und Aurelias Erzählungen. Sie lebten in einem Landhaus in England, das die Familie schon seit drei Jahrhunderten bewohnte, und wenn ihre Tante Recht hatte, waren sie vielleicht in Gefahr. »Was ist mit Mum und mit Grandma und Grandpa?«, fragte sie.

Aurelia kaute auf dem Mundstück ihrer Pfeife. »Ich hoffe sehr, dass es nicht so weit kommt, aber ich habe keinen Zweifel daran, dass Ma und Pa ihr Heim bis zum letzten Augenblick verteidigen werden. Von einem wie Hitler werden sie sich nicht rumschubsen lassen.« Sie senkte das Kinn auf die Brust und musterte Ellie. »Mit Alicia sieht die Sache anders aus. Ich vermute, deine Mutter ist schon wieder auf dem Weg nach Amerika.«

Ellie schürzte die Lippen. »In den Staaten hat sie doch nichts mehr verloren«, sagte sie nachdenklich. »Chucks Häuser und Apartments sind verkauft worden, damit seine Schulden bezahlt werden konnten, und seit der Scheidung ist der Kontakt zu fast allen ihren Freunden dort abgerissen.« Sie dachte kurz nach. »Aber sie wird auf die Füße fallen, was immer sie tut«, meinte sie schließlich. »Du kennst ja Mum.«

Aurelia nickte. »Um sie mache ich mir auch keine Sorgen«,

sagte sie nachdenklich. »Das Risiko einer Invasion ist hoch, und ich wünschte, Ma und Pa würden meinen Rat befolgen und verschwinden, solange sie noch können.« Seufzend stopfte sie den Tabak fest, bevor sie die Pfeife wieder anzündete. »Aber das werden sie nicht tun. Viel zu englisch und viel zu störrisch.«

Ellie lächelte. Da schalt der eine Esel den anderen Langohr, aber das würde Tante Aurelia nie verstehen.

Ihr Gespräch wurde durch ein Klopfen an der Fliegentür unterbrochen. »Was ist denn jetzt wieder?«, fragte Aurelia unwirsch. »Wenn noch einer kommt und kündigt, kriegt der eine Backpfeife.« Sie stemmte sich vom Stuhl hoch und polterte hinaus.

Ellie unterdrückte ein Kichern. Die arme Tante Aurelia – sie hörte sich immer an wie eine herrische Lehrerin. Sie lauschte auf das leise Gemurmel in der Diele und drehte sich um, als sie Stiefeltritte hörte.

Joe stand in der Tür und zerknüllte seinen Hut in den Händen. Seine grünen Augen schauten sie an. »Tag, Ellie«, sagte er leise und begleitete seinen Gruß mit einem Lächeln, das Ellie bis ins Herz drang.

Sie betrachtete die breiten Schultern, die muskulösen Arme, das kantige Kinn und die wundervollen Augen. Sie spürte ein Flattern im Bauch und wogendes Verlangen, als sie vor ihm stand. »Tag, Joe«, sagte sie ungewohnt schüchtern. »Schön, dich wiederzusehen.«

Joe war auf dem langen Frühjahrsviehtreck gewesen. Er lächelte wieder, als Aurelia sich an ihm vorbeischob und mit Gläsern und Bierflaschen zu klappern begann. »Hab Besuch mitgebracht«, sagte er. »Hab ihn getroffen, als ich in Curry war, um Seamus zu besuchen.«

Er trat beiseite, und jetzt erst sah Ellie den Mann, der hinter ihm stand. Sie sah ein rostbraunes Büschel Haar, eine breite Nase, bernsteinfarbene Augen. »Snowy«, quietschte sie. »Wie geht's dir?«

»Yeah«, sagte er gedehnt. »Gut.« Ein breites Grinsen legte sein Gesicht in Falten, und er schüttelte ihr die Hand. »Dich brauch ich ja nicht zu fragen«, neckte er und betrachtete sie von Kopf bis Fuß. »Du bist erwachsen geworden, seit ich dich zuletzt gesehen hab.«

»Was macht Wang Lee? Ist es auf Gowrie noch immer so schön? Hast du die anderen Jungs von dem Auftrieb noch mal gesehen?« Ellie ging die Luft aus.

»Schätze, du hast dich nicht sehr verändert.« Er drehte sich eine Zigarette. »Immer noch randvoll mit deinen verdammten Fragen.« Er grinste. »Aber ich war seit 'ner Weile nicht mehr auf Gowrie.« Er zündete sich die Zigarette an. »Arbeite für Vestey. Aber ich hab gehört, dass Wang Lee noch da ist, und ein paar von den anderen Jungs hab ich in Curry wiedergetroffen.«

»Ich nehme an, Sie suchen Arbeit?«, fragte Aurelia unvermittelt und schenkte Bier ein. »Die ist reichlich vorhanden, nachdem die Hälfte aller australischen Männer weggelaufen ist wie Katzen, die man mit Wasser übergossen hat.«

Snowy schüttelte den Kopf. »Ich gehe in zwei Wochen ins Ausbildungslager«, sagte er stolz. »Hab mich in Curry zum Militär gemeldet. Der erste Schwarze, den sie genommen haben. Schätze, sie wussten nicht genau, was sie mit mir anfangen sollten. Aber ich höre, es kommen noch mehr Schwarze vom Top End und von den Torries Straits, und dann werde ich nicht allein sein.«

Ellie zuckte zusammen, als Aurelia das Bierglas mit lautem Knall auf den Tisch stellte, sodass Bier auf das blank polierte Holz schwappte. »Ihr Australier kämpft einfach zu gern, was? Ihr seid so harte Kerle, dass ihr nicht begreift, dass man euch nur als Kanonenfutter braucht.«

»Langsam, Missus«, näselte Snowy. Er scharrte mit den Füßen und wich vor dieser vernichtenden Attacke zurück. »*Pig Iron* Bob sagt, wir müssen helfen, England zu verteidigen – und ich bin stolz, dabei zu sein.«

Aurelia seufzte gereizt. »Premierminister Menzies sollte nachdenken, bevor er redet«, knurrte sie. Als sie sah, wie Ellie und die beiden Männer sie anschauten, erkannte sie, wie unpatriotisch und grob sie war, und bemühte sich angestrengt um Wiedergutmachung. »Entschuldigen Sie meine Grobheit, Snowy«, sagte sie schließlich. »Aber wenn alle Männer weggehen – wie soll ich da diesen Betrieb führen?«

»Wie Sie es immer getan haben«, sagte Joe fest. »Sie haben die Trockenzeit auch mit einer Hand voll Männer und den Treiberknechten überstanden. Das schaffen Sie auch noch mal.«

Aurelia schaute ihn dankbar an, und zum ersten Mal erkannte Ellie, dass ihre Tante Joe trotz ihrer anfänglichen Vorbehalte ins Herz geschlossen hatte. »Soll das heißen, dass Sie bleiben, Joe?«, fragte Aurelia hoffnungsvoll.

Ellie musste sich setzen. In diesem Augenblick war ihr klar geworden, dass ihre Welt zusammenbrechen würde, wenn Joe Warratah verlassen sollte. Sie liebte ihn. Liebte ihn so tief und leidenschaftlich, dass sie sich ein Leben ohne ihn plötzlich nicht mehr vorstellen konnte. Diese Erkenntnis verschlug ihr den Atem, und ihre Wucht ließ ihren Puls rasen, während sie auf seine Antwort wartete.

»Vorläufig«, sagte er mit einem Seitenblick auf Ellie. »*Pig Iron* Bob hat auch gesagt, wir sollten unsere Kraft und unsere Industrie konsolidieren. Die Welt wird Fleisch und Leder brauchen und Wolle außerdem, und wir müssen dafür sorgen, dass sie das alles kriegt.«

»Na, dem Himmel sei Dank für ein bisschen Vernunft in all diesem Wahnsinn!«, flüsterte Aurelia. Sie schaute Ellie an und lächelte, scheinbar ohne zu merken, welcher Tumult in ihrer Nichte tobte. »Anscheinend verlieren wir doch nicht alle unsere jungen Männer«, sagte sie strahlend. »Irgendwie werden wir überleben.«

Ellie sah den Blick, den Joe und Snowy wechselten. Die

Kampflust leuchtete gleichermaßen in Joes wie in Snowys Augen. Joe würde nicht hier mitten in der Wildnis bleiben, wenn alle seine Freunde in den Krieg zogen. Er würde sich nicht als feigen Hund beschimpfen lassen, weil er nicht kämpfte. Sie hätte heulen können. Denn sie hatte ihn gerade erst gefunden. Und nun würde sie ihn schon bald verlieren.

Der zweiwöchige Besuch war fast vorüber, als Joe und Snowy eines Morgens in die Ebene hinausritten, um die Zäune zu kontrollieren. Das war eigentlich nicht notwendig; es war ein Vorwand, um die Farm und die Frauen für eine Weile verlassen und darüber sprechen zu können, was sie wirklich dachten – über den Krieg und über die Möglichkeit, alte Freunde wiederzusehen.

Die Hitze flimmerte über dem Horizont, und die Gummibäume welkten; ihre getüpfelten Schatten tanzten auf dem Gras, das trotz des Regens, den sie im Laufe des vergangenen Jahres gehabt hatten, schon braun wurde. Die neue Trockenheit machte sich allmählich schmerzhaft bemerkbar, und Joe hatte Ellie und Aurelia mehrmals geholfen, das Vieh auf bessere Weiden zu treiben. Ein Kookaburra gackerte in der Ferne, und eine Krähe, die ihre trauervollen drei Noten krächzte, schien von drohendem Unheil zu künden. Die beiden Männer saßen entspannt im Sattel und hatten es nicht eilig, irgendwohin zu kommen.

»Was glaubst du, wie lange du bleibst?«, fragte Snowy.

Joe schaute über das Land hinaus und seufzte. »Nicht lange«, sagte er schließlich. »Ich weiß, dass Aurelia und Ellie auf mich angewiesen sind, aber ich muss meinen Beitrag leisten, Snowy. Kann euch Kerle nicht im Stich lassen und mich hier draußen verkriechen.«

»Schätze, dass wird 'ne harte Zeit für die Frauen«, sagte Snowy. »Das Outback ist nicht der Ort, wo man sie allein lassen sollte.«

»Aurelia ist zäh«, sagte Joe fest. »Sie wird's schon schaffen.«

Sie ritten ein Weilchen schweigend und genossen die Sonne auf ihrem Rücken und den warmen Wind im Gesicht. »Ich hab ein Mädchen unten in der Gegend von Longreach«, sagte Snowy schließlich. »Sie war ziemlich sauer, weil ich mich gemeldet hab, aber ihr Vater ist ein zäher alter Knabe, er wird sie und ihre Ma schon durchbringen. Sie haben 'ne Schafzucht unten in Mulga Country, aber die Dürre ist da nicht so schlimm.«

»Verflixt, Snowy. Du hast dich doch nicht einfangen lassen?«

Snowy grinste. »Keine Sorge, Kumpel. Ich und Shirl waren nicht vorm Altar. Aber es war knapp, kann ich dir sagen. Als ich ihr erzählt hab, dass ich nach Curry will, um mich zum Militär zu melden, da hätt sie mir fast den Kopf abgebissen. Und ich schätze, ihr Alter hätte sein Gewehr geholt, wenn ich nicht rechtzeitig ausgerissen wäre.«

»Sie ist doch nicht etwa in anderen Umständen, oder?«, fragte Joe scharf.

»Verdammt, Joe, was denkst du bloß von mir?« Snowy lachte und warf den Kopf zurück. »Ich bin bloß noch nicht bereit, mich anbinden zu lassen, das ist alles. Wenn sie mich noch will, wenn der Krieg vorbei ist, werde ich mir's überlegen. Dann habe ich meinen Teil an Abenteuern erlebt und bin bereit, sesshaft zu werden.« Er kaute eine Weile auf seinem Streichholz. »Wohlgemerkt, ich werd dann immer noch hier und da auf Wanderschaft gehen müssen. Darf die Tradition ja nicht aus den Augen verlieren, und ein Kerl braucht manchmal auch Raum und Zeit zum Denken. Aber Shirls Mum ist vom selben Stamm wie ich; deshalb wird sie es verstehen und mir den weißen Alten vom Leib halten.«

Die Stille des Outback hüllte sie ein, während die Pferde durch das knisternde Gras stapften. Joes Gedanken kehrten zu Ellie zurück, wie sie es immer taten, wenn er von ihr getrennt war. Er versuchte sich vorzustellen, wie das Leben ohne sie und Warratah sein würde. Seine Gefühle für Ellie hatten sich verändert; in den letzten paar Monaten war aus dem kleinen Mädchen eine schöne junge Frau geworden. Die Unverfänglichkeit des Umgangs mit ihr war dahin, und die kameradschaftlichen Gefühle eines älteren Bruders waren vor dieser neuen und beängstigend tiefen Zuneigung gewichen. Dennoch war Joe wohlbewusst, dass er dieses zarte Band zerstören könnte, wenn er sich ihr jetzt erklärte. Ellie war immer noch nicht älter als siebzehn. In den ersten Jahren war sie in Seamus verschossen gewesen, und jetzt, da er fort war, wusste Joe noch nicht genau, ob sie wirklich über ihn hinweggekommen war.

»Warum so nachdenklich, Kumpel?«, fragte Snowy und riss ihn aus seinen Gedanken. »Hat doch nicht etwa was mit Ellie zu tun, oder doch? Ist ja 'ne hübsche Kleine geworden.« Er grinste breit und entblößte eine Reihe sehr weißer Zähne. »Ist nicht mehr der kleine Rowdy, der sie auf dem Viehtreck war. Hat mich oft fertig gemacht mit ihrer endlosen Fragerei und Bettelei um Geschichten aus der Traumzeit.«

Joe schüttelte den Kopf. Er hatte keine Lust, über Ellie zu reden – das Thema war zu persönlich. »Hast du was von Charlie gehört, seit er bei der Armee ist?« Diese Frage hatte Joe stellen wollen, seit er Snowy in Curry getroffen hatte, aber er hatte nie den richtigen Augenblick dazu gefunden.

»Das Letzte, was ich gehört habe, ist, dass er auf dem Weg nach Europa ist.« Snowy schwieg; der Schatten seiner Hutkrempe verbarg seinen Gesichtsausdruck.

»Passt zu ihm«, knurrte Joe. »Hätte mir denken können, dass er bei den Ersten ist.« Mit schmalen Augen schaute er in die Sonne. »Aber vorher hätte er kommen und sich verabschieden können«, fügte er hinzu.

»Schätze, er war nicht sicher, ob er hier willkommen ist«, meinte Snowy nachdenklich.

Joe starrte hinaus über das meilenweit wogende Gras. Die Rinder weideten weit verteilt, trotz der Trockenheit immer noch glänzend und fett. Er liebte dieses Land. Liebte es von ganzem Herzen. Aber er hätte das alles aufgegeben für die Chance, noch einmal mit seinem Zwillingsbruder zu reden. »Er wusste, dass ich ihm verziehen hätte«, sagte er schließlich. »Ein Bruder ist wertvoller als jedes Pferd.«

Snowy wischte sich den Schweiß von Stirn und Hutband, und seine Augen wurden in der grellen Sonne zu schmalen Schlitzen. »Charlie ist nicht der Mann, der zugibt, dass er Unrecht getan hat«, sagte er langsam. »Nachdem das mit Satan passiert war, ist er verschwunden. Monatelang wusste niemand, wo er ist. Ich glaube, es hat ihm ehrlich Leid getan, aber die Demütigung, dich wiederzusehen, konnte er nicht ertragen.«

»Typisch Charlie«, sagte Joe betrübt. »Immer Hals über Kopf losstürmen, ohne auch nur einen einzigen verdammten Gedanken über die Folgen zu verlieren.«

»Ist ihm schlecht gegangen, Kumpel«, sagte Snowy. »Hat fast alles verloren, bevor er drüben in Westaustralien Arbeit gefunden hat. Big Stan hat mir erzählt, als er dort auftauchte, hatte er Löcher in den Stiefeln, und der Arsch hing ihm aus der Hose.«

»Und alles nur wegen eines Pferdes.« Joe schaute Snowy an. Eine Frage brannte ihm auf der Seele. »Warst du derjenige, der dem Rennausschuss die Sache mit Satan erzählt hat?«

Snowy zügelte sein Pferd. »Ich doch nicht, Kumpel. Würde ich 'nem Freund nicht antun, auch wenn ich fand, dass er sich gemein wie 'n Dingo benommen hat.«

Joe schaute ihn nachdenklich an. Snowy war immer ehrlich zu ihm gewesen, aber jetzt war er sich dessen nicht so sicher. »Wer war es dann?«

»Einer der anderen Jockeys«, sagte Snowy gleichmütig. »'n Kerl aus Hell's Gate, der in den paar Wochen, als Charlie hier war, auch hier gearbeitet hat. Er hat Satan sofort erkannt. Hatte wohl 'ne Menge Geld auf den Lokalfavoriten gewettet, und der

Jockey war 'n Kumpel von ihm. Sie haben's zusammen ausgebrütet, als sie sahen, mit wem sie es zu tun hatten.«

»Tut mir Leid, Snowy«, sagte Joe seufzend. »Ich dachte, du hättest ihn reingelegt.«

»Nein, nein. Hab ja selber ein paar Pfund auf ihn gesetzt. Schätze, ich war genauso fertig wie Charlie, als der Prachthengst erschossen werden musste.« Er kaute auf seinem Streichholz, stützte sich mit beiden Händen auf den Sattelknauf und starrte in die Ferne. »Hab's nach dem Rennen nicht übers Herz gebracht, Charlie gegenüberzutreten. Was im Wiegeraum passiert ist, hab ich nur über den Buschtelegrafen erfahren. Aber da war's schon zu spät, und Charlie war abgehauen.«

Joe nahm die Zügel in die Hände und rückte den Hut zurecht. Es war ein schöner Tag, und er wollte Snowys letzten Tag in Freiheit vor dem Ausbildungslager nicht von den dunklen Wolken des Krieges und des Familienzwistes verfinstern lassen. Die Zeit würde kommen, da er selbst diesen wunderbaren Ort verlassen müsste; er musste das alles hier in sich aufnehmen, damit er es mit sich in den Krieg nehmen könnte. »Hören wir auf mit dem Gerede von Krieg und Charlie, und reiten wir lieber. Ich weiß nicht, wie es dir geht, aber ich hab das Gefühl, dass sich für uns alle so manches ändern wird, und ich will das hier noch genießen, solange ich kann.«

Das Rumoren des Krieges war die einzige dunkle Wolke über dem Outback, als die Trockenheit die Tausende von Quadratmeilen Weideland erneut in ihren Würgegriff nahm. Dänemark und Norwegen kapitulierten im Frühjahr 1940, und bald darauf, im Mai, folgten die Niederlande. Belgien fiel, und die Schlacht von Dünkirchen begann.

Ellie und Aurelia hatten sich längst von Snowy verabschiedet und ihm versprochen zu schreiben. Sie achteten darauf, dass sie sich nie allzu weit vom Farmhaus entfernten, und hörten stets

Radio. Zusammen mit Joe drängten sie sich vor den hässlichen schwarzen Kasten in einer Ecke des Wohnzimmers, als könnten sie durch diese Nähe ebenfalls an der großen Schlacht teilhaben. Ehrfurchtsvoll lauschten sie, als die BBC die vielen tausend kleinen Schiffe beschrieb, die ins feindliche Bombardement hineinfuhren und Hunderttausende Männer von den blutbesudelten Stränden retteten. Sie jubelten, wenn der englische Premierminister Churchill seine mitreißenden Reden hielt, und sie weinten, als ein paar der geretteten Soldaten ihre Geschichten erzählten.

Aber die Realität ihres eigenen Kampfes brachte sie an den Rand der Verzweiflung. Auch in den besten Zeiten gab es im Outback zu wenig Männer, aber seit Dünkirchen war der Strom derer, die Soldat werden wollten, zu einer Flut angeschwollen. Warratah war in Gefahr. Der Wassermangel machte ihnen schwer zu schaffen, die Futterpreise waren hoch, und das Gras – ohnehin schon braun und von schlechter Qualität – litt unter einer Kaninchenplage.

»Es wird höllisch schwer werden, das zu überstehen«, sagte Aurelia an diesem Abend, als sie das Radio ausschaltete. Joe hatte das Farmhaus verlassen und war in die Schlafbaracke gegangen. »Wir haben nur noch Jungen, alte Männer und Aborigines. Wenn Joe uns verlässt, sind wir buchstäblich auf uns selbst gestellt.«

Ellie blickte von ihrem Strickzeug auf. »Er wird uns nicht verlassen«, sagte sie standhaft. »Er weiß, wie verzweifelt wir ihn brauchen.«

Aurelia lächelte kummervoll. »Das klingt, als rede da mehr dein Herz als dein Kopf, Kind«, sagte sie leise. »Er ist fast zweiundzwanzig. Wir wissen beide, dass er gehen muss.« Sie legte Ellie eine schwielige Hand auf die Schulter. »Wenn du ihn so sehr liebst, wie ich glaube, dann musst du ihn ziehen lassen.«

Ellie stieß die Nadeln in das Wollknäuel und stopfte das Strickzeug neben sich in den Sessel. Die Richtung, die dieses

Gespräch nahm, gefiel ihr nicht. »Er hat nie was gesagt«, erklärte sie trotzig. »Und ich würde es merken, wenn er mir was verheimlicht. Ich merke es immer.«

Aurelia polierte ihr Monokel. »Männer wie Joe geben ihre Gedanken und Gefühle nicht preis. Sie machen keinen Wirbel.« Sie klemmte sich das Monokel ins Auge und verschränkte die Arme. »Die Männer im Outback sind die stärksten und tapfersten Männer, die ich kenne, und du darfst nicht darauf hoffen, dass er bleibt. Er ist Australier, und sein australischer Stolz auf sich und sein Land wird ihm nie erlauben, sich hier anbinden zu lassen, während seine Kameraden ihre Pflicht tun. Gerade du solltest das wissen.«

Ellie nagte an der Unterlippe. Ihre Gedanken waren in Aufruhr. »Hat er dir etwas gesagt?«, fragte sie schließlich. »Willst du mir auf diese Weise beibringen, dass er geht?«

Aurelia seufzte tief. »Er und ich haben heute Morgen lange miteinander gesprochen, und dies ist mein ziemlich ungeschickter Versuch, dich vorzuwarnen.« Sie griff nach ihrer Pfeife. »Joe wollte es dir selbst sagen, wenn der Zeitpunkt näher rückt, aber ich finde, du solltest vorbereitet sein.«

Ellie starrte Aurelia an. Sie fühlte sich verraten. Warum hatte Joe nicht den Mumm besessen, gleich damit herauszurücken und es ihr selbst zu sagen, statt sich Tante Aurelia anzuvertrauen? Glaubte er, sie sei noch zu klein, um diesen Schlag einzustecken? Sie stand auf und marschierte zur Tür. »Ich gehe ein bisschen frische Luft schnappen«, fauchte sie.

Die Fliegentür knallte. Ellie bohrte beide Hände in die Taschen und schaute wütend von der Veranda zur Schlafbaracke hinüber. Sie würde keine Szene machen. Würde nicht hinüberstürmen und ihn anflehen zu bleiben, so gern sie das auch täte. Sie würde ihm zeigen, dass sie erwachsen genug war, um sich wie eine reife und vernünftige Frau zu benehmen und zu warten, bis er zu ihr käme.

»Schlappschwanz!«, krähte Kelly.

»Halt den Schnabel!«, zischte Ellie und warf mit einer Zeitschrift nach dem Vogel. Dann ließ sie sich in einen Sessel fallen. »Halt einfach den Schnabel, und kümmere dich verdammt noch mal um deinen eigenen Kram.«

Dank der Zuwendung der Männer, die einmal auf Warratah gearbeitet hatten, hatte Kelly seit Kriegsbeginn ein ganz neues Vokabular gelernt, und als der Nachmittag des folgenden Tages zu Ende ging, ließ sein Kreischen sie plötzlich zusammenfahren. »Weg mit den Bomben!«, schrie er. »Hau ab, Hitler!«

»Sei still, du grässliches altes Schandmaul«, befahl Aurelia. »Wie zum Teufel soll ich die Buchhaltung erledigen, wenn du mir ins Ohr krähst?«

Kelly spreizte die Federhaube und stolzierte auf seiner Stange hin und her. »Flak«, schrie er. »Saftsack.«

Ellie kicherte über die drolligen Verrenkungen, die Kelly vollführte. Ihre Stimmung hatte sich seit dem vergangenen Nachmittag gebessert. Sie hatte in der Nacht gut geschlafen und dann einen langen, einsamen Ritt über die Ebene gemacht und war zu dem Schluss gekommen, dass ihre Tante Recht hatte. Joe würde in seinen Krieg ziehen, und sie würde ihn ziehen lassen müssen. Das war eine Tatsache des Lebens, so unbestreitbar wie der Sonnenaufgang. Und weil ihre Liebe zu ihm allumfassend sein musste – großzügig genug, um ihm zuzugestehen, seine Entscheidungen selbst zu treffen –, durfte sie weder selbstsüchtig noch einengend sein und bei ihm auch keinen Unmut gegen sie wecken. Sie würde warten, bis er bereit wäre, ihr zu sagen, dass er fortging. Und die Kraft finden, zu lächeln und ihm alles Gute zu wünschen, ganz gleich, wie schmerzhaft der Abschied sein mochte.

»Flak«, krächzte Kelly und marschierte auf seiner Stange entlang.

Ellie musste lachen, obwohl sie traurig war. »Ich schwöre, Kelly schafft es sogar, Hitlers großspurigen Gang nachzuahmen. Ihm fehlt nur noch dieses Bärtchen.«

Aurelia musterte ihn mit scheelem Blick. »Ich wusste, dass es ein Fehler war, dass Jack die Wochenschau mitgebracht hat. Wir hätten den Film in der Scheune vorführen sollen, nicht hier auf der Veranda, wo der alte Klugscheißer Flausen in den Kopf kriegt.«

»Wir ergeben uns niemals«, schrie Kelly mit seiner schönsten Churchill-Stimme.

Aurelia zog die Brauen hoch. »Es wird Zeit, dass wir das Tuch drüber legen«, sagte sie entschlossen, und stand auf und trat zum Käfig. »Er wird mir ein bisschen zu selbstgefällig.«

Kelly maulte und hämmerte ein Weilchen mit dem Schnabel auf seinen Wassernapf ein, bis er begriff, dass man ihm nicht verzeihen würde. Dann schlief er ein.

»Endlich Frieden!«, seufzte Aurelia. »Ich wünschte, ich könnte über die Weltlage das Gleiche sagen.«

Ellie zog die Stiefel aus und wackelte mit den Zehen. Sie löste das Band in ihren langen Haaren und schüttelte sie. Wenn Joe nur den Mut hätte, mit mir zu sprechen, dachte sie. Ich weiß, dass er es möchte; ich lese es in seinen Augen. Zum Teufel mit diesem verdammten Krieg! Es war so unfair.

»Ellie. Anscheinend hast du Besuch.«

Aurelias leise Stimme riss Ellie aus ihren düsteren Gedanken. Sie blickte auf, als sie Hufgetrappel auf dem harten Boden des Hofes hörte, und schnappte nach Luft. Joe saß auf seinem Pferd und führte Clipper, gestriegelt und geputzt, am Zügel.

Ellie merkte kaum, dass sie aufstand und an die Verandatreppe trat. Aber sie wusste, dass sie strahlte, als sie Joe in die Augen schaute und endlich die Gefühle gestand, die sie teilten. Worte waren überflüssig geworden – einander zu verstehen war so leicht und natürlich wie das Atmen.

Joe blieb mit dem Pony vor der Verandatreppe stehen. Er sah Ellie an. Nach langem Schweigen hielt er ihr die Zügel hin. »Machen wir einen Ausritt?«

Ellie nahm die Zügel und schwang sich auf Clippers Rücken. Joe lächelte auf sie herab, und in stummer Eintracht ritten sie langsam vom Hof in den Sonnenuntergang.

SIEBEN

Aurelia war enttäuscht, weil sie zurückbleiben musste, aber sie war klug genug, um ihre Grenzen zu kennen. Die Tage des Reitens mochten für sie vorbei sein, aber ihre Weigerung, sich in einer Kutsche umherkarren zu lassen wie eine Königinwitwe, bedeutete nicht, dass sie dem Leben entsagt hatte. Sie war vielleicht alt und klapprig, aber das war immer noch weit besser als die Alternative – und Sterben stand noch nicht auf ihrer Tagesordnung.

Sie ging über den Hof, steckte den Kopf in die Ställe, die Futterkammer und das Kochhaus und sah, dass alle nach Jarrah hinübergefahren waren, um bei der Ankunft der Herde dabei zu sein. Sie fühlte sich niedergeschlagen und ziemlich einsam, als sie zur Veranda zurückkehrte und sich in einem tiefen Sessel niederließ. Es würde teuflisch schwer werden, da wieder herauszukommen, aber Ellie und Claire würden ja bald zurück sein.

Aurelia atmete den Duft der wärmer werdenden Erde und der Rosen, die Ellie vor vielen Jahren gepflanzt hatte und die sich inzwischen am Verandageländer emporrankten und das Dach mit rubinroten Blüten zierten. Es war ganz friedlich; nur das Summen der Fliegen und das Gemurmel der Frauen drüben in den Hütten der Aborigines drang durch die Stille. Doch diese Stille brachte Aurelia zu Bewusstsein, wie sehr sie Kelly und sein heiseres Geschrei vermisste. Lächelnd schaute sie zu den Koppeln und Nebengebäuden, ihr Blick wanderte den Weg zwischen den beiden Farmhäusern entlang. Kelly war vor drei Jahren von der Stange gefallen. Er war wegen irgendetwas in übermäßige Aufregung geraten und inmitten eines Sturzbachs unflätigen Gekreisches einfach gestorben. Aber die Erinnerung an ihn war mit so vielen anderen Erinnerungen verflochten, dass sein Tod nicht nur ein Schock gewesen war, sondern auch die traurige Erkenntnis gebracht hatte, dass ein weiteres Band zwischen Gegenwart und Vergangenheit zerrissen war. Bald würde es keines mehr geben.

Sie ließ das Kinn auf die Brust sinken. Ihr Monokel baumelte an seinem Band. Jack hatte Kelly gemocht, und zwischen den beiden hatte eine großartige Freundschaft bestanden – aber was sollte man auch anderes erwarten, denn sie waren ja beide bezaubernd gewesen. Während die Wärme des Tages heranrückte und ein leichter Wind über die Veranda wehte, kehrten Aurelias Gedanken in die Vergangenheit zurück, zu dem Mann, der sie gelehrt hatte, wieder zu lieben – und der ihr am Ende das Herz gebrochen hatte.

Jack Withers war vor dem Krieg oben an der Nordküste stationiert gewesen; davon abgesehen, dass er die Nachrichten, die über das Funkgerät kamen, koordinierte und die Post und Vorräte lieferte, war er für Warratah die einzige Verbindung zur Außenwelt, bevor das Wunder des Radios in die Welt gekommen war. Sie hatten sich über Funk gestritten, und bis zu Alicias erstem Besuch auf Warratah waren sie einander nie begegnet.

Gleich bei dieser ersten Begegnung hatte sie erkannt, was für ein faszinierender Mann er war – nicht besonders gut aussehend, aber mit einem Funkeln in den Augen und mit einem großartigen Humor. Sie war fast einundfünfzig, als ihre Freundschaft in der Hitze und dem Staub des Outback erblüht war. Aber in dem Bewusstsein, wie eingefahren sie in ihren Gewohnheiten war, blieb sie vorsichtig angesichts seiner Absichten, zumal sie sich ihrer eigenen nicht sicher war.

An dem Abend, als Joe mit Ellie ausgeritten war, hatte die Situation sich zugespitzt. Sie hatte sich wieder den Rechnungsbüchern zugewandt, sich jedoch nicht konzentrieren können. Die drohende zweite Trockenheit hatte die Schatten des Krieges weiter verfinstert. Die Billabongs waren ausgetrocknet, sodass nur noch Tonpfannen übrig waren, und die Flüsse waren so seicht, dass selbst die kleinsten Vögel darin waten konnten. Das rote Herz Australiens drohte wieder zu ersticken, und die Viehknechte und Frauen hatten einen Krieg zu führen, der ganz anders war als der in Europa.

Gottlob war Jack zu alt und zu vernünftig, um loszustürmen und sich zur Armee zu melden. Aurelia lächelte bei sich. Nicht, dass die Armee ihn nehmen würde. Er hatte seine besten Jahre längst hinter sich, soweit es das Militär betraf, und sie betete, dass ihm der Krieg erspart bleiben möge. Sie ließ die Rechnungsbücher offen liegen und starrte auf die Koppel hinaus. In den letzten paar Jahren war Jack regelmäßig zu Besuch gekommen, und ihre seltsame Freundschaft war so weit gediehen, dass sie mindestens zweimal in der Woche über Funk miteinander sprachen. Aurelia hatte keinen Zweifel daran gelassen, dass sie nicht die Absicht hatte, zur Zielscheibe des Klatsches zu werden, und bei diesen Gesprächen, die von der Hälfte der Bevölkerung mitgehört werden konnten, eine gewisse Steifheit bewahrt. Aber wenn er nach Warratah herauskam, änderte sich das alles, und sie freute sich darauf, ihn am Wochenende wiederzusehen.

Sie riss sich gewaltsam aus ihrem Tagtraum. Jack und ich sind über fünfzig und nur gute Freunde, sagte sie sich streng. Es gibt keinen Grund, weshalb die Leute tratschen sollten. Sie ordnete ihre Gedanken. Die Buchhaltung musste gemacht werden, und sie vertrödelte die Zeit im letzten Tageslicht! Aber da sie merkte, dass sie sich immer noch nicht konzentrieren konnte, gab sie schließlich auf.

Mit wohligem Lächeln erinnerte sie sich an die ersten Tage ihrer Freundschaft, als ihre Willenskämpfe zu einem Spiel geworden waren, das sie beide gern spielten. Und doch hatte in den letzten Jahren eine subtile Veränderung zwischen ihnen stattgefunden; vermutlich hatte alles begonnen, als er Alicia vor dem Krieg hergebracht hatte. Während ihres kurzen, dramatischen Aufenthalts hatten sie eine gemeinsame Grundlage gefunden, ein Einverständnis, das auch nach ihrer Abreise nicht geschwunden war. Seitdem war er oft nach Warratah gekommen, und in dieser Zeit hatte sie erkannt, dass er ihren funkelnden Geist und ihre Großzügigkeit bewunderte. Trotz ihrer diktatorischen Art war sie eine Frau nach seinem Herzen, und das wusste sie. Eine Frau, die Dummköpfe nicht ertragen konnte und die in ihren Ansichten ebenso freimütig und unverblümt war wie er.

Sie lachte leise, als sie daran dachte, wie er sie bei ihren Geplänkeln anzuschauen pflegte. Sie hatte den Verdacht, dass sie in seinen Augen ein knuddeliges Paket war – wenn er nur wagen würde, sich die nötige Freiheit herauszunehmen. Der Gedanke missfiel ihr keineswegs. Das Geräusch seines Flugzeugs im Anflug auf die Landebahn riss sie aus ihren Gedanken, und sie lief die Verandatreppe hinunter zum Geländewagen. Irgendetwas musste passiert sein, wenn er so früh kam. Ihr Pulsschlag begann zu rasen. Angesichts von Joes bevorstehender Abreise waren schlechte Neuigkeiten das Letzte, was sie gebrauchen konnte.

Die Räder holperten über den harten Lehmboden, das Leitwerk senkte sich herab und setzte in einer Staubwolke auf. Er stellte den Motor ab, stieg aus und betrat den Glutofen von Warratah.

»Ich hatte dich erst morgen erwartet«, sagte sie und stieg aus dem Wagen. »Ist doch nichts passiert, oder?«

»Dachte mir, ich bringe die Post früher«, sagte er mit bemühter Nonchalance. »Hinten drin sind auch die Sachen, die du haben wolltest.«

Aurelia lächelte zu ihm auf. Er konnte ihr nichts vormachen. »Schön, dich zu sehen«, sagte sie.

»Ich hole die Sachen«, murmelte er, senkte den roten Kopf und zog die Hutkrempe tiefer.

Aurelia blickte ihm nach, als er zum Flugzeug zurückging. Ihm gegenüber fühlte sie sich wieder wie ein junges Mädchen – voller Hormone und Hemmungen. Bei einer Frau in ihrem Alter und mit ihrer Lebenserfahrung war das einfach lächerlich. Sie arbeiteten zusammen in geselligem Schweigen, aber seine verstohlenen Seitenblicke und sein nachdenklicher Gesichtsausdruck machten sie misstrauisch. Hinter dieser unerwarteten Lieferung verbarg sich bestimmt noch eine andere Absicht. Aber sie wusste, dass er ihr irgendwann den wahren Grund für seinen Besuch verraten würde. Das tat er immer.

Als die Waren, die er mitgebracht hatte, auf der Ladefläche des Geländewagens verstaut waren, stieg er zu ihr in die Kabine, und donnernd fuhren sie zurück zum Farmhaus. Aurelia wusste, dass ihre Fahrkünste ihm eine Heidenangst einjagten; er klammerte sich an seinen Sitz, und sie fragte sich, wie er es wohl finden würde, wenn sie ihn bäte, ihr das Fliegen beizubringen. Sie lächelte – nach seinem Gesichtsausdruck zu urteilen, betete er offenbar zum Himmel, dass sie das niemals tun möge. Sie bremste hart und schaltete den Motor ab. »Du kannst die Augen wieder aufmachen«, sagte sie fröhlich.

Jack war klug genug, seine Ansichten über Frauen am Steuer für sich zu behalten. Er half ihr, die Vorräte und den Postsack ins Haus zu schleppen. Sally, das schwarze Hausmädchen, begann in den Sachen herumzuwühlen. »Lass das alles liegen!«, befahl Aurelia. »Was wir jetzt brauchen, ist eine Tasse Tee. Und wenn ich feststelle, dass du dich am Zucker und am

Sirup bedient hast, um deinem nichtsnutzigen, faulen Jack ein Geschenk zu machen, dann kriegt dein Hintern die Peitsche zu spüren.«

Sally machte runde Augen. Dann kicherte sie, denn sie wusste, dass Aurelia diese Drohung niemals wahr machen würde. Aber die beiden Frauen wussten, woran sie waren; Sally wusste, dass sie ihre Rationen bekommen würde wie alle anderen auch. »Bringe Tee«, erklärte sie kichernd und senkte die geschwungenen Wimpern. »Tag, Boss«, sagte sie schüchtern zu Jack.

Jack nickte zum Gruß; er erkundigte sich nach Sallys zahlreichen Kindern und folgte Aurelia dann hinaus auf die Veranda. »Wo ist Ellie?«, fragte er, als er merkte, dass sie zur Abwechslung einmal allein waren.

»Macht Zukunftspläne, würde ich sagen«, antwortete Aurelia leise.

Jack legte den Kopf schräg. »Klingt verhängnisvoll«, sagte er. Er zog seinen Tabaksbeutel aus der Hemdtasche und drehte sich eine Zigarette. »Wie ich sehe, hast du Kelly schon schlafen geschickt. Kein Wunder, dass es so still ist.«

Aurelia polierte ihr Monokel. Er versuchte Zeit zu schinden, aber sie würde es ihm nicht länger durchgehen lassen. Mit festem Blick sah sie ihn an. »Warum bist du wirklich hier, Jack?«, fragte sie geradeheraus.

Sie wartete ungeduldig, während er die Zigarette umständlich anzündete, ehe er sich zurücklehnte und in die langsam dunkler werdende Landschaft hinausblickte. »Ich hab dran gedacht, zur Armee zu gehen«, sagte er schließlich.

Aurelia starrte ihn an. Sie spürte, wie ihre Wangen sich abwechselnd röteten und erbleichten, während ihre Gedanken sich vor Schreck überschlugen. Dann lachte sie. »Alberner alter Narr«, prustete sie. »Wirklich, Jack! Ich wünschte, du würdest aufhören, mich ständig auf den Arm zu nehmen.«

Er holte tief Luft. »Ich bin vielleicht sechsundfünfzig, aber ich hab 'ne Menge Flugerfahrung. Ich werde mich der Air Force als Ausbilder anbieten.«

Jetzt wich alle Farbe aus ihrem Gesicht. »Du meinst es ernst, ja?«, sagte sie leise. Ihr Puls hämmerte, und sie hatte Mühe zu atmen.

Er nickte. »Ich kann nicht dasitzen und die Hände in den Schoß legen, Aurelia. Ich habe die nötige Erfahrung, um unsere jungen Flieger auszubilden – und sie hoffentlich ein bisschen länger am Leben zu erhalten.«

»Ich dachte, alle Freiwilligen für die Air Force werden nach Kanada geschickt, zum Empire Air Training Scheme?«

»Die meisten«, räumte er ein. »Aber hier oben wird ein Ausbildungsstützpunkt eingerichtet.«

Aurelias Gedanken rasten. Aber sie blieb stumm. Sally brachte Tee und Kekse auf die Veranda; ihre bloßen Füße machten kaum ein Geräusch auf dem Holzboden. Klappernd stellte sie das Blechtablett hin und blickte mit großen, neugierigen Augen zwischen Aurelia und Jack hin und her, bevor sie sich widerstrebend ins Haus zurückzog, wo sie, wie Aurelia wusste, bequem hinter der Tür stehen und lauschen konnte. »Du wirst also nicht wirklich kämpfen?«, fragte Aurelia.

»Das glaube ich kaum«, sagte er. »Bin leider schon ein bisschen zu betagt dazu, und meine Reaktionen sind zu langsam für einen Luftkampf.«

Aurelia tat einen langen Seufzer der Erleichterung. »Gott sei Dank!«

Jack trat seine Zigarette mit dem Stiefelabsatz aus. Er sah ihr ins Gesicht, und seine Miene war ernst. »Bedeutet es dir so viel, dass ich nicht kämpfe, Aurelia?«

»Es bedeutet mir sehr viel.« Sie schaute ihn nicht an. »Wirklich sehr viel.« Sie sah, dass er zögerte, aber dann nahm er ihre Hand, und sie fühlte, wie seine kräftigen Finger über ihre Handfläche wanderten. Sein Blick hielt den ihren fest. Die Zeit war plötzlich stehen geblieben, und sie hätte nicht wegschauen können, selbst wenn sie gewollt hätte.

»Liegt dir etwas an mir, Aurelia?« Sein Ton war zögerlich, und sie spürte das Zittern in seinen Fingern, während er auf die Antwort wartete.

Sie schaute fest in sein zerfurchtes Gesicht. Sie musste auf der Hut sein. Die Sache wurde zu persönlich, zu gefährlich – und sie wollte nichts Falsches sagen. »Natürlich liegt mir etwas an dir«, sagte sie mit Nachdruck. »Ich betrachte dich als meinen besten, liebsten Freund.«

Sein Daumen strich über ihre Fingerknöchel, und seine Augen hypnotisierten sie. »Du bist mehr als eine Freundin für mich, Aurelia«, sagte er schließlich. »Und ich hatte gehofft, dass du genauso empfindest.« Er holte tief Luft. »Willst du mich heiraten, Aurelia?« Er verstummte, als ob er befürchtete, zu viel gesagt zu haben.

Da tat Aurelia etwas, was sie selbst nie erwartet hätte. Sie hob seine Hand an ihren Mund und küsste sie. »Oh, Jack«, seufzte sie. »Es ist zu spät für uns – viel zu spät. Der Krieg macht Narren aus uns allen, und wir müssen diesen Augenblick als das sehen, was er wirklich ist.«

»Und was wäre das, Aurelia?«, fragte er leise.

Sie ließ seine Hand los und schenkte geschäftig den Tee ein. »Es ist dieser verfluchte Krieg«, sagte sie in scharfem Ton. »Die Leute verlieben sich und machen Versprechungen und Pläne, die sie in Friedenszeiten nie gemacht hätten. Sieh dir Ellie und Joe an. Ein erstklassiges Beispiel.«

Jack runzelte die Stirn, und Aurelia begriff, dass er keine Ahnung hatte, wovon sie redete.

»Ich bin in dich verliebt, seit ich dich das erste Mal gesehen habe«, sagte er mit Nachdruck. »Ich will, dass wir heiraten. Und ich glaube, ich bin alt genug, um zu wissen, was ich will, Aurelia, also speise mich nicht mit Ausreden ab.« Er starrte wütend hinaus in die Dunkelheit. »Jetzt habe ich alle meine verdammten Brücken verbrannt«, knurrte er.

Betäubt lehnte Aurelia sich zurück.

Seine braunen Augen suchten wieder ihren Blick. »Wenn du mich jetzt abweist, Aurelia, dann werde ich eine andere Möglichkeit finden müssen, dich mit deinem verfluchten Dickkopf umzustimmen.«

Sie war erschrocken über den wilden Ton. Dies war eine leidenschaftliche Seite an Jack, die sie noch nie erlebt hatte – und obwohl ihr seine Heftigkeit durchaus gefiel, wusste sie nicht, wie sie darauf reagieren sollte. Ihre Gefühle waren in Aufruhr, denn sie hatte nicht gewusst, dass seine Zuneigung zu ihr so stark war.

Sie klapperte mit dem Porzellan und reichte ihm seine Tasse. Als er keine Anstalten machte, sie anzunehmen, stellte sie sie zwischen ihnen auf den Tisch. »Ich hatte ja keine Ahnung«, fing sie an. Dann stand sie auf, reckte die Schultern und schaute ihm ins Gesicht. »Meine Gefühle für dich sind tiefer, als ich es für möglich gehalten hätte«, sagte sie hastig. »Aber dies ist nicht die Zeit, sie außer Kontrolle geraten zu lassen und uns kopfüber in eine Sache zu stürzen, die wir vielleicht beide bereuen könnten. Es ist Krieg. Wir müssen vernünftig bleiben.«

Jack wollte sie unterbrechen, aber sie redete über seine Einwände hinweg. »Ich kenne dich besser, als du glaubst, Jack Withers«, erklärte sie streng. »Wenn du erst diese verdammte Uniform anhast, wirst du mit den Hufen scharren und es nicht erwarten können, an richtigen Kämpfen teilzunehmen. Und ich weigere mich, mein Leben damit zu verbringen, auf das gefürchtete Telegramm zu warten. Ich habe schon genug Probleme damit, Warratah in Gang zu halten, ohne dass ich mir auch noch um dich Sorgen machen muss.« Ihre Brust hob und senkte sich, und wütend wischte sie sich die Tränen weg. »Ich habe schon einen Mann verloren«, sagte sie tonlos. »Ich glaube, ich könnte es nicht ertragen, noch einen zu verlieren.«

Diese Worte schienen Jack zu ermutigen, und ehe sie sich versah, war er vom Tisch aufgestanden und umarmte sie. Sie versuchte ihn abzuschütteln, aber in Wirklichkeit wollte sie, dass er sie in den Armen hielt, das spürte sie gleich – sie brauchte seine Wärme und seine Kraft. »Das ist äußerst unschicklich«, brummte sie und vergrub das Gesicht in seinem Hemd. »Ich weiß nicht, was über mich gekommen ist.«

Langsam erwachte Aurelia aus ihren Erinnerungen. Die Mittagssonne schien hell, aber ein Teil ihrer selbst war noch immer in jener milden Nacht, als es nichts gegeben hatte als sie beide und den Duft der Rosen. Es war seltsam, dass Erinnerungen so klar und unmittelbar sein konnten – als hätten sich die Zeiger der Uhr zurückgedreht und die dazwischen liegenden Jahre stän-den noch bevor.

Sie schaute über die Weiden hinaus, die in der Hitze flimmerten, und atmete den Duft von Ellies Rosen ein. Das gleiche Parfüm hatte sie in den Stunden begleitet, nachdem Jack sich in die Schlafbaracke begeben hatte. Als sie die Ruhe der Nacht zum Nachdenken gebraucht hatte – nach diesen unfassbaren Eröffnungen und ihrer Reaktion auf seine Liebeserklärung. Jedes Mal, wenn sie diesen Duft jetzt wahrnahm, trug er sie dorthin zurück.

Sie hatte in dem alten Schaukelstuhl gesessen, über das dunkle Land hinausgeblickt und über seinen Antrag nachgedacht. Jack Withers war ein Mann mit verborgenen Tiefen, hatte sie erkannt. Ein Mann von Ehre, den sie mit Stolz würde heiraten können. Aber sie war sich ihrer eigenen Gefühle nicht sicher gewesen, und trotz seiner offenkundigen Aufrichtigkeit hatte sie sich nicht binden mögen. Eine Ehe würde alles zwischen ihnen verändern und ihre Freundschaft auf eine neue Ebene heben, die sie beide am Ende vernichten könnte – denn es gab keine Garantien im Leben, und das Zusammenleben mit jemandem war etwas ganz anderes als die Freundschaft über große Distanzen, die bisher zwischen ihnen bestanden hatte.

Sie war zu lange Witwe gewesen. Hatte zu viele Jahre in einer der rauesten Gegenden der Welt um ihr Überleben gekämpft, als dass sie nun etwas so Ätherischem und Missverstandenem wie der romantischen Liebe verfallen könnte. Als sie vor all den Jahren so dagesessen und über die stillen Weiden in die allumfassende Nacht hinausgeschaut hatte, war ihr klar geworden, dass sie in ihren Gewohnheiten allzu eingefahren und vielleicht auch zu unabhängig war – und Jack war nicht der Mann, der bereit war, die zweite Geige zu spielen. So etwas würde geradewegs in die Katastrophe führen.

Aurelias Seufzen hallte aus der Vergangenheit wider. Sie hatte gelernt, dass es eine Schwäche sein konnte, allzu sehr zu lieben – eine Schwäche, die sich erst offenbarte, wenn einem die Liebe geraubt wurde. Wie es durch Philips Tod geschehen war. Monatelang hatte sie getrauert, und dann hatte sich die Trauer in Wut verwandelt, Wut über die Ungerechtigkeit, die all dem innewohnte. Und am Ende hatte sie zwangsläufig die bittere Wahrheit akzeptieren müssen, dass sie nun niemals das Glück genießen würde, Kinder zu haben, niemals den Frieden, alt zu werden mit dem Mann, den sie liebte. Aber sie hatte gelernt, mit dieser Einsamkeit zu leben und als komischer Vogel unter den anderen Rinderzüchtern angesehen zu werden. Sie hatte Trockenheit und Hochwasser überlebt, Seuchen und Feuersbrünste, und schließlich war ihr Ellie geschenkt worden, die sie hatte lieben können wie ein eigenes Kind. Vielleicht hatte die Weigerung, Jacks Antrag anzunehmen, gar nicht so viel mit ihrer Angst vor einer Bindung zu tun als vielmehr damit, dass sie nicht wagte, das Schicksal herauszufordern?

Aurelia schloss die Augen, und ehe der Schlaf sie übermannte, sah sie noch einmal dieses ruhige Lächeln. Das Lächeln, das Jacks zerfurchtes Gesicht verwandelt und Humor und Liebe in seinen Augen hatte aufscheinen lassen. Sie spürte seine Wärme und hörte seinen Herzschlag. Es war tröstlich zu wissen, dass er in der Nähe war.

Auf die leidenschaftliche Nacht war eine ihrer hitzigen Auseinandersetzungen gefolgt. Angel hatte Einwände dagegen erhoben, dass Leanne so viel arbeitete. Aber sie hatte davon nichts hören wollen. Sie sei unabhängig und durchaus in der Lage, Jarrah zu führen, und brauche sich von ihrem Mann nicht sagen zu lassen, was sie tun solle. Beim Frühstück hatte Missstimmung geherrscht, und Leanne spürte, dass Angel erleichtert war, als er Hufdonner nahen hörte. »Sie sind da«, sagte sie unnötigerweise und griff nach ihrem Hut. »Dann wollen wir mal.«

Er verstellte ihr den Weg, als sie zur Tür ging. »Tut mir Leid, das vorhin«, sagte er. »Aber du bist meine Frau, und ich finde, du solltest nicht so hart arbeiten. Ich bin der Mann im Haus. Du solltest auf mich hören, ich will nur dein Bestes.« Seine dunklen Augen schauten sie an, und seine sinnlichen Lippen kräuselten sich humorvoll. »Heute Abend können wir uns küssen und uns wieder vertragen.«

Leanne hätte ihn ohrfeigen können. Aber sie tat es nicht. Das würde nichts nutzen. Angel war ein argentinischer Macho mit sehr klaren Vorstellungen, wenn es um Frauen ging. Sie würde ihn einfach in dem Glauben lassen müssen, dass er hier das Kommando führte, und dann trotzdem tun, was sie wollte. Und wenn er sich einbildete, Sex sei die Antwort auf alles, dann stand ihm eine unangenehme Überraschung bevor. Sie lächelte honigsüß und tat, als gebe sie nach. »Keine Sorge«, brummte sie. »Ich bin eben ein Morgenmuffel.« Sie drückte sich den Hut auf die Locken. »Wir reden später darüber.«

Er lächelte und hielt ihr die Tür auf. »Du bist sehr feurig, wenn du böse bist«, sagte er leise. »Eine Frau mit Temperament gefällt mir.«

Leanne spürte, dass ihr Zorn den Siedepunkt erreichte. »Ach, wirklich?«, sagte sie voller Ironie. »Du hast noch gar nichts davon gespürt, *hombre*, also sieh dich vor!« Sie drängte sich an ihm vorbei und stapfte über den Hof zu den Stallungen.

Eine Staubwolke wirbelte um Männer und Rinder, als sie sich den fernen Badeschuppen und Rinderpferchen näherten. Peitschenhiebe zerschnitten die Luft und scheuchten die Vögel auf. Das Murren der Stiere war ein dunkles Rumoren inmitten der Schreie der Treiber und des Gekläffs der aufgeregten Hunde. Das Land zwischen den beiden Farmen war in Parzellen aufgeteilt, und man hatte die Rinder von einer zur anderen getrieben. Am Ende eines jeden Tages hatte man die Jungstiere abgesondert und in eigene Pferche gebracht, während der Rest der Herde wieder auf die Weide getrieben wurde. Das war die leichteste Methode, mit den riesigen Herden umzugehen. Am Ende des Auftriebs würden Leannes Vater und der Vormann der Treiber noch zwei Tage damit verbringen, alles auszusondern, was zweifelhaft aussah, sodass nur die besten Tiere auf den Markt gebracht wurden.

»Prächtige Tiere«, sagte Angel, als sie auf die Pferche zuritten. »Dein Dad versteht was von Rindern.«

Ich auch, dachte sie wütend. »Er hat Erfahrung aus vielen Jahren«, sagte sie, während die Rinder in die Pferche strömten. »Hat früher auf der alten Rinderstrecke nach Longreach gearbeitet.«

»Wo ist er übrigens? Ich hatte gehofft, ich könnte ein Wort mit ihm reden.«

Leanne musterte Angel argwöhnisch, während sie vom Pferd stieg und die Zügel fallen ließ. Ohne Zweifel wollte er über ihre Arbeit auf Jarrah reden. »Er ist draußen bei den anderen. Du wirst ihn erst sehen, wenn die letzte Herde eintrifft.«

Ihr Gespräch war beendet, denn nun hatte sich jeder den eigenen Aufgaben zuzuwenden. Angel war bald zwischen den

Rindern verschwunden, und Leanne hatte alle Hände voll zu tun, um den Treibern zu helfen. Sie nahm eine lange Stange und kletterte auf das Geländer, das das Zementbecken umgab. Die Rinder maulten und sträubten sich, als sie die Rampe hinauf und in das Becken getrieben wurden, das über sechs Fuß tief und fünfzig Yard lang war. Leanne und die Knechte stießen sie mit ihren Stangen voran und sorgten dafür, dass wirklich jedes Tier durch das Hexengebräu von übel riechender Arsenbrühe schwamm, das die Zecken abtöten sollte. Es war wichtig, dass das Vieh frei von Ungeziefer und in bester Gesundheit war, denn sonst durfte es nicht auf den Markt gebracht werden.

Als die ersten tausend Stück für gesund befunden waren, half Leanne mit, die Verladung auf die Road Trains von Warratah zu beaufsichtigen. Diese gewaltigen Sattelschlepper zogen oft fünf oder sechs Anhänger, und mit ihnen ließ sich das Vieh am schnellsten durch das Outback transportieren. Sie boten einen Ehrfurcht erregenden Anblick, wenn sie über den Asphalt donnerten, zumeist von einer dichten Staubwolke umgeben, und wehe dem unglücklichen Autofahrer, der hinter ihnen fuhr oder zu überholen versuchte – das war ein riskantes Unternehmen, wie sie aus eigener Erfahrung wusste.

Gern hörte Leanne, wenn ihr Vater Geschichten aus den alten Zeiten erzählte, und sie wusste, dass er die Romantik vermisste, die sich um die großen Viehtrecks rankte. Aber die Zeiten hatten sich geändert. Die Tage, da die Treiber das Vieh über Hunderte Meilen von Wasserloch zu Wasserloch trieben, waren vorbei. Und ebenso die Ungewissheit, wie viele Tiere den Weg durch das dürre Land überstehen würden; Verluste durch Durst, Lahmen, Krankheit und Diebstahl waren oft groß gewesen. Seit es die Road Trains gab, wurden die meisten der alten Strecken, wie die Canning Stock Route, nicht mehr unterhalten, und viele der Wasserlöcher waren verunreinigt.

Angel kam zu ihr, als der erste Road Train abfuhr. Seine

zuvor makellosen Moleskins waren jetzt rot von Schmutz und Staub, und das Hemd klebte feucht an seiner breiten Brust. Er nahm den Hut ab und wischte sich mit dem Unterarm über die Stirn. »Schade, dass man die Tiere nicht hier schlachten und dann das Fleisch transportieren kann«, brummte er. »Muss ja höllisch eng sein in diesen Anhängern.«

»Das Fleisch würde verfault ankommen«, erklärte sie entschieden. »Die Kühlanlagen sind noch zu unzuverlässig.« Sie schaute ihn an und lächelte. »Die Fahrer wissen ja, dass sie regelmäßig anhalten müssen, um die Tiere zu füttern und zu tränken. Das geht schon.«

Er setzte sich den Hut wieder auf. »Ich schätze, wir haben jetzt auch eine Essenspause verdient«, sagte er. »Ich verhungere sonst.«

Leanne dachte an ihren Eintopf, der im Herd langsam vor sich hin schmorte, und das Wasser lief ihr im Mund zusammen. Sie hatten seit dem Frühstück nichts gegessen, und jetzt ging der Tag schon zu Ende. Ihre Fantasie bekam Flügel, als er sie an sich zog und küsste. Vielleicht hätte sie noch Zeit, zu duschen und das grüne Hemd und saubere Moleskins anzuziehen, bevor sie einen Gin Tonic auf der Veranda tranken und den Sonnenuntergang betrachteten. Sie stellte sich vor, wie sie gemütlich aßen, bevor sie sich in ihrem großen alten Bett liebten, und Rückenschmerzen und Müdigkeit waren wie weggeblasen. Vielleicht war der Tag doch nicht so übel gelaufen.

ACHT

Die Baumgruppe reichte über die Hügelkuppe hinunter in die Senke, wo der Billabong die Weide bewässerte. Joe hielt sein Pferd an und stieg ab. Sein Gesicht lag größtenteils im Schatten, beleuchtet nur vom Feuer der letzten Sonnenstrahlen, als er Ellie die Arme entgegenstreckte. Doch sie konnte seine Augen sehen und die Liebe, die darin leuchtete. Sie spürte die Spannung, die zwischen ihnen hin und her strömte, als seine starken Hände sie von Clippers Rücken hoben.

Er drückte sie an sich, und sie fühlte seinen Herzschlag. Sie schloss die Augen und atmete den Duft von Seife und Leder ein, und sie wusste, dass sie sich immer an diesen Augenblick erinnern würde. Sie waren einander so nah, und ihre Lippen waren nur einen Hauch voneinander entfernt. Sie wollte, dass er sie küsste. Sehnte sich danach, die Süße seines Mundes zu schmecken, von der sie wusste, dass sie da war. Aber sie sah auch die Fragen in seinen Augen und ahnte, dass dies nicht der richtige Augenblick war – und als er sie auf die Beine stellte, fühlte sie, dass sie im Einklang miteinander waren.

Er nahm sie bei der Hand und führte sie zu den Bäumen. Unter den Ästen eines Coolibahbaums entdeckte sie eine Wolldecke und einen Korb. Holz für ein Feuer lag bereit. »Ich dachte, wir machen ein Picknick«, sagte er.

Ellie setzte sich auf die Decke, und er zündete das Feuer an und hängte den Blechkessel darüber. Sie bebte von ganz ungewohnten Empfindungen, während er den Korb auspackte und Huhn und Schinken und kalte Kartoffeln ausbreitete, die er dem Koch abgeschwatzt hatte. Sie kannte ihn so gut – doch an diesem Abend war er verändert. Es war, als wolle er sie auf etwas vorbereiten, auf etwas, das sie in ihrer Unschuld nur undeutlich erfassen konnte. Etwas, das sie beide und das, was sie voneinander dachten, für alle Zeit verändern würde.

Sie saßen nah beieinander auf der Decke, aßen Hühnerfleisch und Schinken und lachten, als ihnen die Butter vom glutheißen Brot übers Kinn lief. Sie brauchten kaum Worte zu machen, aber je länger sie aßen, desto größer wurde die Anspannung zwischen ihnen.

»Es gibt da ein paar Dinge, die ich dir sagen muss, Ellie«, begann er, als sie die Reste wieder eingepackt hatten. »Doch zuerst sollst du wissen, dass ich dich liebe.«

Bei seinen einfachen Worten hätte sie am liebsten geweint. Sie strich mit den Fingerspitzen über sein kraftvolles Kinn und die gemeißelten Gesichtszüge. »Ich liebe dich auch«, flüsterte sie.

Er nahm ihre Hände zwischen die eigenen und drückte sie an seine Brust, sodass sie den Pulsschlag des Lebens in ihm fühlen konnte. »Du musst sicher sein«, flüsterte er.

Sie nickte. Sprechen konnte sie nicht, denn ihre Empfindungen waren übermächtig.

Lächelnd schmiegte er seine Wange an ihre Hände und drehte dann die Handflächen so, dass er sie küssen konnte. »Du bist für mich kostbarer als alles andere«, sagte er, und in seinen Augen schimmerte das Licht der Mondsichel. »Und ich werde nie etwas tun, was dich verletzt. Niemals.«

Das Blut sang in ihren Ohren, als seine Lippen ihr Gesicht liebkosten. Sie schmolz in seiner Umarmung, als sein Mund den ihren suchte und sie sich zum ersten Mal küssten. Es war ein Kuss, der himmelweit entfernt war von der täppischen Unbeholfenheit, die sie mit Seamus erlebt hatte. Nun schwebte die Welt und das Licht des Mondes um sie herum, als sitze sie auf einer Wolke, auf der es nichts gab außer dem Duft und der Empfindung des Mannes, den sie liebte.

Schließlich lösten sie sich voneinander, und obwohl seine Hände leicht in ihrer Taille ruhten, fühlte sie sich verloren – fühlte sich wie eine Insel, die in einem Meer von funkelndem Mondschein dahintrieb. Die Wucht des Verlangens nach ihm machte sie zittern. Sie wünschte, sein Kuss könnte ewig dauern und in jenem letzten Akt gipfeln, der sie eins werden ließe. Denn sicher hatte er sie doch aus diesem Grund hergebracht?

Seine Lippen streiften ihre Wange. Seine Worte waren wie ein Echo ihrer Gedanken – als habe er sie lesen können. »Es wäre nicht recht, Ellie«, sagte er leise. »Nicht jetzt.« Die Berührung seines Mundes auf ihrer Haut war zart wie ein Schmetterling, und sehnsuchtsvolle Schauder überliefen sie, als sie seine Stimme an ihrem Ohr vernahm. »Ich möchte, dass es das erste Mal geschieht, wenn wir verheiratet sind«, flüsterte er. »Nicht heimlich hier draußen, als ob wir uns schämen müssten.« Er nahm ihr Gesicht in beide Hände und schaute ihr tief in die Augen. »Alles an mir schreit danach, dich zu besitzen, aber hier ist weder der Ort noch die Zeit dazu.«

Ellie wich zurück. Sie schaute in seine wundervollen Augen und begriff, warum er zögerte, erkannte den wahren Grund, aus dem er sie hergebracht hatte. Angstvoll hob sie die Hand und berührte sein Gesicht, als könnte sie ihm das Fortgehen ausreden, wenn sie ihm ihre Angst übermittelte. Sie wollte diesen magischen Augenblick noch eine Weile länger erleben, bevor er ihn zerstörte.

Er ergriff ihre Hand und küsste die Handfläche, bevor er sie an seine Wange legte. »Ich muss morgen in Cloncurry sein«, sagte er rau.

»Dann liebe mich«, flehte sie. »Jetzt, Joe. Ich will …«

Er brachte sie mit einem Kuss zum Schweigen. »Es wäre nicht recht«, sagte er. »Nicht, wo ich morgen fortgehe.« Er hielt sie auf Armlänge vor sich. »Was wäre denn, wenn es ein Baby gäbe? Ich will nicht, dass du die Schande durchmachen musst, die das über dich bringen würde. Was wäre, wenn ich nicht zurückkomme?«

Ihr Schmerzensschrei zerriss die Stille der Nacht. Sie klammerte sich an ihn. »Sag das nicht«, bat sie. »Du darfst es nicht einmal denken.«

»Versprichst du mir, dass du auf mich wartest, Ellie?«

Ellie sank in seine Arme. Er war ihr Anker, ihr Fels, und sie hielt sich mit wilder Entschlossenheit an ihm fest. Die Sehnsucht nach ihm hatte schon begonnen. Der Schmerz, den es ihr bereitete, ihn gehen lassen zu müssen, brannte. Aber sie wusste, dass sie ihn loslassen musste. Dass sie ihm erlauben musste, seiner Bestimmung zu folgen, ehe er zu ihr zurückkehrte. Und zurückkehren würde er, dessen war sie sicher. Aber jung, wie sie war, fiel es ihr schwer, ihre Gefühle auszudrücken. Nur die Klischees ihrer geliebten Heftromane halfen ihr dabei. »Ich werde auf dich warten«, versprach sie. »Ich werde warten, bis die Hölle zufriert und der Mond ins Meer fällt.«

Ellie stahl sich ins Haus zurück, als der Himmel schon hell wurde, und war überrascht, dass Tante Aurelia sie erwartete. Niedergeschmettert von Joes Plänen und himmelhoch jauchzend vor Glück, weil sie wusste, dass Joe sie liebte, sah sie gleichwohl bald, dass ihre Tante eigene Sorgen hatte. In den kurzen Stunden vor Tagesanbruch kamen sie einander näher denn je. Sie waren nicht länger Tante und Nichte, sondern zwei Frauen, die gemeinsam die Angst vor der Zukunft teilten.

Der kurze Flug nach Cloncurry am späten Morgen war zu bald zu Ende. Ellie und Joe folgten Aurelia und Jack aus dem Flughafengebäude, und sie wussten, dass ihre gemeinsame Zeit fast vorüber war. Das Schweigen zwischen ihnen wuchs, Worte wurden zurückgehalten, Gedanken fest unter Kontrolle gebracht. Hand in Hand gingen sie ins Stadtzentrum.

Cloncurry war aus seiner gewohnten Verschlafenheit gerissen und mit Girlanden und Fahnen geschmückt worden, und auf dem Rennplatz der Stadt spielte eine ungeübte Blaskapelle. Geländewagen, Autos und Pferdekutschen füllten die Straßen, und die Einheimischen mischten sich mit den Besuchern, die an diesem besonderen Tag in die Stadt gekommen waren. In den Pubs ging es hoch her, danach zu urteilen, wie dort gesungen wurde.

Ellie sah die Reihe der Armeelaster und die Gruppen der tapferen Frauen, die zuschauten, wie ihre Männer fortgebracht wurden. Der Anblick erinnerte sie mit Macht daran, weshalb sie hier waren. Ellie war entschlossen, nicht in tränenreiche Hysterie zu verfallen. Sie zwang sich, ruhig zu bleiben, als Joe ihre Hand in seine Armbeuge legte. Dies waren ihre letzten gemeinsamen Augenblicke für Monate, ja, vielleicht Jahre. Sie wollte verdammt sein, wenn sie sie verdarb.

Sie sah wohl, dass die anderen Mädchen Joe beäugten, als sie zu dem winzigen Park am Stadtrand spazierten, und reckte stolz das Kinn in die Höhe. Er war ihr Mann, und er sah gut aus in seiner braunen Uniform, die Mütze schräg auf dem dunklen Haar. Auf seinem kantigen Kinn erschienen schon neue Schatten, obwohl er sich erst am Morgen rasiert hatte. Und er hatte nur Augen für sie. Wunderbare Augen, grün wie Wintergras unter dichten schwarzen Wimpern.

»Setzen wir uns dort hin«, sagte er, als sie ein Stückchen Wiese unter einem riesigen Rotgummibaum in voller Blüte gefunden hatten.

Ellie schaute sich um. Sie waren nicht die Einzigen, die diese letzten Augenblicke zusammen genießen wollten. Familienväter waren da, deren Frauen und Kinder sich an sie klammerten; Jungen, die viel zu jung und sicher noch nicht diensttauglich waren und deren Mütter ihr Bestes taten, sie nicht zu umglucken, und auch Männer, deren Gesichter Ellie bekannt vorkamen, ohne dass sie sich an ihre Namen erinnern konnte.

Sie setzte sich ins Gras, ohne auf ihr gutes Baumwollkleid zu achten, das sie eigens zu diesem Anlass angezogen hatte; sie war wie betäubt vor Anstrengung, ihre Gefühle unter Kontrolle zu halten. So war es in jenen Tagen: Man war zugeknöpft, wortkarg und riss sich zusammen – denn ein unachtsames Wort, ein Gedanke, konnte die Fassade einreißen und einen Menschen in seiner Verletzlichkeit zeigen. »Es gibt so viel, was ich dir sagen möchte«, fing sie an. »Aber ich kann … ich finde nicht die Worte.«

Er strich mit dem Finger über ihre Wange zum Kinn. »Du brauchst nichts zu sagen«, flüsterte er. »Wir wissen, was in unserem Herzen ist, und das genügt.« Er fasste nach einer Strähne ihres Haars und schob sie ihr hinters Ohr. »Weißt du, was die Aborigines glauben? Dass jeder von uns ein Geistlied hat. Und dass allein dein Seelengefährte dieses Lied hören kann.« Er beugte sich zu ihr hinunter und legte seine Stirn an ihre, und sein Blick drang tief in sie hinein. »Hör nur, Ellie«, murmelte er. »Hör es trotz all dieses Lärms, hör den Wind in den Bäumen und den schönen Gesang des Glockenvogels. Das ist unser Lied, und es wird uns helfen, stark zu bleiben, bis wir uns wiedertreffen.«

Ellie fand diesen Gedanken wundervoll, und obwohl sie nur halb daran glaubte, war sie bereit, ihn als Tatsache zu akzeptieren, wenn sie Joe damit den Abschied leichter machte. Sie küssten sich sanft und mit so süßer Zärtlichkeit, dass sie glaubte, ihr müsse das Herz brechen.

Schließlich löste er sich von ihr und griff in seine Tasche. »Wirst du das tragen, wenn ich fort bin?«, fragte er.

Ellie starrte den goldenen Ring mit dem einzelnen Diamantsplitter an und hob dann den Kopf. Sie wagte kaum zu glauben, dass so etwas geschehen konnte. »Immer«, hauchte sie.

Joe schob ihr den Ring auf den Finger. »Wenn ich zurückkomme, stecke ich den Trauring daneben«, versprach er.

Ellie war entschlossen, nicht zu weinen. Das würde es für sie beide nur schwerer machen, und sie wollte, dass Joe stolz auf sie war – dass er sie stark und tapfer in Erinnerung behielt, nicht als schluchzendes Wrack. Sie betrachtete den Ring, der im hellen Sonnenlicht funkelte, und schwor sich, dass sie ihn niemals ablegen würde.

Joe faltete das Blatt Papier auseinander, das im Boden der Schmuckschatulle gesteckt hatte. »Das ist ein Gedicht, das ich geschrieben habe«, sagte er verlegen. »Ich wollte zum Ausdruck bringen, was ich empfinde, wenn ich dich und Warratah verlasse. Hoffentlich gefällt es dir. Und wenn du es liest, sollst du an mich denken und wissen, dass ich zu dir zurückkomme, sobald ich kann.«

Mit zitternden Fingern nahm Ellie das Blatt mit den säuberlichen Blockbuchstaben entgegen. Die Worte flimmerten und verschwammen, und sie musste heftig zwinkern, bevor sie sie lesen konnte.

»Komm jetzt mit mir zum Billabong,
Wo der Glockenvogel in den Bäumen singt
Und dunkles, geheimnisvolles Wasser
Sich kräuselt im Seufzen der Brise.
Und während die Welt sich ins Chaos stürzt,
In Kämpfe nah und fern,
Finden wir Frieden hier bei den Anemonen
Und den Menschen, die Warratah lieben.«

»Oh, Joe«, flüsterte sie. »Das ist so schön.«

Ein herrischer Pfiff gellte durch das lärmende Stimmengewirr und in ihre private kleine Welt. Der letzte Konvoi war abfahrbereit.

»Ich komme zurück, Ellie. Ich verspreche es.« Joe zog sie auf die Beine, schloss sie ungestüm in seine Arme und hielt sie so fest, dass sie kaum noch Luft bekam. Als er sie zum letzten Mal küsste, hätte die Verzweiflung sie beinahe überwältigt.

Joe löste sich sanft von ihr. Sein Haar glänzte blauschwarz im Sonnenlicht. Ellie fiel auf, wie grün seine Augen waren, wie weich sein Mund. »Ich liebe dich«, sagte sie mit Nachdruck. »Und ich verspreche dir, dass ich warte, wenn du versprichst zurückzukommen.« Sie lehnte sich an ihn, als die Blaskapelle vorbeimarschierte und die Leute ringsumher seufzend in Bewegung gerieten. Sie hörte das Weinen anderer Frauen, schrilles Kindergeschrei und raue Männerstimmen. Die Tränen drohten sie zu ersticken, als er sie glühend umarmte.

Als er sich von ihr löste, war sein Gesicht aschgrau, und sein Blick war vom Schmerz getrübt. »Es wird Zeit, Ellie«, murmelte er. »Ich muss gehen.«

Ellie zog sich das Band aus dem Haar und drückte es ihm in die Hand. »Gib acht auf dich«, stammelte sie, während sie mit den Tränen kämpfte und zu lächeln versuchte. »Und spiel nicht den verdammten Helden.«

»Ist nicht mein Stil«, antwortete er mit gespielter Verwegenheit. Er stopfte sich das Haarband in die Tasche und wandte sich Aurelia zu, deren Anwesenheit er bisher nicht bemerkt hatte. »Danke für alles, Missus. Passen Sie für mich auf sie auf«, sagte er schroff und umarmte sie verlegen.

Und nur allzu bald marschierte er über die Straße, einer Wand aus Khaki-Uniformen und einem brüllenden Offizier entgegen. Er drehte sich um, winkte und stieg dann auf die Ladefläche eines Armeelasters. Und verschwand in einer Wolke von Auspuffgasen und Staub.

Ellie spürte, wie die Tränen sich zwischen ihren Wimpern hervordrängten und über ihre Wangen rollten. Und sie spürte die Hand ihrer Tochter auf den Fingern. Aber es kam ihr so vor, als seien die wenigen Stunden mit Joe vor all den Jahren eben erst vergangen, und noch immer war sie überwältigt von der Hitze und dem Kummer des Abschieds.

Claire griff fester zu und holte sie in die Gegenwart zurück. »Du musst das nicht mehr tun, Mum«, flüsterte sie. »Ich sehe ja, wie schmerzhaft es für dich ist, und es tut mir Leid. Tut mir Leid, dass ich dir so viel Schmerz zugefügt habe.« Sie holte Atem, und in ihren Augen schimmerten unvergossene Tränen. »Lass uns die ganze Geschichte vergessen und einen neuen Anfang machen. Ich brauche nicht mehr zu wissen, als ich schon weiß.«

Ellie richtete sich auf und wischte sich die Tränen aus dem Gesicht. »Ich fürchte doch«, sagte sie leise. »Das war der leichte Teil. Es kommen viel schlimmere Dinge.« Sie holte tief Luft. »Und es wird nicht nur dich und mich betreffen, sondern auch deine Schwester, deinen Vater und sogar Tante Aurelia.«

»Dann erzähl's mir nicht mehr. Lass es ruhen. Lass die Vergangenheit da, wo sie hingehört, wenn es so schmerzhaft ist.«

Ellie schaute ihr in die Augen und wusste, dass es unmöglich war. Die Erinnerung an das, was geschehen war, würde immer da sein. »Es ist zu spät«, murmelte sie. »Ich habe immer gewusst, dass der Augenblick kommen würde, aber ich habe ihn zu lange hinausgeschoben – und jetzt habe ich es nicht mehr in der Hand.« Sie sah die Verständnislosigkeit im Blick ihrer Tochter, die unvergossenen Tränen der Reue darüber, dass sie die Dinge auf die Spitze getrieben hatte. »Mach dir keine Vorwürfe«, sagte sie. »Mach dir niemals Vorwürfe. Nichts davon ist deine Schuld – oder die von Leanne.«

»Was hat Leanne damit zu tun?« Claire warf sich den Zopf über die Schulter, wischte sich die Tränen ab und zündete sich eine Zigarette an. »Ich dachte, es geht um dich und mich und diesen Grabstein auf Jarrah?«

»Das stimmt.« Die Festigkeit ihrer Mutter überraschte sie. »Aber lange Schatten liegen über diesem Grab, und am Ende berühren sie uns alle.«

»Dann erzähl's mir gleich«, verlangte Claire. »Erzähl mir, wovor du solche Angst hast.«

Ellie starrte ins Leere; ihre Gedanken waren weit entfernt. »Es heißt, die Vergangenheit kann einem nichts anhaben. Es heißt, es gibt keine Gespenster«, murmelte sie schließlich. »Aber ich bin mir da nicht so sicher.« Sie sah ihre Tochter an und umfasste ihr Kinn mit der gewölbten Hand. »Ich will dich nicht auf die Folter spannen, Darling«, sagte sie ruhig und bestimmt. »Du wirst am Ende alles erfahren, aber einstweilen musst du dich damit zufrieden geben, zu hören, wie es damals war. Wie Beziehungen geknüpft und Versprechen gegeben wurden. Das alles hat Einfluss auf das, was später geschah.«

»Aber du und Dad …?«

Ellie legte ihr einen Finger auf die Lippen. »Ich weiß, du hast eine Menge Fragen. Aber bitte, Claire, lass es mich auf meine Art erzählen. Es wird früh genug klar werden.«

Claires Gesicht hatte den störrischen Ausdruck angenommen, der in ihren Teenagerjahren so vertraut geworden war, und Ellie musste lächeln. »Hab ich dir je gesagt, wie stolz wir alle auf dich sind?«, fragte sie. »Hab ich dir je gesagt, wie sehr wir dich lieben?«

»Lange nicht mehr.« Claire kämpfte mit den Tränen. »Dad war so wütend, als ich nach Sydney ging, und ich weiß, dass ich euch beide gekränkt habe, weil ich diesen Wirbel gemacht habe.« Sie ließ den Kopf hängen, und ihre Stimme war leise und brüchig vor innerer Bewegung. »Ich hatte solche Angst, Mum. Solche Angst, dass ich nicht hierher gehöre. Darum bin ich weggeblieben. Ich dachte, ihr wollt mich nicht.«

Ellie spürte einen stechenden Schmerz, und sie streckte die Arme nach ihrer geliebten Tochter aus. »Du bist meine Tochter«, flüsterte sie. »Du warst es immer und wirst es immer sein. Wie kannst du nur auf die Idee kommen, dass du nicht hierher gehörst?« Die Angst war lebendig in ihr, das Grauen fast überwältigend.

Claires Augen schwammen in Tränen, aber ihr Blick war fest und durchdringend. »Ich hab die Gerüchte gehört, Mum. Ich bin adoptiert, nicht wahr?«

Ellie spürte, wie die kalten Finger der Vergangenheit nach ihr griffen, und Schauder überliefen sie. »Nein«, sagte sie mit einer Festigkeit, die nicht ahnen ließ, welche Qualen sie erfüllten.

»Wurde auch Zeit.« Aurelia saß im Wohnzimmer, einen Whisky neben sich. Eine Wolke von Pfeifenrauch hing unter der Decke. »Wo um alles in der Welt habt ihr den ganzen Tag gesteckt? Ich musste einen der Boys rufen, um mich aus dem verdammten Verandasessel hieven zu lassen. Saß da fest und musste fast zwanzig Minuten lang brüllen, ehe mich einer hörte.«

Ellie warf ihren Hut auf einen Stuhl und eilte zu ihr. »Ist alles in Ordnung? Du hast doch nicht zu viel Sonne abbekommen, oder?«

Aurelia zuckte lässig die Achseln. »Hätte passieren können«, sagte sie und setzte eine gekränkte Miene auf. »Ich bin viel zu alt, um so lange allein gelassen zu werden. Zu Hause habe ich wenigstens Jessie, die sich um mich kümmert. Kann genauso gut wieder abfahren, wenn ihr jeden Tag verschwinden wollt.«

Ellie schenkte sich und Claire einen Whisky ein, zog eine Braue hoch, als Aurelia auch noch einen verlangte, und sank dann seufzend auf die Couch. »Ich fahre morgen für zwei Tage nach Jarrah hinüber, um die Dinge dort im Auge zu behalten. Claire wird hier bei dir bleiben, und du kannst ihr von den Kriegsjahren erzählen.«

»Das ist kein Trost«, murrte Aurelia. »Claire wird nicht oft hier sein, um mir Gesellschaft zu leisten.«

Beide schauten Aurelia scharf an.

Aurelia hob das Kinn, und ihre Augen funkelten boshaft. »Hab ich es euch nicht erzählt? Dann muss ich es wohl vergessen haben, nachdem ich im Sessel festsaß und erst nach drei Mittagessen bekam.«

»Was denn?«, fragten Ellie und Claire wie aus einem Mund.

Es war offensichtlich kein leichter Tag gewesen, und Aurelia wusste, dass sie die beiden jetzt genug geneckt hatte. »Matt Derwent hat angerufen. Er kommt übermorgen her, um mit Claire einen Rundflug zu machen.« Sie warf Claire einen verschmitzten Blick zu. »Anscheinend will er dich für einen Tag auf seiner Runde mitnehmen – dich vorführen und dir zeigen, wie das Leben hier draußen für einen Tierarzt ist. Könnte eine interessante Erfahrung sein.«

Claire war rot im Gesicht, aber Aurelia konnte nicht erkennen, ob es die Folge eines Tages in der Sonne war oder ob der Gedanke an Matt Derwent diese Wirkung hatte. »Ich kümmere mich ums Abendessen«, sagte Claire, nahm ihr Glas und verschwand in der Küche.

Aurelia schaute Ellie an. »Könntest es schlimmer treffen«, meinte sie leise. »Ich mag Matt. Ein anständiger Kerl. Und versteht was von Pferden.«

»Vorsicht, Aurelia!« Ellie lachte leise. »Du klingst allmählich wie Lila unten in Threeways.«

Leanne hatte den Esstisch mit Kerzen und Blumen geschmückt, um das Essen romantisch zu gestalten; sie hatte geduscht, sich umgezogen und etwas Parfüm an den Hals getupft. Ihren Gin hatten sie bei Sonnenuntergang auf der Veranda getrunken, aber dann war das Essen angebrannt, während sie sich auf dem Teppich im Wohnzimmer liebten, und nun waren sie beide ein bisschen betrunken, weil sie zu viel Wein getrunken hatten.

»Wir müssen morgen früh raus«, sagte sie und unterdrückte ein Gähnen. »Sollten jetzt Schluss machen.«

»Noch ein Glas Wein?« Er hielt die Flasche über ihr Glas und schaute sie an.

Leanne war erschöpft und sehnte sich nach Schlaf. »Ich habe genug«, sagte sie entschieden. Sie stand vom Tisch auf, trug das schmutzige Geschirr in die Küche und stellte es in die Spüle. »Du weißt, wie ich morgens bin, wenn ich meinen Nachtschlaf nicht bekomme.« Sie ließ heißes Wasser ins Becken laufen und gab Spülmittel dazu. »Und mein Tag fängt lange vor deinem an.«

Er kam herein, lehnte sich mit dem Glas in der Hand an den Schrank und schaute ihr beim Abwaschen zu. »Wieso arbeitest du so viel, wenn du dir doch leisten kannst, Personal zu beschäftigen?«, fragte er sanft.

»Weil es meine Farm ist, und weil ich gern darauf achte, dass alles richtig gemacht wird«, antwortete sie und stapelte die sauberen Teller. Es war eine Diskussion, die sie schon öfter geführt hatten. »Es sieht vielleicht so aus, als wären wir reich, aber hier liegen nicht gerade Berge von Geld herum.«

»Aber der Betrieb deines Vaters? Die Flotte der Road Trains? Die beiden Farmen? Es muss eine Unmenge Geld vorhanden sein.«

Leanne warf das Spültuch ins Becken und zog den Stöpsel heraus. »Wie viel hast du auf der Bank, Angel?«, fragte sie mit tödlicher Ruhe. »Was genau verdienst du im Monat, und was für Vermögenswerte hast du?«

Wenn Angel sich seiner Ansichten nicht so sicher gewesen wäre, hätte er jetzt den Rückzug angetreten. Leanne war am gefährlichsten, wenn sie so ruhig wurde. Er runzelte die Stirn. »Warum fragst du? Es kommt einer Frau nicht zu, alles über die Finanzen ihres Mannes zu wissen.«

Leanne merkte, dass sein argentinischer Akzent in den Vordergrund trat, wie es immer geschah, wenn er sich überrumpelt fühlte, und sie empfand leise Genugtuung. »Findest du, ich bin naseweis? Ist es das?« Ihre Stimme klang ausdruckslos, aber sie spürte, wie der Zorn in ihr hochkochte.

Er zuckte die Achseln. »Ich finde, es geht dich nichts an, ja.«

»Genau. Also stell du auch keine Mutmaßungen über mich und meine Familie oder über unser Vermögen an, Angel Carrera. Es geht dich einen Dreck an.«

Er hob die Hände. »Hey, Leanne, es tut mir Leid, okay? In Argentinien arbeiten die Besitzer der großen Rinderfarmen nicht. Sie bezahlen einen Aufseher und verbringen ihre Zeit damit, durch die Pampa zu reiten oder in der Stadt Geschäfte zu machen. Ich verstehe nicht, warum es hier nicht genauso ist.«

»Weil wir hier in Australien sind, wo das Land König ist und die Menschen dafür arbeiten und nichts dagegen haben, sich die Hände schmutzig zu machen.«

Sein dunkler Blick wanderte an ihr hinunter zu den Händen, die die Stuhllehne umklammerten. »In Argentinien sind die Damen manikürt und sehr schön«, sagte er leise. »Sie arbeiten nicht. Ihre Männer sorgen für sie.«

»Wie schön für sie!«, fauchte Leanne. Sie vergrub die Hände in den Taschen; plötzlich schämte sie sich für ihre schmutzigen Fingernägel und die raue Haut.

Doch er fasste nach ihren Händen und hielt sie fest. »Ich will für dich sorgen, Leanne. Ich will dir alles geben, was eine hübsche Ehefrau haben sollte.« Er küsste sie, bedächtig und mit verhaltener Leidenschaft. »Es ist nicht gut für einen Mann, zu wissen, dass seine Frau ohne ihn zurechtkommt. Lass mich einen Teil deiner Lasten übernehmen. Lass mich dein Partner auf Jarrah sein.«

Sie riss sich los. »Jarrah gehört mir noch nicht«, zischte sie. »Und wenn, dann wird mir die Farm ganz gehören. Ich habe zu lange und zu hart dafür gearbeitet, um die Hälfte davon abzutreten. Wenn das der Grund war, aus dem du mich geheiratet hast, dann kannst du ebenso gut gleich wieder gehen.«

NEUN

Ellie war wie immer früh auf den Beinen; ihre täglichen Pflichten waren erledigt, der Arbeitsplan für die Männer, die auf Warratah blieben, stand für die nächsten Tage ebenfalls fest. Sie trank ihre zweite Tasse Kaffee, als Claire an ihrer Zimmertür vorbeikam. »Komm herein, Darling«, rief sie und packte die letzten paar Dinge ein, die sie nach Jarrah mitnehmen musste.

»Warum kann ich nicht mitfahren?«, fragte Claire und gähnte verschlafen. »Ich möchte Angel kennen lernen.«

»Du musst auf Aurelia Acht geben«, sagte Ellie. »Sie ist nicht so stark, wie sie glaubt. Außerdem kommt dein junger Mann morgen.«

Claire setzte sich auf Ellies Bett und lehnte sich an die Kopfkissen. »Er ist nicht mein junger Mann«, sagte sie abwehrend. »Er ist nicht mal jung. Leanne findet, er ist so alt wie die Berge.«

Ellie hörte mit dem Packen auf und sah ihre Tochter an. Nach ihrem Gespräch gestern wirkte sie entspannter, aber etwas in ihren Augen verriet, dass längst nicht alles in Ordnung war. »Und was hältst du von ihm?« Sie sah, wie Claire anfing, am Moskitonetz herumzunesteln, und erinnerte sich, dass sie so etwas schon als kleines Mädchen getan hatte, wenn sie eine Frage nicht beantworten wollte.

»Ich hab ihn erst zweimal getroffen. Aber er macht einen ganz netten Eindruck«, antwortete sie schließlich in beiläufigem Ton. »Vielleicht macht's ja Spaß, mit seinem Flugzeug zu fliegen.«

Ellie hockte sich auf eine Ecke des Bettes. »Bist du immer noch entschlossen, diesen Job in der Stadt anzunehmen? Ich hatte gehofft, du würdest hier bleiben.«

Claire richtete sich auf und flocht ihr langes Haar zum Zopf. »Es ist ein guter Job, Mum. Es wäre dumm von mir, ihn abzulehnen.« Ihre Augen leuchteten begeistert. »Ich finde es wunderschön hier draußen, Mum. Das Land bietet genügend Raum, es ist voller Erhabenheit und hat eine Atmosphäre, wie man sie nirgends sonst auf der Welt findet – außer vielleicht in Amerika. Aber ich habe mir mein Leben in Sydney eingerichtet. Die Stadt hat eine ganz eigene Faszination, und wenn ich Karriere machen will, ist das der richtige Ort dazu.«

»Du wirst nicht viel Zeit für ein Gesellschaftsleben haben. Die Praxis, in die du eintreten willst, ist riesig. Bist du sicher, dass du in der Stadt nicht ersticken wirst?«

Claire zuckte die Achseln. »Wir sind zehn Leute. Wenn's mir zu eng wird, fliege ich einfach für ein Wochenende her.«

Ellie stand lächelnd auf und zog den Reißverschluss an ihrer Reisetasche zu. Wie sehr sich alles verändert hatte, seit sie in Claires Alter gewesen war! Wegen des Krieges hatte man kaum die Chance gehabt, irgendwohin zu reisen, und nachdem Jack zur Army gegangen war, hatten sogar die gelegentlichen Flüge nach Curry ausfallen müssen. Und nun redete Claire fröhlich davon, übers Wochenende von Sydney heraufgeflogen zu kommen, und schien sich gar nichts dabei zu denken. Sie hob die Tasche auf. »Lass dich von Aurelia nicht zu sehr strapazieren. Sie mag alt sein, aber sie hat noch alle Tassen im Schrank, und sie kann einem Pferd die Hinterhand abschwatzen.«

Claire lachte. »Ich freue mich drauf«, sagte sie. »Aurelia hat gute Geschichten zu erzählen, und sie tut es so, dass ich die Szenen vor mir sehe wie auf einer Kinoleinwand.«

Ellie lachte. »Das verdankt sie der guten Ausbildung in England. Sie hätte Schriftstellerin werden sollen – nach all den Büchern, die sie gelesen, und dem Leben, das sie geführt hat.« Sie gab Claire einen Abschiedskuss und lief die Stufen hinunter. Auf dem Hof drehte sie sich noch einmal um, um zu winken.

Der Besuch auf Jarrah war eigentlich nur ein Vorwand, um Warratah zu verlassen. Sie gestand sich ein, ein Feigling zu sein. Aber die Vergangenheit war so nahe gerückt, dass die Erinnerungen ihr die Luft abschnürten. Sie musste den Gespenstern entfliehen. Musste wieder zu Atem kommen und neue Kraft schöpfen, bevor sie gezwungen wäre, den qualvollsten Teil der Geschichte zu enthüllen.

Claires heimliche Angst war gebannt. Aber ein Teil ihrer selbst weigerte sich zu akzeptieren, dass damit alles geklärt war. Es war ihr nicht entgangen, dass Ellie mit ihrer Antwort kurz gezögert hatte. Sie hatte etwas Dunkles in ihren Augen aufziehen sehen. Aber Mum hätte sie doch sicher nicht belogen – nicht jetzt, nicht, nachdem sie heimgekommen war, damit reiner Tisch gemacht werden konnte? Claire beobachtete, wie die Staubwolke in der Ferne verwehte, nachdem Ellie auf der Piste davongefahren war. Es gab da noch etwas, was ihre Mutter ihr verschwieg, und Claire war sicher, dass es mit Jarrah zu tun hatte. Wie sollte Leanne sonst betroffen sein?

Aurelia saß im Wohnzimmer, und die Pfeife, die sie nach dem Frühstück anzustecken pflegte, erfüllte den Raum bereits mit Rauch. Claire setzte sich. Ihre Gedanken bereiteten ihr Unbehagen. Um einen klaren Kopf zu bekommen, schaute sie ihre Tante an und lächelte strahlend. »Mum hat gesagt, du sollst mir erzählen, was geschehen ist, als ihr beide allein auf Warratah wart.«

Aurelias Monokel blinkte im Sonnenlicht. »Wundert mich nicht, dass Ellie mir diesen Teil der Geschichte überlässt«, sagte sie nachdenklich. »Sie hat die Frau nie leiden können, und ich kann es ihr nicht verdenken.«

Claires Neugierde wuchs. »Welche Frau?«

»Ihre Mutter«, sagte Aurelia nüchtern.

Claire beugte sich im Sessel vor. Sie hatte Alicia in London kennen gelernt, als sie ein Jahr drüben gewesen war. Sie hatten in ihrem Club beinahe wortlos zu Mittag gegessen und beim Abschied füreinander so wenig Begeisterung empfunden wie zwei Fremde, die sich im Zug begegnet waren. »Alicia ist zurückgekommen? Warum? Wann?«

Aurelia stopfte sich die Pfeife und sog den Rauch ein, bevor sie das Streichholz schüttelte, bis es erlosch, und in den Kamin schnippte. »Meine Schwester war nie für ihre Selbstlosigkeit bekannt«, sagte sie eisig. »Sie kam her, um der Lebensmittelrationierung und den Luftangriffen in England zu entgehen. Dabei dachte sie nicht einen Augenblick an Ma und Pa, die zu alt waren, um allein damit fertig zu werden.«

»Wie war das möglich? Ich hätte gedacht, dass keine Flugzeuge und Schiffe mehr verkehrten.«

»Alicia landet immer auf den Füßen. Sie hat einen Weg gefunden.« Aurelia rauchte ihre Pfeife, und ihr Blick ging ins Weite, als sehe sie noch immer die Farben jener längst vergangenen Zeit.

Erschöpft und schlecht gelaunt stand Alicia inmitten von Hunderten schreiender Kinder und deren Mütter und schaute vom hohen Deck des Schiffs nach unten. Sie waren um die halbe Welt gefahren, um hierher zu gelangen, und nun, nachdem sie angekommen waren, fragte sie sich, ob es das alles wert gewesen war. Melbourne war ebenso trist wie Liverpool; der Nieselregen überzog alles mit einer zinnfarbenen Feuchtigkeit, und der bleierne Himmel war ein Spiegelbild ihrer Stimmung.

»Ist das Australien?«, piepste eine Stimme neben ihr. »Ich dachte, hier scheint die Sonne?«

Alicia schaute auf das kleine Mädchen hinunter und bemühte sich, ein wenig Enthusiasmus aufzubringen. »Das tut sie meistens«, sagte sie in munterem Ton. »Aber das hier ist Melbourne, und hier regnet es oft, sogar im Sommer.«

»Genau wie zu Hause«, sagte die fünfjährige Betty wehmütig.

Alicia rückte den Samtkragen am Kamelhaarmantel des Mädchens zurecht und zog die weißen Strümpfe hoch, die es sich zur Gewohnheit gemacht hatten, auf die Lackschuhe hinabzurutschen. »Mal sehen, ob wir Mummy finden können«, sagte sie mit gezwungener Fröhlichkeit. »Sie ist wahrscheinlich irgendwo da unten zwischen all den vielen Leuten; also müssen wir uns aufmerksam umschauen.«

Betty war trotz ihrer jungen Jahre auf der ganzen Reise ein braves Kind gewesen, und auch wenn Alicia das ganze Unternehmen anstrengend fand, musste sie sich eingestehen, dass die Erfahrung, Betty vierundzwanzig Stunden täglich um sich zu haben, ihr vor Augen geführt hatte, wie viel ihr von Ellies Kindheit entgangen war. Nicht, dass sie Lust hatte, diese Erfahrung auszudehnen oder zu wiederholen. Sechs Wochen lang kreischende Kinder, beengte Quartiere und Seekrankheit erdulden zu müssen hatte genügt, um den letzten Rest mütterlicher Gefühle, die sie vielleicht einmal besessen hatte, zu bannen.

Sie hielt Bettys Hand, und zusammen spähten sie über die Reling auf den Kai hinunter. Es war seltsam, wie die Dinge sich mitunter fügten: Hätte Betty nicht die Masern bekommen, hätte Alicia nie die Chance gehabt, aus England zu entkommen.

Der erste Konvoi hatte Betty wegen ihrer ansteckenden Erkrankung zurückgelassen, und Harriet, ihre Mutter, hatte sich keinen Rat gewusst. Ihr Mann kämpfte in Europa, und sie hatte fünf Kinder zu versorgen. Angesichts der realen Invasionsgefahr hatten die Commonwealth-Länder angeboten, englischen Frauen und Kindern vorübergehend Zuflucht zu bieten, und sie hatte die Gelegenheit beim Schopf ergriffen. Dann war Betty krank geworden, und Harriet hatte ihre alte Schulfreundin Alicia gebeten, sie auf einem der folgenden Konvois zu begleiten. Es war eine große Verantwortung gewesen, aber Alicia hatte die Möglichkeit gesehen, den Entbehrungen des Krieges zu entrinnen. Lieber wäre sie nach Kanada gegangen, aber sie hatte bereitwillig zugestimmt.

Eine Kreuzfahrt war es nicht gewesen, das stand fest; Alicia dachte an die markerschütternde Sirene in den grimmigen Nächten, als sie in pechschwarzer Finsternis aus ihren Betten stolpern und ihre Schwimmwesten hatten anziehen müssen. Dann hatten sie stundenlang auf dem eiskalten Deck gesessen, das unter ihnen gebebt hatte, während das Schiff, in gigantischem Wellengang kreuzend, versucht hatte, die jagenden U-Boote abzuschütteln. Trotz der Flottille der Marine, die sie auf der ganzen Reise eskortiert hatte, war die Anspannung ständig hoch und die Stimmung gereizt gewesen. Alicia hatte ihr Bestes getan, um gelassen zu bleiben, aber sie hatte auf der Reise nur wenig Privatsphäre genossen und mit Leuten verkehren müssen, mit denen sie sich sonst nicht abgegeben hätte.

Harriet schob sich durch das Gedränge, als Alicia und Betty endlich aus der riesigen Zollabfertigungshalle kamen, und zog das Kind in die Arme. »Gott sei Dank, ihr seid wohlauf!«, rief sie, und Tränen rollten über ihre gepuderten Wangen. »Ich hätte mir nie verziehen, wenn euch beiden etwas zugestoßen wäre.«

Alicia betastete ihr Haar und überprüfte ihr Aussehen in ihrem Taschenspiegel. Der Regen hatte ihre Haare kraus werden lassen, und ihr Lippenstift war verschmiert, aber sie sah doch nicht so heruntergekommen aus wie ihre alte Schulfreundin. Harriet hatte sich wirklich gehen lassen. »Wir können von Glück sagen, dass wir überhaupt hier angekommen sind«, sagte sie gleichmütig. »Wir waren zwei Tage von Liverpool weg, als ich dachte, ich sterbe an *mal de mer.*«

Harriet umklammerte Betty, und die anderen vier Kinder

zerrten an ihrem Mantel. »Die vom folgenden Konvoi hatten nicht das Glück, nur seekrank zu werden«, schniefte sie.

»Was meinst du damit?« Alicia klang abwesend; sie steckte ihre Puderdose ein und hielt Ausschau nach einem Taxi. Sie freute sich auf ein heißes Bad und eine anständige Mahlzeit, und sie kannte das richtige Hotel dafür.

Harriet stellte Betty hin, und ihre Augen waren dunkel in ihrem bleichen Gesicht. »Du hast es nicht gehört?«

Alicia verlor die Geduld. »Was denn gehört? Spuck's schon aus, Harriet, bevor wir alle in diesem verdammten Regen ertrinken.«

»Der Konvoi, der einen Monat nach euch ausgelaufen ist, wurde von einem U-Boot angegriffen. Eins der Schiffe ist gesunken. Niemand hat überlebt.«

Alicia überlief ein Schauder. So leicht hätte es auch sie selbst treffen können. »Niemand?«, hauchte sie.

Harriet schüttelte den Kopf. »Wenn ich an all die Kinder denke ...« Neue Tränen drohten, und hastig betupfte sie ihr Gesicht. »Danke, dass du auf Betty Acht gegeben hast. Ich weiß nicht, wie ich dir danken kann.«

»Es war mir ein Vergnügen«, antwortete Alicia und bemühte sich, es auch so zu meinen. »Können wir jetzt aus dem Regen gehen?«

Schließlich ergatterten sie ein Taxi und drängten sich samt Kindern und Gepäck hinein. Es war ziemlich eng. »Bist du sicher, dass du nicht bei uns unterkriechen willst?«, fragte Harriet, nachdem sie durch die Stadt gefahren waren und vor dem Hotel Imperial Halt machten. »Ich weiß ja, dass die Sozialwohnung, die man uns zugewiesen hat, nichts Besonderes ist, aber zumindest haben wir ein Dach über dem Kopf.«

Alicia hatte eine ziemlich klare Vorstellung davon, wie diese Wohnung aussehen würde, denn sie hatte Fotos von dem barackenartigen Gebäude gesehen, die Harriet ihrer kleinen Tochter geschickt hatte, und sie hatte die Nase voll von engen Quartieren und schreienden Kindern. »Ihr lebt ohne mich schon beengt genug«, sagte sie diplomatisch. »Ich bleibe nur über Nacht hier in der Stadt; morgen nehme ich den Zug in den Norden.«

Sie verabschiedete sich und befreite sich aus Bettys Umarmung. »Ich schreibe dir«, versprach sie hastig und wich dabei einer laufenden Nase und klebrigen Fingern aus. »Und sollte ich je noch einmal nach Melbourne kommen, werde ich dich besuchen.« Damit schien das Kind besänftigt zu sein. Alicia seufzte erleichtert, als das Taxi im Straßenverkehr verschwand. Sie wandte sich ab und stieg die Stufen zum Hotel Imperial hinauf. Was sie jetzt brauchte, war ein heißes Bad und dann ein großer Gin Tonic, gefolgt von einem anständigen Abendessen.

»Sie hat sich nicht sehr verändert«, sagte Claire, als Aurelia eine Atempause einlegte und sich einen vormittäglichen Whisky einschenkte. »Ich habe sie in London kennen gelernt, und eigentlich interessierte sie sich da nur für den Einkaufsbummel, den sie plante, und für die Cocktailparty, die sie am Abend besuchen würde. Sie hat kaum ein Hehl aus ihrer Langeweile gemacht, als ich ihr erzählte, was es zu Hause Neues gab und was ich in meinem Urlaubsjahr getrieben habe.«

»Meine Schwester ist eine der selbstsüchtigsten Frauen dieser Welt«, erklärte Aurelia brummig. »Aber ob du es glaubst oder nicht, sie hat auch eine gute Seite.«

Claire sah zu, wie ein Papagei draußen vor dem Fenster auf einem Ast entlangturnte. Er bewegte sich so gewandt wie ein Hochseilartist, und seine Augen erinnerten Claire ein wenig an Alicia – denn sie blickten gierig und ziemlich kalt. »Sie versteht es jedenfalls, für sich zu sorgen«, murmelte sie bei der Erinnerung an das kostspielige Schneiderkostüm, die hübsche Figur und das makellose Make-up. Ihr Haar war natürlich grau, denn sie musste jetzt Mitte siebzig sein, aber es war frisiert und glänzend, die Fingernägel waren manikürt, und für die Ringe an ihren Fingern hätte man eine kleine Nebenerwerbsfarm kaufen können. »Aber ihre gute Seite kann ich nicht erkennen – es sei denn, du meinst ihr Talent zum Shoppen.«

»Vom Geldausgeben versteht sie was, das stimmt.« Aurelia lächelte schief. »Aber als sie während des Krieges hier draußen war, hat sie uns demonstriert, aus welchem Holz sie geschnitzt ist – und ich muss sagen, sie hat ihre Sache gut gemacht. Hat uns alle überrascht.« Die alte Dame machte es sich mit ihrem Whisky bequem.

»Muss ein ziemlicher Kulturschock gewesen sein«, meinte Claire. »Ich kann mir nicht vorstellen, dass Alicia mit Kühen umgehen kann.«

»Konnte sie zuerst auch nicht.« Aurelia schnaubte vor Lachen. »Aber das hat sich geändert. Das musste sein, wenn wir alle überleben wollten.« Sie schaute Claire über den Rand ihres Glases hinweg an. »Du erinnerst mich so sehr an deine Mutter«, sagte sie. »Eine richtige kleine Nervensäge mit all ihren Fragen. Sie hat mich auf der Farm und im Haus verfolgt und war immer erst zufrieden, wenn sie alles wusste.« Aurelia lächelte. »Nicht, dass du eine Nervensäge wärst«, fügte sie hastig hinzu. »Aber du bist genauso wissbegierig, wie sie es war – und immer noch ist.«

Claire verbarg ihr Lächeln hinter dem Glas, als sie an ihrem Whisky nippte. Normalerweise trank sie tagsüber nicht, vor allem, wenn es so heiß war, aber jetzt half es ihr, sich zu entspannen. Sie hatte in der vergangenen Nacht unruhig geschlafen; die Bilder, die ihre Mutter heraufbeschworen hatte, waren ihr nicht aus dem Kopf gegangen. Bilder, die sich irgendwie nicht in das fügen wollten, was man ihr bisher erzählt hatte.

In den Tagen nach Joes Abreise vertiefte Ellie sich in die endlose Routine der Arbeit. Aber die Nächte waren erfüllt von beunruhigenden Träumen, die sie schweißgebadet hochfahren und seinen Namen rufen ließen. Sie hatte keinen Appetit mehr, wusste aber, dass sie die niemals endende Arbeit nicht schaffen würde, wenn sie nicht aß, und deshalb zwang sie sich dazu. Und es gab noch ein Problem, um das sie sich kümmern musste: Aurelia. Sie bereitete ihr die größte Sorge.

Nach Jacks Antrag und Joes Abschied war Aurelia merkwürdig still geworden; von der enormen Energie und Lebensbegeisterung, die sie einmal besessen hatte, war nichts mehr zu spüren. Als ihre Tante wieder einmal ihren Teller von sich schob, ohne das Essen wirklich angerührt zu haben, hatte Ellie genug.

»Du musst essen, damit du bei Kräften bleibst«, sagte sie und schob Aurelia den Teller wieder hin. »Wir haben viel zu viel Arbeit, nachdem nur noch du und ich und Jacky Jack übrig sind, um den Betrieb zu führen. Die Jackaroos sind mit Begeisterung dabei, aber sie sind offen gesagt eher hinderlich als hilfreich, wenn etwas auch nur entfernt nach harter Arbeit aussieht. Wenn du krank wirst, schaffe ich es nicht mehr«, sagte sie mit schlichter Entschiedenheit. »Du musst dich zusammenreißen.«

Aurelia stand vom Tisch auf. Ihr Stuhl scharrte über den Boden. »Ich habe keinen Hunger«, sagte sie gereizt. »Tyrannisiere mich nicht.«

Ellie griff nach dem Arm ihrer Tante und zog sie zu sich herum. »Wir müssen hier weitermachen. Sonst haben sie nichts, wohin sie zurückkommen können«, sagte sie in ruhigem Ton.

Aurelia starrte trotzig auf einen Punkt irgendwo hinter ihrer Nichte, aber Ellie wusste, dass sie früher oder später antworten würde. Doch das Verhalten ihrer Tante erschreckte sie. Wo war die starke, scheinbar unbesiegbare Frau, die noch nie vor etwas Angst gehabt hatte, was das Leben ihr in den Weg stellte? Was hier vor ihr stand, war der Schatten der Frau, die es einmal gegeben hatte. »Aurelia«, sagte Ellie mit Entschiedenheit. »Du musst begreifen, dass du so nicht weitermachen kannst. Ich brauche dich. Warratah braucht dich. Und Jack will dich gesund und munter sehen, wenn er zurückkommt.«

Aurelia richtete sich auf, das Kinn trotzig, den Busen stolz vorgereckt. »Ich tue mehr als meinen Teil dazu«, erklärte sie abwehrend. »Ich kann nichts daran ändern, dass sich mein Alter bemerkbar macht und ich nicht essen will.«

Ellie nahm sie in die Arme. Jetzt war es an ihr, Trost und Sicherheit zu spenden. »Ich weiß«, sagte sie. »Aber Joe und Jack wären entsetzt, dich so zu sehen. Zu sehen, was du dir antust. Es liegt bei uns, stark zu bleiben und unser Bestes zu tun. Warratah muss überleben, Aurelia, und das kann es nur, wenn du auf dich Acht gibst.«

Aurelia entwand sich der Umarmung, zog ihre unansehnliche alte Jacke zurecht und zwang sich zu einem Lächeln. »Du hast Recht.« Ihr Ton war ausdruckslos. »Warratah ist wahrscheinlich die einzige Konstante in meinem Leben, und ich weiß, dass ich alles tun muss, um es in Gang zu halten. Aber einstweilen muss ich mich einfach beschäftigen, damit ich keine Zeit zum Nachdenken habe. Mein Appetit wird zurückkommen und mein Mut auch. Wir Briten geben nicht so leicht auf.«

Ellies Antwort wurde vom Dröhnen eines Flugzeugs übertönt, das über dem Haus kreiste. Die beiden eilten auf die Veranda. »Jacky Jack«, rief Ellie in die Dunkelheit. »Zünde die Leuchtfeuer an!«

»Ja, Missus«, sagte der schwarze Hilfsknecht und schlenderte, auf einem Stück Käsebrot kauend, an der Veranda vorbei.

»Aber heute noch, Jacky. Beeil dich!«, befahl Ellie erbost. Er verfiel in einen trägen Trab. »Der verdammte Kerl hat Sally wieder dazu gebracht, dass sie ihm zu essen gibt. Kein Wunder, dass die Hälfte unserer Vorräte verschwunden ist.«

»Warum kommt Jack denn heute Abend zurück?«

Ellie lauschte, froh über die Ablenkung. »Hört sich nicht an wie Jacks Flugzeug.« Sie zog die Stiefel an. »Komm. Wir nehmen den Wagen und schauen nach.«

Ellie fuhr gern Auto, und da Aurelia es ihr beigebracht hatte, steuerte sie den Geländewagen genauso verwegen wie ihre Tante. Sie rasten vom Hof und nahmen Kurs auf die Landebahn, die jetzt von brennenden Öltöpfen beleuchtet war. Die Hilfsknechte standen als dunkle Schatten vor den Flammen, sie schauten in den Himmel und warteten auf das Flugzeug. Für sie war es immer noch ein Wunder, das von den Himmelsgöttern kam.

Ellie brachte den Wagen mit einem Schleudern zum Stehen, und sie stiegen aus und schauten zu, wie das kleine Flugzeug nach einer sauberen Landung am Ende der Landebahn anhielt. Die beiden Propeller blieben stehen, das Motorengeräusch verhallte, die Seitentür öffnete sich, und ein Mann kletterte heraus.

»Ich werd verrückt«, flüsterte Aurelia. »Das ist Mickey Maughan.« Sie spähte in den flackernden Fackelschein, und das Feuer funkelte in ihrem Monokel. »Und du rätst nie, wer da bei ihm ist«, fügte sie staunend hinzu.

»Was zum Teufel will sie denn hier?«, fragte Ellie in schneidendem Ton, als sie die elegante Gestalt an der Ausstiegsleiter erblickte. Sie befingerte die goldene Kette an ihrem Hals. Joes Ring hing immer noch daran, sicher vor der Alltagsarbeit, dicht an ihrem Herzen – ihr Talisman, der sie vor allem Unangenehmen beschützte.

Aurelia zuckte die Achseln. »Das werden wir bald erfahren.« Sie und Ellie schauten einander an, und auch wenn Ellie ihr Bestes tat, um ihre Gefühle zu verbergen, konnte sie ihrer Tante nichts vormachen. »Gib dir Mühe und sei nett zu ihr, Liebes. Sie ist deine Mutter.«

Ellie schob den Ring wieder unter ihr Hemd und bohrte die Hände in die Taschen ihrer Moleskins. »Nur, wenn es ihr passt«, antwortete sie säuerlich.

»Tag, Aurelia. Ellie«, dröhnte Mickey Maughan und kam ihnen entgegen. »Wie geht's?«

»Gut.« Ellie zuckte zusammen, als er ihre Hand drückte. Mickey wusste nicht, wie stark er war, und seine raue, aber herzliche Art war manchmal überwältigend. »Wie steht's auf Jarrah? Was macht Seamus? Wir haben ein paar Briefe bekommen, aber er schreibt ja nie viel.«

»Seamus geht's gut. Ist irgendwo in Europa. Sagt aber nicht, wo.« Er nahm den Hut ab und kratzte sich den Kopf. »Auf Jarrah sieht's genauso aus wie überall. Trocken und staubig. Die Rinder sind mager und in schlechtem Zustand. Ihr wisst ja, wie es ist.«

»Könnte mir jemand mit meinem Gepäck helfen?« Der klagende Ruf kam von Alicia, die noch immer in der Luke des Flugzeugs stand, die Koffer zu ihren Füßen.

»Jacky Jack. Hol das Gepäck, und leg es hinten auf den Wagen«, befahl Aurelia. Mickey stürzte zum Flugzeug zurück, reichte Alicia die Hand und führte sie die Treppe herunter, als wäre sie die Königin von Saba. »Anscheinend ist deine Mutter wieder mal erfolgreich«, brummte Aurelia. »Der arme Mickey ist seit Jahren auf der Suche, und nach seinem Gesicht zu urteilen, würde ich sagen, er rechnet sich Chancen aus.«

»Er wird schon noch feststellen, dass er dann mehr zu schlucken haben wird, als er verdauen kann.« Ellie beobachtete, wie ihre Mutter majestätisch über die Landebahn auf sie zuschritt. Das hatte ihr gerade noch gefehlt. Was um alles in der Welt dachte sie sich dabei, mitten in der Krise hier aufzukreuzen?

»Darling!«, rief Alicia und fiel Ellie um den Hals, scheinbar ohne die starre Ungerührtheit ihrer Tochter zu bemerken. »Wie erwachsen du bist. Und wie hübsch!« Sie hielt Ellie auf Armlänge von sich und betrachtete sie entzückt.

Ellie wahrte höflich die Fassade. Eine Wolke von Parfüm und duftendem Gesichtspuder umwehte sie. Pflichtschuldig küsste sie die mit Rouge geschminkte Wange und ließ die übertrieben enthusiastische Begrüßung mit eisiger Zurückhaltung über sich ergehen. Alicias unerwartetes Erscheinen war schlimm genug, aber Ellie graute vor dem Gedanken, dass ihr ruhiges Dasein auf Warratah damit zu Ende sein sollte. »Ich dachte, du bleibst in England und kümmerst dich um Grandma und Grandpa?«, stellte sie fest.

»Das habe ich getan, Darling«, sagte Alicia und umarmte ihre Schwester. »Aber dann habe ich die Chance bekommen, auf einem Konvoi herzukommen, und da bin ich.« Sie strahlte. »In Cloncurry habe ich euch verpasst, aber Mickey hier« – ihr Blick blendete den Unglückseligen neben ihr –, »Mickey hat mir freundlicherweise angeboten, mich mitzunehmen, da sein Besitz ja gleich nebenan liegt.« Sie lächelte. »War das nicht ein Glücksfall?«

Ellie warf einen Blick auf Mickey, der ihre Mutter anbetungsvoll anstarrte. Jarrah Downs lag ungefähr zweihundert Meilen weit entfernt an der Ostgrenze des Anwesens. Kaum nebenan. Aber sie ließ es hingehen. Mickey Maughan war alt genug, um selbst für sich zu sorgen.

Sally ließ sich widerstrebend von ihrem Lagerfeuer wegschleifen. Sie sollte noch ein Abendessen zubereiten. Und nachdem die Besucher sich satt gegessen hatten, schenkte Aurelia Tee aus dem großen Eisenkessel ein, der immer über dem Herd hing. Alle saßen behaglich am Küchentisch, und Ellie behielt ihre Gedanken für sich, während die anderen zu plaudern anfingen.

»Wie geht es Ma und Pa?«, fragte Aurelia. »Ich habe seit Ewigkeiten keinen Brief mehr von ihnen bekommen, und das beunruhigt mich ein bisschen.«

»Denen geht es gut«, antwortete Alicia obenhin. »Störrisch wie immer. Wollen das Haus nicht verlassen, obwohl sie ziemlich klapprig sind. Ich musste einen Bauunternehmer beauftragen, im Garten einen Bunker anzulegen, aber es würde mich wundern, wenn sie ihn benutzen.«

»Ist die Lage sehr schlimm drüben?« Aurelia stopfte ihre Pfeife, und Ellie wusste, dass es sie zornig machte, wenn sie daran dachte, wie allein und verängstigt ihre alten Eltern waren, und dass sie, wenn es irgend möglich gewesen wäre, sich zum nächsten Hafen hätte fliegen lassen, um zu ihnen zu reisen.

»Natürlich ist alles rationiert«, sagte Alicia mit wespenhaftem Zischen. »Man bekommt nicht einmal ein anständiges Paar Strümpfe, wenn man nicht Freunde auf dem Schwarzmarkt hat. Und das Essen, das sie uns zumuten, ist abscheulich. Aber abgesehen von gelegentlichen Fliegerangriffen auf See- und Flughäfen war es ziemlich ruhig.«

»Offenbar kennst du die neuesten Nachrichten noch nicht«, sagte Aurelia, ohne die Pfeife aus dem Mund zu nehmen. »Die Deutschen haben im September mit Nachtbombardierungen angefangen und haben London und ein paar andere Großstädte und Häfen ziemlich übel erwischt. Churchill spricht von der Schlacht um England.«

Alicia zündete sich eine Zigarette an. »Zumindest sind Ma und Pa weit genug weg von London«, sagte sie. »Und im Umkreis von fünfzig Meilen gibt es keinen Flughafen; also dürften sie wohl nicht in Gefahr sein.«

»Das hoffe ich«, sagte Aurelia mit einem Nachdruck, der von Herzen kam. »Ich wünschte nur, du hättest sie nicht sich selbst überlassen.«

Ellie konnte nicht länger schweigen. »Wie bist du auf den Konvoi gekommen? Ich dachte, die wären nur für Frauen mit Kindern?«

Alicia berichtete von Betty. »Ich hatte die Wahl – entweder das oder etwas so Grässliches wie der freiwillige Dienst für die Heimatarmee oder in einer Munitionsfabrik. Für beides bin ich vollkommen untauglich. Für die Krankenpflege oder die Feuerwehr bin ich nicht qualifiziert, und schon bei der Vorstellung, während der Verdunklung mit dem Krankenwagen durch London zu kutschieren, bekomme ich Gänsehaut.« Sie drückte ihre Zigarette aus. »Außerdem dachte ich, ihr braucht hier vielleicht Hilfe.«

Ellie senkte den Kopf, um ihr Lächeln zu verbergen, als sie sah, dass Aurelia beinahe ihr Pfeifenmundstück durchgebissen hätte. Zumindest hatte Alicias Ankunft in dem alten Mädchen einen neuen Lebensfunken entfacht – vielleicht würde das helfen und sie wieder auf die Beine bringen.

»Die Arbeit hier ist sehr viel härter als in einer Fabrik«, sagte Aurelia nüchtern und beäugte die langen roten Fingernägel. »Du wirst lernen müssen, dir die Hände schmutzig zu machen.«

Alicia lächelte Mickey strahlend an. »Ich bin sicher, ich werde eine Menge lernen müssen«, sagte sie. »Aber es wird nicht so schlimm werden, wenn wir Besuch von unseren Nachbarn bekommen.«

Mickey wurde rot und starrte in seinen Teebecher, als könne er nur dort eine Antwort auf Alicias Flirten finden. »Schätze, es wird nicht viel Zeit für Besuche geben«, brummte er. »Ich war in Curry und hab dort die letzten meiner Leute abgesetzt. Jetzt bin ich allein mit den schwarzen Hilfsknechten und ein paar alten Knackern, die bei der Musterung durchgefallen sind.«

»Die Lage ist überall schwierig«, sagte Ellie und trank ihren Tee aus. »In Anbetracht der Trockenheit und da uns die Leute fehlen, die wir brauchen, damit die Rinder nicht verhungern, könnte es sein, dass wir am Ende mit gar nichts dastehen.«

»Ein paar der am schwersten betroffenen Farmen stellen den Betrieb bereits ein, bis der Krieg vorüber ist«, sagte Mickey ernst. »Ich kann es verstehen, aber Australien braucht Rind- und Hammelfleisch, um durchzukommen, und ich schätze, wir müssen unser Bestes geben.« Er merkte, dass Alicia ihn beobachtete, und wurde wieder rot. »Ich würde mich zum Militärdienst melden, wenn ich Jarrah nicht führen müsste«, fügte er hastig hinzu. »Aber mein Sohn Seamus ist schon in Übersee; deshalb muss ich bleiben.«

Ellie war schon lange im Bett, als sie Mickeys Flugzeug nach Jarrah starten hörte. Aber sie lag immer noch wach und machte sich sorgenvolle Gedanken. Warratah war seiner Arbeitskräfte beraubt, und nun, da ihre Mutter aufgetaucht war, würden die Vorräte weiter strapaziert werden. Denn Alicia würde sich zweifellos als völlig nutzlos erweisen, und alle Zeit, die man darauf verwendete, etwas zu suchen, was sie tun könnte, wäre vergeudete Zeit.

Ellie drehte sich um und vergrub das Gesicht im Kopfkissen. Wenn Joe nur hier wäre!, dachte sie und drückte seinen Verlobungsring an die Lippen. Wenn sie ihn nur wiedersehen, seine Stimme hören und sich in seine Arme schmiegen könnte. Es durchströmte sie warm, und sie umarmte ihr Kissen. Sie war entschlossen, stark zu bleiben, die überwältigende Traurigkeit zurückzudrängen, die sie immer wieder überfallen wollte. Tränen waren Kraftverschwendung. Sie schlief ein und träumte von den mondlichtgesprenkelten Schatten am Ufer eines Billabong und von grünen Augen.

Es war noch nicht hell, als sie aufwachte. Sie stand auf und tappte, immer noch halb schlafend, in die Küche. Aurelia rührte geschäftig in einem Topf und scheuchte eine schlaftrunkene Sally in der Küche umher. »Weck deine Mutter«, sagte sie munter. »Wir haben ein paar arbeitsreiche Tage vor uns, und da werden wir alle Hände brauchen.«

Ellie zog die Brauen hoch. »Was kann sie denn tun?«

»Sie kann reiten«, sagte Aurelia knapp. »Und ich brauche jede Hilfe, die ich kriegen kann, um die Rinder zusammenzutreiben und zum Wasserloch Nummer zwölf zu bringen.«

Ellie merkte, dass ihre Moral sich hob, als sie das Schlafzimmer betrat, das Aurelia und Alicia sich teilen mussten, weil es im Haus nur zwei Schlafräume gab. Aurelia war aus ihrer Trübsal erwacht; ihr unbezwingbarer Geist ließ sich nicht allzu lange unterdrücken. Warratah würde überleben.

Das große Doppelbett war zerwühlt, die Decken auf eine

Seite gezogen. Alicia schlief tief; ein weißer, zarter Arm lag auf dem Federbett, ein schlankes Bein lugte darunter hervor.

Ellie wollte sie wecken, aber etwas ließ sie innehalten. Sie schaute auf ihre Mutter hinab und betrachtete die makellose Haut, das blonde Haar und die lackierten Fingernägel. Alicia sah so zerbrechlich aus in den weißen Laken, so fehl am Platz in diesem kleinen Holzhaus inmitten der Wildnis, und zum ersten Mal im Leben wurde Ellie klar, wie verletzlich ihre Mutter war. Sie mochte selbstsüchtig und egozentrisch sein, eine Zimtzicke, wie Tante Aurelia gern sagte – aber sie war um die halbe Welt gefahren, und die Reise musste schrecklich gewesen sein. Hinter dieser zarten Fassade musste ein Kern aus Stahl stecken. Ihre Verletzlichkeit lag in ihrer Isolation; sie erkannte nicht, dass sie ständig die Menschen vor den Kopf stieß, die sie ohne Vorbehalt lieben könnte.

Alicia schlug die Augen auf. »Guten Morgen, Darling«, murmelte sie.

Ellie schob ihre Gedanken beiseite. Alicia hatte ihr Mitgefühl so nötig wie eine Kuh Zecken. »Zeit zum Aufstehen«, sagte sie munter. »Frühstück ist fertig.«

Eine elegante Hand griff nach dem Wecker auf dem Nachttisch, und verschlafene Augen weiteten sich. »Es ist doch noch mitten in der Nacht«, rief Alicia. »Geh weg, Elspeth. Lass mich schlafen.«

»Wir stehen immer um vier Uhr auf.« Ellie zog eine Moleskin-Hose, Hemd, Jacke und Stiefel aus Aurelias Schrank. »Beeil dich. Wir haben viel zu tun.«

Alicia richtete sich auf. Ein Träger ihres seidenen Nachthemds rutschte ihr von der Schulter. Sie musterte die Kleider, die Ellie auf das Bett geworfen hatte. »Du erwartest doch nicht, dass ich so was anziehe, oder?« Sie zog eine Grimasse. »Ich werde einfach schrecklich aussehen.«

»Die Kühe wird das nicht stören.« Ellie hatte Mühe, keine Miene zu verziehen.

»Kühe?« Die blauen Augen weiteten sich. »Was um alles in der Welt haben die Kühe damit zu tun?«

Ellie blieb in der Tür stehen. Sie roch den Speck, der in der Küche briet, und bekam Hunger. »Wir verlegen sie heute«, sagte sie ungeduldig. »Also beeil dich lieber, denn sonst verpasst du das Frühstück.« Sie schloss die Tür und überließ ihre Mutter sich selbst. Sie würde es lernen.

Sie hatten zu Ende gefrühstückt, als Alicia aus dem Zimmer kam, und waren schon dabei, Proviant und Wassersäcke einzupacken. Die beiden Frauen drehten sich um und starrten die Erscheinung an, die da vor ihnen stand. Ellie musste sich auf die Lippe beißen, um nicht laut aufzulachen. Mum sah lächerlich aus.

Aurelias Moleskins, kräftig über den Hüften zusammengerafft durch einen breiten, funkelnden Gürtel, den Alicia mitgebracht haben musste, hingen sackartig um den hübschen Hintern. Das Hemd stand am Hals offen, der Kragen war hochgeschlagen, die Ärmel säuberlich aufgekrempelt, und an den schlanken Armen klingelten Armreifen. Ein buntes Chiffontuch schmückte den Hals, und eine Tweedjacke war lässig über die schmalen Schultern geworfen. Das Make-up war tadellos, das Parfüm exotisch.

»Fürs Erste kannst du den ganzen Schmuck wieder abnehmen«, dröhnte Aurelia. »Du erschreckst die Rinder sonst.«

»Unsinn«, erwiderte Alicia; sie zog sich einen Stuhl heran und setzte sich an den Tisch. »Man braucht nicht auszusehen wie ein Lumpensack, nur weil man arbeitet. Ich achte gern auf mein Äußeres, auch wenn ihr es nicht tut.« Sie bedachte das Hausmädchen mit einem vernichtenden Blick, der das Kichern augenblicklich verstummen ließ. »Ich will Speck, Eier und Toast«, verkündete sie. »Und brate die Eier nicht zu lange, wie du es beim letzten Mal getan hast, als ich hier war.«

»Zu spät fürs Frühstück«, schnarrte Aurelia. »Sally, du gehst weiter an deine Arbeit.« Sie zog die protestierende Alicia vom

Stuhl hoch und schleifte sie fast auf die Veranda. »Nimm diese Armreifen ab, und zieh die Jacke richtig an. Wir haben viel Arbeit, und ich kann mir nicht leisten, dass du dich mit einem Sonnenbrand ins Bett legst.«

Allen gegenteiligen Absichten zum Trotz fühlte Ellie Mitleid mit ihrer Mutter, als diese die Anstoß erregenden Juwelen abnahm und sich die zu große Jacke anzog. »Komm«, sagte sie freundlich, »wir treiben einen Hut und ein Pferd für dich auf.«

»Bomben!«, krähte Kelly auf seiner Stange. Er beäugte Alicia und spreizte den gelben Kamm angesichts des Feindes. »Sieg Heil!« Er schlug mit den Flügeln.

»Was um alles in der Welt …?« Alicia blieb stocksteif auf der Veranda stehen. »Ich finde, das ist abscheulich«, zischte sie. »Wie könnt ihr es wagen, ihm zu erlauben …«

»Kelly hat eine eigene Art, sich auszudrücken«, sagte Aurelia gelassen und warf Ellie einen Blick zu. »An deiner Stelle würde ich mich nicht daran stören.« Sie strich dem Vogel die gesträubten Federn glatt, ließ ihn an ihrem Kinn knabbern und prüfte, ob er für die nächsten paar Tage ausreichend Futter und Wasser hatte. Sally war nicht zuverlässig genug.

Alicia und Kelly starrten einander an, aber der Vogel schaute zuerst weg und konzentrierte sich darauf, sich zu putzen. »Zumindest eine Auseinandersetzung, die ich heute Morgen gewonnen habe«, sagte Alicia erbost. Sie riss Ellie den Hut aus der Hand und funkelte sie an. »Und du kannst das blöde Grinsen einstellen«, fuhr sie sie an. »Das ist nicht komisch.«

Ellie zog den Kopf ein. Mums Besuch brachte wirklich Leben auf die Farm, aber sie wusste auch, dass Alicia ihnen bei längerer Anwesenheit auf die Nerven gehen würde, und fragte sich, wie lange es bis zu ihrem ersten richtigen Streit dauern würde.

Es war noch kalt, als sie über den Hof gingen; Reif glitzerte auf den Bäumen, und ein ätherischer Nebel kräuselte sich zwischen den Ästen. Die Hütepferde für den Auftrieb warteten bereits auf der Koppel und wimmelten erwartungsvoll durcheinander.

»Ich nehme den da«, sagte Alicia und deutete mit scharlachrotem Nagel auf einen besonders schönen Kastanienbraunen.

»Der ist ein bisschen frech«, warnte Ellie. »Wann bist du das letzte Mal geritten?«

»Bevor ich England verlassen habe.« Alicia war unbeeindruckt. »Du brauchst mir nicht zu sagen, was ich reiten kann und was nicht.« Sie öffnete das Gatter und bewegte sich ruhig zwischen den Tieren hindurch auf den braunen Wallach zu.

Ellie schaute besorgt zu, wie Alicia ihn tätschelte, sattelte und die Gurte überprüfte, ehe sie sich gewandt in den Sattel schwang.

»Deine Mutter ist auf der Fuchsjagd mitgeritten, seit sie sechs Jahre alt war«, sagte Aurelia leise. Sie reichte Ellie ihren Sattel herüber und machte sich dann daran, Boomerang für sich selbst bereitzumachen. »Entgegen allem Anschein kann sie mit einem Pferd umgehen – trotz der langen Fingernägel.«

Nachdem sie Boomerang dazu gebracht hatte, sie aufsteigen zu lassen, ließ sie das Pferd ein Weilchen nervös tänzeln, ehe sie die Zügel fest in die Hand nahm. »Kesser, als gut für ihn ist«, knurrte sie. »Der alberne Kerl bildet sich tatsächlich ein, ich würde ihm seine Angeberei durchgehen lassen.«

Ellie beobachtete, wie Alicia die Zügel hielt und wie lässig sie im Sattel saß, und begriff, dass Aurelia ihre Mutter besser kannte als sie. Sie seufzte tief und erleichtert. Zumindest eine Sorge weniger, dachte sie, als sie den Sattel zu ihrem schwarzen Wallach trug. Clipper wurde allmählich zu alt für solche Späße; er verbrachte seinen wohlverdienten Ruhestand mit Dads altem Grauschimmel auf der Koppel, wo das Gras immer noch grün und saftig war, weil dort ein unterirdischer Wasserlauf in den langen, schmalen Billabong floss. Sie ritt das Pony aber immer noch hin und wieder, und seit Joe weg war, verbrachte sie oft ihre Zeit mit ihm.

Die Knechte hatten Ersatzpferde zusammengetrieben und führten sie an einem Seil hinter ihren eigenen Tieren. Die Lastpferde waren mit Proviant und dem Werkzeug beladen, das sie in den nächsten paar Tagen vielleicht brauchen würden. Jeder Reiter hatte eine zusammengerollte Schlafdecke und ein Gewehr bei sich. Die Pferde hatten so lange pausiert, dass sie nervös waren, und nicht alle waren darüber begeistert, dass man sie beim Grasen gestört hatte.

»Als Erstes nehmen wir uns die Weide am Gidgee Creek vor; die liegt am nächsten«, rief Aurelia. »Wir tränken die Tiere am Wasserloch vier und bringen sie dann zum Sammelpferch in Sand Hill. Mittags können wir die Pferde wechseln, damit sie fürs Zusammentreiben frisch sind.« Sie stieß ein paar laute Pfiffe aus, und während Sallys und Jacky Jacks jüngste Tochter das Gatter öffnete, stürmten die Hunde aus dem Zwinger. Es war eine bunt gemischte Meute, aber alle trugen die ausgeprägte Zeichnung des Blue Heeler, der sie anführte. Er war ein schöner Hund mit intelligenten Augen; sein Fell glänzte blau im Licht des frühen Morgens, und er war spürbar glücklich über seine Freiheit.

Aurelia stieß einen lauten Pfiff aus, und die Hunde sammelten sich gehorsam um sie herum. Zungen baumelten aus den Schnauzen, Schwänze wedelten, Ohren richteten sich steil auf. »Also los«, rief sie.

Ellie fühlte, wie die Trauer sie wieder überkommen wollte, als sie vom Hof auf die Koppel ritten. Jacky Jack und seine fünf Boys waren alles, was von den dreißig oder vierzig Männern übrig war, die sonst in der Auftriebssaison zum Arbeiten erschienen; anders als Jarrah hatten sie keine Veteranen auf Warratah. Ihr Blick ging in die Ferne, und sie fragte sich, wo Joe sein mochte und ob er überhaupt noch an sie dachte. Es war ein merkwürdiges Gefühl, ihn nicht an ihrer Seite zu haben – fast so, als ob ein Teil ihrer selbst fehlte.

»Hör auf mit deinen Tagträumereien, Schatz«, sagte Aurelia streng. »Du wirst schon bald von ihm hören.«

Ellies Stimmung besserte sich, als sie alle, von den Hunden begleitet, in die Ebene hinausritten. Die Sonne stieg höher, und der Horizont flimmerte heiß. Die Herde wuchs, je länger sie durch das Buschland ritten und Tiere zusammentrieben, und Hunde und Reiter hatten alle Hände voll zu tun, um die rund dreihundert Stück Vieh dicht beieinander zu halten und sie auf Wasserloch vier zuzutreiben.

Es war eine gemischte Herde mit Trächtigen, Einjährigen, Kälbern und Bullen; sie hatten ungefähr drei Monate lang ungestört weiden können, seit man sie das letzte Mal behelligt hatte, und es gefiel ihnen jetzt nicht besonders. Unter dem lauten Knallen der Peitschen und dem beständigen Getrommel der Hufe brüllten die Bullen, und die Kühe muhten nach ihren verlorenen Kälbern. Roter Staub wehte himmelwärts.

Aurelia und drei der Boys ritten vorn an der Flanke der Herde, während Ellie und Alicia weiter hinten auf beiden Seiten Position bezogen hatten. Die letzten beiden Boys mussten die Nachhut zusammenhalten. Die Hunde schnappten unermüdlich nach Beinen und Flanken, stürmten auf die Herde ein und hielten sie zusammen, und hier und da holten sie einen Irrläufer zurück, der seitlich ausbrechen wollte.

Ellie behielt ihre Mutter im Auge und sah, dass sie sich gut hielt – trotz Staub, Hitze und Fliegen. Aber alle waren erleichtert, als sie das Wasserloch am Horizont sehen konnten, denn der Vormittag war lang gewesen, und die Sonne brannte unerbittlich.

Die Herde lief schneller, als die Hilfsknechte anfingen, Wasser auf den Boden zu spritzen, und Ellie spornte ihr Pferd zum Galopp an. Donnernd ging es über die Buschebene auf den lang gestreckten, verzinkten Wassertrog zu.

»Das war's«, rief Aurelia, als die Herde den Trog erreicht hatte und durstig zu saufen begann. »Lunchtime.«

Zwei der Boys blieben bei der Herde, der Rest stieg ab. Der Pferdeknecht nahm ihnen die Tiere ab und holte die frischen, während Jacky Jack und Ellie das Essen vorbereiteten; es gab Tee aus der Blechkanne, Cornedbeef und in der Glut gebackenes Brot. Zum Nachtisch hatten sie getrocknete Aprikosen.

»Ich habe nie geahnt, wie *entsetzlich* Kühe sein können.« Alicia fächelte sich mit ihrem Hut Kühlung zu. »Wie man sich auch dreht, überall stinkt es nach Fell und Mist. Und diese Fliegen …« Sie zog eine Grimasse und schwenkte den Hut über dem schwarzen Schwarm, der sich über ihren Lunch hermachte.

»Daran gewöhnt man sich«, sagte Ellie lachend. »Ich merk's schon gar nicht mehr.«

Sie aßen schnell und stiegen dann wieder auf die Pferde, damit die Boys die Herde verlassen und ebenfalls essen konnten. Ellie sah, dass Alicia steif vom langen Reiten war, aber widerwillig musste sie sie doch bewundern, denn sie beklagte sich nicht.

Sie trieben die Herde weiter vor sich her, während die Sonne dem Abend entgegen wanderte. Das Land war teilweise gerodetes, offenes Gelände mit Spinnifex- und Mitchell-Gras, das bereits jämmerlich verdorrt war und wenig Nahrung bot. Als die Sonne zum Horizont niedersank, kam der Sammelpferch von Sand Hill in Sicht. Die Boys ritten voraus und öffneten das Tor; dahinter führte eine breite Gasse am Koppelzaun entlang. Die Gasse war ungefähr vierhundert Yard breit und eine Meile lang, und sie führte geradewegs in den Pferch.

»Haltet sie dicht zusammen«, warnte Aurelia. »Lasst sie nicht ausreißen.«

Mit Peitschenknall und schrillen Pfiffen trieben die Reiter die Tiere in schnellem Tempo voran. Die Hunde rannten kläffend nebenher; sie zwickten und duckten sich, sprangen und schlugen Haken, um schweren Hufen und spitzen Hörnern auszuweichen, aber auch den grausamen Hieben der Peitschen, die an ihren Ohren vorbeipfiffen. Die Rinder waren wachsam geworden. Sie hoben witternd die Nasen und brüllten empört, als ihnen klar wurde, was geschehen würde. Aurelia erteilte laute Anweisungen, und inmitten einer dicken, atemberaubenden Staubwolke hielten die Männer und Frauen von Warratah ihre Herde eng beisammen und behielten vor allem die Bullen im Auge, damit sie nicht ausbrechen konnten. Sie trieben ihre Pferde an, und die Herde verfiel in Trab. Die Kälber blieben zurück, erschöpft von der langen Wanderung, Kühe brüllten, und ein paar der Bullen versuchten, die Färsen zu bespringen. Sie waren jetzt nur noch dreihundert Yard vom Gatter des Sammelpferchs entfernt.

Einer der Bullen entdeckte das Gatter und brüllte vor Wut. Er blieb stehen, warf sich herum und galoppierte durch die Herde zurück, am Koppelzaun entlang und auf das offene Gelände zu.

Ellie und Alicia setzten ihm nach. Ellies schwarzer Wallach griff weit aus, sodass sich der Abstand zwischen ihr und dem Bullen zusehends verringerte. Als sie in vollem Galopp an seiner Seite angelangt war, lenkte sie den Wallach in seine Flanke. Der Bulle taumelte und kam zum Stehen.

Ellie warf einen kurzen Blick zurück zu Aurelia und den Knechten. Sie waren bei der unruhigen Herde geblieben. Von ihnen kam keine Hilfe. Dann sah sie einen blauen Strich, der die Gasse entlanggeschossen kam, und erleichtert erkannte sie einen Hund, der sich Sekunden später auf den Bullen stürzte und dem armen Tier die Zähne in die Nase schlug. Brüllend vor Wut schüttelte der Bulle den Kopf, aber der Blue Heeler ließ nicht locker, und seine Zähne färbten sich rot vom Blut, während er hilflos durch die Luft geschwenkt wurde.

Der Bulle riss gequält die Augen auf und blähte die blutigen Nüstern. Er hob den Kopf, stemmte die Füße in den Staub und schüttelte den Hund in der Luft wie einen Lappen. Dann hatte er sich mit einem kraftvollen Schwung befreit und stand brüllend da.

Der Blue Heeler duckte sich mit gesträubtem Nackenfell und keuchenden Flanken in den Staub. Die Frauen brachten vorsichtig ihre Pferde in Stellung. Der Hund fletschte die Zähne und knurrte tief und kehlig; er wartete angespannt ab, die Ohren flach angelegt. Der Bulle senkte den Kopf und griff an. Der Hund sprang flink zur Seite und schlug dem Bullen die Zähne ins Ohr.

Alicia wendete ihr Pferd, um dem Hund zu helfen, aber ein Schrei von Ellie hielt sie auf. »Lass den Hund das machen. Halt Abstand, bis wir den Bullen zum Pferch zurücktreiben können.«

Blut quoll dem Bullen aus Nase und Ohr und spritzte auf den Hund und die Frauen. Er brüllte in hilfloser Wut. Der Blue Heeler kümmerte sich nicht darum; seine Kiefer lockerten den Griff nicht, denn er war entschlossen, sich nicht noch einmal abschütteln zu lassen.

So plötzlich, wie es begonnen hatte, war es vorbei. Der Bulle verstummte. Die Zunge hing ihm aus dem Maul, und er rang keuchend nach Atem. Die seltsamen Ereignisse schienen ihn ratlos zu machen, aber sein Drang nach Freiheit war ungebrochen; er drehte und wendete sich und versuchte, dem Blue Heeler zu entkommen. Aber der Hund wich nicht; er blieb kampfbereit, den Kopf gesenkt, ebenso störrisch wie der Bulle.

Ellie beruhigte ihr Pferd. Der Bulle wandte sich ab und trabte die Gasse entlang der Herde zu, während der Hund ihm auf den Fersen blieb. Ellie ritt zu Alicia, und sie bildeten zusammen die Nachhut. Ihre Pferde waren nach dem wilden Galopp schweißbedeckt.

»Bringt sie rasch in die Pferche«, rief Aurelia. Sie knallte mit ihrer langen Peitsche und ließ den Bullen nicht zur Ruhe kommen.

Ellie und die Boys trieben die letzten Tiere in die Pferche, bevor der Bulle Gelegenheit zu weiteren Fluchtversuchen fand. Der tapfere Hund blieb zurück, scheuchte die Nachzügler auf und beobachtete aufmerksam, wie das Gatter endlich geschlossen wurde.

Aurelia rutschte aus dem Sattel und klatschte sich mit dem Hut auf den Oberschenkel. »Gut gemacht, Alicia«, dröhnte sie. »Wusste doch, dass du für irgendetwas zu gebrauchen bist.«

Alicia fiel vor Erschöpfung fast vom Pferd, aber unter dem staubig verschmierten Make-up glänzte ihr Gesicht stolz. »Das macht mehr Spaß als die Fuchsjagd«, erklärte sie und riss sich den Hut vom Kopf, um sich den Schweiß von der Stirn zu wischen. »Aber ich bin erschöpft.«

»Dann solltest du jetzt etwas essen.« Ellie lächelte. »Und in der Nacht ordentlich schlafen. Das Gleiche steht uns morgen wieder bevor – und übermorgen, und überübermorgen vermutlich auch. Das hier ist nur ungefähr ein Fünftel der Herde. Und das ganze Vieh muss nach Süden getrieben werden.«

Alicia ließ sich auf einen Holzklotz sinken. »Sind wir denn heute Abend nicht wieder zu Hause?«

»Wir werden mindestens fünf Tage hier draußen sein«, sagte Ellie. »Mach lieber das Beste draus.«

»Das Beste?«, fauchte Alicia. »Ich bin dreckig und brauche ein Bad. Meine Gesichtsreinigungsmilch und Cremes sind meilenweit weg. Ich habe mir einen Fingernagel abgebrochen, und ich habe keine Garderobe zum Wechseln«, schimpfte sie. »Ihr hättet mich vorwarnen müssen.«

Ellie war müde, und ihre Mutter fing an, ihr auf die Nerven zu gehen. »Da ist Wasser im Trog. Du kannst dich waschen, und ich habe Zahnbürsten und Flanellpyjamas mitgebracht. Was willst du noch?«

Alicia funkelte sie an; sie war sichtlich wütend. »Darin soll ich mich waschen?« Ihre Stimme war fast ein Kreischen, als sie auf das eklige grüne Bohrloch-Wasser in dem rostigen Trog deutete. »Und hier draußen schlafen, wo ich von Schlangen und Eidechsen und wilden Hunden angefallen werden kann?«

»Dir wird nichts passieren, solange du beim Feuer bleibst.« Ellie verlor allmählich die Geduld.

Alicia schaute mit wildem Blick in die Runde, aber anscheinend interessierte sich niemand für sie. Und als habe sie plötzlich eingesehen, dass ihr nichts anderes übrig blieb, als im Busch zu bleiben, ließ sie sich gegen einen Holzklotz fallen und trank in tiefen Zügen aus dem Wasserschlauch.

Ellie musste unwillkürlich lächeln, als sie die fleckigen Moleskins, das durchgeschwitzte Hemd und das arg zerknautschte Halstuch betrachtete. Mum sah wirklich erledigt aus, aber Ellie hatte den Verdacht, dass sie sich nach einem Tag harter Arbeit besser fühlte, als wenn sie in einem feinen Hotel herumgelungert hätte.

»Darf ich fragen, was du so komisch findest?«, fragte Alicia mild. Ihr Zorn hatte sich offensichtlich abgekühlt. »Hast du dich in letzter Zeit mal angesehen – oder sehe nur ich so aus, als wäre ich rückwärts durch eine Hecke geschleift worden?«

Ellie lachte, ohne an dieser Beleidigung Anstoß zu nehmen. »Schätze, wenn du so weitermachst«, brachte sie hervor, »dann machen wir noch einen richtigen Treiber aus dir.«

ZEHN

Die Dürre lockerte ihren Würgegriff nicht, und die Frauen von Warratah kämpften ums Überleben. Flüsse und Billabongs waren zu spärlichen Rinnsalen geworden, und die Wasserlöcher waren Tonpfannen, die für die Tiere zur Falle werden konnten, tödlich wie eine Gewehrkugel. Die Erde war steinhart und das jämmerliche Gras ohne jeden Wert. Die Herden mussten von einer Weide auf die andere getrieben werden, immer auf der Suche nach besserem Futter. Das Wasser für die Tränken musste aus Bohrlöchern hochgepumpt werden – aber einige von ihnen waren ebenfalls trocken. Das Outback lag im Sterben, und die Katastrophen rissen nicht ab.

Dingos und Krähen wurden immer frecher und räuberischer. Bäume verdorrten; ihre Äste bogen sich zur Erde, als wären auch sie erschöpft von der Hitze. Kaninchen vertilgten das trockene Gras, und Herden von Kängurus und Emus fielen in die Weiden ein, deren Brunnen noch nicht versiegt waren, und man musste sie abschießen oder verjagen, um das lebenswichtige kostbare Nass für die Rinder zu retten.

Die drei Frauen campierten nachts mit den Aborigines am Lagerfeuer. Die harte Erde war ihr Bett, der Himmel ihre Decke, der Sattel das Kopfkissen. Sie waren mit Messern und Gewehren bewaffnet, denn die armen Rinder starben, und es gab nichts Schlimmeres als den Anblick einer Krähe, die einem taumelnden, angstvoll blökenden Kalb die Augen aushackte. Ein schneller Schnitt durch die Kehle war die barmherzigste Methode, ein solches Tier zu erlösen. Zudem sparte man auf diese Weise Patronen.

Ellie stellte überrascht fest, dass sie Alicia mehr und mehr bewunderte. Nach dem anfänglichen Entsetzen darüber, dass sie von Sonnenaufgang bis zum Einbruch der Dunkelheit arbeiten sollte, hatte ihre Mutter widerwillig hingenommen, dass sie ohne Kosmetika auskommen musste. Sie hatte sich die Nägel auf eine praktischere Länge zurückgefeilt und die grauen Strähnen in ihrem blonden Haar hingenommen. Es schien sie nicht mehr zu kümmern, dass sie dem Tag ohne Lippenstift ins Auge sehen musste.

Es gab zwar Aufgaben, zu denen nicht einmal Aurelia sie heranziehen konnte – zum Beispiel, beim Kastrieren zu helfen. Aber Ellie erkannte, dass Alicia ihr Bestes tat. Es war merkwürdig, Mum Tag für Tag in denselben Kleidern zu sehen, und noch merkwürdiger, dass sie sich nicht beklagte. Vielleicht ist ja an der *stiff upper lip* der Briten wirklich etwas dran, dachte Ellie amüsiert; Aurelia und Alicia hatten jedenfalls bewiesen, dass sie genauso zäh waren wie ein Australier.

Trotz der Entbehrungen, die sie hinnehmen mussten, besaß die unbarmherzige Welt des Outback etwas Prächtiges und gebot Ehrfurcht. Und als Ellies neunzehnter Geburtstag und das nächste Weihnachtsfest heranrückten, erkannte sie, dass ihre Mutter sich inzwischen tatsächlich darauf freute, die Ebene zu durchstreifen. Sie hatte sogar ein harmonisches Verhältnis zu Jacky Jack und den anderen Jackaroos entwickelt; alle neun Bewohner der Farm waren zu einem Team zusammengewachsen, und vergangene Kränkungen und Enttäuschungen gerieten in Vergessenheit.

Das Radio war ihre unmittelbarste Verbindung zur Außenwelt, und jeden Abend kehrte eine der Frauen, wann immer es möglich war, in das Farmhaus zurück, um die Nachrichten zu hören und sie dann den anderen weiterzugeben.

Der Premierminister, *Pig Iron* Bob, hatte die Wahl im Oktober 1940 um Haaresbreite überstanden, aber zwei Monate später war die Regierung am Ende. Curtin wurde sein Nachfolger. Hitlers Russland-Invasion im August 1941 veränderte die Lage in Europa radikal, und am 7. Dezember 1941, als die Japaner Pearl Harbor bombardierten, nahm der Krieg eine ganz neue Gestalt an.

Die Frauen überließen die Rinder den Boys, als sie diese Neuigkeit hörten, und kehrten zum Farmhaus zurück. Nachdem die Amerikaner angegriffen worden waren, würden sie doch sicher in den Krieg eintreten und den Alliierten helfen, statt am Rand des Spielfelds auszuharren und den Bankhalter zu geben?

Drei Tage nach der japanischen Invasion in Südostasien drängten sie sich um das Radio und bemühten sich, Churchills Versicherungen, Singapur sei uneinnehmbar, Glauben zu schenken. Ihr Glaube war zerstört, als die britischen Schlachtschiffe *Repulse* und *Prince of Wales* vor der Küste der Malaiischen Halbinsel versenkt wurden. Erbitterte Dschungelkämpfe folgten, als die australische Division und andere alliierte Truppenverbände sich dem feindlichen Vormarsch auf der Malaiischen Halbinsel entgegenstellten. Der Krieg rückte täglich näher, und die Bedrohung Australiens erschien plötzlich real.

Ellies Geburtstag war vorüber, und Weihnachten stand bevor. Jack Withers kam mit dem Flugzeug von Darwin herunter, wo er die Flut junger Freiwilliger ausbildete, die dort aus allen Ecken Australiens zusammenströmten. Mickey Maughan, seit Alicias Ankunft ein regelmäßiger Besucher, erschien beladen mit Blumen, Wein und einem Lamm zum Braten.

Aber trotz der Geselligkeit und des unerwarteten Luxuslebens spürte Ellie, dass Aurelia nicht so überschwänglich war wie sonst. Ellie hegte den Verdacht, dass dies etwas mit der aufgestauten Erregung zu tun hatte, die Jack nicht ganz verbergen konnte.

Sie hatten die Kriegsnachrichten gehört, die vor der Rede des Königs gesendet worden waren. Jetzt war das Radio abgeschaltet, und jeder hing eigenen Gedanken nach. Zigaretten- und Pfeifenrauch kräuselte sich unter dem Wellblechdach, während sie den letzten Rest Brandy tranken.

»Ich verlasse Darwin«, verkündete Jack in die Stille hinein. »Hab ein Angebot bekommen, das ich nicht ablehnen konnte.«

Aurelia schaute ihn an, und ihr durchdringender Blick zeigte, wie besorgt sie war. »Ich habe das Gefühl, es handelt sich dabei nicht um ein hübsches, sicheres Büro in Alice.«

Er schüttelte den Kopf, und die Silberfäden in seinem Haar schimmerten im Licht der Petroleumlampen. »Ich soll in Broome ein Flugboot übernehmen«, erklärte er, und der Glanz der Erregung in seinen Augen strafte seinen ruhigen Tonfall Lügen. »Auf Java sind Zivilisten, die verzweifelt versuchen, von dort wegzukommen – und ich habe die Chance, ihnen zu helfen.«

»Du hast eine vorzügliche Aufgabe mit der Ausbildung junger Piloten«, hielt sie ihm entgegen. »Zeig ihnen, wie man mit Flugbooten umgeht.«

Er schüttelte den Kopf und drückte seine Zigarette aus. »Die werden anderswo gebraucht. Außerdem habe ich Erfahrung mit Flugbooten und brauche keine Ausbildung dafür. Das spart Zeit.«

Ellie schaute ihn an, als Aurelia schwieg. Sie wusste nicht, wie sie ohne ihn durch den Krieg kommen sollten. Er war immer für sie da gewesen – entweder am Funkgerät oder persönlich, bei seinen kurzen Besuchen. Er hatte ihnen mit dem Vieh geholfen. Hatte ihnen geholfen, das Futter zu den Tieren hinauszukarren und die Zäune zu flicken. Geholfen, den alten Geländewagen zu reparieren und den Traktor in Gang zu halten. Aber sie wusste, dass ihr nicht nur die großzügig zur Verfügung gestellte Zeit und seine mechanischen Kenntnisse fehlen würden, sondern auch der Mann selbst. Denn Jack war ein vertrauter Freund geworden.

Sie sah, wie Aurelia seine Hand berührte, und in diesem Augenblick wurde ihr klar, wie sehr ihre Tante ihn liebte.

»Gib nur Acht auf dich, du dummer alter Narr.« Aurelia bemühte sich erfolglos, ihre Bewegung zu verbergen. »Ich werde dich brauchen, wenn das alles hier vorüber ist.«

»Ist das ein Versprechen?« Er schaute ihr ins Gesicht, und die unausgesprochene Bedeutung seiner Frage war in seinem Gesicht zu lesen.

»Ja«, flüsterte sie.

Ellie klatschte in die Hände. »Wenn es das bedeutet, was ich glaube, dann haben wir jetzt etwas zu feiern. Trinken wir darauf!«

Mickey warf Alicia einen hoffnungsvollen Blick zu, während er den Wein einschenkte. »Du und ich, wir könnten wohl nicht auch …?«, begann er.

Sie schüttelte den Kopf. »Man sagt, wer zum zweiten Mal heiratet, stellt die Hoffnung über die Erfahrung«, antwortete sie leichthin. »Aber dreimal, das wäre denn doch ein bisschen zu viel des Guten.« Sie lächelte zuckersüß, um dieser Zurückweisung den Stachel zu nehmen, und wandte sich ab.

Ellie sah, wie niedergeschlagen Mickey dreinblickte, und sie seufzte. Allzu sehr hatte Mum sich eben doch nicht geändert. Der arme Mickey! Seine Gesellschaft war Alicia angenehm gewesen, er war großzügig mit seiner Zeit und seinen Geschenken – eine heitere Unterbrechung zwischen langen Phasen der Mühsal. Alicia nutzte ihn schamlos zu ihrer Unterhaltung aus. Die Ehe mit einem Mann wie Mickey Maughan war das Letzte, was sie in Betracht gezogen hätte.

Nach dem Mittagessen hatten Aurelia und Claire beschlossen, einen Rundgang durch den Garten zu machen, den Ellie angelegt hatte, als sie damals auf die Farm gekommen war. Bunte Blumen waren so gepflanzt, dass es aussah, als wären sie schon immer da gewesen und als hätten sie nach eigener Lust und Laune gedeihen dürfen. Cremeweiße Rosen wetteiferten mit scharlachrotem Klatschmohn und violettfarbenen Banksien, und hohe, schlanke Sukkulenten wiegten sich zwischen Farnwedeln und den winzigen blauen Blüten, die an kleine Schnecken erinnerten. Der Duft der Rosen wehte ihnen entgegen, als die ersten Regentropfen fielen. Aurelia fröstelte - die Erinnerung an Jack war überwältigend.

»Die Dürre während der Kriegsjahre hätte uns beinahe umgebracht«, sagte sie. Sie gingen quer über den Hof zur Veranda. »Was hätten wir nicht alles getan für einen Tropfen Regen – einen einzigen mickrigen Schauer!«

»Ich weiß, wie schlimm das ist, Aurelia«, sagte Claire. »Vergiss nicht, ich habe auch schon mehrere Trockenzeiten erlebt.«

Aurelia schaute Claire an. Die Ähnlichkeit zwischen ihr und Alicia war frappierend. Die beiden Frauen waren gleich groß, sie hatten die gleiche Haarfarbe und die gleiche elegante Haltung. Aber das war auch alles. In Claire sah Aurelia Ellies Warmherzigkeit, ihre Wissbegier und ihren Eifer, sich anzupassen und aus allem das Beste zu machen. »Das ganze Gerede von der Vergangenheit muss sehr verwirrend für dich sein«, sagte sie, als sie die Verandastufen hinaufstieg. »Und ich weiß, dass du einiges von dem, was du hören wirst, kaum verstehen wirst, weil du ja weißt, wie alles ausgegangen ist für deine Mutter und für mich.« Sie sah ein Stirnrunzeln und redete hastig weiter. Hoffentlich hatte sie nicht zu viel gesagt. »Aber es ist am besten, wenn du alles weißt, damit es keine Missverständnisse gibt.«

Claire hielt Aurelia die Fliegentür auf, und sie traten ins Haus. In der unaufgeräumten Küche war es warm, aber das war ihnen ganz willkommen, denn der Regen hatte einen kühlen Wind mitgebracht. »Ich muss zugeben, dass ich noch nicht erkennen kann, wo all das hinführen soll.« Claire goss Tee auf und schnitt zwei Scheiben von Ellies Schokoladenkuchen ab.

Aurelia zog sich die Jacke aus und löste unter großem Ächzen und Stöhnen die Schnürsenkel ihrer derben Halbschuhe. »Hab noch ein Weilchen Geduld mit einer alten Frau, mein Schatz«, sagte sie. »Bald wird alles klar sein.«

Claire zog einen Stuhl heran und schenkte Tee ein. Leise, beinahe zögernd sagte sie: »Na los. Erzähl mir mehr von dir und Jack!«

Aurelia nahm einen Schluck Tee. Sie saß entspannt auf ihrem Stuhl, und die Wärme, die der neue Herd verströmte, ließ ihre feuchten Hosenbeine dampfen. »Es war Weihnachten 1941; Jack und Mickey Maughan waren mit ihren Flugzeugen gekommen, um mit uns zu feiern.« Sie schwieg einen Moment lang. »Nicht, dass es viel zu feiern gegeben hätte. Pearl Harbor war bombardiert worden, und Singapur stand kurz vor der Eroberung durch die Japaner.«

Sie zog ihre Pfeife aus der Tasche und hantierte mit Tabak und Streichhölzern. Das verschaffte ihr ein wenig Zeit, die sie brauchte, um ihre Gedanken zu sammeln, um sich an die Freude und die Trauer zu erinnern, die sie an jenem Tag überwältigt hatten.

Weihnachten war nur allzu schnell vergangen. Am zweiten Weihnachtstag hatte Aurelia Jack zu seinem Flugzeug begleitet; sie hatte sich bei ihm untergehakt, und es hatte ihr widerstrebt, ihn gehen zu lassen. »Du wirst doch schreiben?«

»Selbstverständlich«, sagte er, blieb stehen und legte den Arm um sie. »Lass uns keine Zeit mit Smalltalk verschwenden, Aurelia. Du sollst wissen, dass ich dich liebe und dass ich zu dir zurückkommen werde, und wenn ich den ganzen Weg von Broome auf allen vieren kriechen muss.« Er legte einen Finger an ihre Lippen, um jeden Widerspruch zurückzudrängen. »Und ich will, dass du mich heiratest, sobald das alles vorüber ist.«

Aurelia konnte nur mit dem Kopf nicken; sie war so aufgewühlt, dass ihr die Worte fehlten. Nichts, was sie sagen könnte, würde ihn davon abbringen, jetzt zu fliegen. Nichts würde ihn hier halten, in Sicherheit und unversehrt.

Jack küsste sie inbrünstig und drückte sie an seine Brust wie ein Ertrinkender. Dann saß er im Flugzeug, die Motoren brüllten, die Propeller rotierten, die Räder rollten über die rote Erde und trugen ihn fort von ihr.

Aurelia blieb am Ende der Startbahn stehen, und alles verschwamm vor ihren Augen. Das Flugzeug löste sich vom Boden und war bald nur noch ein kleiner Punkt am Himmel. »Gott beschütze dich«, flüsterte sie, und dann schüttelte sie die erhobene Faust. »Und komm ja zurück, Jack Withers!«, schrie sie. »Wir haben nämlich noch etwas zu erledigen.«

Aurelia kehrte aus der Vergangenheit zurück und sah, dass Claire immer noch auf ihre Erzählung wartete. »Jack bat mich, auf ihn zu warten.« Sie paffte an ihrer Pfeife. »Ich hab's ihm versprochen. Man könnte wohl sagen, wir hatten uns verlobt.«

Claire stützte die Ellenbogen auf den Tisch und legte das Kinn in beide Hände. Das Haar, das ihr über Schultern und Rücken fiel, glänzte im letzten Tageslicht. Der Regen wurde heftiger. »Schön für dich«, sagte sie lächelnd. »Aber was war mit Mum? Wie kam sie zurecht?«

Aurelia kaute auf dem Mundstück ihrer Pfeife. »Anfangs gut. Briefe kamen nur sporadisch, um es zurückhaltend zu sagen. Und wenn sie überhaupt kamen, waren sie hoffnungslos alt und fast unleserlich, weil der Zensor darin herumgestrichen hatte.«

»Aber er hat ihr geschrieben, wie versprochen?«

Aurelia nickte. »Alle paar Monate kam ein Stapel Briefe von Joe. Seamus schrieb ziemlich oft, und seine Briefe waren immer unterhaltsam – voller Anekdoten und boshaft treffender Karikaturen von den führenden Politikern der ganzen Welt. Aber sie wartete nur auf Joes Briefe.«

Sie schwiegen beide gedankenversunken, bis Aurelia weitererzählte. »Meine Eltern hielten sich halbwegs wacker, aber ich hatte den Verdacht, dass sie beide genug hatten vom Krieg und der Rationierung. Ihr Anwesen war vom Militär übernommen und in ein Lazarett verwandelt worden. Pa war nicht begeistert und schrieb kurze, bissige PS-Anmerkungen unter Mutters Briefe, um seinem Ärger Luft zu machen. Er sorgte sich um seine Parkettböden und die Schäden, die sie mit ihren Nagelstiefeln darauf anrichten würden.«

Claire lachte. »Offensichtlich hatte er andere Prioritäten als ihr.«

»Hmm.« Aurelia lächelte. »Mutter dachte praktischer«, fuhr sie dann fort. »Ich weiß noch, dass sie den Gärtner veranlasste, all ihre Antiquitäten und Gemälde zu verpacken und im Weinkeller zu lagern.« Sie schüttelte den Kopf und lächelte immer noch. »An der Kellertür ließ sie ein Vorhängeschloss anbringen, und den Schlüssel bewahrte sie nachts unter dem Kopfkissen und tagsüber in ihrem Korsett auf.«

Claire lachte wieder. »Ich erinnere mich an ihr Foto, das auf deinem Schrank gestanden hat. Schätze, sicherer konnte sie den Schlüssel nicht unterbringen.«

Aurelia nickte, als sie sich an ihre ziemlich gefährlich aussehende Mutter erinnerte. Die Erinnerung fiel nicht schwer – jeden Morgen trat Aurelia im Spiegel das gleiche Gesicht entgegen. »Mutter sah ziemlich streng aus – aber sie hatte einen wunderbaren Sinn für Albernheiten.«

»Du hast gesagt, Mum kam anfangs gut zurecht«, sagte Claire mit ruhiger Entschlossenheit. »Wodurch hat sich das geändert?«

»Durch zwei Dinge«, sagte Aurelia. »Eins ernster als das andere.«

Claire schaute sie an, und der Blick ihrer blauen Augen war fest und unerschrocken.

Aurelia räusperte sich. »Sie bekam einen Brief von Charlie.«

»Von Charlie?« Die Augen weiteten sich und zeigten eine Wachsamkeit, die vorher nicht da gewesen war.

Aurelia nickte. »Er wollte Joe sagen, dass ihm Leid tat, was er getan hatte. Er müsse oft an ihn denken, schrieb er, und er wünschte, sie könnten wieder zusammen sein. Der Krieg habe ihn erkennen lassen, dass das Leben für solche Fehden zu vergänglich sei, und er bitte Joe, ihm zu schreiben. Der Zensor hatte den Brief in Fetzen geschnitten, aber wir vermuteten, dass er irgendwo in Afrika war, denn Seamus hatte erwähnt, dass sie im selben Regiment dienten.« Aurelia nagte an ihrer Unterlippe. »Ellie schickte Joe den Brief mit einem, den sie selbst geschrieben hatte. Sie wusste, dass Joe sich wünschte, von seinem Bruder zu hören, und sie hoffte, dass der Brief den Zwist endlich beenden würde. Es war eine alte Wunde, und es wurde Zeit, dass sie heilte.«

»Aber du hast gesagt, es waren zwei Dinge, die für Mum damals alles veränderten. Was war das zweite?«

Aurelia dachte an Ellie und daran, wie sie vor all den Jahren gewesen war. »Der Geist von Warratah starb mit dem Gras. Deine Mutter fühlte sich entwurzelt, rastlos, unfähig, zu dem inneren Frieden zu finden, den sie brauchte, um über die Runden zu kommen. Sie hielt natürlich die Fassade aufrecht, ihr sonniges Wesen, das ihren beinahe triebhaften Drang zum Arbeiten verbarg, und saß stundenlang im Sattel. Aber ich sah wohl, dass ihr Nervenkostüm verschlissen war, und ich wünschte, ich hätte etwas tun können.«

Sie schaute Ellies Tochter an und seufzte. »Aber was hätte ich ihr sagen können? Was hatte ich ihr zu bieten außer Klischees und falschen Hoffnungen, die sich jederzeit zerschlagen konnten?« Sie schwieg kurz. »Die beiden Premierminister, Curtin und Churchill, kamen überein, dass die 6. und die 7. Division von Afrika nach Niederländisch Ostindien verlegt werden sollten, da Australien jetzt ernstlich bedroht war, aber das unglaublich schnelle Vordringen des Feindes machte dies unmöglich.

Aurelia schloss die Augen. Die Qualen jener Tage kehrten mit solcher Wucht zurück, dass es ihr den Atem verschlug. Als sie sich wieder ruhiger fühlte, schaute sie Claire an. Ihre Stimme war fast ein Flüstern. »Singapur fiel am 15. Februar 1942. Danach hörte Ellie nichts mehr von Joe.«

Beschäftigt mit ihren Erinnerungen und der Sorge um Claire und Leanne, geriet Ellie mit dem Geländewagen in eine ausgefahrene Rinne und wäre beinahe umgekippt. Nur mit Mühe behielt sie die Gewalt über den Wagen. Schließlich gelang es ihr, ihn von der Piste herunter auf eine Schieferfläche am Fuße eines Felsens zu lenken. Sie musste sich ausruhen; es war unmöglich, einen klaren Gedanken zu fassen, wenn man durch den Busch fuhr – einfach zu gefährlich.

Sie stieg aus und zog eine Jacke an. Der Tag war bedeckt und kühl. Fröstelnd schaute sie an der Felswand hinauf. Im Zwielicht sah sie abweisend aus – nicht wie ein magischer Zufluchtsort mit uralten Höhlen, die sie und Joe und Seamus als Kinder erforscht hatten. Sie zündete sich eine Zigarette an, stapfte über die Schieferfläche und blieb unter einem überhängenden Felsen stehen. Da oben liegt eine Höhle, erinnerte sie sich, mit Zeichnungen an den Wänden, die Jahrhunderte überdauert hatten. Grobe Bilder von Kängurus und Wombats, von Kriegern mit Speeren und Keulen, von Totemgeistern aus der Traumzeit.

Sie überlegte kurz, trat ihre Zigarette aus und machte sich ans Klettern. Es war Jahre her, seit sie so etwas getan hatte, und sie wusste nicht, ob sie es noch schaffen würde. Aber die Aussicht wäre der Mühe wert. Früher hatte sie Stunden dort oben auf dem Felsen zugebracht und einfach auf das Land hinausgeschaut. Es war ein Zufluchtsort für sie geworden; hier hatte sie den Tränen freien Lauf lassen können, und hier hatte sie den inneren Frieden zum Beten gefunden. Vielleicht wirkte die Magie noch immer.

Das Gestein war schlüpfrig nach dem Regen, aber die dicken

Sohlen ihrer Stiefel fanden festen Halt zwischen Felsen und Gestrüpp. Ellie blieb stehen, um Luft zu holen, und schlang sich die Jacke um die Taille. Ich sollte wirklich aufhören mit dem Rauchen, dachte sie. Ich war früher nicht so leicht außer Atem. »Hängt wahrscheinlich auch mit dem Alter zusammen«, knurrte sie, als sie endlich oben angekommen war und erschöpft zu Boden sank.

Als ihr Puls sich wieder normalisiert hatte, schob sie sich die Jacke als Kissen unter und schlang die Arme um die Knie. Die Erinnerung hatte nicht getrogen – das sah sie, als sie auf das Weideland zwischen Warratah und Jarrah hinausschaute: Die Aussicht war prachtvoll.

Dampf stieg auf, wo die Sonne auf die feuchte Erde brannte; es sah aus, als wateten die Rinder auf den Weiden schultertief im Wasser. Adler schwebten hoch oben in der warmen Thermik, und Ellie hörte das Krächzen der Krähen und das einsame Gelächter eines Kookaburra irgendwo in der Ferne. Eukalyptusduft wehte zu ihr herauf, und sie schloss die Augen. Es war, als hätte es die Jahre seitdem nie gegeben. Sie war wieder neunzehn.

Der alte Grauschimmel war am Silvestertag 1941 eingegangen. Jacky Jack hatte geholfen, ihn unter einem der Pfefferbäume zu begraben, in deren Schatten die Pferdekoppel lag. Er war das letzte Bindeglied zu ihrem Vater und dem langen Treck hierher gewesen, und obwohl sie neunzehn und erwachsen gewesen war, empfand sie den Verlust schmerzlich. So war sie an diesen Ort gekommen, an dem niemand sie weinen sehen konnte, und hatte die Nacht hier verbracht, zusammengerollt unter einer Wolldecke im Schutz der Höhle hinter ihr. Es sollte die erste von vielen Nächten nach dem Fall Singapurs sein.

Ellie warf einen Blick über die Schulter, und ein kühler Schauder rieselte ihr über den Rücken. Der Höhleneingang gähnte dunkel und verlockte sie, einzutreten und seine Geheimnisse zu entdecken. Sie schaute weg. Alter und Erfahrung hatten sie gelehrt, dass Höhlen gefährlich sein konnten. Man konnte nie wissen, was drinnen lauerte, und sie erinnerte sich noch, wie sie und die Jungen einmal über verkohlte tönerne Trauerhüte der Aborigines gestolpert waren und gedacht hatten, es seien Totenschädel.

Sie lächelte bei dieser Erinnerung und blickte hinaus auf das schimmernde Gras. Es wogte meilenweit wie Wasser in einem munteren Bach, und der Wind ließ es tanzen und im Sonnenlicht funkeln. Und dort hinten, am fernen Horizont, stand die Staubwolke vom Jungbullenauftrieb auf Jarrah. Es wurde Zeit, dass sie ihre Fahrt fortsetzte.

Aber es widerstrebte ihr, zu dem lärmenden Treiben bei den Pferchen zurückzukehren. Hier draußen war es friedlich, und sie hörte kaum einen Laut. Die Stille durchdrang sie, und ihre Gedanken wanderten zurück zu der Staubwolke, die sie vor all den Jahren erblickt hatte. Die Staubwolke, die eine Heimkehr angekündigt hatte.

Ein paar Tage nach Neujahr 1942 war Ellie im Gemüsegarten und kämpfte gegen das Unkraut, das auch dann noch zu wuchern schien, wenn alles andere verwelkte und starb. Die Kartoffeln konnten ausgemacht werden, die Rote Beete ebenfalls, aber die Bohnen waren vertrocknet, und den Kohl hatten zum größten Teil die Schnecken aufgefressen. Ellie wischte sich den Schweiß von der Stirn, stützte sich auf den Spaten und legte eine Atempause ein. Fliegen umschwärmten sie, und selbst hier, im Schatten der Wilgas, war die Hitze unerträglich.

Etwas bewegte sich auf der langen Zufahrt nach Warratah. Sie richtete sich auf und beschirmte ihre Augen vor dem grellen Sonnenlicht. Da kam jemand zu Fuß die unbefestigte Straße entlang, aber er war so weit weg, dass sie nicht erkennen konnte, wer es war. Sie ließ den Spaten fallen und griff nach dem Gewehr, das stets griffbereit lag. Sie war allein auf der Farm; Aurelia war mit den Boys dabei, die Jungtiere mit Brandzeichen zu versehen, Mum irgendwo mit Mickey unterwegs.

Ellie wartete angespannt und wachsam ab. Allzu viele verdächtige Gestalten streiften heutzutage durch das Outback. Entwurzelte Individuen, die aus den Großstädten geflohen waren, um sich der Fabrikarbeit oder dem Militärdienst zu entziehen, Leute, die wenig Respekt vor dem Eigentum anderer hatten. Um Ärger aus dem Weg zu gehen, gaben Aurelia und Ellie ihnen meist Proviant und Wasser und schickten sie dann weiter, aber manchmal wurden diese Landstreicher frech, und dann mussten sie Jacky Jack rufen, damit er sie gewaltsam vertrieb.

Die Gestalt watete durch das wässrige Hitzeflimmern und näherte sich langsam. Nach und nach erkannte Ellie, dass der Mann nicht allein war, sondern ein Pferd am Zügel führte und von einem kleinen Hund begleitet wurde. Sie blinzelte in das gleißende Licht, die Gestalt winkte – und endlich erkannte sie den Mann und rannte ihm entgegen.

Das Pferd war mit Säcken beladen und ließ den Kopf hängen. Der getrocknete Schweiß hatte salzige Flecken auf seinem Fell hinterlassen. Erschöpft stapfte es auf der staubigen Piste heran. Der Terrier kläffte und rannte im Kreis um den rundlichen kleinen Mann mit dem strahlenden Lächeln herum, der ihr da entgegen kam.

»Wang Lee!«, quiekte Ellie entzückt und warf sich ihm an den Hals. Sie hätte ihn beinahe umgeworfen. »Ich kann nicht glauben, dass du es wirklich bist.«

Japsend tanzte der Hund auf den Hinterbeinen. Das Pferd kam taumelnd zum Stehen, und Wang Lee brach in Tränen aus. »Aber ich bin's, Miss Ellie! Wang Lee so froh, er dich finden.«

Ellie hielt ihn fest im Arm, und als sie so mitten auf der Straße standen, erkannte sie, dass es jetzt an ihr war, Trost und Zuflucht zu spenden. Wang Lee wirkte irgendwie geschrumpft, nicht mehr ganz so rund und ziemlich zerbrechlich unter dem schmutzigen Kittel und der ausgebeulten Hose. In dem langen Zopf fanden sich graue Strähnen, und seine Schuhe wurden von Bindfäden zusammengehalten.

Als die Tränenflut versiegt war, löste Wang Lee sich sanft aus ihrer Umarmung. Er verschränkte die Arme in den voluminösen Ärmeln seines Kittels und verneigte sich tief. »Wang Lee entschuldigen, dass weinen, Miss Ellie. Aber ich komme sehr weit, dich finden.«

Ellie lächelte; es war so schön, diese musikalische Stimme wieder zu hören. »Wir unterhalten uns später«, sagte sie. »Lass uns erst mal zum Haus gehen. Wie es aussieht, könntet ihr einen ordentlichen Schluck Wasser und ein bisschen Ruhe vertragen, du und dein Pferd.« Sie betrachtete die dicken Satteltaschen und den Stapel von Säcken und Töpfen. »Ich sehe, du hast alles mitgebracht, sogar die Küchenspüle«, sagte sie scherzhaft.

»Wang Lee hat viele Dinge«, sagte er, und das alte Funkeln war wieder zu ahnen. »Nicht zurücklassen.«

Der kleine Hund rannte ihnen voraus und kam dann aufmunternd kläffend wieder zurück, während sie langsam die Straße entlanggingen; das müde Pferd bestimmte ihr Tempo. Als sie auf der Koppel beim Haus angekommen waren, half Ellie mit, das arme Tier von seinen Lasten zu befreien, bevor sie es mit der Satteldecke ordentlich abrieben und auf die Weide entließen.

Sie und Wang Lee lehnten am Zaun und schauten zu, wie das Pferd das ergraute Maul in den Wassertrog senkte und durstig soff. Der kleine Hund sprang in den Trog und schlabberte gierig, bevor er wieder heraushüpfte und sich trocken schüttelte; dann widmete er sich mit leidenschaftlicher Aufmerksamkeit seinen Flöhen und kratzte sich wohlig.

Clipper, der die Gesellschaft des alten Grauschimmels vermisste, näherte sich dem anderen Pferd und knabberte sanft an seinem Hals, als habe er den müden Reisenden erkannt und heiße ihn willkommen. Das erschöpfte alte Pferd wieherte zur

Antwort, und zusammen wanderten sie zu der Krippe, die Ellie noch am Morgen mit Heu und Hafer gefüllt hatte.

»Fu Man Chu jetzt glücklich«, sagte Wang Lee und lächelte müde. »Zu weit der Weg für das Tier.«

Ellie lachte. »Du hast dein Pferd Fu Man Chu getauft?«

Er schüttelte den Kopf, und das müde Lächeln reichte nicht bis zu den Augen. »Pferd heißt Chinaman. Hund ist Fu Man Chu.«

»Ziemlich ungewöhnlich, ich muss schon sagen.« Sie bemühte sich, nicht zu lächeln, als der braun-weiße Terrier mit dem piratenhaften dunklen Fleck an einem Auge sich im Staub wälzte.

»Ah ja, Miss Ellie«, flüsterte er leise. »Besser nennen Chinaman, dann Leute wissen, Wang Lee kein *Japaner.*«

Ellie hörte, wie er das Wort betonte, und erkannte, dass das Leben in den letzten paar Monaten ziemlich schwer für ihn geworden sein musste. Nachdem die Japaner die Malaiische Halbinsel besetzt und Pearl Harbor bombardiert hatten, brauchten unwissende Menschen nur seine Mandelaugen und den Zopf zu sehen, um sogleich die falschen Schlüsse zu ziehen. »Komm, Wang Lee. Ich gebe dir etwas zu essen und mache dir ein Bett zurecht. Du siehst aus, als müsstest du dich gründlich ausruhen. Unterhalten können wir uns später.«

Ellie hatte die beiden Frauen kommen sehen, und während sie darauf wartete, dass Wang Lee aus seinem Nachmittagsschlaf erwachte, schaute sie aus der dunklen Diele hinaus. Sie sah, dass Aurelia schmutzig und erhitzt war und nach der schweren Arbeit ein großes Glas mit etwas Alkoholischem dringend nötig hatte. Heute war der letzte Tag der Brandkennzeichnung gewesen, und trotz des mangelnden Regens war die Herde gewachsen. Jetzt konnten sie nur beten, dass es ihnen gelingen würde, die Rinder lange genug am Leben zu erhalten, um sie zum Fleischmarkt nach Brisbane zu schaffen.

»Bomben«, kreischte Kelly. »Flak, Flak, Flak.«

»Halt den Schnabel, Kelly«, knurrte Aurelia. »Du wirst langweilig.«

»Örrg?« Er hob eine zierliche Klaue, und sein gelbes Auge blickte stechend. »Cin Cin«, rief er dann fröhlich. »Und ex!«

»Das hört sich schon besser an.« Alicia nahm immer zwei Verandastufen auf einmal und warf dann ihren Hut auf den Tisch. »Was würde ich nicht geben für ein großes Glas Gin mit einer Menge Eis. Mickey hat darauf bestanden, dass ich heute Nachmittag zu Fuß über sein halbes Anwesen stapfe, und ich bin völlig außer Atem.«

»Gin ist alle. Aber es gibt noch ein winziges Tröpfchen Whisky.« Aurelia goss zwei Fingerbreit Whisky in die Gläser und reichte eins hinüber. »Und kein Mickey?«, erkundigte sie sich.

»Ich hab ihn nach Hause geschickt. Ein Nachmittag mit ihm reicht völlig aus«, sagte Alicia mit Entschiedenheit, ehe sie ihr Glas zur Hälfte leer trank.

Ellie war so aufgedreht, dass sie mit ihrer Neuigkeit nicht länger warten konnte. Sie stürmte durch die Fliegentür herein.

»Was ist passiert?« Aurelia machte angstvoll große Augen.

»Wir haben Besuch, Tante Aurelia«, antwortete sie atemlos vor Aufregung. Sie trat beiseite, und Aurelia fiel das Monokel aus dem Auge, als sie den kleinen Asiaten im Schatten der Tür stehen sah.

»Was macht der Japs hier?«, wollte Alicia wissen, ehe Aurelia Zeit fand, etwas zu sagen. Sie knallte ihr Glas auf den Tisch und stand auf. »Wir sollten die Polizei rufen oder die Armee oder so was. Der gehört interniert, genau wie die andern.«

»Das ist kein Japs«, zischte Ellie. »Sein Name ist Wang Lee, und er ist *Chinese*.«

Alicia musterte den Mann verächtlich von Kopf bis Fuß. »Für mich sehen die alle gleich aus«, erklärte sie unhöflich. »Und ich werde mich in meinem Bett nicht sicher fühlen, wenn ich weiß, dass er hier ist.« Sie wollte ins Haus gehen, aber ihre Tochter versperrte ihr den Weg. »Lass mich vorbei, Elspeth«, befahl sie. »Es ist unsere Pflicht, die Behörden zu informieren und ihn wegschaffen zu lassen.«

Ellie warf einen Hilfe suchenden Blick zu Aurelia. Sie hatte nicht erwartet, dass ihre Mutter so reagieren würde, und war entsetzt.

Aurelia setzte ihr Monokel wieder ein und übernahm das Kommando. »Alicia, setz dich hin, und mach dich nicht lächerlich!«, befahl sie. »Ellie, du bringst Wang Lee heraus, damit er sich setzen kann. Der arme Mann sieht erschöpft aus.«

Der kleine Chinese trat schlurfend auf die Veranda. Seine Arme waren in den Falten seiner Kittelärmel verborgen. Er verbeugte sich tief vor Aurelia. »Sehr viel Ehre, Tante von Miss Ellie kennen lernen«, sagte er leise. Dann verneigte er sich vor Alicia, die kerzengerade und fluchtbereit auf ihrem Stuhl saß. »Entschuldigen, dass machen Ärger für Missy. Wang Lee nicht hier bleiben, wenn nicht wollen.«

»Ellies Mutter weiß nicht, was du für Ellie getan hast, als sie auf Wanderschaft war«, erklärte Aurelia. »Du musst ihre Unhöflichkeit verzeihen.« Sie überhörte Alicias scharfen Einwurf, ließ den Gast Platz nehmen und gab ihm ihren Whisky.

»Wir schulden dir sehr viel mehr, als du jemals ahnen könntest, Wang Lee«, erklärte sie, die wütenden Blicke ihrer Schwester angelegentlich übersehend. »Du bist hier willkommen und kannst hier bleiben, so lange du willst.«

Mühsam erhob er sich von seinem Stuhl und verbeugte sich noch einmal. »Wang Lee sehr geehrt.«

Ellie zog sich einen Stuhl heran, und während der kleine Mann an seinem Drink nippte, erzählte sie ihrer Mutter, wie sie Wang Lee kennen gelernt und wie er ihr geholfen hatte, ihre Identität geheim zu halten – und wie er ihr mit dem Spiegel, den er ihr geschenkt hatte, letzten Endes das Leben gerettet hatte.

»Auf dem Viehtreck hab ich als Gehilfe von Wang Lee gearbeitet und in einer Hängematte unter dem Küchenwagen geschlafen. Damals hatte Snowy mir Clipper geschenkt, und nur zwei Wochen bevor wir nach Longreach kamen, geriet Clipper in eine kleine Stampede, und ein Jungbulle riss ihm den Bauch auf. Ich bin auf den Kopf gefallen und hab mir den Knöchel verstaucht. Fast zwei Tage lang war ich bewusstlos.«

Sie schaute Wang Lee an, und der betrachtete sie nachdenklich aus seinen dunklen Augen. »Wang Lee hat mich gepflegt. Er hat mir ein Bett in seinem Wagen zurechtgemacht und mich mit seinen Arzneien und Salben gesund gepflegt. Er wusste, dass ich kein Junge bin, aber er hat mein Geheimnis bewahrt.« Sie lächelte ihn an. »Ich habe dich nie gefragt, warum du das getan hast, Wang Lee. Es hätte dich den Job gekostet, wenn die andern etwas gemerkt hätten.«

»Ich Chinaman«, sagte er stolz. »Weiß, wie schwer Leben in diesem Land, wenn anders. Nicht leicht für Mann mit Tochter, Arbeit finden. Auch nicht leicht für Chinaman, Mädchen wegschicken lassen. Wang Lee haben Ellie sehr gern.«

Ellie lächelte. Rückblickend hatte sie die Wahrheit erkannt. Sie und Wang Lee hatten viel gemeinsam gehabt, denn als kleines Mädchen auf der Walze war man genauso einsam wie als Chinese in einem fremden Land. »Und weil ich mir bei dem Sturz den Fuß verletzt hatte, hat Wang Lee mir den Gehstock geschnitzt, der heute in meinem Zimmer an der Wand hängt. Doch der Spiegel, den er mir geschenkt hat, hat mir das Leben gerettet.«

Sie schwieg, und Aurelia nahm den Faden der Geschichte auf. Es tat Ellie immer noch weh, sich an die letzten paar Stunden mit ihrem Vater und an das Abenteuer mit dem Dingo zu erinnern.

Alicia war kaum besänftigt. Sie bedankte sich mit steifem Kopfnicken, als Aurelia zu Ende erzählt hatte.

»Wang Lee guter Koch«, sagte er in die darauf folgende Stille hinein. »Machen Essen, verdienen Unterhalt, solange bleiben.«

»Ausgezeichnet«, sagte Aurelia. »Nach Sallys Küche dürfte das eine Verbesserung sein.«

Also übernahm Wang Lee die Küche von Sally. Er produzierte köstliche Mahlzeiten aus Zutaten, die man nur als ziemlich primitiv bezeichnen konnte. Sally musste ihm zur Hand gehen. Er achtete darauf, dass sie alles richtig machte, und hatte auch ein Auge auf die kostbaren Mehl- und Zuckersäcke und die Petroleumdosen. Sie verschwanden nun nicht länger in die Hütten der Aborigines.

Weil er da war, konnten die Frauen das Farmhaus verlassen und sich um das Vieh kümmern. Er nahm ihnen Zeit raubende Tätigkeiten ab: Er fütterte die Hühner und molk die Hauskühe, und oft sah man ihn beim Graben im Gemüsegarten. Er schien über magische Kräfte zu verfügen, denn unter seinen Händen begann alles zu gedeihen. Seine Arzneien zeigten eine heilsame Wirkung, als einer der Boys sich am Stacheldraht das Bein aufriss und als Jacky Jack Fieber bekam. Wang Lees geschicktes Spiel mit Schattenpuppen und seine offensichtliche Freude an den Kindern der Aborigines machten ihn zum Liebling ihrer Mütter, die ihn gern als Babysitter engagierten, wenn sie auf die Jagd gingen oder sich zu ihren Tratschrunden trafen.

Ellie und Aurelia wusste gar nicht, wie sie vor seiner Ankunft zurechtgekommen waren. Wang Lee war schon bald unentbehrlich auf Warratah, wie er so auf der Farm und den umliegenden Koppeln umherschlurfte, immer gefolgt von seinem kleinen Hund. Fu Man Chu erwies sich als ausgezeichneter Rattenfänger und Kaninchenjäger, und es war, als wisse er, dass er sich seinen Lebensunterhalt verdienen musste. Von den Zwingern mit den Blue Heelers hielt er sich weise fern; sein Übermut, neue Freundschaften zu schließen, hatte sich als gefährlich erwiesen:

Einer der Hütehunde hatte ihn böse gebissen, sodass sein Ohr hatte genäht werden müssen.

Im Gegensatz zu allen anderen war Alicia immer noch auf der Hut vor Wang Lee, aber sie bewahrte eine kühle Höflichkeit und behielt ihre Ansichten für sich, wofür alle dankbar waren. Es gab schon genug Probleme auf der Welt.

Am Abend des 19. Februar saßen die Frauen um den Tisch und warteten auf die Nachrichtensendung im Radio. Wang Lee klapperte mit seinen Töpfen, Sally putzte das Gemüse für den nächsten Tag, und Fu Man Chu lag vor dem Herd. Man hatte ihn schließlich doch ins Haus gelassen, nachdem er mit einem Desinfektionsmittel gebadet worden war, und er genoss die Behaglichkeit. Der kleine Terrier war ein Streuner, ein Landstreicher, der auf den Wallaby-Pfaden gewandert war und noch nie ein richtiges Zuhause gekannt hatte; mit seiner Anbetung für Wang Lee zeigte er seine Dankbarkeit.

Die Rinder waren so dicht wie möglich an die Farm heran verlegt worden, denn die endlosen Viehtriebe über die vielen tausend Hektar von Warratah hatten sich für alle Beteiligten als viel zu strapaziös erwiesen. Mehrere Hundert Schlachtrinder waren von Jacky Jack und zwei Knechten nach Longreach getrieben worden, sodass jetzt nur noch die Muttertiere, die Bullen und die Einjährigen übrig waren. Wenn sie vorsichtig waren, würden sie die Trockenheit vielleicht überstehen.

Alles Treiben in der Küche kam zum Stillstand, als die Stimme des Nachrichtensprechers aus dem Radio dröhnte.

»Ich habe die traurige Aufgabe, Ihnen mitzuteilen, dass Darwin angegriffen wurde.«

»O mein Gott!«, schrie Alicia.

»Klappe!«, befahlen Ellie und Aurelia wie aus einem Mund und stellten das Radio lauter.

Der Sprecher redete weiter. »Von Flugzeugträgern aus haben japanische Bomber heute Morgen Darwin angegriffen und acht

Schiffe versenkt. Es wird befürchtet, dass mehr als zweihundert Seeleute sowie ungezählte Soldaten und Zivilpersonen ums Leben gekommen sind.«

»Darwin«, flüsterte Aurelia. »Das ist zu nah. Gott sei Dank, Jack ist in Broome und in Sicherheit.«

Sie hörten weiter zu, und allmählich dämmerte ihnen, wie schrecklich die Lage Australiens tatsächlich war. Feindliche Bomber hatten die Stadt im Norden, die man für unbezwingbar gehalten hatte, praktisch ausradiert. Der Krieg war doch noch nach Australien gekommen.

Dann änderte sich der Tonfall des Nachrichtensprechers, und die Atmosphäre in der Küche entspannte sich. »Es gibt allerdings auch gute Nachrichten aus dem Norden«, teilte er mit. »Tausende von Rindern sind den feindlichen Bombenangriffen entkommen und wohlbehalten außer Reichweite gebracht worden, und zwar von einer Hand voll alter Männer, Frauen und Jungen. Die Rinderzüchter, deren Farmen im äußersten Westen Australiens liegen, haben sich vor einigen Tagen zusammengeschlossen, und einer der größten Viehtriebe in der Geschichte unseres Landes ist bereits im Gange. Er hat Wyndham verlassen und wird voraussichtlich in etwa einem Monat die Grenze zum Northern Territory überschreiten, wo sich Rinderfarmer und Frauen von nördlich dieses Territoriums gelegenen Farmen anschließen werden. Es ist von lebenswichtiger Bedeutung, dass unsere Rinder nicht in japanische Hände fallen, und diese tapferen Männer und Frauen des Outback tragen ihren Teil dazu bei, indem sie dafür sorgen, dass das Vieh so schnell wie möglich aus der Gefahrenzone geschafft wird.

Der heldenhafte Treck wird durch einige der unwirtlichsten Gegenden Australiens führen, und weitere Farmen im Norden werden sich ihm anschließen. Schätzungen zufolge wird die Hauptmasse der Herde aus über sechzehntausend Stück Vieh bestehen und für die Wanderung nach Brisbane mindestens acht Monate benötigen. Der Boss des Trecks bittet alle Farmer entlang der Route, ihnen so viel Wasser zu überlassen, wie sie entbehren können. Die herrschende Dürre ist ihm wohlbewusst, und er weiß, dass es sich um ein verzweifeltes Unternehmen handelt, aber es ist unerlässlich, dass wir diese Rinder durchbringen.«

Aurelia schaltete das Radio ab, als die Sendung zu Ende war, und lehnte sich auf ihrem Stuhl zurück. »Sie können von Glück sagen, wenn sie mehr als ein Drittel durchbringen«, seufzte sie. »Und was das Wasser angeht, das man erübrigen soll …« Sie schwieg.

»Ich sage nur: Glückwunsch«, erklärte Ellie mit Nachdruck. »Ich wünschte, wir könnten dabei sein. Es hört sich aufregend an, und wir würden Geschichte machen.«

»Wir bemühen uns lieber, unser Vieh hier am Leben zu erhalten, statt es den weiten Weg nach Brisbane zu treiben. Die Kälber würden's gar nicht schaffen, und die Muttertiere würden keine Milch mehr produzieren. Jacky Jack sagt, der letzte Treck nach Longreach mit den Schlachtrindern war schon mühselig genug; er musste sie die Nacht hindurch treiben, um die Meilen zwischen den überlebenswichtigen Wasserlöchern zu schaffen. Er hatte Glück, dass er so wenig Verluste erlitten hat.«

»Ein bisschen Aufregung könnte ich trotzdem vertragen«, sagte Ellie rastlos.

»Es wird Aufregung genug geben, wenn die Japse noch einmal angreifen«, sagte Aurelia in scharfem Ton. »Darwin ist nicht weit weg, und wenn sie die Nordküste besetzen und einen Flughafen einrichten …«

Es war lange still, während alle die Nachrichten verdauten. Das Leben war schwer genug, ohne dass sie je den Gedanken an eine Invasion in Betracht gezogen hatten.

Aber sie waren nicht allein. Premierminister Curtin, erbost über Winston Churchills Weigerung, australischen Truppen zu erlauben, ihre Heimat zu beschützen, ignorierte dessen Proteste und befahl die Streitkräfte aus Afrika zurück nach Australien.

Das Land war in einer kritischen Lage. Australiens Kampfkraft war beeinträchtigt, weil seine Truppen in Europa und Afrika verstreut waren; alle waren schlecht ausgerüstet, und es gab praktisch keine Panzer und Flugzeuge und nur wenige Schlachtschiffe.

Curtin musste der finsteren Situation ins Auge schauen, und er tat es mit einem Realismus, der ihm zahlreiche Bewunderer einbrachte. »Ohne Einschränkungen jeglicher Art«, erklärte er, »sage ich hiermit klar und deutlich, dass Australien von nun an auf Amerika bauen wird, und zwar ohne jegliche Skrupel in Hinsicht auf traditionelle Bande und Verwandtschaft mit dem Vereinigten Königreich.«

Zehn Tage später flog ein Verband von zehn japanischen Flugzeugen von Timor aus südwärts zu einem der Haupttankplätze auf dem australischen Kontinent. Die einzige Verteidigung dort bestand aus ein paar .303-Gewehren der Heimatwehr, weil die Nachrichtendienste glaubten, dieser westliche Hafen liege außerhalb der Reichweite japanischer Flugzeuge.

Die Japaner schlugen morgens um neun Uhr dreißig zu; sie warfen ihre Langstreckentanks ab, und ihre Leuchtspurgeschosse setzten sechzehn Flugboote in Brand, die wehrlos im Wasser lagen, mit Frauen und Kindern an Bord.

Es war Broomes schwärzester Tag.

ELF

Ellie kehrte in die Gegenwart zurück und bemerkte mit Schrecken, wie rasch der Tag sich verändert hatte. Der Himmel war bleigrau, die Sonne hinter Wolken verschwunden. Die ersten dicken Regentropfen klatschten auf ihre Bluse und ihre Jeans. Hastig schlüpfte sie in ihre Jacke und zog den Reißverschluss bis zum Kinn hinauf. Es war aber nicht der kalte Wind, der sie frösteln ließ, sondern der Gedanke an den Abstieg. Denn der Regen hatte die Felsen blank und ebenholzschwarz poliert, und sie wusste, dass der Rückweg nicht so einfach werden würde.

Sie warf einen Blick über die Schulter und überlegte, ob sie den Wolkenbruch in der Höhle abwarten sollte. Aber das konnte Stunden dauern, vielleicht die ganze Nacht hindurch, und ihr Funkgerät war im Wagen. Sie hatte keine Wahl, sie musste hinunterklettern. »Verdammte Idiotin«, knurrte sie und ließ sich von dem überhängenden Felsen hinunter. Ihr Fuß fand tastend Halt. »Du wusstest, dass es wieder regnen würde, aber du sitzt da und verträumst die Zeit – ohne einen einzigen intelligenten Gedanken im Kopf zu haben.«

Sie klammerte sich an den schlüpfrigen Stein und schob sich abwärts; ihre Füße scharrten Halt suchend am Felsen entlang. Eine falsche Bewegung, und sie würde hinunterstürzen. Sie hatte zwar noch nie Höhenangst gehabt, aber das hier war ihr doch entschieden zu hoch, zu nass und verdammt riskant. Sie war durchnässt vom Regen, und der Schweiß lag kalt auf ihrer Haut, als der Wind stärker wurde. Sie war in Schwierigkeiten – aber entschlossen, nicht in Panik zu geraten.

An die Felswand geklammert, hielt sie inne, um Atem zu schöpfen. Ihre Finger waren taub vom Festhalten an schmalen Spalten. Sie schob den Fuß zur Seite und fand eine Nische, aber als sie ihr Gewicht dorthin verlagern wollte, spürte sie, wie der Tritt nachgab. Ihr Fuß glitt mit dem losem Gestein ab, und ihre Finger krallten sich in die Wand, in dem verzweifelten Versuch, sich festzuhalten und ihr Gewicht wieder auf den anderen Fuß zu verlagern. Sie schwang das freie Bein hoch, stieß den Stiefel in eine Höhlung und wuchtete sich mit aller Kraft, die sie noch hatte, in eine sichere Position.

Ihr Atem war jetzt ein Schluchzen, und ihr Herzschlag hämmerte. Regen und Schweiß brannten in ihren Augen, das Haar klebte nass in ihrem Gesicht. Sie konnte sich festklammern – aber sie musste hinunter, musste weg von diesem Felsen. Vor allem musste sie Ruhe bewahren, denn ein einziger Augenblick der Panik konnte sie unvorsichtig werden lassen.

Schniefend blinzelte Ellie Regen und Schweiß aus den Augen. Wenn es sonnig und warm wäre, würde ich mich hier nicht wie ein Kleinkind aufführen, dachte sie verächtlich. Es war schließlich nur ein Felsen – einer, den sie als Mädchen hundert Mal erklettert hatte. Sie war hinaufgestiegen, also konnte sie auch wieder hinuntersteigen. Mit kalter Entschlossenheit klammerte sie sich an ein schmales Sims. Die Brust eng an den Fels geschmiegt, schürfte sie mit der Stiefelspitze nach unten, bis sie einen Spalt gefunden hatte, in den sie treten konnte. Dann bewegte sie den anderen Fuß, die andere Hand.

Sie verlor alles Zeitgefühl, während sie langsam und mühsam die steile Felswand hinunterkletterte, und eben wollte sie sich beglückwünschen, weil sie so gut vorankam, als ein erschrockener Vogel aus einem Loch aufflog und ihr geradewegs ins Gesicht flatterte.

Mit einem überraschten Aufschrei verlor sie das Gleichgewicht. Und diesmal blieb ihr keine Zeit mehr, neuen Halt zu finden. Keine Chance, sich zu retten.

»Ich dachte, deine Mutter kommt heute herüber?«, sagte Angel, als der riesige Road Train schlammspritzend zur Hauptstraße hinauffuhr.

Leanne schaute auf die Uhr. Der Regen tropfte von der Hutkrempe in ihrem Nacken, und obwohl sie einen wadenlangen Regenmantel über Moleskins und Pullover trug, spürte sie, wie die Kälte hindurchsickerte. »Ich nehme an, sie hat sich entschieden, bei dem Wetter nicht zu fahren«, meinte sie. »Keine Sorge! Ich rufe auf Warratah an, wenn wir wieder auf der Farm sind.«

Sie stapfte durch den Schlamm zu den Pferden. Die Tiere sahen kläglich aus; sie ließen die Köpfe hängen und rupften nur zögernd das Gras unter den Coolibahs aus. Leanne wusste, wie ihnen zumute war. Auch ihr war kalt und elend, und sie bereute die unbedachten Worte, die sie Angel am Abend zuvor an den Kopf geworfen hatte. Er hatte versucht, ihr zu erklären, dass es ihm nicht darum gehe, die Hälfte von Jarrah geschenkt zu bekommen; er wolle nur ein Teil davon sein. Er fühlte sich ausgeschlossen und ein wenig verärgert über die Leidenschaft, die sie für den Betrieb aufbrachte – und das konnte sie ihm nicht verdenken. Es war, als habe Jarrah sie in Besitz genommen.

»Hoffen wir, dass der Road Train es bis zum Highway schafft, bevor die Piste unpassierbar wird.« Angel schwang das Bein über den Sattel und griff nach den Zügeln. »Wird das Wetter uns nicht aufhalten?«

Sie schaute zu ihm hinüber und spürte, wie das vertraute Verlangen sie durchströmte. Er sah immer noch gut aus, obwohl der Regen von seinem Buschhut troff und der Staub der Tagesarbeit auf seinem Gesicht klebte. »Doch, wenn es so weitergeht«, sagte sie. »Aber der Wetterbericht ist gut, morgen soll es wieder aufklaren.«

Angel lächelte. Auf seinen langen Wimpern funkelten Regentropfen. »Wenigstens können wir jeden Abend nach Hause«, stellte er fest. »Dein armer Vater sitzt draußen in der Ebene fest. Das kann nicht besonders angenehm sein.«

Leanne merkte, dass er sich mit ihr vertragen wollte, und obwohl sie krank vor Neugier war, zu erfahren, was drüben auf Warratah mit Claire passierte, besserte sich ihre Stimmung. »Wahrscheinlich hat er schon mehr Nächte draußen im Regen verbracht, als du warme Mahlzeiten am Abend bekommen hast«, sagte sie fröhlich. »Und nach allem, was er im Krieg durchgemacht hat, ist das hier gar nichts.«

Sie sah, dass er eine dunkle Braue hochzog, aber sie hatte nicht vor, ihn aufzuklären. Sie hatte nur unbestimmte Kenntnisse von dem, was Dad durchgemacht hatte, denn er sprach nur selten darüber – aber sie wusste, dass es schlimm gewesen war, denn sie erinnerte sich noch an die Albträume, die er gehabt hatte, als sie ein kleines Mädchen gewesen war.

Sie ritten mit den übrigen Männern zurück zur Farm – ein abgerissener Haufen mit durchnässten Kleidern und jämmerlichen Pferden. Der Regen prasselte auf sie herab, und die Hufe der Pferde verwandelten die Erde in klebrigen roten Schlamm. Die Bäume tropften, und der Rauch aus dem Kochhaus hatte Mühe, den Weg aus dem Kamin zu finden. Leanne lächelte, als sie sah, dass die Enten auf dem Billabong fröhlich plantschten und die Gallahs kopfüber an den Zweigen hingen, um sich die Zecken aus dem Gefieder waschen zu lassen. »Alberne Biester«, brummte sie in ihren Kragen. Zumindest sie genossen den Regen.

Sie ritten durch das letzte Tor, über den Hof und erreichten die Stallungen. Die Pferde wurden abgerieben und bekamen zu fressen und zu saufen. Leanne plauderte mit den Treibern und beteiligte sich an ihrem Geplänkel. »Wir essen heute Abend im

Kochhaus«, sagte sie zu Angel, als sie den Stall verließen. »Ich bin zu müde zum Kochen.«

Angel musterte sie eine Weile, als wolle er widersprechen, aber offensichtlich überlegte er es sich anders und zuckte die Achseln. »Ich könnte überall essen«, sagte er. »Ich bin halb verhungert.«

Leanne zog den Kopf ein und sprintete zum Kochhaus, dicht gefolgt von Angel. Sie stießen die Tür auf und betraten den Speisesaal. Die Wärme war fast überwältigend. Es war ein großer Raum, in dessen Mitte lange Tische und Bänke aufgereiht waren: Die Küche lag an einem Ende. Kondenswasser tropfte von den Fensterscheiben, und der Lärm der Stiefelabsätze auf dem Holzboden war von Stimmengewirr begleitet. Aus den riesigen Töpfen auf dem Großküchenherd stieg Dampf zur Decke. Cookie war wie gewöhnlich schlecht gelaunt.

»Stellt euch ordentlich an, verdammt!«, schrie er und schwenkte ein Metzgerbeil. »Wie soll ich euch Kerle füttern, wenn ihr nicht wartet, bis ihr an der Reihe seid?«

»Komm schon, Kumpel«, rief einer der Viehtreiber, »beweg dich ein bisschen! Mein Magen glaubt schon, sie hätten mir die Kehle durchgeschnitten.«

»Wäre vielleicht besser«, brüllte ein anderer. »Wenn du das Zeug zu kosten kriegst, wirst du dir vielleicht wünschen, es wäre so.«

Leanne schob Angel vor sich und stellte sich in das Gedrängel der ausgelassenen Leute, die warteten. Sie war gern hier, denn hier bestand niemand auf feierlichen Umständen und peniblen Manieren. Hier waren nur ehrliche, hart arbeitende Männer, die sagten, was sie dachten, und sie als eine der ihren akzeptierten.

Angel sah sich nach ihr um. »Isst du gern hier?«, fragte er, und seine Augen waren rund vor Staunen.

Leanne lachte und nickte. »Das beste Restaurant in der Stadt.«

Cookie schlug sein Metzgerbeil in den Hauklotz. Sofort war

es still. Aus Erfahrung wusste jeder, dass der Koch die Nase voll hatte. Er war ein großer, starker Mann, mit dem man sich nicht anlegte – ein sehr großer, starker Mann mit einem kurzen Geduldsfaden. »Noch ein Wort über meine Küche, und ich schlage euch den verdammten Schädel ein!«, brüllte er. Sein finsterer Blick wanderte über die schlurfende Warteschlange, und er verschränkte die Arme über der breiten Brust. Zufrieden sah er, dass er die Männer unter Kontrolle hatte, und er nickte. »Schon besser!«, knurrte er und machte sich daran, Fleisch, Kartoffeln und Berge von Gemüse auszuteilen.

Der Lärm brach von neuem aus, als die Männer ihre voll beladenen Teller zum Tisch trugen, erstarb dann aber, als das Klappern des Bestecks einsetzte. Leanne fand einen Platz für sich und Angel und war bald ins Gespräch mit einem der Männer vertieft, die hier arbeiteten, solange sie sich erinnern konnte. Sie warf einen Blick zu Angel hinüber, der Messer und Gabel verstohlen an seinem Hemd abwischte. »Lass dich dabei nicht von Cookie erwischen«, sagte sie leise. »Er hält große Stücke auf die Sauberkeit in seiner Küche.«

Angel schaute am Tisch entlang. Cookie überragte die Szenerie turmhoch, und sein rotes, verschwitztes Gesicht glühte finster. Wie ein Monolith stand er da und beaufsichtigte das Essen. Angel zog den Kopf ein und zwinkerte Leanne zu. »Schätze, ich sollte tun, was man mir sagt«, murmelte er. »Die Oberschwester schaut zu.«

Leanne lachte. Sein liebenswürdiger Scherz bedeutete, dass ihr Streit vergessen war. Sie würde lernen müssen, ihr Mundwerk in Einklang mit ihrem Gehirn zu bringen. Sie stritten sich zu oft, und auch wenn der Sex danach meistens umwerfend war, konnte das für die Zukunft nichts Gutes bedeuten.

»Auf Jarrah meldet sich niemand«, sagte Claire, als sie ins Wohnzimmer zurückkehrte. »Sie sind sicher alle noch draußen. Aber ich wundere mich, dass Mum nicht angerufen hat.«

»Wahrscheinlich zu beschäftigt«, brummte Aurelia, die versuchte, das Kreuzworträtsel in der Zeitung zu Ende zu bringen. »Das Verladen der Tiere dauert seine Zeit, und bei dem Regen, schätze ich, ist es eine teuflische Arbeit, die Road Trains über die Piste zu bringen.«

»Wann kommt Dad zurück?« Claire setzte sich, griff nach einer Zeitschrift und legte sie wieder weg. Sie hatte keine Lust zum Lesen.

Aurelia blickte von ihrer Zeitung auf. »Wenn er fertig ist.« Sie legte den Stift aus der Hand und seufzte. »Du weißt doch, wie lange so was dauert, Claire. Kann sein, dass er noch eine Woche wegbleibt, vielleicht auch zehn Tage. Kommt drauf an, wie groß die Herde ist und wie weit sie reiten müssen, um sie zusammenzutreiben.«

Claire zündete sich eine Zigarette an und lauschte dem Prasseln des Regens auf dem Dach. Es war gemütlich hier drinnen, wenn das Feuer im Kamin loderte und die Lampen brannten, aber es war ein seltsames Gefühl, dass ihre Eltern nicht da waren, um die Behaglichkeit mit ihr zu teilen. »Wundert mich, dass er überhaupt mit zum Auftrieb gegangen ist«, murrte sie. »Er wusste doch, dass ich komme.«

Aurelia gab ihr Kreuzworträtsel auf und verschränkte die Arme. »Die Arbeit hört ja nicht auf, bloß weil du nach Hause kommst«, gab sie zu bedenken. »Du hattest Gelegenheit, ihn zu deinem Examen zu sehen, aber da wolltest du ihn nicht dabei haben – und das hat wehgetan, weißt du. Deine Eltern dachten, du schämst dich für sie.«

Claire wurde rot. Dass sie die beiden nicht bei ihrer Examensfeier hatte haben wollen, hatte nichts mit Scham zu tun. Sie hatte nicht geglaubt, dass sie dabei sein wollten. »Ich werd's noch mal bei Mum versuchen«, sagte sie. »Inzwischen müssen sie ja zurück sein.«

Aurelia grunzte. »Sie wird anrufen, wenn sie so weit ist. Setz dich hin, Claire! Du machst mich nervös.«

Claire blieb in der Tür stehen, starrte auf das Telefon in der Diele und versuchte es doch noch einmal. Niemand meldete sich. Sie legte auf. »Hoffentlich ist alles in Ordnung«, murmelte sie und kehrte zu ihrem Sessel vor dem Kamin zurück.

»Sie hat ein Funkgerät im Wagen«, sagte Aurelia mit einem Anflug von Schärfe. »Und Leanne weiß, dass sie unterwegs ist. Wenn etwas passiert wäre, wüssten wir es schon.«

Claire schaute hinaus in die Dunkelheit und starrte dann ins Feuer. Gelbe Flammen tanzten im Kamin hinauf, und das Holz sackte zusammen. Sie hatte unzählige Zweifel, und eine Frage brannte ihr auf den Nägeln. »Als Mum nach Warratah gekommen ist …«, begann sie.

»Ja?« Aurelia griff nach ihrer Pfeife.

»Damals war Jarrah eine Farm für sich, nicht wahr?«

Aurelia nickte. Sie hielt die Pfeife in der Hand, aber die Streichhölzer lagen noch neben ihr auf dem Tisch.

Claire sah, dass ihre Fingerknöchel sich weiß färbten, als sie die Pfeife umklammerte. Ihre Schultern waren angespannt, und die grauen Augen schimmerten wachsam. »Wieso gehört sie jetzt uns? Ich dachte, die Maughans hätten Jarrah über ein Jahrhundert lang betrieben? Warum haben sie die Farm aufgegeben?«

Aurelia konzentrierte sich darauf, ihre Pfeife anzuzünden, aber Claire sah, dass sie blass geworden war und jedem Blickkontakt auswich. Sie fragte sich, wieso diese unschuldige Frage ihre Tante so sehr in Bedrängnis brachte.

»Das ist eine lange Geschichte«, sagte Aurelia schließlich. »Und eine sehr verwickelte. Ich erzähl's dir ein andermal.«

Claire beugte sich vor und zwang ihre Tante, ihr in die Augen zu sehen. »Wir haben jede Menge Zeit. Es ist noch früh, und ich bleibe auf, bis ich Mum erreicht habe.«

Aurelia lachte hustend auf. »Für euch junge Dinger ist das gut und schön«, sagte sie ausweichend. »Bis tief in die Nacht hinein aufzubleiben, das macht euch nichts aus, aber für mich ist bald Schlafenszeit.« Endlich gab sie sich geschlagen und sah Claire an. »Außerdem – solltest du nicht an morgen denken? Willst du für Matt nicht möglichst gut aussehen?«

Claire wischte ihre Einwände beiseite. »Du hast dafür gesorgt, dass ich nach Hause gekommen bin«, sagte sie leise. »Du hast gesagt, es gebe bestimmte Dinge, die geklärt werden müssten. Dinge, die mit Jarrah zusammenhängen und mit dem Streit, den ich mit Mum und Dad hatte. Du hast gesagt, ich sei erwachsen genug, um der Wahrheit ins Auge zu sehen. Warum willst du also jetzt nicht über Jarrah reden?« Ihr Ton war ruhig, aber fest.

Aurelia seufzte und starrte ins Feuer. »Ich wünschte, du hättest nicht ganz so viel Ähnlichkeit mit deiner Mutter«, sagte sie leise. »Fragen, Fragen, Fragen.« Sie schaute Claire an und begriff, dass ihr nichts anderes übrig blieb, als ihr zu offenbaren, wie Jarrah zu einem Teil von Warratah geworden war. »Das alles hat während des Krieges begonnen«, fing sie an.

Claire lehnte sich im Sessel zurück, aber entspannen konnte sie sich nicht. Hier war etwas Merkwürdiges im Gange – aber wie um alles in der Welt konnte die Eigentümerschaft Jarrahs etwas mit dem Verdacht zu tun haben, der sie fortgetrieben hatte? Sie dachte an den einsamen Grabstein, und es lief ihr kalt über den Rücken. Vielleicht war da eine Verbindung – eine Verbindung, die sie bisher nicht in Betracht gezogen hatte.

Aurelia richtete sich in ihrem Sessel auf und starrte weiter ins Feuer. Ihre Pfeife lag kalt und vergessen in ihrer Hand. »Nachdem Curtin Churchill gesagt hatte, wohin er sich seine Organisation schieben konnte, erschien General MacArthur auf den Philippinen. Er brachte die amerikanische Flotte und Tausende von Soldaten mit sowie Ausrüstung, Munition, Flugzeuge – lauter Sachen, die bei uns so knapp waren. Der Feind war inzwischen nach Neuguinea und auf die Salomonen vorgedrungen. Die Invasion stand bevor, und in Australien herrschte Generalmobilmachung. Zivile Arbeitskräfte wurden in Munitionsfabriken und in die Häfen verlegt; sie bauten Flugzeuge und eine strategische Nord-Süd-Straße durch das Herzland Australiens. Lebensmittel, Kleidung, Benzin und sämtliche Luxusgüter wurden rationiert, die Steuern erhöht.«

Claire verlagerte ihr Gewicht im Sessel. »Ich habe nach Jarrah gefragt«, sagte sie mit rastloser Ungeduld. »Nicht nach dem Krieg.«

»Der Krieg hat sich aber auf alles ausgewirkt, was wir taten«, antwortete Aurelia und bedachte Claire mit einem ihrer vernichtenden Blicke. »Wenn du etwas über Jarrah hören willst, musst du Geduld haben.«

Claire wurde rot und schwieg. Tante Aurelia verstand es immer noch, sie dazu zu bringen, dass sie sich fühlte wie ein ungezogenes Kind, und sie wusste, dass sie ihre Grenzen überschritten hatte.

»Mickey Maughan erschien kurz nach dem Angriff auf Broome hier auf Warratah. Seine übliche Leutseligkeit wirkte diesmal gedämpft, aber seine langen Schritte waren zielstrebig, als er über den Hof auf die Veranda zukam. Alicia und ich saßen bei einem hastigen Frühstück. Wir wollten zu deiner Mutter auf die Weide reiten, wo sie beim Zaunbau half.«

Zwei Stufen auf einmal nehmend, erschien er auf der Veranda, warf seinen Hut beiseite und nahm dankbar eine Tasse Tee von Wang Lee entgegen. »Tut mir Leid, das mit Jack«, sagte er leise zu Aurelia. »Immer noch keine Nachricht?«

»Nein.« Sie stellte die Tasse hin und schaute ihm ins Gesicht. Sie konnte nicht über Jack reden. Ertrug den Gedanken nicht, dass er vielleicht nie mehr nach Hause kommen würde. »Was können wir für dich tun, Mickey?«

Er hätte wissen können, dass Aurelia geradewegs zur Sache kommen würde, aber er wünschte doch, sie hätte ihm ein paar

Augenblicke Schonung gewährt, ehe er ihnen sagte, was er zu sagen hatte. Er warf einen Blick hinüber zu Alicia und sah mit Bewunderung, wie braun ihre Haut vom Wetter geworden war und wie hübsch sie aussah in den neuen Moleskins und dem Hemd, das er ihr aus Curry mitgebracht hatte.

Sie war ein Höllenweib – sie hatte gelernt, auf dieser abgelegenen Farm ebenso heimisch zu wirken wie im feinsten Hotel, und er konnte gut nachvollziehen, weshalb sie seine Anträge zurückgewiesen hatte. Er war ein Buschmann durch und durch; von seinem Reichtum abgesehen, war seine soziale Attraktivität gering, und er konnte ihr nichts anderes bieten als sein Herz und ein Leben voll harter, hingebungsvoller Arbeit für Jarrah Downs.

Er räusperte sich und knetete seinen Hut. Auf dem Flug hierher hatte er sich zurechtgelegt, was er sagen wollte, aber plötzlich widerstrebte es ihm, damit anzufangen. Sein Lebenswerk war vorläufig abgeschlossen, seine Zukunft ungewiss – und das war schwer zu verdauen oder gar mit ruhiger Autorität zu erörtern. Fast hatte er Angst, seine Pläne laut auszusprechen, denn das verliehe ihnen Endgültigkeit und machte sie beinahe real. Er spürte das erwartungsvolle Schweigen und Aurelias Unruhe. »Ich habe den größten Teil der Herde verkauft«, sagte er hastig. »Jarrah wird geschlossen, bis der Krieg vorbei ist.«

Alicia war sichtlich überrascht. »Aber das darfst du nicht«, sagte sie in scharfem Ton. »Wir müssen die Herden erhalten, damit wir das Land mit Fleisch versorgen können – und die Soldaten.«

Mickey wurde rot und senkte den Blick auf seine großen braunen Hände, narbenübersät von der jahrelangen Arbeit auf seinem Besitz. »Mein Seamus kämpft irgendwo in Afrika«, sagte er leise. »Die Männer, mit denen ich mein Leben lang gearbeitet habe, sind überall in der Welt verstreut. Ich bring's nicht mehr über mich, hier zu bleiben und auf eine Herde verfluchter Rinder aufzupassen, während ich etwas Nützliches tun könnte.«

»Die Rinder am Leben zu erhalten, das *ist* etwas Nützliches«, beharrte Alicia. »Außerdem hat das Militär dich bereits abgelehnt – das hast du selbst gesagt.«

»Die Sache sieht inzwischen anders aus«, antwortete er. »Australien braucht jeden einzelnen Mann – sogar einen alten Kerl wie mich.« Er grinste, sah dann aber, dass sein Versuch, Humor zu zeigen, bei den Frauen nicht ankam, und fuhr fort. »Die Air Force hat mich als Pilot genommen.«

Alicia wurde blass, aber sie schwieg und steckte ruhig eine Zigarette in die elfenbeinerne Spitze.

»Du gehst also auch weg«, sagte Aurelia seufzend. »Ich wusste, dass es so kommen würde. Dieser schreckliche, schreckliche Krieg frisst unsere Männer, einen nach dem andern.« Sie raffte sich auf; es schien, als kratze sie die letzten Reste ihrer fast erstorbenen Lebensgeister zusammen. »Und was können wir für dich tun, Mickey?«, fragte sie noch einmal.

Er zog einen Stapel Papier aus seiner Jacke, legte ihn auf den Tisch und strich ihn glatt. »Das sind die Besitzurkunden von Jarrah. Und das ist mein Testament. Sollte mir etwas zustoßen, soll Jarrah auf Seamus übergehen.« Er wandte den Kopf und starrte zum fernen Horizont; dabei dachte er an seinen dreiundzwanzigjährigen Sohn, seinen einzigen Erben mit den irischen blauen Augen seiner Mutter und dem dunklen Haar. Auf der Farm war es so still ohne ihn. Seufzend wandte er sich wieder den Frauen zu. »Wenn wir beide nicht zurückkommen, gehört Jarrah Alicia.«

Alicia schnappte nach Luft. »Das kannst du nicht tun«, sagte sie schneidend. »Darauf habe ich kein Recht. Außerdem – was verstehe ich denn vom Betrieb einer Rinderfarm?« Sie drückte die Zigarette aus. »Es muss doch noch jemand anderen geben?«

Er senkte den Kopf. Ihre Weigerung überraschte ihn nicht,

aber er blieb hart. »Wenn ich und Seamus es nicht schaffen, gibt es niemanden. Meine Frau ist vor fünfzehn Jahren gestorben, und mein anderer Sohn liegt auf Jarrah begraben.« Alicia schwieg, aber seine festen braunen Augen ließen nicht von ihr ab. »Du weißt, was ich für dich empfinde«, sagte er grimmig. »Und mir ist klar, dass du wahrscheinlich denkst, ich will dich zu irgendetwas erpressen, was du nicht willst. Aber da sind noch andere Dinge zu berücksichtigen. Tust du es für mich? Bitte?«

Alicia lehnte sich zurück; Zweifel verschleierte ihre blauen Augen. Mickey sah, dass sie verzweifelt um die richtigen Worte rang, weil sie ihm nicht noch mehr Schmerz und Erniedrigung zufügen wollte – und unwillkürlich liebte er sie schon deshalb.

»Du hast sehr deutlich gemacht, was du empfindest, Mickey, und ich wünschte …« Sie schwieg eine ganze Weile und schien dann zu einem Entschluss zu kommen. »Natürlich werde ich tun, was du möchtest, aber es wird wirklich nicht nötig sein. Du und dein Sohn, ihr werdet nach Jarrah zurückkommen. Das weiß ich einfach.« Ihr Lächeln war spröde.

Mickey wusste, dass die Chancen für seine Heimkehr gering waren, aber es hatte keinen Sinn, die Sache schwerer zu machen, als sie schon war. Er betrachtete Alicias Gesicht, als sie sich wieder eine Zigarette anzündete, und flüchtig fragte er sich, ob er vielleicht doch eine Chance hatte. Aber der gesunde Menschenverstand sagte ihm, dass dies nicht der richtige Augenblick war, sich noch einmal zu erklären – nicht, wenn er heute Abend abreiste. Eine weitere Zurückweisung würde ihn nur noch trauriger machen, und er musste sich auf die vor ihm liegende Aufgabe konzentrieren.

Aurelia brach das verlegene Schweigen und räusperte sich. »Du hast gesagt, es gibt noch andere Dinge zu berücksichtigen.«

Dankbar sah er sie an, aber er wusste, dass sein Lächeln niemanden täuschen konnte. »Erinnerst du dich, dass die Regierung nach dem letzten Krieg ein Gesetz über Zwangsenteignungen erließ? Wir mussten Parzellen unseres Landes praktisch verschenken, damit sie billig an die heimkehrenden Soldaten verkauft werden konnten.«

Aurelia nickte. Sie hatte damals selbst über fünftausend Hektar verloren. »Aber ich habe das Land zurückbekommen, als der junge Mann Pleite ging und in die Stadt zurückkehrte. Das ging vielen so, weißt du noch?«

»Aber einigen auch nicht«, erinnerte er sie. »Meine Eltern haben auch nahezu fünftausend Hektar verloren, das meiste davon mit gutem Wasser, und die Farmen dort arbeiten heute noch.« Er nagte an der Lippe. »Ich wette, die Regierung wird das Gleiche noch mal tun, wenn alles vorbei ist. Aber diesmal sind die Farmen viel größer, viel ausgedehnter, und die Erfolgreicheren unter uns werden am meisten verlieren.«

Aurelia begriff sofort. »Statt Jarrah und Warratah zusammenzulegen, indem du mir die Eigentumsurkunden vermachst, ist es deshalb viel vernünftiger, die beiden Farmen klein und bei verschiedenen Eigentümern zu belassen.« Es war eine Feststellung, keine Frage.

Er war erleichtert. Er hatte gewusst, dass sie verstehen würde, aus welchen Beweggründen er Jarrah nicht ihr vermachen wollte, auch wenn ihm klar war, dass sie viel besser geeignet war als Alicia und alles viel besser in den Griff bekommen würde. Alicia mochte seinen Pulsschlag beschleunigen, aber wenn es um Jarrah ging, war es wichtig, dass sein Kopf über sein Herz regierte und nicht umgekehrt.

»Warratah ist viel größer als Jarrah, und wahrscheinlich wirst du einen Teil deines Landes verlieren, aber nicht so viel wie in dem Fall, wenn beide Farmen vereinigt wären«, sagte er leise. Er bemerkte, dass Alicia glücklicher aussah, nachdem nun alles erklärt war – und das stimmte ihn traurig. Er hatte gehofft, sie würde sein Vertrauen in sie als nächsten Schritt in ihrer Beziehung begreifen.

»Dann ist das Ganze also nur ein geschäftlicher Plan?«, fragte Alicia nachdenklich.

Sie schenkte ihm ein reizendes Lächeln, und Mickey erstickte den Hoffnungsfunken, der nur allzu leicht in ihm zu entfachen war. »Es hätte mir gefallen, wenn es mehr als das gewesen wäre«, sagte er in gleichmütigem Ton und verdrängte seine Gefühle für sie. »Aber da ich nicht alles haben kann, was ich will, schien mir dies die ideale Möglichkeit zu sein, Jarrah für die Zukunft zu erhalten.«

Er atmete tief bei dem Gedanken an die neunzig Quadratmeilen Weideland, das Farmhaus und den winzigen Friedhof, umgeben von einheimischen Bäumen und Büschen. »Fünf Generationen meiner Familie liegen auf Jarrah beerdigt. Ich fände es furchtbar, wenn es in fremde Hände geriete.« Er schaute Alicia mit festem Blick ins Gesicht und wünschte, sie würde verstehen, wie viel ihm das alles bedeutete. »Wenn ich nicht zurückkomme, behalte es in deiner Obhut – wenn nicht für Seamus, dann für Ellie. Ich habe einen Treuhandfonds eingerichtet.«

Alicia empfand leise Verlegenheit wegen der Art und Weise, wie sie ihn behandelt hatte, aber sie war auch verärgert. Bis heute war Mickey Maughan für sie eine Möglichkeit gewesen, die Monotonie des Outback zu durchbrechen; er hatte ihr eine erträgliche Gesellschaft geboten und dazu ein Flugzeug, um nach Cloncurry zu kommen, wann immer sie von hier fort wollte. Er hatte sie mit teuren Geschenken überhäuft, wenn sie ihn wissen ließ, dass sie deprimiert war, und er hatte ihr geschmeichelt, wenn sie in Curry beim Frisör gewesen war, um die grauen Haare zu bekämpfen. Diners in einem schicken Hotel, Cocktails auf der Veranda – all die kleinen Luxusdinge, die ihr das Leben hier erträglich gemacht hatten. Und jetzt ging er fort – und vertraute darauf, dass sie ihm sein kostbares Jarrah erhielt, nur um es dann an Elspeth weiterzugeben.

Sie zündete sich eine neue Zigarette an und blies den Rauch

von sich, während er und ihre Schwester die Unterlagen im Einzelnen durchgingen. Er war ein guter Mann, das musste sie zugeben. Aber er war auch naiv, wenn er sich einbildete, er könnte sie durch Erpressung dazu bringen, dass sie ihn heiratete. Mickey Maughan war lediglich jemand, der ihr Unterhaltung geboten hatte, und es hatte ihr Spaß gemacht, ihn am Nasenring herumzuführen. Aber weiter ging es nicht. Es schauderte sie, als sie über den Hof und an den Außengebäuden vorbei ins meilenweite Nichts schaute. Seine Abreise verurteilte sie zu monate-, vielleicht jahrelanger Langeweile und Einsamkeit, und das Letzte, was sie gebrauchen konnte, war eine gottverdammte Rinderfarm, die sie hüten sollte. Wenn dieser verfluchte Krieg nur bald zu Ende wäre!, dachte sie missmutig. Dann wäre das alles nicht mehr nötig. Ich habe die Nase voll von Australien.

Aurelia war angespannt. »Darum wird Wang Lee sich kümmern«, sagte sie schärfer als beabsichtigt, als Alicia Tasse und Untertasse klirrend auf den Holzboden fallen ließ. Sie wusste genau, warum ihre Schwester so geschäftig mit dem Geschirr hantierte: Sie hatte ein schlechtes Gewissen und versuchte es zu überspielen. »Wenn du etwas tun willst, dann leg das hier in den Safe!« Sie reichte ihr die Dokumente und das Testament.

Es war einen Augenblick still, nachdem Alicia durch die Fliegentür gestürmt war. Sie hörten nur das Stakkato ihrer Schritte in der Diele. »Wann fliegst du?«, fragte Aurelia schließlich.

»Heute Abend.« Er saß da, den zerknautschten Hut in der Hand, und zog ein jämmerliches Gesicht. »Ich schätze, es ist besser, wenn ich mich wegen Alicia nicht noch einmal lächerlich mache«, sagte er seufzend. »Aber ich hätte ihr gern auf Wiedersehen gesagt, bevor ich gehe.«

Aurelia griff nach Jacke und Peitsche. »Ich muss nach Ellie sehen. Sie ist jetzt schon zu lange allein draußen«, sagte sie bärbeißig. Sie stand auf, das Monokel fest ins Auge geklemmt, und knöpfte sich die Jacke fest zu. So geht es in diesen Tagen allen, dachte sie müde. Man war angespannt, zugeknöpft, brachte alle Gefühle unter Kontrolle – denn alle hatten Angst, den schrecklichen Wahrheiten ins Auge zu blicken. Wenn sie das täten, würden die Dämme brechen, und alles wäre verloren.

»Dann gehe ich jetzt besser«, sagte Mickey widerstrebend, und sein Blick wanderte zur Fliegentür.

Aurelia schüttelte ihm die Hand, und sie fühlte eine Festigkeit und Wärme, die sie nur allzu machtvoll an ihren geliebten Jack erinnerte. Sie musste sich räuspern, bevor sie sprechen konnte. »Gib Acht auf dich«, sagte sie heiser. »Ich werde dafür sorgen, dass Jarrah keinen Schaden nimmt.«

»Nutze das Land, wie du es für richtig hältst«, sagte er leise. »Ich habe immer noch gutes Wasser auf den Südweiden, die Bohrlöcher und der Fluss sind noch nicht ausgetrocknet; deshalb gibt es dort noch gutes Gras. Ich hab die drei Bullen und ein paar Kühe behalten, aber um die braucht man sich eine Weile nicht zu kümmern.«

Aurelia nickte. Sie konnte nichts mehr sagen. Sie schaute ihm ins Gesicht und prägte es sich ins Gedächtnis ein, wie sie es mit so vielen anderen getan hatte. Dann wandte sie sich ab. »Ich schlage vor, du begleitest Mickey noch zum Flugzeug, Alicia«, sagte sie über die Schulter zu dem Schatten hinter der Fliegentür. »Könnte eine Weile dauern, bis wir ihn wiedersehen.«

Alicias aristokratische Erziehung ließ nicht zu, sich unhöflich oder mürrisch zu zeigen; sie wusste zwar, dass sie darauf achten musste, keinen falschen Eindruck bei Mickey zu erwecken, aber sie konnte ihn nicht einfach gehen lassen, ohne sich gebührend zu verabschieden. Sie griff nach ihrem Hut, und gemeinsam traten sie von der Veranda in die brütende Hitze. »Wir können den Geländewagen nehmen«, bot sie steif an.

»Ich möchte lieber zu Fuß gehen«, sagte er. »Dann kann ich deine Gesellschaft ein paar Minuten länger genießen.«

Alicia bohrte die Hände in die Taschen; sie hatte sich die

Hutkrempe absichtlich so tief heruntergezogen, dass er ihr Gesicht nicht sehen konnte. Sie war plötzlich verlegen an seiner Seite und wusste ganz gegen ihre sonstige Art nicht, was sie sagen sollte; also ging sie schweigend neben ihm her. Nach ein paar Schritten spürte sie seine Hand auf ihrem Arm, und widerstrebend blieb sie stehen. Mitten auf dem Hof ließ sie zu, dass er ihr Kinn mit den Fingern zu sich hob, sodass er ihr ins Gesicht sehen konnte. Von seinem durchdringenden Blick gefangen, konnte sie nirgendwo anders hinschauen, und plötzlich hatte sie Angst, er könnte ihre Gedanken lesen.

»Verdirb diese letzten Augenblicke nicht dadurch, dass du Angst hast, das Falsche zu sagen, Alicia«, sagte er leise. »Ich möchte dein Lächeln in Erinnerung behalten und die Art, wie du in deinem komischen englischen Akzent plapperst und all diese langen Wörter benutzt, bei denen ich so tun muss, als ob ich sie verstehe. Ich könnte es nicht ertragen, wenn meine letzte Erinnerung an dich aus einem traurigen Gesicht und verlegenem Schweigen bestände.«

Sie versuchte sich zu entspannen. »Ich möchte ja nichts verderben«, sagte sie. »Aber es ist nicht fair gegen uns beide, wenn wir zu viel voneinander erwarten. Nicht, wenn du so unerwartet fortgehst.«

Er lächelte, und seine große Gestalt warf einen langen Schatten über sie. »Wirst du mich vermissen?«

»Selbstverständlich«, sagte sie wahrheitsgemäß. Sie sah das Licht der Hoffnung in seinen Augen und fügte hinzu: »Aber als Freund. Als einen sehr lieben Freund.«

Er schob ihren Arm unter seinen, und langsam gingen sie auf die Landebahn zu. »Damit werde ich mich zufrieden geben«, sagte er. »Vorläufig.«

Unter normalen Umständen hätte Alicia ihm den Kopf zurechtgerückt. Aber dies waren keine normalen Zeiten, und wenn er schließlich doch aus dem Krieg zurückkehren sollte, wäre sie längst fort. Also war es besser, zu schweigen und ihn jetzt mit guten Gedanken gehen zu lassen. »Mach dir keine Sorgen um Jarrah«, sagte sie, als sie beim Flugzeug waren. »Ich werde mich darum kümmern, bis ihr zurückkommt, du und Seamus.«

Stumm drückte er sie an sich und küsste sie auf den Scheitel, und dann war er fort. Die Propeller drehten sich, die Motoren dröhnten, und das kleine Flugzeug jagte über die Startbahn und stieg dann in den Himmel.

Alicia sah der zerbrechlichen Maschine nach, die im wabernden Schwarz aufziehender Gewitterwolken verschwand, und fragte sich, ob dies ein Zeichen für die Zukunft war. Denn sie hatte plötzlich den Verdacht, dass ihr Urteil sie auf fatale Weise getäuscht hatte.

Angenehm satt stieß Leanne die Fliegentür auf und streifte den Mantel ab. Es war wieder ein langer Tag gewesen, und sie war erledigt. Sie schleuderte die Stiefel von den Füßen und ließ sie liegen, wo sie hinfielen. Dann ging sie durch die Diele. Angel hatte festgestellt, dass es ihm im Kochhaus doch gefiel, und er war dort geblieben, um mit den anderen Männern zu rauchen und zu plaudern. Es ist schön, ein paar Augenblicke für sich allein zu haben, dachte sie, als sie an dem kleinen Tisch vorbeikam. Sie konnte duschen und sich auf Angels Rückkehr vorbereiten. Ihr Blick fiel auf das Telefon, und sie schaute auf die Uhr. »Ich sollte auf Warratah anrufen und Mutter sagen, dass wir den Transporter gut auf den Weg gebracht haben«, murmelte sie. Beim ersten Klingeln nahm jemand ab. »Wie geht's, Claire?«

»Gut. Ist Mum da?«

Ihre Schwester klang erregt, und Leanne erstarrte. »Ich dachte, sie hätte es sich überlegt und kommt nicht?«

»O mein Gott«, murmelte Claire am anderen Ende der Leitung. »Das bedeutet, sie ist allein irgendwo da draußen.«

»Wann ist sie abgefahren?« Leanne gab sich Mühe, Ruhe zu bewahren.

»Ziemlich früh. Leanne, wir müssen sie finden, und zwar schnell! Die Temperatur sinkt, und sie könnte an Unterkühlung sterben, wenn sie einen Unfall hatte.«

»Moment mal, Claire. Sie hat doch ein Funkgerät. Wenn mit dem Wagen etwas passiert wäre, hätte sie sich gemeldet.«

»Aber das hat sie nicht getan, oder?«, schrie Claire. »Deshalb rufst du mich doch an, und wir verschwenden Zeit. Ich komme rüber.« Die Verbindung wurde abrupt unterbrochen.

Leanne raffte ihren Mantel an sich und zog die Stiefel an. Wenn sie nur eher angerufen hätte! Wenn sie nur nicht bis nach dem Essen gewartet hätte! Der Gedanke an ihre Mutter da draußen in der kalten, nassen Nacht trieb sie an, und sie rannte aus dem Haus und quer über den Hof. Sie riss die Fliegentür auf und stürmte ins Kochhaus. Ein Dutzend erschrockene Augenpaare starrten ihr entgegen. Es war totenstill. »Holt die Landrover heraus und packt den Erste-Hilfe-Koffer ein. Mum ist irgendwo auf der Piste von Warratah hierher verschwunden.«

Sie setzten sich wie ein Mann in Bewegung. Hüte wurden aufgestülpt, Mäntel übergeworfen, und alle folgten ihr zur Tür hinaus in den Regen. Sie teilten sich in Sechsergruppen auf und starteten die Landrover. Der Koch packte den Erste-Hilfe-Koffer und die Trage hinten in seinen Truck und zwängte sich mit einem Arm voll Decken und Kissen in die Kabine. Leanne rannte zum Geländewagen, dicht gefolgt von Angel, und nach zweimaligem Röhren sprang der Motor an. Die Leute in der Schlafbaracke hörten den Lärm und streckten die Köpfe aus den Fenstern. Bald darauf donnerten über zwanzig Leute vom Hof – in Fahrzeugen und zu Pferde.

Die Nacht war schwarz, und der Regen fiel herab wie ein Vorhang. Leanne und Angel fuhren schweigend; der Wagen schaukelte und holperte, dass die Scheinwerferstrahlen über die schlammige Piste tanzten; sie beleuchteten Bäume, schreckten grasende Rinder und Wallabys auf, und eine Herde Emus galoppierte im Wiegeschritt davon. Leanne umklammerte grimmig das Lenkrad; sie wischte über die beschlagene Scheibe und spähte hinaus in die Dunkelheit. Nie würde sie sich verzeihen, wenn Mum etwas zustoßen sollte.

Langsam bewegte der Konvoi sich auf Warratah zu; die Stunden vergingen, und sie geriet in Panik. Von Mums Geländewagen war nichts zu sehen, und nichts wies darauf hin, dass Mum heute auf dieser Piste gefahren war. Sie musste hier irgendwo sein. Mum kannte die Regeln und wäre niemals weggefahren, ohne jemandem Bescheid zu sagen. Das war viel zu gefährlich.

»Hast du das gesehen?«, schrie sie gegen das Geräusch des Regens an, der auf das Wagendach trommelte.

»Scheinwerfer«, rief Angel. »Jemand kommt uns entgegen.«

»O Gott«, schluchzte sie. »Das ist Claire. Das bedeutet, sie hat sie nicht gefunden.«

»Nein. Warte. Sie bewegen sich nicht. Sieh doch, die Innenbeleuchtung brennt. Claire muss etwas gefunden haben.«

Leanne trat das Gaspedal durch, und der Wagen schleuderte durch den Schlamm, legte sich schräg und geriet beängstigend ins Schwanken, bevor er sich aufrichtete und voranschoss. Sie hörte, wie Angel schrie, sie solle langsamer fahren, wusste, dass sie halsbrecherisch fuhr. Aber sie musste sehen, was da vor ihr war. Der Allrad-Truck kam knirschend zum Stehen, als sie auf die Bremse trat. Sie sprang hinaus in den Regen.

Das Licht der Scheinwerfer beleuchtete Claire. Sie kniete ohne Hut und Mantel neben etwas, das auf dem Boden lag. Etwas, das sehr still dalag.

Leanne watete durch den Schlamm und stolperte über die Schieferfläche. »Mum? Mum?« Sie fiel auf die Knie, ohne auf die spitzen Steine zu achten, ohne sich um den alles durchnässenden Regen zu kümmern.

Ellie lag zusammengekrümmt unter Claires Mantel. Sie war sehr bleich, und als Leanne sie berührte, fühlte sie sich eiskalt an.

»Sie ist mit dem Kopf aufgeschlagen. Sie ist bewusstlos«, rief Claire. »Ich brauche Hilfe, um sie in den Wagen zu schaffen. Einer von euch muss sich ans Funkgerät setzen und den Arzt rufen. Er soll nach Jarrah kommen.«

Leanne wurde rau beiseite gestoßen, und Angel übernahm das Kommando. »Wir müssen vorsichtig sein«, schrie er ihr in das wütende Gesicht. »Sie kann sich das Genick gebrochen haben oder das Rückgrat. Wir müssen dafür sorgen, dass sie stabil liegt, bevor wir sie hochheben.«

»Du bist ein verdammter Tierarzt, kein Chirurg«, brüllte sie zurück.

»Ich habe fünf Jahre Medizin studiert und fünf Jahre praktiziert. Und was hast du?«, schrie er zurück. »Geh die Decken holen, und bring mir etwas, das ich ihr um den Hals legen kann.«

Leanne lief davon, während Claire und Angel sich um Ellie kümmerten. Cookie hatte die Plane vom Truck abmontiert, und er und drei andere hielten sie ausgespannt über die Verletzte, um sie vor dem Regen zu schützen. Leanne zerrte Decken und Kissen aus dem Wagen und kam damit zurück. Dann trat sie beiseite. Sie fühlte sich absolut hilflos, während ihre Schwester sorgsam das Kissen um den Hals ihrer Mutter schlang und es mit einer Schnur befestigte.

»Jetzt sollten wir sie bewegen können, aber bemüht euch, keine ruckhaften Bewegungen zu machen«, sagte Claire und stand auf.

Die Männer brachten die Trage, und unter lauten Anweisungen von Claire und Angel hoben sie Ellie darauf. Sie hüllten sie in Decken und beschirmten sie mit der Plane, und dann taumelten sie durch den Schlamm und betteten sie behutsam auf die Ladefläche eines Geländewagens. Leanne und Claire stiegen zu ihr hinein, und der Konvoi nahm Kurs auf Jarrah.

»Sie ist so blass«, sagte Leanne zähneklappernd. »Wird sie es schaffen? Warum wacht sie nicht auf?«

Fröstelnd strich Claire sich das nasse Haar zurück und überprüfte Ellies Lebenszeichen. »Der Puls ist kräftig, aber langsam. Sie hat beim Sturz das Bewusstsein verloren, und die Kälte und die Nässe waren nicht gerade förderlich. Wir müssen sie warm halten. Ihre Temperatur darf nicht weiter sinken.«

Leanne warf einen Blick auf ihren verdreckten, nassen Mantel. Er würde ihrer Mutter nichts nutzen, und sie hatte nichts anderes. »Wir haben keine Decken mehr«, sagte sie zitternd. Der Schock machte sich bemerkbar; sie war bis auf die Knochen durchgefroren und den Tränen nahe wie nie zuvor. Aber sie wollte verdammt sein, wenn sie Claire zeigte, wie sehr sie sich sorgte.

»Es ist okay, Lee«, tröstete Claire sie. »Leg dich neben sie, aber sieh zu, dass du sie nicht bewegst. Wir halten sie mit unserer Körperwärme warm.«

»Mit welcher Körperwärme?« Leanne schmiegte sich an die reglose Gestalt ihrer Mutter. Ihr war so kalt, dass sie nicht aufhören konnte zu zittern, und Claires ruhiges Verhalten machte sie wütend. Es war, als kümmere sie all das gar nicht.

»Alles ist besser als nichts«, sagte Claire.

Der Wagen pflügte durch den Schlamm, während der Regen gegen die Fenster peitschte und der Wind hinten an der Plane zerrte. Ellie war immer noch sehr bleich, ihre Haut eiskalt, und ihr Atem ging unregelmäßig. Ihr Mann war vier Tagereisen weit entfernt, und der Fliegende Doktor würde bei diesem Wetter vielleicht nicht landen können. Sie waren in großen Schwierigkeiten.

Undeutlich nahm Ellie Stimmen wahr, und sie hatte das Gefühl, geschaukelt zu werden und zu frieren. Ein dumpfer Schmerz erfüllte ihren Arm und ihren Kopf, aber sie hatte das Gefühl zu schweben. Sie trieb zufrieden in der Dunkelheit, die sie umgab. Es war warm in der Dunkelheit. So warm, wie es vor all den Jahren gewesen war, als sie der Farm absichtlich fern geblieben war und mit Jacky Jack und den Boys gearbeitet hatte.

Nichts zu wissen, das war eine Qual für sie und Aurelia gewesen. Die fehlenden Neuigkeiten aus Broome und von der Armee hatten sie in stumme Verzweiflung getrieben. Sie waren umeinander herumgeschlichen, während sie ihren täglichen Pflichten nachgingen, und hatten einander kaum noch in die Augen schauen können. Sogar Kelly hatte sich von ihrer Stimmung anstecken lassen und war ungewöhnlich still geworden.

Aber hier draußen, in der warmen Sonne, mit dem Rauschen des Windes in den Bäumen und dem Gesang der Glockenvögel, die ihr Gesellschaft leisteten, hier war ihr beinahe friedlich zumute. Denn hier hörte sie sein Lied und wusste, dass Joe bei ihr war.

Die Dunkelheit verblasste, die Wärme wich, und Ellie fand sich widerwillig damit ab, dass ihre Flucht zu Ende war. Sie wurde aus der Vergangenheit in die kalte Gegenwart zurückgeholt – zurück in eine Dunkelheit von ganz anderer Art, in die Dunkelheit halb ausgesprochener Wahrheiten.

Aber als sie die Augen aufschlug und sich umschaute, wusste sie, dass sie sich geirrt hatte. Denn das hier war viel schlimmer. Dies war der Ort, wo alles angefangen hatte. Hier hatte der Albtraum begonnen.

ZWÖLF

Für Augenblicke wie diesen hatte man die Landebahn in Ordnung gehalten, und als die ersten grauen Streifen den Himmel erhellten, dröhnte das Flugzeug des Arztes über den Himmel und landete gleich darauf. Claire wartete im Wagen. Sie hatte trockene Sachen angezogen, nachdem sie es Ellie auf dem Sofa im Wohnzimmer bequem gemacht hatten, aber die Kälte schien ihr bis in die Knochen gedrungen zu sein, und was sie auch tat, sie konnte sie nicht abschütteln.

»Ein Glück, dass ich in Ihrer Gegend war«, sagte der Arzt fröhlich, als er und die Krankenschwester ausgestiegen waren. »Ich war in Isa zu einer Entbindung, als Ihr Funkruf kam.« Claire wendete rasch und fuhr mit Hochgeschwindigkeit zurück zum Farmhaus. »Sie fahren wie alle Frauen von Warratah; also schätze ich, demnach müssen Sie Leannes Schwester sein. Ich bin Phil Kominsky, und das ist Sandra, meine Krankenschwester. Freut mich, Sie kennen zu lernen.«

»Claire. Ich bin froh, dass Sie so schnell kommen konnten.« Sie warf einen Blick zu ihm hinüber. Er war im mittleren Alter und von stämmiger Gestalt – ein beruhigender Anblick in diesen quälenden Stunden. »Mum hat Fieber.« Sie trat auf die Bremse und stellte den Motor ab. »Und ich glaube, sie hat sich den Arm gebrochen. Aber sie ist vor allem scheußlich auf den Kopf gefallen, und das macht uns besondere Sorgen. Sie ist immer noch bewusstlos.«

Sie stiegen aus dem Wagen und sprangen die Stufen zum Farmhaus hinauf. Im Wohnzimmer war es behaglich warm. Ein Feuer loderte im Kamin. Ellie lag auf dem Sofa, den Hals noch immer von dem Kissen gestützt, das erschreckend Gesicht bleich und krank.

»Vielleicht könnte jemand ein Tässchen Tee machen?«, schlug Phil vor. Er stellte seine Arzttasche ab und schaute in die Runde. »Ich würde Ellie gern allein untersuchen.«

Claire folgte den anderen widerstrebend aus dem Zimmer und schloss die Tür hinter sich. Ihr war noch kalt, obwohl es im Haus warm war. »Ein heißer Tee wäre nicht schlecht«, sagte sie. »Gehen wir in die Küche.«

Sie drängten sich um den Herd, die Teebecher in den gewölbten Händen. »Findet ihr nicht, jemand sollte eurem Vater sagen, was passiert ist?«, fragte Angel in die Stille hinein.

Claire schaute den gut aussehenden, dunkelhaarigen Tierarzt an und begriff sofort, weshalb Leanne sich in ihn verliebt hatte. Er war hinreißend. »Hat keinen Sinn, ihm etwas zu sagen, solange der Arzt sie nicht untersucht hat«, antwortete sie ruhig. »Das entscheiden wir, wenn wir wissen, was ihr fehlt.«

»Wieso zum Teufel musste sie überhaupt herkommen?«, schimpfte Leanne. Sie zog sich einen Stuhl heran und setzte sich. »Sie weiß doch, dass ich durchaus in der Lage bin, den Transport der Jungbullen zu organisieren.« Sie funkelte ihre Schwester an. »Das ist alles deine Schuld«, fauchte sie.

Claire war verdattert. »Wie zum Teufel kommst du denn darauf?«, fragte sie empört.

»Wenn du nicht nach Hause gekommen wärst und alle durcheinander gebracht hättest, dann hätte Mum sich überlegt, was sie tut.« Leannes Blick war vorwurfsvoll. »Warum gehst du nicht zurück nach Sydney?«

»Ich bin gekommen, weil ich hier zu Hause bin und weil Aurelia klugerweise wusste, dass es an der Zeit war, die Atmosphäre zu bereinigen. Wenn dir das nicht gefällt, tut es mir Leid. Aber ich habe ebenso das Recht, hier zu sein, wie du. Sie ist auch meine Mutter.«

Leannes Mund war ein dünner Strich, und ihre dunklen Augen funkelten bösartig. Aber sie schwieg, und Claire fragte sich, was sie gemeint hatte.

Mit einem kurzen Blick auf Claire legte Angel seinen Arm um Leannes Taille. »Dies ist nicht der richtige Augenblick für einen Streit. Ellie geht es schlecht.«

Claire wurde rot. Es beschämte sie, dass sie sich so leicht hatte reizen lassen. »Du hast Recht«, murmelte sie. Aber der Ausbruch ihrer Schwester beunruhigte sie. Sie hatte nicht geahnt, dass ihre Beziehung so feindselig war – oder so vergiftet.

Ihre Gedankengänge wurden unterbrochen, als Phil in die Küche kam. Er stellte seine Tasche auf den Tisch und ließ sich von Leanne eine Tasse Tee reichen. »Ellie kann von Glück sagen, dass sie noch lebt«, sagte er und nippte an dem dampfenden Tee. »Sie hat sich den Arm gebrochen; ich habe einen Gipsverband angelegt, und in sechs Wochen dürfte alles verheilt sein. Der Sturz auf den Kopf hätte sehr viel schlimmer ausgehen können. Aber sie ist zu sich gekommen, sie hat sich nicht übergeben, und sie weiß, wo sie ist. Ich habe ihr eine Spritze gegeben. Sie wird jetzt schlafen.«

»Was ist mit dem Fieber?«, wollte Claire wissen. »Auf der Fahrt nach Hause hat sie alle möglichen merkwürdigen Sachen gemurmelt.«

»Das kommt daher, dass sie so lange draußen im Regen gelegen hat. Lassen Sie sie auf dem Sofa vor dem Kamin liegen, aber decken Sie sie nicht mit allzu vielen Decken zu. Geben Sie ihr reichlich zu trinken, und sorgen Sie dafür, dass sie alle vier Stunden eine von denen hier nimmt. Morgen Vormittag sollte sie aufhören zu fiebern.«

»Und wenn nicht?«, fragte Claire.

»Es wird schon. Vertrauen Sie mir.«

Claire zog eine Braue hoch. Dies war eine Forderung, die mit Sicherheit das genaue Gegenteil bewirkte. »Aber wenn nicht?«, beharrte sie.

Seufzend stellte er seine Tasse auf den Tisch. »Dann rufen Sie mich an«, sagte er müde. »Sie haben ja meine Nummer.«

Leanne erbot sich, den Arzt und die Krankenschwester zum Flugzeug zu bringen, und als sie gegangen waren, bemerkte Claire, dass Angel nonchalant an der Kommode lehnte und seinen Blick über sie wandern ließ, als wäre sie eine Preiskuh auf einer Viehausstellung. Sie funkelte ihn an, und er hatte die Unverschämtheit, achselzuckend zu lächeln. »Ich gucke nur, aber ich fasse niemals an«, murmelte er. »Das ist nur ein Kompliment.«

Er mochte hoch qualifiziert sein und Wimpern haben, für die eine Frau sterben würde, aber er war nicht einmal eine milde Beleidigung wert. Sie ging hinaus.

Ellie war zu den willkommenen Lockungen der weichen, schwebenden Dunkelheit zurückgekehrt. Sie war dem anderen Ort entronnen und sah sich wieder in dem alten Farmhaus auf Warratah. Sie hatte die Uhr zu einer Zeit zurückgedreht, in der sie noch jung war. Aber während sie zwischen Vergangenheit und Gegenwart hin und her driftete, wurde ihr klar, dass es keine wirkliche Flucht gab, denn sie spürte noch immer die Kälte, hörte noch immer den Regen. Die Schatten kehrten zurück, und sie brachten einen Gast mit.

Er erschien Ende April 1942 auf Warratah, mitten in einem Wolkenbruch. Die Trockenheit hatte am Abend zuvor ein Ende gefunden, und die Frauen trafen die Vorbereitungen zu dem langen Treck auf die Südweiden von Jarrah. Die Rinder waren dorthin verlegt worden, weil das Gelände tief lag und deshalb trotz der Dürre über reichlich Wasser verfügte. Jetzt bestand die Gefahr, dass der Fluss über die Ufer trat und plötzlich Hochwasser brachte. Daher musste die Herde wieder auf höher gelegene Weiden getrieben werden.

Ellie trat durch die Fliegentür, beladen mit Satteltaschen, und sah, dass ein verbeulter Geländewagen auf dem Hof hielt. Ihre Taschen fielen mit dumpfem Schlag zu Boden, als sie erkannte, wer da gekommen war. Sie erstarrte und beobachtete, wie er seine Soutane raffte und durch den Schlamm marschierte.

»Tag«, sagte er betrübt. »Dieses Wetter eignet sich nur für Enten.« Er schüttelte das lange schwarze Gewand und rückte den weißen Kragen zurecht.

Ellie zitterte; fast hätten ihre Beine den Dienst versagt. Die Ankunft des Priesters war mehr als eine Überraschung – zumal sie ja nicht einmal katholisch waren –, sie war ein unheilvolles Vorzeichen. Sie hatte von seinen Besuchen bei anderen Familien gehört. Familien, die jetzt Trauer trugen.

Er blieb stehen. Seine traurigen braunen Augen spiegelten die Bürde des Amtes, und das Grau in seinem Haar war ausgeprägter als ein Jahr zuvor, als Ellie ihn auf einer Rinderzüchterversammlung gesehen hatte, sodass er älter aussah als fünfunddreißig. »Wie Sie sicher schon vermuten, bringe ich Neuigkeiten.« Sein irischer Akzent klang müde. »Ein paar gute – und ein paar nicht so gute. Ist sonst noch jemand zu Hause?«

Ellie umklammerte die Armlehne des Verandasessels und ließ sich in die Kissen fallen, ohne den Unheilsboten aus dem Auge zu lassen. »Tante Aurelia«, rief sie heiser. »Tante Aurelia, komm schnell!«

»Was ist los?« Aurelia stürmte durch die Fliegentür, dicht gefolgt von Alicia. Sie blieben wie angewurzelt stehen, als sie den Priester erblickten. »Wer ist es?«, fragte Aurelia und wurde bleich.

»Mrs. Bligh-Hamilton?«, stammelte der Priester.

»Ja, ja. Machen Sie schon, Mann!«, fuhr Aurelia ihn an. »Sehen Sie nicht, dass Sie uns auf die Folter spannen?«

Ellie verfolgte jede seiner Bewegungen, als der Priester einen Umschlag aus der Tasche zog. »Jack Withers hat mich gebeten, Ihnen das hier persönlich zu überreichen«, sagte er und lächelte sanft.

Aurelia ließ sich in einen Sessel plumpsen und hielt den Umschlag mit zitternden Fingern. Wieder und wieder las sie die gekritzelte Adresse.

Aufsteigende Panik verdrängte die überwältigende Erleichterung. Der Priester hatte von schlechten Neuigkeiten gesprochen. Er hatte den weiten Weg hierher nicht gemacht, um einen Brief von Jack abzuliefern. Ellie schloss die Augen und bemühte sich, Ruhe zu bewahren; sie drängte die schwarzen Gedanken zurück und bekämpfte ihre Angst mit dem Gedanken, dass Jack am Leben sei. Sie stählte sich für das, was sicher als Nächstes kommen würde; sie straffte die Schultern, holte tief Luft und öffnete die Augen.

Aurelia drehte noch immer den Brief in den Händen, als könne sie nicht glauben, was sie sah. »Er ist in Sicherheit? Er lebt?«

»Allerdings.« Der Priester lächelte. »Auf dem Rückflug von Java hatte er Motorprobleme, aber er hat sein Flugboot herunterbringen und es hinter einer der vielen Vulkaninseln verstecken können, um es zu reparieren. Er hat fast einen Monat von Insel zu Insel fliegen müssen, um den feindlichen Flugzeugen zu entgehen und nach Hause zurückzukehren. Über dreißig Frauen und Kinder waren an Bord, und niemand wurde verletzt. Nach allem, was man hört, bekommt er einen Orden.«

Ellie wollte Aurelias Glück nicht verderben, aber sie konnte das quälende Warten nicht länger ertragen. »Sie haben gesagt, es gibt gute und schlechte Neuigkeiten«, sagte sie heiser.

Aurelias Lachen brach jäh ab. Alicia legte Ellie tröstend eine Hand auf die Schulter, und der Priester atmete tief durch, bevor er sich setzte.

Für Ellie blieb die Zeit stehen. Das Ticken der Uhr in der Diele und das Tropfen des Wasserhahns in der Küche drangen in ihr Bewusstsein, Geräusche, die sie auf der Veranda normalerweise nicht gehört hätte, die nun aber klar und deutlich in die spröde Stille einbrachen. Die Welt stand scharf umrissen vor ihren Augen, grausam im fahlen Licht des düsteren Morgens. Regentropfen bebten am schmiedeeisernen Geländer der Veranda, und ihr war, als könne sie in jedem einzelnen die winzigen Lichtprismen sehen: Schön, aber kalt. Eiskalt.

Ihr Blick folgte der Hand des Priesters, als dieser einen weiteren braunen Umschlag aus der Tasche zog. Seine Stimme dröhnte durch das Tosen in ihrem Kopf, und seine Worte erreichten sie wie aus weiter Ferne, in langsamen Kadenzen, gedämpft und erbarmungslos.

»Ich habe eine Mitteilung von der Army.« Er machte eine Pause, als müsse er die Konsequenzen dessen abwägen, was er ihr zu sagen hatte, und als suche er nach den richtigen Worten, die ihr helfen würden, den Schmerz zu ertragen. »Snowy ist in Kriegsgefangenschaft in Burma«, sagte er schließlich.

Ellie merkte, dass sie den Atem angehalten hatte. Sie tat einen langen Seufzer, traurig und erleichtert zugleich. »In Kriegsgefangenschaft?«, wiederholte sie – und dann erstarrten ihre Gedanken zu Eis, und ihr Kopf war leer.

Der Priester nickte. »Sein Name stand auf der Liste, die die Japaner vor zwei Wochen herausgegeben haben, aber noch haben wir keine Ahnung, wo das Gefangenenlager liegt und wie sein Gesundheitszustand ist.« Er beugte sich vor, und seine Hand schwebte über ihren fest verschränkten Fingern. »Er lebt – mehr weiß ich nicht, und ich hoffe, es macht Ihnen Mut.«

Ellie starrte ihn an und erkannte, dass er eine strahlende falsche Hoffnung zu wecken suchte und damit sein Bestes tat, um den Schlag zu mildern – aber was konnte er schon sagen, um diese Neuigkeit erträglich zu machen? Armer Snowy, dachte sie abwesend. Armer, lustiger, lieber, süßer Snowy! Sie schloss die Augen, und ihre Gefühle waren in Aufruhr. Sie war überwältigt von der Erleichterung darüber, dass es nicht Joe war – doch die Vorstellung, dass der gelassene Snowy in den Händen der Japaner sein sollte, war zu schrecklich, um sie sich auszumalen. Denn Snowy war ein Mann, der für die Freiheit geboren war. Ein Aborigine, der auf Wanderschaft gehen musste, um die Verbindung zu seinen Ahnen aufzufrischen und dem Land, das Mutter und Vater für ihn war, Ehre zu erweisen. Hinter Stacheldraht würde er eingehen. Seine Seele würde sterben.

Endlich drang das angespannte Schweigen zu ihr vor. Sie riss die Augen auf. Da war ein dritter brauner Umschlag. »Nein!«, sagte sie mit klappernden Zähnen. »Nein«, wiederholte sie, wich zurück und schleuderte den Sessel mit einem Fußtritt über die Veranda. »Nein«, flüsterte sie, und sie stieß Mutter und Tante zurück und stand zitternd vor Entsetzen da.

Der Priester schaute von einer Frau zur anderen, aber keine konnte ihm helfen. Er seufzte. »Es gibt keinen leichten Weg, es Ihnen zu sagen. Ich will also nicht um den heißen Brei herumreden«, sagte er hastig. »Joe ist vermisst. Er ist in der Schlacht um Singapur verschwunden.«

»Vermisst?«, hauchte Ellie und umklammerte das Verandageländer. »Was heißt das?« Der Priester strich sich ein Stäubchen von der Soutane. Hätte man sie in diesem Augenblick gefragt, was sie fühle, sie hätte es nicht beschreiben können. Ihre Empfindungen wirbelten in einem solchen Tempo durcheinander, dass sie kaum noch alles registrieren konnte. Sie schaute erst Aurelia, dann ihre Mutter an, hin und her gerissen zwischen Hoffnung und Verzweiflung, und sie konnte keinen zusammenhängenden Gedanken fassen. Aber sie sah die Sorge in den Augen des Priesters und seinen unsteten Blick, während sie auf seine Antwort warteten.

»Das heißt, man vermutet, dass er tot ist«, sagte er leise. »Die Army hat keinen Hinweis darauf, dass er gefallen ist, aber man hat seit Wochen nichts von ihm gesehen und gehört.« Er versuchte ermutigend zu lächeln und scheiterte erbärmlich. »Es besteht die geringe Chance, dass es ihm gelungen ist, sich bei den Eingeborenen zu verstecken. Aber das ist unwahrscheinlich. Die Army irrt sich selten in diesen Dingen.«

Ellie spürte Aurelias Arme um ihre Schultern. Fühlte, dass ihre Mutter ihre Hände ergriff. Aber alles, was sie sah, war Joe, wie er über die Ebene ritt. Joe, wie er über irgendeinen Scherz lachte. Joe, wie er sie zum Abschied küsste. Er hatte versprochen, zu ihr zurückzukommen. Wie konnte er da tot sein? Nicht ihr Joe. Sie hörte doch noch den Wind in den Bäumen und den Gesang des Glockenvogels.

Sie löste sich von ihnen. Sicher war es ein Irrtum. Sie klammerte sich an das Wort »vermutet«. »Er mag vermisst sein, aber er ist nicht tot«, sagte sie entschlossen. »Die Army hat zugegeben, dass es nur vermutet wird, und …«

»Ellie«, unterbrach Aurelia sie mit einer Schärfe, die sie zusammenzucken ließ. »Ellie, das darfst du nicht. Falsche Hoffnungen machen alles nur noch schlimmer. Du musst die Wahrheit akzeptieren – erst dann kannst du anfangen zu trauern.«

Ellie wusste, wenn sie die nächsten Stunden überstehen wollte, musste sie sich an die zerbrechliche Hoffnung klammern, dass das alles nur ein schreckliches Missverständnis war. Denn sein Geist war bei ihr, er lebte und atmete in jedem Winkel von Warratah. Sie fühlte ihn jedes Mal, wenn sie über die Ebene ritt. Spürte seine Anwesenheit in den langen Nächten und endlosen Tagen. Hörte ihr Lied im Seufzen des Windes und im Ruf des Glockenvogels. »Er versteckt sich irgendwo und wartet darauf, dass die Alliierten Singapur befreien«, sagte sie störrisch. »Ich weigere mich zu glauben, dass er tot ist.«

»Aber du musst es«, sagte ihre Mutter. »Die Japaner hätten uns informiert, wenn er in Gefangenschaft geraten wäre – wie sie es im Fall von Snowy getan haben.«

»Nicht unbedingt«, widersprach Ellie. »Es gibt Tausende von Gefangenen in den Lagern, und die Akten müssen völlig durcheinander sein.« Sie lehnte sich an das Verandageländer, schaute hinaus über die Weiden von Warratah und bemühte sich, mit einer weiteren Gewissheit zurechtzukommen, während sie sich an den Glauben an seine Rückkehr klammerte. Denn dieser Glaube war alles, was sie aufrecht hielt.

Das Outback blühte auf, und der Regen hörte nicht auf, die verdorrte Erde zu erfrischen. Wildblumen überzogen die Ebene mit einer Decke aus lodernden Farben; das Gras wogte, und Enten und Buschtruthähne fielen in Wasserläufe und Billabongs ein. Die Rinder wurden fett und glänzend im Fell, und die Zahl der Kälber, die in den folgenden Jahren geboren wurden, bedeutete, dass die Rechnungsbücher von Warratah und Jarrah zum ersten Mal seit der Depression wieder mit schwarzen Zahlen aufwarten konnten.

Das japanische Vordringen im Pazifik kam angesichts des alliierten Widerstandes allmählich zum Stehen, aber in der nordafrikanischen Wüste blieb die Lage weiterhin kritisch. Tobruk fiel, und die australische 9. Division wurde zur Verstärkung der Alliierten von Syrien nach Westen verlegt. Im Oktober 1942 spielte sie eine wichtige Rolle bei General Montgomerys entscheidendem Durchbruch bei El Alamein. Die Streitkräfte der Achse Berlin-Rom-Tokyo in Nordafrika kapitulierten im Mai 1943.

Ellie verwandte all ihre Energie auf die tägliche Arbeit und ließ sich nur wenig Zeit zum Nachdenken, denn das machte sie nur niedergeschlagen. Monat um Monat verging, und als der Besuch des Priesters ein Jahr zurücklag, verstand sie es besser denn je, ihre finsteren Gedanken im Zaum zu halten. Es gab keine Nachricht von Joe. Doch obwohl Aurelia verzweifelt versuchte, Ellie klar zu machen, dass sie sich etwas vormachte, bewahrte sie sich hartnäckig ihre Hoffnung.

Jack und Mickey schrieben regelmäßig, aber zu einem Heimatbesuch hatten sie keine Gelegenheit, denn sie kämpften auf der Malaiischen Halbinsel. Von Seamus trafen nur wenige und unregelmäßige Nachrichten ein, und auch Charlie schrieb ein paar Briefe, die Ellie dann denen beilegte, die sie immer noch an Joe schickte. Sie musste einfach glauben, dass er sie noch lesen könnte, denn wenn sie es nicht täte, würde sie sein Andenken verraten und das Lied verleugnen, das sie immer noch hörte.

Die Nachrichten aus England waren beruhigend. Die alten Leute lebten noch; sie waren wohlauf und fanden sich allmählich damit ab, ihr Heim mit hundert verwundeten Soldaten und Piloten zu teilen. Von den nächtlichen Bombenangriffen und der Verdunklung abgesehen, war es vor allem die Lebensmittelrationierung, die dem alten Ehepaar zu schaffen machte. Die Frauen von Warratah hatten Gewissensbisse, denn auf der Farm war es kein Problem, Enten und Kaninchen zu schießen oder im Fluss Fische zu fangen und Krebse aus dem Schlamm der Bachläufe zu graben und sie mit Wang Lees frischem Gemüse aufzutischen.

Die Zäune zwischen Warratah und Jarrah waren gleich nach Mickeys Abreise niedergerissen worden. Das Grasland hatte sich in ein grünes Meer verwandelt, das bis zum Horizont reichte. Mickeys Bullen frischten das Blut der Herde von Warratah auf, und der jährliche Treck zum Fleischmarkt nach Longreach hatte einen hübschen Ertrag eingebracht, den Aurelia in neue Maschinen und in Reparaturen an den beiden Farmhäusern investierte.

Ellie lernte die Bücher zu führen und stellte fest, dass sie eine natürliche Begabung für den Umgang mit Zahlen besaß – vielleicht etwas, das sie von ihrem Vater geerbt hatte – und zudem einen scharfen Blick für gute Geldanlagen hatte. Unter Aurelias Anleitung hatte sie bald ein eindrucksvolles Portefeuille zusammengestellt mit Aktien von florierenden Stahlwerken, Zuckerraffinerien, Montan- und Bauunternehmen, die im Laufe der

Kriegsjahre entstanden waren. »Wir werden nicht immer Regen haben«, sagte sie an jenem Augustmorgen im Jahr 1944 zu Aurelia. »Und ich will nicht, dass du je wieder so nah daran bist, alles zu verlieren. Diese Anlage sollte uns über schlechte Zeiten hinweghelfen, und wenn der Krieg vorbei ist, werden wir das Portefeuille umstellen und den Nachkriegsboom ausnutzen, der bestimmt eintreten wird.«

Ellie lächelte strahlend. Das war ihr in letzter Zeit zur Gewohnheit geworden, und während es anfangs gezwungen ausgesehen hatte, wirkte es jetzt ganz natürlich. »Der Wind dreht sich«, sagte sie und schloss die Investmentakte. »Der japanische Widerstand in Neuguinea ist zusammengebrochen; MacArthur verlegt sein Hauptquartier dorthin. Jetzt brauchen sie die Japaner nur noch von den Inseln zu vertreiben, und dann können unsere Jungs nach Hause kommen.«

Aurelia stapelte wortlos die Kontobücher übereinander und legte sie neben den Stoß Briefe, der auf Wilf und sein Postflugzeug wartete.

Seufzend schaute Ellie aus dem Fenster. Tante Aurelia behielt ihre Ansichten über den Krieg und Joes Verschwinden seit langem für sich, aber irgendwie trug ihr Schweigen nur dazu bei, die Wahrheit desto unabweisbarer zu machen. Joe war jetzt seit zwei Jahren vermisst, und die Hoffnung auf seine Rückkehr war am Ende doch gestorben. Sie wartete nicht mehr gespannt auf das Postflugzeug, glaubte nicht länger an Wunder.

Aurelia war die Nacht über wach geblieben. Jetzt schaltete sie das Funkgerät ab und wanderte auf und ab. Der Besuch des Arztes in Verbindung mit Leannes Versicherung, dass sie zurechtkamen, hätte sie beruhigen müssen, aber es frustrierte sie, dass sie nicht dort sein konnte, wenn sie gebraucht wurde. Sie hatte zwei Möglichkeiten: Sie konnte ihren Geländewagen nehmen und nach Jarrah hinüberfahren, oder sie konnte hier bleiben und sich zu Tode sorgen. Sie bohrte die Hände in die Taschen und starrte wütend hinaus in den Regen. Das Morgengrauen mühte sich über den fernen Horizont herauf und verhieß auch für diesen Tag schlechtes Wetter.

Das verflixte Wetter ist genauso gegen mich wie meine Jahre, dachte sie mürrisch. Es hatte eine Zeit gegeben, da hätte sie es sich nicht zweimal überlegt, ob sie durch den Regen fahren sollte oder nicht. Damals hatte sie bei jedem Wetter im Freien übernachtet. Aber sie wusste, dass es töricht wäre, in ihrem Alter zweihundert Meilen weit über die verschlammte Piste zu rasen. Sie war alt genug, um zu wissen, dass sie eine Panne haben oder in Hochwasser geraten oder mit dem Geländewagen umkippen konnte – und wie wollte sie dann noch helfen? Das Letzte, was die Mädchen jetzt gebrauchen konnten, war eine alte Närrin, die ihnen zur Last fiel.

Sie wandte sich vom Fenster ab und ging durch die Diele ins Wohnzimmer. Das Feuer im Kamin brannte immer noch hell, aber die Wärme schien sie nicht zu erreichen. Die Winterkälte steckte ihr in den Knochen – die eisige Erkenntnis, dass sie nicht mehr dieselbe Frau wie früher war. Das Alter ist grausam, dachte sie und legte eine knorrige Hand auf den Kaminsims. Wozu ist es gut? Es macht den Menschen schwach und unfähig zu Dingen, die er früher erledigt hatte, ohne nachzudenken. Es macht ihn zu einer Last für andere. Vielleicht sollte man Menschen einschläfern wie alte Pferde, wenn sie zum Arbeiten zu klapprig wurden.

»Jetzt wirst du larmoyant!«, fauchte sie sich selbst an. Sie griff nach ihrer Pfeife, aber dann fiel ihr ein, dass ihr der Tabak ausgegangen war, und sie fluchte. Kelly war ein guter Lehrer gewesen, und als sie ihrer Wut Luft gemacht hatte, wurde sie rot und sah sich verstohlen um. »Du liebe Güte«, knurrte sie, »ich wusste gar nicht, dass ich so viele schreckliche Wörter kenne.«

Sie stampfte hinaus und in ihr Schlafzimmer. Dort wühlte sie in einer der Schubladen herum, bis sie einen Beutel Tabak gefunden hatte, und stopfte sich die Pfeife. Nachdem sie das Zimmer mit einem behaglichen Dunst erfüllt hatte, setzte sie sich auf ihr Bett und war schon bald in Gedanken versunken. Hier saß sie nun und jammerte über ihre Unfähigkeit, irgendetwas anderes zu tun, als zu Hause zu hocken und auf einen Anruf zu warten, während die arme Ellie auf Jarrah mit dem Fieber kämpfte und die Mädchen sich Sorgen machten. »Selbstsüchtige alte Eule!«, brummte sie, die Pfeife zwischen den Zähnen.

Sie schaute sich im Zimmer um, das ganz anders aussah als das im alten Haus. Es war sauber und frisch gestrichen, die Vorhänge waren hell. Zarte Aquarelle hingen an den blassgrünen Wänden, und das Bett war mit einer cremefarbenen Satindecke bezogen. Es war friedlich und anheimelnd; die Möbel waren weiß lackiert, und außer einer Vase mit Blumen und einem Stück Porzellan stand nichts herum. Drei aprikosenfarbene Läufer schmückten den blanken Fußboden. Ellie verstand sich vorzüglich darauf, ein Heim zu gestalten – und sie war so ordentlich.

Aurelia erhob sich mühsam vom Bett und zog die Tagesdecke glatt. Ihr selbst hatte die Hausarbeit nie wirklich Spaß gemacht, sie war ihr die meiste Zeit ihres Lebens aus dem Weg gegangen. Was für einen Sinn hatte es, wenn man Tag für Tag das Gleiche tun musste? Sie wandte sich der Tür zu, als sie sich plötzlich im Frisierspiegel erblickte. Ihre Mutter starrte sie an mit grimmigem Gesicht, weißem Haar und kräftiger Gestalt.

Grunzend eilte Aurelia zur Tür hinaus. Die Nacht war voller Geister, und wie Scrooge in Dickens' Weihnachtsgeschichte sah sie Vergangenheit, Gegenwart und Zukunft – und was sie sah, gefiel ihr kein bisschen. Und doch, dachte sie, als sie zu ihrem Sessel am Kamin zurückgekehrt war – was ist die Alternative? Es gibt eine Zeit zum Leben und eine Zeit zum Sterben, und ich habe nicht wenig davon gehabt. Anders als so manch anderer.

Der Regen prasselte auf das Blechdach und gegen die Fensterscheiben. Aurelia ließ sich in den Sessel sinken und starrte zur Decke. Für den Rest der Nacht würde sie keinen Schlaf mehr finden. Die Erinnerungen kehrten zurück, um sie zu verfolgen. Erinnerungen an längst Verstorbene – Erinnerungen an die, die nie Gelegenheit hatten, die ganze Spanne eines Menschenalters zu erleben.

Das Farmhaus auf Jarrah war ein freundliches Bluestone-Gebäude, das sich im Schutz von Akazien und blauen Gummibäumen ausdehnte. Die Außengebäude und der Hof lagen still in der brütenden Hitze. Alicia saß im Schatten auf der Veranda. Mickeys letzter Brief lag neben ihr auf dem Tisch. Sie hatte ihn so oft gelesen, dass das Papier zerfranst und die Faltstellen fast gebrochen waren.

Seufzend klopfte sie eine Zigarette auf den Tisch und zündete sie an. Anfangs waren seine Briefe beinahe unpersönlich gewesen, aber im Laufe der Jahre schien es, als falle es ihm immer leichter, über gemeinsame Interessen zu schreiben, statt seine innersten Gedanken und Hoffnungen für die Zukunft zu erörtern. Es war, als habe er Angst, sie zu Papier zu bringen, und darüber war sie erleichtert. Alicia hatte ihn über die Farmen, die Rinder, Aurelia und Ellie auf dem Laufenden gehalten, während er versucht hatte, ihr die Aufregung und die Angst zu schildern, die das Adrenalin ins Blut schießen ließen, wenn er mit seinem Geschwader im Einsatz war.

Es ist eine merkwürdige Beziehung, dachte sie und schaute hinüber zu Ellie und Aurelia, die in einiger Entfernung mit dem Gespann warteten. Eine Beziehung, die trotz der Unterschiede zwischen ihnen weiter blühte – aber eine, die niemals über eine Freundschaft hinausgehen könnte. Mickey sehnte das Ende des Krieges herbei, um den Faden seines Lebens wieder aufzunehmen; Alicia dagegen wusste, dass sie niemals ein Teil dieses Lebens würde sein können, denn der Faden ihres Lebens war von anderer Farbe und Dicke und wartete zu Hause in England.

Sie ordnete ihre Gedanken und betrachtete wehmütig ihre Fingernägel, die einst so lang und glänzend gewesen waren. Aber das schien gar nicht mehr wichtig zu sein. Die Dinge, die ihr vor dem Krieg so viel bedeutet hatten, kamen ihr jetzt so albern vor, und sie fand es ebenso überraschend wie alle anderen, dass sie sich so leicht in das Leben auf Warratah und Jarrah hatte einfügen können.

Natürlich hat Ellie mir den Weg gewiesen, musste sie sich eingestehen. Dieses zähe kleine Mädchen, das von früh bis spät arbeitete. Das Kind, das zur Frau herangewachsen war – zu einer tüchtigen, intelligenten Frau, die von Aurelia so viel mehr gelernt hatte, als ihre eigene Mutter ihr je hätte beibringen können.

Tief in Gedanken versunken, rauchte Alicia ihre Zigarette. Sie würde allein nach England zurückkehren. Ellie würde fern von diesem Land, das sie mit solcher Leidenschaft liebte, niemals glücklich sein. Sie würde den Ort niemals verlassen, an dem sie den Geist Joes noch immer so deutlich spürte. Wenn ich nur auch eine solche Liebe finden könnte, dachte Alicia betrübt. Eine alles verzehrende Liebe, die nie verblasst ist, auch wenn die beiden durch eine so große Entfernung und schon vor langer Zeit getrennt wurden. Ellies erste Liebe ist immer bei ihr, und obwohl Joe tot ist, wird diese Liebe stets bestehen und lebendig bleiben.

Aber es war Alicia nicht entgangen, wie traurig die Situation ihrer Tochter war. Alicia war klar, dass Ellie niemals einen Mann finden würde, der Joes Platz einnehmen könnte. Ihre Tochter würde ohne Nachkommen auf diesem weiten Land mitten im Nirgendwo bleiben. Sie würde vertrocknen und alt werden wie Aurelia – doch das war nicht die Zukunft, die sie sich für Ellie gewünscht hätte. Vielleicht sollte man eine so tiefe, alles durchdringende Liebe meiden? Vielleicht war eine flüchtige Zuneigung doch vorteilhafter als ein Gefühl, das ein ganzes Leben überschattete?

Alicia dachte an die Männer, die sie gekannt, und an die Liebhaber, die sie abgelegt hatte. Ihr Leben war vielleicht brüchig und wenig erfüllend gewesen, aber sicher war doch alles besser als der Schmerz, den Ellie ertragen musste? Alicias Blick wanderte hinüber zu ihrer Tochter, die so gelassen auf dem Bock saß und die Zügel des großen Pferdes in den Händen hielt. Sie hatten Brücken zueinander gebaut, und wenngleich Alicia wusste, dass sie nie die Mutter sein könnte, die Ellie sich wünschte oder brauchte, so waren sie doch Freundinnen geworden. Es war eine Freundschaft, die nur Frauen verstehen konnten. Frauen, die unter widrigen Umständen zusammengebracht worden waren. Die Verbindung zwischen ihnen war enger und dauerhafter als jede andere.

Sie streckte sich und entspannte Rücken und Schultern. Sie hatten alle wenig geschlafen, seit eine Woche zuvor das Telegramm eingetroffen war, und angespannt wartete sie jetzt auf das Motorengeräusch des Flugzeugs, das sich Jarrah näherte. Denn heute würde es eine andere Fracht als nur die Post bringen. Wieder einmal würde der Krieg, der draußen in der Welt wütete, bei den Menschen im Outback sein Brandmal hinterlassen.

Ellie saß auf dem Bock und beobachtete den Himmel. Der Regen hatte der Erde ihre Frische zurückgegeben, und der blaue Himmel sah mit seinen flauschigen weißen Wolken aus wie sauber gewaschen. Sie hörte das Gackern eines Kookaburra in der Ferne. Eine Herde Kängurus weidete im hohen Gras unter ein paar Giddea-Akazien. Das ist alles, was sie noch brauchte, erkannte sie. Jetzt, da Joe nicht mehr da war, lag ihr Lebensweg klar und deutlich vor ihr, sie würde dieses wunderbare Land, das immer noch widerhallte von dem Mann, den sie liebte, niemals verlassen. Denn hier war sie zu Hause.

Mit schwerem Herzen hörte sie das Dröhnen des Flugzeugs und beruhigte das Pferd, als es nervös zu tänzeln begann. Die Schönheit des Tages wurde durch diese Heimkehr beeinträchtigt, und die dunklen Wolken des Krieges rückten näher, als das Flugzeug über der Landebahn schwebte und schließlich aufsetzte. Die drei Frauen fuhren hinaus, ihm entgegen. Sie schwiegen, jede war in eigene Gedanken versunken. Der weiche Hufschlag des Pferdes und das Knarren des Wagens verstärkte nur die Trauer, die diese kurze Fahrt umgab.

Wilf kletterte aus der Maschine und half dem Priester mit betroffener Miene herunter. Die Frauen hielten an und warteten. Sie konnten den Sarg im Zwielicht der Kabine erkennen. Die hellen Sterne der australischen Flagge schimmerten matt im Halbdunkel.

Dann erschien eine Gestalt im Dunkel der Luke. Eine Gestalt in der khakifarbenen Uniform der australischen Armee mit blinkenden Orden auf der Brust. Ein Mann, dessen Gesicht im Schatten lag, als er sich in der niedrigen Öffnung bückte und stolperte.

Wilf und der Priester griffen zu und fingen ihn auf.

Ellies Herz trommelte in der Brust, und ihr Atem stockte. Sie überhörte das besorgte Gemurmel und versuchte zu glauben, was sie da sah. »Joe!« Es war ein Aufschrei reinsten Glücks – all das Leid und die verzweifelte Hoffnung, aufgestaut über die Jahre, brachen aus ihr hervor. Sie sprang vom Wagen. Schüttelte Aurelias Hand ab, die sie zurückhalten wollte. Stürzte auf ihn zu, stieß den Priester beiseite in dem verzweifelten Verlangen, Joe wieder in den Armen zu halten.

Er nahm den Hut ab. »Sorry, Ellie«, sagte er leise.

Die Enttäuschung war wie ein Dolchstoß. Sie schnürte ihr die Luft ab, brachte sie bebend zum Stehen. Ließ alle Gedanken gefrieren. Und dann flutete die Wahrheit über sie hinweg. Es gab keine Wunder. Nicht jetzt. Niemals. »Charlie?«, keuchte sie. »Was machst du denn hier?«

Er schüttelte die Hand des Priesters ab und lehnte sich an die Wand des Flugzeugs. Seine Beine zitterten, und sein Atem ging keuchend. Schweiß glänzte auf seinem fahlen Gesicht. »Hab in Nordafrika ein bisschen Ärger gehabt«, sagte er mit zusammengebissenen Zähnen. »Die Army hat mich nach Hause geschickt, zusammen mit meinem Kumpel.«

Ellie bemühte sich, ihre Empfindungen irgendwie zu ordnen. Ihr Gesicht brannte vor Scham, und ihr Blick ging von Charlie zu dem Sarg. Sie zitterte von dem Freudentaumel, der so rasch erstickt worden war, als sie die kalte Realität erkannt hatte: Es war nicht Joe, der da heimgekehrt war. »Es tut mir Leid, Charlie«, sagte sie. »Ich dachte ...«

Er schüttelte den Kopf. »Keine Sorge. Ich hätte euch nicht behelligen sollen.« Er verzog schmerzlich das Gesicht und hatte Mühe, sich auf den Beinen zu halten. »Wilf wird mich nach der Beerdigung wieder mitnehmen«, sagte er heiser.

Ellies stählerne Entschlossenheit gewann wieder die Oberhand. »Nein, das wird er nicht tun«, erklärte sie. »Komm, Charlie. Wir wollen dich zum Wagen bringen, bevor du uns umkippst.« Die Frauen übernahmen das Kommando. Ellie hielt seinen Arm und spürte das Zittern, das ihn durchlief, und sie sah die gespenstische Blässe seines Gesichts und den Schweiß, der ihm auf den Kragen tropfte. Seine Jacke stand offen, und sie sah einen straffen Verband um seine Brust. Der linke Arm lag in einer Schlinge. Für Charlie war der Krieg vorbei, genauso wie für den armen Jungen im Sarg dort – aber was für einen schrecklichen Preis hatten sie beide zahlen müssen.

»Wir müssen ihn ins Haus schaffen«, murmelte sie und half, ihn hinten auf den Wagen zu stemmen. »Die Beerdigung kann noch ein Weilchen warten.«

Charlie schlug die Augen auf. »Nein«, sagte er nachdrücklich. »Muss mich erst um meinen Kumpel kümmern. Ich und Seamus waren von Anfang an zusammen. Hat uns im selben

Feuer erwischt. Ich hab versprochen, dass ich ihn nach Hause bringe – dafür sorge, dass alles in Ordnung ist.« Er sank zurück und schloss die Augen wieder, als hätten die wenigen Worte ihm alle Kräfte geraubt. »Er hat schon lange genug gewartet.«

Ellie zerrte eine Pferdedecke unter dem Sitz hervor und rollte sie zu einem Kissen zusammen. Ihr sorgenvoller Blick wanderte über seinen zerschundenen, ausgemergelten Körper. Erneut gerieten ihre Gefühle in Aufruhr – die Erleichterung darüber, dass nicht Joe in diesem Zustand war, eine stechende Trauer, weil sie niemals Gelegenheit haben würde, Joes Wunden zu versorgen, ihm zu helfen und ihn zu pflegen.

Charlie sackte mit geschlossenen Augen gegen die Seitenwand des Wagens. Seine Lider waren blass und blau geädert, und seine blonden Wimpern lagen wie Federn auf den fahlen Wangen. Sie berührte sein Gesicht und war entsetzt, wie kalt es war.

Er packte ihr Handgelenk und hielt es fest, und seine Wange schmiegte sich in ihre Handfläche. »Du kannst dir nicht vorstellen, wie gut es ist, wieder die Berührung einer Frau zu spüren«, flüsterte er heiser. Er öffnete die Augen, und unversehens schaute sie in dunkelblaue Tiefen von Schmerz und Ratlosigkeit. Doch bevor sie etwas sagen konnte, ließ er sie wieder los und schloss die Augen, als ob ihn beschämte, was sie Verborgenes darin sehen konnte.

Sie spürte, dass ihr die Tränen kamen, und wandte sich ab. Sie half, den Sarg zu Charlie auf den Wagen zu heben. Mit zitternden Händen zog sie die Flagge zurecht, die über die blank polierte Holzkiste drapiert war, und legte den Hut mit der kecken Kokarde sorgfältig obenauf. Weitere furchtbare Beweise für das, was in der Welt außerhalb von Warratah vor sich ging, brauchte sie nicht. Die Trauer um diese beiden jungen Männer war beinahe unerträglich. Plötzlich wurde es ihr sehr wichtig, Charlie am Leben zu erhalten.

Aurelia und ihre Schwester ritten rechts und links neben dem Wagen her. Der Schock über Charlies unerwartetes Erscheinen und Ellies Reaktion darauf war immer noch nicht verflogen. Aber Aurelia hoffte, dass dieser schreckliche Tag ihre Nichte endlich dazu bewegen würde, der Realität ins Auge zu sehen. Hoffte, dass sie jetzt anfangen könnte, zu trauern und dem Schmerz, den sie so offensichtlich unterdrückt hatte, freien Lauf zu lassen. Aber dunklere Möglichkeiten dämmerten am Horizont; das hatte sie begriffen, als Ellie mit den Zügeln klatschte und sie zu dem kleinen Friedhof hinter dem Farmhaus von Jarrah fuhren. Charlie war Joes Zwillingsbruder – die andere Hälfte des Mannes, den Ellie mit solcher Leidenschaft liebte. Welche Wirkung würde seine Heimkehr auf ihre Nichte haben? Welchen Schaden würde seine Anwesenheit anrichten?

Aurelia schaute die anderen an. Der Priester saß mit geradem Rücken und aufrechter Kopfhaltung neben Ellie auf dem Kutschbock. Wilf hockte zusammengesunken daneben, ein verschrumpelter Mann, der in seinem Leben schon allzu viel gesehen hatte und sich fragen musste, ob es gerecht war, dass so viele junge Menschen starben, während er schwerfällig auf ein hohes Alter zusteuerte.

Sie wandte ihre Aufmerksamkeit dem jungen Mann hinten auf dem Wagen zu und versuchte, diesen hageren, kriegsmüden Veteranen mit dem charmanten Gauner in Einklang zu bringen, an den sie sich erinnerte. Da war keine Spur mehr von dem frechen Grinsen und dem Funkeln der Erregung in seinen Augen – trotz der Orden, die er sich verdient hatte. Der Krieg hatte ihm seinen Glanz genommen, seine Lust auf Leben und Abenteuer abgetötet – so sicher, als hätte er den Mann selbst umgebracht. Und was Seamus anging… Betrübt schaute Aurelia zu dem Sarg. Sie hatte solche Pläne für ihn und Ellie gehabt, und als die beiden einander näher gekommen waren, hatte sie wirklich geglaubt, dass daraus etwas werden könnte. Aber ihre

Erinnerungen drehten sich um einen Jungen, einen jugendlichen Draufgänger, der schnell und gewandt reiten und eine Herde ebenso gut wie ein doppelt so alter Mann zusammentreiben konnte. Sein Geschwätz hatte sie alle bezaubert und zum Lachen gebracht, und noch heute sah sie das Zwinkern in seinen blauen Augen, wenn er über die eigenen Witze lachte.

Sie drängte die Tränen zurück. Sie alle würden ihn anders in Erinnerung behalten. Ellie würde sich an den Jungen erinnern, den sie zu lieben gelernt hatte wie einen Bruder. Charlies Erinnerung an ihn wäre die an den Soldaten, der an seiner Seite gekämpft hatte, an den Mann, der mit ihm zusammen zur Armee gegangen war, an den Mann, der in der Schlacht um El Alamein nicht so viel Glück gehabt hatte wie er.

Charlie verzog schmerzlich das Gesicht, als der Wagen über einen Stein holperte, und legte eine Hand schützend auf den Sarg. Aurelia sah, wie seine Finger auf der Flagge zitterten, wie sie über die Kokarde strichen, während seine Lippen Worte formten, die nur er hören konnte. Sein blondes Haar war dunkel vom Schweiß, seine Uniform unter den Armen und auf der Brust fleckig verschwitzt, aber das schien er gar nicht zu merken. Er bot einen kläglichen Anblick, und auch wenn seine Heimkehr sie mit düsteren Vorahnungen erfüllte, flog ihr Herz ihm entgegen.

Der Friedhof war durch einen weißen Lattenzaun vom Weideland getrennt und mit kleinen Büschen und Schatten spendenden Bäumen gesäumt. Die meisten Grabsteine waren stumpf verwittert; Flechten und Moos hatten die Inschriften auf den älteren unleserlich gemacht, und die flachen Steine hatten sich aus ihren Verankerungen gelöst. Weidenzweige wehten im Wind, das Gras raschelte in der leichten Brise, und das Summen der Insekten verlieh dem Ort eine gewisse Schläfrigkeit; es war ein friedlicher Ort, ein Ort, an dem die müde Seele sicher die ewige Ruhe finden konnte. Nun wirst du ebenso weinerlich wie wunderlich, dachte Aurelia erbost und putzte sich hastig die Nase. So viel Tod und Krieg – das alles hatte eine seltsame Wirkung auf sie, und ihr war schon ziemlich früh klar geworden, dass sie nicht mehr die Frau war, die sie einmal gewesen war. Ihr ruppiges, zupackendes Wesen war einer ruhigeren, weniger dominanten Art gewichen, mit den Dingen umzugehen; sie redete nicht mehr, bevor sie nicht nachgedacht hatte, denn sie wusste, welchen Schaden das in der gespannten Atmosphäre, in der sie alle lebten, anrichten konnte. Mit zunehmendem Alter bin ich weich geworden, dachte sie wütend, habe mein Rückgrat verloren.

Am Friedhofstor stieg sie ab. Wilf und der Priester mühten sich mit dem Sarg ab, und Charlie schleppte sich vom Wagen. Aurelia trat dazu, um zu helfen, aber als sie die Hände nach dem Sarg ausstreckte, wurde sie sanft beiseite geschoben. »Das muss ich für ihn tun«, keuchte Charlie und nahm die Last auf seine gebrechliche Schulter. »Kann Seamus seinen letzten Weg nicht allein gehen lassen. Nicht nach allem, was wir durchgemacht haben.«

»Ich auch nicht«, sagte Alicia und kam zu ihm. »Ich hab's seinem Vater versprochen.«

Alicia packte den Sarg mit kräftigen Händen und nahm eine Ecke auf ihre schmale Schulter. Aurelia und Ellie folgten ihnen, aber der feierliche Ernst des Augenblicks konnte die Tatsache nicht ganz verbergen, dass ein aufrechter Priester, ein schlurfender alter Mann, ein verwundeter Junge und eine schlanke Frau einen seltsam zusammengewürfelten Leichenzug abgaben.

Jacky Jack und die Boys hatten am Abend zuvor ein Grab ausgehoben, und nun standen sie mit großen Augen, die Hüte in den Händen, daneben und schauten der sonderbaren kleinen Prozession entgegen. Was um alles in der Welt mögen sie von all dem halten?, fragte sich Aurelia. Bei den Aborigines ging es viel schlichter zu: eine letzte Wanderschaft, wenn die Erde sie in den endgültigen Schlaf sang, eine Rückkehr zu dem Staub draußen unter freiem Himmel, wo die Natur ihren Tribut von der menschlichen Hülle forderte, die nicht in einer Holzkiste vergraben wurde, in der die Seele für immer ins Dunkel gesperrt war.

Flüchtig dachte Aurelia an Snowy in der Gefangenschaft, aber dann nahm sie sich zusammen und konzentrierte sich auf den Priester. Es war Jahre her, dass sie in der Kirche gewesen war, und weil sie noch nie an einer katholischen Beerdigung teilgenommen hatte, vernahm sie staunend den Strom der lateinischen Worte, unfähig, der Zeremonie zu folgen. Aber es war schon richtig, dass Seamus nicht in fremder Erde begraben wurde. Hier war der passende Ort für Mickeys Sohn. Er war nach Hause zurückgekehrt, um in der Erde neben seiner Mutter und seinem Bruder zu ruhen – eins mit denen, die dieses Land urbar gemacht hatten, sodass es sich lohnte, dafür zu kämpfen. Hier war sein Geist endlich frei vom Krieg und von den Strapazen des Lebens.

Aber was war mit Joe? Aurelia schaute zu Ellie hinüber. Hatte auch sein Geist Frieden gefunden? Wie war das möglich, wenn er so weit weg von zu Hause war? Wie konnte er frei sein, wenn er in irgendeinem anonymen Grab in fremder Erde ruhte? Ein gemurmeltes »Amen« riss Aurelia aus ihren düsteren Gedanken. Die Andacht war zu Ende.

Charlie stand auf zittrigen Beinen vor dem Grab. Alle Farbe war aus seinem Gesicht gewichen. Er salutierte vor seinem toten Freund. »Bis dann, Kumpel!«, murmelte er. »Jetzt kannst du in Frieden ruhen.« Er setzte den Hut auf und trat zurück.

Aurelia packte ihn, bevor er fiel. »Bringt ihn jetzt lieber ins Haus«, sagte sie barsch. »Sonst war das nicht die einzige Beerdigung heute.« Sie wandte sich den schwarzen Viehknechten zu. »Einer von euch reitet zu Wang Lee und bringt ihn her«, befahl sie. »Und zwar schnell!«

Sie trugen Charlie die Verandatreppe hinauf ins Haus und

legten ihn behutsam auf die durchgesessene Couch im Wohnzimmer. Ellie schürte das Kaminfeuer, und Aurelia zog ihm die Jacke und das schweißnasse Hemd aus. »Mach Tee, und bring mir heißes Wasser und saubere Sachen«, sagte sie zu Ellie. »Er hat geblutet.«

Sie schnalzte, als der Junge leise stöhnte. »Es ist alles in Ordnung, mein Sohn«, sagte sie. »Ich will dich nur sauber machen.« Behutsam legte sie die Jacke beiseite, und dabei fiel ihr Blick auf die Orden, die er bekommen hatte. Charlie war ein Held gewesen – aber um welchen Preis? Vorsichtig wickelte sie den blutigen Verband ab, und Tränen der Wut stiegen ihr in die Augen, als sie die schreckliche Narbe sah, die unter seinem Arm begann und sich über seine Rippen bis fast zum Bauchnabel zog. Er ist doch noch ein Kind!, dachte sie empört, ein junger Mann, der versucht hat, seinen Beitrag für das Vaterland zu leisten. Der Himmel allein wusste, was er durchgemacht hatte und wie dauerhaft der Schaden sein würde, den er nicht nur körperlich, sondern auch seelisch erlitten hatte.

Mühsam hielt sie ihre Wut im Zaum und ihre Hände ruhig. Es hatte ja keinen Sinn zu toben, denn wem hätte sie die Schuld geben können? Gott? Hitler, Churchill, Stalin? Soweit sie es beurteilen konnte, hatte der eine die Menschen aufgegeben, und die anderen waren zu beschäftigt mit ihrer Kriegstreiberei, um noch zu sehen, dass der Preis dafür von einfachen Jungen vom Lande bezahlt wurde. »Beeil dich mit dem heißen Wasser«, fauchte sie. »Der Junge hat Fieber, und ich muss ihn waschen.«

Es war dunkel, als die Blutung schließlich gestoppt und die Wunde frisch verbunden war. Wilf hatte den Priester bereits zu seiner nächsten Station gebracht, und die Stille der Nacht senkte sich über Jarrah. Aurelia sah nach Charlies gebrochenem Arm. Er steckte in einem schweren Gipsverband, würde aber hoffentlich heilen. Sie zog dem Jungen Stiefel und Hose aus und hüllte ihn in Decken. Er war schrecklich mager; die Rippen stachen hervor, und seine Hüftknochen zeichneten sich eckig unter der Armee-Unterwäsche ab. Das Kaminfeuer brannte hell, und sein Gesicht hatte immerhin ein bisschen Farbe bekommen. Er öffnete die Augen und schaute sich rastlos um. »Ellie?«, fragte er matt.

Aurelia trat beiseite, und ihre Nichte kniete neben der Couch nieder. »Ich bin hier, Charlie«, sagte sie leise. »Sprich nicht. Ruh dich aus.«

Er schüttelte den Kopf und zuckte zusammen, als der Schmerz durch seinen Körper fuhr. »Wo ist Joe?«, murmelte er. »Ich muss Joe sehen.«

Ellie biss sich auf die Lippe, schaute zu Aurelia auf und nahm seine Hand. »Er ist in Singapur«, sagte sie schroff.

Charlie schloss die Augen; er machte sich offensichtlich Sorgen. »Hat er meine Briefe bekommen?«, flüsterte er.

Aurelia hielt den Atem an. Ellie zögerte. Vielleicht war dies der Augenblick, da sie endlich die Wahrheit akzeptieren würde.

»Ich weiß es nicht«, sagte Ellie. »Ich hab sie ihm zusammen mit meinen geschickt, aber ich habe keine Antwort bekommen.«

Aurelia verfolgte die Szene mit wachsendem Unbehagen. Es würde hart für Ellie werden, jetzt, da Joes Zwillingsbruder aufgetaucht war. Vielleicht wäre es klüger, das Mädchen für eine Weile aus dem Haus zu schicken, damit sie die Dinge in eine klarere Perspektive setzen könnte. »Ich schlage vor, dass Alicia hier bei Charlie bleibt und wir beide morgen wieder nach Warratah fahren, um mit den Brandzeichen weiterzumachen«, sagte sie im Ton der Autorität. »In zwei Wochen sind wir zurück, und bis dahin dürfte der junge Mann wieder auf den Beinen sein.«

Ellie schüttelte den Kopf. »Ich bleibe bei Charlie. Joe hätte es so gewollt.« Sie schaute zu ihrer Tante auf, und die Qual in ihren braunen Augen war nicht zu übersehen. »Es ist, als wäre ein Teil von Joe nach Hause gekommen. Ich kann ihn nicht verlassen«, sagte sie entschlossen. »Nicht, nachdem er gerade den lieben Seamus begraben hat.«

Aurelia gefiel nicht, was sie da hörte. Sie verstand wohl, weshalb Ellie sich um Joes Bruder kümmern wollte, aber das Mädchen sollte sich von seinen Gefühlen nicht aus der Bahn werfen und zu etwas verleiten lassen, was sie später bereuen würde. »Ich finde, es wäre besser, wenn Alicia ihn versorgt, Liebes«, sagte sie hastig. »Es werden Dinge nötig sein, die sich für ein junges Mädchen nicht schicken, und nicht mal Joe würde so etwas von dir erwarten.«

Ellie schaute den Jungen auf der Couch an, und man sah, dass ihre Gedanken in Aufruhr waren. Als hätte sie eine Entscheidung getroffen, richtete sie sich schließlich auf und schüttelte den Kopf. »Es ist besser, wenn ich bleibe«, sagte sie fest. »Mum ist am Krankenbett hilflos, und wenn ich Schwierigkeiten habe, kann Wang Lee mir jederzeit helfen.«

Wie aufs Stichwort erschien der kleine Chinese mit einem Tablett voll Flaschen. »Wang Lee macht Jungen gesund«, sagte er. »Frauen gehen Kühe versorgen.«

»Ich bleibe hier«, beharrte Ellie störrisch.

Aurelia verschränkte die Arme und funkelte ihre Nichte an. »Du tust, was man dir sagt«, erklärte sie in scharfem Ton. »Wang Lee kommt ausgezeichnet allein zurecht, und ich brauche dich beim Brandmarken.«

»Du hast Jacky Jack und die Boys«, gab Ellie zurück. »Du brauchst mich überhaupt nicht.«

Aurelia schaute Alicia an, aber die zuckte nur die Achseln und wandte sich ab. »Lass sie hier«, sagte sie. »Ellie kann genauso stur sein wie du, wenn sie sich etwas in den Kopf gesetzt hat.« Sie hob die Taschen auf, die sie am Abend zuvor gepackt hatte. »Außerdem ist die ganze Diskussion reine Zeitverschwendung. Wir müssen nach Warratah, bevor der nächste Regen fällt und wir das Brennen nicht zu Ende bringen können.«

Aurelia seufzte. Sie kannte Ellie gut genug, um zu wissen, dass sie nicht nachgeben würde. Nicht, wenn sie diesen Gesichtsausdruck aufsetzte. »Also gut«, sagte sie müde. »Aber die intimen Aufgaben der Krankenpflege überlässt du Wang Lee.« Sie wusste, dass Charlie sie beobachtete, als sie dem Mädchen die Hand auf die Schulter legte. »Und denk daran, Ellie«, warnte sie leise. »Das ist nicht Joe.«

Etwas funkelte in Charlies Augen, aber es erlosch sogleich wieder, und Aurelia wusste nicht, ob sie es wirklich gesehen hatte. Aber die Wirkung blieb, und ein Frösteln überlief sie. Es war, als habe sie einen kurzen Blick in eine drohende Dunkelheit geworfen – eine Dunkelheit, aus der niemand von ihnen unversehrt hervorgehen würde.

Ellie hörte den Regen immer noch. Spürte immer noch die Kälte dieser langen Schatten. Sie öffnete die Augen und sah nur die Flammen, die im Kamin züngelten. In jener Nacht war es genauso, erinnerte sie sich, als sie noch einmal in der willkommenen Dunkelheit versank. Der Regen hatte eine Woche lang in einem endlosen Sturzbach auf das Dach getrommelt, war durch die Rohre herabgerauscht und hatte den Hof überschwemmt. Trotz ihrer Erschöpfung hatte sie Heimweh gehabt – aber es war unmöglich, nach Warratah zu reisen, bevor Charlie wieder halbwegs gesund war.

Obwohl Wang Lee Einwände erhob, hatte sie Charlie in das bequemste Bett von Jarrah verlegen lassen und für sich selbst Kissen und Decke auf dem Fußboden ausgebreitet, damit sie ihn nachts versorgen konnte. Er hatte Albträume und wachte oft zwei- oder dreimal schweißgebadet auf, und dann starrten seine Augen grauenerfüllt auf Dinge, die sie nur erahnen konnte.

Bei solchen Gelegenheiten saß sie dann auf dem Bett und hielt ihn in den Armen. Wiegte ihn wie ein Baby und versuchte ihn zu trösten, seine Angst zu besänftigen und ihn zu beruhigen, bis Wang Lees Schlaftrunk wirkte. Und dann lag sie schlaflos auf ihrer Wolldecke. Bilder des Krieges wirbelten in ihrem Kopf, und Tränen um Joe durchnässten ihr Kissen.

Die unruhigen Nächte waren bald vorbei. Ellie stand jeden

Morgen in aller Frühe auf und versorgte die wenigen Tiere, die es auf Jarrah noch gab, bevor sie sich daran machte, die Beete umzugraben, die von Mickeys Gemüsegarten noch übrig waren. Die Kartoffeln waren faul, die Möhren verschimmelt, aber einiges war doch noch essbar, und angesichts der umfassenden Lebensmittelrationierung durfte man nicht wählerisch sein. Der Regen überflutete den Hof, und das Wasser stieg bis an die Verandastufen. Ein müder Tag folgte auf den anderen, und dazwischen lagen die schlaflosen Nächte. Aber trotz ihrer schwindenden Energien empfand Ellie ein seltsames Hochgefühl. Sie hatte Joe nicht, aber Charlie kam ihm doch am nächsten, und in gewisser Weise war es, als sei Joe heimgekehrt – wenn schon nicht körperlich, dann doch im Geiste. Als Charlie allmählich wieder zu Kräften kam, lernten sie einander neu kennen, und sie fand Trost in seinen Geschichten von den zwei Jungen, die gemeinsam aufgewachsen waren, von ihrem Zuhause in der kleinen Stadt im Süden und von ihrem Kampf ums Überleben, der sie auf Wanderschaft hatte gehen lassen.

Joe hatte ihr ein bisschen davon erzählt, aber es war interessant, Charlies Sicht der Dinge zu erfahren, und als sie ihm so zuhörte, stellte sie fest, dass sie diesem grobknochigen jungen Mann verzeihen konnte, was er Joe angetan hatte. Denn je länger er erzählte, desto besser verstand sie, dass Charlie sich seinem Zwillingsbruder unterlegen fühlte, obwohl er es keinesfalls war. Er vermutete hinter Joes ruhiger Art eine tiefere Intelligenz, die ihn noch weit bringen würde. Charlies Abenteuerlust war seine Methode gewesen, der Ruhe seines Bruders entgegenzuwirken – aber sie hatte ihn auf die Suche nach etwas geführt, das ätherisch wie Rauch war und ihm keine Erfüllung geschenkt hatte. Die Eifersucht hatte schon vor langer Zeit begonnen, und mit ihr war die Notwendigkeit entstanden, zu beweisen, dass er besser war als sein Bruder. Und nun bereitete ihm das, was er getan hatte, quälende Gewissensbisse.

Ellie saß in der Zwickmühle. Sie wusste, man würde Charlie mitteilen müssen, dass Joe vermisst war. Aber der Glaube daran, dass er seinen Bruder wiedersehen würde, hielt ihn aufrecht. Es wäre grausam, ihm jetzt die Wahrheit zu sagen – grausam, die eigenen tiefsten Befürchtungen aussprechen zu müssen. Aber um wie viel grausamer wäre es, ihn – und sich selbst – weiter zu belügen? Die Tage vergingen, und nie schien sich die richtige Gelegenheit zu bieten – aber Ellie wusste, dass ihr nur der Mut dazu fehlte. Sie konnte es einfach nicht. Konnte sich nicht eingestehen, dass Joe nie wieder nach Hause kommen würde.

Es war an einem Abend fast zwei Wochen nach der Beerdigung. Es regnete noch immer, aber nicht mehr so heftig. Das Feuer loderte im Kamin, und Charlie saß, in die Kissen gelehnt und mit einer Wolldecke über den Schultern, auf der Couch und starrte in die Flammen. Die dunklen Schatten um seine Augen zeugten von schlaflosen Nächten und unablässigen Schmerzen, aber er hatte wieder ein bisschen Fleisch auf den Knochen und war nicht mehr so bleich.

»Du warst ein dürres kleines Mädchen, als ich dich das letzte Mal gesehen habe«, sagte er leise. »Kommt mir vor, als wär das ein ganzes Menschenleben her.« Er seufzte.

Ellie strickte ein Paar Socken, aber sie war so müde, dass sie immer wieder Maschen fallen ließ. »Das ist es auch«, sagte sie gähnend. »Damals waren wir Kinder, aber wir mussten schnell erwachsen werden.« Sie gab das Stricken auf und bohrte die Nadeln in das Wollknäuel. »Ich muss ins Bett. Morgen haben wir wieder einen langen Tag, und gegen Mittag werden Mum und Tante Aurelia hier sein.«

Er sah sie an, und seine blauen Augen leuchteten im Feuerschein. Die blonden Haare fielen ihm in die Stirn, genauso wie sie es bei Joe getan hatten. »Bleib hier, und sprich mit mir, Ellie«, bat er.

Ellie strich ihm sanft die Haarlocke zurück, und die Sehnsucht nach Joe durchzuckte sie fast wie ein körperlicher Schmerz. Wie ähnlich sich die beiden Männer waren – und doch, wie verschieden. Der eine dunkelhaarig, der andere blond. Der eine ruhig und sanft, während der andere mit einem inneren Aufruhr kämpfte, an dem er eines Tages vielleicht zerbrechen würde.

Charlie nahm ihre Hand und hielt sie an seine Wange, wie er es am ersten Tag getan hatte. »Halt mich fest, Ellie«, sagte er leise. »Nur einen Augenblick. Es ist so lange her, dass jemandem etwas an mir gelegen hat.«

Sein Benehmen war ein Spiegelbild dessen, was Joe an ihrem letzten gemeinsamen Tag getan hatte. Seine Worte ließen sie zittern vor Mitleid. Aber sie kämpfte den natürlichen Instinkt, ihn zu trösten, nieder, denn sie war nicht sicher, was er wirklich von ihr wollte, und es widerstrebte ihr, etwas zu tun, was sich missdeuten ließe. Denn er war nicht Joe, sosehr sie es sich auch wünschen mochte.

Sie schaute ihm tief in die Augen und sah die Einsamkeit, die Angst vor den Träumen, die nachts kommen und ihn verfolgen würden. Dieser verwundete Mann war alles, was sie von Joe hatte, erkannte sie; er war ihr geschickt worden, damit er an Körper und Seele gesunden konnte. Wie konnte sie ihn da zurückweisen? Das Feuer knisterte, und ein Scheit verrutschte, als sie die Arme um ihn legte. Die Unbeholfenheit fiel von ihr ab, als sie so im Feuerschein saßen – denn es war, als sei Joe zurückgekehrt. Sie roch seinen männlichen Geruch, fühlte sein raues Kinn an ihrer Wange, seine starke Hand an ihrer Taille. Sie vergrub das Gesicht in seiner Grube zwischen Hals und Schulter, schloss die Augen und ließ ihrer Fantasie freien Lauf. Bald übermannte sie der Schlaf, und noch während sie ihm dankbar entgegentrieb, spürte sie Joes Kuss zart wie ein Schmetterling auf ihrem Mund.

DREIZEHN

Matt Derwent war seit dem Morgengrauen wach. Es hatte aufgehört zu regnen, und die Sonne quälte sich über den Horizont herauf. Elstern krächzten, und Gallahs und Papageien zankten in den Bäumen. In wachsender Vorfreude auf den Tag ging er, von den Hunden begleitet, zum Stall und ließ die Pferde auf die Koppel. Dann kehrte er zum Haus zurück, stürmte durch die Fliegentür und brühte sich einen starken Kaffee auf. Für den Flug nach Warratah war es noch zu früh, aber er wollte sicher sein, dass alles in Ordnung war, bevor er aufbrach.

Barfuß tappte er ins Schlafzimmer und betrachtete das übliche Chaos. Kleidungsstücke waren über Bett und Stühle verstreut, Pullover und Socken quollen aus Schubladen, und seine Schuhe lagen da, wo er sie abgestreift hatte. Sein Blick wanderte zu den säuberlich zusammengefalteten Moleskins, dem Hemd und der sauberen Unterwäsche, die er am Abend zuvor herausgelegt hatte. Seine Stiefel waren blank poliert, und der lose Knopf an seiner Jacke war angenäht. Mit kläglichem Grinsen erinnerte er sich, wie er sich mit der Nähnadel gestochen hatte. Ein feiner Tierarzt – konnte nicht mal einen Knopf annähen, ohne sich zu verletzen. Aber er wusste, dass der ungeschickte Versuch mehr mit seiner Aufregung angesichts des bevorstehenden Tages zu tun hatte als mit mangelhafter Gewandtheit im Umgang mit einer Nadel. »Hoffentlich findet sie, dass es sich gelohnt hat«, knurrte er und trank seinen Kaffee aus. Er betrachtete sich in dem Spiegel über der Kommode und verzog das Gesicht. »Matt Derwent, du bist ein Idiot!«

Er ging hinaus in das winzige Büro, das er an die Seite des Hauses angebaut hatte. Das vertraute Durcheinander war einer gründlichen Ordnung gewichen: Akten und Unterlagen füllten säuberlich aufgereiht Regale und Schränke, Medikamente und Instrumente waren sorgsam weggeschlossen. Er zog den Stuhl zurück und setzte sich. Er hatte noch Rechnungen zu schreiben und die Reihenfolge der heutigen Besuche festzulegen. Aber dazu hatte er noch reichlich Zeit. Auf Warratah wurde er nicht vor elf erwartet.

Einige Zeit später schaute er auf das Mondgesicht der Wanduhr. Die Zeit schritt am langsamsten voran, wenn man es am wenigsten gebrauchen konnte. Er schob seinen Stuhl zurück. Zweifel nagten an seiner Hochstimmung. War er nicht im Begriff, sich völlig lächerlich zu machen? Sie hatte seinen Anruf nicht entgegengenommen; er hatte lediglich Aurelias Wort, dass er ihr willkommen sei. Vielleicht sollte er noch einmal anrufen und sich vergewissern?

Matt starrte auf das Telefon, und eine Hand lag schon auf dem Hörer, als er sich besann. Wenn er auf Warratah erschiene, könnte Claire sich nicht drücken. Er könnte sie mit auf seine Runde nehmen, und sie könnten einander kennen lernen. Aber behutsam, ganz behutsam, ermahnte er sich. Claire war jung und schön und hatte eine große Karriere vor sich. Vielleicht wollte sie keinen ergrauten Witwer für etwas, das über bloße Freundschaft hinausging. Und er wusste nicht, ob er eine Zurückweisung ertragen könnte.

Ellie öffnete die Augen, und sein Name war auf ihren Lippen, ehe es ihr bewusst war. Sie schlug die Decke zurück und blieb noch einen Augenblick liegen. Claire und Leanne schliefen in den Sesseln vor der kalten Asche des Kamins. Sie hatten ihren

Ausruf gottlob nicht gehört. Stäubchen tanzten in dem Licht, das durch das Fenster flutete. Von weitem hörte Ellie das lärmende Treiben der Männer, die sich auf dem Hof für den Tag bereitmachten. Aber trotz des summenden Lebens und des Anblicks ihrer Töchter lauerten dunkle Erinnerungen in ihr. Sie bemühte sich, sie zu verbannen; sie hob die Hand, um sich das Haar hinters Ohr zu streichen, und merkte, dass ihr Arm eingegipst war. Stirnrunzelnd fragte sie sich, wie es dazu kommen konnte. Und wieso war sie auf Jarrah? Sie wollte sich aufrichten und schrie auf, als ein scharfer Schmerz sie durchzuckte.

»Mum?«, riefen die Mädchen wie aus einem Mund und fuhren hellwach hoch. »Alles okay?«

Sie ließ sich zurück in die Kissen sinken und lächelte matt. »Keine Ahnung«, murmelte sie. »Was zum Teufel ist passiert?«

Claire und Leanne knieten neben der Couch nieder. Leanne war es, die sprach. »Du bist abgestürzt, Mum. Wie um alles in der Welt bist du auf die Idee gekommen, auf Yorky's Pinnacle zu klettern?«

Ellie schloss die Augen. Jetzt fiel es ihr wieder ein. Es waren die Geister der Vergangenheit gewesen, die sie dort hinaufgetrieben hatten, und die eigene Dummheit, die sie mit einem dumpfem Aufprall wieder heruntergebracht hatte. Sie wusste nicht, wie lange sie dort unten gelegen hatte, aber sie konnte sich erinnern, wie kalt, wie nass es gewesen war. Auch an den Schmerz in ihrem Kopf, mit dem sie auf den Felsen geschlagen war, erinnerte sie sich. Und obwohl es erst wenige Stunden zurücklag – die Träume und Erinnerungen ließen es wie Jahre erscheinen. Sie sammelte ihre Kräfte und versuchte, die Sache auf die leichte Schulter zu nehmen. »Schätze, ich habe geglaubt, dass ich da noch raufklettern kann«, sagte sie mir einem Anflug von Humor. »Mit dem Regen hatte ich nicht gerechnet.«

»Du musst uns versprechen, so etwas Dämliches nie wieder zu tun«, verlangte Claire. Sie schlang ihr zerzaustes Haar am

Hinterkopf zusammen und bändigte es mit einem Gummiband. »Du hättest da draußen sterben können, wenn wir dich nicht gefunden hätten.«

Ellie kam ein schrecklicher Gedanke. »Ihr habt doch eurem Vater nichts gesagt, oder?«

Leanne schüttelte den Kopf. »Wir wollten abwarten, wie es dir heute Morgen geht. Phil sagte, du würdest wieder auf die Beine kommen; deshalb hatte es keinen Sinn, Dad zu beunruhigen.«

»Gott sei Dank!« Ellie seufzte. »Er würde mich umbringen, wenn er dächte, dass ich sterbe.« Sie merkte, was sie da gesagt hatte, und lachte mit den Mädchen. »Gebt mir ein Aspirin«, keuchte sie, denn die Kopfschmerzen kehrten zurück. »Und eine Tasse Tee. Ich habe einen scheußlichen Geschmack im Mund, und mein Gehirn ist zu Brei geworden.« Die Mädchen gingen hinaus, und sie runzelte die Stirn. Zwischen den beiden gab es Spannungen – genau wie früher. Hoffentlich hatte es nichts mit Claires Heimkehr zu tun.

Das Telefon klingelte, und sofort nahm jemand den Hörer ab. Dann erschien Claire mit Tee und Aspirin. »Das war Aurelia«, sagte sie. »Ich hab ihr gesagt, dass du auf dem Wege der Besserung bist und sie sich keine Sorgen machen soll.« Sie setzte sich und lächelte. »Ich hab ihr auch gesagt, dass sie sich unter keinen Umständen ins Auto setzen und herkommen darf. Sie war drauf und dran, herüberzurasen, aber bei ihrer Fahrweise kann alles Mögliche passieren.«

»Gut gemacht.« Ellie schluckte die Tablette und nippte an ihrem Tee. Sie kam sich albern vor. »Tut mir Leid, dass ich solch einen Aufruhr verursacht habe«, brummte sie. »Ich hab einfach nicht auf die Zeit geachtet.«

Claire biss sich auf die Unterlippe. Sie hatte offensichtlich etwas auf dem Herzen. »Zumindest bist du wohlauf«, sagte sie. »Mir hat davor gegraut, Dad zu informieren.«

Ellie betrachtete sie aufmerksam. Was immer es war, Claire behielt es anscheinend lieber für sich. »Wo ist Leanne?«

»Sie teilt die Leute für den Tag ein. Smoky wird an ihrer Stelle die Aufsicht führen, und Angel ist schon draußen.« Claire lächelte. »Und du hattest Recht mit seinem anzüglichen Blick.«

»Er ist Argentinier. Er kann nichts dafür.« Ellie wurde klar, dass ihre Töchter durchaus in der Lage waren, ohne ihre Hilfe mit allem fertig zu werden, und in gewisser Weise machte sie das traurig. Sie waren erwachsen – nicht mehr die kleinen Mädchen, die sie vor den Härten des Lebens beschützen konnte. »Was ist mit Matt Derwent?«, fragte sie. »Solltest du nicht heute mit ihm fliegen?«

Claire trank ihren Tee aus und rauchte ihre Zigarette zu Ende. »Ich habe Aurelia gesagt, sie soll ihn wegschicken. Ich möchte den Tag lieber bei dir verbringen.«

Ellie hörte die Worte, aber in den Augen ihrer Tochter sah sie eine andere Botschaft. »Das ist sehr schmeichelhaft, Darling«, sagte sie und zog zielstrebig die Decke beiseite. »Aber mir geht's prima. Ruf Aurelia an, und sag ihr, sie soll ihn herschicken.«

Claire schaute weg. »Langsam, Mum. Er ist ein viel beschäftigter Mann, und wahrscheinlich will er gar nicht wirklich, dass ich dabei bin. Und außerdem«, fügte sie hinzu, »ist es schon zu spät. Er wird längst da gewesen sein.«

Ellie senkte das Kinn und verbarg ihr Lächeln in der Flut ihrer Haare. Claire mochte die Sache vom Tisch wischen – aber sie tat es ein bisschen zu bemüht.

Matt flog tief über Warratah. Es war ein schönes Anwesen, besonders nach dem Regen. Alles sah wie frisch gewaschen aus; die weißen Blüten der Jarrahbäume leuchteten jungfräulich vor dem rostroten Wellblechdach, und das Grün der Pfefferbäume und das Zitronengelb der Akazien bildeten einen beinahe grellen Kontrast zu der zimtfarbenen Erde und dem saftigen Gras.

Sein Puls schlug schneller, als er auf das Ende der Landebahn zurollte. Die Pferche waren leer, und im Hof und in den Nebengebäuden war niemand zu sehen. Warratah wirkte verlassen.

Matt versuchte sein widerspenstiges Haar glatt zu streichen, erkannte, dass es Zeitverschwendung war, und kletterte aus dem Flugzeug. Blütenduft lag in der warmen Luft, und es herrschte tiefe Stille. Mit unheilvollen Ahnungen ging er auf das Haus zu.

Die Fliegentür flog mit solchem Krachen auf, dass er zusammenfuhr. »Da sind Sie ja!«, dröhnte Aurelia. »Sie kommen spät.«

Matt kam sich vor wie ein ungezogener Schuljunge, der im Fahrradschuppen beim Rauchen ertappt wurde. »Eine Kuh hatte Probleme beim Kalben«, sagte er und trat auf die ausgetretenen Verandastufen zu, bemüht, in der Dunkelheit hinter der Tür etwas zu erspähen. »Ist Claire schon fertig?«, fragte er hoffnungsvoll.

»Sie ist nicht da«, sagte Aurelia.

Matt schluckte. Die Enttäuschung war überwältigend, und es war, als wäre die Sonne hinter einer schwarzen Wolke verschwunden. »Oh« war alles, was er herausbrachte.

Aurelia lachte laut. »Kein Grund, so niedergeschlagen zu gucken«, sagte sie mit ihrer vollen Altstimme. »Sie musste nach Jarrah. Man erwartet Sie dort.«

Seine Stimmung besserte sich sofort, und am liebsten hätte er die alte Dame geküsst. Aber die funkelte ihn streng durch ihr Monokel an, und er hätte es niemals gewagt. »Danke«, stotterte er nur.

»Dann ab mit Ihnen!«, dröhnte sie. »Die Zeit verfliegt.« Sie riss die Fliegentür auf und verschwand im Haus.

Mit federnden Schritten lief Matt zu seinem Flugzeug. Es sah gut aus. Der Tag versprach doch noch schön zu werden.

Ellie hatte sich einen Plastikbeutel um den Gipsarm gebunden, und auch wenn es ein wenig Mühe gemacht hatte, sich das Haar zu schamponieren, hatte sie die Dusche genossen. Sie fühlte sich viel besser. In ein Badelaken gewickelt, trödelte sie herum, als sie ein kleines Flugzeug kommen hörte. Sie lief eilig in die Küche. Claire war beim Abwaschen. »Lass das jetzt. Du bekommst Besuch.«

Claire musterte sie argwöhnisch. »Was habt ihr da ausgekocht, du und Aurelia?«

Ellie lächelte. »Du hast doch nicht wirklich erwartet, dass deine Tante Matt einfach wieder wegschickt, oder? Das ist nicht ihre Art.«

Claire warf das Spültuch ins Becken und wandte den Tellern den Rücken zu. »Ich bin ein furchtbarer Anblick«, stöhnte sie. »Ich habe in meinen Kleidern geschlafen, und meine Haare sehen aus wie ein Vogelnest.«

»Dann geh und ändere das, während ich mich anziehe. Ich werde ihn unterhalten, bis du so weit bist.« Sie lächelte, und Claire lief eilig hinaus. »So gern willst du den Tag also mit mir verbringen«, murmelte Ellie entzückt.

Das Flugzeug rollte aus, während sie ins Schlafzimmer stürzte. Sie zog eine Reithose und ein Hemd an, und es fröstelte sie. Dies war das Zimmer, in dem Charlie geschlafen hatte. Das Zimmer, in dem seine Albträume sie wach gehalten hatten. Wie fern diese Zeiten waren, und doch – wie klar in ihrer Erinnerung! Mit leisem Aufschluchzen ging sie hinaus. Die Geister rückten wieder näher.

Als es im Haus wieder still war, trat sie hinaus auf die Veranda. Sie lehnte sich an das Geländer und lächelte. Was für ein Kommen und Gehen, dachte sie. Wer hätte damit gerechnet, dass die nüchterne Leanne plötzlich einen hinreißenden, sexy Argentinier heiraten würde, den sie erst seit zwei Monaten kannte? Und Claire – so fröhlich, als Matt auftauchte, dass sie fast zur Tür hinausgetanzt wäre. Ellie lachte leise. Sie hatte gewusst, dass Aurelia ihn herüberschicken würde – dem alten Mädchen entging nicht viel, trotz ihrer Jahre.

Ellie zog die Schlinge zurecht, sodass sie am Hals bequemer lag, und schaute zum Horizont. Es war schön, die Töchter wieder in der Nähe zu haben; sie hatte die beiden schrecklich vermisst, auch wenn sie sich zankten wie die Besenbinder. Aber sie wusste, dass dies nur ein kurzes Intermezzo sein würde, denn die beiden waren längst mit ihrem eigenen Leben beschäftigt, und sie selbst würde da zurückstehen müssen. Das Leeres-Nest-Syndrom, dachte sie betrübt und ging in den Hof hinunter. Wenigstens habe ich meistens genug zu tun, um mich abzulenken.

Gelangweilt beschloss sie, sich mit Jarrah neu vertraut zu machen, und so spazierte sie durch die Stallungen, den Duft von frischem Heu und nass geschrubbtem Kopfsteinpflaster atmend. Die Sattelkammer war voll gestopft mit Leder, Zaumzeug und teuren Sätteln. Die Schlafbaracke war sauber geputzt; die eisernen Betten waren mit sauberen Laken und Bezügen versehen, aber der derbe Geruch von Fußschweiß und Männern vertrieb sie bald wieder.

Ellie lief quer über den Hof zum Kochhaus und blieb mitten in dem riesigen Raum mit der hohen, kathedralenartig gewölbten Decke stehen. Der Geruch von tausend Mahlzeiten hing in der Luft. Die Sonne schien durch die Fenster, und Stäubchen tanzten über makellos blanken Edelstahlherden und polierten Töpfen. Es sah alles anders aus als in den Küchen zu ihrer Zeit, als der Koch noch auf einem vierflammigen Butangasherd arbeitete – oder, schlimmer noch, auf einem tückischen Kohleherd, an dem sich Rauch und Dampf mit dem Geruch von gebratenem Hammel und gekochtem Kohl mischten. Ellie fröstelte es trotz der Wärme. Sie konnte nicht auf Jarrah bleiben. Ihre Besuche waren im Laufe der Jahre selten geworden, und als Leanne um eine Gelegenheit gebeten hatte, zu lernen, wie man eine Farm führte, hatte sie ihr diese Gelegenheit hier mit einem Gefühl der Erleichterung gewährt. Nun brauchte sie sich nicht mehr an die frühen Jahre erinnern zu lassen, brauchte nicht mehr auf Jarrah zu schlafen, wo das Wissen sie nicht losließ, dass dieser Grabstein in der Nähe war.

Sie ging wieder hinaus. Auf der Koppel standen nur drei oder vier Pferde; gern wäre sie nach Warratah zurückgeritten, aber sie wusste, dass das unmöglich war – sie konnte nicht einmal den Geländewagen fahren. Kopfschmerzen lauerten noch immer in den Augenhöhlen, und der gebrochene Arm ließ es ohnehin nicht zu. Ellie hatte das Gefühl, in der Falle zu sitzen. Sie wandte sich ab und spazierte auf die Felder hinter dem Farmhaus zu.

Sie setzte sich mit dem Rücken an den knorrigen Stamm eines Coolibahbaums, schloss die Augen und ließ sich das Sonnenlicht in Tüpfeln auf die Lider scheinen. Das Summen der Fliegen und das Rascheln von Myriaden von Insekten machten sie schläfrig. Der Duft von warmer Erde und trockenem Gras mischte sich mit dem Parfüm von Rosen und Akazienblüten und zahllosen winzigen Wildblumen, und als das einsame, spukhafte Flöten eines Glockenvogels über sie hinwegwehte, trug es sie von neuem in eine andere Zeit zurück – in eine Zeit, da Jarrah zum Gefängnis für Charlie geworden war, so wie es jetzt sie gefangen hielt.

Einen Monat nach Seamus' Begräbnis kehrten sie nach Warratah zurück. Charlie saß neben Wang Lee auf dem Bock, und Ellie ritt neben ihnen her. Der lange Treck strengte ihn an, aber er war entschlossen, vor Ellie keine Schwäche zu zeigen.

Während sie über die saftigen Weiden rumpelten, sog er den Duft des Eukalyptus ein und den frischen Geruch von feuchter Erde und zerdrücktem Gras, der unter den Wagenrädern aufstieg. Die stumpfen Sepiatöne der Trockenheit waren verschwunden – ertrunken in einer Palette von Farben, die die Sinne reizten. Das rot-grün-blau leuchtende Gefieder der Regenbogenpapageien schwirrte durch das hellgrüne Laub der Gummibäume; orange-weiße Kuhreiher stelzten majestätisch zwischen den riesigen Herden der Devon-, Kurzhorn- und Hereford-Rinder umher, und das alles erinnerte ihn daran, dass ihr wunderbares Land von gewaltigen Kontrasten und unbeschreiblicher Schönheit geprägt war. Seine Rastlosigkeit nahm zu, als er einen Adler mit bebenden Flügelspitzen in der Brise schweben sah, den Blick fest auf etwas gerichtet, das sich tief unter ihm bewegte. Charlie hielt den Atem an und wartete auf den Todesstoß – und als der Vogel herabschoss, seufzte er. Oh, so frei zu sein!, dachte er wehmütig. Hoch oben über der Erde schweben zu können und alles mit prachtvollen goldenen Augen zu sehen. Er merkte, dass Ellie ihn beobachtete, aber das störte ihn nicht. Er war nicht mehr der grüne Junge, den sie einmal gekannt hatte, sondern ein Mann, der gelernt hatte, die Schönheit seiner Umgebung zu schätzen, nachdem er das Grauen der Welt jenseits des Outback erlebt hatte.

Sie kamen über den letzten Hügel, als die Sonne sich dem Horizont entgegensenkte. Das Tal von Warratah badete in bernsteinfarbenem Glanz, der die Rinde der Gummibäume feurig lodern ließ, die harten Konturen der Gebäude milderte und lange Schatten über die Landschaft warf. Das Farmhaus schmiegte sich an die blutrote Erde, und die Nebengebäude lagen verstreut wie Heuballen, die vom Wagen gefallen und im gesprenkelten Licht unter den schützenden Gummibäumen zur Ruhe gekommen waren.

Charlie schaute zu den Pferden hinunter, die unter den Bäumen weideten. Schwarze Schwäne glitten zwischen schnatternden Enten auf dem zinnfarbenen Billabong umher. Die Pferche waren voll von Kühen mit Kälbern, und das Klingen eines Hammers auf dem Amboss hieß sie willkommen.

»Schön, nicht wahr?«, sagte Ellie stolz und zügelte ihr Pferd neben dem Wagen. »Kein Ort auf Erden ist wie Warratah.«

Sein Blick wanderte über die endlosen Weiden mit den riesigen Rinderherden und die prächtigen Zuchtpferde auf den Koppeln. Er hatte ganz vergessen, wie groß dieses Anwesen war, wie reich im Vergleich zu manchen, auf denen er schon gearbeitet hatte. Seine Gedanken schweiften umher. »Das *alles* gehört deiner Tante?«

Sie lachte. »Natürlich. Weißt du das nicht mehr?«

Mit neuerlichem Interesse schaute er auf Warratah hinunter, und er beobachtete, wie die untergehende Sonne das Gelände vergoldete. »Und Jarrah?« Sein Ton war nachdenklich, sein Gesichtsausdruck bemüht gleichgültig.

»Jarrah gehört Mickey«, sagte sie stirnrunzelnd. »Wir kümmern uns nur darum, bis er wieder nach Hause kommt.«

Tief in Gedanken versunken, saß Charlie da, während der Wagen den Hang hinunter nach Warratah rollte.

Drei Monate nach Charlies Ankunft auf Warratah stand Aurelia im Schatten der Scheune und schaute zu, wie er mühsam in den Sattel stieg und die Zügel ergriff. Seine Narben waren verheilt, aber die Schulter war steif; er konnte den Arm nur bis in Brusthöhe heben. Dennoch sah er ganz anders aus als der gebrochene Junge, der den Schmerzen so tapfer getrotzt hatte, damit er seinen Freund anständig beerdigen konnte. Pfeife rauchend beobachtete sie, wie Charlie das Pferd zum Trab antrieb. Ellie war wie immer bei ihm. Wachte über ihn, als könne sie dadurch, dass sie ihn am Leben und gesund erhielt, ein Abbild ihres verlorenen Joe zurückbringen.

»Du bist darüber nicht glücklich, wie?« Alicia kam aus der Scheune.

»Ich bin froh, dass er wieder im Sattel sitzt«, antwortete Aurelia. »Ein weiteres Paar Hände zum Arbeiten können wir gut gebrauchen.«

Alicia warf die Sättel über die Anbindestange. »Du weißt, dass ich das nicht gemeint habe. Ellies Interesse an ihm macht dir Sorgen. Sei ehrlich, Aurelia – du hast Charlie nie richtig leiden können, nicht wahr?«

Aurelia kaute auf dem Mundstück ihrer Pfeife. »Er hat etwas an sich, was mir Unbehagen bereitet«, gab sie zu. »Ich bewundere seine unbezweifelbare Tapferkeit und seinen Genesungswillen, aber seine Reaktion auf Joes Tod ist beunruhigend. Es ist, als würde er gar nichts dabei empfinden. Ich kann mir nicht helfen – irgendetwas ist da in seinem verkorksten Kopf im Gange, das er uns nicht offenbart.«

Alicia sah sie scharf an. »Du glaubst doch nicht, dass das, was ihm passiert ist, ihn geistig beschädigt hat, oder?«

Aurelia schaute zu Ellie hinüber, die eben aufs Pferd stieg. Sie lachte Charlie an, und ihre braune, tüchtige Hand berührte leicht seinen Arm, als wolle sie ihm versichern, dass sie in seiner Nähe bleiben würde. Sie sah, wie Charlie ihre Hand besitzergreifend umfasste und wie eindringlich er sie anschaute. »Da ist eine Anspannung in ihm, die mir Sorgen macht«, sagte sie nachdenklich. »Und es gefällt mir nicht, dass Ellie sich zu ihm hingezogen fühlt.«

»Ich weiß, was du meinst«, sagte Alicia. »Sie ist viel zu viel mit ihm zusammen. Weicht ja kaum von seiner Seite, und Wang Lee sagt, sie reden noch stundenlang miteinander, wenn wir im Bett sind.«

Aurelia klopfte die Asche aus ihrer Pfeife, trat die Glut aus und steckte die Pfeife in die Tasche. »Ich habe schon versucht, mit ihr zu reden, aber sie will nicht zuhören. Sie findet, ich bin übervorsichtig.« Sie klemmte sich das Monokel ins Auge und reckte die Schultern. »Vielleicht bin ich das auch«, sagte sie entschlossen. »Ich weiß, dass ich manchmal allzu übermächtig auftrete – aber das kommt nur, weil mir etwas an ihr liegt.«

Alicia beobachtete die jungen Leute stirnrunzelnd. »Joe ist

seit fast drei Jahren tot«, sagte sie leise. »Sie hat kein Foto von ihm – nur ein paar Briefe und ein Gedicht, und das alles hat sie so oft gelesen, dass es inzwischen fast unleserlich ist. Manchmal frage ich mich, ob sie überhaupt noch weiß, wie er ausgesehen hat. Glaubst du wirklich, sie betrachtet Charlie als Ersatz?«

Aurelia seufzte. »Sie glaubt, dass sie Joe immer noch liebt. Indem sie für Charlie sorgt, erhält sie den Mythos am Leben. Hoffentlich kommt sie irgendwann darüber hinweg.«

»Du scheinst nicht davon überzeugt zu sein«, sagte Alicia mild. »Als Ellie und Joe sich verliebt haben, waren sie noch Kinder. Selbst wenn Joe durch irgendein Wunder noch am Leben sein sollte, wird sich nach dem Krieg und den drei Jahren der Trennung ein Graben zwischen ihnen aufgetan haben. Ich frage mich, ob Ellie sich so sehr an den Gedanken gewöhnt hat, ihren vermissten Helden zu lieben, dass ihr gar nicht mehr klar ist, dass er nur noch in ihrem Kopf existiert.«

Aurelia sah den beiden nach, als sie den Hof verließen und auf die Koppeln zu ritten. Sie sahen gut aus zusammen, musste sie sich insgeheim eingestehen. Die Harmonie zwischen ihnen war selbst aus der Ferne spürbar. Aber aus der Distanz war die Berechnung in Charlies Blick auch nicht zu sehen, ein Blick, in dem manchmal etwas beunruhigend Bedrohliches aufschimmerte, wenn er sich unbeobachtet glaubte. »Abstand hält die Liebe frisch«, murmelte sie.

»Genau«, sagte Alicia. »Sie erinnert sich an Joe als stillen, sanften Jungen, der Gedichte schreibt und Bücher liest und den Frieden und die Einsamkeit des Outback ebenso sehr liebt wie sie. Ihre Erinnerung hat ihre Liebe durch ein falsches Gefühl von romantischer Loyalität bewahrt. Seine Erinnerung an sie wäre die an eine magere Sechzehnjährige, die auf Clipper durch die Gegend galoppiert.« Sie wühlte eine zerdrückte Packung Zigaretten aus der Tasche. »Ellie ist zu sehr versunken in ihre romantischen Tagträume, um zu merken, dass sie sich in Charlie verliebt. Sie überträgt ihre ganze Liebe zu Joe auf seinen Zwillingsbruder.«

Aurelia sah den kleiner werdenden Gestalten nach. »Ich hoffe, du irrst dich.«

Ellie ahnte nichts von den Sorgen der beiden. Sie streichelte Clippers Nase und liebkoste ihn. Armer alter Knabe, dachte sie und strich über den Hohlrücken und das knochige Hinterteil. Lange würde er es nicht mehr machen. Sie legte ihm eine Decke über und griff nach den Möhren, die sie jeden Morgen für Chinaman und Clipper mitbrachte. Sie streichelte die grauen Mäuler, deren Barthaare sie an der Handfläche kitzelten, und legte die Wange an die warmen, staubigen Hälse. Die beiden waren so alt, dass sie nicht wusste, ob sie noch da sein würden, wenn sie zurückkehrte.

Ellie freute sich auf den Auftrieb der Jungbullen. Sie war lange auf der Farm eingesperrt gewesen, und jetzt, da Charlie endlich auf dem Wege der Besserung zu sein schien, bereitete es ihr keine Gewissensbisse, ihn hier zurückzulassen. Sie sattelte ihr Arbeitspferd und übergab Jacky Jack die Hüteponys. Die Pferde waren ausgeruht und kauten ungeduldig auf dem Gebiss; eifrig tänzelnd brannten sie darauf, sich nach langem Aufenthalt auf der Weide wieder zu bewegen. Auf dem Hof herrschte eine aufgeräumte Stimmung, denn der Auftrieb der Jungbullen war ein Höhepunkt des Jahres, auch wenn er viele Stunden anstrengender Arbeit bedeutete. Er brachte das Geld ein, mit dem die Löhne bezahlt wurden.

Wang Lee schlurfte auf die Veranda, dicht gefolgt von Fu Man Chu. Er hielt sich am Geländer fest, als er die Stufen herunterhumpelte. Sein Kittel und die weite Hose passten ihm schlecht, denn er hatte viel Gewicht verloren. Sein Haar war jetzt farblos, und der lange Zopf war nur noch ein Abglanz dessen, was er einmal gewesen war. »Wang Lee kommen, auf Wiedersehen sagen«, pustete er. »Würde gern mitgehen zu Auftrieb, wie in alten Zeiten.«

Ellie beugte sich aus dem Sattel und drückte ihm die Hand. Sie hatte keine Ahnung, wie alt er war, aber er war jedenfalls zu betagt, um bei einem Auftrieb Leib und Leben zu riskieren. »Gib auf dich Acht, Wang Lee«, befahl sie. »Und lass Charlie ein bisschen mitarbeiten. Er ist wieder kräftig genug, und du hast dir ein bisschen Ruhe verdient.«

Das Gesicht, das zu ihr aufblickte, war runzlig wie eine Rosine, aber die Augen waren noch hell, und sein Blick hatte nichts von seiner Schärfe eingebüßt. »Charlie nichts taugen in Küche«, maulte er. »Ist nur im Weg.« Fu Man Chu sprang ihm Aufmerksamkeit heischend um die Füße. »Hund kann besser Teller spülen als er.«

Sie lächelte auf die beiden hinab. »Wir sehen uns in ungefähr einem Monat wieder«, sagte sie. »Hoffentlich ist der Krieg bis dahin vorbei.«

»Männer kommen nach Hause.« Er lächelte strahlend, nahm Fu Man Chu auf den Arm und wich dem tänzelnden Pferd aus.

»Ja«, sagte sie fest. »Also ruh dich lieber aus, so gut du kannst, denn wir werden sie aufpäppeln müssen.« Sie lächelte, aber die gespielte Fröhlichkeit sollte vor allem ihr selbst helfen, denn wieder verdunkelte die Erinnerung an Joe die Morgensonne.

Er machte ein finsteres Gesicht. »Gute Männer kommen nach Hause, dann Charlie gehen«, knurrte er.

Ellie runzelte die Stirn. Mühsam zügelte sie ihr Pferd, das nicht aufhören wollte zu tänzeln. »Warum sollte Charlie gehen?«

Wang Lee schüttelte den Kopf. Der kleine Terrier leckte sein Kinn. »Miss Ellie nicht sehen Charlie wie Wang Lee«, sagte er geheimnisvoll.

Ellie wandte den Kopf, damit er nicht sah, dass sie lächelte. Wang Lee bekam im Alter Flausen, und man musste ihn bei

Laune halten. Aber einen Moment lang empfand sie Unbehagen, als sie sah, wie angespannt und wachsam Charlie auf der Veranda stand. Wang Lee hatte immer einen scharfen Blick bewiesen. Was war ihm an Charlie aufgefallen, was ihr entgangen war?

Sie wischte die Zweifel mit einem Achselzucken beiseite; sie musste einräumen, dass sie empfindlich und ihre Urteilskraft vermutlich eingeschränkt war, wenn es um Joes Bruder ging. Er war gute Gesellschaft, und sie war gern mit ihm zusammen. Lächelnd erwiderte sie sein Winken, und dann wendete sie ihr Pferd und ritt zu den anderen, die sich zum Aufbruch bereitmachten.

Die Jackaroos ließen die Blue Heelers aus dem Zwinger, und die Hunde stürmten zu den Reitern und bellten vor Freude über ihre Freiheit. Aurelia knallte mit der Peitsche, und sofort war es still. »Also los«, dröhnte sie.

Staub wirbelte auf, als Pferde und Hunde auf die Weiden hinausgaloppierten, deren hohes Gras den süßen Duft des Sommers verströmte. Das Knarren des Sattelleders begleitete den Hufschlag, und das Kläffen der Hunde war beinahe zu schrill für den sanften Tagesanbruch. Ellie drosselte ihr Tempo, damit sie die Szene betrachten konnte; es war ein Anblick, von dem sie nie genug bekam. Die drahtigen Knechte saßen mit langen Beinen lässig im Sattel und führten die Kette der Packpferde hinter sich her. Jacky Jack hockte auf dem Bock des Proviantwagens, das Gesicht beinahe verborgen unter der Krempe des Hutes; die Hahnenfedern in seinem gefältelten Hutband wehten im Wind. Ein Kaltblüter zog den Wagen, und die buschigen Fesseln waren tief vergraben im üppigen Gras. Das Messing an seinem Geschirr klingelte freundlich.

Sie winkte Charlie noch einmal zu, und dann ließ sie ihrem Pferd die Zügel schießen. Die Sonne schleuderte bereits ihre Farben in den Himmel, und der Dunst, der sich in den Baumwipfeln verfangen hatte, funkelte spinnwebzart. Ein beinahe überwältigendes Wohlgefühl durchflutete sie, als sie losgaloppierte, um die anderen einzuholen. Es würde ein schöner Tag werden, und Joes Geist ritt an ihrer Seite.

Im Laufe der nächsten vier Wochen wurde das Weideland sektionsweise abgearbeitet; sie sonderten die Jungbullen aus und pferchten sie über Nacht ein. Als die Herde auf über tausend Stück angewachsen war, konnte man sie nicht mehr in Pferche treiben; sie musste bewacht werden, und das bedeutete, dass Frauen und Knechte sich mit den Nachtwachen abwechseln mussten. Alle waren erschöpft. Ellie und ihre Mutter waren in der letzten Nacht an der Reihe, ehe die Herde zum Fleischmarkt getrieben wurde. Es war eine warme Nacht; der klare Himmel war von Tausenden Sternen übersät, und der Mond sah aus wie ein halbiertes Sixpence-Stück aus Silber.

Ellie gähnte. »Wird schwer werden, wach zu bleiben«, brummte sie. »Ich kann mich nicht erinnern, dass ich jemals so müde war.« Sie schaute über die Tausende von Rindern hinweg, die grasend im Mondschein wogten, und sie hörte einen der Boys an der anderen Flanke leise singen. Solange man die Tiere ruhig halten konnte, würde ihre Anwesenheit sie nicht erschrecken; nach den langen Tagen des Auftriebs waren sie den Anblick von Reitern und Pferden gewohnt.

Alicia lenkte ihr Pferd an Ellies Seite. Ihre Hände ruhten leicht auf dem Sattelknauf. »Was würde ich nicht alles für ein Federbett und einen großen Whisky geben«, sagte sie. »Ich habe das Gefühl, ich habe den größten Teil meines Lebens auf diesem Pferd verbracht.«

Ehe Ellie antworten konnte, zerriss das schrille Heulen eines Dingo die Stille. Die Rinder wurden unruhig und wachsam. Das Heulen ertönte von neuem, näher diesmal, begleitet vom Rascheln tappender Pfoten im Unterholz. Die Herde setzte sich in Bewegung, die Köpfe erschrocken gereckt; Augen schimmerten weiß im Mondlicht. Sie scheuten und rempelten einander an.

»Rüber an die Flanken!«, zischte Ellie und wendete hastig ihr Pferd. »Sie dürfen nicht loslaufen.«

Der Leithund der Dingo-Meute tauchte schleichend aus dem Dunkel auf, geduckt, die Nase schnuppernd erhoben. Ohne zu zögern, bewegte er sich auf einen jungen Bullen zu, der zu sehr auf das Grasen konzentriert war, als dass er bemerkt hätte, was vorging. Der Dingo musste so ausgehungert sein, dass er alle Angst längst hinter sich gelassen hatte.

Der Bulle brüllte vor Schrecken, als der Hund nach seinen Beinen schnappte. Die restliche Herde ergriff die Flucht; die Erde donnerte, als sie sich nach Westen ausbreitete. Die Tiere liefen kreuz und quer durcheinander und versuchten verzweifelt, der Dingo-Meute zu entrinnen, die aus dem Gebüsch stürmte.

Ellie und die anderen galoppierten neben den fliehenden Rindern her und lenkten ihre Pferde hierhin und dahin, um die Ausbrecher einzufangen und die Tiere zusammenzuhalten. Der Hauptteil nahm Kurs auf die offene Ebene, deren Boden tückisch war: Dort gab es Bruchholz, scharfkantige Steine und tiefe Spalten, in denen die Hufe sich verfangen und die Tiere sich die Beine brechen konnten. Ungefähr fünfzig Bullen setzten sich in den Kopf, in vollem Galopp auf ein paar Giddea-Akazien zuzustürmen. Jacky Jack, Ellie und einer der Boys blieben ihnen auf den Fersen und jagten in halsbrecherischem Tempo durch die Dunkelheit auf das gefährliche Buschland zu.

Hufe donnerten über den Grund, und Staub erhob sich in einer dicken Wolke. Die rasende Herde, geisterhaft in der Dunkelheit, hatte das Buschgelände erreicht und brach wie ein Tornado hindurch. Ellie schmiegte sich flach an den Hals ihres Pferdes, um den peitschenden Ästen zu entgehen. Sie war fast blind von Staub und fliegenden Steinen, hochgeschleudert von zweihundert Hufen, aber das Adrenalin strömte durch ihre Adern, und sie jauchzte und pfiff in purer Begeisterung.

Die nackte Realität holte sie ein, als das Pferd vor ihr von einem abgestorbenen Ast aufgespießt wurde, der mehrere Fuß lang von einer Baumgabel abstand. Der Jackaroo flog im vollen Galopp über den Kopf des Pferdes hinweg und landete mit einem grässlichen Aufprall auf der Erde. Er rappelte sich sofort auf, um sich in die Sicherheit des nächstbesten Baumes zu flüchten, während die Herde auf ihn zu raste. Er war nicht schnell genug. Zwei Bullen stießen ihn zu Boden, trampelten über ihn hinweg und rannten weiter.

Ellie schaffte es, den durchgehenden Rindern auszuweichen; sie zügelte ihr Pferd und sprang aus dem Sattel. Das Pferd des Jackaroo war auf der Stelle tot gewesen; sein Herz war durchbohrt, und der gefährliche Ast steckte immer noch in ihm. Der Junge lag völlig reglos am Boden. Sein Hemd war blutig. Ellie betastete vorsichtig seine Arme und Beine, um festzustellen, ob etwas gebrochen war, aber es gefiel ihr nicht, wie er stöhnte, als sie seinen Bauch und seine Rippen berührte. Hastig legte sie ihm eine Satteltasche als Kissen unter den Kopf und sprang dann wieder in den Sattel. Sie brauchte Hilfe.

Der Hauptteil der Herde war in die offene Ebene hinausgeflohen, und dort ging den Tieren bald die Luft aus. Es dauerte nicht lange, bis sie zusammengetrieben und beruhigt waren. Drei Dingos lagen tot auf der Strecke, die Schädel von Gewehrkugeln zerschmettert, die anderen waren in den Busch zurückgestoben. Schmutzig und arg mitgenommen kehrte Ellie ins Camp zurück. »Billy ist verletzt«, sagte sie atemlos. »Ich werde den Wagen brauchen, um ihn zur Farm zurückzubringen.«

Aurelia ließ den Wagen so dicht wie möglich an den Busch heranfahren. Vorsichtig trugen sie den verletzten Jungen herbei und betteten ihn auf einen Stapel Decken auf der Ladefläche. Dann nahm man dem toten Pferd den Sattel ab und legte ihn neben ihn.

Es war Vormittag, als sie die Weide bei der Farm erreichten. Sie waren in dem holprigen Terrain notgedrungen nur langsam vorangekommen, und Ellie war voller Sorge. Billy lag stöhnend auf dem Wagen, und das Blut leuchtete rot auf dem behelfsmäßigen Verband. Er war noch jung, höchstens fünfzehn, aber er arbeitete auf dem Anwesen, seit er reiten konnte, und wie alle anderen Aborigines betrachtete man ihn als ein wichtiges Mitglied von Warratah.

Der Himmel war weiß vor Hitze und überzog das Land mit hartem, grellem Licht, das schwarze Schatten über den Hof warf. Ellie ließ die Zügel fallen, und Wang Lee kam schlurfend die Stufen herunter, um sie zu begrüßen. »Brechen Rippe«, murmelte er und strich mit kundigen Händen über die schlaffe Gestalt. »Billy sehr krank. Bringen in Haus.«

Von Charlie war nichts zu sehen, sooft man auch nach ihm rief; also plagten sich die beiden allein ab und legten ihn auf eine alte Tür, um ihn ins Farmhaus zu schleppen. Wang Lee humpelte geschäftig umher, und Ellie ließ ihn allein, um heißes Wasser, Handtücher und Verbandmaterial zu holen. Sie war hungrig und durstig und fühlte sich wie eine wandelnde Tote, als sie in die Küche tappte.

»Du bist früh wieder da«, sagte Charlie fröhlich und blickte von einer alten Zeitung auf. Er schenkte ihr eine Tasse Tee ein und widmete sich wieder seinem Lunch.

»Warum bist du nicht gekommen, um uns zu helfen?« Sie ignorierte den Tee und machte sich daran, die Dinge zusammenzutragen, die Wang Lee brauchte. »Du musst mich doch rufen gehört haben.«

Er nahm einen Schluck Tee. »Ich hab ja gesehen, dass ihr zurechtkommt«, sagte er. »Außerdem bin ich nicht kräftig genug, um einen Schwarzen durch die Gegend zu schleppen.«

Ellie funkelte ihn an. »Sein Name ist Billy«, sagte sie eisig. »Und er wiegt nicht viel.«

Charlie zuckte die Achseln und kaute auf seinem Sandwich. Ellie hatte nicht übel Lust, ihm den Tee ins Gesicht zu schütten, aber sie war zu erschöpft. Sie nahm Handtücher und Waschschüssel und ging zur Tür. »Sieh zu, dass du dich nicht übernimmst, Charlie«, sagte sie, und ihre Stimme troff von Sarkasmus.

Das Dröhnen eines Geländewagens, der die Zufahrt herauffuhr, ließ sie innehalten. Sie drehte sich um und schaute aus dem Fenster. »Nein«, flüsterte sie. Ihre Hände umklammerten die Handtücher, und Wasser schwappte aus der Schüssel. »Bitte mach, dass er es nicht ist.«

»Vor wem hast du Angst?«

Charlie stand neben ihr, und Ellie wich ihm aus, als er seinen Arm um ihre Taille legen wollte. Sie sah zu, wie der Wagen knirschend zum Stehen kam. Sah zu, wie der Besucher ausstieg und sich den Staub von den Kleidern klopfte. Es gab kein Entrinnen. Düstere Vorahnungen überwältigten sie, als sie Wang Lee Wasser und Tücher reichte, und sie bewegte sich wie ein Automat zur Tür.

»Ich wollte nicht, dass Sie das hier mit der Post bekommen«, sagte der Priester zögernd. »Wenn ich irgendwie helfen kann, scheuen Sie sich nur nicht, es mir zu sagen.« Er reichte ihr einen großen braunen Umschlag.

Ellie sah die militärischen Stempel, die Briefmarken, die unbekannte Handschrift. Mit zitternden Fingern riss sie den Brief auf. Quälender Schmerz zerriss sie, als alle ihre unzustellbaren Briefe zu Boden flatterten. Sie fiel auf die Knie, und ihre Hände schwebten über den Briefen, sammelten sie auf, drückten sie an die Brust. »Nein!« Ein lang gezogener Schrei der Verzweiflung und unerfüllter Hoffnungen zerriss die Stille des Vormittags und hinterließ eine furchtbare Leere.

»Die Army hat große Stücke auf Joe gehalten«, sagte der Priester leise und kniete neben ihr nieder. »Sie hat ihm postum einen Tapferkeitsorden verliehen.« Er hielt ihr eine kleine Schachtel entgegen. »Die Urkunde ist im Umschlag. Es tut mir Leid, Ellie.«

Sie hörte ihn kaum, war blind für alles um sie herum. Sie hielt die Briefe und den Orden umklammert und stieg die Verandastufen hinunter. Ohne zu merken, dass Wang Lee und Charlie sie beobachteten, überquerte sie den Hof und ging zur Pferdekoppel. Clipper schien ihre Not zu verstehen; schwerfällig kam er herüber und blieb geduldig stehen, als sie auf seinen Rücken kletterte. Ohne Sattel, ohne Decke und ohne Zaumzeug ritt sie in die Ebene hinaus.

Charlie stand wie erstarrt da, als Ellie über den Hof taumelte. Die volle Wucht der Neuigkeiten, die der Priester überbracht hatte, lähmte ihn und hatte ihm die Sprache verschlagen; sie zertrümmerte das Bild einer beinahe an Gleichgültigkeit grenzenden Hinnahme, das er erzeugt hatte, als Aurelia ihm das erste Mal von Joes Tod berichtet hatte. Denn er hatte ihr nicht geglaubt. Hatte nicht glauben können, dass sein Bruder gestorben war, bevor sie Gelegenheit gehabt hatten, wieder ins Reine zu kommen. Doch hier war der schreckliche Beweis – und es hatte ihn hart getroffen, viel härter, als er es sich je hatte vorstellen können.

Er ließ sich auf einen Stuhl fallen und vergrub das Gesicht in den Händen. Joe war stets ein Teil seiner selbst gewesen. Sie hatten miteinander gestritten und gespielt und gemeinsam um die Anerkennung ihrer Eltern gewetteifert. Sie waren durch das Land gewandert, hatten eine Decke und eine Gefängniszelle geteilt. Sie hatten zusammen geschwelgt und gehungert, sie waren durch die Ebenen geritten und hatten Stürme und Unwetter überlebt. Das konnte nicht das Ende sein. Und doch, das war es. Das Ende.

»Kann ich irgendetwas tun?«, murmelte der Priester.

Charlie schüttelte den Kopf. Tränen sickerten zwischen seinen Fingern hervor.

»Wir könnten zusammen beten«, sagte der Priester hoffnungsvoll. »Sie würden sich wundern, wie gut das in solchen Augenblicken hilft.«

Charlie hob sein verzweifeltes Gesicht. »Gott war noch nie für mich da«, brachte er heiser hervor. »Warum sollte das jetzt anders sein?« Er stemmte sich vom Stuhl hoch und blieb schwankend stehen. »Wo war er, als es Joe erwischt hat? Wo war er, als Seamus zerfetzt wurde und ich die halbe Brust verlor?« Er drängte sich an dem Priester vorbei und taumelte zur Verandatreppe. »Behalten Sie Ihre Gebete und Ihren Gott«, grollte er. »Hat mir noch keinen Gefallen getan.«

»Sie nicht nachlaufen Miss Ellie«, befahl Wang Lee. »Muss allein sein. Muss allein Weg finden, Lebewohl sagen zu Joe.«

»Ich tu, was ich will, verdammt«, wütete Charlie. Vernünftigen Worten war er nicht mehr zugänglich; der Schmerz brandete in ihm auf wie eine machtvolle Flut, die ihn zu überwältigen drohte. Er musste weg von hier. Musste Ellie finden. Denn sie war die Einzige, die verstehen würde, was in ihm vorging.

»Ich glaube, Wang Lee hat Recht.« Besänftigend hielt der Priester seinen Ärmel fest.

Charlie ließ seine Faust fliegen. Sie traf das mitleidige Gesicht, und der Priester flog der Länge nach auf den Verandaboden.

Wang Lee ließ einen Sturzbach von chinesischen Worten hören, der in Charlies Ohren anschwoll und verebbte. Kelly kreischte Obszönitäten und lief flügelschlagend auf der Stange hin und her. Charlie straffte sich und wollte noch einmal zuschlagen. Er erstarrte, als er hörte, wie der Hahn an einem Gewehr gespannt wurde.

»Ich bin durchaus bereit, es zu benutzen«, donnerte Aurelia. »Weg von Wang Lee – und halte die Hände so, dass ich sie sehen kann!«

Charlie spürte, wie das Blut aus seinem Gesicht wich. Er drehte sich um und schaute in einen Gewehrlauf, der nur wenige

Zoll von seinem Gesicht entfernt war. »Ich wollte niemanden schlagen«, sagte er hastig.

»Sah aber ganz anders aus«, erwiderte Aurelia grimmig mit einem Blick auf den bewusstlosen Priester. »Ich nehme an, er hält bloß ein Nickerchen auf meiner Veranda?« Sie wedelte mit dem Gewehrlauf vor seinem Gesicht herum. »Setz dich da drüben hin! Und rühr dich nicht von der Stelle! Ich kümmere mich gleich um dich.«

Charlie beobachtete, wie Aurelia nach dem Priester sah. Sie befahl Wang Lee, sich um den Mann zu kümmern. Das Gewehr lag fest in ihren Händen und blieb auf Charlie gerichtet. Als ihr stählerner Blick ihn traf, zuckte er zusammen. Er hatte nie bemerkt, wie kalt ihre Augen sein konnten – und wie groß ihre Abneigung gegen ihn war.

»Ich glaube, du erklärst jetzt mal besser, was hier los war«, sagte sie streng.

Charlie gehorchte. Er kleidete es nicht in hübsche Worte und nahm auch keine Rücksicht auf ihre Gefühle. Er ließ seiner Rede freien Lauf.

»Guter Gott«, hauchte sie mit bleichem Gesicht. »Wo ist Ellie jetzt?«

»Da draußen.« Mit unbestimmter Armbewegung deutete er in die weite Ebene.

»Besser, Miss Ellie für eine Weile allein«, sagte Wang Lee in feierlichem Ton und warf Charlie einen vernichtenden Blick zu. »Sie nach Hause kommen, wenn bereit.«

»Warum hast du den Priester geschlagen?«, fragte Aurelia. »Er kann doch nichts dafür.«

Wang Lee half dem Priester auf die Beine. An seinem Kinn war bereits eine dunkle Schwellung zu sehen, und Charlie verspürte eine stumme Genugtuung. »Ist mir in die Quere gekommen«, murrte er. »Ich wollte hinter Ellie her, und er wollte mich aufhalten.«

Aurelia musterte ihn kalt. »Wang Lee hat Recht«, sagte sie schließlich. »Ellie braucht Zeit, um das alles zu verdauen. Tut mir Leid wegen deinem Bruder, aber Prügeleien sind keine Lösung. Ich dulde dieses Benehmen nicht auf meiner Farm.« Sie funkelte ihn an. »Ist das klar?«

Charlie nickte. Die Trauer über Joes Tod war plötzlich einer nüchternen Entschlossenheit gewichen. Eines Tages würde er es diesem alten Schlachtross heimzahlen.

Ellie hatte keine Ahnung, wie lange sie an Clippers Hals geschmiegt dagelegen hatte. Sie waren ziellos über die Ebene geritten, dahingeweht wie die Anemonen, die im Frühjahr blühten, und das alte Pony hatte sie mit dem Rhythmus seiner Schritte in einen Schlaf der Erschöpfung gelullt. Sie träumte von Joe und davon, wie sie in der einen, ihrer einzigen gemeinsamen Nacht zusammen in den Busch geritten waren. Träumte von seinem Kuss und von dem Mondlicht, das sein Haar schwarz wie die Flügel eines Raben und seine Augen wie dunkle Smaragde hatte glänzen lassen.

Ihre Gedanken schweiften umher und verharrten für einen Moment bei einem Schnappschuss in ihrer Erinnerung, ehe sie zum nächsten weiterwanderten. Sie dachte an ihren Vater und an das unmarkierte Grab mitten in der Wildnis. Dachte an die monatelange Wanderschaft, an die Menschen, denen sie begegnet war, an die Orte, die sie gesehen hatte. Dachte an Joe und seinen geliebten Satan – und betrachtete auch ihre aufblühende Freundschaft mit dem vielschichtigen und beunruhigenden Charlie.

Mit tiefer Trauer erkannte sie: Sie hatte gewusst, dass der Krieg für Joe vorüber war – und doch hatte es immer einen Hoffnungsschimmer gegeben, an den sie sich geklammert hatte, die Chance, dass er überlebt hatte. Bis jetzt.

Tränen stiegen Ellie in die Augen, und endlich konnte sie

der Trauer, die sie so lange zurückgedrängt hatte, freien Lauf lassen.

Aber die Tränen brachten auch Trost. In der Stille der weiten Ebene würde sein Geist immer an ihrer Seite reiten. Denn dies war ein besonderes Land, das ihnen allein gehörte. Das Königreich des Graslandes.

VIERZEHN

Claire schloss die Augen und ließ ihr Gesicht von den letzten Sonnenstrahlen wärmen. Die dunkle Geschichte Warratahs und die Feindseligkeit ihrer Schwester lagen in weiter Ferne, und so war sie zum ersten Mal seit ihrer Heimkehr entspannt und glücklich. Matts Überraschungspicknick an der Schlucht war das perfekte Ende eines perfekten Tages.

»Einen Penny für Ihre Gedanken. Oder sollte ich sagen, einen Dollar?«

Claire lächelte. Sie hatte sich an die neue Währung auch noch nicht gewöhnen können. »Ich dachte nur gerade, dass Sie ein ideales Leben führen«, sagte sie leise. »Sie können herumreisen, Sie lernen nette Leute kennen, und Sie kennen die besten Plätze für ein Picknick.« Sie warf einen Blick zu ihm hinüber. »Danke. Es war ein herrlicher Tag.«

»Es ist kein schlechtes Leben«, sagte er und legte ein paar dürre Zweige ans Feuerholz. »Aber wenn man mitten im Gewitter herausgerufen wird, macht es keinen Spaß. Und manche Landebahnen sind die reinsten Schlammrutschen, wenn es regnet.«

Er zündete das Feuer an und hängte den Blechkessel darüber. Seine Bewegungen waren sparsam, flink und sicher; das hatte sie den ganzen Tag über beobachtet, und er wirkte auf sie nicht nur beruhigend, sondern solide und verlässlich – und seltsam erregend. Ein Pferd hatte eine scheußliche Schnittwunde am Bein, zwei Kühe hatten Mastitis gehabt; eine Ziege hatte eine schwierige Zwillingsgeburt zu bewältigen, und ein Bulle hatte unter einem Abszess an der Wurzel des Horns gelitten. Sie hatte daneben gestanden und zugeschaut, wie er alles fachmännisch behandelt hatte, und an den Begrüßungen, mit denen man ihn empfing, hatte sie erkannt, dass er bei den meisten Farmern sehr beliebt war. »Ich wünschte fast, ich würde nicht zurück nach Sydney gehen«, sagte sie schläfrig.

Matt kam vom Feuer herüber und setzte sich auf die Wolldecke. Sie saßen Schulter an Schulter, mit dem Rücken an einen Baum gelehnt. »Hier ist noch genug Platz für einen zweiten Tierarzt«, sagte er ruhig. »Die Gegend ist so riesengroß, dass der Flug zu einem Patienten oft zum Wettlauf mit der Zeit wird. Tierärzte kommen und gehen, und die jungen Leute bleiben nur so lange, bis sie das vorgeschriebene Praktikum für die Examina absolviert haben.«

Claire lächelte. »Dann muss ich mich ebenfalls schuldig bekennen. Hab mein Praktikum im Hunter Valley gemacht.« Die Sonne sank jetzt schnell, und die Hitze ließ nach. Sie wandte ihm den Kopf zu und schaute unversehens in haselnussbraune Augen. Er war ihr unbehaglich nah und das plötzliche Verlangen, ihn zu küssen, zu machtvoll. Sie rückte weg und machte sich daran, den Fisch für das Abendessen zu grillen.

»Ich habe daran gedacht, einen Fliegenden Tierarzt-Dienst zu gründen, ähnlich wie die Flying Doctors.« Er wölbte die Hand um ein Streichholz und zündete sich eine Zigarette an. Dann zog er die Knie an und stützte die Ellenbogen darauf. »Wären Sie interessiert?«

Sie kniete vor der warmen Glut des Feuers. »Mich erwartet bereits ein Job in Sydney«, erinnerte sie ihn sanft. Es war ihr nicht entgangen, dass sein Tonfall beinahe allzu beiläufig geklungen hatte. Offensichtlich hatte er sich diese Angelegenheit gründlich überlegt, und sie wollte ihm die Begeisterung nicht verderben.

»Die Basis würde ich in meinem Haus einrichten, denn es liegt ziemlich zentral. Ich müsste eigentlich staatliche Fördermittel für die Anschaffung bekommen. Natürlich würde jeder Tierarzt sich als Partner einkaufen und mit gleichem Anteil an den Erträgen beteiligt.«

Claire schaute sich nach ihm um, und ihre Fantasie bekam Flügel. »Das ist eine glänzende Idee!«, sagte sie. »Jeder Tierarzt hätte seinen eigenen Sektor, sternförmig um Ihr Haus verteilt, und jeder hätte eine Vertretung für seine freien Tage oder für den Krankheitsfall.« Sie hockte sich auf die Fersen. »Matt Derwent, Sie sind ein verdammtes Genie.«

»Sie wären also doch interessiert?« Er schaute sie durch einen Rauchschleier an.

»Es ist eine weit reichende Entscheidung, und ich habe bereits Pläne. Ich weiß nicht ...« Sie verstummte, als sie die Enttäuschung in seinen Augen sah. Sie wollte ihm nicht die Petersilie verhageln, aber ihre Zukunft lag in der Großstadt. Sie konnte jetzt nicht einfach von ihrem Kurs abweichen. »Erzählen Sie mir mehr«, ermunterte sie ihn. »Wie würden Sie andere Tierärzte anwerben? Sie würden mindestens vier brauchen – und alle müssten einen Pilotenschein haben. Dann ist da die Frage der Finanzierung. Sie wissen, wie lange die Regierung die Flying Doctors schon unterstützt, und es ist immer noch nicht genug.«

Matt lachte. »Ich habe bereits einen Finanzierungsplan aufgestellt, und ein Freund von mir, der bei der Bezirksbehörde arbeitet, meint, es dürfte nicht allzu schwierig sein, eine Förderung zu kriegen. Der größte Teil des Kapitals müsste sowieso von den Partnern aufgebracht werden – das geht nicht anders. Und wenn der Betrieb erst mal läuft, dürfte er sich selbst tragen.«

Claire schaute weg. Ihr war plötzlich ein ziemlich unangenehmer Gedanke gekommen. »Also haben Sie mich heute nur mitgenommen, weil Sie herausfinden wollten, ob ich als Partnerin infrage komme?«, sagte sie mit traurigem Unterton. »Nicht, weil Sie meine Gesellschaft wollten, sondern weil Sie wussten, dass ich die Möglichkeit habe, mich einem solchen Unternehmen anzuschließen?«

Er setzte sich kerzengerade auf, und sein Gesicht war schreckensbleich. »Wie können Sie das glauben? Selbstverständlich nicht«, sagte er wütend. Er stand auf und trat seine Zigarette mit dem Stiefelabsatz aus. »Verflucht noch mal, Claire, sind Sie immer so misstrauisch? Warum sollte ich den Tag nicht mit Ihnen verbringen wollen? Ich bin gern mit Ihnen zusammen, und Sie sind der erste Mensch seit langem, bei dem ich dachte, ich könnte …« Er brach jäh ab, und die Farbe kehrte mit Macht in sein Gesicht zurück. »Sorry. Ich wollte Sie nicht anschreien«, murmelte er.

Claire stand auf. »Sie dachten, Sie könnten was?«, fragte sie leise.

Matt fuhr sich mit den Fingern durch das zerzauste Haar. »Ich weiß nicht«, brummte er. »Vielleicht dachte ich, wir beide könnten Freunde werden.«

Sie lächelte ihn an und entspannte sich, denn sie erkannte, dass Matt niemals unaufrichtig und hinterhältig sein konnte. Er könnte nicht darauf hoffen, beim Poker zu gewinnen, dachte sie, denn sie las die offenkundige Botschaft in seinem Blick. »Ich hatte gehofft, es könnte ein bisschen mehr als das sein«, neckte sie.

Seine nussbraunen Augen schauten sie verblüfft an. »Ich auch«, flüsterte er. »Aber Sie sind so jung, so schön. Ich dachte nicht, dass ich da eine Chance habe.«

»Ich mag ältere Männer«, sagte sie mit einem fröhlichen Funkeln im Blick. »Anscheinend bin ich auf der Suche nach einer Vaterfigur.«

»Sie werden mein Tod sein«, sagte er, und dann nahm er ihr Gesicht in beide Hände und schaute ihr in die Augen.

»Hoffentlich nicht«, flüsterte sie, als der Funke zwischen ihnen übersprang.

Matt zögerte, als sei er sich ihrer Reaktion nicht sicher. Dann berührten seine Lippen die ihren. Sie schlang die Arme um seinen Hals und zog ihn an sich, und alles andere war vergessen.

Am 1. Mai 1945 marschierten russische Truppen in das zerstörte Berlin ein, und sechs Tage später folgte die bedingungslose Kapitulation Deutschlands. Die Japaner hielten noch drei Monate durch, ehe sie am 15. August ebenfalls kapitulierten. Der Krieg war aus.

Jack kam nach Hause, schlank, mit silbergrauem Haar, und die Schrecken des Krieges hatten sich tief in seine Züge eingegraben. Er stieg aus dem Wagen und warf sich in Aurelias wartende Arme. »Willst du mich heiraten?«, flüsterte er, nachdem er sie geküsst hatte.

»Unbedingt, du alter Narr«, sagte sie. »Ich habe lange genug gewartet.«

Die kleine Kirche in Burketown war vor fast einem Jahrhundert erbaut worden, und an jenem Septembermorgen sah sie aus, als sei sie aus einem langen Schlaf erwacht und sähe sich überrascht mit Blumen und Girlanden geschmückt. Der Organist griff enthusiastisch in die Tasten, und die Feder auf ihrem Hut wippte im Takt, als Aurelia aus dem Sonnenschein ins kühle Zwielicht trat.

Sie hielt Mickeys Arm umklammert. Von ihrem Rosenstrauß fielen Tautröpfchen, während sie mühsam darum kämpfte, die Fassung zu wahren. »Ich hoffe zu Gott, dass Jack weiß, worauf er sich einlässt«, brummte sie und zupfte dabei an dem ungewohnten langen Rock und ihrer cremefarbenen Bluse herum.

Mickeys zerfurchtes Gesicht legte sich in Lachfalten. Mit zitternden Fingern tätschelte er ihre Hand. Die Malaria hatte ihm übel mitgespielt, und es hatte auf Messers Schneide gestanden, ob er kräftig genug sein würde, um heute dabei zu sein. »Er ist ein Glückspilz«, sagte er leise. »Und du bist eine wunderschöne Braut.«

Sie zog die Brauen hoch, und das Monokel fiel ihr aus dem Auge und tanzte an seiner Kordel. »Sei nicht albern«, schnaubte sie. »Ich sehe aus wie Hundefutter.« Trotzdem fühlte sie sich geschmeichelt. Sie hatte sich am Morgen über die Maßen viel Zeit für das Ankleiden genommen, und sie wusste, dass sie besser aussah als sonst, denn der Spiegel hatte es ihr verraten. Ihre Wangen waren gerötet, der Gewichtsverlust ließ sie um Jahre jünger wirken, und es gefiel ihr, wie der lange Seidenrock raschelnd um ihre Füße wehte. Es tat gut, sich wieder wie eine Frau zu fühlen nach all den Jahren in tristen Jacken und Overalls. Nur die Schuhe, die Alicia ihr aufgezwungen hatte, brachten sie um. Wie um alles in der Welt Frauen auf so hohen Absätzen umherstöckeln konnten, war ihr ein Rätsel, und sie konnte es nicht erwarten, wieder in ihre bequemen Halbschuhe zu schlüpfen.

»Bist du bereit?«

Sie nickte, und die Brillanten in ihren Ohren und an ihrem Hals fingen das Licht der Morgensonne ein, das durch die bunten Glasfenster hereinströmte. »So bereit, wie ich nur sein kann. Lasst uns anfangen, damit ich diesen wunderbaren Mann bald ganz für mich allein habe.« Sie holte tief Luft, und dann geleitete Mickey sie den Mittelgang hinauf zu Jack, der sie schon erwartete. Er sah so gut aus in seinem Anzug, so distinguiert, nachdem sein Haar silbergrau geworden war und die Entbehrungen des Krieges sein Gesicht weicher gemacht hatten. Sie zitterte, als er sich umdrehte und ihr entgegenblickte. Sein Lächeln war warm und liebevoll. Ich habe großes Glück, dachte sie, als sie neben ihm stehen blieb. Ich bekomme eine zweite Chance.

Die Zeremonie war nur allzu schnell vorbei. Die Heiratsurkunde wurde unterzeichnet, Glückwünsche wurden entgegengenommen, und als Aurelia in Jacks Arme sank, war sein Kuss eine Bekräftigung der Gelübde, die sie soeben abgelegt hatten. Als sie sich schließlich wieder voneinander lösten, ließ der Organist eine Fanfare ertönen, und sie mussten beide kichern. »Wie fühlt man sich als Mrs. Withers?«, fragte er durch den Lärm.

»Mrs. Bligh-Withers, wenn du nichts dagegen hast«, sagte sie mit gespielter Strenge. Sie war schon immer ziemlich stolz auf die Abstammung von jenem legendären Seekapitän gewesen.

Er fasste ihre Hand und lachte. »Du darfst dich niemals ändern, Aurelia«, brachte er hervor. Dann wurde seine Miene ernst. »Du bist eine prachtvolle Frau, Aurelia, und ich liebe dich – mitsamt Monokel, Bullenpeitsche, Overalls und deiner Sturheit.« Er küsste sie noch einmal, sanft diesmal, und durch diese zarte Berührung vermittelte er ihr so viel, dass Aurelia heftig mit den Lidern klappern musste, um zu verhindern, dass ihre Gefühle mit ihr durchgingen. »Dann komm, Mrs. Bligh-Withers. Zeigen wir dieser Bande, wie man eine richtige Party feiert.«

Bei Hochzeiten, fand Alicia, herrschte immer eine gewisse Atmosphäre, die die Leute dazu brachte, sich anders zu benehmen, als es sonst ihre Art war. Die geschlossene Gesellschaft einer Hochzeitsparty schien die Gefühle zu verstärken und ein romantisches Empfinden in den Vordergrund zu bringen, das unvorsichtige Erklärungen und unvernünftiges Verhalten förderte. Sie nippte an ihrem Champagner und betrachtete die Leute ringsum, und wie üblich spürte sie eine Distanz zu diesen beinahe naiven, verwegenen Männern und Frauen des Outback, deren hausgemachte Kleider und Philosophien in krassem Gegensatz zu ihrem Dior-Kostüm und ihrer Welterfahrung standen.

Die Nachbarn waren aus Hunderten von Meilen im Umkreis zusammengeströmt, um dabei zu sein, wenn Aurelia ihren Jack heiratete. Ihre Beziehung war jahrelang der Gegenstand von Spekulationen und Klatsch gewesen, und niemand wollte sich diese Gelegenheit entgehen lassen – zumal der Krieg nun vorüber war und schon der geringste Vorwand genügte, um ein Fest zu feiern. Die bunten Kleider und frivolen Hüte der Frauen wetteiferten mit den dunklen Anzügen der Männer, und der Lärmpegel im Festsaal über der Hotelbar stieg zusehends. Gesichter röteten sich, Kragen wurden aufgeknöpft, Krawatten und Jacketts landeten auf Stuhllehnen, und das ernsthafte Geschäft des Trinkens nahm seinen Lauf.

Alicia beobachtete, wie die Männer zur Bar spazierten und sich an die Theke lehnten. Sie plauderten über Rinder, Schafe und ihre Kriegserlebnisse, und sie verglichen die verschiedenen Sorten Bier, die sie in Übersee gekostet hatten. Die verheirateten Frauen saßen zusammen an Tischen und tratschten, unter den Hutkrempen huschten ihre Augen hin und her, damit ihnen nur ja nichts entging. Die jüngeren Frauen standen kichernd in Grüppchen in den hinteren Ecken des Raumes und warfen den Männern an der Bar kokette Blicke zu, während sie darauf warteten, dass die Kapelle anfing zu spielen.

»Dachte mir, du möchtest vielleicht noch einen Schluck.« Mickey stellte vorsichtig ein Glas Champagner auf den Tisch. Seine Hand zitterte seit dem letzten Malaria-Anfall, und er schnalzte verärgert mit der Zunge, als ein wenig Champagner auf das weiße Tischtuch schwappte.

Sie sah lächelnd zu ihm auf. »Danke«, sagte sie mit sorgfältig bemessener Freundlichkeit.

Er blieb neben ihr stehen, verlegen und unbeholfen in seinem Anzug und dem engen Hemdkragen. Aber er schien nicht gehen zu wollen, und Alicia verspürte eine leichte Gereiztheit. Es war ihr ein Gräuel, so auf Schritt und Tritt verfolgt zu werden, und Mickey benahm sich wie ein seelenvolles Hündchen, seit er aus dem Krieg zurückgekehrt war. Sie hatte gehofft, längst weg zu sein – zurück in England –, aber Aurelias Hochzeit hatte es vereitelt.

Die Kapelle spielte sich warm und stimmte mit dissonantem Krächzen und Klimpern ihre Instrumente. Alicia sah, dass die Mädchen sich aus den Ecken hervorwagten. Die jüngeren Männer lehnten mit Biergläsern in der Hand am Tresen und musterten die jungen Frauen wie Preiskühe, die aus der Herde ausgesondert werden mussten. Seufzend nahm Alicia einen Schluck von ihrem lauwarmen Champagner. Sie war beinahe froh, dass sie nicht mehr jung war.

»Möchtest du tanzen?«, fragte Mickey. »Bin vielleicht ein bisschen eingerostet, aber probieren würde ich's schon.«

»Lieber nicht«, rief sie durch den Lärm. »Viel zu viel Gedränge.«

Er schaute sie seelenvoll an und ging dann davon. Sie sah, wie er zu den anderen Männern trat und ein Bier bestellte. Die verheerenden Folgen der Malaria hatten in seinem Gesicht Spuren hinterlassen, und die Ärzte hatten ihm gesagt, dass er die Krankheit immer in sich tragen und dass sie häufig wiederkehren würde. Armer Mickey!, dachte Alicia unbestimmt.

Sie stellte das Glas ab und zündete sich eine Zigarette an. Die jungen Leute betraten die Tanzfläche. Charlie und Ellie gesellten sich zu den anderen und begannen einen neumodischen Tanz namens Jive, den die Yankees eingeführt hatten und der, soweit sie es beurteilen konnte, nichts als Unheil brachte. Petticoats und Strumpfbänder wurden damit zur Schau gestellt, dabei waren die Männer ohnedies schon zu erregt und brauchten keine weitere Ermunterung. Über allem lag ein Hauch von Verzweiflung. Es war, als hätten diese Kinder die verlorenen Jahre ihrer Jugend wettzumachen – als könnten sie durch heftiges Trinken und lautes Gelächter die Bilder und den Lärm der Schlacht bannen, mit denen sie so lange gelebt hatten. Den Mädchen ging es nicht anders als den Jungen. Sie waren zurückgeblieben und hatten das Land und das Vieh versorgen müssen – ohne Partys, Liebeleien und all das, was zur Jugend gehörte. Verzweifelt dachte Alicia an die Konsequenzen.

»Sie amüsieren sich doch nur.« Keuchend ließ Aurelia sich neben ihr auf einen Stuhl fallen. »Ich würde mir keine allzu großen Sorgen machen.« Sie fächelte sich mit einem Taschentuch Kühlung zu und nahm einen großen Schluck Champagner.

Alicia zog eine Grimasse. »Ich wünschte, er würde weiterziehen. Ellie hängt mir zu sehr an ihm. Und nachdem Wang Lee uns berichtet hat, dass er heimlich am Safe gewesen ist, würde ich ihm nicht weiter trauen, als ich ihn werfen kann.« Sie schaute ihre Schwester an. »Wang Lee hat richtig Angst vor ihm, weißt du. Ihm ist klar, dass er Ärger bekommt, wenn Charlie erfahren sollte, dass er ihn gesehen hat.«

Aurelia wischte sich den Schweiß aus dem Gesicht, trank ihren Champagner aus und stand auf. »Ich habe gewisse Veränderungen vorgenommen, seit Mickey zurück ist«, sagte sie entschlossen. »Hab alles so geregelt, dass es sicher ist.« Sie lächelte, und ihr Monokel funkelte im hellen Licht. »Charlie wird feststellen, dass er einen großen Fehler macht, wenn er glaubt, er kann mich übers Ohr hauen.« Sie spazierte davon, zerrte Jack von der Bar und wirbelte mit ihm über die Tanzfläche.

Alicia sah, dass sie ihre Brautschuhe ausgezogen hatte. Unansehnliche alte Halbschuhe lugten unter dem Seidenrock hervor. Sie seufzte verdrossen. Aurelia würde niemals chic sein.

Die Party dauerte bis weit in den Nachmittag. Die eleganten Hüte waren beiseite geworfen worden und Krawatten und Hemmungen mit ihnen; schon dreimal hatte es Prügeleien unter den Männern gegeben, aber die Streitigkeiten waren rasch wieder beendet worden, und die Kontrahenten waren wieder die besten Freunde, tranken noch mehr Bier und stimmten wüste Gesänge an. Aurelia und Jack tauchten eilig aus dem größten Getümmel auf und bemühten sich, dem Trubel unbemerkt zu entrinnen. Sie waren nicht schnell genug, und Jack musste Aurelia fast zum Wagen tragen, während man sie mit Konfetti und Reis überschüttete.

Aurelia stand lachend auf dem Trittbrett und hielt ihren welkenden Blumenstrauß in die Höhe. Die jungen Mädchen stürzten herbei und streckten die Hände hoch in die Luft, als der Strauß in anmutigem Bogen angeflogen kam. Ellie fing ihn, und unter tosendem Applaus schaute sie Charlie ins Gesicht und lachte entzückt, als er sie rasch auf die Wange küsste.

Aurelias Lächeln verflog, als sie Alicias entsetzten Blick bemerkte. Sie wandte sich ab und stieg zu ihrem frisch gebackenen Ehemann in den Wagen. Ihr Gesichtsausdruck war unter der Krempe ihres Blumenhutes verborgen.

Der Lärm war ungeheuer, als Braut und Bräutigam in die Flitterwochen davonfuhren. Stiefel, Blechkessel und Feuerwerkskörper folgten dem Wagen und wirbelten Staub auf. Alicia winkte, bis sie hinter der Staubwolke verschwunden waren, und dann stand sie noch lange in der eintretenden Stille, während die anderen Gäste wieder zur Party zurückkehrten. Es war kühler hier draußen und ruhiger. Sie brauchte nach der Hektik des Tages einen Augenblick für sich. Musste über Ellie nachdenken.

»Alicia?« Mickeys beinahe schuldbewusste Stimme erschreckte sie einen Augenblick später. »Kann ich mit dir reden?«

Seufzend drehte sie sich um. Sie ahnte, was jetzt kommen würde, und ihr graute davor. »Lass uns ein Stück spazieren gehen«, schlug sie vor. »Meinst du, das schaffst du?«

Er nickte. »Die Beine sind noch ein bisschen wacklig, aber ich schätze, bis zu den Bäumen da drüben geht's schon.« Er nahm ihre Hand und legte sie beschützend in seine Armbeuge, und so gingen sie die staubige Straße hinunter zu ein paar Coolibahbäumen und Weiden am Ufer des Flusses. Dort fanden sie eine Picknickbank und setzten sich.

»Ich möchte dir etwas sagen, Alicia«, begann er. »Und auch wenn du dir wahrscheinlich schon denken kannst, was es ist, möchte ich die Chance haben, dir zu erklären, was ich auf dem Herzen habe, bevor du eine Entscheidung triffst.«

Alicia wurde die Kehle eng. Sie musste diese Sache beenden, bevor sie noch weiter ging. »Ich glaube nicht …«, sagte sie.

Er legte einen zitternden Finger an ihre Lippen. »Sssch. Lass mich sprechen, ja?« Er schaute sie feierlich an und räusperte sich. »Ich weiß, ich bin nicht der gesündeste Kerl der Welt und auch nicht der gebildetste. Diese Malaria werde ich für den Rest meines Lebens behalten. Aber ich habe eine gute Farm auf Jarrah, und dir und Aurelia verdanke ich, dass Geld auf der Bank ist und eine gesunde Rinderherde auf den Weiden steht.«

Alicia spürte den feuchten Griff seiner Hände und wünschte, er wollte sie loslassen. Aber sie sah auch, dass er entschlossen war, seine Rede zu Ende zu bringen, und wegen der fragilen Freundschaft zu diesem Mann brachte sie es nicht über sich, ihre gewohnte, schneidende Kälte an den Tag zu legen.

»Im Krieg habe ich so manches gelernt, Alicia – unter anderem, dass es einem Mann nicht bestimmt ist, sein Leben allein zu leben. Ich möchte, dass du mich heiratest«, sagte er mit Entschlossenheit. »Ich möchte, dass du nach Jarrah kommst und dort als meine Frau lebst.«

Alicia erstarrte. Sie hatte es kommen sehen. Hatte sich darauf gefasst gemacht, seit er aus dem Militärlazarett gekommen war. Es war an der Zeit, dass sie ihm endlich reinen Wein einschenkte.

»Ich …«, begann sie.

»Du brauchst mir nicht sofort zu antworten, Alicia«, sagte er mit einem verzweifelten Unterton. »Überleg's dir einfach. Wir haben jetzt alle Zeit der Welt, nachdem der Krieg zu Ende ist.«

Alicia schaute ihm ins Gesicht. Seine Haut war dunkel von der Sonne, und die grauen Strähnen in seinem kohlschwarzen Haar waren zahlreicher geworden. Er war zu mager, aber er sah immer noch gut aus. Dennoch war sie nicht bereit, ihr Leben einem Invaliden zu opfern – nicht, wenn sie ihn nicht liebte. »Ich kann dich nicht heiraten, Mickey«, sagte sie fest. »Ich fahre bald nach England.«

»Aber du kommst doch zurück. Nicht wahr?« Seine Augen waren plötzlich angstvoll und die Hände, die nun ihre Finger umklammerten, kalt.

Sie löste sich von ihm und rückte zur Seite. »Ich gehöre nicht ins Outback. Ich habe keine besonderen Gefühle für Australien. Es war eine Erfahrung, mit Aurelia und Ellie zu arbeiten, eine Art Abenteuer von mir aus – aber eines, das ich nicht weiter in die Länge ziehen will.«

Mickey sackte auf der Picknickbank in sich zusammen, und seine Hände baumelten zwischen den Knien.

Alicia zwang sich, seine offenkundige Not zu übersehen, und ließ sich nicht irre machen. Er musste einsehen, dass sie hart bleiben würde. »Ich kann nicht den Rest meines Lebens hier verbringen«, sagte sie und bändigte ihren Unmut nur mühsam. »Dieses weite Land bedrängt mich. Ich brauche die Lichter der Großstadt und das Getriebe von Menschen, die denken wie ich.«

Er hob den Kopf und sah sie an. »Wir können jederzeit nach England fahren und dort lange Urlaub machen«, sagte er hoffnungsvoll. »Geld genug habe ich.«

Alicia stand auf und klopfte sich den Staub von ihrem Kostüm aus Shantung-Seide. »Das würde nicht funktionieren«, sagte sie brüsk. Sie hatte allmählich genug davon und wollte zurück zur Party. Sie brauchte einen Drink.

»Und wenn ich Jarrah verkaufe und wir nach England übersiedeln?« In seinem Gesicht leuchtete die Hoffnung. Er stand auf und griff nach ihren Händen. »Würdest du mich dann heiraten?«

Alicia riss sich los. »Nein«, sagte sie in scharfem Ton.

Die Farbe wich aus seinem Gesicht, Schweißperlen traten auf seine Stirn. Das Fieber kehrte zurück, und er sah elend aus. »Ich kann also nichts sagen oder tun, was dich umstimmen könnte?« Er war geschlagen.

»Nichts.« Sie wandte sich ab und ging zurück zum Hotel. Sie

wusste, dass er dastand und ihr nachschaute, und sie empfand ein bohrendes Unbehagen über die gefühllose Art, mit der sie ihn abgewiesen hatte. Sie hob das Kinn und stieg die Verandastufen hinauf. Ihr Leben würde sich zum Besseren wenden, und sie konnte es kaum erwarten, wieder britischen Boden unter den Füßen zu haben und unter Menschen zu sein, die sie verstand. Sie wollte das Leben, das sie aufgegeben hatte, wieder aufnehmen. Mickey würde schon darüber hinwegkommen.

Aurelia hatte gut gegessen, und trotz des nachmittäglichen Nickerchens war sie müde. Jetzt ließ sie sich in die Kissen sinken, starrte durch das Fenster zum Mond und dachte an ihren Hochzeitstag. Sie hatte Verständnis dafür, dass es ihrer Schwester widerstrebt hatte, Mickey zu heiraten, aber wie die Dinge lagen, wäre es eine kurze Ehe geworden. Mickey war nur ein paar Wochen später gestorben. Sein von unablässigen Malaria-Anfällen geschwächtes Herz hatte schließlich aufgegeben.

Sie schloss die Augen und tat einen bebenden Seufzer. Tränen tropften von ihren Wimpern. Mickey war ein naher, lieber Freund gewesen, und sie vermisste seine raue Herzlichkeit. Aber er hatte kaum ahnen können, welche verheerenden Folgen seine guten Absichten später haben sollten. Und es hätte ihn zu Tode bestürzt, hätte er gewusst, dass sie noch immer den Wirbelsturm ernteten, den er in jenen letzten Tagen seines Lebens gesät hatte.

Ellie wartete auf Leannes und Angels Rückkehr vom Rinderpferch. Sie hatte sich in einen frivolen Roman vertieft, den sie im Bücherregal gefunden hatte. Sie war schockiert, wie derb manche Szenen darin waren, und fragte sich, ob das Leben in Amerika wirklich so war – oder ob das alles nur ein Produkt der überhitzten Fantasie der Autorin war. Aber sie konnte nicht widerstehen und blätterte um. Das Zuschlagen der Fliegentür und das Geräusch eiliger Schritte rissen sie aus dem schwülen Los Angeles zurück ins warme Queensland. Erschrocken schob sie das Buch schuldbewusst hinter die Kissen, als Claire in der Tür erschien.

»Bin wieder da«, erklärte Claire überflüssigerweise und ließ sich in einen Sessel fallen. »Ich hatte einen wundervollen Tag.« Sie lächelte. Ihre Augen waren sehr blau, ihre Wangen gerötet.

»Das sehe ich«, sagte Ellie bewusst sanft. »Was hast du mit ihm gemacht? Oder sollte ich nicht danach fragen?«

»Er musste nach Hause. Muss morgen früh raus«, sagte Claire obenhin und goss sich einen Drink ein. »Ich habe gesagt, du hättest nichts dagegen, wenn er morgen Abend zum Essen nach Warratah kommt.«

»Dann musst du aber kochen«, sagte Ellie. »Mit dem verflixten Arm kann ich nicht viel tun.« Lächelnd schaute sie ihre Tochter an. »Es freut mich, dass ihr beide euch so gut versteht. Er ist ein netter Mann, und es wird Zeit, dass er nach Laura sein Leben wieder in die Hand nimmt.«

Claire reichte ihrer Mutter ein Glas und sank neben ihr auf die Couch. »Er hat mir heute von ihr erzählt. Sie war sehr jung, als sie starb, weißt du. Noch keine dreißig.«

Ihre Miene war traurig, aber Ellie fiel auf, dass das Glück in Claires Augen sich nicht verbergen ließ. »Du verschweigst mir doch was«, sagte sie. »Ich seh's dir an.«

Claires Blick wanderte von ihrer Mutter zu dem bunten Gegenstand, der hinter dem Kissen hervorlugte. »Du mir auch«, kicherte sie und zog das Buch aus seinem Versteck. »Ich kenne dieses Buch, es ist unanständig. Wirklich, Mum! Was kommt als Nächstes?«

Ellie hob das Kinn und bemühte sich um einen strengen Gesichtsausdruck. »Ich halte mich gern auf dem Laufenden über das, was gerade populär ist. Deshalb dachte ich, ich überflieg's mal.«

»Ach so!« Claire blätterte in dem Buch, bis sie die Seite fand, an der Ellie eine Ecke umgeknickt hatte. »Wie ich sehe, hast du schon mindestens zwei Drittel überflogen«, neckte sie. »Gefällt dir wohl, wie?«

Ellie merkte, dass sie rot wurde, und fing an zu lachen. »Ich wusste nicht, dass Leute solche Sachen machen«, stammelte sie. »Komme mir ziemlich unzulänglich vor. Gib es um Gottes willen nicht deinem Vater!«

»Daddy hat doch nie Zeit zum Lesen.« Claire nahm einen Schluck von ihrem Drink. »Kann nicht lange genug still sitzen.« Sie stellte ihr Glas hin, zog die Füße unter sich und wandte sich mit ernster Miene Ellie zu. »Ich habe einen neuen Job angeboten bekommen.«

Ellie beobachtete das Gesicht ihrer Tochter, während sie sich von Matts Plänen berichten ließ. Es war eine großartige Idee, und sie wunderte sich, dass bisher noch niemand darauf gekommen war.

»Ich weiß nicht, was ich machen soll, Mum. Matt ist wirklich ein netter Kerl, und sein Konzept ist spannend. Aber der Posten in Sydney ist eine Gelegenheit, die sich nie wieder bieten wird, und ich hatte solches Glück, ihn zu kriegen.«

»Bist du immer noch entschlossen, in die Stadt zurückzukehren?«

Claire nagte an der Unterlippe. »Das dachte ich, ja. Aber jetzt ...« Sie zündete sich eine Zigarette an und blies den Rauch mit einem tiefen Seufzer von sich. »Ich muss zugeben, ich fühle mich versucht. Seit ich wieder hier bin, habe ich begriffen, wie sehr ich diesen Ort liebe. Aber ich kenne Matt kaum. Was ist, wenn wir einander am Ende hassen? Und dann gibt es praktische Probleme. Ich würde Geld brauchen, um mich als Partner in die Praxis einzukaufen, außerdem die Geduld und den Mumm, den Pilotenschein zu machen, und schließlich irgendwo einen Standort für meine Arbeit.«

Ellie lächelte. »Du könntest deine Praxis hier einrichten«, sagte sie, ohne nachzudenken. »Jarrah eignet sich vorzüglich als Stützpunkt, um ins Landesinnere zu kommen.«

Claire runzelte die Stirn. »Warum sollte ich hier wohnen wollen?«, fragte sie. »Wenn ich mich dazu entschließen sollte, diese völlig irrwitzige Idee zu verwirklichen, würde ich lieber auf Warratah leben. Leanne und ich sind schließlich nicht gerade die besten Schwestern auf dieser Welt.«

Ellie biss sich auf die Lippe. Sie war einen Moment unachtsam gewesen. Aber bevor sie etwas sagen konnte, meldete sich eine Stimme von der Tür. »Was soll das heißen, dass Claire hier wohnen soll?«

»Mum meinte gerade, Jarrah würde sich vorzüglich als Standort für meine Praxis eignen.«

Leanne kam herein, gefolgt von Angel. Sie schenkte sich und ihm einen Drink ein und blieb am Kamin stehen. »Ich habe keine Ahnung, wovon zum Teufel ihr redet; also erklärt's mir lieber.« Ihr Ton war ausdruckslos, ihr Blick kalt.

Ellie rutschte unbehaglich hin und her, während Claire noch einmal Matts Pläne für einen Service der Fliegenden Tierärzte darlegte. Sie merkte wohl, dass Leannes Anspannung wuchs, und sie wusste, dass ein erbitterter Streit zwischen ihren beiden Töchtern bevorstand. Sie griff nach ihrem Glas, aber ihre Hand zitterte so sehr, dass etwas auf den Tisch schwappte.

»Ich habe nie gesagt, dass ich vorhabe, hier zu wohnen«, protestierte Claire. »Das war Mums Idee.«

»Gut«, sagte Leanne frostig. »Ich habe nämlich meine Pläne für dieses Haus, und da ich nun verheiratet bin, wärst du dabei im Weg.«

»Pläne?« Ellie merkte sofort, dass sie in scharfem und zu lautem Ton gesprochen hatte. Sie wurde rot, als die Mädchen sie anschauten. »Was für Pläne, Leanne?«, fragte sie ruhiger, als ihr zumute war.

Leanne schob eine Hand in die Tasche und legte die andere auf das Kaminsims. »Wenn Jarrah erst auf meinen Namen überschrieben ist, werde ich es dir erzählen«, sagte sie geheimnisvoll. »Aber bis dahin wirst du abwarten müssen.« Sie warf ihrer Schwester einen hinterhältigen Blick zu. »Ich garantiere dir, du wirst staunen.«

Ellie hatte einen Kloß im Hals, an dem sie zu ersticken drohte. »Ich wünschte, du hättest schon eher etwas davon gesagt, Leanne.«

»Dann wäre die Überraschung dahin gewesen«, antwortete Leanne. »Außerdem habe ich so lange gebraucht, um die Pläne wasserdicht hinzubekommen. Wir haben schließlich nicht alle den Vorteil einer Universitätsausbildung und Freunde an höherer Stelle.«

»Das ist unfair!«, stieß Claire hervor. »Sei nicht so ein Biest, Leanne! Was hab ich dir eigentlich getan, dass du mich so hasst?«

»Der Tag hat nicht genug Stunden, um damit auch nur anzufangen«, fauchte Leanne.

Ellie war wie betäubt – so sehr schmerzte es sie, mit anzusehen, dass ihre Töchter so hasserfüllt miteinander sprachen. Sie musste diese Angelegenheit klären, bevor sie außer Kontrolle geriet. »Dein Dad und ich haben dir niemals irgendwelche Versprechungen gemacht, Leanne.« Ihre Stimme klang, als gehöre sie einer Fremden.

Leanne erstarrte. Verwirrt und zornig schaute sie auf ihre Mutter herunter. »Aber ihr habt gesagt, ich soll lernen, einen Betrieb zu führen. Ihr wisst, wie gern ich hier bin, und auch wenn ihr mir vielleicht nie ausdrücklich versprochen habt, dass Jarrah eines Tages mir gehören wird, so habt ihr es doch immer angedeutet.« Ihr Ton war eisig.

Ellie verschränkte die Hände im Schoß. Sie konnte ihrer Tochter kaum in die Augen schauen, aber Leanne zwang sie dazu. »Es wird Zeit, dass wir uns ausführlich unterhalten«, sagte sie schließlich. »Es gibt Dinge, die ich und euer Vater euch beiden schon längst hätten erklären sollen. Dinge, von denen Aurelia wusste, dass sie ans Licht gebracht werden müssen. Aus diesem Grund ist Claire hier.«

»Weißt du, wovon sie redet?« Leanne fuhr herum und starrte ihre Schwester bleich vor Wut an.

Claire funkelte zurück. »Nein«, sagte sie mit Entschiedenheit. »Mir hat man nur gesagt, ich soll nach Hause kommen, damit wir die Atmosphäre bereinigen können.« Sie bemerkte die Kälte in Leannes Blick und die Ratlosigkeit und Verblüffung bei dem schweigenden, wachsamen Angel. »Mum, was ist los? Du erzählst mir die Geschichte von Warratah und Jarrah, aber da gibt es noch mehr, nicht wahr? Was verheimlichst du?«

»Ich weiß nicht, wo ich anfangen soll«, antwortete Ellie zögernd.

»Versuch's mit dem Anfang«, fauchte Leanne.

Ellie konnte nicht länger still sitzen. Sie stand auf und fing an, hin und her zu wandern. »Ich habe mit der Frage gerungen, wie ich es euch beiden sagen soll, aber jetzt ist es so weit, dass ich kaum noch weiß, wie ich mich ausdrücken soll. Es verfolgt mich Tag und Nacht, seit Claire zu Hause ist.« Sie hob eine Hand und brachte den Protest ihrer Tochter zum Schweigen. »Das ist nicht deine Schuld, Claire. Es ist meine. Meine und Charlies, Joes und Mickeys.« Sie holte tief und bebend Luft. »Wenn ich die Uhr zurückdrehen könnte, würde ich es tun. Ich würde alles dafür geben, wenn ich etwas ändern könnte. Aber das kann ich nicht. Und wir alle müssen mit den Konsequenzen leben.«

Leanne stürzte ihren Drink hinunter und zündete sich eine Zigarette an. Mit eiskaltem Blick starrte sie ihre Mutter an. »Wenn Claire in die Stadt zurückkehrt, gibt es keinen Grund, weshalb Angel und ich Jarrah nicht bekommen können. Wir haben unser Leben hier eingerichtet, und ich habe Pläne für die Zukunft.«

Ellie fuhr sich mit der Zunge über die Lippen. Wäre es erst einmal ausgesprochen, würde sie kein Wort davon zurücknehmen können. Die Schleusen hatten sich geöffnet, und sie sah sich in den Mahlstrom der Vergangenheit gerissen. »Jarrah hat niemals dir gehört«, flüsterte sie. »Jarrah gehört Claire.«

FÜNFZEHN

»Du Luder!« Leanne zitterte vor Schreck und Wut – eine gefährliche Kombination. Sie schüttelte Angels warnende Hand ab und wandte sich ihrer Schwester zu. »Deshalb bist du also nach Hause gekommen. Du hast das alles gewusst, nicht wahr?«

»Nein«, keuchte Claire mit geweiteten Augen. »So etwas würde ich nie tun.«

»Miss *Perfect*«, zischte Leanne. »Das brave kleine Mädchen. Kein Wässerchen könntest du trüben, nicht wahr? Du kommst hier reingeschwebt und übernimmst einfach alles, wie du es immer tust. Du hast Mum und Dad um den Finger gewickelt und erwartest, dass wir alle nach deiner verdammten Pfeife tanzen.« Sie stieß Claire hart gegen die Brust. »Na, da hast du Pech gehabt. Ich spiele dein Spiel nicht mit. Jarrah gehört mir, und ich bringe dich um, wenn du versuchst, es mir wegzunehmen.«

»Das ist kein Spiel!«, schrie Ellie. »Und Claire hat nichts damit zu tun. Bitte, Leanne, können wir nicht wie Erwachsene darüber reden?«

»So ist es richtig. Nimm sie nur in Schutz, wie du es schon immer getan hast.« Sie funkelte Ellie an, und ihre Wut war so groß, dass sie kaum noch klar sehen konnte. »Ich habe geschwitzt und geschuftet, um das alles zu schaffen, während dein Goldkind es sich mit Dads Schecks in Sydney gut gehen ließ, und nie habe ich ein Wort des Lobes gehört. Ich habe verdammt hart arbeiten müssen, um zu kriegen, was ich will, aber *sie* braucht nur den kleinen Finger krumm zu machen, und ihr verhätschelt sie von oben bis unten.«

»Das ist nicht wahr, und das weißt du auch.« Ellie war bleich.

»Nicht wahr?«, zischte Leanne. »Dann sag mir, Mutter – wer ist fortgegangen und hat zu Hause eine dunkle Wolke hinterlassen? Wer hat vor fünf Jahren so viel Ärger gemacht, dass du kaum noch mit ihr gesprochen hast? Und wer hat soeben mein Jarrah auf einem verdammten Silbertablett überreicht bekommen?«

»So ist es doch nicht. Bitte, Leanne …«

Aber Leanne war nicht aufzuhalten. Jahre der Verbitterung stiegen an die Oberfläche, und sie würde diesen Augenblick nicht einfach verstreichen lassen. »Die verlorene Tochter kehrt heim! Halleluja! Bringt das gemästete Kalb herbei, und die übrige Herde gleich dazu! Und, bitte, hier ist Jarrah – für den Fall, dass du dich übergangen fühlen solltest.« Tränen glitzerten in ihren Augen, und wütend wischte sie sie weg. »Ich war diejenige, die hier geblieben ist. Diejenige, die sich verzweifelt gewünscht hat, dass du sie bemerkst. Ich dachte, du würdest mich lieben, wenn sie erst weg ist. Aber es hat sich nichts geändert, nicht wahr?« Sie ignorierte den Entsetzensschrei ihrer Mutter, und sie sah den Blick, den ihre Schwester auf Angel warf. »Warum nimmst du ihn nicht gleich auch noch?«, schrie sie. »Ich hab doch gesehen, wie du ihn anschaust. Du wirst ohne Zweifel erst dann zufrieden sein, wenn du alles hast.«

»Leanne …« Angel stand hilflos zwischen den jungen Frauen, und seine dunklen Augen flehten Leanne an, sich zu beruhigen. »Es ist schlimm, was du da sagst. Ich will dich … nur dich.«

Leanne musterte ihre Schwester mit gehässigem Blick; sie sah die schmalen Hüften und den flachen Bauch, den eleganten Hals und das lange Haar, das bis zur Taille reichte. Selbst in diesem aufwühlenden Augenblick war das Biest noch imstande, kühl und gefasst auszusehen.

»Werde erwachsen, Leanne!« Claires Ton war so kühl wie ihr Blick. »Ich will weder deinen Mann noch deine verdammte Farm. Das eine ist ein hübscher Gigolo und das andere ein Mühlstein am Hals.«

»Das stimmt nicht«, rief Angel. »Ich schaue nur, aber ich fasse niemals an.«

Leanne holte aus, und ihre Hand traf Claires Wange mit solcher Wucht, dass sie den Abdruck ihrer fünf Finger hinterließ. In der Stille, die daraufhin eintrat, stürmte sie aus dem Zimmer. Ihre Stiefelabsätze dröhnten laut auf dem Boden.

Sie rannte in ihr Zimmer, lehnte sich an die Tür und schloss die Augen. Sie konnte nicht glauben, dass ihre Eltern sie so verraten hatten. Konnte nicht glauben, dass alles, was sie geleistet hatte, nun ihrer Schwester zugute kommen sollte. »Das ist nicht fair«, zischte sie unter Tränen. Claire hat alles – Schönheit und Verstand und die Fähigkeit, mehr zu verdienen, als ich es je könnte. Und nun bekommt sie auch noch Jarrah. Mein Jarrah!

Leanne stieß sich von der Tür ab und suchte die Rolle mit ihren Plänen hervor. Sie warf sie aufs Bett, und die Tränen liefen ihr heiß über das Gesicht. Enttäuschung und Kränkung waren so übermächtig, dass sie glaubte, sterben zu müssen. All die harte Arbeit, die schlaflosen Nächte und zermürbenden Tage – alles umsonst. Ihre ganze Zukunft war nutzloses, verdammtes Papier.

Nach einer Weile raffte sie die Pläne zusammen und marschierte zurück ins Wohnzimmer. Tränen würden ihr nicht helfen. Sie musste sich wehren, musste kämpfen um das, was sie wollte. Es war an der Zeit, Mum zur Vernunft zu bringen. Zeit, die Sache ein für alle Mal zu klären.

Claire war allein mit ihrem Kummer; sie schlang die Arme um sich und starrte aus dem Fenster. Eine einzelne Träne rann ihr übers Gesicht, aber sie merkte es kaum. Wie war es möglich, dass

Leanne sie so sehr hasste? Wie kam Leanne nur auf den Gedanken, sie, Claire, habe ihr Jarrah absichtlich gestohlen, obwohl sie doch keine Ahnung von Mums Plänen gehabt hatte? Was zum Teufel hatten Mum und Dad sich dabei gedacht? Sie drehte sich um, als sie die Stimme ihrer Schwester hörte.

»Ich will dir etwas zeigen.« Leanne legte die Pläne auf den Couchtisch.

»Ich will Jarrah nicht haben«, fing Claire an. »Ich habe es nie haben wollen.«

»Das ändert nichts an der Tatsache, dass es dir gehört«, fuhr Leanne sie an. »Aber warum sollte ich überrascht sein? Du warst immer schon Dads Goldkind.«

Das war eine bösartige Bemerkung, die eine Reaktion herausforderte. »Das ist nicht fair«, sagte Claire. »Mum und Dad haben uns immer gleich behandelt. Ich bin genauso fassungslos wie du.« Sie ging auf Leanne zu und streckte zögernd eine Hand zur Versöhnung aus. »Bitte lass uns nicht streiten.«

Leanne schlug ihre Hand beiseite. »Ich werde nicht dastehen und zulassen, dass du alles an dich reißt«, sagte sie. »Wir mögen Schwestern sein, aber du weißt herzlich wenig über mich, wenn du glaubst, dass ich dich damit davonkommen ließe.«

»Hört auf, alle beide!«, befahl Ellie. »Claire hat nichts davon gewusst, Leanne. Und ich schäme mich für dein unerhörtes Benehmen.«

Leanne verschränkte die Arme. »Und was sollte ich tun, Mum?«, kläffte sie. »Beiseite gehen und ihr Jarrah überlassen?« Sie atmete zischend ein. »Ich habe ein Recht auf die Farm. Ich verlange, dass ihr zurücknehmt, was immer ihr getan habt, und sie mir überlasst.«

»Das kann ich nicht«, sagte Ellie düster.

»Warum nicht?«, wollte Leanne wissen. »Beide Farmen gehören euch.«

Ellie schüttelte den Kopf. »Uns gehört Warratah, aber Jarrah haben wir treuhänderisch für Claire verwaltet, seit sie auf der Welt ist«, flüsterte sie.

Claire starrte ihre Mutter an und bemühte sich zu begreifen, was sie da gehört hatte. »Ich will Jarrah nicht«, sagte sie in die lastende Stille hinein. »Ich habe Jarrah nie gewollt. Behalte es, Leanne. Nimm es, tu damit, was du willst, aber lass uns bitte nicht mehr streiten.«

Leannes Blick ging von ihrer Schwester zu Angel und weiter zu ihrer Mutter. »Seht ihr, wie leicht sie es aufgeben kann?«, fauchte sie. »Sie hat Jarrah nicht verdient. Sonst würde sie darum kämpfen.«

Ellie ließ sich auf die Sessellehne fallen. »So einfach ist das nicht.« Ihre Stimme war brüchig vor innerer Bewegung.

Leanne schlug mit der Faust auf den Tisch. »Doch, das ist es«, explodierte sie. »Sieh dir die Pläne an, die ich für Jarrah gemacht habe, und dann sag mir, dass ich hier nichts zu suchen habe.«

Claire und Ellie bewegten sich wie Schlafwandlerinnen zum Tisch. »Was ist das alles?« Ellie wendete die Blätter um, und Claire und Angel schauten ihr über die Schulter.

»Das sind Pläne für Gäste-Cottages«, sagte Leanne kalt. »Jarrah wird eine Rinderfarm bleiben, aber es wird auch für Gäste offen sein. Ich habe … hatte … den Plan, es zu einer Ferienranch zu machen.«

»Eine glänzende Idee!«, hauchte Claire. »Mit der Piste zum Highway hat Jarrah die ideale Lage dafür. Gut gemacht, Leanne.«

Leannes frostiger Blick ließ sie verstummen. »Rede nicht so herablassend mit mir, du Kuh! Du bist nicht die Einzige in der Familie, die etwas im Kopf hat.«

Die spitze Bemerkung ließ Claire zusammenzucken, und sie sah, dass Genugtuung im Blick ihrer Schwester aufblitzte. Ihr wurde klar, dass es in dieser Schlacht keine Regeln gab; Leanne wollte ihr wehtun, wollte allen zeigen, wie entschlossen sie war und dass sie ihr Ziel skrupellos verfolgen würde.

Leanne strich die Pläne glatt. »Ferien auf der Farm sind beliebt bei den Großstädtern. Sie wollen die Romantik und das Abenteuer des Outback erleben – aber sie möchten es auf komfortable Weise tun. Die Cottages werden mit dem neuesten Luxus ausgestattet sein; ein Swimmingpool und Freizeitraum werden Unterhaltung bieten, sollte das Wetter uns im Stich lassen.«

Sie schaute von den liebevoll gezeichneten Plänen auf, und unvergossene Tränen blinkten in ihren Augen. »Die Leute werden aus der Großstadt kommen und Viehtreiber spielen. Sie werden über die Ebene reiten und beim Auftrieb helfen können. Oder sie fahren mit Jacky Jacks Enkel ins Never-Never und erfahren alles über die Traumzeit. Sie können am offenen Feuer Tee im Blechkessel kochen, Brot backen, den Legenden der Aborigines lauschen und anschließend unter den Sternen schlafen. Wir können Ausflüge an die Nordküste und Jeep-Safaris ins Territory organisieren. In den Flüssen und Seen kann man angeln und Boot fahren. Es gibt Buschwanderwege und Naturlehrpfade. Sie können einen Eindruck vom Leben hier draußen gewinnen, und wenn ich den Betrieb erst in Gang gebracht habe, wird die Idee weiter wachsen, da bin ich sicher.« Trotzig starrte sie ihren verblüfft schweigenden Mann an und wandte sich dann wieder ihrer Mutter und ihrer Schwester zu. Nach einer Atempause fuhr sie fort. »Die Finanzierung ist bereits gesichert. Ein Reiseunternehmen in Brisbane hat sein Interesse bekundet.«

Claire starrte auf die Pläne, während ihre Schwester redete. Es war eine wunderbare Idee, auf die sie niemals gekommen wäre, aber die schockierende Neuigkeit über die Eigentumsverhältnisse von Jarrah machte sie zunichte. Sie schaute ihre Mutter an. Ellie war sehr bleich, die Augen lagen tief verschattet in ihrem kleinen Gesicht. »Ich will Jarrah nicht«, sagte sie noch einmal. »Bitte, Mum. Übergib die Farm Leanne.«

Ellie trat vom Tisch zurück, die Arme fest um die Taille geschlungen. »Ich habe doch gesagt, dass ich das nicht kann«, erklärte sie mit zitternder Stimme. »Jarrah wurde dir treuhänderisch vermacht – und dann deinen Kindern.«

Claire fuhr entsetzt zurück. »Wie um alles in der Welt seid du und Dad auf diese verrückte Idee gekommen?« Sie merkte, dass sie laut geworden war, und zügelte sich nur mit Mühe. »Ihr habt nicht nur Leanne dazu gebracht, mich noch mehr zu hassen, als sie es sowieso schon getan hat, sondern ihr habt mich und meine ungeborenen Kinder an diesen Ort gekettet. Woher wusstet ihr denn, dass einer von uns das will? Und wieso habt ihr Leanne in dem Glauben gelassen, Jarrah gehöre ihr, wenn ihr die ganze Zeit wusstet, dass es nicht sein kann?«

Ellie sank auf das Sofa und schlug die Hände vors Gesicht. »Ich war einverstanden damit, dass Leanne Jarrah leitet, aber ich habe nie versprochen, ihr die Farm zu überlassen. Ich dachte, ihr wäre klar, dass es ihr helfen würde, eine eigene Farm zu gründen, wenn sie den Betrieb erlernt hätte.« Sie schluchzte. »Woher sollte ich wissen, dass sie das alles plant? Sie hat davon nie etwas gesagt.«

»Anscheinend wird in dieser Familie zu wenig miteinander gesprochen, und es fehlt an gesundem Menschenverstand«, stellte Claire seufzend fest. »Könnt ihr dieses alberne Treuhandvermächtnis nicht ändern? Jarrah ist all diesen Ärger nicht wert.«

Leanne sog scharf die Luft zwischen den Zähnen ein, aber die Stimme ihrer Mutter kam ihr zuvor. »Ich habe nichts damit zu tun. Dein Dad und ich haben erst, als du drei Jahre alt warst, erfahren, was er getan hatte, und da hatten wir keinen Einfluss mehr darauf. Wir können nichts daran ändern.«

Eine Vorahnung trieb Claire kalte Schauder über den Rücken. Ob an den Gerüchten etwas Wahres war? War es möglich, dass ihre Mutter sie neulich belogen hatte? »Er?«, flüsterte sie. »Wer ist ›er‹?«

Gespannte Stille erfüllte den Raum.

»Wie ich sehe, komme ich gerade zur rechten Zeit«, dröhnte Aurelia in der Tür. »Drinks für alle, Angel. Sieht aus, als könntet ihr alle einen gebrauchen.«

Ellie blickte ungläubig auf. »Was ...? Wie bist du ...?«, stammelte sie.

»Konnte nicht schlafen. Da hab ich den Vormann angerufen und ihn gebeten, mich rüberzufliegen. Ich hatte das Gefühl, dass hier etwas schief läuft.« Sie beugte sich zu Ellie und gab ihr einen Kuss auf die Wange. Dann ließ sie sich neben sie auf die Couch fallen.

Ellie nahm ihre Hand. »Danke«, sagte sie mit schlichter Aufrichtigkeit. »Ich habe wie immer ein großes Durcheinander angerichtet, und ich weiß nicht, wie ...« Sie ließ den Satz in der Schwebe.

Claire und Leanne gingen einander in eisigem Schweigen aus dem Weg, als sie die Gläser in Empfang nahmen. Angel versuchte Leanne zu überreden, sich zu beruhigen, und wurde einfach ignoriert. Ellie rang sichtlich um Fassung. Claire kehrte zu ihrem Platz am Fenster zurück; sie konnte nicht still sitzen. Die Vorstellung, dass Ellie Missbilligung in ihrem Blick lesen könnte, war ihr unerträglich.

Sie saßen alle in der Falle – und es gab kein Entrinnen.

Ellie schaute ihre Töchter an. Im Stillen flehte sie um Verzeihung und Verständnis, aber sie wusste, dass sie kein Recht darauf hatte. Zu viele Jahre lang hatte sie gelogen – gelogen, indem sie die Wahrheit verschwiegen hatte. Sie hatte nicht den Mut zur Wahrheit gehabt und hatte nicht gewollt, dass ihr Mann ihr die Bürde abnahm und den Mädchen reinen Wein einschenkte. Nun sah sie sich mit ihrem schlimmsten Albtraum konfrontiert.

»Ich habe schon gesagt, dass die Geschichte nicht so einfach ist«, begann sie. »Und damit ihr verstehen könnt, wie es kam, dass Jarrah treuhänderisch an Claire und ihre künftigen Kinder vererbt wurde, muss ich noch einmal in die Kriegsjahre zurückkehren.«

Als sie sah, wie misstrauisch ihre Töchter sie anschauten, hätte der Mut sie fast wieder verlassen. Wie konnte sie ihnen die Wahrheit sagen – die ungeschminkte, nackte Wahrheit, die am Ende beide vernichten konnte? Ellie fuhr sich mit der Zunge über die trockenen Lippen, und Aurelia drückte ihr aufmunternd die Hand. Sie hatte gehofft, sich diesem Dilemma niemals aussetzen zu müssen, nachdem die Hauptbeteiligten tot und begraben waren – aber so sollte es nicht sein. Denn dafür hatte Mickey Maughan gesorgt. »Du erinnerst dich, dass ich dir erzählt habe, Claire, dass Mickey für den Fall, dass er nicht aus dem Krieg zurückkommen sollte, gewisse Vorkehrungen für Jarrah getroffen hatte?«

Claire nickte. Sie stand vor dem schwarzen Hintergrund der Nacht am Fenster, und das blonde Haar umwehte ihr Gesicht. »Er setzte Alicias Namen in die Urkunden und vertraute darauf, dass sie sie zurückgeben würde, wenn er oder Seamus heimkäme. Wenn nicht, sollte Jarrah dir gehören.« Sie machte ein verständnisloses Gesicht. »Aber du hast gesagt, es hat dir nicht gehört. Wie konnte das sein?«

Ellie erkannte, dass Claire den springenden Punkt nicht verstanden hatte. »Mickey kam zurück«, sagte sie leise. »Er bekam die Urkunden zurück, und sie blieben bei ihm, bis er starb.«

»Aber Mickey ist sechs Monate vor meiner Geburt gestorben. Ich habe seinen Grabstein gesehen …« Claire kam vom Fenster herüber. Die Dunkelheit kehrte in ihren Blick zurück, und sie schaute Ellie an. »Du hast gesagt, ich war drei Jahre alt, als ihr von meinem Erbe erfahren habt. Hat das etwas mit dem anderen Mann zu tun, der da auf dem Friedhof liegt?« Ihre Stimme war ein Flüstern – und doch hatten ihre Worte einen angespannten Klang, der die Wahrheit forderte.

Eine beklemmende Stille erfüllte das Zimmer. Ellie erwiderte den Blick ihrer Tochter. »Ja.« Es war, als sei ihr eine schwere Last von den Schultern genommen.

Claire schwankte und musste sich setzen. »Das solltest du erklären – und keine Geschichten mehr. Nur die schlichten, harten Fakten.«

Ellie befeuchtete sich die Lippen und griff nach einer Zigarette. Leanne stand der Schock ins Gesicht geschrieben, aber sie schwieg jetzt wenigstens, und dafür war Ellie dankbar. Angel hatte offensichtlich eine beruhigende Wirkung auf sie; sie saßen zusammen in einem Sessel und hielten einander umarmt. Sie schaute wieder Claire an, und ihr Herz war schwer. »Was ich zu sagen habe, wird dich verletzen, Claire«, sagte sie leise. »Aber du sollst wissen, dass dein Vater und ich dich lieben, und was immer nach diesem Abend geschehen wird, wir werden dich weiter lieben.«

Tiefe Stille herrschte, aber der willkommene Druck von Aurelias Hand spornte sie an. »Hochzeiten haben eine merkwürdige Wirkung auf die Menschen«, begann sie. »Ich vermisste Joe schrecklich, und ich wusste, dass Alicia nicht mehr bleiben würde, wenn Aurelia aus den Flitterwochen zurückkäme. Ich war überrascht, wie traurig mich das machte. Wir hatten im Laufe der Kriegsjahre eine schöne Freundschaft begründet, und sie würde mir fehlen.«

Ellie wählte die Worte sorgfältig, als sie weiter erzählte. Aber die Bilder, die sich nach und nach in ihrem Kopf entfalteten, brachten ihr so viel Schmerz, dass sie über die Worte stolperte. »Vermutlich war ich an jenem Tag leicht beschwipst und ein bisschen weinerlich, und als Charlie vorschlug, den Empfang zu verlassen und an der Lagune ein bisschen Ruhe zu suchen, ging ich nur zu gern mit.«

Sie schwieg. Die Erinnerungen kehrten zurück, und die Bilder des Tages standen ihr wie klare Schnappschüsse vor Augen, als wäre das alles erst vor wenigen Stunden passiert. Charlie hatte zu viel Bier getrunken und war ein bisschen wacklig auf den Beinen, und als sie ihm erzählte, dass sie um Joe trauerte, sah sie etwas Dunkles in seinem Blick schimmern – aber es war so flüchtig gewesen, dass sie keine Zeit hatte, es zu analysieren, und als er ihr den Arm um die Taille gelegt und sie an sich gedrückt hatte, war sie sicher, dass sie sich geirrt hatte. Charlie betrauerte den Verlust ebenso wie sie, und es war ein Trost für sie beide, dass sie einander hatten.

»Charlie kehrte ins Hotel zurück und holte eine Flasche Champagner, und dann fuhr ich uns beide zur Five Mile Lagoon hinaus. Wir redeten nicht viel, aber das brauchten wir auch nicht. Wir waren einander in den vergangenen paar Jahren sehr nahe gekommen, und ich war dankbar für seine Freundschaft und seine Unterstützung.«

Ellie erinnerte sich, wie sie geparkt und eine Wolldecke hinten aus dem Wagen gezogen hatte, bevor sie zu einer grasbewachsenen Stelle in einigem Abstand vom Wasser gegangen waren. Hier gab es Süßwasser-Krokodile, und es war klüger, im offenen Gelände zu bleiben und nicht zum Wasser hinunterzugehen, wo die urzeitlichen Reptilien lauerten. »Wir tranken den Champagner und redeten über die Zukunft, wie es gute Freunde tun. Es war nichts anderes zwischen uns.«

Claire bohrte die Hände in die Taschen, wandte Ellie den Rücken zu und starrte ins Feuer. Ihr Ton war scharf, und alle Farbe war aus ihrem Gesicht gewichen. »Worauf läuft das alles hinaus?«, wollte sie wissen.

Ellie starrte sie an und konnte nicht antworten. Sie hatte schon zu viel gesagt. Hatte das eine Detail verraten, das ihrer Geschichte einen Anschein von Würde hätte bewahren können.

Aurelia merkte, dass Ellie mit ihrem Latein am Ende war. Leanne war sichtlich verwirrt und erbost, Claire voller Misstrauen. Aurelia war nicht überrascht, als Ellie verstummte; sie konnte ihr nicht verdenken, dass sie der Wahrheit aus dem Weg gehen wollte. Aber die Dinge waren jetzt so weit gediehen, dass alles erzählt werden musste – und nach Ellies Ausrutscher wusste sie, dass die Folgen hart sein würden.

»Als ich nach sechs Wochen aus den Flitterwochen zurückkam, fand ich Alicia äußerst rastlos vor. Sie hatte genug von Kühen und Pferden, genug von Hitze, Staub und Fliegen. Sie musste heim nach England.« Aurelia sah die beiden Mädchen an und ließ sich von ihren wütenden Blicken nicht einschüchtern. Sie würde diese Geschichte auf ihre Art erzählen – sonst würde sie durcheinander kommen und alles vermasseln.

»Die arme Alicia! Das Schicksal war anscheinend entschlossen, sie hier festzuhalten, und obwohl sie ihr Bestes tat, um es zu verbergen, sah ich gleich, dass etwas nicht stimmte.«

»Was ist los mit dem Mädchen?«, fragte Aurelia. Ellie war schweigend in die Küche geschlichen gekommen, hatte in ihrem Frühstück herumgestochert und war wortlos wieder verschwunden.

»Ich habe keine Ahnung«, antwortete Alicia. Ich habe versucht, mit ihr zu reden. Auch mit Charlie, aber ich kriege kein vernünftiges Wort aus den beiden heraus.« Sie zündete sich eine Zigarette an – die dritte an diesem Morgen, sah Aurelia, obwohl es erst sieben Uhr war. »Irgendetwas geht zwischen den beiden vor, aber sie wollen nicht mit mir reden.«

Aurelia musterte sie scharf. »Was vermutest du?«

Alicia schaute weg. »Ellie kam allein von deiner Hochzeitsfeier zurück und schloss sich in ihr Zimmer ein. Tagelang wollte sie weder mit mir noch mit Wang Lee sprechen. Dann kam sie wieder heraus, als wäre nichts geschehen; sie weigerte sich, uns aufzuklären.«

»Und Charlie?« Aurelia klang bedrohlich. Etwas an Alicias Benehmen bereitete ihr Unbehagen.

»Er kam ein paar Tage später zurück, und ich ertappte sie

bei einem hitzigen Wortwechsel hinter der Scheune. Sie hörten damit auf, als sie mich sahen, und ich weiß nicht, worum es ging. Charlie ging dann für drei Wochen auf einen Auftrieb. Danach war er ungefähr eine Woche zu Hause, und dann rief Mickey an und bat ihn, nach Jarrah zu kommen. Ich habe keine Ahnung, weshalb, Mickey war sehr wortkarg. Ellie brannte offensichtlich darauf, Charlie wiederzusehen, und als er von Jarrah zurückkehrte, ritten sie zusammen davon und blieben fast zwei Tage weg.«

»Es wird Zeit, dass ich ein Wörtchen mit ihr rede«, befand Aurelia entschlossen. »Aber vorher werde ich mit Charlie reden.«

Alicia hielt sie fest. »Tu nichts Unüberlegtes, Aurelia«, riet sie.

Aurelia griff nach ihrem Hut. »Jack ist nicht da; also ist es an mir, die Sache zu klären. Typisch Mann«, schnaubte sie. »Nie da, wenn man ihn braucht. Aber ich dulde keine Geheimnisse in diesem Haus, und ich bin entschlossen, der Angelegenheit auf den Grund zu gehen.«

Charlie war dabei, Hufeisen zu sortieren; nur die heiße rote Glut des Feuers beleuchtete die Schmiede, als er sie zurechthämmerte. Er hatte sein Hemd ausgezogen, sodass die grausame Narbe an seiner Seite zu sehen war. Die breite Brust war schweißglänzend von der Arbeit in der Hitze.

»Leg den Hammer hin!«, befahl Aurelia. »Ich will mit dir reden.«

Er sah sie mit zusammengezogenen Brauen an, ließ den Hammer auf die gemauerte Feuerstelle fallen und trat von den Flammen zurück. Er wischte sich den Schweiß von der Stirn, zog die Lederhandschuhe aus und stopfte sie in die Taschen seiner Moleskins. »Was willst du?«, fragte er mit streitsüchtigem Unterton.

Aurelia übersah seine schlechten Manieren. Sie gingen bissig miteinander um, seit er den Priester niedergeschlagen hatte. Sie beobachtete ihn nachdenklich. Irgendetwas an ihm war verändert, genau wie bei Ellie. Die beiden wirkten nervös – als ob sie auf etwas warteten. Sie holte tief Luft. »Ich will wissen, warum Ellie sich so sonderbar benimmt.«

»Wieso fragst du mich?«, knurrte er, griff nach der Holzkelle und trank einen großen Schluck Wasser aus einem Eimer. Dann wischte er sich mit dem Handrücken über den Mund.

Aurelia machte zwei Schritte auf ihn zu, warf einen Blick auf den Hammer und besann sich anders. Charlie war angespannt, das erkannte sie in seinen Augen und an der Haltung seiner Schultern. Er war plötzlich sehr viel mehr als ein Mann mit einem Geheimnis: Er war ein Mann, der sich in die Enge getrieben sah. »Weil du der Anlass zu sein scheinst«, antwortete sie in ihrer unverblümten Art.

Sein frecher Blick huschte über sie hinweg. »Ich sage doch, rede mit Ellie.«

Aurelia verlor zusehends die wenige Geduld, die sie besaß. »Ich frage aber dich«, fuhr sie ihn an.

Eine Haarsträhne fiel ihm in die Stirn. »Kommt mir nicht zu, es dir zu erzählen«, sagte er mit geheimnisvollem Lächeln.

»Dann frage ich Ellie«, fauchte sie. »Ich bin entschlossen, der Sache auf den Grund zu gehen.«

»Was willst du mich fragen?«, sagte eine Stimme von der Tür her.

Aurelia fuhr herum. Ellie trat aus dem Sonnenschein ins Halbdunkel der Schmiede. Die grelle Sonne in ihrem Rücken umstrahlte ihre schlanke Gestalt. Aurelias Blick wurde sanft, und die Sorge um ihre Nichte durchströmte sie in einer großen Woge der Zuneigung. »Ich habe Charlie gefragt, wieso die Atmosphäre auf der Farm so merkwürdig ist«, sagte sie ruhig. »Deine Mutter und ich machen uns Sorgen.«

»Ich hatte viel um die Ohren«, sagte Ellie. »Tut mir Leid, wenn ich euch beunruhigt habe.«

»Vielleicht sollten wir ins Haus gehen und unter vier Augen

miteinander reden?« Aurelia warf einen Blick auf den schweigenden, wachsamen Charlie.

Ellie schüttelte den Kopf und stellte sich neben ihn. »Es gibt nichts, was man nicht auch hier sagen könnte«, sagte sie fest. »Charlie und ich werden heiraten.«

Diese Eröffnung verschlug Aurelia den Atem. »Sei nicht albern!«, stieß sie hervor.

»Ich bin alt genug, um das selbst zu entscheiden«, sagte Ellie ruhig. »Und da ich über einundzwanzig bin, brauche ich deine Erlaubnis nicht.«

»Aber du liebst ihn nicht«, stellte Aurelia fest und hoffte verzweifelt, dass sie Recht hatte. »Wie um alles in der Welt konntest du so schnell eine solche Entscheidung treffen – und so heimlich?«

»Charlie und ich heiraten nächste Woche. Es ist alles arrangiert.« Trotzig starrte sie Aurelia an und wartete auf ihre Reaktion.

»Nächste Woche?«, brüllte Aurelia. Dann sah sie das triumphierende Funkeln in Charlies Augen und seine Hand auf Ellies Schulter. Irgendetwas hier war ganz und gar nicht in Ordnung. Aurelia schauderte es, als ihr die einzig mögliche Erklärung dämmerte. »Warum?«, fragte sie unumwunden.

Ellie schob die Hände in die Taschen. Sie senkte den trotzigen Blick auf ihre Stiefelspitzen. Als sie sprach, war ihre Stimme kaum mehr als ein Flüstern. »Weil ich schwanger bin.«

SECHZEHN

Der leise Aufschrei klang wie ein kalter Wind in welkem Laub. Claire erstarrte, wo sie stand. Sie konnte ihre Mutter nicht anschauen, ertrug es nicht, die Bestätigung in ihren Augen zu finden. Denn dies war der dunkelste Augenblick ihres Lebens.

»Du musst die Zeit und den Ort bedenken«, sagte Ellie flehentlich. »Wir hatten damals keine Pille, und ein uneheliches Kind war für sein Leben gezeichnet. Es hätte keine richtige Geburtsurkunde gegeben, kein Erbrecht, keine Arbeitserlaubnis, keinen Militärdienst. Wir mussten heiraten.«

»Aber du hast ihn nicht geliebt«, murmelte Claire. »Das hast du gesagt. Warum also hast du es mit ihm gemacht?« Endlich brachte sie doch den Mut auf, ihrer Mutter ins Gesicht zu sehen, und was sie da sah, war erschreckend. Ellie schien in den letzten paar Minuten geschrumpft und alt geworden zu sein, und ihre Augen waren die eines verängstigten Kaninchens im Scheinwerferlicht.

»Ich … ich …«, stammelte Ellie und verstummte dann. Offensichtlich wollte sie die Frage nicht beantworten.

Claire schaute Aurelia an. Sie war grau vor Müdigkeit und Trauer. Leanne war fahl im Gesicht, ihre grünen Augen blickten gehetzt, wie sie so im Sessel saß und ihre Mutter anstarrte. Claire betrachtete Ellie eine ganze Weile. Es war, als sähe sie sie zum ersten Mal, und sie war nicht sicher, was sie im Lichte dieser Enthüllungen dabei empfand.

»Ich weiß, dass ihr alle viele Fragen habt, aber bitte lasst mich zu Ende erzählen, bevor ihr sie stellt. Es wird bald alles klar werden – und auch wenn ich weiß, wie hart das für dich sein muss, Claire, musst du versuchen zu verstehen, wie schwierig es für mich ist.«

Claire zitterte. »Schwierig?«, flüsterte sie. »Du hast mich jahrelang belogen, und trotzdem erwartest du, dass ich verstehe, wie *schwierig* es für dich ist?« Sie ließ sich in einen Sessel fallen. »Was für Lügen hast du sonst noch erzählt?«, fragte sie eisig. »Offensichtlich war das ja nicht die einzige.«

Es war dunkel geworden, und Ellie und Alicia stritten sich, während sie ihre abendlichen Hausarbeiten erledigten. »Du musst das doch nicht tun«, flehte Alicia. »Bitte, Ellie, überleg dir, worauf du dich einlässt. Charlie ist kein Mann für dich.«

Ellie beendete ihre Arbeit. Es gab keinen Ausweg aus ihrer Notlage. Eine unverheiratete junge Frau mit einem Kind würde Schande über sich selbst bringen, doch Aurelia würde den größten Teil davon zu spüren bekommen, und diesen Verrat konnte sie an ihrer Tante nicht begehen. »Ich werde Charlie heiraten, und damit hat sich's«, sagte sie entschlossen. Scheppernd stellte sie die Wassereimer unter die Pumpe und füllte sie. »Je eher wir es tun, desto besser für das Baby.«

»Du heiratest ihn aus lauter falschen Gründen.« Alicia folgte ihr beharrlich über den Hof zu den Stallungen.

»Er ist der Vater meines Kindes«, antwortete Ellie.

»Charlie heiratet dich nur, weil er Warratah in die Hand bekommen will«, fauchte Alicia. »Er hat in Aurelias Safe herumgeschnüffelt und Dokumente und Testamente gelesen – und was weiß ich noch alles. Wenn du mir nicht glaubst, frag Aurelia. Frag Wang Lee. Er hat ihn dabei beobachtet.«

»Ich weiß nicht, wovon du redest«, erwiderte Ellie, aber diese Eröffnung hatte sie schockiert, und sie empfand jähes Unbehagen.

»Dann will ich dich aufklären«, zischte Alicia. »Wir waren alle draußen an dem Tag, als Charlie sich vornahm zu schnüffeln. Wang Lee merkte, dass er etwas im Schilde führte, und ging ihm nach. Er spähte durch die Tür und sah Charlie auf den Knien in Aurelias Zimmer. Die Bodendielen waren aufgestemmt, und die Safetür stand offen. Er las in den Papieren, die wir dort untergebracht hatten. Die Besitzurkunden für Jarrah und Warratah, die Testamente, die Treuhandverfügungen. Er schwitzte vor Aufregung.«

Ellie wusste, dass sie ihre Ruhe bewahren musste – trotz allem, was ihre Mutter ihr da erzählte. »Charlie liebt mich«, beharrte sie. »Und selbst wenn…«

Alicia hatte genug. »Du klingst nicht eben überzeugt«, fuhr sie ihre Tochter an. »Charlie ist habgierig. Er hat Warratah gesehen, hat dich gesehen und auch, wie du dich nach Joe gesehnt hast. Joe ist nicht mehr da, und nichts steht ihm im Weg. Er braucht dich nur zu heiraten und bekommt alles. Dieses Kind hat er absichtlich gezeugt, Ellie. Ich würde wetten, dass er es geplant hat, als er Warratah zum ersten Mal zu Gesicht bekommen hat.«

Ellies Augen füllten sich mit Tränen. »Es ist grausam, so etwas zu sagen«, entgegnete sie. »Er würde nicht… er könnte niemals…« Sie schwieg. Misstrauen stieg in ihr auf, und die Wahrheit begann ihr zu dämmern. Sie fühlte sich kalt, benutzt und schmutzig – nicht nur durch das, was an jenem Tag geschehen war, sondern auch, weil sie sich so leicht hatte täuschen lassen. Wie naiv sie doch gewesen war! Charlies Groll gegen seinen Bruder reichte viel tiefer, als sie sich je hätte träumen lassen. Seine angebliche Liebe zu ihr war nichts als ein Mittel zum Zweck. Er würde die Folgen jenes Tages als endgültigen Sieg über seinen Zwillingsbruder betrachten – als einen Sieg, der nie mehr in Frage gestellt werden könnte. Sie schaute ihre Mutter an, und die Worte, die sie gern sagen wollte, lagen wie Asche in ihrem

Mund. »Es ist zu spät«, sagte sie ausdruckslos. »Die Hochzeit ist arrangiert, das Baby eine Tatsache. Ich habe keine Wahl.«

»Ich wünschte bei Gott, Jack würde nach Hause kommen«, sagte Alicia erbost. »Hier steckt sehr viel mehr dahinter.« Sie atmete tief durch. »Jack würde der Sache bald auf den Grund kommen, wenn er Gelegenheit hätte, von Mann zu Mann mit Charlie zu reden. Ich weiß nicht, was er in Darwin treibt, aber er ist längst überfällig, und wenn er anruft, erzählt er Aurelia nichts.«

»Das alles geht dich und Jack nichts an – nicht einmal Aurelia«, sagte Ellie entschlossen. »Lass die Sache ruhen, Mum.«

Alicia musterte ihre Tochter scharf. Ellies Gesicht war ausdruckslos. »Wenn du nicht mit mir reden willst, dann rede mit Aurelia«, sagte Alicia verdrossen. »Du kannst das nicht tun.« Sie stieß die Hände in die Taschen ihrer Moleskins und marschierte davon, und jeder Schritt ließ ihre Enttäuschung erkennen.

»Ich sah sie davongehen und wünschte mir, ich hätte den Mut gehabt, mich ihr anzuvertrauen. Ich wusste, dass diese Ehe eine Farce sein würde.« Ellie schaute auf ihre Hände, die gefaltet im Schoß lagen. »Aber so, wie die Dinge damals lagen, stand die Zukunft des Kindes auf dem Spiel. Es würde sein Leben lang einen Makel mit sich herumtragen, und ich hatte nicht das Recht, ihm einen Namen und damit die Achtbarkeit zu verwehren.« Sie schaute Claire an. »Ich musste dafür bezahlen, dass ich gegen die Regeln verstoßen hatte.«

»Aber du hast gesagt, Charlie hat dich geliebt«, sagte Claire. »Sicher, selbst wenn …«

»Du hast gehört, wie er war. Habgierig, eifersüchtig, besitzergreifend«, fauchte sie, ohne nachzudenken. Dann biss sie sich auf die Lippe und rang angestrengt um Ruhe. »Wir hatten einander einmal nah gestanden«, sagte sie dann. »Aber ich konnte ihn nicht so lieben, wie er es wollte. Nicht nach dem, was er getan hatte.«

»Ich war also nur eine Schachfigur?«, fragte Claire in die Stille hinein.

»Niemand hat je erfahren, was wirklich in Charlies Kopf vorging«, sagte Aurelia vorsichtig. »Aber in den Augen deiner Mutter bist du nie eine Spielfigur gewesen. Sie hat dich immer gewollt, immer geliebt.«

»Sie hat mich mein ganzes verdammtes Leben lang belogen«, fauchte Claire. »Mein Dad ist nicht mein Dad. Meine Schwester ist nicht meine richtige Schwester, und meine Mutter …« Sie funkelte Ellie an. »Meine Mutter ist eine Lügnerin.«

»Das reicht«, herrschte Aurelia sie an. »So wirst du nicht über deine Mutter reden, ganz gleich, wie verletzt du bist. Du musst dir anhören, was wir dir zu erzählen haben, Claire.«

»Warum sollte ich das tun?«, gab sie zurück und stand auf. »Ich bin überrascht, dass ihr mir all die Jahre hindurch einen Platz im Hause gegeben habt. Offenbar hast du meinen Vater gehasst – aber was hat er denn so Unrechtes getan?« Sie schaute zwischen Aurelia und Ellie hin und her. »Er und Mum haben sich nach einer Hochzeitsfeier hinreißen lassen. Sie hat es bereut. Aber zumindest hat er sich ehrenhaft verhalten und ist bei ihr geblieben. Warum sollte er jetzt die ganze Schuld auf sich nehmen?«

Aurelia wollte antworten, aber Ellie fing an zu schluchzen. »Weil er ein Schwein war«, brachte sie hervor. »Ich habe ihn gehasst für das, was er getan hat. Mehr, als ich je irgendjemanden gehasst habe.«

Claire sank wieder in ihren Sessel zurück. Ihre Augen waren von Schmerz überschattet, ihr Gesicht schreckensbleich. »Warum?« Es war keine Frage, sondern eine Forderung.

Es waren unruhige Zeiten für sie alle. Mickey Maughan hatte einen schweren Malaria-Anfall bekommen, und sein geschwächtes Herz hatte versagt. Sie hatten ihn in der Erde seines geliebten Jarrah begraben und um ihn getrauert. Man würde ihn vermissen.

Zwei Tage nach der Beerdigung saß Aurelia am Küchentisch. Ihr Gewehr lag griffbereit, und Jacky Jack wartete mit den Viehknechten auf der Veranda für den Fall, dass sie Hilfe brauchte. Sie hatte ihre Absicht mit Alicia erörtert und für das Zusammentreffen einen Zeitpunkt ausgewählt, an dem Ellie draußen beim Holzsammeln war. Sie wollten beide nicht, dass Ellie unterdessen nach Hause kam.

Charlie öffnete die Fliegentür und schlenderte durch die Diele in die Küche. Er legte eine freche Selbstsicherheit an den Tag, die Aurelia nicht gefiel, und als sie seinen beinahe unverschämten Blick sah, hätte sie ihm am liebsten in die Augen gespuckt. »Setz dich«, befahl sie.

Charlie setzte sich gemächlich auf den harten Holzstuhl auf der anderen Seite des Tisches und fing an, sich eine Zigarette zu drehen. »Ich weiß, worum es geht«, knurrte er. »Aber du verschwendest deinen Atem. Keiner von uns beiden wird es sich anders überlegen.«

Aurelia ignorierte ihn. Sie breitete Papiere auf dem Tisch aus. »Das meiste davon hast du ja schon gesehen«, sagte sie kalt. »Aber gewisse Dinge sind geändert worden, seit du das letzte Mal in meinem Safe herumgeschnüffelt hast.« Sie sah ein banges Funkeln in seinen blauen Augen, und seine Hände erstarrten für einen Moment, ehe er sie um das Streichholz wölbte und seine Zigarette anzündete. Trotz seiner Gelassenheit wusste sie, dass sie seine volle Aufmerksamkeit besaß. »Gegen Ellies Entscheidung, dich zu heiraten, kann ich nichts unternehmen«, sagte sie. »Aber ich habe die Macht, ihr Erbe zu schützen.«

»Wie meinst du das?« Seine Stimme war eisig, und sein kalter Blick fixierte sie durch den Zigarettenrauch.

Aurelia funkelte ihn an. Sie hatte nicht vor, ihn auf der Stelle aufzuklären. Er konnte ihr keine Angst machen, und sie hatte die Oberhand. »Ich habe dir einen Vorschlag zu machen«, sagte sie kühl.

Er nahm die Zigarette aus dem Mund. »Lass mich raten«, sagte er sarkastisch. »Du willst mich auszahlen.«

»Genau. Ich wusste, du würdest mich verstehen.« Aurelia zeigte ihm einen Scheck, den sie bereits ausgestellt hatte. »Den hier gebe ich dir gleich nach der Trauung. Dafür erwarte ich, dass du Warratah verlässt und nie mehr zurückkehrst.« Sie sah, dass seine Augen sich weiteten, als er die Zahl auf dem Scheck sah. Zweitausend Pfund waren eine Menge Geld – genug, um ihn für sein Leben zu versorgen. Aber in seinen Augen schimmerte etwas Geheimnisvolles, und sie verspürte das erste Beben des Zweifels.

»Gib mir jedes Jahr so einen Scheck, und ich könnt's mir überlegen«, sagte er gedehnt.

Aurelia hatte gewusst, dass so etwas passieren würde. »Das ist eine einmalige Zahlung, keine Lizenz zur Erpressung«, fuhr sie ihn an. »Ich habe mit meinem Anwalt ein verbindliches Dokument aufgesetzt, einen Vertrag, nach dem du dieses Geld bekommst und keine weiteren Ansprüche gegen meinen Besitz oder Ellies Erbe erhebst. Den wirst du unterschreiben, bevor du diesen Scheck in die Hand kriegst.«

Langsam las er den Vertrag. Die Zigarette brannte zwischen seinen Fingern herunter, und die Asche fiel auf den Boden. Schließlich schob er das Papier über den Tisch zurück. »Und wenn ich nicht unterschreibe? Wie kommst du auf die Idee, dass ich das alles hier aufgebe – für ein paar lausige Kröten?«

Aurelia schürzte die Lippen. Sie hatte gewusst, dass es schwierig werden würde, aber sie war entschlossen, es durchzufechten.

»Zweitausend Pfund erscheinen dir vielleicht nicht viel, nachdem du dir solche hochfliegenden Hoffnungen darauf gemacht hast, ›das alles hier‹, wie du dich ausdrückst, in die Finger zu bekommen. Aber es ist immer noch besser als die Alternative.«

Charlie rutschte auf seinem Stuhl hin und her. Seine Miene war grimmig, sein Blick voller Unbehagen. »Wovon redest du? Was für eine Alternative?«

»Ich habe mein Testament geändert«, sagte sie ruhig.

Sein raues Lachen tat ihr weh. »Du alberne alte Schachtel«, höhnte er schließlich. »Glaubst du, ich weiß nicht, dass du für Ellie sorgen wirst? Was willst du denn machen – Warratah der Wohlfahrt vererben und Ellie wieder auf die Wanderschaft schicken?« Er schüttelte den Kopf und beugte sich zu ihr hinüber. »Du machst mir nichts vor«, sagte er leise. »Ellie und ich werden heiraten, und wir werden hier mit unserem Kind wohnen – und du kannst nichts dagegen tun.«

Aurelia blätterte die betreffende Seite ihres Testaments auf. »Ich hinterlasse Warratah meinem Ehemann Jack Withers«, las sie vor. »Bei seinem Tode soll es auf meine Schwester Alicia übergehen.« Sie hob den Kopf. Sie brauchte es nicht zu lesen; sie kannte die Worte auswendig. »Beim Tode Alicias soll Warratah durch meine Anwälte treuhänderisch für Ellies Kinder verwaltet werden.«

Lange war es still zwischen ihnen. Charlie rauchte eine zweite Zigarette, und Aurelia zündete sich ihre Pfeife an. Es war eine Pattsituation, aber Aurelia hatte nicht die Absicht, diese besondere Schachpartie zu verlieren. Sie würde abwarten. Nichts half so gut wie Stille, wenn man sich konzentrieren wollte.

»Ich werde Ellie erzählen, was du mir soeben vorgeschlagen hast«, sagte er schließlich. »Sie wird nicht gerade beeindruckt von dir sein.«

»Wie du willst«, antwortete sie ungerührt. »Ellie ist ein vernünftiges Mädchen; sie weiß, dass mir ihr Interesse am Herzen liegt.« Sie beugte sich über den Tisch und schaute ihm fest in die Augen. »Ich weiß, dass sie diese Heirat nicht will, auch wenn sie das Gegenteil beteuert. Sie tut es nur, um das Kind in ihrem Leib zu schützen. Und beleidige meine Intelligenz nicht, indem du behauptest, sie zu lieben. Ich weiß es besser – und dein erbärmlicher Versuch, mich zu erpressen, hat diese Tatsache nur unterstrichen.«

Charlies Blick folgte ihrer Hand, als sie den Scheck aufnahm. Aurelia sah, dass er hin und her gerissen war zwischen Habgier und der Unfähigkeit, zu glauben, dass sie ihre Nichte enterben würde. Aber sie war zu jedem Opfer bereit, wenn sie Ellie damit schützen konnte, und wenn alles so liefe, wie sie es geplant hatte, würde sie dieses neue Testament zerreißen können. »Abgemacht?«, murmelte sie.

Das Dröhnen eines kleinen Flugzeugs durchbrach die Stille, und Aurelia holte verärgert Luft. Sie war so nah daran gewesen, zu bekommen, was sie wollte. Jetzt war der Augenblick vorbei, und sie würde wieder von vorn anfangen müssen. Aber Zeit war kostbar, denn bis zur Hochzeit waren es nur noch ein paar Tage.

Charlie stand auf. »Ich überleg's mir.« Er packte seinen Hut und schaute auf sie herab. »Du machst dir ein ganz falsches Bild, weißt du«, sagte er mit Nachdruck. »Ich liebe Ellie wirklich. Warratah war nur ein Bonus.«

»Den du niemals bekommen wirst«, antwortete sie. »Ich trau dir nicht, Charlie. Ich hab's noch nie getan und werde es auch nie tun.«

Da lachte er, und das geheimnisvolle Glänzen trat wieder in seine Augen, als er sich das Haar glatt strich und den Hut aufsetzte. »Das wirst du bereuen«, sagte er zischend wie eine Schlange. »Eines Tages, sehr bald schon, wirst du erkennen, wie sehr ich dich hasse, und du wirst nichts dagegen tun können.« Glucksend wandte er sich ab, und seine Stiefelabsätze donnerten über den Holzboden, als er die Fliegentür hinter sich zuschlug und über die Veranda auf die Stufen zuging.

Aurelia zitterte. Sie hatte eine Kälte bei Charlie gespürt, die ihr Angst einjagte, und seine Drohungen hatten einen beinahe teuflischen Schimmer von Bösartigkeit gehabt. Sie raffte die Papiere zusammen und fragte sich, was er da vor ihr geheim hielt. Dann reckte sie die Schultern und kam zu dem Schluss, dass es leere Drohungen waren – denn was konnte Charlie ihr schon Schlimmes antun, außer ihre geliebte Nichte zu heiraten? Sie drückte sich das Monokel ins Auge und stapfte mit einem Grunzen der Enttäuschung hinaus, um Jack zu begrüßen.

Sie wartete, bis er aus dem Flugzeug geklettert war. »Wo zum Teufel hast du gesteckt?«, wollte sie wissen.

Er nahm sie in die Arme und küsste sie. Als sie beide nach Luft schnappten, hielt er sie auf Armlänge von sich und grinste. »Schön zu wissen, dass man mich vermisst hat«, sagte er. »Aber verdammt noch mal, Aurelia – du solltest hören, was für Neuigkeiten ich habe!«

»Können nicht halb so schlecht sein wie die Neuigkeiten, die ich für dich habe«, sagte Aurelia mit versteinerter Miene, und sie lieferte einen kurzen, knappen Bericht über das, was sich auf Warratah ereignet hatte. »Jetzt, da du dich hast entschließen können, endlich nach Hause zu kommen, kannst du alldem vielleicht auf den Grund gehen. Ich hab's versucht und nicht geschafft.«

»Kann ich erst mal zu Atem kommen?« Seine Augen zwinkerten humorvoll. »Ich komme soeben von einem Aufenthalt in Darwin zurück, der hektischer war als alles, was ich bisher dort erlebt habe – und was ich erfahren habe, wird diesen ganzen Unfug mit Ellie und Charlie aussehen lassen wie ein Sturm im Wasserglas.«

Aurelia schnaubte. »Muss dann aber schon ziemlich wichtig sein«, schnarrte sie. »Wovon genau redest du denn da?«

Er hob seine Taschen auf. »Ich sag's dir, wenn ich eine Tasse Tee und einen Happen zu essen bekommen habe. Ich hab in den letzten zwei Wochen halb Australien abgeklappert und könnte ein wenig häusliche Behaglichkeit vertragen.«

Aurelia runzelte die Stirn. »Halb Australien? Wieso? Ich dachte, du fliegst nach Darwin, um zu sehen, ob du deinen alten Job zurückbekommen kannst?«

»Hab mir überlegt, dass ich von der Postfliegerei genug habe«, antwortete er aufgeregt, als sie sich dem Haus zuwandten. »Hab Verbindung zu ein paar Kameraden von der Air Force aufgenommen. Wir gründen jetzt eine eigene Airline. Die Qantas macht schon zu lange, was sie will. Die Leute wollen immer schnell von hier nach da, und die Entfernungen machen es fast unmöglich. Wir haben Ideen durchgespielt und haben vor, uns in einem Monat wieder zu treffen, um die Finanzierung zu klären. Während des Krieges haben wir alle ein ordentliches Sümmchen verdient, und bei einer Airline ist dieses Geld gut aufgehoben.«

»Das also ist das große Geheimnis«, sagte sie und hakte sich bei ihm unter. »Dachte mir schon, dass es etwas Weltbewegendes ist.«

Lächelnd schaute er auf sie herab. »Anscheinend bist du nicht überrascht, Darling.«

Aurelia lachte. »Ich wusste, dass du dich nicht damit zufrieden geben würdest, die Post zu fliegen – nicht nach den Aufregungen des Krieges. Ich hatte den Verdacht, dass du dir so was einfallen lassen würdest.« Sie gab ihm einen Kuss auf die Wange. »Gut gemacht, Jack Withers.«

Nachdenklich schaute er über den Hof hinweg zu Charlie und Ellie, die in ein Gespräch vertieft waren. »Das ist nicht die eigentliche Neuigkeit, Aurelia«, sagte er leise. »Die eigentliche Neuigkeit ist so erstaunlich, dass sie dich umhauen wird.« Er zog sie an sich, als sie stirnrunzelnd zu ihm aufblickte. »Ich habe in Darwin etwas erfahren, was deine Hilfe erforderlich macht«, sagte er grimmig. »Damit werde ich nicht allein fertig, und wir müssen schnell handeln.«

»Klingt ernst«, murmelte sie, während Jack sich dem unterwürfig schmeichelnden Kelly widmete. »Wie kommt's, dass dieser verdammte Vogel dich niemals beißt?«, fragte sie empört. »Er ist in letzter Zeit ein richtiges Scheusal geworden.«

»Er weiß, wer der Boss ist.« Jack kraulte Kelly unterm Kinn. »Nicht wahr, Freundchen?«

»Örrk«, schnurrte Kelly und reckte den Hals, um noch mehr Aufmerksamkeit zu erhalten.

»Schluss mit dem Vogel!«, befahl Aurelia ungeduldig. »Du kannst nicht mit geheimnisvollen Neuigkeiten nach Hause kommen und mich dann auf die Folter spannen. Was hast du in Darwin erfahren? Und was kann es für uns bedeuten?«

»Nur Geduld! Ich brauche eine Tasse Tee, um mir den Staub aus der Kehle zu spülen; dann erzähle ich dir alles.«

Aurelia stieß die Fliegentür auf. »Wang Lee«, schrie sie, »mach etwas zu essen, und bring eine Tasse Tee für Jack.«

Der kleine Chinese kam aus der Küche geschlurft, wie immer gefolgt von seinem Hund. »Gut, Boss wieder zu Hause sehen«, sagte er leise und verbeugte sich. »Miss Ellie bösen Ärger.«

Jack warf seinen Hut auf den Tisch und setzte sich seufzend hin. »Ob ich je meinen verdammten Tee kriege?«

Bald darauf wurde der Tee gebracht und dazu ein Stapel Sandwiches und ein Stück Kuchen. Aurelia schaute Jack beim Essen zu, und ihre Ungeduld wuchs, bis sie glaubte platzen zu müssen. »Würdest du mir jetzt bitte sagen, was los ist?«, forderte sie, als Jack seine Tasse leerte und schon wieder nach einem neuen Sandwich griff.

Er grinste und kaute gemächlich auf Brot und Hammelbraten herum. »Hab mich schon gefragt, wie lange es dauert, bis dir der Kragen platzt«, sagte er schließlich.

»Du scheinst ja schrecklich zufrieden mit dir zu sein«, antwortete sie zähneknirschend. »Hoffentlich ist es was Gutes, Jack Withers, denn sonst werde ich dir höchstpersönlich mit der Bullenpeitsche den Hintern versohlen.«

Er zog eine Braue hoch, und sein fröhliches Grinsen forderte sie beinahe heraus, ihre Drohung doch wahr zu machen. Aber dann wurde seine Miene ernst. »Es ist schon gut genug«, sagte er leise. »Oder schlecht genug«, fügte er geheimnisvoll hinzu und zog ein Bündel Papiere aus einer Innentasche. »Kommt drauf an, wie man es sieht – und je nachdem, wen es trifft.«

Sie riss ihm die Papiere aus der Hand und begann zu lesen. Dann schnappte sie nach Luft. »Snowy lebt, Gott sei Dank! Für so viele von diesen Männern war die verdammte Eisenbahn dort das Ende. Wie geht's ihm? Hast du ihn gesehen?«

Jack nickte. »Guter Dinge, wie immer. Aber der Kerl besteht nur noch aus Haut und Knochen. Wird 'ne Weile dauern, bis er wieder auf dem Damm ist. Dort an einem Ort festgehalten zu werden, das war beinahe tödlich für seinen Geist. Er sehnt sich verzweifelt danach, zu seinem Stamm zurückzukehren.« Jack lehnte sich zurück. »Snowy ist ein erstaunlicher Bursche, Aurelia. Er macht bereits Pläne: Er will über seine Erlebnisse schreiben, und ein Verlag in Sydney hat ihm einen stattlichen Vorschuss angeboten. Schätze, er ist für den Rest seines Lebens versorgt.«

Aurelia seufzte zufrieden. »Schön zu wissen, dass bei diesem Krieg auch was Gutes herausgekommen ist. Bin froh, dass die Missionsschule ihm die Fähigkeit verschafft hat, etwas für sich zu tun.«

»Lies den Rest der Unterlagen, Aurelia«, sagte Jack grimmig. »Da kommt noch mehr.«

Aurelia zog die Stirn kraus und wandte sich den eng beschriebenen Blättern zu. Das Stirnrunzeln vertiefte sich, als sie einen beigelegten Brief überflog. »O mein Gott«, schrie sie auf. »Das kann nicht wahr sein!«

»Ich versichere dir, es ist wahr.« Er nahm ihre Hand. »Schätze, wir müssen uns ernsthaft unterhalten. Wie ich es sehe, steht hier eine Entscheidung bevor, und wir müssen uns darüber klar sein, was wir tun, wenn es so weit ist. Wir haben höchstens noch zwei Tage, bis die Sache platzt.«

Aurelia schaute aus dem Fenster, entdeckte etwas am Horizont und wusste gleich, was es war. »Du bist zu optimistisch«, sagte sie verzweifelt. »Wie es aussieht, ist unsere Zeit soeben abgelaufen.«

Ellie löste sich von Aurelia und putzte sich die Nase. Sie schämte sich, weil sie die Fassung verloren hatte, aber ihre Nerven waren strapaziert. Ihr war bereits vor einiger Zeit klar geworden, dass sie unfair gegenüber Claire gewesen war. Ihre Tochter hatte verdient, alles zu erfahren, so schmerzhaft es auch sein mochte, denn erst dann würde sie ihr Leben wieder in die Hand nehmen können. Und das galt für sie alle.

Sie stemmte sich aus dem Sessel und trat zu Claire. Sie griff nach deren kalter Hand, setzte sich auf ihre Sessellehne und strich ihr übers Haar. »Weißt du noch, wie wir über die starken Frauen von Warratah gescherzt haben?«, fragte sie sehr sanft.

Claire nickte, und ihre schönen blauen Augen schwammen in Tränen, als sie zu ihrer Mutter aufschaute. Ihr brach das Herz, und Ellie ging es genauso.

»Dann ist es für uns beide Zeit, dass wir zeigen, aus welchem Holz wir sind«, sagte Ellie. »Denn die nächsten paar Minuten werden die schwersten sein, die wir je werden überstehen müssen.«

»Nein«, wisperte Claire. »Bitte sprich nicht aus, was du da sagen willst.«

Ellie holte schaudernd Luft und schloss die Augen. »Ich muss«, flüsterte sie. »Dann ist es erledigt.«

»Hört sich gut an, finde ich.« Ellie wuchtete die Holzscheite hoch. »Ich bekomme einen Trauschein, das Baby bekommt einen Namen, und du kriegst, was du wolltest. Ich an deiner Stelle würde den Scheck nehmen.«

Das hatte er nicht erwartet, und nach der Demütigung, die Aurelia ihm bereitet hatte, wurde er jetzt wütend. »Warum willst du nicht glauben, dass ich dich liebe?«, fragte er hitzig. »Warum willst du nicht verstehen, dass es mir nicht nur um Warratah oder das Geld geht?« Er hielt ihre Hände fest. »Lass das jetzt, und hör mir zu!«, befahl er.

Sie riss sich los. »Fass mich nicht an«, zischte sie. »Ich will nicht, dass du mich je wieder anfasst.«

Seine Wut loderte auf. »Ich wette, das würdest du nicht sagen, wenn Joe hier wäre«, fauchte er.

»Da hast du verdammt Recht«, schrie sie zurück. »Joe war zweimal so viel Mann, wie du je sein wirst, und er hätte nie getan, was du getan hast.«

Da hätte er sie fast geschlagen; seine Wut war so groß, dass er seine Fäuste kaum noch in der Gewalt hatte. »Joe ist tot«, brüllte er.

Ellie reckte die Schultern und schaute ihn mit versteinerter Miene an. »Ich weiß«, sagte sie kalt.

Die Enttäuschung und Jahre der Qual brachen sich plötzlich Bahn. »Nein, das weißt du nicht«, schrie er. »Was dich angeht, lebt er immer noch. Er verfolgt dich, genauso wie er mich verfolgt. Ich musste ihn loswerden. Musste dich dazu bringen, *mich* zu sehen.« Er packte sie bei den Armen und schüttelte sie, als könne er sie damit zwingen zu verstehen. »Mich«, schrie er, »Charlie!«

Durch den roten Nebel seiner Wut nahm Charlie schemenhaft wahr, dass der Geländewagen in schnellem Tempo auf den Hof gefahren kam. Er wusste auch, dass ihn die Eingeborenen vor den Hütten aus dunklen Augen beobachteten, sah Aurelia und die anderen auf der Veranda. Aber er dachte nicht mehr vernünftig. Er umklammerte ihre Arme immer fester und schrie ihr ins Gesicht. »Joe, Joe, Joe! Ich hab es satt, neben meinem verdammten Bruder die zweite Geige zu spielen. Immer war es Joe, der alle Aufmerksamkeit bekommen hat. Immer hat er die besten Spielsachen gekriegt, als wir klein waren. Joe, der in der Schule alle Preise bekam und von den Lehrern gelobt wurde. Mum hat *ihn* am meisten geliebt, und Dad hat ihm das Gewehr geschenkt. Joe kriegte das beste Pferd. Joe kriegte dich. Und wenn er nicht gefallen wäre, würde er auch noch dieses verdammte Warratah bekommen.«

Ellie, das Gesicht bleich und angespannt, erstarrte in seinem Griff. »Das ist keine Entschuldigung für das, was du getan hast«, fuhr sie ihn an.

Wieder schüttelte er sie. »Joes Schatten hat immer zwischen uns gestanden. Ich sehe ihn jedes Mal, wenn ich dir in die Augen schaue. Ich musste ihn loswerden. Musste ihn aus unserem Leben auslöschen, ein für alle Mal. Er ist tot, Ellie. Er liegt sechs Fuß tief in der Erde. Aber ich bin hier, warm und lebendig – ich musste dich dazu bringen, *mich* zu sehen.«

Ellie sah sich an die Seitenwand des Geländewagens gedrückt, und ihr Blick war stechend vor Abscheu. »Dazu hättest du mich nicht *vergewaltigen* müssen«, schrie sie, und ihre Stimme wurde immer schriller, sodass sie weit über den Hof hallte. »Jawohl, Charlie, du hast mich vergewaltigt. Hast mich benutzt, mich gewaltsam genommen. Es gibt viele Arten, es zu beschreiben, aber man kann es nicht schönreden. Es ist ein schmutziges Wort für einen schmutzigen Akt, und es war das letzte Mal, dass du mich angerührt hast.«

»Sei still!«, zischte er. »Sei still, oder ich …«

Er brach ab, denn plötzlich änderte sich Ellies Gesichtsausdruck. Ihre Augen wurden weit, ihr Mund klappte auf. Alle Farbe wich aus ihrem Gesicht, und ihre Lippen färbten sich bläulich. »Ellie?«, schrie er in der panischen Angst, er könnte sie diesmal wirklich verletzt haben.

Ellie verdrehte die Augen und erschlaffte in seinen Händen.

Charlie wollte sich umschauen, als die Faust aus dem Nichts kam. Sie fuhr ihm krachend ins Gesicht, brach ihm die Nase, er spürte die Wärme des Blutes auf seinen Lippen.

Ellie rutschte Charlie aus den Armen und sackte zu Boden, als starke Hände ihn von ihr wegschleuderten.

Überrascht hob er den blutenden Kopf, als ein zweiter Faustschlag sein Kinn traf und seine Zähne lockerte. Charlie taumelte, und was er vor sich sah, war so absonderlich, dass es eine Halluzination sein musste. Er blinzelte, und der dritte Hieb traf ihn am Wangenknochen und dröhnte durch seinen ganzen Körper. Angst brannte wie Säure in seiner Kehle, und die Erscheinung vor ihm war zu schrecklich, um sie anzuschauen. Beim nächsten Schlag geriet Charlie ins Wanken. Er verlor das Gleichgewicht und fiel in den Staub. »Nein«, keuchte er. »Nein. Du bist nicht wirklich da.«

»Ich bin so wirklich, wie es nötig ist. Steh auf, und kämpfe, du Bastard.« Joe stand vor Charlie. Sein dunkles Haar glänzte rabenschwarz in der Sonne, und der Blick seiner grünen Augen war eiskalt.

Charlie hob die Hände schützend vor sein verwüstetes Gesicht und versuchte seiner Erinnerung zu entfliehen. »Du bist tot. Du bist tot«, stöhnte er immer wieder, und in seinem Kopf begann etwas zu wirbeln.

Raue Hände rissen ihn auf die Beine, Finger krallten sich in seinen Kragen und drohten ihn zu erwürgen. »Glaub's nur, du Scheißkerl! Keine Lust, mal auf jemanden loszugehen, der genauso groß ist wie du? Willst du uns nicht zeigen, dass du ein richtiger Mann bist?«, zischte Joe. »Komm schon, Charlie! Lass sehen, was du kannst, wenn du es mal nicht mit einem Mädchen zu tun hast.« Er ließ den Kragen los und stieß Charlie von sich.

Charlie wischte sich Blut und Rotz aus dem Gesicht. Er sah nur verschwommen, und der Schrecken beim Anblick seines tot geglaubten Bruders benebelte noch immer seinen Verstand. Aber seine Wut war so groß, dass sie ihm keine Zeit zum Nachdenken ließ. Er hob die Fäuste, kam schwankend auf die Beine und schlug einen Aufwärtshaken, der blindlings ins Leere ging; im nächsten Augenblick trafen ihn zwei kräftige Schläge in den Magen. Der Atem fuhr aus seiner Lunge, und er fiel rückwärts gegen den Wagen. Aber er musste doch etwas tun können, um diesen Bastard zu schlagen – ihn ein für alle Mal loszuwerden … doch wie konnte man einen Geist aufhalten? Wie gegen den Dämon kämpfen, in dessen Schatten er immer gestanden hatte?

Sein Blick fiel auf das Holz, das Ellie gehackt hatte, und er packte einen Ast. Es war ein ordentlicher Knüppel, der schwer in der Hand lag. Er krümmte sich vornüber und tat, als müsse er vor Schmerzen in seinem Bauch erst wieder Atem schöpfen, und als Joes Stiefelspitze in sein Blickfeld kam, schwang er den schweren Holzknüppel mit dem letzten Rest seiner Kraft in einem gefährlichen Bogen aufwärts. Mit einem ordentlichen Krachen traf er Joe seitlich am Kopf, und er glaubte Knochen splittern zu hören. Er schüttelte den Kopf, um seine Augen vom Schweiß zu befreien, und lehnte sich an den Geländewagen; seine Brust hob und senkte sich mühsam von der Anstrengung und dem Schmerz, den der Schlag ihm bereitet hatte. »Reicht dir das?«, schrie er, als Joe der Länge nach in den Staub flog.

Ellie war während der Prügelei wieder zu sich gekommen; ihre Schreie bohrten sich in seinen schmerzenden Schädel. »Du hast ihn umgebracht«, kreischte sie. »Du hast Joe umgebracht.«

»N-n-nein«, stammelte er und richtete den Blick fester auf die reglose Gestalt seines Bruders. »Er ist nur k.o.« Er fiel auf die Knie und streckte die Arme nach Joe aus, aber Leute schwärmten von den Eingeborenenhütten herüber, stürzten von Veranda und Scheune herbei und stießen ihn beiseite, versperrten ihm den Blick – und Charlie empfand so viel Einsamkeit und Angst wie nie zuvor in seinem Leben.

Und die Angst wuchs. Sie lag wie Kupfer auf seiner Zunge und hämmerte gegen seine Rippen. Sein Schweiß wurde kalt; das Blut gerann auf seinem Gesicht. Gedanken und Gefühle wirbelten durcheinander, und etwas Verdrehtes durchzuckte in vereinzelten Blitzen die Schluchten seines Geistes. Er streckte die Hand nach seinem Bruder aus. »Joe?«, schluchzte er. »Joe, wach auf. Ich hab's nicht gewollt.«

Ellie stürzte sich auf ihn, und ihre Fingernägel krallten sich in sein Gesicht. »Du hast meinen Joe ermordet«, schrie sie. »Du hast deinen eigenen Bruder ermordet!« Sie hämmerte gegen seine Brust, und er streckte die Arme vor sich, um sich vor ihren wütenden Attacken zu schützen.

»Das wollte ich nicht«, stammelte er. »Es war ein Unfall. Das ist nicht wahr. Es kann nicht wahr sein.«

»Verschwinde!«, schrie Ellie. »Verschwinde von hier, und komm bloß nie zurück.«

Charlie krümmte sich unter der Wut ihres Angriffs, und Alicia und Aurelia hatten Mühe, Ellie von ihm wegzuziehen. Er sah, wie die Leute von Warratah ihn voller Abscheu anstarrten, und er wusste, dass er diesen Ort, den er in seinen Träumen schon besessen hatte, verlassen musste. Mit Schaudern dachte er an ein Leben im Gefängnis, und er zitterte unter der Kälte ihrer Blicke. Noch nie hatte er sich so allein gefühlt.

»Geh«, kreischte Ellie. »Ich hoffe, du verrottest in der Hölle für das, was du getan hast. Dein Kind wirst du niemals sehen. Niemals kennen. Dafür werde ich sorgen.«

Charlie rappelte sich auf und versuchte die Dunkelheit zu vertreiben, die in seinem Kopf kreiste. Er merkte, dass ein Mann neben ihm stand, und zuckte zusammen, als eine Hand seine Schulter berührte.

»Du hast hier nichts mehr verloren, Charlie«, sagte Jack, während Wang Lee neben Joe auf die Knie sank und ihn mit kundigen Händen betastete. »Weil du für Mickeys Sohn getan hast, was du getan hast, gebe ich dir ganze zehn Minuten Zeit, damit du packen und verschwinden kannst, bevor ich die Polizei rufe.«

SIEBZEHN

Die Sonne ging unter, als Pferd und Reiter die Höhe der schützenden Hügel um Warratah erreichten, und Charlie konnte sich nicht versagen, einen letzten Blick auf das Land zu werfen, das um ein Haar ihm gehört hätte. In seinem Schädel pochte der Schmerz, und ein Auge war fast zugeschwollen, aber er ignorierte das schmerzhafte Stechen in seiner Seite und ließ den Blick über die ausgedehnte Ebene wandern, die sich ins Unendliche zu erstrecken schien. Das Haus sah so klein aus von hier oben, und die Menschen, die dort umherwimmelten, waren wie Ameisen. Es war, als schrumpfe Warratah vor seinen Augen, als weiche es immer weiter zurück, verflüchtige sich im orangegelben Glanz der untergehenden Sonne wie ein schöner Traum, den er einmal gehabt hatte.

Ellie war dort unten. Das Mädchen, das er geliebt und begehrt hatte, und zwar mit einer Leidenschaft, die so groß war wie das Bedürfnis, einen Ort zu haben, den er sein Zuhause nennen könnte.

Tränen rollten über sein zerschlagenes Gesicht, als er an ihre letzten, brutalen Worte dachte, und wieder sah er den Hass in ihren braunen Augen, die ihn doch einmal mit so viel Zuneigung angeschaut hatten. »Ich habe dich wirklich geliebt«, flüsterte er. »Ich wollte dir nicht wehtun.« Aber in einem Winkel seines Herzens wusste er, dass Warratah ihm noch mehr bedeutet hatte, denn es war zum Symbol des Sieges über seinen

Bruder geworden – eines Sieges, der jetzt hohl erschien wie eine Totenglocke.

Charlie saß da, bis die Dunkelheit ihren Schleier über die üppigen Weiden gelegt hatte. Das heisere Gelächter von zwei revierbewussten Kookaburras schien ihn zu verspotten. Zum letzten Mal lenkte er sein Pferd auf die Nordgrenze von Warratah zu. Er hatte keine Pläne, kein Ziel. Das Einzige, was sein Bewusstsein erfüllte, war das spukhafte Wispern, das durch seine Gedanken wehte. »Du bist das schlechte Samenkorn. Du hast deinen Bruder getötet. Du hast einen Teil deiner selbst getötet.«

Charlie sank im Sattel zusammen und zog sich immer mehr in sich selbst zurück; die Dunkelheit breitete sich in seinem Kopf aus, und seine Qual hallte darin wider. Das Bild seines Zwillingsbruders leuchtete immer wieder wie ein heller Blitz in dieser Dunkelheit auf, Joes geisterhafter Schatten folgte ihm, knapp außer Reich- und Sichtweite – aber er wusste, dass er da war. Wusste, dass er ihn für den Rest seiner Tage verfolgen würde.

Der Sandsturm war fast ohne Vorwarnung aufgezogen. Er fegte über die endlos leere rote Erde des Northern Territory und raste über alles hinweg, was auf seinem Weg lag.

Charlie war ein paar Monate lang rastlos über die Staatsgrenze von Westaustralien, durch das Northern Territory nach Queensland und wieder zurück geritten. Auf abgelegenen Farmen hatte er hier und da Arbeit gefunden, aber nirgends hatte er sich niederlassen können, und nie hatte er Kontakt zu den anderen Männern gefunden. Er wusste, dass sie ihn für sonderbar hielten, für rätselhaft. Aber er hatte sich absondern müssen, denn niemand durfte wissen, dass er gesucht wurde.

Tagsüber blickte er immer wieder über die Schulter zurück, und nachts träumte er von Gewehrschüssen und Heckenschützenkugeln, und immer wieder erschienen ihm auch sein Bruder und Ellie als geisterhafte Schemen. Diese Träume verwirrten und ängstigten ihn sehr, und allmählich wurde ihm seine Sonderbarkeit bewusst, die Realität entglitt ihm zusehends und ließ ihn in einer leeren, grenzenlosen Dunkelheit zurück, aus der ein Entkommen mit jedem Mal schwerer wurde.

Er merkte, dass der Himmel sich verdüsterte. Merkte, dass der Wind plötzlich nachließ, spürte die Stille, die das Nahen des Sturms ankündigte. Aber der dumpfe Schmerz in seinem Kopf war so überwältigend, dass er weiterritt, ohne sich um die Gefahr zu kümmern. Die Ärzte im Lazarett hatten ihn gewarnt, dass so etwas passieren könnte. Das Schrapnell wanderte – er konnte es fühlen. Seine Zeit lief ab, und der Tod war ihm willkommen.

Endlich schaute er zum gelben Himmel hinauf, der Wetterfront entgegen, die wie eine dunkle Wunde auf ihn zukam. Er schwang sich aus dem Sattel, gab seinem Pferd einen Klaps aufs Hinterteil und ließ es dahin zurückgaloppieren, wo sie hergekommen waren. Dann blieb er stehen, dem Mahlstrom zugewandt, und forderte ihn mit ausgebreiteten Armen heraus, ihn zu holen.

»Sieh mich an, Joe«, schrie er in die zunehmende Dunkelheit. »Sieh doch, wie ich auf dem Wind reite!«

Der Staub kam als Erstes. Er nahm ihm die Luft und die Sicht, wirbelte und stieß ihn umher, bis er kaum noch stehen konnte. Er schloss die Augen, wandte die Handflächen zum Himmel, und der Wind stieß auf ihn herab und riss ihn in den Strudel seiner Wut. Endlich war er frei. Flog wie die großen Adler, hoch schwebend über dem Land, das er liebte – und mit einem Blick aus prachtvoll goldenen Augen wusste er, dass er nie wieder an die Erde gefesselt sein würde.

ACHTZEHN

Mit einem langen, bebenden Seufzer stand Claire auf. »Ich muss allein sein«, flüsterte sie. Sie ging hinaus in die Diele, stieß die Fliegentür auf und trat auf die Veranda. Die Morgendämmerung vertrieb die Schatten auf dem Hof und brachte Licht und Wärme nach Jarrah. Aber die Schatten in ihrem Innern blieben, unerbittlich und erschreckend. Der Duft von Blumen und taufeuchtem Gras war wie ein Hohn.

Ihre Gefühle waren in Aufruhr, aber ihre Füße schienen zu wissen, wohin sie gehen musste. Ohne zu merken, dass sie ihre Schuhe zurückgelassen hatte, taumelte Claire um das Haus herum und watete durch das hohe Gras. Der Lattenzaun war immer noch nicht repariert. Noch immer bedeckten wilde Blumen und Efeu das einsame Grab in der Ecke.

CHARLIE PEARSON
1918 – 1946
ER SCHWEBTE AUF DEN FITTICHEN
DES WINDES
Psalm 18

Sie kniete vor dem Grabstein nieder und fragte sich, ob sie Ähnlichkeit mit ihrem Vater habe und was sie wohl von ihm gedacht hätte, wenn sie einander begegnet wären. Aber tief in ihrem Herzen hatte sie nur Verachtung für ihn. Denn er hatte einen

Fluch über Jarrah und Warratah gebracht – einen Fluch, der ihre Mutter und alles, was Claire je gekannt hatte, beinahe vernichtet hätte. Kein Wunder, dass man ihn in diese entlegene Ecke verbannt hatte.

Sie wandte sich von seiner letzten Ruhestätte ab und schaute nach Jarrah hinüber. Die Sonne brachte Farbe und Licht über das Bluestone-Haus. Vögel sangen, Grillen zirpten, und sogar ein paar Fliegen summten schon im Gras. Die Nebengebäude erwachten gerade zum Leben; die Männer standen auf und begannen den neuen Tag, und aus dem Kamin am Kochhaus stieg Rauch auf. Pferde standen dösend unter den Bäumen, und die Blue Heeler, die zu Hause geblieben waren, räkelten sich gähnend im Zwinger. Sie hatte diesen Ort einmal fast so sehr geliebt wie Warratah. Aber jetzt hasste sie ihn. Zu viele Schatten lauerten hier – Schatten, die immer von diesem stummen Grabstein ausgehen würden und die vielleicht auch Schwächen ihrer selbst widerspiegelten. Denn sie wusste nicht, welches Erbe er ihr hinterlassen hatte.

Sie verließ den Friedhof durch das Tor, und plötzlich verspürte sie eine neue Zielstrebigkeit. Sie ging über den Hof zum Geländewagen, stieg ein und überprüfte den Benzinstand. Wenige Augenblicke später hatte sie Jarrah hinter sich gelassen und fuhr über die Ebene. Sie war auf der Suche nach Seelenfrieden, nach Freiheit und der Kraft zum Verzeihen. Solange sie diese nicht gefunden hatte, konnte sie nicht nach Jarrah zurückkehren, konnte das Ende der Geschichte nicht hören. Und es gab noch ein Ende – das wusste sie so sicher, wie die Nacht auf den Tag folgte. Denn noch war die Frage, warum sie die Eigentümerin von Jarrah war, ja nicht beantwortet.

Leanne küsste Angel auf die Wange, und dann stand sie auf und streckte sich. Der Schock saß ihr immer noch in den Gliedern, aber sie brannte doch auch darauf, zu erfahren, warum Mickey

Maughan Jarrah ihrer Schwester vermacht hatte. Aber als sie die zusammengesunken dasitzende Ellie sah, wusste sie, dass dies nicht der richtige Augenblick dafür war. Sie waren alle erschöpft.

Sie fuhr sich mit den Fingern durchs Haar und versuchte Ordnung in das Chaos ihrer Gedanken zu bringen. Claire musste niedergeschmettert sein, und sie fragte sich, was für ein Gefühl es wohl sein mochte, plötzlich zu erfahren, dass man nicht die war, für die man sich gehalten hatte. Dass man die Folge einer Vergewaltigung war. Ihre Feindseligkeit kam ihr plötzlich engstirnig vor, und sie schämte sich der Worte, die sie ausgespien hatte. Sie hatte die Menschen verletzt, die ihr am wichtigsten waren, und sie wünschte, sie könnte diese furchtbaren Worte zurücknehmen. Sie zündete sich eine Zigarette an und drückte sie gleich wieder aus. Sie schmeckte ekelhaft, und außerdem spürte sie, dass ihr Kopfschmerzen drohten. Sie schaute durch das Fenster in den frühen Morgen hinaus und sah wieder, wie schön es hier war. Das war der Zauber von Jarrah.

Sie versuchte sich ein Reim auf all das zu machen, was sie in dieser Nacht gehört hatte. »Ich hatte schon vor vier Jahren den Verdacht, dass etwas nicht stimmt«, sagte sie in die Stille hinein. »Und das Foto, das ich gemacht habe. Es war nicht das, was es zu sein schien.« Sie warf einen Blick über die Schulter; Ellie wischte sich die Tränen ab. »Als ich genau hinschaute, ist mir klar geworden, warum Claire Fragen stellte.«

Ellie zog eine Decke über Aurelia, die erschöpft auf dem Sofa eingeschlafen war. »Was hast du denn gesehen?«, flüsterte sie.

»Ich habe plötzlich erkannt, dass Claire nicht aussieht wie wir«, sagte sie unverblümt. »Sie ist so groß wie Dad, und in einem bestimmten Licht bemerkt man einen gewissen Ausdruck, der einem irgendwie vertraut vorkommt. Aber niemand hat ihre Augen, niemand ihre Haarfarbe – und obwohl du oft gesagt hast, dass sie dich an Alicia erinnert, konnte ich das anhand deren Fotos nicht nachvollziehen.«

Leannes Gedanken waren schwerfällig und verworren. »Ich nehme an, Claire hat geglaubt, sie sei adoptiert worden«, sagte sie schließlich. »Und als ich dieses Foto betrachtet hatte, dachte ich es auch. Aber die Wahrheit ist viel hässlicher, nicht wahr?«

Mit traurigem Gesicht ging Ellie in die Küche und machte sich daran, eine Kanne heißen, starken Kaffee zu kochen. »Ich hätte wissen können, dass man euch Mädchen nicht lange hinters Licht führen kann«, sagte sie leise. »Ihr seid beide viel zu intelligent.« Sie nahm Leanne bei der Hand und schaute ihr in die Augen. »Das mit Jarrah tut mir Leid«, sagte sie leise. »Aber mach die Sache für Claire nicht noch schlimmer. Das alles ist nicht ihre Schuld.«

»Das ist mir jetzt auch klar«, sagte Leanne und wurde rot vor Scham. »Und ich wünschte, ich hätte all die schrecklichen Dinge nicht zu ihr gesagt – oder zu dir. Es war unfair und herzlos.«

»Ja«, sagte Ellie, »das war es. Sie ist deine Schwester, und sie sollte dir mehr wert sein als Jarrah. Du musst versuchen zu lernen, sie bedingungslos zu lieben – so, wie sie versucht hat, dich zu lieben.«

Im Bewusstsein ihrer großen Schuld biss Leanne sich auf die Unterlippe; sie wusste, dass ihre Mutter Recht hatte. Sie musterte Ellie neugierig, während sie den Kaffee machte. Ihre Mutter war ihr immer so geradlinig erschienen, so ehrlich in allem. Aber nach der letzten Nacht sah sie Ellie in einem anderen Licht. Mum hatte Geheimnisse gehabt, die niemand von ihnen hätte vermuten können. Eine Vergangenheit, die sie jahrelang unter Verschluss gehalten hatte und die sie gequält haben musste. Sie konnte diese Last nicht allein getragen haben. »Kennt Dad die ganze Geschichte?«

Ellie sah sie an und schaute dann weg. »Er hat es schließlich herausgefunden«, sagte sie leise.

Aurelia war erschöpft von den schrecklichen Erlebnissen der letzten Stunden. Sie lag warm eingehüllt unter der Decke auf der Couch; ihr Kopf ruhte auf dem Kissen, und sie träumte von Jack. Der wunderbare Jack – wie hatte sie ihn geliebt. Und doch hatte er ihr das Herz gebrochen, trotz seiner Versprechungen.

Die gemeinsamen Jahre waren für sie beide gut gewesen. Jack hatte seine Airline gegründet, und als sie an Beliebtheit gewann, hatte er Warratah immer öfter verlassen müssen. In jener Zeit hatte sie Ellie gebeten, die Farm zu übernehmen. Warratah hatte den Krieg und die Trockenheit überlebt, und mit Ellies Transportgeschäft und dem Aktien-Portefeuille war das weitere Wachstum sichergestellt. Ellie war mehr als eine Tochter für sie geworden; sie war die liebste, beste Freundin, die sie jemals haben würde, und Aurelia segnete den Tag, an dem ihre Nichte nach Warratah gekommen war.

Trauer beschlich sie, als sie erkannte, dass sie nicht mehr auf Warratah war. Stille würde durch das alte Haus hallen, und Hof und Nebengebäude unter den schützenden Gummibäumen würden von einer Atmosphäre der Verlassenheit erfüllt sein. Sie fragte sich, wie es den Jarrahblüten in Wind und Regen ergangen sein mochte. Würden die weißen Blütenblätter wie Konfetti über die rote Erde des Hofes wehen, wie sie es um diese Jahreszeit immer getan hatten? Würden Rosen und Bougainvilleen welken? Sie atmete tief. Der Duft der Rosen kehrte zurück, so stark, als wären sie hier im Zimmer.

Mit dumpfem Schmerz im Herzen erinnerte sie sich an den Tag, als Jack sie verlassen hatte. Er hatte versprochen, immer da zu sein. Hatte versprochen, dass sie für immer zusammenbleiben würden. Aber am Tag vor seinem fünfundsiebzigsten Geburtstag wollte er nicht mehr aufwachen. Er hatte sich in der Nacht davongemacht, und sie hatte es nicht einmal gemerkt.

Sie war untröstlich gewesen. Hatte bittere Tränen geweint. Tränen des Bedauerns. Tränen des Schmerzes. Dann war das

Leid zu Zorn geworden. Wie konnte er es wagen, sie zu verlassen, wenn er doch wusste, wie sehr sie ihn liebte? Mit welchem Recht legte er sich für die Ewigkeit schlafen, während sie noch den mühsamem Kampf gegen die Gebrechlichkeit des Alters focht? Und dann schließlich hatte sie es akzeptiert, und sie hatte sicher gewusst, dass sie eines Tages wieder zusammen sein würden.

Undeutlich drangen Stimmen aus der Nähe in ihr Bewusstsein. Die Stimmen der Menschen, die sie liebte. Und das wollte sie ihnen gern sagen. Aber irgendetwas zog sie fort von Jarrah, fort von den Stimmen und dem Leid dessen, was in der Nacht geschehen war, und als sie immer tiefer in der warmen Dunkelheit des Schlafes versank, lächelte sie. Denn dort war Jack.

Groß und schlank, mit silbergrauem Haar und mit den braunen Augen, die lachten wie über einen heimlichen Witz, als sie auf sie herabschauten. Auf seiner Schulter hockte Kelly.

»Feind von hinten«, krähte der Kakadu. »Arsch zusammenkneifen.«

»Das gehört sich aber nicht vor einer Lady«, sagte Jack und strich über die weißen Federn.

»Örrrk«, krächzte Kelly und sträubte boshaft den Kamm.

Jack lachte. »Er ist immer noch derselbe alte Kelly«, sagte er zärtlich. Dann schaute er sie an, und Aurelia war es, als könne sie sein Lieblingsrasierwasser riechen.

»Jack?«, murmelte sie. »Wo bist du gewesen? Ich hab dich vermisst.« Die Worte kamen als Seufzer aus ihrem Mund.

Jack streckte ihr lächelnd die Hand entgegen. »Ich habe auf dich gewartet, Darling«, flüsterte er. »Komm, Aurelia. Lass uns gehen.«

Aurelia fühlte die Wärme und Kraft seiner Hand, die ihr so wunderbar vertraut war. Sie schaute nicht mehr zurück. Denn dies war es, worauf sie gewartet hatte.

Er lächelte auf sie herab und schob ihre Hand in seine Armbeuge. »Hab ich dir je gesagt, wie sehr ich dich liebe, Darling?«

Sie nickte, und zusammen gingen sie freudig in das helle, warme Licht.

Leanne war hinausgegangen, um die tägliche Arbeit zu beaufsichtigen, und Ellie war allein in der Küche zurückgeblieben. Sie nahm einen Schluck Kaffee. Er war stark und schwarz, aber er trug kaum dazu bei, ihre Stimmung zu heben. Die schlaflose Nacht und das Erzählen ihrer Geschichte hatten sie völlig erschöpft; sie wollte sich nur noch wie ein Kind im Bett zusammenrollen und schlafen. Das wäre eine Art Flucht. Eine Möglichkeit, die harte Realität des Lebens auszusperren, des Schadens, den Charlie und sie angerichtet hatten. Aber um wie viel schwerer musste es für Claire sein? Das Mädchen würde so viele Dinge zu verarbeiten haben – und nur wenige davon waren angenehm.

Seufzend stellte Ellie die Kaffeetasse ab und wischte sich die Tränen ab. Sie musste stark bleiben. Musste dem Ruf der Frauen von Warratah gerecht werden. Denn sie war eine Mutter, eine Ehefrau – der Mensch, von dem alle Kraft und Trost erwarteten. Sie durfte sie nicht im Stich lassen. Nicht, wenn sie sie am nötigsten brauchten.

Und als sie so im Licht des frühen Morgens in der Küche saß, wurde Ellie plötzlich klar, dass Charlie nicht mehr die Macht hatte, sie zu verletzen und ihr Leben zu überschatten. Ihr Geheimnis war ans Licht gekommen, und die Konsequenzen waren die nächste Hürde, die sie nehmen musste. Sie war bereit, für die Menschen, die sie liebte, zu kämpfen. Bereit, die Vergangenheit hinter sich zu lassen und unbeschadet wie ungebeugt daraus hervorzugehen. Die Frauen von Warratah waren nicht zu besiegen.

Sie verspürte nagenden Hunger, und ihr wurde bewusst, dass sie alle seit Stunden nichts mehr gegessen hatten. Die Mädchen würden ausgehungert sein, wenn sie zurückkämen. Während sie sich am Herd zu schaffen machte, legte sie den Kopf schräg und lächelte. Aurelia machte ein schreckliches Getöse. Ihr Schnarchen erinnerte an einen Stall voller Schweine, und es war erstaunlich, dass sie selbst davon nicht aufwachte.

Einige Zeit später war es plötzlich still. Das Stentorschnarchen war jäh verstummt. Ellie nahm die Bratpfanne vom Feuer und lauschte. Die Stille war ominös. Sie stürzte ins Wohnzimmer und fiel vor der Couch auf die Knie. »Aurelia?« Ihre Stimme war durchdringend und voller Angst.

Aurelia lag still unter der Decke, eine Hand neben sich, die Handfläche geöffnet, als wolle sie nach etwas greifen. Das Lächeln auf ihrem Gesicht war von so süßer Zufriedenheit, dass Ellie wusste, sie war gegangen. Aurelia hatte sie durch den schlimmsten Teil geleitet. War lange genug geblieben, um ihr die Liebe und die Unterstützung zu geben, die sie ihr schon immer gegeben hatte. Jetzt hatte sie genug. Jack hatte sie zu sich gerufen, und sie musste willig gefolgt sein.

Die Tränen liefen Ellie über die Wangen, ohne dass sie es merkte; sie nahm die Hand und küsste sie, und dann schob sie sie wieder unter die Wolldecke. Ihr Kopf sank auf die reglose Schulter, und sie schloss die Augen. Aurelia war ihr Mutter und Vater gewesen; sie hatte sie vorbehaltlos geliebt und sie geleitet, bis sie erwachsen geworden war. Jemanden wie Aurelia würde es nicht wieder geben, und nach den Schrecken der Nacht war dies zu viel. »Ich brauche dir nicht zu sagen, wie sehr wir dich alle lieben«, schluchzte Ellie. »Aber ich will dir danken. Danken dafür, dass du immer da gewesen bist. Danke dafür, dass du mich und meine Familie geliebt hast. Danke dafür, dass du einfach so warst, wie du warst.«

Ellie ließ ihren Tränen freien Lauf. Das alte Farmhaus von Warratah würde so leer und verlassen sein, wenn Aurelia nicht mehr da war – denn sie und Jack hatten bei allem, was dort geschehen war, eine große Rolle gespielt. Sie waren ihr Fels gewesen, ihr Schutz gegen alles Leid, ihr Trost und ihre Zuflucht in Zeiten, die andernfalls nahezu unerträglich gewesen wären.

Ellie kauerte in Jacks Flugzeug auf dem Boden, und ihre ganze Aufmerksamkeit galt dem Mann, der neben ihr lag. Die Maschine setzte auf und kam neben dem wartenden Krankenwagen zum Stehen. Er war so reglos, so bleich, so mager. Aber ein mattes Lebenszeichen pulsierte noch an seiner Kehle, und sie wünschte sich mit aller Kraft, dass es nicht verlöschen möge. Joe war zu ihr zurückgekommen. Joe hatte sein Versprechen gehalten. So grausam konnte das Schicksal doch nicht sein, dass es ihn nun wieder von ihr fortriss?

Jack kletterte über die Trage und öffnete die Luke. Die schwüle Gluthitze von Darwin war nach der trockenen Wärme in der Kabine beinahe erstickend; schon als sie Snowy dabei half, die Trage hinauszuheben, klebten Ellie die Kleider an der Haut, und der Schweiß brannte in den vom Weinen geschwollenen Augen.

»Du muss ihn jetzt loslassen, Kind«, sagte Jack leise. Die Türen wurden zugeschlagen, und der Krankenwagen jagte über die Piste auf das Krankenhaus zu. »Sie wissen schon, was zu tun ist, und wir sind nur im Weg.«

Sie nickte; sie wusste, dass er Recht hatte, aber sie wäre doch gern an Joes Seite geblieben. Eine Staubwolke wehte hinter dem Krankenwagen her. Sie würden bereits arbeiten, würden um sein Leben kämpfen – und ihre fachmännischen Kenntnisse und Fertigkeiten waren für Joe jetzt sehr viel wichtiger als Ellies angstvolle, tränenreiche Anwesenheit.

Sie gingen die lange Straße entlang auf einen weißen Bungalow zu, der sich in eine Oase von Palmen und üppigen Farnen schmiegte, und die Hitze brannte unerbittlich auf sie herab. Ellie rollten Schweißtropfen über den Rücken und ließen das Hemd auf der Haut kleben. Ihre Blicke verfolgten die hektische Aktivität, die auf die Ankunft des Krankenwagens folgte.

»Er wird schon wieder«, brummte Snowy an ihrer Seite. »Die verstehen ihren Job – und das sollte ich wissen, denn ich war ja lange genug hier. Joe und ich.«

Ellie starrte ihn an. »Ihr wart hier? Und du hast mir nichts davon gesagt?«

Snowy warf einen Blick zu Jack hinüber und schaute dann auf seine Füße. Sie stiegen die Verandastufen hinauf und öffneten die Fliegentür. »Es stand auf Messers Schneide«, sagte er leise. »Ich wollte dir keine Hoffnungen machen. Joe ging's ziemlich schlecht.«

»Er war gesund genug, dass du mit ihm den weiten Weg nach Warratah fahren konntest«, fuhr sie ihn an. »Warum hast du mich nicht vorgewarnt?« Ihr Gesicht legte sich in Falten. »Ich dachte, er ist tot. Ich habe endlich geglaubt, dass er nicht mehr nach Hause kommen wird.« Mit Tränen in den Augen schaute sie ihn an. »Kannst du dir vorstellen, wie ich mich gefühlt habe, als er plötzlich auftauchte?«

Jack legte ihr den Arm um die Schultern, und sie sank an seine Brust. »Es war meine Schuld«, sagte er leise. »Ich wusste, dass Joe nach Hause kommt, aber ich hatte keine Ahnung von dem, was sich auf Warratah ereignet hatte, und ich dachte, ich hätte Zeit, dich vorzubereiten.« Er schwieg lange. »Joe wollte, dass ich es dir von Angesicht zu Angesicht sage – nicht über Funk oder in einem Brief. Er wusste, was für ein Schrecken es sein würde.«

»Tag, Jack.« Die Stimme riss sie aus seinem Arm, und sie wischte sich die Tränen ab. Sie musste stark sein. Musste sich auf einen weiteren, vernichtenden Schlag gefasst machen. Aber ihr Mut hatte sie fast vollständig verlassen. Sie war auf einem Tiefpunkt angelangt.

Der Arzt war ein älterer Mann mit dichtem weißen Haar und einer Stahlbrille, die auf der Nasenspitze saß. »Er ist in schlechter Verfassung, Jack. Was zum Teufel ist passiert?«

»Ist in eine Prügelei geraten«, antwortete Jack rasch, bevor Ellie etwas sagen konnte. »Was fehlt ihm?«

Der Mund des Arztes bildete eine schmale Linie vor Abscheu. »Hat sich nicht zu prügeln, verdammt. Jetzt hat er einen Schädelbruch«, sagte er nüchtern. »Es besteht die Möglichkeit innerer Blutungen; deshalb bringe ich ihn sofort in den OP.«

»Aber er wird wieder gesund, oder?«, fragte Ellie angstvoll.

Graue Augen betrachteten sie ernst, und das Gesicht legte sich in Sorgenfalten. »Er hat Schlimmeres überstanden«, sagte der Arzt leise. »Aber nach allem andern ist das hier jetzt keine gute Nachricht. Erwarten Sie nicht zu viel. Wir tun unser Bestes hier, aber Wunder geschehen nicht so leicht.« Er machte auf dem Absatz kehrt, stieß die Fliegentür auf und war verschwunden.

Ellie folgte Snowy und Jack auf die Veranda. Der Wind wehte über die staubigen Holzdielen, und es war angenehm, nach der sengenden Hitze hier im kühlen grünen Schatten der Bäume ringsum zu sitzen und dem Gezwitscher der bunten Vögel zu lauschen. Aber Ellie war unruhig und konnte an nichts anderes denken als an das, was im Operationssaal vor sich ging. Sie wanderte auf und ab, schaute auf die breite Piste hinaus, die zur Stadt führte, schaute den farbenprächtigen Vögeln zu, die zwischen den Farnwedeln hin und her schwirrten, und bemühte sich, nicht daran zu denken, was sie täte, wenn das Schlimmste passieren und sie ihn noch einmal verlieren sollte.

»Aurelia und deine Mum werden gleich hier sein«, sagte Jack aus den Tiefen des Korbsessels, in den er sich hatte fallen lassen. »Der Vormann bringt sie her.«

Ellie nickte und ging weiter auf und ab, die Arme fest um die Taille geschlungen. Ihre Stiefel schlugen im Takt auf die Bodendielen. Ihr war es egal – und wenn ganz Queensland herkäme. Sie war eine Insel. Nichts konnte sie berühren, nichts das Eis in ihrem Herzen zum Schmelzen bringen oder die Bilder dessen wegwischen, was an diesem Tag geschehen war.

Endlich blieb sie stehen, die Hände tief in den Taschen ihrer Moleskins vergraben, und ihre Gedanken waren klar. Es gab da einige Fragen, die sie stellen musste. Sie trat zu Jack. »Seit wann weißt du, dass Joe am Leben ist?«

»Seit ungefähr einer Woche.« Er rieb sich das Gesicht. »Ich hab Snowy hier in Darwin getroffen, und er hat's mir erzählt. Ich wollte eher zurückkommen, aber ich brauchte ein Ersatzteil für das Flugzeug und musste warten, bis es mit der Eisenbahn von Sydney heraufgebracht wurde.«

Sie wandte sich dem Aborigine zu, der am Geländerpfosten lehnte. »Du hättest schreiben können«, sagte sie tonlos. »Hättest sogar den Priester schicken können. Warum hast du das nicht getan?«

Seine bernsteinfarbenen Augen blickten auf sie herab; Niederlagen und Müdigkeit hatten sich in sein Gesicht gegraben. »Weißt du noch, wie ich dir die Traumzeit-Geschichte von dem kranken Geist erzählt habe, der wie ein Pilger reisen muss, bis er Frieden findet?« Sie nickte, und er nickte ebenfalls. »Joes Geist lag im Sterben, und seine Pilgerseele schwebte in der Dunkelheit zwischen Leben und Tod und wartete darauf, dass jemand aus dem Land der Vollkommenheit kam, um ihn zu retten. Die Geister haben zu ihm gesungen, Ellie. Haben ihn zur Ruhe gerufen. Er musste sich entscheiden, welchen Weg er nehmen wollte. Musste sehen, ob er bereit war, auf ihr Lied zu hören.«

»Komm mir nicht mit diesem Blödsinn«, fuhr sie ihn an. »Traumzeit-Märchen sind schön und gut, aber Joe brauchte mich, und ich brauchte ihn. Du hattest kein Recht, mir das zu verschweigen.«

Snowys Augen schlossen sich, und seine Nasenflügel bebten in einem tiefen Seufzer. »Das Lied, das er gehört hat, war deins, Ellie. Dein Glaube daran, dass er sein Versprechen halten und nach Hause zurückkehren würde, war alles, was ihn im Lager daran gehindert hat, einfach zu gehen. Er wollte nicht, dass du ihn siehst, wie er war, als er zurückkam. Er wollte wieder gesund sein.« Sein Blick ruhte auf ihr, brachte sie zur Ruhe, hielt sie auf der Veranda. »Er wusste nicht, dass er für vermisst und vermutlich gefallen erklärt worden war; das hat er erst lange nach unserer Befreiung erfahren. Ihm war klar, was es für dich bedeuten würde, wenn er aus heiterem Himmel auftauchte. Es war seine Entscheidung, dir diese Nachricht vorzuenthalten, bis er gesund genug wäre, um den richtigen Weg zu finden, es dir zu sagen.«

Er schwieg eine Weile und drehte sich eine Zigarette; dann zündete er sie an und inhalierte tief. Die Schatten seiner Erlebnisse beim Eisenbahnbau in Burma verdunkelten seine Augen und vertieften die Furchen zu beiden Seiten des Mundes und der breiten Nase. »Ich und Joe waren kaum noch am Leben, als wir aus diesem Höllenloch entkamen. Wir waren Skelette; Hunger, Durchfall und Malaria hatten unser Fleisch verzehrt. Wir waren nur noch Geister unserer selbst. Nackt und alles Menschlichen beraubt, waren wir zu einem Nichts geworden. Aber der Drang zu überleben ist die stärkste Waffe, die ein Mann haben kann. Selbst wenn er weniger geworden ist als eine krabbelnde Ameise, dieser Überlebenswille bleibt seine Stärke. Er hat uns durchgebracht.«

Snowy löste sich vom Verandapfosten und nahm ihre Hände. Seine Finger und Handflächen waren schwielig und rau, und Narben hatten sich wie weiße Blitze tief in die braune Haut gegraben. »Du dachtest, er wäre tot – und alles in allem gesehen war er das auch«, sagte er leise. »Joe wollte nicht, dass du ihn so siehst. Wollte dir keine Hoffnungen machen, denn sie hätten sich zerschlagen können, und du hättest zum zweiten Mal um ihn trauern müssen. Er liebt dich zu sehr.«

Ellie sank in einen Sessel, und mit einem Beben, das an Grauen grenzte, erkannte sie, wie weise Joe gehandelt hatte, als er seine Heimkehr geheim gehalten hatte. Aber das Schicksal hatte beschlossen, das Messer noch einmal in der Wunde zu drehen und sie beide noch einmal zu strafen, ehe es entschied, wie alles enden sollte. Und Ellie konnte nichts daran ändern; sie konnte nur weiter das Lied der Hoffnung singen, das Lied, das Joe in einem fernen Dschungel gehört hatte. Das Lied, das ihn nach Hause gebracht hatte.

Sie schaute Snowy lange an und versuchte sich vorzustellen, was er durchgemacht hatte und wie viel Kraft und Mut es erfordert hatte, solche Brutalität zu überleben. Sie sah, wie mager er noch war, wie grau der Kranz seines vormals braunen krausen Haars geworden war – und wie alt seine Augen nun waren. Es waren die Augen eines Mannes, der Dinge gesehen hatte, die kein Mensch sehen sollte. Die Augen eines Mannes, der erlebt hatte, wie die Hölle aussah, und der dieses Bild in sich tragen würde, bis die Erde ihn in den letzten Schlaf sänge.

Nun trafen auch die anderen ein, und sie versammelten sich in dem winzigen Wartezimmer, das an den Krankenhausbungalow angebaut worden war. Joe war seit vier oder fünf Stunden im Operationssaal, und noch immer gab es keine Nachricht. Aurelia hatte einen Korb mit Essen und vier Thermosflaschen mit heißem, süßem Tee mitgebracht, um die Stimmung zu heben. Kaltes Huhn, Hammelfleisch und dicke Stücke Fladenbrot, großzügig mit Chutney bestrichen, wurden herumgereicht, und sie aßen schweigend.

»Du musst etwas essen«, sagte Aurelia leise zu Ellie. »Es ist nicht gut für dich oder das Baby, wenn du hungerst. Und du musst was im Magen haben, um den Schock des heutigen Tages zu verarbeiten.«

Ellie erwachte aus ihrem tranceähnlichen Zustand und schaute ihre Tante mit schreckgeweiteten Augen an. Das Baby hatte sie vollkommen vergessen. Sie hatte vergessen, was es für die Zukunft bedeutete, die sie mit Joe haben könnte, wenn er erfuhr, welche Folgen die Vergewaltigung durch Charlie hatte. Charlies Name hallte in ihrem Kopf wider, und ihre Lage stand ihr mit grausamer Klarheit vor Augen. Sie merkte, dass vier Augenpaare sie besorgt anschauten, und das Blut wich ihr aus dem Gesicht, als sie erkannte, dass sie niemals von Joe erwarten konnte, dass er den Bastard des eigenen Bruders annahm.

Was für ein hässlicher Name für ein Kind, das noch nicht geboren war! Welch ein Vermächtnis hatte Charlie ihr da hinterlassen – in Gestalt eines hilflosen Kindes, das aus einem schlechten Samenkorn gewachsen war, die Saat der Trauer, die sie Tränen würde ernten lassen. Denn die Existenz des Kindes würde sie stets an die Vergewaltigung erinnern. Und an den Mord an Joe, sollte er nicht überleben.

»Warum hast du Charlie laufen lassen?«, fragte sie Jack eisig. »Warum hast du ihn einfach so gehen lassen, obwohl er bestraft werden müsste für das, was er getan hat.«

Jack schaute zu Aurelia hinüber, und sie nahm seine Hand und hielt sie fest in ihrem Schoß. »Der Junge war krank, Ellie, und ich habe ihm nur ein paar Minuten Vorsprung gegeben, bevor ich die Polizei angerufen habe«, sagte er zögernd. »Es war wahrscheinlich eine falsche Entscheidung, aber es war das Mindeste, was ich unter den Umständen tun konnte.«

Ellie stand auf und blieb mit geballten Fäusten vor ihm stehen, zitternd vor Wut. »Unter welchen Umständen, Jack? Meinst du die Vergewaltigung oder den versuchten Mord? Was war so unwichtig, dass du ihn seiner gerechten Strafe entkommen lässt?«

»Weder das eine noch das andere«, gestand er. »Aber Charlie wusste nicht mehr, was er tat – er hatte kein Gefühl mehr für Recht und Unrecht. Was er im Krieg durchgemacht hat, hat einen Schaden bei ihm hinterlassen – und daran würden Polizei und Gefängnis, Gerichtssaal und Prozess nichts ändern.« Mit gequältem Blick sah er sie an. »Was er dir und Joe angetan hat, ist unverzeihlich, und ihr werdet beide lernen müssen, bis ans Ende eurer Tage damit zu leben. Aber das gilt auch für Charlie. Er war auf dem Weg in die Selbstzerstörung, seit er mit Seamus nach Jarrah zurückgekommen ist. Und wegen dem, was er für Seamus getan hat, glaubte ich ihm mindestens noch zehn Minuten Freiheit schuldig zu sein.«

»Mir blutet das Herz«, zischte Ellie mit kaltem Sarkasmus.

»Er wird nicht weit kommen«, sagte Jack müde. »Er ist ein gebrochener Mann, der nirgends hinkann, und niemanden kümmert, was aus ihm wird. Die zehn Minuten, die ich ihm geschenkt habe, waren eine Illusion. Er wird der Gerechtigkeit nicht entkommen. Es wird vielleicht nicht die Gerechtigkeit sein, an die du jetzt denkst – aber sie wird genügen.«

Ellie funkelte ihn an und begann auf und ab zu gehen. »Ich hoffe, sie fassen ihn«, sagte sie. »Ich hoffe, er kommt für alle Zeit hinter Schloss und Riegel.« Die Stille, die auf diese Erklärung folgte, ließ sie stehen bleiben. Sie schaute in die Runde. »Was verschweigt ihr mir?«, fragte sie. »Was für eine Entschuldigung kann es denn geben?«

Jack stand auf, bohrte die Hände in die Hosentaschen und starrte hinaus in die Dunkelheit. Der Mond stand hell am Himmel, hin und wieder verschleiert von grauweißen Wolken und den Wedeln der Riesenfarne im Krankenhausgarten. »Charlie ist nach Warratah heimgekehrt, um zu sterben«, flüsterte er schließlich.

Ellie ließ sich in einen Sessel fallen. Sie machte große, ungläubige Augen, aber ihr Ton war kalt und mitleidslos. »Seine Verwundung war schlimm, aber nicht lebensbedrohlich. Er hat nach wenigen Monaten wieder auf dem Pferd gesessen und schon bald darauf in der Schmiede gearbeitet.«

Jack starrte weiter aus dem Fenster. Seine sanfte Stimme erfüllte den Raum. »Charlie und Seamus sind bei El Alamein ins Sperrfeuer geraten. Seamus wurde schwer verwundet, und Charlie brachte sein eigenes Leben in Gefahr, indem er versuchte, ihn ins Feldlazarett zu schaffen.« Er seufzte. »In jener Nacht war Charlie ein Held. Er hat Seamus nicht nur auf dem Rücken über das Schlachtfeld geschleppt, er hat auch noch versucht, seinen Sergeant zu retten. Der arme Mann wurde zerfetzt, aber Charlie glaubte eine echte Chance zu haben, wenigstens Seamus ins Sanitätszelt zu schaffen. Sie waren in Sichtweite der dunkelgrünen Leinwand, als die Kugel eines Scharfschützen Charlie die Seite zerriss. Eine zweite streifte seine Schläfe. Charlie spürte keinen Schmerz. Er merkte kaum, dass er in seiner Entschlossenheit, Seamus in Sicherheit zu bringen, selbst getroffen worden war.«

Jack schwieg eine ganze Weile. »Seamus war tot. Die Kugel des Scharfschützen hatte ihr Ziel gefunden; sie war durch seinen Kopf gefahren und hatte Charlie getroffen. Charlies äußere Wunden würden irgendwann heilen, aber die Ärzte konnten den winzigen Schrapnellsplitter, der sich tief in sein Hirn gebohrt hatte, nicht entfernen. Es war eine Zeitbombe. Der Splitter konnte wandern und augenblicklich den Tod herbeiführen. Er richtete gleich zweifach Schaden an«, fuhr er leise fort. »Denn der Splitter zerstörte auch Charlies Wesen, er beeinträchtigte sein Empfinden für Recht und Unrecht, verstärkte die dunkle Seite seiner Persönlichkeit.« Jack holte tief Luft, als er sich endlich umdrehte und sie anschaute. »Ich erwarte nicht, dass du ihm verzeihst. Aber du musst versuchen zu verstehen, warum er getan hat, was er getan hat.«

Ellie schlang die Arme um ihren Körper und wiegte sich vor und zurück, die Augen geschlossen, die Gedanken in Aufruhr. Das Schicksal hatte beschlossen, dass sie sich vor all den Jahren auf der langen, einsamen Straße nach Cloncurry begegnen sollten – aber was für einen schrecklichen Preis hatten sie alle dafür zahlen müssen.

Die Operation war insofern erfolgreich gewesen, als die Hirnblutung gestoppt worden war, und der Bruch des Schädelknochens begann zu verheilen. Aber Joe lag immer noch bleich und still auf dem makellosen Krankenhauskissen, und der schneeweiße Verband betonte die Schatten unter seinen Augen und die Zartheit der hell geäderten Lider.

»Du musst nach Hause kommen und dich ausruhen«, drängte Aurelia. »Es geht jetzt fast drei Monate so, und du machst dich noch krank.«

Ellie gähnte und legte die Zeitschrift beiseite, die sie schon mindestens ein Dutzend mal gelesen haben musste. »Ich gehe nicht, bevor er aufwacht«, erklärte sie entschlossen. »Ich will die Erste sein, die er sieht.«

»Und was ist mit dem Baby?« Aurelia verschränkte die Arme unter dem Busen und beäugte sie streng durch ihr Monokel. »Es kann nicht gut für das kleine Ding sein, wenn du ständig im Haus herumhockst. Du isst nicht richtig, und du bekommst nicht genug Bewegung an der frischen Luft. Die Entbindung wird schwer werden.«

Ellie warf einen Blick auf Joe. Der Arzt hatte gesagt, er könne vielleicht hören, was sie sagten, und er hatte sie ermuntert, mit ihm zu sprechen. Aber er hatte keine Reaktion gezeigt, als sie ihm aus seinen Lieblingsbüchern und Gedichten vorgelesen hatte. Kein Erkennen, keine Erwiderung, als sie ihn auf die Wange geküsst und ihm gesagt hatte, dass sie ihn liebte. Trotzdem wollte sie nicht riskieren, dass er dieses Gespräch hörte; sie wollte nichts tun, was seine Genesung beeinträchtigt hätte. »Lass uns hinausgehen«, sagte sie leise. »Wir können uns draußen unterhalten.«

Ein paar Augenblicke später ließ Aurelia sich in einen Verandasessel fallen. »Was ist denn los?« Ihre grauen Augen blickten besorgt, und ihr Ton war nüchtern und sachlich.

Ellie verschränkte die Finger vor der Rundung ihres anschwellenden Bauches und betrachtete den vorüberziehenden Verkehr. Sie wollte nicht aussprechen, dass sie befürchtete, Joe könne sie nicht mehr haben wollen, weil sie das Kind eines anderen im Leibe trug. »Dr. O'Neil sagt, mir geht es gut. Ich könnte vielleicht ein bisschen zunehmen, und er hat mir Eisentabletten verschrieben.« Seufzend blinzelte sie in die Sonne. »Ein bisschen Bewegung an frischer Luft könnte ich sicher gebrauchen; es gefällt mir nicht, hier eingesperrt zu sein. Aber bis Joe aufwacht, muss ich hier bleiben.«

»Und wenn er nicht aufwacht? Was dann?«

»Er wird aufwachen«, sagte sie trotzig. »Er hat versprochen, wieder nach Hause zu kommen, und das hat er getan. Er wird aufwachen, wenn er so weit ist.«

»Manche Patienten erwachen aber nie aus dem Koma«, sagte Aurelia warnend. »Er könnte jahrelang so liegen bleiben, bis seine Organe den Dienst verweigern und das Herz stillsteht. Du musst der Realität ins Auge sehen, Ellie. Du kannst so nicht weitermachen.«

Ellie wand sich aus dem Sessel hoch. Sie bekam allmählich Rückenschmerzen vom vielen Herumsitzen, und sie wollte keine grausigen Details hören. »Defätistisches Gerede höre ich mir nicht an, weder von dir noch von sonst jemandem«, sagte sie unverblümt. »Die Lage ist mir nur zu gut bekannt, aber solange Hoffnung besteht, werde ich bleiben.«

»Und was ist, wenn das Baby kommt? Willst du hier in Darwin in diesem Hotel bleiben und dich allein damit abplagen? Oder kommst du nach Hause, wo wir für dich sorgen können?«

»Darüber reden wir, wenn es so weit ist«, antwortete sie bockig.

Sie diskutierten noch eine halbe Stunde, und dann hatte Ellie genug. Sie hatte Jacky zu lange allein gelassen; dieses Gespräch führte zu nichts. Als sie die Fliegentür öffnete, stieß sie mit dem eiligen Dr. O'Neil zusammen. »Da sind Sie ja!« Sein runzliges Gesicht erstrahlte in einem warmen Lächeln. »Kommen Sie. Er ist wach!«

Ellie starrte ihn ungläubig an. Sie hatte so lange auf diese Worte gewartet – und jetzt war es, als sei sie am Boden festgewachsen. Dann löste das Glück ihre Erstarrung, und sie stürmte durch die Tür und rannte den Korridor entlang zu Joes Zimmer.

Er saß aufrecht in die Kissen gelehnt; seine Augen waren noch verschwollen vom Schlaf. Der Turban seines Verbandes war durch eine verpflasterte Mullkompresse ersetzt worden, und die Farbe kehrte in sein Gesicht zurück. Seine dunklen Wimpern flatterten, und seine grünen Augen schauten sie suchend an. »Ellie?«, sagte er heiser. »Bist du es wirklich?«

»Sein Hals wird noch eine Weile wund sein, und er wird schnell ermüden«, sagte der Arzt leise. »Also machen Sie den Besuch kurz, und lassen Sie ihm Zeit, wieder ganz zu genesen.«

Ellie nickte, aber ihr ganzes Wesen konzentrierte sich auf den Mann im Bett. Ihr Joe war wieder lebendig! Er war lebendig und atmete, und sie konnte ihn berühren! Sie trat ins Zimmer und näherte sich dem Bett, streckte die Hände nach ihm aus und sehnte sich danach, wieder in seinen Armen zu liegen.

Seine grünen Augen wanderte zu ihrem Bauch und kehrten zu ihrem Gesicht zurück. Sie las Verwirrung und Schmerz in diesen Augen – eine Qual, die bis in ihr Innerstes drang. »Ellie?«, flüsterte er. »Sag mir, dass es nicht wahr ist.«

Es kostete all ihre Kraft, ruhig zu bleiben. »Ich bekomme ein Kind. Aber es ist nicht so, wie du denkst«, sagte sie leise. »Und wenn es dir besser geht, werde ich es dir erklären.« Sie nahm seine Hand und versuchte ihn mit der Kraft ihres Willens dazu zu bringen, dass er sie verstand.

Aber er reagierte nicht. Da war nur ein kalter Blick voller Kränkung und Ratlosigkeit.

Ellie war verzweifelt. Sie hatte ihm so viel zu sagen, aber der Schmerz in seinen Augen verriet ihr, dass er nicht zuhören würde. Ohne fairen Prozess, ohne Anhörung hatte er sie verurteilt. Das war nicht der Joe, den sie liebte. Nicht der Joe, an den sie sich erinnerte. Aber konnte sie es ihm verdenken? Sie war gebrauchte Ware – trug das Kind seines eigenen Bruders im Leib. »Erinnerst du dich nicht an den Tag, als du nach Warratah zurückgekommen bist?«, fragte sie zögernd. »Erinnerst du dich nicht an deinen Kampf mit Charlie und worum es dabei ging?«

Joe blieb stumm, sein Blick noch immer kalt und vorwurfsvoll.

Sie blieb beharrlich. »Snowy hat dich nach Hause gebracht. Ihr seid angekommen, als Charlie und ich einen Streit hatten. Du musst dich erinnern, worum es dabei ging. Bitte!« Sie war verzweifelt. »Du musst dich erinnern.«

Er runzelte die Stirn, und wieder wanderte sein Blick zu ihrem Bauch unter dem Hemd. »Du hast gesagt, du wartest auf mich«, wisperte er. »Du hast es versprochen.«

Ellie zuckte zusammen, als er seine Hand wegzog und sich auf die Seite drehte. »Joe«, flehte sie. »Bitte, Joe. Ich kann es erklären!«

Er antwortete nicht.

Die Hand auf ihrer Schulter war warm, aber fest. »Ich glaube, wir lassen ihn eine Weile schlafen, Ellie«, sagte Dr. O'Neill. »Er ist offensichtlich verwirrt und scheint auch unter Gedächtnisverlust zu leiden. Quälen Sie sich nicht, indem Sie hier bleiben. Gehen Sie nach Hause, und ruhen Sie sich aus. Kümmern Sie sich um das Baby. Wir kümmern uns um Joe.«

»Aber er muss sich erinnern an das, was passiert ist«, beharrte sie. »Er muss gehört haben, was ich zu Charlie gesagt habe, denn sonst hätte er sich nicht so auf ihn gestürzt. Er kann doch nicht vergessen haben, worum es bei dem Kampf ging?«

Dr. O'Neil seufzte. Er kannte die Geschichte von Aurelia. »Er war sehr krank, und das Hirn hat Schaden davongetragen. Wir hoffen, dass diese Amnesie nur vorübergehend sein wird – aber ich muss Sie warnen: In solchen Fällen blockiert der Patient manchmal Ereignisse, die allzu schmerzlich sind, und erlangt seine volle Erinnerung niemals zurück.«

»Und was soll ich jetzt tun?« Sie hatte sich noch nie so hilflos gefühlt.

»Fahren Sie mit Ihrer Tante nach Hause. Lassen Sie Joe Zeit, sich zu erholen, und ich werde mein Bestes tun, um ihm zu helfen, sein Gedächtnis wiederzufinden. Ich werde mit Ihnen in Verbindung bleiben und Sie über die Fortschritte auf dem Laufenden halten. Ihre Anwesenheit wird seiner Genesung nur hinderlich sein.«

»Seiner Genesung hinderlich.« Die Worte dröhnten in ihrem Kopf. So etwas hatte sie nicht erwartet. Dies war nicht das Aufwachen, das sie seit drei Monaten herbeisehnte. Wie in Trance bewegte sie sich zur Tür. Draußen drehte sie sich noch einmal um. »Leb wohl, Joe«, sagte sie unter Tränen. »Hör weiter unser Lied, und denke fest daran, dass ich dich liebe und dass ich auf dich gewartet habe – auch wenn es anders aussieht.«

NEUNZEHN

Claire hatte nicht darauf geachtet, wohin sie fuhr. Ihre Gedanken waren bei dem, was sie in dieser langen, bitteren Nacht erfahren hatte, und bei den Konsequenzen, die es für sie und ihre Familie haben würde. Aber als sie die ersten Gebäude von Warratah erblickte, war sie eigentlich nicht überrascht. Es war ihr Zuhause, der einzige Ort, an dem sie Trost finden könnte, ihre einzige natürliche Zuflucht.

Als sie jetzt das kleine Holzhaus durchstreifte, spürte sie den Geist der Menschen, die hier gelebt hatten; sie hörte ihre Stimmen und erinnerte sich an die Liebe und die Geborgenheit, die sie hier gefunden hatte. Sie strich mit den Fingern über abgenutzte Möbel, nahm Fotos und Briefe, Lieblingsbücher und Ziergegenstände in die Hand, und die ganze Zeit hatte sie das Gefühl, ihren Platz in der Familie wieder in Besitz zu nehmen: dieses Zuhause. Denn tief im Innern war es ihre größte Angst gewesen, dass sie nicht hierher gehörte. Dass sie nicht eine von ihnen war. Eine Waise, aufgenommen von Fremden, die ihr einen Namen und eine Identität gegeben hatten, auf die sie kein Anrecht besaß.

Sie ließ sich in der Sofaecke nieder, zog die Füße unter sich und schlang die Arme um ein dickes Kissen; das Haar fiel ihr ins Gesicht und sperrte die Welt und den Sonnenschein aus. Die Wahrheit war grausamer gewesen, als sie je hatte vermuten können. Doch um wie viel qualvoller hatte es für Mum sein müssen, eine so schreckliche Geschichte noch einmal zu erzählen? Sie atmete tief und bebend ein und schloss die Augen. Der Traum, den sie neulich gehabt hatte, war Wirklichkeit geworden. Dies war ihre Schlacht, die sie nach der Stille zu schlagen hatte – die Dornenbarriere, die sie überwinden musste, bevor sie den Mut fände, zu verzeihen und wieder ins Licht zu treten.

Eine tiefe Ruhe überkam sie, als sie so in der Stille saß. Eine Ruhe, die ihr Frieden brachte und das Wissen, dass sie stark genug war, um zu akzeptieren, was das Schicksal ihr aufgetischt hatte. Sie hatte bis jetzt ein glückliches Leben geführt. Sie wurde geliebt, war willkommen – und alle dunklen Geheimnisse waren ans Licht gebracht worden. Es gab keine Gespenster mehr, nichts, was ihren Weg überschattete und sie zwang, sich immer wieder umzuschauen.

Das leise Klopfen an der Fliegentür erschreckte sie nicht, und als sie sah, wer da stand, erkannte sie, dass sie froh war. »Tag, Matt. Was machst du hier?«

Er fuhr sich mit der Hand durchs Haar, dass es zu Berge stand. »Du hast mich zum Essen eingeladen.« Er trat von einem Fuß auf den anderen. »Aber ich schätze, du hast es vergessen.« Seine Augen hatten ihren Glanz verloren, und er wurde rot und drehte seinen Hut in den Händen.

Claire zog ihn herein. »Tut mir Leid, Matt. Du erwischst mich ganz unvorbereitet. Ich weiß nicht mal, was im Kühlschrank ist.«

Er schaute sie besorgt an. »Was ist los, Claire? Du siehst blass aus.«

Sie versuchte ihre Sorgen mit einem Lachen beiseite zu wischen, aber sie wusste, dass sie ihn nicht überzeugte. »Ein bisschen Unruhe in der Familie«, sagte sie mit gezwungener Munterkeit. »Keine Sorge!«

Er legte ihr einen Finger unters Kinn und hob ihren Kopf, sodass sie ihn widerstrebend anschaute. »Ich dachte, du vertraust mir«, sagte er liebevoll und sanft. »Hat dich jemand gekränkt? Sprich mit mir, Darling. Sag mir, warum du so traurig aussiehst.«

Claire ließ sich auf die weiche Couch sinken und zog die Knie an die Brust. Er setzte sich neben sie, und sie begann zu erzählen, und als die Worte zu fließen anfingen, spürte sie, wie die Anspannung der vergangenen Nacht sich löste, und sie wusste, dass die Geister der Vergangenheit zusehends verblichen.

Matt schwieg, bis sie zu Ende erzählt hatte. Dann schloss er sie ohne ein Wort in die Arme und drückte sie an sich. Claire konnte seinen Herzschlag hören. Spürte die Wärme und die Kraft, die von ihm ausgingen – und sie wusste, dass er verstand. Wusste, dass es nicht darauf ankam, woher sie kam oder was sie war. Denn dieser wunderbare Mann liebte sie.

Die Sonne ging unter, als sie sich schließlich voneinander lösten. »Ich muss zurück nach Jarrah. Mum und die andern werden sich Sorgen machen; ich muss ihnen sagen, dass alles okay ist.«

»Ruf sie doch an«, schlug er vor. »Es ist zu weit, um noch hinzufahren. Außerdem – ich weiß, es ist selbstsüchtig – möchte ich gern noch ein Weilchen länger mit dir zusammen sein.«

Claire schüttelte den Kopf. »Ich will sie sehen. Mit ihnen reden. Das Telefon ist zu unpersönlich.«

»Dann fliege ich dich hin«, sagte er entschlossen. »Bei deinem Zustand kann ich nicht verantworten, dich den weiten Weg fahren zu lassen.«

Sie schaute ihn an, sah den Schalk in seinen Augen und Mundwinkeln. »Ich kenne dich kaum«, sagte sie leise. »Wir haben uns vor nicht mal einer Woche kennen gelernt, aber irgendwie ist es, als ob ...«

Er küsste sie so sanft, dass ihr Puls zu rasen begann. »Als ob wir uns immer schon kennen würden«, sagte er. »Ja, mir kommt es auch so vor.«

Eine Stunde später landeten sie auf Jarrah, und sofort wussten sie, dass etwas nicht stimmte. Die seltsame Stille auf dem Hof fand ihren Widerhall bei den Aborigine-Frauen, die um ihr Feuer saßen. Ihre Gesichter und ihre Haare waren mit weißer Erde bedeckt. Jemand war gestorben.

Hastig kletterten sie aus dem Flugzeug und rannten zum Haus. Alle Vorhänge waren geschlossen. Claire bekam einen trockenen Mund, und Angst stieg in ihr auf. »Mum?«, rief sie in der Tür.

Leanne kam ihnen in der Diele entgegen. »Es ist Tante Aurelia«, sagte sie mit einem kurzen Blick auf Matt und legte den Arm um ihre Schwester. »Sie hat uns verlassen, Claire ...«

»Aber sie kann nicht ...« Claire verstummte. Aurelia war alt, und allem Anschein zum Trotz hatte sie unter Arthritis und Herzbeschwerden gelitten. Ihre Zeit war gekommen, wie sie für sie alle kommen würde. Aber dass die Nachricht von ihrem Tod so kurz nach allem anderen kommen musste, brachte sie doch ins Wanken. Aurelia war immer ein Fels der Kraft gewesen, nicht nur für Claire, sondern für sie alle. Es fiel schwer, sich ein Leben auf Warratah ohne sie vorzustellen. »Wie hat Mum es aufgenommen?« Sie löste sich aus der Umarmung ihrer Schwester.

»Tapfer wie immer«, sagte Leanne. »Aber es muss ihr schlecht gehen. Aurelia hat ihr alles bedeutet.«

»Kommst du zurecht, Claire?« Matt stand im Halbdunkel der Diele und sah sie besorgt an.

Sie nickte. »Flieg jetzt lieber nach Hause«, sagte sie. »Ich schaff's schon.« Sie lächelte matt und küsste ihn auf die Wange. »Und danke für heute.«

Matt umarmte sie und ging. Claire nahm den Hut ab und wischte sich den Schweiß vom Gesicht. Es war heiß draußen, aber auch im Haus wurde es wärmer, und der beinahe süße Geruch des Todes war bereits anwesend. »Ist jemand Dad holen gegangen?«, fragte sie.

Leanne nickte. »Ich hab einen der Boys losgeschickt. Er erwartet uns dann auf Warratah.« Sie zögerte, und ihre grünen Augen blickten besorgt. »Es ist mir egal, ob wir verschiedene Väter haben«, platzte sie dann heraus. »Du bist meine Schwester, und es tut mir Leid, dass ich ein solches Biest gewesen bin.«

Claire schluchzte auf, als sie einander umarmten. »Ich liebe dich auch«, sagte sie. »Und mach dir keine Sorgen wegen Jarrah. Ich habe mir eine Möglichkeit ausgedacht, wie du es behalten kannst.« Sie schauten einander an und lächelten. Das Band zwischen ihnen war stark und unzerstörbar, trotz ihrer stürmischen Vergangenheit. Nichts würde daran etwas ändern.

Das Wohnzimmer lag fast im Dunkeln; das einzige Licht kam von den Kerzen auf dem Kaminsims. Schatten tanzten an Wänden und Decke und ließen Glas und Kupfer und Ellies Tränen glänzen. Sie blickte auf, als die Mädchen hereinkamen, und sah den Schmerz in ihren Augen. »Ich habe darauf gewartet, dass du zurückkommst, Claire«, flüsterte sie. »Ich bin froh, dass du da bist.«

Claire küsste ihre Mutter auf die tränennasse Wange. »Lass uns nach Hause fahren«, sagte sie leise.

Angel landete das Flugzeug, als die langen Schatten über Warratah krochen. Die Vögel sammelten sich und schwirrten in bunten Wolken über den Bäumen, ehe sie sich zum Schlafen niederließen. Kleine Busch-Wallabys hüpften aus dem Dickicht, um am Wasserloch zu trinken. Wieder war ein glutheißer Tag vorüber, und Warratah war schläfrig. Die Gebäude standen golden im letzten Licht, und schleichende Schatten ließen die rote Erde des Hofes weich erscheinen.

Als die Frauen aus dem Wagen stiegen, liefen ihnen die Aborigines von Warratah und die drei Männer entgegen, die zurückgeblieben waren, um während des Jungbullenauftriebs die Farm zu versorgen. Mit feierlicher Sorgfalt hoben sie den roh behauenen Sarg vom Wagen und trugen ihn in das alte Farmhaus. Der Tod war so unversehens gekommen, dass sie keine Zeit gehabt hatten, irgendetwas zu tun. Der Zimmermann von Jarrah hatte in aller Eile einen Sarg zusammenhämmern müssen – aber sie alle wussten, dass es darauf nicht ankam, denn Aurelia hatte nie viel Wert auf einen feierlichen Rahmen gelegt.

Das alte Farmhaus machte bereits einen verlassenen Eindruck. Die Verandastufen waren schief, und das Wellblechdach hing wie ein verschlafenes Augenlid über der dunklen Veranda. Die Fensterscheiben waren staubig, und die Farbe der Holzwände blätterte ab. Aber Rosen und rankende Blumen verliehen dem Haus den Anstrich eines behaglichen und erholsamen Ortes, und ihr Duft war beinahe überwältigend. Jessie stand in der Tür; ihr Gesicht war mit weißer Tonerde beschmiert und streifig von Tränen.

Sie trat zurück und ließ die Männer den Sarg ins Wohnzimmer tragen, wo sie ihn auf ein Brett stellten, das man auf zwei Stühle gelegt hatte. »Erde ihr singen, Missus«, sagte sie betrübt zu Ellie. »Jessie schon wissen. Singen mit mir nachts. Missus Boss singen zu Himmel.«

Ellie tätschelte ihr den Arm; zum Sprechen war sie zu erschöpft. Sie schob den Arm in der Schlinge zurecht und zündete mühsam die Kerzen an. Jetzt musste sie die Kraft für die lange Nachtwache finden, denn morgen Früh würde Aurelia begraben werden. Die Hitze im Outback ließ lange Trauerperioden nicht zu, und die gewaltigen Entfernungen bedeuteten, dass nur wenige Trauergäste kommen würden.

Ellie merkte, dass Leanne und Claire das Kommando übernahmen. Sie schickten Jessie in die Küche, damit sie etwas zu essen machte, und das unablässig klingelnde Telefon wurde immer rasch abgenommen. Neuigkeiten verbreiteten sich schnell in diesem endlosen Buschland, und Aurelia war weithin bekannt und bewundert. Ellie umfasste ihren gebrochenen Arm, lehnte sich im Sessel zurück und schloss die Augen. Aurelia nach Hause zu bringen war das Letzte gewesen, was sie für ihre geliebte Tante hatte tun können; sie wusste, nur hier würde ihr Geist Ruhe finden.

Dunkelheit hüllte das Farmhaus ein, und die flackernden Kerzen warfen tanzende Schatten über das stille, wächserne Gesicht. Uralte Holzbalken knarrten und knackten, und das Geraschel eines Opossums auf dem Dach und das leise Wispern des Laubs der Bäume vor den Fenstern waren der einzige Hinweis auf die Außenwelt, während die drei Frauen auf den Morgen warteten. Dennoch war Aurelias Geist immer noch machtvoll in diesem Haus. Ihre Anwesenheit war spürbar in jedem Schatten, jedem Winkel.

Die Mädchen sprachen von ihrer Kindheit und von Aurelias Einfluss. Ellie erzählte von ihrer Güte, ihrer Energie und Spannkraft. Sie redeten von Jack und sogar von Kelly, denn der Kakadu war ebenso ein Teil Aurelias wie ihr Monokel und die festen Schuhe. Die Tränen ließen nach, und liebevolle Erinnerungen traten in den Vordergrund. Denn sie wussten, Aurelia würde immer bei ihnen sein.

»Hoffentlich schafft Dad es rechtzeitig«, sagte Leanne, als die Kaminuhr drei schlug.

»Er wird tun, was er kann«, sagte Ellie. »Es hängt davon ab, wie weit er weg war, als er die Nachricht erhielt. Aber ich habe ihm das Flugzeug geschickt; er dürfte also bald hier sein.«

Leanne goss Kaffee aus der Kanne, die Jessie auf der Kommode bereitgestellt hatte, und reichte die Becher herum. »Matt hat angerufen«, sagte sie absichtlich beiläufig. »Sorry – ich hab vergessen, es zu erwähnen. Er kommt morgen auf einen Beileidsbesuch.«

Ellie sah, dass ihre Tochter rot wurde. Trotz all der schrecklichen Dinge, die sie in den letzten vierundzwanzig Stunden erfahren hatte, besaß Claire immer noch die Kraft, alles zu überstehen und sich das zu erhalten, was wichtig war. »Vermutlich sollte ich euch noch erzählen, wie es kam, dass Jarrah Claire hinterlassen wurde – und warum.«

»Nur, wenn du es dir zutraust«, sagte Leanne und schaute lächelnd zu ihrer Schwester hinüber. »Claire und ich werden uns schon einig.«

Ellie schaute ihre beiden reizenden Töchter an. Sie war stolz auf ihre unerschütterliche Widerstandskraft. »Ich bin froh, dass es keinen Groll mehr zwischen euch gibt«, sagte sie. »Sonst hätte Charlie doch noch gesiegt.«

Sie sah das Stirnrunzeln der beiden und wusste, dass sie eine Erklärung abgeben musste. »Mickey war am Boden zerstört, als meine Mutter ihm einen Korb gegeben hatte. Er wusste, dass er nicht mehr lange zu leben hatte, aber er hatte meine Mutter nicht dazu bringen wollen, ihn aus Mitleid zu erhören, und deshalb hatte er das verschwiegen. Seamus war auch nicht mehr da, und so gab es niemanden, dem er Jarrah hinterlassen konnte. Er hatte Aurelia in Betracht gezogen, aber er wusste, dass sie und Jack andere Pläne hatten, und als er hörte, dass Charlie und ich heiraten wollten, beschloss er, Charlie das, was er für Seamus zu tun versucht hatte, zu vergelten.« Sie seufzte. »Der arme Mickey. Er glaubte die perfekte Lösung gefunden zu haben.«

»Er hat Jarrah Charlie vermacht?« Leanne wurde blass, und sie schaute ihre Schwester an. »Aber sie sind doch beide vor Claires Geburt gestorben? Wieso hast du dann nicht geerbt?«

Ellie starrte über den Sarg hinweg in die flackernden Schatten. »Dadurch, dass er Jarrah besaß, hatte er Gelegenheit, sich an mir zu rächen, weil ich ihn nicht liebte, und an Aurelia, weil sie ihm misstraut hatte. Er wusste, dass unsere Ehe eine Farce sein würde. Und er wusste, dass er an seiner Kriegsverletzung sterben würde. Es sollte seine letzte Rache sein für all die Kränkungen und Verletzungen, die er erlitten zu haben glaubte.« Sie schaute die Mädchen an und begriff, dass sie ihnen nicht erzählt hatte, was Jack an jenem Tag im Krankenhaus enthüllt hatte.

Claire war blass, als Ellie ihnen von Charlies Kriegserlebnissen berichtet hatte. »Dann war er also kein wirklich schlechter Mensch?«, fragte sie leise und hoffnungsvoll.

Mit einem Lächeln verbarg Ellie, was sie in Wahrheit dachte. »Nein, Darling. Niemand ist durch und durch schlecht. Er war nur verwirrt und verbittert, und er schlug zu, ohne wirklich zu begreifen, welchen Schaden er mit seinem Vermächtnis vielleicht anrichten würde.« Sie beobachtete ihre Tochter und wusste, dass diese Notlüge sie ein wenig trösten würde.

»Ist er ins Gefängnis gekommen?« Claire biss sich auf die Lippe, und ihre Augen blickten furchtsam.

Ellie schüttelte den Kopf. »Er kam in einem Staubsturm irgendwo draußen in den Territorys um. Sein Leichnam wurde irgendwann gefunden und mit Hilfe des Ordens in seiner Tasche identifiziert. Er hatte sonst niemanden; deshalb waren wir einverstanden, ihn auf Jarrah zu beerdigen.« Sie schwieg einen Augenblick lang und dachte an die schlichte Zeremonie auf dem stillen Friedhof. Es war eine bewegende Heimkehr gewesen – eine, die niemandem willkommen gewesen war.

»Charlie setzte kurz nach Mickeys Tod ein Testament auf, und nachdem sein Leichnam identifiziert worden war, konnte sein Anwalt es in vollem Umfang bekannt geben. Wir wussten schon, dass Mickey ihm Jarrah hinterlassen hatte, aber der Anwalt teilte uns mit, dass Charlie die Farm treuhänderisch seinem ungeborenen Kind vermacht hatte – dir, Claire –, und sie sollte dir an deinem vierundzwanzigsten Geburtstag übereignet werden. Und bei deinem Tod wird sie an deine Kinder fallen. Ich sollte nichts davon bekommen und Aurelia auch nicht. Das war sein letzter Akt des Aufbegehrens.«

Claire seufzte tief. »Es ist nicht mehr wichtig«, sagte sie und nahm Leannes Hand. »Ich werde einen Anwalt veranlassen, die Treuhänderschaft zu widerrufen. Wenn ich das nicht kann, werde ich selbst eine Verfügung treffen und die ganze Sache auch für Leannes Kinder, nicht nur für meine, treuhänderisch verwalten lassen. Leanne wird lebenslanges Nutzungsrecht für Jarrah bekommen, das auch an die nächste Generation weitergegeben werden soll.« Sie lächelte müde. »Falls es eine gibt – und falls sie sich an Jarrah binden lassen will. Ich werde dafür sorgen, dass sie sich frei entscheiden können.«

»Das willst du für mich tun trotz allem, was ich gesagt habe?«

»Natürlich. Du bist meine Schwester.«

»Aber geht so etwas denn?« Ein Hoffnungsfunke glomm in Leannes Augen. »Ich dachte, solche Treuhandverhältnisse sind in Stein gemeißelt.«

»Die Gesetze ändern sich dauernd, und wenn dieses Treuhandvermächtnis widerrufen werden kann, gibt es keinen Grund, es nicht zu tun.« Sie legte Leanne einen Arm um die Schultern und drückte sie an sich. »So oder so, wir werden uns nicht mehr streiten.«

Die verzierte Uhr schlug fünf, und die ersten Lichtstrahlen drangen zwischen den Vorhängen ins Zimmer. Die lange Nachtwache war fast vorüber.

»Dad muss weiter draußen gewesen sein, als wir dachten«, sagte Leanne. »Sonst wäre er inzwischen hier.«

Ellie schaute auf die Uhr und sah überrascht, wie schnell die Zeit in dieser stillen, fast lautlosen Nacht verstrichen war. »Er wird schon kommen«, sagte sie fest. »Er hat mich noch nie im Stich gelassen.«

Claire rieb sich gähnend die Augen. »Ich weiß nicht, wie du so sicher sein kannst«, sagte sie. »Vielleicht ist er mit einem der Road Trains gefahren. Das hat er schon mal gemacht.«

»Nicht, ohne mir Bescheid zu sagen.« Ellie drückte die blakenden Kerzen aus und ließ ein bisschen Licht ins Zimmer.

»Du und Dad, ihr führt eine gute Ehe, nicht wahr?«, fragte Leanne und räumte die Tassen und den überquellenden Aschenbecher weg. »Ihr seid nie sehr lange voneinander getrennt, und trotzdem habe ich euch noch nie streiten hören – jedenfalls nicht ernsthaft.«

Ellie lächelte, und ein warmes Gefühl breitete sich in ihr aus, als sie an die Jahre dachte, die sie gemeinsam verbracht hatten, und an das Leben, das sie sich hier draußen auf Warratah aufgebaut hatten. »Wir hatten Meinungsverschiedenheiten«, sagte sie und lachte leise. »Als ihr klein wart, haben wir uns heftig gestritten – aber das haben wir flüsternd getan, in der Abgeschiedenheit unseres Zimmers, und immer haben wir uns danach wieder vertragen.« Sie lächelte bei diesen Erinnerungen. »Wir haben beide den gleichen albernen Humor, und früher oder später sagt einer von uns etwas Dummes, und wir müssen beide kichern. Und wenn das passiert, ist es vorbei, und wir vertragen uns wieder.« Sie wusste, dass sie rot wurde, als die beiden Mädchen wissende Blicke wechselten – aber sie schämte sich nicht, ihnen zu zeigen, dass sie immer noch verliebt war.

»Du hast uns nie erzählt, wie du und Dad euch gefunden habt«, sagte Claire, und ihre Augen leuchteten vor Neugier. »Oder wieso ihr diesen speziellen Tag für eure Hochzeit ausgesucht habt.«

»Den haben wir eigentlich nicht ausgesucht«, sagte Ellie. »Es ist irgendwie passiert.«

Der Sturm war von Westen herangekommen, und kurz danach hatte der Regen eingesetzt. Er prasselte auf Hof und Koppel, trommelte auf dem Wellblechdach und ließ die Bäche anschwellen. Die Bäume bogen sich unter seiner wilden Macht. Die Rinder drängten sich kläglich aneinander, und die Hunde heulten im Zwinger. Ellie und Aurelia wussten, dass es bald Schwierigkeiten geben würde.

»Typisch Jack, dass er mit seinen Flugzeugen spielen muss, während es hier jede Menge Arbeit gibt«, schrie Aurelia durch das Prasseln des Regens auf dem Dach. »Und ich wünschte, deine Mutter hätte sich nicht in den Kopf gesetzt, ausgerechnet jetzt abzureisen, wo wir jedes Paar Hände gebrauchen können.«

»Immer mit der Ruhe! Jack ist damit beschäftigt, so viel Geld zu verdienen, dass ihr beide euer Leben lang versorgt seid. Er hatte nie vor, sich hier niederzulassen und Daumen zu drehen«, schrie Ellie zurück. »Und was Mum angeht ... sie will schon seit Monaten weg. Dass ich schwanger geworden bin, hat das Fass zum Überlaufen gebracht, glaube ich. Und als das mit Joe dazu kam, hatte sie wohl genug. Das kannst du ihr nicht verdenken.«

»Sie hätte zumindest warten können, bis das Kind da ist«, maulte Aurelia.

Ellie schob diese Kränkung beiseite und lächelte traurig, als sie an den Abschied dachte. Alicia hatte ihre Sachen gepackt, auf Wiedersehen gesagt und das nächstbeste Schiff genommen, das Darwin verlassen hatte. Inzwischen würde sie in England sein – und wahrscheinlich viel glücklicher. »Mum hat schon ihr eigenes Kind nicht besonders geliebt. Ich glaube nicht, dass das Dasein als Großmutter sie sehr verändert.«

Aurelia schien der verletzte Unterton in Ellies Erklärung nicht zu entgehen – trotz des munteren Vortrags. Sie legte Ellie eine Hand auf die Schulter. »Wie fühlst du dich denn? Du siehst aus, als ob du demnächst platzen wolltest.« Sie starrte hinaus in den Regen und den tristen Himmel, der noch mehr davon verhieß. »Hoffentlich hältst du lange genug durch, dass wir den Arzt noch rufen können. Wenn dieser Regen allerdings nicht nachlässt, wird hier kein Flugzeug landen können.«

Ellie rutschte im Sessel hin und her, um die Rückenschmerzen zu lindern. Sie hatte sich bemüht, nicht an das Baby und an die Mysterien der Geburt zu denken. Aber es fiel schwer, etwas zu ignorieren, das strampelte und sich bewegte und selbst die einfachsten Arbeiten mühselig werden ließ. Schützend strich sie mit der Hand über die Wölbung unter ihrem Overall. »Uns geht's prima«, sagte sie.

Sie schaute durch das Fenster hinaus auf die durchweichte Koppel und die triefenden Dächer. Sie hatte nicht geglaubt, dass sie so viel Liebe zu diesem winzigen Ding empfinden könnte, das da in ihr heranwuchs. Denn es war nicht erwünscht, war nicht einmal durch Zuneigung entstanden. Aber als die Monate vergingen und die Entbindung immer näher rückte, hatte sie unversehens angefangen, dem Ungeborenen vorzusingen und es zu liebkosen, um es zu beruhigen, wenn es unruhig wurde. Solange sie einander hatten, würden sie den Tratsch überstehen können. Das winzige Etwas würde ein schönes Leben auf Waratah haben – dafür würde sie sorgen. Wenn nur Joe hier wäre!, dachte sie betrübt. Wenn er sich nur erinnern könnte, wie es zu dieser vertrackten Lage gekommen ist. Sie hatte kein Wort von ihm gehört, keinen Brief, nicht einmal einen Anruf seit jenem schrecklichen Tag im Krankenhaus; zwar hielt Dr. O'Neil sie über die Entwicklung auf dem Laufenden, aber das war etwas anderes, als mit ihm selbst zu sprechen, sein geliebtes Gesicht zu sehen und seine Stimme zu hören. Ihm zu erklären, dass sie ihn liebte trotz allem, was geschehen war – dass sie ihn immer geliebt hatte.

Die Verzweiflung war fast überwältigend. Hasste Joe sie denn so sehr? Verachtete er sie wirklich so, dass er ihr für immer den Rücken zukehrte? Sie seufzte. Das Leben kann so verdammt unfair sein, dachte sie. So verdammt kompliziert.

Es war, als könne Aurelia ihre Gedanken lesen. »Er wird bald entlassen«, sagte sie grimmig. »Was wirst du tun, wenn er hier auftaucht?«

»Ihn willkommen heißen«, antwortete Ellie mutig. »Und hoffen, dass wir wenigstens Freunde sein können – es gibt nichts Schlimmeres, als einander fremd zu sein. Ich halte es nicht aus, aus seinem Leben ausgeschlossen zu sein. Halte das Schweigen zwischen uns nicht aus.«

Jacky Jack platschte durch die Pfützen, und die nasse Hahnenfeder an seinem Hut hing ihm über die Augen, als er ins Wohnzimmer polterte. »Der Fluss tritt über die Ufer, Missus«, schrie er, um das Donnern des Regens zu übertönen. »Müssen die Rinder von der oberen Weide schaffen, bevor sie ersaufen.«

Aurelia schnappte sich ihren Hut und den langen gewachsten Regenmantel. Ellie raffte ihre Regensachen zusammen und hatte Mühe, die Knöpfe über ihrem Bauch zu schließen. »Du bleibst hier«, befahl Aurelia. »Du kannst in deinem Zustand nicht mehr durch dieses Wetter reiten – schon gar nicht bei Hochwasser.«

Ellie plagte sich weiter mit den Knöpfen. »Du brauchst jedes Paar Hände, das du kriegen kannst – erinnerst du dich? Das Baby kommt erst in zwei Wochen. Ich schaff's schon.«

Wang Lee erschien in der Tür, und wie immer war ihm Fu Man Chu auf den Fersen. »Bleiben in Haus, Miss Ellie. Baby kommen, wenn du auf Pferd, gibt große Schwierigkeiten.«

»Du solltest dir abgewöhnen, an der Tür zu lauschen«, erwiderte Ellie schärfer als beabsichtigt.

»Du immer noch sehr unartig«, fauchte der kleine alte Mann und stopfte sich die Hände in die Ärmel seines voluminösen Kittels. »Wang Lee dich heute nicht mögen.«

Ellie nahm ihn zerknirscht in die Arme und drückte ihn kurz an sich. Er war mager und verschrumpelt und so alt wie die Welt; sie wusste, wenn er nicht mehr da wäre, würde er eine gewaltige Leere hinterlassen, die niemand ausfüllen könnte. Aber jetzt schob sie weiteren Einwänden einen Riegel vor, indem sie sich den Hut auf den Kopf stülpte und zur Tür hinausstürmte. Sie polterte die Verandatreppe hinunter und platschte durch die Pfützen, und ihr war klar, dass sie watschelte und wahrscheinlich lächerlich aussah. Aber es war ein gutes Gefühl, endlich wieder etwas Nützliches zu tun. Gut auch, sich zu bewegen und zu beschäftigen und keine Zeit zum Nachdenken zu haben.

Einschließlich der schwarzen Hilfsknechte waren sie fünfzehn. Einige Männer hatten nach der Rückkehr aus dem Krieg geradewegs wieder ihren alten Platz auf Warratah eingenommen. Andere jedoch waren nicht zurückgekommen, und immer wenn die Männer und Frauen ohne sie ausritten, fühlten sie sich schmerzlich an den Tribut erinnert, den der Krieg gefordert hatte.

Die obere Weide war achthundert Hektar groß und breitete sich zu beiden Seiten des Six Mile River mit seinen steilen Böschungen aus. Das Gras war hier zumeist gut, und weil es in letzter Zeit ziemlich trocken geblieben war, hatte man die Jungbullen dort hinaufgetrieben. Jetzt steckten sie bis über die Hufe im Schlamm und zertrampelten die Erde zu Morast, während sie versuchten, beieinander Schutz zu finden. Man konnte nur ein paar Schritt weit sehen, und der Regen fiel unablässig wie ein grauer Vorhang.

Der angeschwollene Fluss strömte reißend durch die tiefe Rinne, die sich durch das Weideland schlängelte. Er toste über die niedrigen Dämme hinweg, die man angelegt hatte, um das Wasser in der Trockenheit zu führen. Weiter hinten ergoss er sich dann in den Six Mile Lake; dieser See würde sich über die Ebene ausbreiten und Inseln von nassem Gras bilden.

»Treibt sie auf dieser Seite zusammen, und bringt sie über den Fluss, ehe die Dämme brechen«, schrie Aurelia. »Dann verlegen wir sie in Richtung Blackman's Ridge auf höheres Gelände.«

Ellie knallte mit der Peitsche und gab ihrem Pferd die Sporen. Die Bewegungen des galoppierenden Pferdes unter ihr waren unerträglich, und sie musste sich in die Steigbügel stellen. Aurelia hat Recht, gestand sie sich ein, in meinem Zustand bin ich für solche Kapriolen nicht mehr geeignet. Aber jetzt ist es zu spät.

Die Rinder versuchten, den sie bedrängenden Hunden und den entschlossenen Reitern zu entkommen. Als sie merkten, dass sie keine Alternative hatten, fügten sie sich widerstrebend und machten sich schließlich daran, den Fluss an seiner schmalsten Stelle zu durchqueren.

Ellie blieb am Ufer und trieb die widerspenstigeren Tiere voran. Der Regen troff von ihrem Hut in den Kragen, und die Zügel wurden glitschig in ihrer Hand. Das Baby strampelte heftig in ihrem Bauch, als wolle es sich beklagen, dass man so kein ungeborenes Kind behandelt. Sie tat ihr Bestes, um den tiefen Schmerz in ihrem Kreuz zu ignorieren, der sich allmählich über den Unterleib ausbreitete. Vom Stehen in den Steigbügeln taten ihr die Beine weh, und ihre Kräfte schwanden. Das ungewohnte, holprige Reiten forderte nach so vielen Wochen des erzwungenen Müßiggangs allmählich seinen Tribut, aber sie war entschlossen, die Arbeit zu Ende zu bringen.

Sie folgte den Nachzüglern durch den reißenden Strom. Das Wasser reichte ihrem Pferd fast bis unter den Bauch. Das Tier schnaubte und wieherte. »Na los, du Mistkerl, beweg dich!«, schrie Ellie. »Es ist nur Wasser, verdammt!« Sie trieb das Pferd weiter und richtete sich in den Steigbügeln hoch auf. Das Wasser spülte über ihre Stiefel und wirbelte um ihre schmerzenden Oberschenkel. Der Regen prasselte so heftig herab, dass sie die brüllenden Rinder, die neben ihr schwammen, und die Hunde auf ihren Rücken, die nach ihren Ohren schnappten, um sie in Bewegung zu halten, kaum noch sehen konnte.

Ellie stieß dem Pferd die Fersen in die Flanken, als sie endlich das andere Ufer erreicht hatten. Sie trieb es die steile Böschung hinauf und verlagerte ihr Gewicht auf seinem Rücken nach vorn, um ihm zu helfen. Das Tier glitt aus, bäumte sich auf und warf den Kopf zurück. Ellie klammerte sich fest, um nicht aus dem Sattel zu fallen, und ihre Muskeln brannten vor Anstrengung. Sie war durchnässt und zitterte so stark, dass sie die Zügel kaum noch halten konnte, während das Pferd sich unter ihr mühte, durch den Schlamm nach oben zu kommen. Mit machtvollem Schwung reckte das Tier den Hals und die müden Läufe und erreichte endlich die halbwegs sichere Graskante.

Ellie blieb einen Moment sitzen, um zu Atem zu kommen;

das Pferd arbeitete angestrengt. Der Schmerz, der sie wie ein Ring umschlossen hatte, ließ nach, und das Baby hatte aufgehört zu strampeln, aber jetzt schwitzte sie trotz der Kälte des Regens und ihrer nassen Kleider. Wahrscheinlich tat ihnen beiden diese Arbeit nicht gut, aber wenigstens war es besser, als auf der Farm herumzusitzen und fett und faul zu werden.

»Alles in Ordnung?« Aurelia erschien aus dem Dunkel.

»Ja«, sagte sie. »Bringen wir sie hier weg.«

Die Rinder ließen sich auf die höher gelegene Weide treiben, und als der düstere Tag schließlich der Nacht wich, machten sich die nassen und müden Männer und Frauen auf den Heimweg. Die Jungbullen waren in Sicherheit, aber wenn dieser Regen anhalten sollte, würde ein neuerlicher Auftrieb nötig werden, um auch die weiter nördlich grasenden Kühe und Kälber auf höheres Gelände zu bringen.

Ellie war erschöpft, aber sie tat ihr Bestes, um es vor Aurelia zu verbergen. Sie streifte die nassen Kleider und die schlammverschmierten Stiefel ab, und bald darauf war sie in ein warmes Handtuch und einen alten Pullover gehüllt, die Füße in einer Schüssel mit heißem Wasser, das Wang Lee aus der Küche gebracht hatte. Starker, süßer Tee mit einem Schuss Whisky brachte sie und Aurelia bald wieder auf den Damm. Sie saßen gemeinsam warm eingehüllt auf dem verschlissenen Sofa und schauten dem Regen vor dem Fenster zu, als das Geräusch eines geplagten Motors an ihr Ohr drang. Sie traten hinaus auf die Veranda und spähten in die Dunkelheit. »Wer zum Teufel ist das?« Aurelia raffte hastig einen Mantel an sich. »Was für ein verrückter Augenblick für einen Besuch.«

Der Geländewagen kam knirschend zum Stehen, und die Reifen verspritzten Schlamm. Die Scheibenwischer hatten hart zu arbeiten, um den Sturzregen zu bewältigen, der auf der Windschutzscheibe herabflutete, und die Plane über der Ladefläche des Wagens bog sich unter der Last eines Sees, der sich darauf gebildet hatte. Die Fahrertür öffnete sich knarrend, und der Besucher kletterte heraus.

»Father Reilly?« Ellie zog die alte Decke fester um sich. Eisige Vorahnungen ließen sie zittern. Der Priester kam immer nur mit schlechten Neuigkeiten. »Was ist los?«, fragte sie scharf.

Er trat auf die Veranda. Die schlammbespritzte Soutane klebte feucht an seinen Waden. »Ich glaube, der Regen wartet, bis ich nach Warratah komme«, sagte er mit seinem irischen Akzent. »Für die alte Arthritis ist das die Hölle.«

Ellie reichte ihm wie betäubt die Hand. Wenn er schlechte Nachrichten brachte, wollte sie sie hören und nicht erst höflich Smalltalk halten. Da hörte sie, wie die Wagentür auf der anderen Seite zugeschlagen wurde. Hörte das Platschen, mit dem jemand durch den Schlamm auf die Veranda zu gelaufen kam. Hörte Schritte auf den Stufen.

»Schätze, das war der Augenblick, in dem ich gekommen bin.« Die tiefe Stimme in der Tür ließ sie herumfahren.

»Dad«, riefen die Mädchen wie aus einem Mund und stürzten ihm entgegen, um ihn zu begrüßen.

»Tag, Darling«, sagte Ellie, nachdem er sich schließlich von den Mädchen befreit hatte und auf sie zu kam. »Ich wusste, dass du es noch rechtzeitig schaffst.«

Er gab ihr einen Kuss auf die Wange und setzte sich auf die Armlehne ihres Sessels. »Ich war sehr traurig, als ich das mit Aurelia hörte«, sagte er leise. »Sie war eine wunderbare Lady.«

»Mum hat uns gerade erzählt, wie ihr zusammengefunden habt«, sagte Claire mit einer Schüchternheit, die Ellie anrührend und ungewöhnlich fand.

Ellie schaute zu ihm auf. In seinem dunklen Haar waren jetzt graue Fäden, und tief eingegrabene Falten umgaben Mund- und Augenwinkel wie Spinnweben – aber er sah immer noch besser aus als jeder Mann, den sie je gekannt hatte. Sie sah die Frage in seinem Blick. »Sie kennen die ganze Geschichte«, sagte sie. »Ich wollte ihnen eben erzählen, wie du mich in dieser dunklen Regennacht umgeworfen hast.«

Er ließ sich zu ihr in den Sessel fallen und drückte sie an sich. »Dann bring's zu Ende. Für Happy Ends hatte Aurelia immer was übrig.«

Ellie lächelte. »Ich weiß noch so genau, wie du in dieser Nacht ausgesehen hast. Du trugst keinen Hut, und das Haar klebte dir vom Regen am Kopf.« Sie strich mit dem Finger über sein Stoppelkinn. »Du hattest sogar den gleichen Sechs-Uhr-Schatten wie jetzt – aber damals ließ er nur umso deutlicher erkennen, wie blass du warst und wie krank du gewesen warst.«

»Und ich hab dich gefragt, ob du einem verdammten Idioten verzeihen kannst«, sagte Joe leise. »Wie in Trance bist du auf mich zugekommen und hast mich angeschaut. Du musst gesehen haben, wie sehr ich dich liebte, denn du hast Ja gesagt.«

Stumm sahen sie einander in die Augen, in die Erinnerung versunken. Seine Lippen hatten ihre gesucht, und sie hatten sich geküsst, und einer hatte die Süße des anderen gekostet, die sie beide über die Jahre nicht vergessen hatten, und durch die elektrisierende Berührung hindurch hatten sie die Macht ihrer Liebe gespürt. Ellie hatte das Gefühl gehabt, den Sirenengesang der Hoffnung zu hören, der ihn am Leben erhalten hatte, sodass er zu ihr hatte zurückkehren können. So lange hatte sie auf diesen Augenblick gewartet, dass sie sich jetzt, als er gekommen war, sehnlich wünschte, er möge nie enden.

Ein Gekicher riss sie aus ihren stummen Erinnerungen, und beide wurden rot, als sie merkten, dass ihre Töchter das alles ziemlich komisch fanden. »Und dann brach die Hölle los«, sagte Ellie, und sie strich sich den zerknautschten Rock glatt und richtete den Blick noch einmal in die Vergangenheit. »Der Schmerz kam ohne Vorwarnung. Stark, schnell und schneidend wie ein Schlag mit der Bullenpeitsche.«

Ellie schnappte nach Luft und wich vor ihm zurück; sie krümmte sich dem Schmerz entgegen und drückte beide Hände schützend auf den Bauch. Der Schmerz ließ nicht nach. Er nahm sie ganz gefangen und stach durchdringend mit Unerbittlichkeit.

»Ellie? Ellie, was ist?«, schrie Joe. Er fiel vor ihr auf die Knie, schaute ihr ins Gesicht und packte sie bei den Armen.

»Das Kind kommt«, stieß sie hervor. Ein neuerlicher Schmerz, stärker noch als der letzte, durchfuhr sie, und sie lehnte sich stöhnend an das Verandageländer. Schweißtropfen rollten ihr über das Gesicht. »Holt Aurelia«, keuchte sie.

»Erst, wenn du sagt, dass du mich heiratest«, drängte er.

Der Schmerz verebbte, und Ellie schnappte nach Luft. »Das ist nicht ganz der Antrag, den ich mir vorgestellt hatte«, sagte sie am Rande der Hysterie. »Bist du dir sicher? Ich dachte, du wolltest nichts mehr mit mir zu tun haben. Ganz zu schweigen von dem Kind.«

»Jack und der Arzt haben mir alles erklärt, und als ich mein verfluchtes Gedächtnis wiedergefunden hatte, wurde mir klar, was für ein Vollidiot ich gewesen bin. Ich wusste, du konntest mich nicht betrogen haben, und ich liebe dich zu sehr, als dass ich dich das hier allein durchmachen lassen könnte. Es kommt nicht darauf an, was geschehen ist. Wir haben den Rest unseres Lebens vor uns – gemeinsam. Ich habe keine Zukunft ohne dich.« Er packte ihre Hände, noch immer vor ihr kniend. »Ellie, willst du mich heiraten? Willst du den Rest deines Lebens mit diesem Idioten verbringen, der dich mehr liebt, als er es je für möglich gehalten hätte?«

Wieder umklammerte sie der Schmerz, stärker noch als beim letzten Mal. Sie war beglückt und erregt, aber vor allem litt sie Höllenqualen. »Ja«, keuchte sie unter Tränen der Freude und des Schmerzes. »Ja, ja, ja. Und jetzt verschwinde, und hol Aurelia.«

Er küsste sie auf die Wange, und dann stürmte er durch die Fliegentür und rief nach ihrer Tante. Wenige Augenblicke später sah sie sich behutsam ins Schlafzimmer geführt, wo weiche behagliche Kissen und eine Federmatratze auf sie warteten. Joe hielt ihre Hand, und sie klammerte sich an ihn; ihre Nägel bohrten sich in sein Fleisch, und der Schmerz griff zu und wogte gnadenlos seinem Höhepunkt entgegen. »Ich habe den Priester mitgebracht, damit wir es gleich tun können«, drängte er. »Wir müssen unserem Kind einen Namen geben.«

Ellie starrte ihn mit verquollenen Augen an, während der Schmerz allmählich verebbte. *»Jetzt?«*, ächzte sie. »Ich bin mitten in der Entbindung, und du willst *jetzt* heiraten?«

Seine Hand umfasste ihre. »Das Baby wird unser Kind sein«, sagte er entschlossen. »Wenn ich heute Vater werden soll, dann will ich mit der Mutter meines Kindes verheiratet sein.« Er strich ihr das feuchte Haar aus der Stirn, als die nächste Wehe kam und ging. »Liebst du mich, Ellie? Hast du Vertrauen darauf, dass ich für dich und das Kleine sorgen und dass ich unser Kind ohne Vorbehalt lieben werde?«

»Natürlich habe ich das«, flüsterte sie, halb betäubt von den Schmerzen der Geburt. Dann wurde ihr die Komik der Situation bewusst, und sie fing an zu kichern. »Aber das ist nicht gerade die Hochzeit, die ich all die Jahre geplant habe. Ich wollte ein weißes Kleid und Blumen, eine Kirche und einen schönen Schleier – nicht eine stinkige alte Pferdedecke, einen alten Pullover und so große Schmerzen, dass ich jeden Augenblick anfangen werde zu kreischen.«

Aurelia schob den Priester ins Zimmer, und er hielt sich in Sichtweite. Die Bibel lag aufgeschlagen in seiner Hand. »Ich glaube, wir werden es kurz machen müssen«, sagte er und wurde puterrot. »Anscheinend hat der Neuankömmling es sehr eilig.«

»Machen Sie schon«, grunzte Ellie, und sie pustete und keuchte und suchte nach einer bequemen Lage, um den von neuem heranbrandenden Schmerz zu lindern.

Eine seltsamere Trauungszeremonie hatte keiner von ihnen

je erlebt. Aurelia und Wang Lee standen an der einen Seite des Bettes und schauten zu, und Joe stand an der anderen und hielt Ellies Hand, während sie mit den Wehen kämpfte. Father Reilly hielt den Blick fest auf die Bibel gerichtet, Joe steckte ihr den goldenen Ring auf den Finger, und sie schrie vor Schmerzen, während sie zu pressen begann.

»Ich erkläre euch zu Mann und Frau«, verkündete Father Reilly hastig. Er brannte offenbar verzweifelt darauf hinauszukommen und war schon halb draußen, als er sagte: »Sie dürfen die Braut jetzt küssen.«

Ellie umklammerte Joes Hand. »Das muss warten«, grunzte sie. »Denn das Baby wartet nicht. Es kommt. Jetzt.«

Aurelia und Wang Lee übernahmen das Kommando. Joe wurde hinausgescheucht, und Aurelia kümmerte sich eilig um den neuen Erdenbürger. Wenige Augenblicke später hatte sie den plärrenden Säugling fest in eine weiße Decke gewickelt und hielt ihn in den Armen. Sie schaute Ellie mit strahlendem Lächeln an, als hätte sie die ganze harte Arbeit selbst vollbracht. »Gut, dass ich reichlich Übung mit Kälbern habe«, erklärte sie.

Ellie nahm das winzige Bündel in die Arme, und Joe stürzte wieder ins Zimmer. Tränen brannten in ihren Augen, als sie das kleine Etwas betrachtete, dessen Haar so weich und golden wie ein Engelsflügel war und dessen Lebenslust man wahrscheinlich bis weit ins Territory hören konnte. Sie fühlte Joes Arm um ihre Schultern und seinen Schmetterlingskuss auf ihrer Wange, und als sie in seine smaragdgrünen Augen schaute, sah sie dort die Liebe und die Verwunderung, auf die sie so viele zermürbende Jahre gewartet hatte. »Wir haben eine Tochter«, flüsterte sie.

EPILOG

Trotz der großen Entfernungen erschienen zahlreiche Gäste zu Aurelias Beerdigung. Die Leute kamen selbst von entlegenen Farmen, um einer Frau, die zu einer Legende im Outback geworden war, die letzte Ehre zu erweisen. Einer Frau, die viel Mut und Tapferkeit gezeigt hatte – die einige der härtesten Jahre überlebt und dabei nie ihren Sinn für Fairplay oder ihren Humor verloren hatte.

Über dem kleinen Friedhof flirrte die Hitze, als der Sarg in die fette rote Erde von Warratah gesenkt wurde. Aurelia sollte neben ihrem geliebten Jack liegen, aber Ellie spürte deutlich, dass die beiden schon vereint waren. Eine warme Brise ließ die Glöckchen auf Wang Lees letzter Ruhestätte erklingen und erinnerte sie alle daran, dass der Geist derer, die sie liebten, hier oben im entlegenen Norden von Queensland immer noch lebendig war.

Ellie stand an Joes Seite; sie hatte sich bei ihm untergehakt und schöpfte Kraft aus seiner Gegenwart, wie sie es immer tat. Sie schaute zu ihren Töchtern hinüber, und der verheißungsvolle Anblick erfüllte sie mit Wärme. Claire hatte in den letzten Stunden große Charakterstärke gezeigt, und sie wusste, dass ihre Erstgeborene ihre Zukunft nicht von den Schatten der Vergangenheit verfinstern lassen würde. Denn neben ihr stand Matt Derwent, zerzaust, stark und zielstrebig – ein Mann des Outback, ein Mann wie Joe. Sie würden erleben, dass ihre Pläne mit dem Fliegenden Tierarzt-Service Früchte trugen, denn Claire hatte am Ende erkannt, dass sie doch hierher gehörte. Leanne stand in den Arm ihres Mannes geschmiegt, sichtlich verliebt und zufrieden, nachdem sie und ihr feuriger Ehemann ihre Differenzen beigelegt hatten. Sie würde mit ihren Plänen für Jarrah beschäftigt sein, und Angel würde mit seiner anstrengenden Runde durch das Outback alle Hände voll zu tun haben. Und Ellie hatte das Gefühl, dass Angel aus einem besseren Holz geschnitzt war, als sie einmal gedacht hatten. Er mochte eine attraktive Frau zu schätzen wissen, aber er hatte Leanne versichert, dass es nicht weiter ging und dass er nichts tun würde, was ihrer Beziehung schaden könnte. Trotz des traurigen Anlasses lächelte Ellie bei sich. Aurelia würde beiden Paaren ihren Segen geben. Im Grunde ihres Herzens war sie so romantisch gewesen wie die arme Lila unten in Threeways.

Sie schaute zu Joe auf, und ihre Blicke trafen sich. Die Schatten wichen von ihnen, und das Leben würde neu erwachen wie das Outback nach einem Regen. Der Sommer war gekommen, und schon bedeckten Blumen die Weiden mit ihrer bunten Farbenpracht. Die Jahreszeiten würden kommen und gehen, und Warratah und Jarrah würden gedeihen. In ihrer Welt war alles in Ordnung, denn Aurelia würde immer bei ihr sein, und ihre leitende Hand würde niemals fehlen.

Endlich war die Zeremonie vorbei, und als alle sich der Farm zuwandten, um dort zu frühstücken, drängte Ellie ihren Mann, mit ihnen zu gehen. »Ich brauche ein paar Augenblicke für mich allein, Darling«, sagte sie.

Er verstand sie wie immer, nahm seine beiden Töchter in die Arme und kehrte mit ihnen zum Haus zurück.

Ellie schaute über Warratah hinaus und dachte an Aurelias Kraft und ihren Mut. Sie setzte sich auf die wacklige Bank, die von Gras und wucherndem Gebüsch fast verborgen war, und dachte an jenes andere Grab. Joe hatte die Inschrift auf dem Grabstein bestimmt, und wenn sie auch für jeden, der die Geschichte nicht kannte, rätselhaft sein mochte, war sie doch die einzig passende für einen Mann, der mit der Welt stets über Kreuz gewesen war.

Es war heiß und beinahe still; nur die Grillen zirpten im hohen Gras, und sie erkannte, dass es ein Tag wie jener war, an dem Joe sie mit den Plänen für ihr neues Heim überrascht hatte. Er war auf einer seiner mysteriösen Reisen gewesen, aber sie hatte jeden Augenblick mit seiner Rückkehr gerechnet. Sie wusste, dass er Pläne für ein eigenes kleines Haus auf dem Land von Warratah hatte, aber er hatte ihr nicht sagen wollen, wo es gebaut werden, ja nicht einmal, wie es aussehen sollte. Doch sie hatte vermutet, dass der einzig richtige Platz für sie das Fleckchen am Billabong sein würde, wo sie ihre letzte gemeinsame Nacht verbracht hatten, ehe er in den Krieg gezogen war.

Sie drehte sich um, als sie den gleichmäßigen Hufschlag eines schweren Pferdes hörte, das auf die Veranda zukam.

Joe saß auf dem alten Kaltblut, das Aurelia für den Pflug benutzt hatte. Das mächtige Pferd stampfte über den Hof, und seine buschigen Fesseln erschienen schneeweiß auf dem Rot der Erde. Die weiße Mähne und der Schweif waren glänzend gestriegelt, und die braunweiße Zeichnung leuchtete klar im Licht der Nachmittagssonne. Es trug weder Sattel noch Decke – nur einen abgenutzten Lederstreifen als Zügel. Joe ließ den sanften Riesen vor der Verandatreppe anhalten und schaute auf sie herab, und seine wunderbaren Augen nahmen sie gefangen. Und dann streckte er die Hand nach ihrer Tochter aus.

Ellie reichte ihm das Baby und nahm dann seine ausgestreckte Hand. Worte waren nicht nötig – was sie dachten, konnten sie in den Augen lesen. In stummer Übereinkunft stellte sie ihren nackten Fuß auf seine Stiefelspitze und fühlte sich mühelos hinter ihn auf den breiten Rücken des Kaltbluts geschwungen.

Joe gab ihr das Baby und schlang ihren freien Arm um seinen Leib. »Lass uns nach Hause gehen«, sagte er leise.

Ellie hatte ihre Wange an seine Schulter gelegt, und langsam waren sie vom Haus weggeritten, auf den Regenbogen zu, der sich hoch über das weite Land spannte, das Warratah hieß.

Ellie lächelte, als sie den Friedhof verließ. Der Regenbogen war noch immer da.